만 짐 의   시 간

만짐의 시간

조연정 평론집

문학동네

책머리에

첫 평론집의 서문을 쓰는 장면을 오래전부터 상상해왔다. 고작 몇 편 안 되는 글이나마 쌓이기 시작한 후부터 첫 책의 첫 문장을 고민하며 즐겁고 설레던 시간들도 있었다. 결코 잊고 싶지 않은 문장이 생각난 듯 여러 번 빈문서를 열어보기도 했던 것 같다. 찾아보면 쓸데없이 감상적이거나 어울리지도 않게 거창한 문장들이 여기저기 흩어져 있을 것이다. 하지만 지금 그 문장들을 다시 찾지는 않기로 한다. 여기 모인 글들은 그때그때 다른 마음들이 쓴 글이다. 그 마음들을 온전히 전부 불러 모으는 일이 가능하기나 할까. 그저 첫 책을 묶는 부끄러운 마음을 조금 내비치는 것으로 서문을 대신해야겠다.

애초에 비평이란 부끄러움 많은 사람이 작품 뒤에 숨어 남의 이야기를 빌려 모른 척 자기 고백을 해보는 글쓰기일지 모른다고 생각해왔다. 비평가는 작품이 다 못 한 말을 대신 해주는 사람이 아니라, 오히려 자신의 이야기를 대신 해줄 작품을 열심히 찾는 사람일지 모른다는 생각도 했었다. 적어도 나에게는 그랬던 것 같다. 어떻게 알았는지 내 마음을 그대로 보여주는 작품이 반가웠고 심지어 나조차도 몰랐던 내 마음을 선명히 보여주는 작품이 신기했다. 여전히 비평가라는 호칭이 어색한 나로서는, 내 글쓰기가 결국 그 작품들에 대한 뿌듯한 마음을 증명하는 과정에 불과했다고 소박하게 말할 수밖에 없을 것이다. 물론 내 마음과 무관하게 작가나 시인이 정답처럼 품고 있는 어떤 비밀을 찾아내야 한다고 오기를 부리던 때도 있었고, 내 멋대로 재구성한 그들의 비밀에 동참하기 힘들어 예민해지는 시간들도 있었다. 하지만 대체로 수많은 텍스트들을 더듬고 만지며 내가 한 일은 내 마음속 비밀 찾기에 관한 것, 그리고 그것들을 잘 숨겨 말하는 방식을 고민하는 일이었다고 해야 할 것이다.

이제 정말로 어떤 텍스트에도 기대지 않고 고백하자면 내 비평의 가장 큰 콤플렉스가 바로 이것이다. 나는 언제 어디에서나 나를 둘러싼 관계와 거기서 빚어진 내 마음의 풍경을 그려보는 일에 집중했을 뿐, 문학과 사회를 둘러싼 깊고도 무거운 흐름들에 대해서는 조금 무심했던 것도 같다. 개별 작품과 마주한 느낌에 대해서라면 많은 말을 할 수 있어도 분명한 기준에 의해 특정한 작품의 성과를 판단하고 그 작품의 적절한 자리를 지정해주는 비평적 시야에 관해서라면 별로 많은 말을 하지 못한 것도 사실이다. 내 마음을 나도 모르고 그 마음이 수시로 변하는데 그런 마음으로 마주한 작품들에 대해 어떻게 분명한 입장을 지닐 수 있을까, 라며 많은 시간 홀로 내 글쓰기를 합리화해보기도 했다. 첫 비평집의 제목인 "만짐의 시간"에는 그런 고민들이 담겨 있다. 작품의 안쪽을 오래도록 더듬으며 가능한 한 텍스트와 한마음이 되고자 애썼다고 말해볼 수 있겠지만, 사실 이런 말들은 특별히 내세울 것 없는 비평가가 자신의 글쓰기를 '공감' 혹은 '진심'이라는 말로 그럴싸하게 포장해내는 손쉬운 방법이라는 것도 잘 알고 있다. 나는 그저 우유부단하고 변덕이 심하고 게으르고 기회주의적인 비평가였을지도 모른다. 사실 그런대로 잘 감추고 있다고 생각한 콤플렉스는 모두가 다 알면서도 모른 척해주는 그 사람의 가장 두드러지는 특징인 경우가 많다. 그러니 내 비평의 콤플렉스 역시 이미 다 들통 났을 것이다. 감추고 포장하려고 해봤자 소용없다.

내친김에 콤플렉스를 하나 더 고백해보자면, 나는 내가 애정하는 것에 대해 말하기를 어려워하는 편이다. 마음을 표현하는 데 서툴기보다는 대상이 무엇이든 애정하는 마음에 관해서 언제나 확신이 잘 안 생겼던 것 같다. 그래서일까. 상대에 대한 애정을 정확히 말할 수 있는 사람이, 아니 그 감정의 정체가 무엇인지도 모른 채 맹목적으로 사랑한다고 말할 수 있는 사람이, 부럽기도 했다. 문학에 대해서도 어느 정도는 그랬다. 온 마음을 다해 시도 때도 없이 애틋한 마음을 표현하는 사람들이 부러웠던 시절도 있지만, 언제나 내 사랑을 의심해보는 이 외로운 마음을 일종의 균형 감각이라고 포장해보고 싶은 마음도 있다. 문학과 관련해서라면 이제껏 적지 않은 나의 선택들이 맹목적 애정이라는 자기만족을 거절하는 식으로 행해져왔다고도 말해보고 싶다. 작품에 대해서도 작품 밖 세계에 대해서도 어느 정도는 그랬다고 생각한다. 물론 이러한 사후적 자기규정 역시 자기만족에 가까운 것은 아닌지 계속 의심해보려고 노력중이다.

마지막으로 정말 감추고 싶은 사실을 고백해보자. 문학에 대한 내 사랑이 조금은 늦된 애정이라는 사실 말이다. 사람들의 마음속 무늬에 대해 호기심이 조금 많았을 뿐 문학에 대한 유별난 애정을 표 나게 드러내며 살아오진 않았던 것 같다. 사실 나는 비평을 쓰면서 본격적으로 문학을 사랑하게 되었다. 그리고 그 애정에 대해서만큼은 어느 정도 확신을 가질 수 있게 되어가고 있다. 내가 애써 사랑해온 그 대상이 바로 문학이어서 참 다행이라는 생각도 든다. 나는 문학을 사랑한다고 진심을 다해 말할 수 있는 사람이 되어가는 중이지만 물론 동시에 그 마음을 언제나 의심하는 사람이 될 것이다. 살면서 두려웠던 순간들은 언제나 누군가의 맹렬한 애정이 진심이라는 말로 포장되어 누군가에게 견디기 힘든 폭력을 안기는 장면을 목격할 때였던 것 같다. 진실한 사랑을 지키기 위해서라면 그것을 무턱대고 드러낼 것이 아니라 잘 다스려야 한다는 사실도 점점 배우고 있다. 문학에 대한 내 사랑을 아껴 간직하는 방법에 대해서도, 그것을 가장 정직하게 표현하는 방법에 대해서도 쉬지 않고 고민해야 할 것이다.

등단한 지 8년 만에 묶는 책이다. 8년 동안 많은 것이 변했다. 사랑이 크던 마음에 절망도 조금씩, 미움이 크던 마음에 여유도 은근히 생기게 되었다. 이 모든 게 체념에 익숙해진 탓인가 생각하며 조금 쓸쓸해지기도 한다. 네 마음과 내 마음을 견주어볼 수 있도록 마음의 여러 풍경들을 아낌없이 꺼내 보여주며, 사랑도 절망도 미움도 연민도 많이 가르쳐준 모든 작품들에게 가장 많이 고맙다. 어떤 종류의 체념도 내 마음을 갉아먹지 않도록 그들의 소란스러운 마음의 소리에 열심히 귀 기울일 것이다. 그들의 각양각색 마음의 풍경을 열심히 훔쳐볼 것이다. 어떤 입장을 지지하는 비평가가 되어야 하는지 여전히 잘 모르겠지만, 적어도 자기만족을 끊임없이 경계하는 비평가가 되어야 한다고 생각하고 있다. 내가 쓴 어떤 글들이 다 거짓말처럼 느껴질 때도 있지만, 최소한 내가 쓴 글을 완벽히 거절하는 사람은 되지 말자고 많이 다짐한다. 좋은 사람인 척하는 글도 그간 많이 썼을 것이다. 그러니 어쩔 수 없이 앞으로 그런 사람이 되도록 노력해야 할 것이다. 거짓말 같은 글을 또 쓰면서 그 거창한 거짓말들에 조금이나마 부합하는 사람이 되도록 애쓰고 또 애써야 할 것이다.

*

누구나 그렇듯 나에게도 힘들고 외롭고 무기력했던 시간들이 있었을 것이다. 그래도 글을 쓸 수 있어서 그 시절들을 무탈하게 잘 통과해온 것 같다. 그러니 글을 쓸 수 있게 해주신 모든 분들께 천천히 감사의 인사를 드려야 마땅하겠다. 첫 책이므로 이 서문의 절반을 감사 인사로 채우는 것도 나쁘지 않겠다. 마감 직전에 들고 뛰어간 허술한 글에 비평가라는 이름을 허락해주신 신춘문예 심사위원 선생님께 다시 한번 감사드린다. 서른이 되던 해 그 겨울의 뜨거운 설렘이 아직도 생생하다. 아마 앞으로도 오랫동안 잊지 못할 것이다. 소중한 지면을 내어주신 많은 편집위원 선생님들, 특히나 등단 직후부터 지금까지 언제나 따뜻하고 유쾌한 웃음으로 맞아주신 문학동네의 선생님들께 마음 깊은 감사의 인사를 올린다. 매번 어김없이 약속을 어기는 무책임한 필자를 너그럽게 기다려주고 격려해주신 모든 편집자 선생님들과 그들의 정성 어린 손길에도 진심을 다해 감사드린다. 네 권의 잡지를 함께 만든 『문학수첩』의 선생님들, 두 권의 잡지를 함께 만든 『21세기문학』의 선생님들, 얼굴을 마주하는 것만으로도 마음이 포근해졌던 문학웹진 《뿔》의 동료들, 그리고 앞으로 오랫동안 같고도 다른 마음으로 각별한 인연을 이어나갈 『문학과사회』의 편집 동인들께도 신실한 우정을 약속해본다.

학부와 대학원 시절의 은사님들은 이제 거의 퇴임하셨다. 그들이 있었기에 내가 있음을 안다. 그들을 떠올릴 때마다 넓은 강의실이 아닌 좁은 연구실이 더 많이 생각난다. 지금도 어딘가 좁은 방에서 변함없는 자세로 연구에 매진하고 계실 그분들이 오랫동안 건강하셨으면 좋겠다. 손수 타주시는 커피의 맛이 종종 생각나지만 숫기 없고 게으른 제자라 자주 찾아뵙지 못해 지도 선생님께는 언제나 죄송스러운 마음이 크다. 텍스트에 대한 집요한 애정이 어떤 신비한 그림을 그려낼 수 있는지 신범순 선생님께서 보여주셨다. 부끄러운 고백이지만 처음 읽었던 비평집이 무엇이었는지는 잘 기억나지 않는다. 그런데 이상하게도 첫 책을 묶는 동안, 비평이라는 말의 의미도 모른 채 처음 만져보았던 파란색과 회색의 비평집 두 권에 대한 기억이 또렷하게 되살아나곤 했다. 그 촉감이 나를 『만짐의 시간』으로 이끌었을지도 모른다는 벅찬 상상도 해보았다. 민망함을 무릅쓰고, 내가 만져본 그 따뜻한 비평집의 저자이자 스승이신 아버지께 사랑하고 감사하다는 말씀을 꼭 드리고 싶다. 부끄러운 마음에 용기 내어 수업 한 번 듣지 못했던 것이 이제와 많이 후회된다.

함께 글을 쓰게 되면서 오랜 우정의 소중함을 일깨워준 친구들이 있다. 대학에서 선후배로 만난 그들과 더 많은 것을 공유하게 되어 얼마나 다행인지 모른다. 내가 건넨 말을 언제나 더 따뜻한 말로 들어주고 돌려주는 그 친구들이 참 고맙고 든든하다. 부끄럼 많은 나에게 서슴없이 다가와준 문단의 고마운 친구들도 있다. 글 쓰는 시간의 끔찍한 외로움에 진이 다 빠질 때마다 옆에서 말 걸어준 그들에게 마음속으로 평생의 우정을 다짐해본다. 이 뿌듯한 친구들이 있어서 언제나 즐겁게 반성하고 다시 용기낼 수 있었다. 이 책의 얼굴인 제목과 표지를 함께 고민해주고 끊임없이 격려해준 시인 민정 언니의 예쁜 마음을 오랫동안 기억할 것이다. 두껍기만 하고 여러모로 허술한 원고 뭉치를 꼼꼼히 살펴준 담당 편집자 필균 씨에게도 따뜻한 인사를 건넨다.

이 책은 세상에 태어나서 처음으로 내는 책이다. 여기 담긴 모든 망설임과 미욱함이, 그리고 허영과 오만이 온전히 나의 것일 테다. 어리석고 이기적인 나에게 언제나 넘치는 사랑을 주는 가족들께 이 책을 드린다. 사랑과 책임을 아는 사람이 되어갈 것이라고 약속도 해본다. 내 사랑하는 가족들이 외롭지 않았으면 좋겠다.

2013년 초여름
조연정

차례

3부 / 마음의 풍경

4부 / 최초의 감정

1부 /

당신의

사랑

당신의 사랑을 포기하지 말라
— 신경숙과 한강의 최근 소설에 부쳐

1. 우리 시대의 초라한 사랑

사랑에는 갈망과 고통뿐이라고 명민한 자들은 말하지만, 지금 이 시각에도 저 둘 사이를 오가며 유형(exile)의 밤을 보내는 이들이 적지 않을 테지만, 확실히 우리는 사랑이 초라해진 시대를 살아가고 있다. 이 세계를 둘러싼 모든 것이 부서지기 쉬운 허상에 불과하니 진정한 사랑 역시 관념일 뿐이라고 말한 철학자들을 탓해야 할까. 사랑으로부터 낭만적 신화를 거둬내고 사랑을 성적 욕망의 미사여구로 전락시킨 정신분석학자를 원망해야 할까. 아니, 연애와 결혼이라는 상호계약의 제도가 사랑의 혼란스러운 본질을 안전하게 길들여버렸다는 사회학자의 진단을 경청해야 하는 것일까. 경제학자라면, 실존의 허무보다 생존의 불안이 압도적인 이 시대의 불행을 증언하며 낭만적 사랑의 여유는 사치일 뿐이라고 단정할지도 모르겠다.

이유가 무엇이든 간에 이제 우리는 더이상 사랑을 통과하며 형언할 수 없는 숭고를 감지하거나 끔찍한 고통을 경험하기가 힘들어졌다. 『사랑의 단상』의 첫 페이지에서 롤랑 바르트가 사랑을 '심연에 빠져들기

(s'abimer)'로 비유했던 것을 기억해보자. "절망 또는 충족감으로 사랑하는 사람에게 나타나는 사라짐의 충동", 알 수 없는 괴물이 자신을 집어삼킬지 모른다는 두려움에도 불구하고 승인할 수밖에 없는 사랑의 불가항력, 이러한 것들은 이제 우리의 현실과 무관해져버린 듯하다. 사랑은 이제, 산뜻한 즐거움을 주는 방식으로 어디에나 있고 충동에의 희생을 강요하는 형태로는 아무 데도 없다. 진정한 사랑의 파토스는 이미 가벼운 욕망으로 산화되거나 견고한 제도 속에서 질식해버렸다. 너무 비관적인가. "사랑에 대한 갈망은 현대의 근본주의"[1]라고 말한 울리히 벡조차도 사랑을 신성시하지는 않았다. 그에게 사랑은 '위험사회'의 불안을 견디게 해주는 세속종교에 불과하다.

'사랑에 빠지지 않고서도 우리는 사랑할 수 있다'라는 만남 알선 사이트의 괴상한 광고 문구는 안전한 쾌락만을 강조하는 이 시대 사랑의 성격을 정확히 반영한다고 알랭 바디우는 말한다. 사랑이 일종의 계약이나 욕망의 회의적 운동이 되어버린 상황에 맞서 바디우는 위험과 모험을 창안하고 '삶을 재발명'하는 사랑을, 동일성의 만남으로 종결되지 않고 차이의 구축으로서 지속되는 사랑을 강조한다. 이러한 사랑을 통해서만 우리는 주체로서의 삶을 살 수 있다는 것이다. 바디우 철학의 고유어들을 활용해 말해보면, 우연한 만남으로부터 시작된 사랑은 '나는 너를 영원히 사랑한다'는 '선언'을 통해 '사건'으로 등재되고 '충실성'과 더불어 상황의 '진리'를 만들어낸다. 사랑은 결국 "영원을 제안하게끔 만드는 보기 드문 경험 가운데 하나"[2]이며 이 같은 사랑을 통해 느끼게 되는 행복은 "시간이 영원을 맞이할 수 있다는 그 증거"[3]이다.

---

1) 울리히 벡·엘리자베스 벡-게른스하임, 『사랑은 지독한, 그러나 너무나 정상적인 혼란』, 강수영 외 옮김, 새물결, 1999, 41쪽.

2) 알랭 바디우, 『사랑 예찬』, 조재룡 옮김, 길, 2010, 59쪽.

3) 같은 책, 60쪽.

사랑을 포기하면 삶이 완전히 무미건조한 것이 되어버릴지도 모른다고 말하는 바디우가 어쩐지 시대착오적 낭만주의자로 보일지 모르지만, 사실 사랑을 "둘이 등장하는 무대"라고 정의하는 그가 가장 경계하는 것은 둘의 만남을 하나의 관점으로 완성할 수 있다는 낭만적 신화이다. 바디우에게 사랑은 자신의 삶 속에서 불쑥 솟아난 타자와 더불어 삶을 재발명하고 세계를 재구성하게 되는 흔치 않은 체험이기에 중요하다. 그런 의미에서 그는 사랑을 하나로의 완결이 아니라 둘의 변화가 진행되는 "최소한의 코뮤니즘"으로 상정한다. 그에게 사랑은 타자를 매개로 홀로 진행되는 단순한 육체의 즐김도 육체 너머를 상정하는 아름다운 환상도 될 수 없다.

바디우의 이 같은 '사랑 예찬'을 참조하자면, 사랑이 초라해진 이 시대에서 우리는 표피적이고도 순간적인 감각에 자신을 내맡긴 채 그저 즐거운 삶을 만들어볼 수는 있을지언정, 타자와의 성실한 만남이 주는 기쁨도, 순간 속에서 영원을 만져보는 행복도, 결국 자기 삶을 재발명하는 보람도 느낄 수 없게 된다. 그렇다면, 숭고한 사랑은 대체로 불가능하고 가능하다 해도 조롱받기 십상인 이 시대에, 여전히 고전적 방식으로 사랑을 생각하는 소설들을 우리는 어떻게 읽어야 할까. 무질서한 인생을 건널 수 있는 유일한 능력을 사랑에서 찾고, 서로 소통할 수 없어도 사랑은 가능하다고 믿는 소설들은, 어쩐지 어색하지 않은가. 자기 삶의 기율만을 따르며 여전히 '진정성'의 체제를 벗어나지 못한 시대착오적 작가들의 이야기로 읽어야 할까.[4] 사랑이 불가능해진 시대를 오히려 사랑의 힘으로 횡단하려는 악전고투로 읽어야 할까. 신경숙의 『모르는 여인들』(문학동네, 2011)과 한강의 『희랍어 시간』(문학동네, 2011)을, 사랑이 어디에나 있고 아무 데도

---

4) 김미현은 신경숙의 『모르는 여인들』을 '포스트 포스트 진정성'의 관점에서 읽을 것을 제안한다. 인간다움을 탐색하는 신경숙 문학의 원형을 21세기적으로 새롭게 조명할 수 있다는 것이다. 신경숙·김미현 대담, 「세상 끝 어둠, 그 이후」, 『문학동네』 2012년 봄호, 58~63쪽.

없는 이 시대의 현실과 더불어 더욱 의미심장한 작품들로 읽어볼 수 있지 않을까.

2. 모르는 육체들

우리는 흔히 사랑과 우정을 구별하기 위해 육체적 관계의 유무를 따지곤 한다. 그런데 이 같은 통속적인 방식에 결정적 진실이 담겨 있기도 하다. 바디우를 다시 한번 참조해보자. 육체적 증거와 무관한 우정은 열정을 불신한 철학자들이 열심히 선호했던 가장 이지적인 감정이며, 사랑은 이러한 우정의 모든 긍정적 특징들을 취하면서 더불어 타인이라는 존재의 총체성을 떠안는 것이다. 그리고 이 총체성의 물질적 상징이 바로 "육체의 위임"[5]이다. 육체적 증거가 사랑을 증명할 수 있는 것은, 사랑하는 사람 사이의 육체적 관계가 타자를 매개로 나르시시즘적 쾌락을 즐기는 행위이기 때문만이 아니라, 그것이 서로의 누추한 육체를 떠맡는 즐겁지만은 않은 행위일 수도 있기 때문이다.

신경숙 소설이 사랑의 이야기로 읽힐 이유는 많지만, 육체의 초라함을 드러내고 감싸안는 장면이 섬세하게 그려진다는 점이 결정적 이유가 될 수 있다. 상대의 빛나는 모습이 눈에 아른거릴 때의 설렘보다도 상대의 초라한 모습이 문득 눈에 들어올 때의 쓸쓸함이 진정한 사랑의 증거일지 모른다는 사실을 가장 잘 아는 작가가 바로 신경숙일 것이다. 『모르는 여인들』의 해설에서 '맨발'과 '신발'의 관계를 통해 분석되었듯, 신경숙은 "누추한 벌거벗음에 관심을 기울이는 것"이 사랑이라는 듯 마음의 나눔과 육체의 나눔을 뒤섞으며 사랑을 말한다. 누군가는 타인의 초라한 맨발을 수락할 수 없어 사랑으로부터 떠나고, 누군가는 타인의 신발에 자신의 발을 넣어보며 친밀감을 확인하기도 한다. 자신의 마지막 신발을 내어주

---

5) 알랭 바디우, 앞의 책, 47쪽.

며 사랑을 증여하는 사람도 있다. 『모르는 여인들』에서 '신발'이라는 모티프는 가장 낮은 자리에서 시작되는 신경숙 특유의 사랑방식을 잘 보여준다.[6]

「풍금이 있던 자리」에서부터 반복되는 모티프이자 『모르는 여인들』에서도 수시로 등장하는 함께 밥을 먹는 장면도 '육체의 위임'으로서의 사랑이라는 관점에서 읽어볼 수 있다. 누군가에게 밥을 챙겨주는 일상적인 행위는 타인을 향해 베풀 수 있는 가장 손쉬운 사랑의 사례이지만, 밥을 먹는 행위 자체에서 두드러지는 육체성으로부터 타자의 타자성이 참을 수 없는 것으로 부각되는 경우도 없지는 않다. 밥을 먹는 모습이 그 자체로 아름다울 수는 없기 때문이다. 피부의 안쪽을 보이는 밥 먹는 모습을 서로에게 노출하고 그것을 지켜보는 일은 사실 그다지 유쾌한 체험일 수는 없다. 그 불쾌를 견디는 것이 사랑의 증거라고 하면 과장일까. 함께 밥을 먹는 식구(食口) 사이의 무조건적 사랑이라는 관념도 보잘것없는 육체를 오랜 시간 공유했다는 사실과 무관하지 않을 것이다. 타인의 비루한 육체를 아무런 이유 없이 수락할 수 있게 될 때 마법같이 사랑이 시작되며 그 육체를 더이상 견딜 수 없다는 사실이 결정적인 이유가 되어 사랑이 끝나기도 한다.

표제작 「모르는 여인들」은 이 같은 사랑의 공식을 효과적으로 보여준다. 관절염 수술을 받은 남편의 병간호로 지친 '나'에게 20년 전 헤어진 남자친구 '채'의 편지가 도착한다. "혼자 힘으로 해결하기 어려운 일에 부딪힐 때마다 너를 생각하곤 했어"(226쪽)라며 만남을 제안하는 채의 편지를 받고, '나'는 20년 만의 이 만남을 수락해야 할 것인지 망설이지만

---

6) 김홍중은 이러한 '신발' 모티프를 통해 친밀성과 관련된 시대적 변화를 읽어낸다. 친밀감 소통의 장소가 '내면'으로부터 '육체의 말단'으로, 인간의 '안'으로부터 인간의 '아래'로, 인간의 깊이로부터 인간의 바닥으로 옮겨오고 있는 장면을 신경숙 소설을 통해 확인할 수 있다는 것이다. 김홍중, 「신경숙 문학의 몇 가지 모티브들」, 『문학동네』 2012년 봄호.

약속 시간이 되자 그럴 수밖에 없다는 듯 약속 장소로 향한다. 20년 전, 이별에 대한 합의는커녕 통보의 말 한마디 없이 떠나버렸던 '나'에게 채는 무슨 말을 하고 싶었던 것일까. 20년 만에 재회한 '나'에게 채가 내민 것은 아내의 노트다. 노트에는 일하는 아내 대신 집안일을 도맡아 해주던 아주머니와 아내가 주고받은 대화가 담겨 있다. 집안일과 관련된 (특히 가족의 끼니와 관련된) 사무적인 이야기들이 오가던 노트에는 점차 두 여인 사이의 내밀한 대화가 담기기 시작한다. 노트의 마지막에 이르러 아내는 자신이 암에 걸렸다는 사실을 터놓는다. 아주머니 외에는 모두와 연락을 끊은 아내는 "자기를 위해 아무 일도 하지 말아달"(253쪽)라며 채를 떠났다고 한다. 채는 자신이 "쓸모없는 인간이 돼버린 것 같"(254쪽)다고 '나'에게 말한다.

20년 만에 '나'를 찾아온 채는 '아내는 왜 이러는 것일까'라는 질문이 아니라 "그때 왜 내게 그랬어?"(233쪽)라는 질문을 '나'에게 던지고 있다. 20년 전 '나'는 롯데백화점 앞에서 '나'를 기다리던 채를 멀리서 지켜보다 그 길로 도망쳐버렸다. 채는 도망치는 '나'를 가만히 지켜봤다. 채와 '나'는 그렇게 이별했다. 그때 '나'는 "군화 속의 땀에 젖어 있을 채의 발가락을 연상하자 더는 견딜 수가 없"(252쪽)어서 채를 떠났었다. 그리고 지금 채의 아내는 자신의 불쾌한 육체를 남편에게조차 떠맡길 수 없어 그를 떠나버린 셈이다. 채의 누추한 육체를 떠안을 수 없어 떠난 '나'도, 자신의 망가진 육체를 떠맡길 수 없어 떠난 채의 아내도, 어쩌면 각자 나름의 방식으로 사랑을 지키려 한 것인지 모르지만, 그를 속수무책으로 만들었다는 점에서 똑같이 가혹한 상대들이다. 채와 만나고 돌아온 '나'는 남편의 메마른 발가락을 하나하나 닦아주며, 자신이 쓸모없는 인간이 돼버린 것 같다던 채의 고통에 공감하게 된다.

사랑이란 서로의 누추한 육체를 떠안음으로써 가능해지며 그것이 버거워질 때 끝장난다 말했지만, 이 모든 과정은 하나의 관점이 아닌 둘의 관점에서 비대칭적으로 일어나는 것이기 때문에, 사랑의 끝장을 어쩔 수 없이 받아들여야 하는 쪽도 사랑의 끝장을 극복해보려 하는 쪽도 결코 쉽지는 않다. 「모르는 여인들」에서 보여주는 사랑의 진화는, 즉 상대의 발가락을 견딜 수 없어 사랑을 포기한 내가 그 사랑을 통과하여 이제 다른 상대의 발가락을 닦아주고 있는 설정은, 저 비대칭을 극복하는 사랑에 관한 또다른 희생의 신화를 만들어낼 수도 있다. 그러나 신경숙이 보여주려는 것은 단순한 희생의 신화가 아니라 저 비대칭과 불일치가 그저 인생일지 모른다는 사실이다. 모든 사랑이 인생이라는 무질서 속에서 어쩔 수 없이 불가능하거나 가까스로 가능하다는 것을 말하고 싶었는지 모른다. 사랑과 더불어 인생은, 아니 인생과 더불어 사랑은, 그렇게 "슬픈 것도 같고 서러운 것도 같고 아니 조금 무거운 것도 같"(228쪽)다고 말하고 싶었는지 모른다. 이 당연한 사실을 섬세히 짚어주며 독자의 마음까지 차분히 가라앉히는 것이 신경숙 소설의 변치 않는 힘일 것이다.

물론, 타인의 누추한 육체를 떠안는 것이 생리적 불쾌를 감내하는 일인 것만은 아니다. 타인의 보잘것없는 알몸이 우리에게 불러일으키는 견딜 수 없는 어떤 감정을 수락해낼 때 결국 사랑은 완성된다. 그 견딜 수 없는 감정이란 고독이 아닐까. 일체의 이미지나 상징을 거둬낸 타인의 알몸을 보는 느낌은 마치 자신의 알몸을 홀로 들여다보는 것처럼 외롭고 슬프다. '육체의 위임'이 사랑의 증명이 될 수 있는 것은, 수치를 감출 수 없는 타인의 무방비 상태의 몸을 들여다보는 고독을 기꺼이 감내하는 것이기에 그렇다고 말해야 한다. 「세상 끝의 신발」의 한 장면을 보자. '나'는 어린 시절부터 선망의 대상이었던 순옥언니가 온갖 불행한 사고 끝에 어린애가 되어버린 모습이 버겁다. "다정하고 섬세한 손길"(22쪽)로 기억되는 순옥언니의 불행을 애써 외면하는 내가 "순옥언니와 마주쳤을 때 갖게 될 고독을 피해보려는 마음"(29쪽)이 있었다고 고백하는 것은 너무나 자연스럽다. 자신을 통제할 수 없는 상황에 놓인 타자와 마주할 때 느끼게 되는 당장의 감정은 쓸쓸함이다. 이 쓸쓸한 감정을 외면하지 않고 껴안으며 자신의 고독 위에 타인의 고독까지 기꺼이 겹쳐놓고자 할 때 사랑이 가능해진다.

통제할 수 없는 상황에 놓인 타자의 고독을 승인하는 일이 사랑이라고 했거니와, 통제 불가능의 상황이란 불행한 운명이기도 할 것이다. 신경숙 소설에서 가족이나 친구, 혹은 연인 사이의 갑작스러운 이별은(예기치 않은 죽음이나 실종도 원인 모를 이별이다) 인간의 불행한 운명을 환기하는 반복되는 모티프다. 연쇄살인범에게 온 가족이 처참하게 살해당한 장면을 목격한 남자의 이야기가 그려지는 「어두워진 후에」는 이 소설집을 통틀어 가장 끔찍한 불행을 다룬다고 할 수 있다. 흔치 않은 불행과 더불어 그려지는 사랑의 형태는 예사롭지 않다. "살인이 자신의 직업"(123쪽)이라고 말한 자에게 온 가족을 잃은 남자는 어떻게 구원받을 수 있을까. 이 작품에는 "영혼이 빠져나"(135쪽)간 느낌으로 2년간 무작정 떠돌아다닌 이 남자에게 아무런 이유 없이 따뜻한 밥과 잠잘 곳을 제공하는 여자가 등장한다. 남자의 모든 요구에 "그러지요"(122쪽)라고 무심히 대답하는 여자의 환대 덕분에 남자는 사건이 발생한 이후 한 번도 찾지 않았던 자신의 집으로 가보아야겠다 결심하게 된다. "이제 살아가려면 그 집을 더이상 피하지 말아야 한다"(150쪽)는 사실을 깨닫게 된 것이다. 심신이 황폐해진 한 인간이 누군가의 무조건적 온정으로 다시 살아갈 의지를 찾게 된다는 익숙한 서사로부터 이 소설이 유독 강조하는 것은, 낯선 남자에게 일말의 경계심도 보이지 않고 자연스럽게 숙식을 제공하는 여자의 낯선 태도이다. 우리는 여자의 이 같은 행위를 사랑이라 부를 수 있을지 모른다. 왜일까.

유영철이라는 연쇄살인범이 온 나라를 떠들썩하게 했던 시점에 이 민감한 사건을 소설로 쓰지 않을 수 없었던 작가의 절박함은 어떻게 설명될 수 있을까. 이 소설에서 눈여겨볼 점은 끔찍한 불행을 겪은 남자의 행적이 마치 도망자의 모습처럼 그려지고 있다는 사실이다. 사건이 일어난 집에 되돌아가지 못하며, 철거 직전의 시민아파트에 숨어들고, 결국 부랑자처럼 낯선 곳을 떠도는 모습은 피해자가 아닌 가해자의 이미지로 적당해 보인다. 가족 중 혼자만 살아남았다는 이유 때문에 실제로 범인으로 의심받기는 했지만 범인이 검거된 이후에도 그가 도망자의 삶을 지속한 것은, 도무지 이해할 수 없는 삶으로부터 도망치고 싶은 마음 때문이었을 것이다. 「어두워진 후에」가 실제 사건을 참조하여 연쇄살인범의 행적을 뒤따르는 동시에 피해자를 가해자와 오버랩하며 강조하는 것은 아마도 "세상은 알 수 없는 곳"(138쪽)이라는 자명한 사실일지 모른다. 살인범의 지난 삶을 빠짐없이 알게 된다 해도 우리는 결코 그를 이해할 수 없다. 물론 피해자의 공포와 상처 역시 어떤 말로도 재현이 불가능하다.

남자가 마치 가해자 혹은 도망자처럼 그려짐으로써, 즉 그가 불쌍한 사람이 아닌 위험한 사람으로 그려짐으로써, 여자의 환대는 더욱 이해하기 힘든 것으로 강조된다. 저 두 남자의 끔찍한 삶에 대해서가 아니라 저 여자의 아무렇지도 않은 무심한 환대에 대해, "대체 왜?"라는 독자의 질문이 끝까지 남는다. 「어두워진 후에」가 강조하는 것은 조건 없는 환대의 숭고한 결과가 아니라 사소한 시작이라고 말해야 할지 모른다. 이때 여자의 환대가 그저 자연스러운 일상처럼 그려진다는 점, 그리고 자신의 보잘것없는 삶을 노출하는 형태로 이루어진다는 점은 특별히 음미될 만하다. 남자가 하룻밤을 머문 여자의 집에는 대소변조차 스스로 해결할 수 없는 그녀의 어머니와 아직 손길이 필요한 두 동생이 있다. 그녀는 자신의 누추한 삶 안으로 남자를 초대한다.

여자의 행위에서 강조될 것은 '무조건'이라는 조건만은 아닌 것이다. 여자의 선행은 자신이 주고 싶은 것을 주는 것이 아니라 상대가 원하는 것을 수락하는 형태로 행해졌다. 또한 그녀는 자신의 삶을 그대로 노출함으로써 주고받음 사이의 거리를 삭제했다. 일상의 여분을 나눈 것이 아니라 일상 그 자체를 공유했다. 우리는 호들갑스러운 환대나 거리두기의 환대가, 적대나 위선, 나아가 자기만족의 다른 형태일 수 있다는 사실을 잘 알고 있다. 그렇다면 여자의 행위는 단순한 환대가 아닌 사랑의 행위로 이해되어야 하지 않을까. 타자의 누추함을 세상으로부터 감춰주고 나의 누추함을 그에게 내보이는 그 사이 어디쯤엔가, 사랑이 있는 것이 아닐까.

혼령을 등장시켜 상처받은 사람을 위로하는 「화분이 있는 마당」의 비현실적인 설정도 신경숙이 제시하는 사소한 사랑의 놀라운 능력과 관련하여 읽을 수 있다. 살아온 날의 절반 이상을 친구로 연인으로 함께해온 상대로부터 갑작스럽게 결별을 통보받고 언어장애와 식이장애를 겪던 '나'는, 후배 집 앞마당에서 만난 낯선 여자가 차려준 밥을 먹고 그녀와 이야기를 나누며 장애를 서서히 극복하고 이별을 받아들이게 된다. 이 아름답고 따뜻하고 신비로운 소설이 사랑의 특별한 방식을 제시하는 것은 아니다. 내가 "느닷없는 창의 결정을 이해할 수 있을 것도 같았다"(80쪽)고 느끼게 된 것, 그리고 "이제 창을 떠올려도 고통 대신에 추억을 느낄 수 있을 것도 같았다"(80쪽)고 말할 수 있게 된 것은, 내 앞에 홀연히 나타나 따뜻한 밥상을 차려주고 이야기를 나눠준 혼령 때문이다. 우리의 삶은 대체로 영문을 모르겠는 불행들에 이끌려가지만, 또 한편에는 영문을 모르겠는 사랑이 존재한다. 밥 먹기와 이야기 나누기처럼 대단치도 않은 행위 속에 서로의 누추함과 쓸쓸함을 나누는 사랑이 존재한다.

신경숙 소설이 이제껏 관심을 둔 것은 돌연한 불행을 감내해야 하는 인생의 서글픔이었다고 말할 수 있다. 『모르는 여인들』에서 눈에 띄는 것은 이 어쩔 수 없는 운명에 대처하는 최소한의 능력으로서의 사랑, 그리고 그 사랑이 발휘하는 신비로운 힘이다. 사랑이라는 감정이 언제나 인간의 운명과 더불어 서술되곤 하는 것은, 애초에 사랑이 보잘것없음이라는 인간의 불행한 운명을 감내할 수 있는 유일한 능력으로 존재하기 때문인지 모른다. 사랑은 운명에 의해 파괴되는 것이 아니라 운명을 돌파하는 것을 본질로 삼는다. 사랑이 사라진 시대의 불행도 오로지 사랑으로밖에는 돌파할 수 없다. 신경숙은 언제나 인생과 사랑에 관한 보편적 이야기에 몰두하고 있지만 우리는 이 같은 사랑의 서사를 통해 우리 시대의 특별한 불행을 거스르는 유일한 방식을 말해볼 수도 있다.

3. 만짐의 시간

한강의 『희랍어 시간』은 시력을 잃어가는 남자와 말을 잃은 여자의 만남에 관한 소설이다. 볼 수 없는 남자는 여자의 목소리마저 들을 수 없고, 말할 수 없는 여자는 행동으로도 표정으로도 남자에게 말할 수 없다. 서로 시선을 주고받을 수도 말을 주고받을 수도 없는 남자와 여자 사이에는 언어 혹은 언어의 대리물을 통한 소통이 완벽히 차단되어 있다. 소설의 도입부에 소개되는 "우리 사이에 칼이 있었네"(7쪽)라는 보르헤스의 묘비명처럼, 빛을 잃어가는 남자와 말을 잃어버린 여자 사이에는 침묵과 어둠의 "서슬 퍼런" 칼날이 놓여 있다고 말할 수 있다. 상대의 결핍을 보충해줄 수 없는 이 둘 사이에 사랑이 가능하기는 할까. 신경숙의 『모르는 여인들』이 일상의 차원에서 행해지는 사소하고도 숭고한 사랑의 모습을 보여준다면, 한강의 『희랍어 시간』은 기본적 소통마저 불가능한 관계를 통해 사랑의 희미한 가능성을 탐색한다. 이때 '만짐'이라는 육체적 행위가 관계의 핵심적 매개가 된다는 점은 중요하다. 『희랍어 시간』을 읽어보자.

여자는 어느 날 갑자기 말문이 막혔다. 반년 전 어머니가 돌아가셨고 수년 전에 이혼했으며 여러 차례 소송 끝에 아홉 살 난 아들의 양육권마저 빼앗겼지만, 여자가 말을 잃게 된 데는 "어떤 원인도, 전조도 없었다"(12쪽). 필담으로 진행된 상담에서 심리치료사는 그녀 삶에 일어난 여러 가지 불행한 사건들을 환기시키며 언어장애의 원인을 찾아주려 하지만, 그녀는 "[문제가] 그렇게 간단하지 않아요"(13쪽)라고 반복해 말한다. 문학을 강의하고 시와 칼럼을 쓰며 언어와 관련된 여러 가지 일을 해왔지만, 사실 그녀는 어려서부터 언어로 인해 "설명할 수 없는 고통"에 시달려왔다. "그녀는 자신의 혀와 손에서 하얗게 뽑아져나오는 거미줄 같은 문장들이 수치스러웠다"(15쪽). 언어에 대한 그녀의 강박적 거부감은 불완전한 언어가 세계를 장악해버린 폭력적 사태와 무관하지 않다. 세계에 대한 폭력을 거부하는 차원에서 스스로의 존재마저 파기했던 『채식주의자』(창비, 2007)의 경우를 떠올린다면 『희랍어 시간』의 이 같은 언어장애는 자연스럽게 이해된다. 그녀는 세계를 향해 어떠한 권력도 실행하지 않는 "극도로 자족적인 언어"(21쪽)를 기다린다. 그것은 신음, 비명, 으르렁거림, 흥얼거림, 웃음소리 같은 감각의 소리들일지 모른다. 학창 시절 겪은 최초의 언어장애를 낯선 외국어 소리로 극복한 경험을 기억하며 그녀는 지금, 사용가치를 잃고 존재가치만 남은 희랍어를 배우면서 완전한 말을 기다린다.

여자는 단순히 소통의 매개로서의 말을 잃은 상태가 아니다. "언어로 생각하지 않"고 "언어 없이 이해"(15쪽)한다는 것은 분명, 말을 잃은 것이 아니라 내면을 잃은 상태라 할 수 있다. 언어로 세계를 장악하기보다는 몸에서 말을 삭제함으로써 세계와 나 사이의 경계를 지워버린 상태라고 해야 할까. 남자는 어떤가. 열다섯 살에 가족과 함께 독일로 이민을 간 남자는 점차 시력을 잃게 될 것이라는 판정을 받았다. 시력을 잃어가고 있는 남자는 세계를 잃고 있는 셈이다. 정확히 말하면 모든 세계를 자신의 내면에 가두어야 할 상황을 목전에 두고 있다. 상상할 수조차 없는 고독의 세계로, "한번 더 빠져나갈 꿈 밖의 세계가 없"(107쪽)는 세계로, 눈에 보이는 것 전부가 오로지 보고자 하는 스스로의 욕망일 뿐인 세계로, 그 완벽한 어둠의 세계로, 남자는 차분히 걸어들어가고 있다. 여자의 시점과 남자의 시점이 교차서술되는 이 소설에서 여자가 '그녀'라는 삼인칭으로, 남자가 '나'라는 일인칭으로 서술되는 것은 자연스럽다. 몸속에서 말이 사라져버린 여자는 세계를 향해 자신의 확고한 내면을 소거해버린 상태이며, 눈 밖의 세계를 볼 수 없는 남자는 세계를 온전히 자기 안으로 끌어들인 상태이기 때문이다. 말할 수 없는 여자도 볼 수 없는 남자도, 세계를 장악할 수 있는 손쉬운 능력으로서 언어와 시선을 잃었다 할 수 있지만, 어쩌면 남자의 상황이 더 비극적일지 모른다. 세계로부터 거절당한 셈이기 때문이다. 남자는 이 상황을 어떻게 받아들이고 있는가. 그가 통과해온 '관계'들을, 실패한 하나의 사랑과 하나의 우정을 살펴보자.

시력을 잃어갈 것이라는 사실을 알게 된 직후, 남자에게 첫번째 사랑이 찾아왔다. 그녀는 말을 잃은 여자였다. 그녀와의 사랑이 파탄 난 것은 자신의 '어리석음' 때문이었다고 남자는 회상한다. "우리는 언젠가 함께 살게 될 것이고, 나는 눈이 멀 것이라고. 내가 보지 못하게 될 때, 그때는 말이 필요할 거라고"(47쪽) 다그치는 '나'에게 그녀는 "이해할 수 없는 광기"(48쪽)를 드러냈다. 이제 마침내 완벽한 어둠으로 들어가게 될 시간을 목전에 둔 '나'는, 마치 눈앞에 여자가 있는 듯 그녀의 모습을 그려보며, 10여 년 전의 그 고통스러운 장면을 떠올려본다. 남자는 "보이는 세계가 서서히 썰물처럼 밀려가 사라지는 동안, 우리의 침묵 역시 서서히 온전해졌을 겁니다"(48쪽)라고 뒤늦게 고백하면서, 그 사실을 알지 못했던 지난 시절의 어리석음을 한탄한다. 시간이 흐른 뒤 남자가 깨달은 것은 그녀의 분노가 아니라 자신의 어리석음이다. 그 어리석음이 사랑도 자신도 파괴했다는 사실이다. 남자는 무엇을 알게 된 것일까. 희랍철학을 공부하며, 보이지 않는 세계의 존재를 믿고 의지하게 된 것일까. 과연 그럴까.

아름다운 사물들은 믿으면서 아름다움 자체를 믿지 않는 사람은 꿈을 꾸는 상태에 있는 거라고 플라톤은 생각했고, 그걸 누구에게든 논증을 통해 설득해낼 수 있다고 믿었습니다. 그의 세계에선 그렇게 모든 것이 뒤집힙니다. 말하자면, 그는 자신이 오히려 모든 꿈에서 깨어난 상태에 있다고 믿었습니다. 현실 속의 아름다운 사물들을 믿는 대신 아름다움 자체만 현실

속에서는 존재할 수 없는 절대적인 아름다움만을 믿는 자신이. (93~94쪽)

남자는 영원불변의 아름다운 세계를 원했던 플라톤에 대해 가르치는 사람이다. 플라톤은 볼 수 있고 만질 수 있는 '아름다운 사물' 대신 현실에 존재할 수 없는 '절대적 아름다움'을 믿었다. 그리고 물질적으로 존재하지 않는 그 아름다움 자체를 믿는 자신이 바로 "꿈에서 깨어난 상태"에 있는 것이라 말했다. 플라톤이 보이지 않는 절대적인 아름다움을 믿을 수 있었던 것은, 역설적으로 그가 볼 수 있었기 때문이다. 그렇다면 "한번 더 빠져나갈 꿈 밖의 세계가 없"는 남자에게는, 눈앞의 아름다운 사물을 볼 수 없으므로 그 너머를 믿을 기회조차 없는 것이 아닌가. 남자가 깨달은 것은 보이지도 들리지도 않는 세계 속에 아름다움의 이데아가 존재한다는 사실이 아니라, 아무것도 존재하지 않는다는 사실이다. 어둠의 세계와 점차 가까워지는 남자는 "눈을 뜨고 있는 꿈을 꾸다가 문득 잠들어 있었다는 것을 깨닫는 순간, (……) 상실감도, 체념도 느끼지 않는다"(107쪽)라고 말할 수 있는 상태에 이르게 된다. 그가 지금 후회하고 있는 것은 자신의 상실을 온전히 받아들이지 못했던 지난날의 조급함이다.

남자가 깨달은 것은 결국 물질세계의 완고함과 감각의 아름다움이다. "적어도 이 세상에는" "완전한 것은 영원히 없다는 사실"(121쪽)을 그는 뒤늦게 깨달은 것이다. "미약한 빛이라도 없으면 이데아도 없"(118쪽)다는 사실을 남자에게 깨우쳐준 것은 열네 살에 6개월 시한부를 선고받았던 친구 요아힘 그룬델이기도 하다. '나'와 그는 각자의 삶에 기입된 결핍을 공유하며 특별한 우정을 나눴다. 여분의 삶을 살아가는 요아힘은 아름다움이 바로 이 세계 안에 있는 것이라고 믿었다. 아름다움을 "생생한 힘"(122쪽)이라 믿었던 그는 눈앞에 있는 '나'를 갈망했지만, "태어나지도 소멸하지도 않는 이데아"와 "화엄(華嚴)"(121쪽)의 세계를 붙잡고 싶었던 '나'는 요아힘으로부터 도망쳤고 그에게 깊은 상처를 주었다.

인간의 몸은 슬픈 것이라는 걸. 오목한 곳, 부드러운 곳, 상처 입기 쉬운 곳으로 가득한 인간의 몸은. 팔뚝은. 겨드랑이는. 가슴은. 살은. 누군가를 껴안도록, 껴안고 싶어지도록 태어난 그 몸은.

그 시절이 지나가기 전에 너를, 단 한번이라도 으스러지게 마주 껴안았어야 했는데.

그것이 결코 나를 해치지 않았을 텐데.

나는 끝내 무너지지도, 죽지도 않았을 텐데. (123~124쪽)

요아힘 그룬델은 죽었다. 이 세계로부터 저 "쓸쓸한 몸"(125쪽)은 완전히 사라졌다. 그 사실을 인정해야 하는 '나'는 요아힘과의 고통스러웠던 포옹을 떠올리며 또 한번 자신의 어리석음에 괴로워한다. 살아 있음을 확인할 수 있는 접촉을 거절하여 요아힘을, 그리고 자신을 쓸쓸함 속에 방치한 것을 후회한다. 한번은 거절당하고 또 한번은 거절한 두번의 실패한 만남을 통해 남자는 무엇을 알게 되었을까. 남자와 여자의 만남이 본격적으로 그려지는 부분에서 우리는 그것을 확인할 수 있다. 어둠과 침묵 사이에서 둘의 대화가 시작된다. 대화라고 했지만 남자가 자신의 이야기를 늘어놓고 여자는 남자의 이야기를 듣는 식이다. 남자와 여자는 이야기를 나눌 수도 시선을 교환할 수도 없다. 그러나 이들은 서로를 들을 수 있다. 여자는 남자의 이야기를 들을 수 있고, 남자는 여자의 기척을 들을 수 있다. 그뿐인가. 이들은 서로를 만질 수 있다. 『희랍어 시간』은 "문득, 그럴 수밖에 없는 듯"(181면) 남자와 여자가 서로의 연약한 부분을 만지며 끝난다. 물론 이것은 만남의 완성이 아니라 시작에 불과하다. 이 만남은 어떻게 사랑이 되는가.

남자는 이 '만짐'을 통해 '꿈 밖의 세계'로 빠져나가고 있다. 『희랍어 시간』을 남자의 이야기로 읽을 경우 이 소설은 시력을 잃어가는 남자가 이데아의 세계에서 구원을 얻는 것이 아니라 감각의 세계로 빠져나오는 이야기가 된다. 여자의 이야기로 읽으면 어떨까. 몸속의 말을 삭제함으로써 세계와 나 사이의 경계를 흐려버린 여자는 저 '만짐'을 수락함으로써 내 안에 세계를 다시 끌어들이게 된다. 일인칭 시점을 취하던 남자가 여자를 마주하고 대화를 나누는 시점부터 삼인칭 '그'로 바뀌는 설정이나, 삼인칭의 '그녀'로 지칭되던 여자가 남자와의 접촉과 더불어 일인칭 '나'로 말하게 되는 설정은 절묘하다. 내면이 비대해진 남자와 세계가 비대해진 여자는 이렇게 '만짐'을 통해서 세계와 나 사이의 균형을 회복해가는 것이 아닐까. 언어와 시선이라는 분절된 감각보다 소리와 접촉이라는 분절 이전의 감각을 통해 완벽한 소통이 이루어질 수 있다는 관념적 메시지를 전달하려는 것이 이 소설의 목적은 아닐 것이다. 감각의 결핍과 비대칭의 만남을 극복하는 사랑의 절대적 신비를 말하려는 것 역시 최종 목적은 아닐 것이다.

이 소설은 사랑의 본질에 관한 이야기이다. 사랑이란 나와 너 사이의 완벽한 동일성을 획득하는 것이 아니라 타자와의 만남을 통해 각자가 자기로부터 빠져나와 삶을 재발명하는 계기를 만드는 것이다. 그 사랑은 상대와 마주하여 서로를 더듬고 만지는 행위로부터 가능해진다. 한강은 사랑의 본질을 '만짐'이라는 예민한 감각과 더불어 말한다. 부서질 듯 연약한 한강 소설의 섬세한 인물들은 흔히 세상으로부터의 상처가 두려워 자기 안에 스스로를 가두는 폐쇄적 인물들로 읽히기도 했다. 『희랍어 시간』은 그러한 편견에 맞서기라도 하겠다는 듯, '만짐'이라는 사랑의 감각을 동원하여, 세계로부터 비극적으로 거절당한 인물들을 세계로 활짝 열어 보인다. 한강은 우리의 연약하고도 예민한 몸을 나누는 행위로부터 굉장한 사랑이 "문득" 시작될 수 있다고 말하려는 듯하다.

4. 사랑을 쓰기, 사랑을 하기

숭고한 사랑의 열정이 불가능한 시대지만 또한 사랑이 아니라면 그 무엇도 우리를 구원해줄 수 없는 시대기도 하다. 많은 사람들이 가볍고 즐거운 쾌락을 시종 기웃거리지만, 사랑만이 자신의 유일한 존재근거인 양 사랑의 고통과 환희에 스스로를 내어맡긴 자들도 없지는 않다. 사랑의 힘으로 세상을 재편할 수 있다는 낭만적 혁명주의자들이 다 사라져버린 것도 아니다. 그들은 주로 여기, 무용(無用)한 문학의 영역에 있다. 익명의 타자와 보잘것없는 밥상을 나누는 신경숙 소설의 은근한 온기도, 소통 불가능 속에서 만짐의 사랑을 문득 실천해 보이는 한강 소설의 열기도, 모두 이 세계 안에 여전히 존재하는 것들이다. 우리가 목도하고 몸소 체험한 사랑의 사례들이다. 드물게 아름다운 바디우의 문장을 읽어보자. "연인들은 심지어 가장 격렬한 섹스에서조차도, 몸이 사랑의 선언을 받아들였다는 그 증거 위로 평화가 내려앉을 때, 잠에서 깨어난 아침에, 마치 두 육신의 수호천사처럼 사랑이 거기에 있다는 사실을 알게 됩니다."[7] 사랑이 '거기에' 있다는 사실을 아는 우리는 그 사랑을 포기할 수 없다. 그리고 이 포기할 수 없음이 사랑을 지속시키고 삶을 변화시킨다.

신경숙과 한강의 소설이 다루는 진실한 사랑의 양태들은 그 자체로도, 진정성을 상실한 동물과 속물의 시대에, 냉소적 윤리가 사랑의 열정을 질식시킨 이 시대에, 인간성을 회복할 수 있는 희미한 희망의 빛이 되어줄 수 있다. 이 위안은 소설을 읽은 독자만 누릴 수 있는 것은 아니다. 하루하루의 일상이 허무로 귀결될 뿐 아니라 문학이라는 아름다운 이름이 소모적인 노동의 하나로 전락한 이 시대에, 어떤 작가들은 쓰는 일 자체로 스스로를 단속하며 자기 삶을 재발명하고 있는 것인지 모른다. 신경숙과 한강의 인물들이 실어증을 앓고 있으면서도 편지나 일기의 형태로 내밀

---

7) 알랭 바디우, 앞의 책, 47쪽.

한 고백을 멈추지 않는다는 사실은 징후적으로 읽힐 만한 대목이지만, 멈춤도 쉼도 없는 이 작가들의 쓰기에 대한 '가학적 붙들림'(블랑쇼) 자체가, 특정한 모티프와 특유의 태도를 고수하며 지속되는 이들의 쓰기 자체가, 아직 완전히 소거되지 않은 진정성의 한 사례로 읽힐 수 있다.

『채식주의자』로부터 『바람이 분다, 가라』(문학과지성사, 2010)라는 폭발적인 장편을 거쳐 또 한편의 장편을 연달아 써낸 한강은 작가의 말에 "글쓰기가 내 삶을 힘껏 밀고 가고 있다는 것에 감사한다"(193쪽)라고 적었다. 지난 팔 년간 세 편의 장편을 쓰는 틈틈이 오로지 내부로부터의 요구에 의해 쓴 단편들을 묶은 것이라는 『모르는 여인들』의 작가의 말에도 "이 작품들을 쓰지 않으면 다른 시간으로 나아갈 수 없을 것 같았"(282쪽)다는 구절이 있다. 삶으로서의 글쓰기라는 진부한 이야기가 이 시대의 희귀종이 되어버린 만큼, 신경숙과 한강이 써놓은 저 말은, 그러니까 쓰기를 통해 삶을 밀고 나갔다는 저 고백은, 특별히 음미될 만하다. 사랑에 관한 이야기와, 쓰기에의 필연성과, 삶의 구축이, 서로의 원인이자 결과가 되는 사태가 이 두 작가에게 동시에 일어나고 있는 셈이다.

이들의 작품과 더불어 우리는 사랑을 구축하고 삶을 재발명하는 동력을 얻을 수 있을까. 시대 현실과 무관하게 인간다움의 내밀함을 탐색하거나 섬세한 예술가의 열정을 발휘하는 듯한 이들의 소설은, 이전 시대 문학의 우세종인 '진정성'의 영역을 고수하는 듯하지만, 실은 가장 구체적 형태의 사랑을 보여주며 사랑에의 선언을 멈추지 않는다는 점에서, 이 시대 문학의 최전선에 놓일 수 있을 것이다. 나의 삶을 주체적으로 밀고 나가는 안간힘으로부터 세계의 변화가 시작된다. 그리고 그것은 일상적 차원의 사랑과 '만짐'의 사랑 안에서 신비롭게 가능해진다. 결국 사랑은 우리의 이 초라하고 연약한 몸으로, '하는' 것이다. 그러니, 당신의 사랑을 포기하지 말라. 신경숙과 한강 소설의 전언이 바로 이것이다.

(『창작과비평』 2012년 여름호)

구조적 폭력 시대의 타나톨로지(thanatology)
― 황정은과 김애란의 소설이 묻는 것들

1. 어떤 '태도'에 관하여

철거가 진행중인 전자상가를 배경으로 가난한 '은교'와 '무재'의 담백한 연애 이야기가 펼쳐지는 황정은의 『百의 그림자』(민음사, 2010)[1]는 이른바 악인이라고 할 만한 사람을 한 명도 등장시키지 않는 소설이다. 30년 넘도록 지켜온 전자상가에서 맥없이 쫓겨나게 된 사람들, "빚을 져 가는 일의 연속"(93쪽)으로서의 삶을 되풀이하는 사람들, 건설현장에서 타워크레인에 압사당한 아버지를 둔 사람에 이르기까지, 저마다의 불행을 운명처럼 끌어안고 사는 사람들이 등장하는 이 소설에는, 그러나 나쁜 사람이 없다. 저 불행한 사람들은 영문을 모르겠다는 순진한 표정으로 '철거'나 '슬럼' 같은 단어들을 어색하게 말해보며 서로에게 나름의 힘겨운 사연을 무덤덤하게 털어놓을 뿐이다. 슬픔이 완벽히 해소될 길 없고 분노가 마땅히

---

1) 이 글은 황정은과 김애란의 첫 장편인 『百의 그림자』와 『두근두근 내 인생』(창비, 2011)을 비롯하여 이들의 단편들을 대상으로 한다. 이 글에서 다룬 단편들은 황정은의 소설집 『파씨의 입문』(창비, 2012)과 김애란의 소설집 『비행운』(문학과지성사, 2012)으로 묶여 출간되었다. 출처는 위 책들을 따른다.

향할 곳도 없다. 그러니 각자의 슬픔과 분노가 이들 곁에 "그림자"가 되어 일어서는 것이 기이한 일일 수 없다. 이들은 누구를 향해 울어야 할까. 도대체 나쁜 사람들은 어디에 있는 것일까.

『百의 그림자』에 등장하는 악인이라면 '은교'의 회상 속에 잠깐 소개되는 동급생 아이를 떠올려볼 수도 있을 것이다. "괴롭히는 무리 안에서도 괴롭힘이 유난했던 아이" 말이다.

나는 열일곱 살 때 학교를 그만두었다. 따돌림이 있었다. 아이들 일이라고 간단하게 말할 수는 없는 일들을 더러 겪었다. 괴롭히는 처지에서도 괴롭히는 것이 지루해지고 귀찮아지는 날이 올 거라고 생각하며 학교를 다니고 있었는데 어느 날 길에서 동급생과 마주쳤다. 길 저편에서 걸어오고 있었다. 괴롭히는 무리 안에서도 괴롭힘이 유난했던 아이라서 나는 틀림없이 시비를 걸어올 것이라고 생각했다. 긴장한 채로 고개를 들고 걸어갔는데 막상 그쪽에선 쑥스럽다는 듯 고개를 숙이고 지나갔다. 그때는 그런가 보다, 하며 나도 지나갔으나 이튿날 무리 속에 섞여서 열심히 괴롭혀대는 그녀를 보면서 뭔가가 맥없이 무너졌다. 이런 이상한 악의를 무심한 듯 버티는 것도 무상해지고, 무리 틈에서 더는 애를 쓰고 싶지는 않다는 생각이 들어서 가방을 가지고 학교를 나섰다. 바보들, 바보들, 하고 생각하며 집까지 걸어와서는 저녁에도 바보들, 바보들, 하고 생각하고 있다가 이튿날부터 학교에 가지 않았다. (83쪽)

'은교'는 따돌림 때문에 열일곱 살에 학교를 그만뒀다. "괴롭힘이 유난했던 아이" 때문이다. 정확하게 말하면 그 아이로부터 보게 된 "이상한 악의" 때문이다. 괴롭히는 처지에서도 괴롭힘을 당하는 처지에서도 뚜렷한 이유는 없었을 것이다. 이유 없는 괴롭힘 정도야 그저 무심히 견딜 수 있었다. 이유 없이 누군가가 싫을 수도 있는 거니까. 잘못 없이 미움받을 수도 있는 거니까. 누구라도 그냥 그럴 수 있는 거니까. 그런데 어느 날 일대일로 마주한 그 아이의 태도는 "무리 속"에서 보여준 모습과 사뭇 달랐다. "쑥스럽다는 듯 고개를 숙이고 지나"간 아이는 그러나 바로 다음 날 다시 "무리 속"의 그 아이로 돌아갔다. 무리 속에서 발휘되는, 아니 무리로부터만 기계적으로 발휘되는 "이상한 악의"에 '은교'는 맥이 풀렸다. 그건 더이상 이해할 필요도, 참을 필요도 없는 바보 같은 악의에 불과했던 것이다. 『百의 그림자』에서 잠깐 소개되는 이 에피소드를 읽으며 우리는 우리의 현실을 갈수록 비참하게 만드는 어떤 불가해한 구조에 대해 생각하게 된다. 구조로부터의 폭력 앞에서 우리는 싸울 힘도 없지만 사실 싸우기도 싫은 역설적 상황에 처해 있다. 견디는 것 말고는 다른 방도를 생각하기 어렵지만 견디는 것 자체가 멍청하게 여겨져 이 구조 자체를 외면하고픈 충동을 때때로 느끼는 것이다. 이런 상태를 뭐라 불러야 할까. 무기력이라 해야 할까. 허망함이라 해야 할까.

유형무형의 잔인한 폭력이 난무하는 동시대 현실에 대해 가장 민감하게 반응하는 작가 중 한 명인 황정은이 대부분의 소설에서 특정한 가해자의 존재를 삭제하고 힘없는 피해자들의 이야기만을 조용히 전달하는 것은, 어쩌면 이 세계의 "이상한 악의"를 분명히 직시하고 싶은 욕망 때문인지 모른다. 우리의 현실을 요령부득의 디스토피아로 만들고 있는 저 익명의 악의는 어떻게 설명될 수 있을까. 황정은의 소설은 쉽사리 해답이 주어지지 않는 이 어려운 질문을 반복하고 있다. "너무 숱한 것일뿐, 그게 그다지 자연스럽지는 않은 일"(144쪽)에 대해 그녀는 생각하고 또 생각하는 것이다. 황정은이 강조하고 싶은 것은 명백한 가해자가 저지르는 가시적 폭력보다는 이토록 불합리한 세계에 무감해지게끔 만드는 폭력, 즉 세상을 점점 파국으로 몰아가는 보이지 않는 폭력이다. 이때 악인은 누구인가. 가령, 「디디의 우산」의 가난한 젊은 부부가 "돈이 있으면 더 살고 돈이 없으면 덜 산대"(174쪽)라는 쓸쓸한 대화를 나누게 되는 것은, "합리적인 고용 시스템"(170쪽) 운운하며 불합리한 계약서를 그들 앞에 내민 직장의 점장 때문일까. 고용주의 입장을 대변하여 노동시장의 유연성을 강조하고 "회사는 유연하고 여러분은 자유입니다"(171쪽)라고 점잖게 말하는 점장이 과연 악인일까. 단순히 그렇게 말할 수는 없을 것이다.

황정은이 자신의 소설로부터 '주관적 폭력'에 해당하는 것을 소거함으로써 시도하는 것은 '구조적 폭력'에 대한 폭로이다. 지젝의 설명에 따르면 '주관적 폭력'이란 "사회적 행위자, 사악한 개인, 억압적 공권력, 광신적 군중이 행하는 폭력"[2]으로서 이때 가해와 피해의 구도는 명백하다. 그런데 '주관적 폭력'에 현혹될 경우 우리는 가시적 폭력을 양산해내는 더 끔찍한 '구조적 폭력'을 놓치게 될 것이라고 지젝은 지적한다. "더이상 구체적인 개인들과 그들의 '악한' 의도의 탓으로 돌릴 수 없으며, 순수하게 '객관적'이고, 체계적이며, 익명성을 띠"[3]고 있는 자본의 폭력을 말이다. 우리의 삶을 파국으로 몰고 가는 진짜 악의 축은 "자가증식하는 자본의 형이상학적 춤사위"[4]이다. 이처럼 거대한 '구조적 폭력' 앞에서 우리는 무엇을 할 수 있을까. 무엇을 할 수 있을 것인가에 대해 확신할 수 없다면 무엇을 해서는 안 되는가에 대해서 먼저 생각해볼 수는 있을 것이다. 지젝이 시종일관 맹렬히 비판해온 것은 어떤 이들의 위선적 관용이다. 자본의 춤사위가 구축한 견고한 피라미드의 꼭대기에 안착한 채, 호들갑스럽게 위기를 말하고 호기롭게 자선을 베푸는 사람들의 '거짓 급박감'과 '위선적 감정'을 그는 경멸한다. 아닌 게 아니라 누군가의 삶은 점점 더 험악해지지만 어디에서도 악인은 쉽게 눈에 띄지 않는 것이 오늘날의 현실이기도 하다. 잘못한 사람은 없고 고통받는 사람만 늘어가고 있는 것이다. 가진 것이 많은 자들은 간편한 자선으로 쉽게 선인이 될 능력마저 지녔기

2) 슬라보예 지젝, 『폭력이란 무엇인가』, 이현우 외 옮김, 난장이, 2011, 37쪽.

3) 같은 책, 40쪽.

4) 같은 책, 40쪽.

때문인지도 모른다. 그래서일까. 이 세계는 생존을 위협받는 불행한 사람들과, 자비를 베풀 여유를 누리는 행복한 사람들로 이분되어 가고 있는 듯 보이기도 한다.

호화로운 구청 청사 앞에서 "노점상연합 공무원노조 철거민연합"(142쪽)의 합동 집회가 자선 바자회와 동시에 진행되는 풍경을 그린 황정은의 「양산펴기」는 우리 시대의 이 같은 부조리를 정확히 지적한다. 그런데 자선 바자회에 물건을 내놓은 사람과 실제로 그 물건을 팔고 있는 사람은 같은 사람이 아니다. 하루 종일 "양산"을 외치고 일당 5만 원을 받은 사람은, 1인분에 3만 원 하는 장어를 먹을 것인가, 지구본을 살 것인가를 두고 연인과 다툰, 아니 "다퉜다기보다는 다쳤다고 해야"(135쪽) 할 가난한 청년이다. 장어 "좀 먹자고 했을 뿐인데"(134쪽) "제정신이냐고"(135쪽) 대꾸한 것이 못내 마음에 걸렸던 '나'는 연인 '녹두'에게 장어를 사 먹이기 위해 바자회에서 아르바이트를 하기로 한 것이다. 자선 바자회가 장어 때문에 다툰 그 가난한 연인을 화해시킬 수는 있을 것이다. 그러나 아마도 이들의 다친 마음을 근본적으로 해결해줄 수는 없을 것이다. 진정한 자선은 어쩌면 바자회를 열지 않는 것일 수도 있다. "국산 빤스 나와라 양말 세 켤레 구청장 오천 원 전통 있고 몸에도 좋은 우리 생존권"(147쪽)이라는 식으로 구청 앞에서 울려 퍼지는 혼란한 목소리들 속에서, "우리 생존권"이라는 '입 없는 자'들의 떨리는 외침을 온전히 들리게 해줄 수 있다면 그것이 오히려 자선일 수 있다. 자선이란 자신의 만족을 위한 것이 아니라 진정 타자를 위한 것이 되어야 하기 때문이다.

우리 시대의 여러 가지 폭력들에 대한 냉소적 태도도 심각한 문제지만[5]

---

5) 권희철은 최근 소설과 정치의 문제를 다루는 글에서 "문학이 어떻게 정치적일 수 있는가 하는 물음과 더불어 우리는 어떻게 이 냉소주의를 깨뜨릴 수 있는지에 대한 물음도 함께 감당해야 한다"고 말한다. 권희철, 「당신의 얼굴이 되어라」, 『창작과비평』 2010년 여름호, 52쪽.

호들갑스러운 위선도 문제다. 황정은은 후자의 문제에 대해서도 민감하다. 황정은 소설의 주된 정조인 '무심함'은, 어처구니없는 구조적 폭력으로부터 그저 발 빼버리고 싶다는 오기와, 떠들썩하지 않게 개입해야겠다는 의지가 한데 엉겨 탄생한 그녀 특유의 '태도'이다. 괴롭힘을 당하는 처지로서는 전자의 마음이, 괴롭히는 처지로서는 후자의 마음이 커질 것이다. 이 같은 오기와 자책 사이에 짙게 배어 있는 것은 물론 슬프고 허망한 마음일 것이다. 그녀는 슬픔 반 허망함 반의 태도로 이 세계를 노려본다. 우리는 황정은의 이러한 태도로부터 무엇을 해야 할 것인가에 관한 명쾌한 답을 구할 수 없을지 몰라도 무엇을 하지 말아야 할 것인가에 대한 희미한 답은 구할 수 있을 것이다.

2. 잘 죽고 싶은 소망에 관하여

구조적 폭력 앞에서 맥 못 추는 세계에 대해 무기력과 허망함이 커질 때, 더불어 이 세계로부터 발 빼고 싶다는 오기마저 생겨날 때, 누군가는 죽고 싶다는 생각을 할지 모른다. 그런데 어떤 경우, 죽고 싶다는 말은 잘 살고 싶다는 욕망에 대한 충격적 수사(修辭)에 불과할 수 있다. '죽고 싶다' 혹은 '죽을 수밖에 없다'고 말할 때의 우리는 아직 삶과 죽음 사이의 팽팽한 긴장을 놓지 않은 상태이다. 하지만 '잘 죽고 싶다'라는 말은 좀 다르다. 그렇게 말하는 누군가는 이미 죽음을 구체적으로 생각하고 있는 사람이다. 삶의 의미나 삶에 대한 의지를 떠올리기 힘든 사람이며, 죽음 쪽으로 살짝 기울어 삶과 죽음 사이의 긴장을 느슨하게 풀어놓은 사람이다. 죽음을 실제로 선택하는 사람들이 늘어간다는 것은 그 사회가 심각하게 병들었다는 것을 단적으로 보여주는 지표일 텐데 여기서 더 나아가 '잘 죽기'를 바라는 사람이 생겨난다는 것은 이미 그 사회가 돌이킬 수 없을 정도로 망가졌다는 것을 의미하는 것일지도 모른다. 자살이 전적으로 자율적인 선택일 리 없지만 '잘 죽고 싶다'는 소망을 생각하는 사람에 관해서라면 그에게 죽음은 결코 선택일 수 없기 때문이다. '잘 죽기'를 바라는 사람에게 죽음은 이미 피할 수 없는 사건으로 임박해 있는 것이다. 요컨대 '잘 죽기'에 대한 담화가 늘어간다는 것은 그 사회의 구성원들이 잘 살고자 하는 욕망을 이미 많이 포기했다는 뜻이 된다. 아니, 정확히 말하면 그러한 욕망을 포기 당했다는 뜻이다.

잘 죽고 싶었다. 장래 희망이 무엇이냐고 묻는 사람에게 잘 죽고 싶다고 대답한 적 있었다. 장래 희망이 죽는 것이냐고 되묻는 사람에게 죽고 싶은 것이 아니고 잘 죽고 싶은 것이라고 설명했다. 그것과 그것은 다르다. 잘 죽으려면 잘 살아야 한다고 생각했다. 죽을 때만은 한도 여한도 없었으면 좋겠다고 생각했다. 여름엔 복숭아를 듬뿍 먹고 가을엔 사과를 양껏 먹을 수 있는 정도로 만족하며 살다가 양지바른 곳에서 자연사하고 싶다고 생각했다. 느닷없이 불에 타거나 물에 쓸려 가거나 무너지는 건축물에 깔리는 일 없이, 조금 더 바란다면 길고 고통스러운 병에 시달리지 않고 죽음을 맞았으면 좋겠다고 생각했다. 그렇게 말하자 대화를 나누던 사람들 가운데 하나가 내게 요즘처럼 사람의 죽음이 험한 세상에서 평생을 좋은 일을 하고 정갈하게 살아도 찾아올까 말까 한 지복을 바라는구나 너는, 하며 웃었다. 그 정도가 지복이라면 요즘의 인생이란 서글픈 것이로구나, 지나가듯 생각했다.
—「낙하하다」, 64쪽

황정은의 「낙하하다」라는 단편에는 위와 같은 우울한 대화가 등장한다. 장래 희망이 "잘 죽고 싶은 것"이라고 말하는 누군가에게 다른 누군가는 "지복을 바라는구나"라며 씁쓸한 웃음으로 응대한다. "잘 죽고 싶은" 희망을 말하는 사람이 바라는 것은 별게 아니다. 좋아하는 과일을 계절별로 양껏 먹으며 사는 삶을 바랄 뿐이고 그러다가 "양지바른 곳에서 자연사"하기를 바랄 뿐이다. 이 정도라면 별로 바라는 게 없는 삶과 죽음이다. 그러나 죽음이 흔하고 또 험한 세상에서 누군가에게 이 같은 소망의 실현은 쉽지 않다. 위의 대화는 "불에 타거나 물에 쓸려 가거나 무너지는 건축물에 깔리는 일"이 다반사인, 자연사하기조차 힘든 우리 시대의 불행을 보여주고 있는 것이다. 그러나 여기서 문제적인 것은 "여름에는 복숭아를 듬뿍 먹고 가을엔 사과를 양껏 먹을 수 있는 정도"의 삶이 그리 쉽지 않다는 사실, "양지바른 곳에서의 자연사"가 쉽지 않다는 사실 자체가 아닐지도 모른다. 그러한 평범한 삶과 죽음에 대한 소망이 허황된 기대에 가깝다는 서글픈 사실을 아무렇지도 않게 받아들이고 있는 저들의 태도가 어쩌면 더 문제적이다. 황정은 소설의 전매특허인 시적 대화에서는 대화의 내용보다 대화의 당사자들이 공유하는 어떤 태도와 분위기가 의미심장한 경우가 많다. 장래 희망이 무엇이냐고 묻는 사람에게 "잘 죽고 싶은 것"이라는 생경한 대답을 담담히 내놓는 사람이나, 그것이 얼마나 큰 복을 바라는 것인지 모르냐며 조용히 웃는 사람이나, 평범한 사람들은 아니다. 이러한 상황은 황정은의 표현을 빌려 말하자면 "옳지 않고 이상한"(68쪽) 것이다.

특정한 서사 없이 화자의 상념만으로 이루어진 「낙하하다」라는 소설에서 화자는 자신이 계속 '떨어지고 있다'고 말한다. "삼 년 전, 떨어지고 있네, 라고 생각하며 떨어지고 있는 자신을 깨달은 뒤로 계속 떨어지고 있다"(62쪽)는 알 수 없는 말을 반복한다. 그리고 이렇게 무한한 공간에서 끝도 없이 떨어지고 있다는 것이 "지옥적"(69쪽)으로 느껴진다고 말한다. 밑도 끝도 없이 무한히 떨어지고 있는 화자는 그렇게 계속 떨어지는 것이 꿈인지 생시인지도 알 수 없고, 자신이 죽은 것인지 살아 있는 것인지도 헷갈린다. 무한히 떨어지는 느낌, 그것은 어떤 것일까. 아마도 "외롭고 두렵고 무엇보다도 지루"(77쪽)한 느낌일 텐데, 우리는 이러한 느낌이 그다지 낯설지 않다. 허망함과 공허함의 끝을 알 수 없는 그런 삶을 우리가 살아내고 있기 때문이다. '죽고 싶다'는 추상적인 말보다는 "잘 죽고 싶다"는 구체적인 말이 더 자연스럽게 느껴지는, 이미 강렬한 생의 의지를 얼마간 상실한 삶 속에 우리는 놓여 있는 것이다. 황정은의 소설이 '잘 살고 싶다'는 바람보다는 오히려 "잘 죽고 싶다"는 바람을 내비치는 듯 읽힌다면, 이는 우리 사회가 천천히 죽음 쪽으로 기울어가고 있다는 사실을 증명하는 것이므로 문제적이다.

이미 많은 평자들이 지적했듯 황정은은 죽지 않고 살아 돌아오는 것에 관심이 많다. 근작 소설에만 한정시키더라도, 원령을 등장시킨 「대니 드비토」나 얼굴의 형상으로 변해가는 말하는 항아리를 그린 「옹기전」, 그리고 다섯 번을 죽고 다섯 번을 살아난 고양이의 비극을 그린 「묘씨생」 등이 그렇다. 우리는 이러한 소설들을 '애도'의 소설로 읽어왔다.[6] '애도'란 죽은 자가 자신의 살아 있음을 주장할 권리, 더불어 산 자가 그들의 죽음을 기억해야 할 의무와 관련된다. 황정은의 소설을 '애도'의 소설로 읽는다면 이에 대한 뚜렷한 판본이 될 만한 작품은 「옹기전」이다. 철거가 진행중인 집의 앞마당에서 우연히 파내온 항아리가 점점 고통스러운 얼굴로 변해가며 "서쪽에 다섯 개가 있어"(82쪽)라는 말을 반복한다. 항아리를 주워온 아이는 그 항아리를 아무렇게나 버릴 수 없어 어쩔 줄 몰라 한다. 그래서 아이는 할 수 없이 "서쪽"으로 향하고 거기서 항아리들을 열심히 파묻고 있는 인부들과 만난다. "전문가"를 자처하는 인부들은 "어제도 묻고 오늘도 묻고 내일도 묻고. 그렇게 묻어서 뭐 난리난 적 있냐. 이렇게 묻고도 세상은 멀쩡하다. 당장 어떻게 되는 일 없다"라고 말하며 아이에게 항아리를 묻자고 말하지만 아이는 "도저히"(100쪽) 그럴 수 없다고 말한다. 말하는 입을 가진 항아리를 어떻게 묻을 수 있는가. 「옹기전」은 '좋은 세상'을 만들기 위해 우리가 얼마나 많은 얼굴들을 외면하고 망각해왔는가에 대해 명확히 지적한다. 이른바 묻는(埋) 행위

---

6) 복도훈은 「인형과 꼽추난쟁이─소설가 황정은과 나눈 말들의 풍경」(『문예중앙』 2010년 겨울호)에서 황정은의 소설을 "애도"와 "증언"의 소설로 정리했다.

에 대해 묻는(問) 소설이다. "당장 어떻게 되는 일"이 없다고 여겨지는 세상에서 '당장 어떻게 되고 있는 사람들'을 돌아보라고 말하는 소설인 것이다.

죽지 않고 살아 돌아오는 것에 관심을 두는 황정은의 소설은 우리가 묻어버린 것에 대한 기억을 촉구하지만 사실 그녀의 어떤 소설은 '제대로 죽지 못함'의 비극을 생생하게 그린다. 이미 죽은 자를 망각해버리는 폭력과, 아직 죽지 않은 자를 죽음 같은 고통 속에 몰아넣는 폭력 중 어떤 것이 더 끔찍할까. 황정은의 질문은 여기까지 와 있다. 「묘씨생」을 보자. 이 소설에는 "평생을 먹을 것과 거주를 두고 인간에게 원한했다"(106쪽)라고 말하는 고양이가 등장한다. 이 고양이는 다섯 번 죽고 다섯 번 살아난 불멸의 고양이다. 배고파 죽고 걸어 차여 죽고 이제는 장기마저 적출당한 채로 나쁜 냄새를 풍긴 채 굶아 죽어가는 이 고양이는 다시 살아나지 않기만을 간절히 바란다. 생존을 두고 인간과 맞서는 삶이 그 자체로 고통일 뿐 아니라, 죽는 순간의 볼썽사나운 몸 그대로 다시 살아나는 것은 끔찍한 악몽과도 같기 때문이다. "죽고 살기를 거듭할수록 깡마르고 험악한 몰골이 되어"(125쪽)가는 고양이의 불멸의 몸은, 죽음보다 더한 고통이 일생 동안 반복되는 누군가의 비참한 삶을, 그러한 고통을 유발하고 외면하는 악랄한 구조의 견고함을, 결국 인간의 사악한 이기심을, 온몸으로 증명한다. 이 세계 안에 한번 발을 잘못 들이는 순간 어느 누구라도 쉽사리 아름답게 재생할 기회를 얻을 수 없다는 사실은 「묘씨생」이 우리에게 일러주는 냉담한 메시지 중 하나다. "다시 산다면 어쩔 것인가"라는 고양이의 물음은 그래서 섬뜩하다. "일생일사로 기품 있게 살아가는 내 동족들과는 다르게 눈물 흘린다"(129쪽)라는 고양이의 한탄은, 당연히 우리 동족의 또다른 눈물일 수 있다. "상자나 다름없는 방"에서 남들이 버린 음식을 먹으며 살아가는 "걸인 같은 노인"(109쪽)의 한탄일 수 있는 것이다. 「묘씨생」은 '죽지 못하는 몸'을 통해 우리가 이제껏 추상적으로만 생각해온 타인의 고통을 극사실적으로 전달한다. 누군가의 한평생은 끔찍한 고통의 영원회귀와 같다.

「대니 드비토」는 또 어떤가. 죽음 이후에 보이지도 들리지도 않는 원령이 되어 사랑하던 사람에게 붙은 채로 그 사람의 평생을 지켜본 '유라'가 결국 "유도 씨가 죽고 난 다음엔 무엇으로도 남지 않기를"(57쪽) 간절히 바란다고 말하는 것은 왜일까.

> 나는 죽은 뒤에 뭔가 남는다거나, 다시 태어난다는 거, 믿지 않아.
>
> 왜.
>
> 믿고 싶지 않으니까.
>
> 어째서.
>
> 가혹해서, 생각하고 싶지 않아.
>
> 뭐가 가혹해.
>
> 예를 들어, 네가 죽어서 나한테 붙는다고 해도 나는 모를 거 아냐.
>
> 모를까.
>
> 모르지 않을까.
>
> 사랑으로, 알아차려봐.
>
> 농담이 아니라, 너는 나를 보는데 내가 너를 볼 수 없다면 너는 어떨 것 같아.
>
> 쓸쓸하겠지.
>
> 그거 봐. 쓸쓸하다니, 죽어서도 그런 걸 느껴야 한다면 가혹한 게 맞잖아. 나는 이생에 살면서 겪는 것으로도 충분하니까, 내가 죽을 때는 그것으로 끝이었으면 좋겠어. 이왕 죽는 거, 유령으로 남거나 다시 태어나 사는 일 없이, 말끔히 사라졌으면 좋겠다는 얘기야.
>
> ─「대니 드비토」, 56~57쪽

아마도 유도 씨와 나누었던 이런 대화가 생각나서일 것이다. 유도 씨가 살아생전 우려했고, 자신이 죽은 이후 직접 느꼈던 "죽어서도 남는 쓸쓸함"을 그에게 안겨주고 싶지 않아서일 것이다. 그런데 그게 다는 아닌 듯하다. 유라가 "죽어서도 남는 쓸쓸함"을 알게 되었다면 그것은 비단 살아 있는 유도 씨가 자신을 알아보지 못한 채로 "너무 오래 살아 있"어서만은 아니다. 유라는 자신이 지켜본 유도 씨의 보잘것없는 한평생이 슬펐고, 죽음 이후에도 그 쓸쓸한 삶에 연루되어 있는 자신이 슬펐다. 그래서일까. 사랑했던 사람의 쓸쓸한 한평생을 다 지켜본 유라는, 그가 어서 죽어 자신과 재회하기만을 바랐던 유라는, 결국 그가 죽어 "말끔히 사라질 수 있기를"(57쪽) 바라게 된다. 황정은 소설이 말하는 '잘 죽기'는 보잘것없고 외롭고 고통스러운 이곳의 삶에 다시는 연루되지 않는 것일지도 모른다.

이제 황정은의 소설은 이렇게 정리될 수 있을 것이다. 죽은 자들이 살아 돌아와 산 자를 괴롭히는 소설들의 한편에, 죽지 못하고 살아나는 일이 괴로운 자들이, 혹은 죽음 이후에도 삶에 연루되어 여전히 괴로운 자들이 있다고. 후자의 소설들을 염두에 둔다면, 황정은 소설이 말하는 '잘 죽고 싶다'는 소망은 삶과의 연결고리를 완벽하게 끊어버리고 싶은 위험한 욕망까지를 말하는 것이리라. 이렇게, 산 것도 죽은 것도 아닌 채로 누군가는 끊임없이 살아 있음을 주장하고 또 누군가는 차라리 잘 죽기를 희망하는 이 세상은 도대체 어떤 세상인가. 인간이 육체적 필멸 이후의 영혼의 불멸을 상상해온 것은 삶의 절대적 우위로부터 가능했다. 그렇다면 죽음 이후의 세계를 거절하는 황정은의 인물들은 이 시대의 삶이 죽음에 대한 절대적 우위를 지킬 수 없을 정도로 망가졌다는 사실을 보여준다. 황정은이 냉정하게 묘파하고 있는 것은 이 같은 죽음과 삶의 역전, 불멸이 악이며 필멸이 선이 된 끔찍한 세상이다. "다시 산다면 어쩔 것인가"라는 질문이 공포로 여겨지는 생을 살고 있는 우리는 이 악무한의 삶을 어떻게 잘 끝낼 수 있을까. 황정은의 어떤 소설들은 마침내 우리를 이와 같은 무시무시한 질문 앞으로까지 내몰고 있다.[7]

3. 다시 태어나고 싶은 의지에 관하여

이 글의 논지를 이어나가자면 김애란의 첫 장편 『두근두근 내 인생』도 죽음이라는 사건 앞에서 어떻게 잘 죽을 것인가를 숙고하는 이야기로 읽을 수 있다. 조로증이라는 희귀병에 걸려 열일곱의 나이에 팔십 세의 몸으로 죽어가는 '아름'을 화자로 내세우는 이 소설에서 죽음은 결코 상징이나 비유가 될 수 없다. 아름에게 죽음은 피할 수 없는 명백한 사실로 임박해 있다. 『두근두근 내 인생』의 소재가 되는 죽음은 타인의 고통스러운 삶에 대한 비유일 수 없으며 자신의 고통스러운 삶을 끝장내고 싶다는 욕망의 과장된 표현일 수도 없다. 아름에게는 죽음 이외의 가능성이 전혀 없다. 그는 소설이 끝남과 동시에 죽게 되어 있다. 기정사실의 죽음이 이 소설을 끌고 나가는 동력임에는 분명하지만, 더불어 이러한 전제로 인해 『두근두근 내 인생』을 읽는 독자들은 어느 정도 슬픈 감정을 저당 잡히고 있다고 해야겠지만, 김애란의 『두근두근 내 인생』은 죽음에 대한 공포나 죽음과 결부된 고통을 묘사하는 데 주력하는 소설은 아닌 듯하다. 이 소설이 우리에게 설명 불가능한 슬픈 감정을 안겨준다면 그것은 죽음을 대하는 아름의 태도가 남다르기 때문이다.

프로이트에 따르면 인간은 '만일 내가 죽는다면'이라는 가정 속에서도

---

7) 육체적 고통을 잔인하리만치 무정하게 재현하는 황정은 식의 고통 재현법에 대해서는 별도의 논의가 필요하다. 배가 갈리고 귀가 잘린 채로, "앓아도 앓아도 아물지 않고 고름"(「묘씨생」, 128쪽) 가득한 몸으로, 죽고 또 죽기 위해 자꾸만 살아나는 어떤 몸을 상상해보자. "잘 죽고 싶다"고 말하는 이들의 고통을 말끔하게 끝장내는 일이 삶 속에서는 도저히 불가능한 일일까. 그 가능과 불가능을 따지기 전에 우리가 당장 해야 할 일은 아마도 고통의 존재를 외면하지 않는 일일 것이다. 황정은은 '찢긴 몸'에 대한 집요한 묘사를 통해 우리로 하여금 저들의 고통을 외면하지 않도록 한다.

자신의 죽음을 쉽게 상상할 수 없다. 하지만 몇 번의 죽을 고비를 이미 넘긴 아름은 자신의 죽음을 이미 근미래의 사건으로 담담히 승인하고 있다. 아름은 농담처럼 죽음을 말하는 명랑한 아이이기도 하고 불행한 운명과 마주한 자신이 남들에게 어떻게 비쳐야 할지에 대해서 고민하는 진지한 아이이기도 하다. 그리고 그는 죽음을 앞둔 자신의 외로움보다는 곧 죽을 아들을 둔 부모의 고통을 더 염려하는 속 깊은 자식이기도 하다. 늙은 자식의 손을 잡고 걷는 "어머니의 곤란을 조금이나마 덜어드리고 싶어, 걸핏하면 치맛자락을 잡아끌"(101쪽) 때나, 부모의 병원비 부담을 덜어주기 위해 텔레비전 기부 프로그램에 자진해서 나가기로 결정할 때에도, 아름은 아픈 자신보다는 아픈 자식을 둔 부모의 아픔을 더 신경쓴다. 이 소설이 우리를 슬프게 한다면 그것은 죽음을 앞둔 열일곱 소년의 이야기라는 소재 때문이 아니라, 죽음을 기다리는 아름의 여유 때문인 것이다.[8]

죽음을 앞둔 아름은 잘 죽고 싶다. 그래서 아름은 이야기를 만든다. 죽을 고비에서 살아난 직후 쓰기 시작한 이야기, 열일곱 나이에 자신을 밴 어머니가 그 사실을 감당하기 힘들어 밤새도록 운동장을 뛴 적이 있다는 사실을 알고 삭제해버린 이야기, 결국 죽기 전에 다시 완성한 그 이야기는 이 소설의 맨 마지막에 부록처럼 붙어 있는 「두근두근 그 여름」이다. 사실 『두근두근 내 인생』은 이 부록을 쓰기까지의 과정을 기록한 이야기라 할 수 있다. 「두근두근 그 여름」은 자신의 부모가 가장 아름다웠던 시

---

8) 시한부 삶에 대한 그 어떤 통속적인 이미지도 거절하는 이 소설에 대해 현실성 여부를 두고 여러 의견이 제출된 것으로 안다. 한 가지 사실만 짚고 넘어가자. 『두근두근 내 인생』의 성과 중 하나이며 나아가 김애란 소설의 가장 큰 매력이라고 할 만한, 유머러스하고 긍정적이며 여유롭고 배려심이 깊은 인물의 창출에 대해서라면, 그러한 인물이 현실적이지 않다고 말하는 순간 그것은 복잡다단한 현실에 대해 편향되고 왜곡된 시선을 강요하는 것이 될 수 있다. 진부하지만 중요한 말을 반복하자면, 소설에서 현실성과 가능성의 범주는 반드시 일치하지 않는다. 아마 그것은 소설이 아닌 현실에서도 마찬가지일 것이다. 현실적이지 않은 것이 불가능한 것은 아니다.

절에 대한 이야기, 그들이 사랑을 하고 자신을 잉태하던 순간의 이야기이다. 아름은 "나 때문에 잃어버린 청춘을 돌려드릴게요"(324쪽)라는 심정으로 죽기 직전의 고통 속에서 싱싱한 청춘의 이야기를 만들어낸다.

하늘은 높고, 매미의 매끈한 눈동자 위로 시시각각 모양을 바꾸는 뭉게구름이 지나갔다. 산이 꾸는 꿈속에서, 매미들은 소리 죽여 노래했다. 그때 우리는 그걸 원했어. 그때 우리는 그게 필요했어. 그때 우리는 그걸 하지 않을 수 없었어. 그때 우리는 그걸 했어. 그때 우린 그걸 한번 더 했어. 그때 우린 그걸 계속했어. 그리고 우리는 그게 몹시,
'좋았어.'
바야흐로 진짜 여름이 시작되려는 참이었어. (352쪽)

이렇게 끝이 나는 이야기이다. 아름은 자신의 심장 박동이 희미해지는 순간에, 자신의 심장 박동이 비로소 시작되던 순간의 이야기를 쓴다. 부모의 심장 박동이 어느 때보다도 힘찼던 순간의 이야기이기도 하다. 아름이 쓴 이야기 속에서, 죽어가고 있는 아름과 똑같은 나이의 어린 부모는 "우리는 그걸 원했어"라고 벅찬 마음으로 말하며 사랑을 나눈다. 이 이야기는 아픈 자식으로 인해 제대로 누리지 못한 부모의 청춘 시절을 보상해주려는 이야기이지만, 너무 빨리 지나쳤거나 결코 도달할 수 없어 절대 내 것이 될 수 없는 아름 자신의 잃어버린 청춘에 대한 이야기이기도 하다. 그뿐일까. 아름의 글쓰기는 "하느님이 왜 나를 만드셨을까?"(80쪽)라는 도저히 풀리지 않는 질문에 대해 스스로 답을 찾는 작업이기도 하다. 「두근두근 그 여름」의 마지막 부분을 쓰면서 아름은 자신의 탄생과 자신의 존재에 관한 절대 의심할 수 없는 필연적 이유를 찾아낸 것이 아닐까. 바로 아름다운 두 남녀가 절실히 원했다는 것, 그리고 바람과 구름과 산이 축복해주었다는 것 말이다. 「두근두근 그 여름」은 사려 깊은 자식이 부

모에게 바치는 마지막 선물이기 이전에, 이미 죽음을 승인한 자가 자신의 삶까지도 승인하기 위해 악전고투한 흔적이라 할 수 있다.

앞서 지적했듯 조로증에 걸린 아이라는 설정은 독자의 몰입을 이끌어 내고 독자의 감정을 쉽게 관리하는 장치가 될 수 있을 텐데 이 소설이 슬 픈 감정을 애써 강요하지 않는다는 사실은 흥미롭다. 조강석이 적절히 지 적했듯 이 소설은 고통받는 타자를 직접 화자로 내세움으로써 독자로 하 여금 타인의 실재적 고통에 대한 접근 불가능성을 인정하도록 하고, 나아 가 타인의 고통 앞에서 위선적 연민을 제어할 수 있는 감정교육마저 실행 하는 듯 보인다.[9] 이 소설이 이야기를 통해 생의 긍정을 실행하는 소설로 읽히든, 타인의 고통에 대한 신중한 태도를 가르치는 소설로 읽히든, 조 로증이라는 힘겨운 설정이 왜 필요했을까에 대해서 적절한 답을 찾기가 쉽지는 않다. "그것은 다른 어떤 것으로 대체가 가능한 것이다. 소년에게 시한부의 생을 남겨둘 수 있는 것이면 무엇이 되었건, 이 소설의 질감을 바꿔놓을 수는 있어도 뼈대는 바꾸지는 못한다"[10]라는 지적은 타당하지 만, '다른 어떤 것으로 대체가 가능'함에도 불구하고 왜 하필 조로증일까 라는 의문은 여전히 남는다. 게다가 이제껏 김애란의 소설이 우리를 매혹 한 요인 중의 하나가 일상의 사소한 감정들을 적실한 언어로 포착해내는 그녀의 섬세한 표현력에 있음을 상기한다면 조로증이라는 설정은 어쩌면 너무도 특별하다 할 수도 있다.

조로증은 분명 불행한 병이지만 그 끝은 결국 너무 빠른 자연사이다. 아름도 열일곱 살의 마음으로 여든 살의 몸이 되어 자연사하게 된다. 마 음은 아직 가져볼 것이 많다고 말하는데 몸은 이미 아무것도 가질 수 없 는 상태가 되어버렸기 때문에 삶에 대한 구체적인 의지를 철수시켜야 하

---

9) 조강석, 「타인의 고통」, 『문예중앙』 2011년 가을호.

10) 차미령, 「이야기꾼의 탄생과 진화 I─김애란 장편소설 『두근두근 내 인생』 읽기」, 『문학 동네』 2011년 가을호, 105쪽.

는 불행한 운명 속에서 아름은 죽게 되는 것이다. 제 스스로 어쩌지 못하는 몸의 늙음에 의해 아름의 삶과 죽음이 결정되는 것이다. 어쩌면 조금 위태로운 상상일 수 있지만 외부로부터의 절대적 요인에 의해 삶의 의지를 박탈당한 아름의 상황은, 덜 여문 채로 이미 시들어버린 우리 시대 청춘의 모습을 환기하기도 한다. 힘겨운 한 시절을 "지나가고 있는 중"(「자오선을 지나갈 때」, 『침이 고인다』, 문학과지성사, 2007, 148쪽)이라고 믿은 채로, 자신도 모르게 재빠르게 시들고 있는 청춘의 모습을 말이다. 물론 몸의 나이와 마음의 나이의 시차로 인해 발생하는 박탈감은 비단 이 시대 청춘들의 전유물만은 아니다. 지나온 삶과 진행중인 삶이 허망하게 느껴지고 다가올 삶에 대해서도 별로 기대할 것이 없어질 때, 우리는 자신이 가져본 적도 없는 것을 이미 상실했다는 허탈감을 느낀다. 언제나 더 나은 삶을 기대하고 살지만 더 얻을 게 없다는 사실을 불현듯 깨닫게 되는 이러한 불행은 우리 시대만의 특별한 현상일 리 없지만 그것이 우리 시대에 특별히 흔한 현상임에는 틀림없다. 그렇다면 조로증은 역시나 끔찍한 설정이 아닐 수 없다. 그것은 이 시대의 불행을 적절히 환기하는 특별한 장치이기 때문이다.

4. 죽음으로부터 길어올린 삶

조로증이라는 테마를 이렇게 확장시켜 읽는 것이 가능하다면 『두근두근 내 인생』 역시 황정은의 소설과 마찬가지로 삶보다는 죽음 쪽으로 축이 이동한 이 시대의 불행을, 그러한 불행을 야기한 보이지 않는 폭력을 그리는 소설이라 할 수도 있다. 그러나 황정은의 길과 김애란의 길은 다르다. 황정은의 소설이 죽음 쪽으로 기운 삶을 그림으로써 이 시대의 보이지 않는 폭력의 존재를 가시화하고자 애쓸 때, 김애란의 소설은 죽음에 대한 삶의 우위를 회복하려는 의지를 드러냄으로써 폭력이 난무하는 세계와 맞서는 태도를 일러주고자 한다. 삶과 죽음의 우위가 역전된 상황을

바로잡으려는 김애란의 안간힘을 격려할 필요가 있다는 것인데, 그럼에
도 불구하고 『두근두근 내 인생』에서 조로증이라는 특별한 설정이, 그리
고 그러한 엄청난 불행을 여유롭게 감당하고 있는 듯 보이는 소설 속 인
물들이 여전히 어색하게 느껴진다면 김애란의 근작 단편들을 함께 읽어
보는 것이 좋겠다. 김애란의 근작 단편들은 황정은의 작품들과 문제의식
을 공유하면서 그 둘이 갈라지는 지점을 분명히 보여주기도 한다. 특히
비인간적 개발 정책이 자행되는 도시 문제를 다루는 「벌레들」과 「물속 골
리앗」은 내용이나 분위기의 측면에서 기존의 김애란 소설과 뚜렷하게 차
별되므로 주목할 필요가 있다. 「벌레들」은 가난한 신혼부부의 이야기이
다. 가지고 있는 돈으로 전셋집을 구하기가 힘들어 애를 태우던 이 부부
는 평수에 비해 싼 가격에 나온 장미빌라에 보금자리를 마련한다. "동네
가 재개발 구역으로 지정됐다는 건 이사 후 한 달이 지나서야 알"(49쪽)
게 된다. 이름도 로맨틱한 장미빌라로 이사 온 이후 뜻하지 않게 임신까
지 하게 된 부부는, 그러나 점점 생기를 잃어간다. 남편은 "양육에 대해
느끼는 공포"(65쪽)로 인해 갈수록 야위어가고 아내는 "허물어져가는 바
깥세계로부터, 쉬지 않고 날아 들어오는 오염 물질로부터"(63쪽) 자신들
의 보금자리를 지켜내기 위한 사투를 벌인다. 장미빌라는 철거가 진행중
인 A구역으로부터 쉼 없이 밀려들어오는 소음과 벌레에 무방비 상태로
노출되어버린 것이다. 장미빌라와는 허술한 방충망을 사이에 두고 있을
뿐인 A구역을 바라보며 "어떻게 우리가 저 사람들하고 같아?"(61쪽)라고
말했던 아내가 그곳으로부터 밀려오는 벌레에 몸서리치는 것은 당연하
다. "몸통이 애호박만한 게 온몸에 징그러운 털이 나 있는, 처음 보는 벌
레"(72쪽)는 그 자체로도 무섭도록 징그러운 것이지만 불결과 결합된 빈
곤의 상징이기에 더더욱 용납될 수 없었던 것이다. 「벌레들」은 불쾌감과
불편함을 동시에 불러일으키는 소설이다. 이 소설에서 묘사되는 징그러
운 벌레는 빈곤과 결합되면서 우리에게 설명할 수 없는 불편함을 불러일

으킨다. 그리고 이러한 불쾌감과 불편함이 최고조에 달하는 것은 이 소설의 마지막 장면에서이다.

> 다리에 힘이 풀리며 그 자리에 털썩 주저앉았다. 깨진 콘크리트 조각이 무질서하게 쌓여 있는, 봉긋한 무덤 같은 곳에서였다. 그 봉분에 허리를 기댄 채 다리를 벌리고 누웠다. 그리고 온 힘을 다해 외쳤다.
> "도와주세요."
> 소리는 허공 위로 아스라이 사라졌다. 듣는 사람은 아무도 없는 것 같았다. 있더라도, 새벽 한시에, 아무도 없는 재개발지역의 건물 잔해 위에서, 다리를 벌리고 있을 임산부를 떠올리는 사람은 없을 터였다. 아랫배가 얼얼하고 현기증이 났다. 너무 아파서 토할 것 같았다. 나는 한 번 더 죽을힘을 다해 소리쳤다. (80쪽)

아마도 이 장면은 김애란의 소설 중 가장 섬뜩한 장면으로 기억될지도 모르겠다. 애호박만한 애벌레의 침입을 막으려고 버둥대다가 A구역에 결혼반지를 떨어뜨린 만삭의 아내는 그것을 되찾으러 "세상만사를 삼킨 심연"(75쪽)과도 같은 그 죽음의 공간으로 걸어 내려간다. 거기서 양수가 터져버린 아내는 엄청난 양의 벌레들이 기어나오고 있는 죽은 나무 곁에 쓰러져버린다. 깊숙한 어둠의 공간에서 "재앙처럼"(78쪽) 뻗어나오는 벌레의 행렬을, 그리고 그 옆에서 다리를 벌린 채 누워 있는 출산이 임박한 임산부의 모습을, 과연 우리는 죽음의 공간으로부터 길어올린 생에 대한 의지로 읽어낼 수 있을까. "이 출산이 성공적일 수 있을지 정말이지 확신할 수 없었다"(81쪽)라는 말로 끝나는 「벌레들」은 오히려 삶을 향해 "시커먼 아가리를 벌린"(75쪽) 죽음의 그림자를 형상화한 소설로 읽힐지도 모른다. 그리고 이러한 이미지가 결국 김애란이 바라본 서울이라는 도시의 형해임을 우리는 알게 된다.

홍수라는 자연의 무정한 폭력과 철거라는 인간의 비정한 폭력에 의해 고립된 아파트로부터 탈출을 시도하는 이야기인 「물속 골리앗」 역시, 죽음으로부터 삶을 길어올리고자 하는 시도가 결코 만만한 것이 아님을 보여준다. 전기와 물이 끊긴데다가 50년 만의 홍수로 인해 섬처럼 고립된 아파트에서 어머니의 시체와 함께 물속을 헤쳐 나오던 소년은 거대한 골리앗 크레인에 다시 고립된 채로 외로움과 추위와 배고픔에 떨면서 "누군가 올 거야"(126쪽)라고 조용히 읊조린다. 어머니의 시체와 함께 물속을 헤쳐 나오는 소년은 생명력을 상실한 어머니의 몸으로부터 기어코 태어나 탄생을 완성하고 삶을 시작하려는 태아의 안간힘을 상기시킨다. 죽은 아버지가 살아생전 가르쳐주었던 잠수를 시도해보며 물속에서 아득한 편안함을 느껴보는 이 소년의 탄생은 과연 성공적일 수 있을까. 「물속 골리앗」 역시 「벌레들」과 마찬가지로 비관의 도시로부터 생생한 삶의 의지를 길어올리는 일이 간단치 않음을 증명하는 소설이다.

「벌레들」과 「물속 골리앗」을 함께 읽을 때 우리는 죽음과 삶의 자리바꿈이 얼마나 힘든 일인지, 이 시대 곳곳에 만연한 절망을 희미하게나마 희망으로 뒤바꾸는 일이 얼마나 어려운 일인지 새삼 깨닫게 된다. 힘겨운 삶을 유머를 통해 긍정하는 능력, 그리고 자기 위안의 글쓰기를 통해 생의 의미를 스스로 찾아내는 능력 등, 이제껏 김애란의 소설이 보여준 긍정의 능력들이 얼마나 드물고 값진 것들이었는지 이러한 소설을 읽는 우리는 다시 한번 인정하지 않을 수 없다. 김애란의 최근 단편들은 그녀의 이 같은 빛나는 능력들이 결국 우리 시대의 처절한 불행을 똑바로 마주한 결과 완성된 것이라는 확신을 준다.

황정은의 어떤 소설이 "잘 죽고 싶다"는 충격적 소망을 드러냄으로써 이 시대의 삶에 내장된 고통을 선명하게 증언한다면, 김애란의 근작들은 아름다운 탄생의 순간을 복원함으로써 삶과 죽음의 우위가 역전된 상황을 가까스로 바로잡으려 한다. 삶을 끝장낼 권리보다는 삶을 지켜낼 의무가 더 많이 강조되어야 할 이 시대에 황정은의 소설이 준 충격을 기억하는 일도 김애란의 소설이 발휘한 안간힘을 기억하는 일도 똑같이 중요해 보인다. 황정은의 소설과 김애란의 소설은 '주관적 폭력'을 호들갑스럽게 노출시키지 않으면서 우리 시대의 '구조적 폭력'과 대면하는 이토록 어렵고 진지한 작업을 지속하고 있다.

(『문학동네』 2011년 겨울호)

탈–고아의 인간학
— 김영하와 김연수의 근작 장편이 말해주는 것

1. '고아'의 문학사

한국 현대소설사는 아마도 '고아'의 문학사라 이름 붙일 수 있을 것이다. 어떤 시기의 한국 소설은 잃어버린 아버지를 찾는 고아의 고투를 그렸고, 또 어떤 시기의 한국 소설은 더이상 부재의 형태로도 존재하지 않는 아버지를 스스로 만들어내야 하는 고아의 방황을 그리기도 했다. 외부 세계의 원칙에 스스로를 동일시하며 자기 존재의 준거를 밖으로부터 찾고자 했던 소설들이 전자에, 의지하던 세계의 붕괴와 더불어 자기 존재의 준거를 안으로부터 찾아야 했던 소설들이 후자에 속할 것이다. 이 두 경향은 중요하지만 길지 않은 한국 소설의 역사를 이러한 두 경향의 반복 교차로 설명하기는 힘들 것이다. 한국 근대소설의 첫 장면에서부터 '고아 콤플렉스'(김윤식)를 읽어낸 논자도 있거니와 우리 소설사는 부재의 형태로나마 명백히 존재하는 '아비 찾기'의 충동을 실현하기 위해 더 많은 시간을 할애했다고 말해야 한다. 소설 속 인물이 자신의 사적 뿌리를 찾는 과정은 흔히 '아버지'의 대응물인 국가, 민족, 이념이라는 타자의 원칙에 귀속되고자 하는 주체의 열망과 더불어 이해되었다. 독재자 아버지에 대한 강렬한 부정 정신에서 비롯된 1970~80년대의 반체제 문학 역시 민주주의 혹은 공동체주의라는 또다른 아버지(이념)를 추앙하는 '아비 찾기' 충동의 한 사례로 설명된다.

근과거의 한국 소설사에서 1990년대가 문제적인 시기로 이해되는 것은 이러한 사정과 관련이 깊다. 흔히 공동체주의에서 개인주의로, 열정에서 냉소로, 희망에서 환멸로의 전회가 이루어진 시기로 평가되는 1990년대의 문학은, 찾아야 하는 아버지의 존재마저 완전히 상실한 진짜 고아의 방황을 그렸다는 점에서 특별하다. 지금 여기에는 없지만 어딘가에 분명히 존재한다고 믿은 아버지를 찾아나섰던 고아의 안간힘은, 1990년대에 이르러 아버지의 절대 부재라는 상황을 스스로 해결해야만 하는 고아의 혼란으로 뒤바뀌었다.[1] 이 같은 1990년대적 고아의 혼란은 '근대적 개인'의 정체성 찾기 문제가 우리 소설사에 비로소 본격적으로 출현한 계기로 읽히기도 한다. 누군가는 세계를 박탈당한 상실감을 세계에 대한 환멸이나 증오로 뒤바꾸며 견뎠고, 누군가는 내면으로 시선을 돌려 자기 존재의 근원을 안으로부터 길어올리고자 애썼다. 은희경과 김영하의 냉소의 미학이나 신경숙과 윤대녕의 진정성의 미학은 아버지에 대한 환상마저 깨어진 이후의 후일담으로 읽혔던 것이다.

우리는 1990년대 고아들의 이 같은 방황을 '정체성' 탐색의 여정으로 읽으면서도, 과연 이들의 시도로부터 '외적 모험'과 '내적 성숙'의 동시 진

---

1) 물론 이러한 고아의 문학사는 비단 우리만의 것은 아니다. 프로이트의 가족 로망스의 개념을 빌려 마르크 로베르가 소설의 기원을 '사생아형 서사'와 '업둥이형 서사'의 두 경향으로 설명한 것은 유명하다. 사생아도 업둥이도 자신의 아버지를 가짜라 여긴다는 점에서 고아의식을 지니고 있다 할 수 있다. 사생아형 소설들이 세계와 맞서 싸우며 세계의 원칙에 귀속되는 리얼리즘적 자세를 견지하는 반면, 업둥이형 소설들은 세계로부터 도피나 토라짐을 통해 싸움을 교묘히 피한다. 김형중은 이러한 구분에 주목하면서, 1960년대 이후로부터 1990년대 초반까지의 한국 소설을 '사생아형 서사'로 1990년대 중반 이후의 한국 소설을 '업둥이형 서사'로 구분한 바 있다. (김형중, 「업둥이들의 과잉/과소 낙원」, 『변장한 유토피아』, 랜덤하우스중앙, 2006, 77~81쪽)

행을 요구하는 진정한 주체되기의 과정을 읽어낼 수 있는가에 대해서는 의문을 표하기도 했다. 모험을 통해 성숙한 주체로 성장하려면 상실과 환멸의 상처를 다스릴 유예의 시간이 필요했을지 모른다. 1990년대 소설은 이 같은 유예의 시간을 지나는 중이었다고 말할 수 있지 않을까. "90년대 모더니즘 소설에 출현한 나르시시즘 문화는 자유의 자랑스런 명패가 아니라 곪아터진 상처"[2]라고 적절히 지적한 황종연도, 1990년대 문학의 자율성은 오히려 "문학의 자폐와 자발적 왜소화를 정당화"[3]했다는 김영찬의 지적도, 1990년대 문학에 대한 반성적 성찰로 읽힌다. 문제는 고아의 자립을 충분히 지켜볼 새도 없이 세계는 자본이라는 유례없는 절대 권력과 마주했고 급기야 내면을 상실한 '동물'과 '속물'의 세계로 곧장 진입해버렸다는 사실이다. 김홍중이 '포스트 진정성 체제'라 명명한 2000년대에서는, 즉 외부 세계의 원칙과 개인의 내면이 이미 분리할 수 없이 한몸이 되어버린 상황 속에서는, '정체성 찾기'라는 의제 설정 자체가 불가능하게 되어버린 듯하다. 서영채는 최근의 글[4]에서 "더이상 자신을 부끄러워하지 않는 속물"들의 "당당하면서도 냉소적인 쾌락주의"가 논리 구조상 칸트의 도덕법칙으로부터도 제어받을 수 없는 우리 시대의 문제적 상황을 "괴물시대"라는 명칭으로 설명하고 있다. 이때, 어떤 대상을 그것이 놓인 자리로부터 떼어놓는 미메시스의 원리를 통해 "자신과의 최소 차이를 확인"하는 식으로 '서사의 윤리'가 가능해질 것이라고 말하는 서영채의 주장은 우리 시대 소설의 불가능과 가능을 함께 보여준다.

과감하게 말해보면 한국 소설사에서 자율적 주체의 정체성 탐색에 관

2) 황종연, 「모더니즘에 대한 오해에 맞서서」, 『창작과비평』 2002년 여름호(『탕아를 위한 비평』, 문학동네, 2012, 323쪽).
3) 김영찬, 「2000년대, 한국문학의 위한 비판적 단상」, 『창작과비평』 2005년 가을호(『비평 극장의 유령들』, 창비, 2006, 68~76쪽).
4) 서영채, 「괴물시대를 사유하는 서사의 윤리」, 『문학동네』 2012년 봄호(『미메시스의 힘』, 문학동네, 2012).

한 문제는, 어찌 보면 '근대소설의 기원'으로부터 탐색되었어야 할 '나는 누구인가'라는 이 근원적 질문은, 지속적으로 진지하게 논의되지 못했다고 할 수 있다. 1990년대 이전의 고아들은 '상상의 공동체'라는 부재하는 환상과 더불어 타율적으로 자신의 기원을 찾았고, 1990년대 문학의 주체 찾기는 나르시시즘적 가상에 머물거나 너무 순식간에 불가능한 시도가 되어버렸다. 그렇다면, 부재하는 아버지의 환상을 횡단한 진짜 고아의 이야기는 더 써질 필요가 있다고 말해야 하지 않을까. 일상의 삶 속에서 명백한 타자적 존재들과 마주하며 스스로 자기 앞에 놓인 생생한 삶의 주인이 되고자 하는, 허약한 개인의 건강한 고투를 그리는 소설이 더 많이 써져야 할 것이라고 말해야 하지 않을까. 2000년대의 문학이 정치 혹은 윤리라는 거창한 이름으로 숙고한 공동체주의도 결국 자기 삶의 주인이 되고자 하는 개인들의 모험과 더불어 진정한 의미를 지니게 될 것이라고 말해야 하지 않을까.

1990년대 중반 비슷한 시기에 등단한 이후 두 세기를 관통하며 이미 한국 문단에 의심할 여지없는 중요한 작가가 되어 있는 김영하와 김연수의 근작 장편은 공교롭게도 두 편 모두 고아 소년을 주인공으로 내세우고 있다. '폭주'라는 소재를 중심으로 가출 청소년들의 실상을 실감나게 재연하고 있는 김영하의 『너의 목소리가 들려』(문학동네, 2012)와, 교통사고로 홀아버지마저 잃고 천애고아가 된 소년의 성장담을 1980년대 독재 시절을 배경으로 그려낸 김연수의 『원더보이』(문학동네, 2012)에서 고아라는 인물 설정은 단순히 시대의 비극성이나 서사의 비극성을 강조하기 위한 장치만은 아닌 듯하다. 1990년대 소설이 감당하려 했지만 충분히 수행하지 못한, 2000년대 소설이 너무 빨리 포기해버린, '내면의 성숙' 혹은 '주체되기'의 서사가 2012년 현재 어떻게 지속되고 있는지 살피려는 이 글의 목적과 관련하여 이들 소설의 '고아'라는 인물 설정은 충분히 음미해볼 만하다. 이제 이 고아들의 성장담을 읽어보자.

2. 수치의 성장담

제이라는 소년이 있다. "아직 귓가에 솜털이 보송한 소녀"(13쪽)가 강
남고속버스터미널의 화장실에서 제이를 낳았다. 태어나자마자 어린 엄마
에게 살해당할 뻔한 제이는 맹렬한 울음소리 덕분에 "영아살해의 운명"
(18쪽)에서 벗어났고, 누군가의 손에 의해 한 여자에게 건네졌다. 제이는
그녀를 "돼지엄마"라고 불렀다. 결혼을 한 적도 아이를 낳아본 적도 없는
돼지엄마가 고속버스터미널 화훼시장의 구멍가게에서 강남의 한 룸살롱
주방으로 일자리를 옮겨가며 그를 키웠다. 제이가 초등학생이 될 무렵,
돼지엄마는 변변치 않은 일자리마저 잃었고 그들이 살던 동네의 재개발
이 시작되면서 집마저 잃게 될 처지에 놓였다. 젊은 남자와 동거를 시작
한 돼지엄마는 자포자기의 심정으로 술과 약해 취해 지내며 제이의 존재
를 거의 잊었다. 그리고 마침내 제이는 철거 직전 폐허가 된 동네에 홀로
버려진다. 태어나자마자 친모에게 한 번, 그리고 10년 뒤 양모에게 또 한
번, 제이는 이렇게 두 번 버려졌다. 물론 아버지의 존재 같은 것은 애초에
없었다. 김영하의 장편 『너의 목소리가 들려』는 이처럼 '버려짐'의 운명을
안고 태어난 제이의 수난담을 그리고 있다.

제이에게는 유년 시절을 함께 보낸 동규라는 친구가 있다. 제이와 동규
는 같은 다세대주택에서 성장했고 유년 시절 대부분의 기억을 공유하고
있다. 동규가 어린 시절 "선택적 함구증이라는 일종의 불안장애"(26쪽)를
앓고 있을 때 제이는 그런 동규와 함께 있어준 유일한 친구였다. "말을 못
하는 나와 그런 나를 이해하는 제이 사이에는 다른 아이들은 이해하지 못
하는 특별한 유대가 있었다"(33쪽)고 동규는 회상한다. 동규의 일인칭 시
점으로 서술되는 『너의 목소리가 들려』는 결국 동규의 눈에 비친 제이의
이야기라 할 수 있다. 돼지엄마에게 버려져 폐허에 홀로 남겨진 제이는
결국 보육원에 보내졌으나 그곳을 탈출해 거리로 나온다. 그리고 "날것
그대로의 야생"(98쪽)의 삶 속으로 내던져진다. 수치도 도덕도 배운 적

없는 듯 오로지 충동에 의지해서만 생활하는 가출 청소년들 틈에서, 즉 "십여 년 전 놀이터에서 하던 소꿉놀이의 악몽 버전 혹은 포르노 버전"(99쪽)의 일상을 반복하는 이른바 '가출팸(가출+패밀리)' 속에서 제이는 "입어도 벗은 것 같고 벗어도 입은 것 같은 나날"(102쪽)을 보낸다.

여기까지 읽는다면 이 소설은 특별히 불행한 운명을 안고 태어난 제이의 고된 삶이 우리 시대 가출 청소년의 끔찍한 실상과 더불어 그려지는 흡입력 있는 르포소설처럼 보일 수 있다. 소설의 마지막에는 「비상구」의 저자로 소개되는 작가가 이 소설을 써내는 과정이 에필로그처럼 붙어 있다. 작가가 제이의 이야기와 어떻게 만나게 되었는지, 제이의 주변 인물들은 그를 어떻게 회상하고 있는지, 작가가 실제로 주변 인물들을 취재하고 소설을 쓰는 과정이 소설 끝에 소개된다. (이러한 설정의 효과는 뒤에 살피기로 하자.) 그러나 『너의 목소리가 들려』에서 강조되는 것은 버려진 제이의 당연한 불행이 아니라 제이의 내적 성장에 관한 것이다. "동물과의 교감이 남달랐"(64쪽)던 제이는 보육원에서부터 "세상의 모든 죄악"은 "고통의 울부짖음"(73쪽)을 외면하는 것으로부터 시작된다고 말하면서 고통스러운 영혼들과의 교감을 시작한다. "너, 우리 노예 할 수 있어?"(91쪽)라는 제안을 수락하고 가출 청소년들과 위태롭게 동거하던 제이가 한순간의 폭력으로 그들의 야만적 난장을 잠시나마 뒤흔들어보는 것도 "영혼이 요동하는 것"(110쪽)을 느꼈기 때문이다. 마침내 그 무리에서 빠져나온 제이는 1년여의 시간 동안 최소한의 것을 먹고 버려진 책들을 읽으며, 대부분의 시간은 사색을 하며 거리에서 홀로 성장한다. 홀로 보낸 그 시간 동안 "괄목상대"(128쪽)의 내적 성숙을 이룬 제이는 "노예"의 자리에서 벗어나 마침내 "리더"의 자리로 올라선다. 고아 출신 제이는 타고난 영적 능력을 통해 스스로의 아버지의 자리에 우뚝 서게 되는 것이다. 그렇다면 우리는 이 이야기를 제이의 '성장담'으로 읽을 수 있을까.

소설의 중반 이후부터는 거리의 청소년들 사이에서 '리더'가 된 제이의 활약상이 그려진다. 제이는 폭주족을 선두에서 지휘하는 리더이자 가출 청소년들의 정신적 스승이 된다. 제이의 메시지는 간단명료했다. "너희들은 잘못된 장소에서 잘못된 방식으로 살아가고 있다. 그것은 너희들의 잘못이 아니다. 그러나 나는 너희들로 인해 아프다."(141쪽) '나는 너희 대신 아프다'라고 마치 박해받는 성인(聖人)처럼 말하는 제이에게 아이들은 점점 매료되기 시작한다. 사실 이 소설이 제이의 서사를 진행시키면서 노골적으로 강조하는 것은 제이의 불행을 선택받은 자의 운명처럼 그리는 일이다. 『너의 목소리가 들려』는 아버지가 된 고아, 주인이 된 노예의 치열한 성장담이라기보다는 일종의 영웅담처럼 읽히는 것이다. 제이(J)를 예수(Jesus)의 현현으로 읽어보는 일도 꽤나 자연스럽다.[5] "바싹 마른 몸에 걸친 너덜너덜한 코트와 산발한 긴 머리"(207쪽)의 풍모도 그렇거니와, 마치 신탁을 전하듯 설교하는 제이와 그에게 말없이 교화되는 아이들의 관계는 물론, 제이의 불행한 태생과 그가 겪은 온갖 시련들은 모두 제이를 신화 속 주인공으로 만들어내는 데 일조한다. 경찰의 단속에 맞서다 성수대교에서 추락사하는 제이가 마치 "승천"(234쪽)한 것처럼 그려지고 수백 명의 사람들이 그것을 사실로 믿는 장면은 제이의 신화를 결정적으로 완성한다.

김영하는 고아 제이에게 성스러운 이미지와 박해의 이미지를 동시에 덧씌움으로써 결국 폭주로밖에는 자신의 목소리를 제대로 낼 수 없는 이 시대 '벌거벗은 생명(homo sacer)'의 서사를 만들어내었다고 볼 수도 있다. "자기들이 인간 이하의 대우를 받고 있다는 것조차"(164쪽) 알지 못하는 가난한 십대의 서사 말이다. 하지만 이 같은 독해는 표면적인 것일 수 있다. 『너의 목소리가 들려』는 내면의 성장이 불가능한 우리 시대의 비극을 정교하게 그려내고 있다는 점에서 더욱 의미 있는 작품이 된다. 불행한 제

---

5) 서희원, 「화장실서 태어난 10대 예수 혹은 야누스, 그 목소리는…」, 프레시안, 2012. 3. 30.

이는 자기 삶의 주인이 되기보다는 세계의 주인인 신의 자리로 단번에 상승해버렸다. '동물' 세계의 노예를 거쳐 '신'의 자리로 등극하는 제이의 변모는 '인간' 제이의 성장이라고 보기 힘들다. 이 시대의 '성장'은 과연 신화에 불과한 것일까. 김영하는 이런 질문을 던지고 있는 듯하다.

88만 원 세대의 성장 불가능을 '퀴즈쇼'라는 일종의 환상적 장치를 통해 보여준 전작 『퀴즈쇼』(문학동네, 2007)도 이러한 맥락에서 함께 읽힌다. 『퀴즈쇼』가 세계로부터의 질문에 스스로 답을 찾아가는 과정으로서의 성장을 일종의 '쇼'로 비유했었다면, 『너의 목소리가 들려』는 자신의 운명과 마주하는 성장은 인간의 능력을 넘어서는 전능함을 통해서만 가능하다고, 결국 인간의 내적 성장은 지금 여기에서 불가능할지 모른다고 말하는 듯하다. 제이는 세상의 박해와 고독한 사색을 통해 전능함을 스스로 만들어낸 것처럼 보이지만, "어떤 목소리"를 들었다고 말하는 제이는 실상 더 강력한 전능함에 스스로를 귀속시키고 있다. '왜?'라는 세계로부터의 질문과 마주하여 『퀴즈쇼』의 민수는 환상의 세계로, 제이는 신의 세계로 도피해버린 셈이다. 제이의 여자친구 목란은 제이의 죽음이 자살일 것이라고 단정하는데, 결국 제이는 죽음을 통해 질문 이전에 존재하는 정답의 세계로 자신을 완벽히 동화시켜버린 것이다. 『너의 목소리가 들려』가 세태소설로 읽힌다면 그것은 가난한 십대의 실상을 그럴듯하게 그려내고 있다는 점에서가 아니라 우리 시대 성장 불가능의 상황을 근본적 차원에서 숙고하고 있다는 점에서 그렇다고 말해야 한다.

그러나 『너의 목소리가 들려』를 이 같은 성장 불가능의 서사로 읽는 것은 제이를 바라보는 또다른 시선, 즉 동규의 존재를 배제했을 때 가능한 것이다. 제이를 묘사하는 동규의 일인칭 시점과 더불어 제이의 일생은 또다른 해석을 얻게 된다. 거리의 아이들 사이에서 마치 "멜컴 엑스형의 정치적·영적 지도자"(226쪽)로 추앙받으며 폭주족의 리더로 군림하는 제이의 언행들은 어느 순간부터 동규의 눈에 "허세"(161쪽)로 비치기 시작한다. 1년의 노숙 끝에 고행자의 풍모로 동규 앞에 나타난 제이가 자신이 "고통을 감지하는 센서"(133쪽)가 되었다고 말할 때부터 동규는 "참을 수 없는 반발심"과 더불어 마음 한구석에 "찜찜"한 기분을 느꼈다. 저 찜찜한 기분은 나날이 강화되고 동규는 마침내 "우리는 완벽한 타인이 되어가고 있"(150쪽)다고 느끼게 된다. 제이를 바라보는 동규의 시선에 담기게 된 이 같은 이물감은 어떻게 설명될 수 있을까.

> 자기계발서에서 건진 듯한 잠언이 종교적 교훈과 뒤섞였고 싸구려 대중소설의 잔뜩 힘을 준 비장한 문체가 로맨스의 극적인 구성으로 스며들었다. 제이가 다른 사람의 인생이나 사회에 대해서 말하고 있을 때는 그가 사용하는 말이 전혀 거슬리지 않았었다. 그런데 그가 내 삶에 대해서 말하기 시작하자 그의 말이 얼마나 텅 비어 있는지 문득 깨닫게 되었다. (……) 한때 내 욕망의 통역자였던 제이는 이제 나라는 인간의 내면을 읽을 생각이 없었다. (147~148쪽)

엄마와 삼촌의 외도로 인한 부모의 이혼, 그리고 아버지의 재혼으로 인한 불행 등, 동규가 처한 상황은 제이의 불행에 비하면 덜 처참하다 할 수도 있지만 동규는 제이가 자신에게 함부로 툭툭 던지는 것 같은 조언들이 불편하다. "내가 겪고 있던 존재의 위기를 웃음거리로 만드는 것 같았다"(147쪽)고 동규는 느낀다. "나라는 인간의 내면을 읽을 생각이 없"어 보이는 제이가 동규에게는 그 자체로 내면 없는 인간처럼 보였을지 모른다. 그런데 제이를 향한 동규의 감정은 단순히 타인을 향한 불만이 아니라 일종의 수치로 보이기까지 한다. 동규의 고백에 따르면 동규와 제이는 "근본은 같은, 나이를 먹어 둘로 분리된 정신의 샴쌍둥이"(165쪽)와 같았기 때문이다. 제이를 바라보는 동규의 시선 속에 담긴 이 수치심은 이 소설에서 가장 의미심장한 감정이 된다고 말해야 한다. 왜일까.

제이의 서사가 중심에 놓이는 이 소설은 동규의 일인칭 시점으로 서술된다. 그러나 제이의 내면을 서술할 때 동규의 일인칭 시점이 제한적이지는 않다. 동규의 일인칭 시점은 제이와 동규의 내면을 자유롭게 넘나든다. 이러한 설정으로 인해 독자는 "우리는 분명 하나처럼 살았다"(165쪽)는 동규의 고백을 비유가 아닌 분명한 사실처럼 읽게 되기까지 한다. 어쩌면 제이와 동규는 정말로 한 인물일지 모른다. 이와 관련하여 소설가인 '내'가 제이의 이야기를 접하게 된 과정을 그리는 이 소설의 에필로그가 결정적인 역할을 한다. 폭주 청소년 상담 자원봉사를 하고 있는 옛 여자친구 Y가 '나'를 찾아와 "우리 애들 얘기도 소설로 (……) 한번 써봐"라고 제안을 했고, 자원봉사자들이 입을 모아 추천한 "일치된 이름"(242쪽)은 (제이가 아닌) 바로 동규였다. '나'와 만난 동규는 "제이가 바로 저예요"라며 자신의 이야기보다 제이의 이야기를 더 많이 늘어놓는다. "네 얘기가 듣고 싶"다는 '나'에게 동규는 "저는 제이 얘기를 해야 돼요"(244쪽)라고까지 말한다. 제이는 폭주족 리더로 활약했던 지난 시절의 동규가 아닐까. 그러니까 에필로그의 앞에 씌어진 이야기는 작가가 동규의 이야기를 듣고 그것을 제이와 동규의 이야기로 각색해낸 것이 아닐까. 어쩌면 김영하는 동규와 제이의 이야기가 실화를 바탕으로 한다는 사실보다는 허구적 장치를 거친 것이라는 사실을 재차 강조하기 위해, 애초에 동규와 제이가 한 인물일지 모른다는 사실을 은연중 내비치기 위해, 김영하 자신을 연상시키는 소설가가 등장하는 에필로그를 썼는지 모른다. 이처럼 동규와 제이를 한 인물로 읽는 것은 어떤 의미를 지닐까.

제이를 바라보는 동규의 시선에 불편함이 각인되면서 이 둘이 완벽한 타인으로 분리되는 것은 제이가 폭주족의 리더가 된 직후이다. 앞서 지적했듯 이 같은 불편함의 정확한 이름은 수치일 것이다. 어쩌면 이 소설은 거리의 아이들 사이에서 어설픈 신으로 군림했던 동규(/제이)의 내면에 어느 순간 기입된 어떤 부끄러움을 보여주는 소설일지도 모른다.[6] 물론 동규(/제이)의 영웅담을 일종의 '허세'로 느끼는 불편함에는 작가의 시선이 적극 개입되어 있기는 할 것이다. 중요한 사실은 이 수치의 시선으로부터 진짜 내면의 발견이 가능해진다는 것이다. 제이를 바라보는 동규의 시선 속에 담긴 이물감 자체가 '최후의 인간'으로부터 '최초의 인간'으로의 성장 가능성을 증명하는 셈이다.[7] 동규의 불편한 시선과 더불어 제이의 신화는 결국 실패한 것이 되고, 내면이 사라진 이 시대의 불가능한 성장은 가까스로 가능한 것이 된다.

김영하가 "정신의 샴쌍둥이" 같은 제이와 동규의 이야기를 통해 보여주고자 한 것은 결국 스스로를 반성적으로 돌아볼 수 있는 내면의 시선만이 '괴물시대'의 폭주를 막을 수 있다는 사실이다. 동규가 제이에게 살인 충동을 느끼고 결국 경찰과 공모하여 그를 죽음으로 내모는 것, 그리고 그 죄책감을 견디지 못해 자살하는 것은, '괴물시대'의 폭주를 끝장내고자 하는 인간의 내부 목소리가 극적으로 재연된 것이라 할 수 있다. 동물

---

6) 이러한 부끄러움은 '동규/제이'가 홀로 거리를 떠돌던 시절 그에게 잠시나마 안온한 보금자리를 제공해주었던 "진샘"으로부터 은연중 배우게 된 것이라 말할 수 있을까. "진샘"은 소설가 '나'에게 동규의 이야기를 소설로 써보라고 제안했던 Y이다. Y는 자신과 제이 사이에 있었던 일화를, 동료가 겪은 이야기라 속여 '나'에게 보낸다. '나'는 그 이야기를 작품 어디에 끼워넣을지 몰라 그냥 그대로 작품 뒤에 붙인다며 적고 있다. 제이는 Y의 집에 잠시 기거한 적이 있다. 자신에게 무상으로 제공된 밥과 옷과 잠자리에 대한 대가를 치르려는 듯 제이는 잠든 Y의 몸을 더듬는다. 거부할 수 없는 쾌락에 몸을 맡기던 Y는 내부로부터 비난의 목소리를 듣는다. 그것은 미성년자와의 섹스를 금지하는 "윤리의 규준을 내면화한 철학자"의 목소리라기보다 자신의 욕망을 컨트롤해야 한다는 "종교재판의 심판관"(267쪽)의 목소리처럼 들렸다고 Y는 쓰고 있다. "좋아하실 줄 알았어요"(268쪽)라고 말하는 제이에게 Y는 "남자하고 여자하고 자는 건 (……) 부끄러움을 나누는 거야"(268~269쪽)라고 말해준다. 충격적인 묘사들이 적지 않은 이 소설에서 이 장면이 유독 강한 인상을 준다면 그것은 아마도 제이의 기계적 행위가 부끄러움이라는 인간의 감정과 최초로 진실하게 대면하는 장면이기에 그럴 것이다.

7) '최후의 인간'과 '수치의 상실'에 대해서는 김홍중, 「삶의 동물/속물화와 존재의 참을 수 없는 귀여움」, 『마음의 사회학』, 문학동네, 2009, 65~69쪽 참조.

세계의 노예로부터 신화 세계의 주인으로 결국 수평 이동을 반복할 뿐인 이 시대 '최후의 인간'들은 수치를 느낄 줄 아는 내면의 시선을 확보함으로써, 즉 '동물의 삶'을 '동물의 삶'으로 '속물의 삶'을 '속물의 삶'으로 알아챌 수 있는 능력을 애써 다시 찾음으로써, 비로소 '최초의 인간'으로 거듭날 수 있다고 김영하는 말하고 싶었던 것이 아닐까. 불행한 고아의 일생을 몇 겹의 시선을 통해 보여주는 『너의 목소리가 들려』는 내면을 상실한 우리 시대에 '인간되기'의 서사가 얼마나 불가능한지, 또 어떻게 가능할 수 있는지를 드라마틱하게 보여주는 수작이라 할 수 있다.

3. 슬픔의 성장담

또 한 명의 고아가 있다. 교통사고로 아버지를 잃은 열다섯 소년 정훈이다. 소년의 엄마는 아이를 낳자마자 세상을 떠났다. 김연수의 『원더보이』는 이 소년이 아버지를 잃은 슬픔 속에서 엄마의 흔적을 찾는 이야기를 다룬다. "나는 고아가 됐다. 이제 내 운명은 스스로 결정해야만 했다"(30쪽)라고 정훈은 결심해보지만 새아버지를 자처하는 '권대령'에 의해 소년은 철저히 이용당한다. 소년과 아버지를 태운 트럭은 무장간첩이 타고 있던 차와 정면충돌했고 교통사고 순간 즉사한 정훈의 아버지는 간첩을 붙잡은 국민적 영웅으로 추앙된다. 일주일 만에 혼수상태에서 깨어나 자신이 고아가 된 사실을 절망적으로 받아들이고 있는 소년도 국민들에게는 "희망의 마스코트"(11쪽)로 강요된다. 반공이 국시였으며 국민들은 순진하기 짝이 없었던 군부독재 시절이었기에 가능했던 일이다. "이 나라가 군을 보호할 것이다"(13쪽)라고 말하는 권대령은 소년의 아버지 앞으로 나온 포상금은 물론 소년을 위해 모금된 성금까지 가로채고 이 소년을 절대 권력자에 대한 충성의 도구로 활용한다. 권대령은 스스로가 아버지이기 이전에 절대 권력의 아버지에게 충성을 다 바쳐야 하는 불안한 아들에 불과했던 것이다. '나라의 보호'라는 강력한 부자 관계 안에 편입된 소년은 어떻게 자라게 될까.

사고를 통해 소년은 신비한 능력을 얻는다. 백남준의 비디오아트와 유리 겔러의 숟가락 굽히기 초능력이 대유행이던 그 시절, 사고 직전까지 아버지와 함께 "소원 말하기"(16쪽) 놀이를 하며 열심히 숟가락을 문지르던 소년은 교통사고로 고아가 되면서 다른 사람의 마음을 읽을 수 있는 초능력을 얻게 된다. 아버지마저 잃고 자신과 세상 사이에 연결된 끈을 완전히 잃은 소년이 말을 통하지 않고서도 다른 사람의 마음을 읽을 수 있게 되었다는 것은 무척 다행스러운 일이었을지 모른다. 그러나 이 신비한 능력과 더불어 소년은 오히려 끔찍한 고통을 겪게 된다. "재능개발연구소"(82쪽)라는 곳에 끌려간 소년은 권대령에 의해 간첩을 색출해내거나 정치사범의 자백을 받아내는 데 이용된다. 끔찍한 고문 속에서 죽음의 고통에 허우적거리는 사람들을 바라보며 정훈은 "압도적인 슬픔"(49쪽)을 느낀다. 죽음 앞에 놓인 인간들이 "너무나 평범한 일상들을 자기 인생에서 가장 행복한 시절로 떠올리는 것"(98쪽)을 바라보며, 그리고 "사랑하는 것들을 빼앗으면 인간은 한없이 약해진다"(100쪽)는 사실을 활용하는 권대령의 비인간적 폭력을 바라보며 소년은 한 세계가 무너지는 것 같은 고통과 슬픔과 공포를 느낀다. "엄마하고 아빠하고 다 같이 손잡고" "일요일에 서울대공원 가서 돌고래쇼 보기!"(25쪽)가 일생일대의 소원이었던 정훈은 그 평범한 소원마저 이룰 수 없는 불행한 아이가 된다.

1980년대가 그런 시대이기는 했다. 무고한 개인의 죽음이 일상처럼 반복되고 누군가에게는 평범한 일상이 특별한 행복처럼 여겨지는 불행한 시대였을 것이다. 김연수의 표현을 빌리자면 "말하지 못하는 것이 있다고 말하는 것 자체가 이적 표현에 해당"(221쪽)되는 엄격한 언론 통제의 시대이기도 했다. 『원더보이』에서는 전작들에 비해 김연수 소설 특유의 감성적 문체와 유머러스한 인물 묘사가 소년 화자를 중심으로 훨씬 더 자유롭게 펼쳐지고 있기는 하지만, 기본적으로는 1980년대라는 배경 설정이 중요한 포인트로 작용한다. 『네가 누구든 얼마나 외롭든』(문학동네, 2007)이라는 문제적 장편을 비롯하여 김연수의 많은 작품들이 '이야기'를 통해 역사의 불행과 개인의 불운을 동시에 애도하는 형태를 취했던 사실을 떠올린다면, 우연한 사고로 아빠를 잃은 고아의 불행이 국가의 폭력과 더불어 묘사되는 『원더보이』는 1980년대에 대한 김연수 식 애도의 소설로 읽힐 수 있다. 국가의 무자비한 폭력에 무방비로 노출된 개인들의 이야기, 타살이 자살로 위장되거나 자살이 결국 타살일 수밖에 없었던 장면들, 특히나 사랑하는 사람을 잃은 고통을 자신의 사소한 행위와 더불어 자책해야 했던 불운한 자들의 사연을 등장시키면서, 김연수는 역사의 폭력과 개인의 운명을 동시에 사유하는 자신의 오랜 작법을 고수하는 듯하다. 그렇다면 왜 지금 다시 '1980년대'일까. 『원더보이』를 읽다보면 이런 질문이 자연스럽게 떠오른다. '왜 고아일까'라는 질문도 더불어 환기된다.

　김연수의 소설을 열심히 따라 읽어온 독자라면 그의 소설이 잊지 않고 자주 되돌아본 시기가 1991년도였다는 사실을 어렵지 않게 기억할 수 있다.[8] 그에게 '상실'이라는 감정이 뚜렷한 상처로 각인된 시기가 바로 그때였기 때문일 것이다. 물론 1991년으로부터 비롯된 상실감은 간단히 설명될 성질의 것은 아니다. 파릇파릇한 청춘들이 꽃잎처럼 산화되어갔던 '분신(焚身)'의 시기였으며, 그 청춘들의 죽음을 애통해할 새도 없이 불행한 공동체주의가 즐거운 개인주의로 순식간에 뒤바뀐 시기였고, 작가 개인으로서도 그러한 변화를 내면화할 겨를 없이 온몸으로 방황해야 했던 시기였기도 했다. 89학번 김연수가 1991년도에 관한 애도의 소설을 적지 않게 써온 것은 시대에 대한 애도일 뿐 아니라 그 혼돈의 시절을 외롭게 건너온 자기 자신에 대한 뒤늦은 위로의 행위이기도 하다. 1991년에 대한 작가의 강박적 관심은 자신이 몸소 겪은 혼란을 이야기의 형태로 풀어

---

8) 김연수 문학의 '심리적 기원'을 1991년으로 읽는 대표적 사례로는 손정수, 「살아남은 자의 운명, 이야기하는 자의 운명—김연수론」, 『작가세계』 2007년 여름호.

놓으며 그 충격을 사후적으로 이해하려는 시도로 읽힌다. 그렇다면 주로 2000년대 이후에 쓰여진 김연수의 뒤늦은 후일담들은 일종의 성장담이라고, 1991년을 저 산화된 청춘들과 함께 건너온 자들의 공적인 성장담이라고 말할 수 있을 것이다.

흔히 386세대의 후일담이 '이념의 죽음'이라는 사태와 더불어 냉소의 형태로 진행되었다면, 386세대의 끝자락에 놓인 1970년생 김연수 식의 후일담은 1991년의 '실제적 죽음들'과 더불어 슬픔의 형태로 진행되었다고 비교할 수 있을 것이다. 비유컨대, 386세대의 후일담이 부재하는 '아버지'의 진짜 부재를 마주한 환멸과 관련된다면, 김연수 식 후일담은 아버지의 부재 속에서 마음을 나누고 의지하던 '형제들'의 실제적 죽음을 목도한 슬픔과 관련된다고도 말할 수 있다. 1980년대를 배경으로 하는 『원더보이』에서 강조되는 것도 친밀한 사람의 죽음을 겪은 개인들의 '압도적인 슬픔'이다. 고통받는 개인들의 사연을 천의무봉의 솜씨로 연결시키는 김연수 식 '이야기의 성좌'는 사실 이 소설에서 그 규모가 조금 축소된 듯도 하지만, 고아 소년을 등장시킴으로써 김연수는 '슬픔'이라는 감정을 그 어느 때보다도 강조하고 있다. 슬픔의 고통을 나누는 일은 대체로 어렵지만 슬픔을 공유한 사람들은 서로 닮아간다는 사실을, 그로부터 '공감의 연대'가 가능해진다는 사실을, 김연수는 『원더보이』에서도 어김없이, 아니 보다 강렬한 방식으로 드러낸다. "누군가의 슬픔 때문에 내가 운다면, 그건 내가 그를 사랑하고 있다는 증거"(168쪽)라는 문장의 의미를 보여주기 위해 이 소설을 쓰고 있는 듯도 하다.

김연수 식 후일담의 기저에 절대 권력의 아버지가 아닌 친밀한 형제를 잃은 상실이 놓여 있다고 비유적으로 말했지만, 과연 『원더보이』의 죽은 '아빠'는 위엄을 갖춘 그 시절 보통의 아버지들과는 달리 매우 천진한 모습으로 그려진다. 소년의 아빠는 한마디로 눈물 많은 술주정뱅이였다. 어떤 얼굴을 잊기 위해 매일 술을 마시던 아빠는 사실, "밝고 환한 사람"

(228쪽)이었다던 소년의 엄마 즉, 죽은 아내를 잊지 못해 15년의 세월 동안 매일같이 눈물과 술을 달고 살았다. "잊어서는 안 되는 일들"(119쪽)과 "천국에서 일어날 법한 일들"(101쪽)이 동시에 쓰인 아버지의 수첩에는 아내와 함께 보낸 행복한 시절의 사소한 일들이 빼곡하게 적혀 있다. 김연수의 다른 소설들에서처럼 『원더보이』에서도 한 개인의 내밀한 고백을 담은 비망록과 편지는, 즉 소년의 아빠가 남긴 수첩과 소년의 엄마가 남긴 편지는 친밀한 사람들이 서로 '연결'되어 있다는 사실을 외로운 소년에게 일깨워주는 데 결정적 역할을 한다.

타인의 영혼을 넘나들 수 있는 초능력을 얻은 소년 역시 아버지의 부재로 인한 슬픔으로부터 헤어 나올 길 없는 "눈물의 상속자"(109쪽)였다. 김연수가 이 소설을 통해 내내 강조하는 것은 친밀감의 상실이 가져온 슬픔의 감정, 더 정확히 말하면 친밀한 사람의 물리적 부재가 야기한 슬픔의 감각이다. 소년은 더이상 믿고 의지할 대상으로서의 아버지가 없다는 상실감 때문에 슬픈 것이 아니라, 실제로 보고 만질 수 있는 아빠가 눈앞에서 완전히 사라져버렸다는 상실감 때문에 슬프다.

아빠의 몸이 죽었기 때문에 슬펐던 것이지. 영혼이 죽었다고 내가 운 건 아니었으니까. 오히려 영혼은 무수히 많지만 몸은 하나뿐이라는 사실을 알게 되자, 아빠의 몸이 더욱 그리웠다. 만질 수 있고, 냄새 맡을 수 있고, 꼬집을 수 있고, 간질일 수 있는 그런 몸이. 내게 필요한 것은 하나뿐인 것이었다. 내게는 아빠가 필요했다. (93쪽)

미국의 초능력자 피터 잭슨은 무언의 교감을 통해 "네가 기억하는 한, (……) 바로 여기에 네 아빠는 존재"(91쪽)한다고 정훈에게 일러주지만 그런 말은 이 외로운 고아에게 별 효과가 없다. 그 말은 오히려 아빠의 부재로 인한 상실감을 강화할 뿐이다. 아빠의 영혼이 아직 내 곁에 남아 있더라도, 내가 아빠를 기억할 수 있더라도, 아빠의 따뜻한 몸은 지금 여기에 없으므로 소년은 참을 수 없이 슬픈 것이다. 외로운 소년 정훈이 아빠를 잃은 상실감과 엄마를 향한 그리움을 서서히 극복해가는 것은 '강토형'을 만나고부터이다. 강토형은 자신의 사소한 실수로 인해 약혼자를 잃었다(고 생각한다). 아니 실수라기보다는 의도치 않은 말 한마디가, 그러니까 자신이 어떤 질문에 어떤 대답을 하고 있는지도 모른 채 던진 한마디 말이 단서가 되어 약혼자 이수형의 삶이 무너진다. 기억의 천재였던 수형은 자신의 놀라운 능력을 언론 탄압에 맞서는 데 적극 활용하다 결국 죽게 된다. 어느 해안가에서 익사체로 발견된 멍투성이의 그 젊은 육신은 자살한 사체로 처리되어 부검 절차도 없이 화장되고, 약혼자의 어이없는 죽음 이후 그는 '정희선'이라는 본명을 버리고 남장을 한 강토가 되어버린다. 희선의 '압도적인 슬픔'은 친밀한 자의 죽음에 자신의 실수가 개입되어 있다는 죄책감으로부터 명확히 설명될 수 있을 것이다. 하지만 희선의 불행으로부터 이 소설이 강조하는 것도 결국 사랑하던 사람의 물리적 부재로 인한 생생한 고통의 느낌이다.

희선의 삶에 수형은 강렬한 두 번의 입맞춤으로 각인되어 있다. 고등학교 3학년의 수형은 "넌 언제나 날 기억해야만 해"(175쪽)라며 그를 처음 본 희선에게 입을 맞췄었다. "나는 심장이 얼어붙는 줄 알았어"라고 희선은 회상한다. 그로부터 몇 년 뒤 혼란스러운 1980년의 한복판에서 다시 만난 수형은, 이미 천재 고등학생이 아니라 천진한 내면을 폭력적으로 파괴당한 수형은, "우린 가만히 있지 않을 거야"라고 결연히 말하며 희선에게 입을 맞춘다. 이 장면 역시 희선은 "나는 심장이 얼어붙는 것 같았지"(283쪽)라고 회상한다. 수형의 죽음이 희선에게 야기한 고통은 심장이 뛰는 한 절대 잊히지 않을 저 생생한 느낌으로부터 비롯된다. 죽은 아빠가 마냥 그리운 정훈은 "닮은 사람들은 그 어디에 있든 지구와 달처럼 서로를 끌어당긴다"(136쪽)라고 말하는 희선을 만나, 그녀가 느끼는 생생한

슬픔과 자신의 고통이 하나로 겹지는 것을 느끼며, "위로받았다"(159쪽)
고 생각하게 된다.

우리는 떨어지지 않으려고 서로의 손을 잡고 인파를 헤치며 나갔지. 넌
사랑이 뭐라고 생각하니? 그때 사람들 사이를 빠져나가며 우리가 맞잡은
두 손, 놓치지 않으려고 힘을 주던 그 뼈와 근육과 핏줄 들이 내가 아는 사
랑의 거의 전부야. 그것 말고 또 무슨 사랑이 있을까? 다만 그 손을 놓을
수 없었다는 사실 말고. (281쪽)

희선의 슬픔에 공감하게 되면서 정훈은 점점 초능력을 잃고 평범한 소
년이 되어가지만 타인의 마음을 읽는 능력보다도 더 신비로운 능력인 사
랑을 알게 된다. 희선은 그 사랑을 '맞잡은 두 손의 느낌'으로 설명한다.
그리고 정훈은 울고 있는 자신을 안아준 희선의 품에서 "다른 사람의 심
장에서 불과 몇 센티미터도 안 떨어진 곳에서 울어본"(301쪽) 경험이 바
로 사랑일 것이라는 사실을 어렴풋이 알게 된다. 그간의 김연수 소설은,
주로 '연인들의 공동체'를 통해, 타인의 고통에 공감하는 신비로운 일은
친밀감의 공유로 키워진 사랑으로써 가능해진다는 사실을 증명해왔다.
김연수는 『원더보이』를 통해 저 위대한 사랑의 능력을 외로운 사춘기 소
년의 첫사랑과 뒤섞어놓음으로써 보다 자연스럽게 가능한 것으로 만들어
보여준다. 사랑의 슬픔과 사랑의 위안을 알아버린 정훈은 비로소 '원더보
이'가 되었다고 할 수 있다.
이제 마지막으로 앞의 두 질문, '왜 1980년대인가', 그리고 '왜 고아인
가'라는 질문에 답해보자. 김연수 식 후일담에서 중요한 것은 '슬픔'의 정
서일 것이라 말했다. 그렇다면 김연수가 고아가 된 소년을 주인공으로 내
세운 것은 슬픔과 더불어 성장한 인물이 필요했기 때문이 아닐까. 즉 김
연수는 사춘기 고아 소년과 더불어 1991년 전후 상실의 상황을 그리고

싶었던 것이 아닐까. 이스라엘 초능력자 유리 겔러가 한국을 방문한 해인 1984년도에 열다섯이 되었다는 정훈은 1970년생 작가 김연수의 실제 나이와 정확히 일치한다. 1980년대가 그저 작가 자신이 소년 시절을 보낸 시기라 한다면, 『원더보이』에서 1980년대라는 배경 설정의 역사적 의미도 흐려진다. 『원더보이』는 1980년대의 역사적 상황과는 다소 무관한, 1991년의 실제적 상실을 사춘기 고아 소년과 더불어 재연하는 '슬픔의 성장담'이라 할 수 있다. 친밀한 어떤 것을 잃은 가장 솔직한 감정은 냉소나 분노가 아닌 강렬한 슬픔이다. 김연수는 천진한 소년 화자를 등장시켜 1990년대의 우리 소설이 제대로 마주하지 못했던 그 슬픔을, 그리고 여전히 어디에선가 지속되고 있는 그 슬픔을, 인간의 가장 진솔한 감정으로 그려내고 있다. 그리고 그 슬픔에 공감하는 일이 마치 초능력과 같은 신비한 능력으로써만 가능해지는 것으로 그려내고 있다. 하지만 『원더보이』의 분명한 성과는 사랑의 능력을 마치 사춘기 소년의 첫사랑처럼 인간이라면 누구나 자연스럽게 갖추게 될 당연한 능력으로 그려낸 점에서 찾아야 할지 모른다. 감성의 공동체를 지향하는 김연수 식 실천의 문학은 이렇게 진행중이다.

4. 목소리와 빛

『빛의 제국』(문학동네, 2006)을 쓴 직후 한 대담에서 김영하는, 공동체를 향한 1980년대 문학의 열정도, "센티멘탈리즘과의 투쟁"을 선언한 1990년대 중반 이후 문학의 냉소적 자기애도, 모두 '내면이 없는 인간'의 문학 행위에 불과했었다고 정리한 적이 있다.[9] 1990년대 소설의 지분을 일정 정도 소유한 그가 "디 엔드 오브 더 쿨"을 외치며 "냉소의 매너리즘"을 돌파할 가능성을 찾겠다고 선언한 것은 '잃어버린 내면'을 찾겠다

---

9) 김영하·서영채 대담, 「내면 없는 인간의 내면을 향하여」, 『문학동네』 2006년 겨울호.

는 의지의 표명으로 읽힌다. 김연수는 어떨까. 주로 외부 세계로부터 철저히 버림받은 인물들이 자신의 비극적 운명을 적극적으로 승인하며 단단한 주체로 성장해가는 모습을 반복적으로 형상화한 김연수의 근작들은 2000년대 문단에서 '인간되기'의 문제를 가장 성실히 탐색한 사례에 속한다고 해야 할 것이다.

버림받은 고아의 실패한 영웅담을 그리는 김영하의 『너의 목소리가 들려』는 '수치'의 시선과 더불어 '최후의 인간'으로부터 '최초의 인간'으로의 성장을 그린다. 정확히 말해, 성장의 불가능과 가능을 동시에 그리는 이 소설은 더이상 부끄러움을 느끼지 않는 우리 시대의 진짜 수치와 공명하며 더욱 의미심장한 소설로 읽히게 된다. 김영하가 내면의 '목소리'를 강조하며 '비인간' 시대의 비극을 적시하고 있다면, 김연수의 『원더보이』는 그 비극을 건널 수 있는 "환한 빛"(135쪽)으로서의 사랑의 능력을 보여준다. 상실의 슬픔을 냉소나 체념으로 거절하는 것이 아니라 그것을 온전한 슬픔으로 인정할 수 있을 때 타자와 공감하는 사랑의 신비로운 능력이 발휘될 수 있다고, 그것이 성장의 진정한 의미일 것이라고 김연수는 말하는 듯하다.

부끄러움을 모르는 '괴물시대'를 향해, 모두가 홀로 즐거운 '쾌락시대'를 향해, 부끄러운 자가 비로소 인간이며 슬픈 자만이 진정한 사랑의 연대를 만들 수 있다고, 믿음직스러운 두 작가는 말해보고 있는 것이다. 1990년대 중반 이후 희미해진 내면 탐구의 서사는, 수치와 슬픔의 존재론과 함께 지속되고 있다.

(2012)

소설이 가능한 시대

1. 아름다운 비극의 윤리적 올바름

아름다운 언어의 옷을 입은 비극은 우리를 난감하게 한다. 그 비극이 정신적으로든 육체적으로든 죽음에 가까운 고통을 동반하는 것이라면, 그리고 전적으로 인간과 인간 사이에서 야기된 것이라면, 더불어 비극의 주인공이 내가 아닌 타인이라면, 아름다운 비극은 불편한 감정을 동반하게 된다. 아니, 엄밀히 말하면 불편한 감정이 동반되어야 한다고 우리는 생각한다. 타인의 비극을 증언하는 일에 관해서라면 유려함보다는 엄정함이라는 기준이 훨씬 더 중요하다는 것이 윤리적으로 올바른 판단일 것이기 때문이다. 2009년 노벨문학상을 수상한 헤르타 뮐러의 최근작 『숨그네』(박경희 옮김, 문학동네, 2010)는 이러한 점에서 문제적이다. 루마니아 출신의 독일인 작가 뮐러는 오스카 파스티오르라는 실존 인물의 수용소 체험을 바탕으로 이 소설을 썼다. 시인이기도 했던 파스티오르와 공동 작업을 약속하고 그의 증언을 받아 적던 뮐러는, 동료 시인의 갑작스러운 죽음 이후 홀로 간신히 그 과업을 완수한다. 따라서 "시의 정교한 힘과 산문의 객관성을 도구로 망향의 풍경을 그려내었다"[1]는 상찬을 받은 『숨그네』는 직접 체험자의 증언과 간접 체험자의 시적 묘사가 만나 완성된 작품이라 할 수 있다.

수용소 문학의 완성태에 관해서라면 우리는 이미 프리모 레비를 읽었다. 그렇다면 『숨그네』의 성취는 어떻게 이해되어야 할까. 이 소설이 독자를 강하게 매혹하는 것은 수용소 생활의 처참함이라는 소재보다도 그 참상을 시적인 것으로 바꾸어놓은 뮐러의 고유한 언어들일 텐데, 바로 이 지점에서 독자는 난처해지는 것이다. 아름다운 언어들이 선사하는 미적 만족 곁에, '아름다운 비극'에 대한 윤리적 불안이 생겨나기 때문이다. "비극은 시의 옷을 입어야 한다는 것, 그것은 내 문학의 명예였다"라고 말하는 뮐러는 과연 무엇을 하고자 한 것일까. 비극을 시로 그리는 불가피함은 무엇으로부터 기인한 것일까. '고발'을 위해서라면 '시의 옷'을 벗은 맨살의 언어로 고통의 현장에 바로 가는 것이 분명 더 효과적이었을 텐데 말이다.

배고픈 천사는 입 안에, 내 입천장에 오롯이 매달린다. 그건 배고픈 천사의 저울이다. 배고픈 천사가 내 눈을 제 안경처럼 덧쓰고, 심장삽은 현기증을 일으키고, 석탄은 흐릿하게 보인다. 배고픈 천사가 내 뺨을 그의 턱 위에 끼워 맞춘다. 그리고 내 숨결을 그네 뛰게 한다. (97쪽)

"수용소 자체가 배고픔이다. 우리 자신이 배고픔, 살아 있는 배고픔이다(강조—원문)"[2)]라는 레비의 직설적인 문장들과, 뮐러의 저 시적인 문장 사이에서, 어쩌면 우리는 직접 체험과 간접 체험 간의 극복할 수 없는 거리를 읽어내야 하는지도 모른다. 『숨그네』에서 '레오'로 분한 시인이 그랬

---

1) 허수경, 「헤르타 뮐러의 세계, 전체주의의 폭력 속에서 씌어진, 그림 없는 그림책」, 『문학동네』 2010년 봄호, 429쪽에서 재인용.

2) 프리모 레비, 『이것이 인간인가』, 이현경 옮김, 돌베개, 2007, 111쪽.

듯, 수용소에서 돌아온 이들은 대체로 '침묵'하지 않았던가. 그곳의 경험을 써보려 했던 레오도 결국, "나는 풀려난 몸으로 누구에게도 이해받지 못하는 외톨이가 되었고 자기를 기만하는 증인이 되었다. 그것은 내 안에서 일어난 커다란 불행이었다"(316쪽)라며 절망한다. 증언하기 위해 살아남아야 한다는 의지는 귀환 이후, 증언할 수 없다는 절망으로 뒤바뀐 것이다. 레비의 위대함은 저 절망을 딛고 그곳의 체험을 낱낱이 증언했다는 사실에 있다. 과연 뮐러의 '시의 옷'은 간접 체험자이기에 가능했던 것이라고 이해되어야 할까.

국내에 그녀의 책이 많이 소개되지 않아 아직 그 실체를 확인하기 어렵지만, 뮐러는 주로 자신의 체험을 직접 묘사하는 작품을 많이 썼다고 한다. 따라서 『숨그네』는 그녀의 작품 목록에서 예외적인 경우에 속한다. 그러나 거기서 묘사되는 수용소의 '벌거벗은 삶'이 그녀의 실제 삶과 아주 먼 이야기도 아니다. 그녀 자신, 파스티오르처럼 루마니아에 거주하는 독일인이라는 이유로 소련의 강제수용소에 끌려갔던 사람들을 많이 목격하며 자랐을 뿐 아니라(그녀의 어머니도 수용소에서 5년간 노역한 경험이 있다), 그녀 역시 출생지인 루마니아에서도 망명지인 독일에서도 언제나 소수자라는 이유로 인해 온갖 감시와 핍박에서 놓여날 수가 없었다. 독일어에 없는 새로운 언어조합을 만들어내는 그녀 특유의 낱말 놀이는 '난민'으로서의 자신의 삶에 대한 상징적 재현이라고 평가되기도 한다. 『숨그네』를 두고, 타인의 고통스러운 기억을 담보로 비극과 아름다움의 성공적인 결합을 일구어낸 텍스트가 아닌가 의심할 필요는 전혀 없다는 얘기다.

2009년의 뮐러는 60여 년 전의 수용소 이야기를 쓰면서 자신의 삶 자체가 '추방자로서의 삶'이었으며, 어쩌면 우리 모두의 삶도 이와 크게 다르지 않을 것이라고 말하고 있는 듯하다. 그렇다면 '배고픔'이라는 육체적 고통을 '배고픈 천사'와의 동행이라는 영혼의 일로 돌려놓은 것은, 비단 아름다운 문학을 만들겠다는 의지 때문만은 아니었으리라. 그 아름다운 표현들이 우리에게 어떻게 작용하는지만 생각해보아도 알 수 있다. '배고픈 천사'라는 비유는, '저기'의 그들이 겪은 육체적 고통을 우리의 영혼 속에 잊을 수 없는 기억으로 새겨넣을 뿐 아니라, 지금 우리의 삶이 또한 얼마나 비참한가를 선명하게 환기하도록 하는 기능을 한다. 그녀는 서로를 발가벗기는 행위를 일삼는 인간의 수치를 절대 잊지 말자고 말하고 싶었을 것이다. 그 '수치'를 오래도록 현재의 일로 기억해낼 수 있는 작품을 써내는 것이야말로 그녀가 생각한 '문학의 명예'였을 것이다. 60년이 지나도록 강제 추방의 꿈을 되풀이해서 꾸는 레오는 "이것이야말로 모욕이다. 나는 꿈에 대항할 수 없다"(266쪽)라고 말한다. '기억'에 대항할 수 없는 체험자의 고통을 통해, 뮐러가 우리에게 요청하는 것은 바로 '망각'에 대항하는 일이 아니겠는가.

시인 허수경은 뮐러의 소설을 읽은 감상으로, "아름다워서 분노가 아주 천천히 내 영혼의 깊숙한 곳에서 마치 괴물처럼 머리를 든다"[3]라는 또 하나의 아름다운 문장을 적어놓기도 했다. 그녀의 말마따나 천천히 새겨진 고통의 기억은 쉽게 지워지지 않는다. 이처럼 『숨그네』는 정치를 다룬 소설이, 선언이 되기를 거절하고도, 더불어 알레고리라는 미학적 장치를 포기하고도 어떻게 미적인 것을 성취해낼 수 있는가에 대한 하나의 모범적 사례를 제시한다. 더불어 쉽게 공유될 수 없는 타인의 육체적 고통은 결국 영혼의 일로 묘사됨으로써 공감을 요청할 수밖에 없다는 한 차원 높은 단계의 윤리 의식을 보여주기도 한다.

수전 손택은 그녀의 마지막 강연문이 된 글[4]에서 작가가 해야 할 일이 무엇인가라는 질문에 대해 "단어를 사랑하고 문장을 두고 고민하는 것.

---

3) 허수경, 앞의 글, 445쪽.
4) 수전 손택, 「동시에」, 『문학은 자유다』, 홍한별 옮김, 이후, 2008 참조.

세계에 관심을 갖는 것"이라고 대답한 바 있다. 더불어 그녀는 "진지한 소설가는 도덕적 문제를 구체적으로 생각합니다. 이야기를 들려주는 것이지요"라고도 말했다. 손택의 논리를 따르자면, 단어를 사랑하고 문장을 고민하며 세상의 '너무 많은' 이야기 중 자신만의 필연적인 이야기를 골라내는 소설가의 고민은, 도덕적 문제를 구체적으로 생각하는 것에 다름 아니며, 이 고민을 통해 소설의 사회적 책임이 완수된다고 할 수 있다. 도덕적(혹은 정치적) 의견은 작품의 내용 안에 의식적으로 따로 챙겨 담아야 할 요소인 것이 아니라, 단어와 문장과 이야기를 고민하는 과정중에 저절로 담기게 되는 소설의 필수 요소인 것이다.

『숨그네』가 좋은 예이지만, 이러한 소설을 멀리서 찾을 이유는 없다. 우리 앞에 놓인 문제들도 시급하거니와, 지금 여기의 많은 작가들도 작가로서의 자의식과 시민으로서의 자의식, 나아가 인간으로서의 자의식 사이에서 치열한 고민을 거듭하며, 단어를 고르고 문장을 가다듬으며 이야기에 골몰하고 있다. 서사를 폭력적으로 해체하는 극단의 방식을 취하지 않고도, 기발한 설정을 자랑하며 소설을 알레고리로 전락시키지 않고도, 정치적으로 기능하면서 '문학의 명예'마저 지키는 작품들이 우리 곁에 있다. 미적인 것과 윤리적인 것에 동시에 헌신하는 작품들, 이론으로는 어렵지 않지만 실천으로는 여전히 문제적인 바로 그 일을 하고 있는 작품들 말이다.

2. 알레고리가 되지 않으려는 소설

현실의 거짓을 고발하고 파괴하려는 의지를 가리켜 바디우는 '실재에의 열정(passion du réel)'이라 명명했다. 그리고 그는 그 열정의 소멸을 바라보며 20세기에 종언을 고했다. 정치적 혁명이 불가능하고 아방가르드가 상품으로 전락한 시대, 정치와 예술이 같은 '열정'을 나눌 수 없는 시대, 진정성이 어색하고 냉소가 자연스러운 시대를 우리는 살고 있는 것이다.[5] '선언'과 '검열'이 나란히 무색해진 이 시대에, 문학은 스스로의 품격을 지키는 일에만 몰두할 수 있는 자유를 얻게 된 한편, 자신의 치열한 미학적 고투가 외부를 향해 어떠한 영향력도 행사할 수 없음을 자인해야 하는 처지에 놓였다고 할 수 있다. 앞 세대 문인들이 그토록 염원하던 자유는 그대로 고립과 동의어가 되었다. 그러나 우리는 대개의 좋은 소설들이 이러한 아이러니를 스스로 해결하려는 의지를 품으며 탄생한다는 것을 안다. 무엇을 어떻게 이야기하건 말이다.

이와 관련하여 배수아의 신작 장편『북쪽 거실』(문학과지성사, 2009)을 잠시 읽기로 하자. 이 작품에서 우리는 매우 흥미로운 기획과 만나게 된다. 전작 장편들과 마찬가지로 마치 모국어로 번역된 외국어 소설을 읽는 듯한 이국적인 분위기와 뉘앙스를 풍기며 에세이와 소설의 경계를 오가는『북쪽 거실』은, 공교롭게도 '수용소'를 중심에 두고 씌어진다. 배수아의 수용소란 어떤 곳인가. 일정 금액을 예탁하고 자원 입소하는 것을 원칙으로 하는 그곳은 외부 사람들에게 "수동적 자살을 위한 시설"(31쪽)로 인식된다. 더불어 "자유에의 회피"(34쪽)를 선택한 수감자들은 "위험스러운 무기력함의 보균자"(33쪽)로 명명된다. 그러나 부자유를 자발적으로 선택한 이들에 대해 배수아는 "누가 자유를 원하지 않을 만큼 자유로울 수 있을까요"라는 존재론적 질문을 던지며, "자유란 수용소에서 부르는 노래에 지나지 않"는다는 대답도 적어놓는다. 자유란 누릴 수 있는 것이 아니라 오로지 추구될 뿐이라는 것, 어떤 상황 속에서도 자유로울 수 없는 인간은 자신이 자유롭다는 착각을 버리기 위해서라도 스스로를 부자유의 상황 속으로 몰아넣어야 한다는 것, 자유는 이처럼 "자유로부터의, 자유로의 추방자"(68쪽)가 됨으로써만 추구될 수 있다는 것, 아마도

---

5) 이와 관련하여 김홍중은 2000년대 새로운 경향의 시를 두고 미학적 사건이라 평가한 시 비평이야말로 '실재에의 열정에 대한 열정'을 보인 것이라고 분석한 바 있다. 김홍중, 「실재에의 열정에 대한 열정—미래파의 시와 시학」, 『마음의 사회학』, 문학동네, 2009 참조.

배수아의 『북쪽 거실』의 전언은 이렇게 요약될 수 있을 것이다. 이 소설의 모든 인물들이 적극적으로 '이방인'이 되고자 하는 것도 주어진 조건이라는 부자유로부터 스스로를 추방하기 위한 것이겠다.

누구도 완벽한 자유를 누릴 수는 없다는 인간 조건에 관한 진지한 성찰을 거침없는 형태로 담아내고 있는 『북쪽 거실』은 형식상 분명 자유로운 텍스트다. 선형적 시간의 흐름을 마구 끊고 서로 다른 공간을 뒤섞어놓으며, 또한 작중 인물과 작가의 구분마저 흐리고 한 인물의 말에 다른 인물의 말이 불쑥 끼어들게 하며, 결정적으로는 꿈과 현실의 경계를 지우면서, 이 소설은 서사의 전통으로부터 자유롭고자 하는 의지를 세련된 형태로 증명한다. 이러한 글쓰기에 관한 한 그녀는 분명 일가(一家)를 이룬 셈이다. 이 작품의 형식적 성취나 그녀가 강조하는 '글쓰기'의 존재론적 의미에 대해 우리는 많은 이야기를 할 수 있을 것이다. 그러나 일단 여기서는 우리 시대의 문학이 처한 곤경과 관련하여 그녀의 일탈적 글쓰기가 갖는 의미를 짚어보는 데 만족하기로 하자.

정치와 문학의 공모가 불가능하며 혁명이 놀이일 뿐이고 자유가 결국 고립인 이 시대 문학의 조건에 대해, 배수아는 '자유란 근본적으로 불가능하다'라는 테제로 맞서고 있는 듯하다. 수용소를 배경으로 하여, 인간의 자유가 왜 불가능한지, 또 어떻게 가능할 수 있는지를 말하고 있는 『북쪽 거실』은, 시대적 상황으로부터 결정된 문학의 (고립이라는 부)자유와, 작가 자신이 생각하는 문학의 진정한 자유 사이의 낙차를 적극적으로 증명하려는 텍스트처럼 읽히기도 하는 것이다. 그래서 우리는 배수아의 문학관을 다음과 같이 정리해볼 수 있다. 인간이 부자유라는 조건에서 벗어날 수 없는 한 정치는 불필요한 것이 될 수 없다. 정치와 문학의 공모는 정황상 불가능할지언정 반드시 필요하다. 문학은 자유가 결국 소외일 뿐이라는 자신의 역설적 조건을 철저히 인식해야 하며, 자폐적인 놀이에 만족하지 않고 인간의 (더불어 문학의) 진정한 자유를 확보하려는 혁명에 투신해야 한다. 아방가르드는 여전히 유효하다. 배수아는 궁극적으로 이러한 이야기를 하고 싶었던 것이 아닐까. 자유롭다는 착각에서 벗어나기 위해 스스로 '이방인'이 되려는 인물들처럼, 배수아의 일탈적 글쓰기도 '자유로부터, 자유로의 추방자'가 되고자 함으로써 우리 시대 문학의 부자유와 무력을 증명하고 동시에 극복하려는 속셈인 것은 아닐까. 배수아의 고집스러운 단호함에서 우리는 이 시대가 상실한 어떤 '열정'을 충분히 느낄 수 있다.

정치와 문학의 공모가 불가능해짐으로써 미학적 혁명에 투신하는 작품들이 여러모로 곤란한 상황에 처한 것은 사실이다. 황정은의 첫번째 소설집 『일곱시 삼십이분 코끼리열차』(문학동네, 2008)를 가득 채우고 있는 소위 '환상'적 장치에 대해서 평자들이 제각각 다른 판단을 내놓을 수밖에 없었던 것도 정치와 문학의 관계 설정에 관해 서로 입장을 달리했기 때문일 것이다. (현실적 조건은 크게 변하지 않았는지 몰라도) 지금은 '선언'과 '검열'이 막강한 '난쏘공'의 시대는 아니다. 따라서 황정은이 택한 '환상'의 장치들은 불가피한 '우회'로 이해되기도 힘들고, 그것을 무턱대고 '전복'이라 인정하기도 어색할 실정이다. 「모자」나 「오뚝이와 지빠귀」 같은 소설은 알레고리로 읽힐 가능성이 농후한데, 검열 없는 시대의 문학적 조건을 고려할 경우, '무엇을 말하는가'를 강조하더라도 그것은 괜한 우회가 될 뿐이며, '어떻게 말하는가'를 강조하더라도 낯익은 반복이 될 뿐이기 때문이다. 이러한 불필요한 논란이 성가셨는지 최근 그녀는 현실로 직행하는 경장편 한 편을 써버렸다. 『百의 그림자』가 그것이다.

어떤 이야기인가. 철거가 임박한 한 전자상가 단지에서 음향기기 수리실의 보조로 일하는 '은교'와 트랜스를 만드는 공방의 견습공으로 일하는 '무재'의 연애 이야기이다. 연애 이야기라고 하긴 했지만 연애 같지도 않은 연애 이야기, 달콤하지도 행복하지도 않은 연애 이야기, 읽고 나면 왠지 허한 느낌이 들고 조금 슬퍼지는 그런 이야기이다. 왜일까. 담담하고 직설적인 황정은의 문체 때문이기도 하지만, 결국에는 이 소설이 가난한 사람들의 이야기를 담고 있기 때문일 것이다. 『百의 그림자』에는 많은 사람들의 불행한 사연들이 담겨 있다. 그리고 그들은 공통적으로 '그림자'를 갖고 있다. 이 소설에서 '모자'나 '오뚝이'로의 변신과 같은 황정은 특유의 환상적 설정에 값하는 요소를 찾자면, 불행한 사람들이 남들보다 조금 유별난 그림자를 가지고 있다는 것, 그리고 그 그림자를 따라가고자 한다는 것, 그것이 전부다. "다른 사람의 종이에 이름을 적어준 대가로"(18쪽) 많은 빚을 지게 된 무재의 아버지도, 30미터 높이에서 떨어진 추에 깔리는 사고로 남편을 잃은 '유곤'의 어머니도, '그림자'에 잠식당해 죽게 된 불행한 사람들이다. 전자상가에서 일하는 '여 씨 아저씨'에게도, 처자식 뒷바라지에 열성을 다했지만 결국 딸로부터 "피해자인 척하지 마라"(42쪽)는 소리를 들은 그의 친구에게도, 그림자는 있다. 어렸을 때 엄마에게 버림받고 아버지의 무심함 속에서 자란 '은교'에게도, "아버지는 죽어서 빚을 남기고 소년은 빚을 갚으며 어른이 되어간다는 이야기"(93쪽)의 주인공인 '무재'에게도, 그림자가 나타난다. 그러나 이 불행한 사람들은 쉽게 분노하지 않는다. 분노와 억울함은 그림자에게 맡긴 채 "뭐라고 말하고 싶은 것이 잔뜩 있는데도"(136쪽) 불구하고 그저 느릿느릿 자신의 일상을 살아내고 있다. 가슴속에 억누른 무언가가 커질수록 그림자가 자주 나타날 뿐이다. 이 '입 없는 자'들이 하고 싶은 말은 무엇일까. 가령 이런 것이 아닐까.

아버지가 여기서 난로를 팔았어요. (……) 어린 마음에도 나는 이렇게 호객하는 아버지를 보는 것이 당황스럽고, 사람들이 그가 하는 말을 못 들은 척 지나가는 것이 싫어서 종종 울었거든요. 이유도 말하지 않고 우니까 못됐다고 혼도 많이 났지만 나는 그냥 속이 상했을 뿐이었고요. (……) 나는 이 부근을 그런 심정과는 따로 떼어서 생각할 수가 없는데 슬럼이라느니, 라는 말을 들으니 뭔가 억울해지는 거예요. 차라리 그냥 가난하다면 모를까. (……) 언제고 밀어 버려야 할 구역인데, 누군가의 생계나 생활계, 라고 말하면 생각할 것이 너무 많아지니까, 슬럼, 이라고 간단하게 정리해 버리는 것이 아닐까. (113~115쪽)

무재가 은교에게 들려주는 이야기이다. 그저 속이 상하고 뭔가 억울하다는 것. '슬럼'이라는 단어가 그렇다는 것. 이 작품을 통틀어 현실을 겨냥한 가장 강력한 발언을 찾자면 이 정도가 전부일 것이다. 그렇지만 그림자의 입이 아닌 스스로의 입으로 털어놓는 이 같은 무재의 이야기는, 철거에 관한 그 어떤 논리적 의견이나 현실적 대안보다도 훨씬 더 직접적으로 우리를 흔든다. 문학에겐 저들의 억울함을 근본적으로 해결해줄 힘은 없다. 그저 저들의 사연을 지속적으로 들어주며, 말이 지닌 "상당한 폭력"(38쪽)을 반성하는 것, 어쩌면 그것이 문학이 할 수 있는 일의 전부일지 모른다. 무재의 이야기를 들은 우리는 "이상하기도 하고" "조금 무섭기도"(115쪽) 한 '슬럼'이라는 말을 앞으로 쉽게 쓰지 못할지 모른다. 아마도 조금 불편한 마음으로 이 말을 쓰게 될 것이다. 현실적으로 이 소설이 할 수 있는 일은 어쩌면 그게 전부일 것이다. 그러나 그것만으로도 황정은의 『百의 그림자』는 문학이 할 수 있는 최소한의 일을 최대한으로 해낸 소설이 될 수 있지 않을까.

물론 『百의 그림자』가 하는 일은 이뿐만이 아니다. 다시, 연애 이야기로 돌아가보자. 이 소설은 은교와 무재가 숲에서 길을 잃는 장면으로 시작해서, 마찬가지로 이들이 캄캄한 어둠 속에 잠긴 섬에서 길을 잃는 장면으로 끝나고 있다. 함께 길을 잃는 것이 연애가 아니겠냐는 듯, 황정은은 은교와 무재를 숲에서, 섬에서 헤매게 만든다. 유일한 누군가로 인해 현실의 모든 억울함과 비참함을, 그리고 삶이라는 공허를 전부 견딜 만하게 될 것이라는 거짓말 같은 낭만적 연애는 이 소설 안에 없다. 은교는 무재가 있어, 무재는 은교가 있어, 세상 두려울 게 없는 게 아니다. 은교가 "무서워요"(14쪽)라고 말하면 무재 역시 "무서워요, 나도"라고 따라 말하고, 은교가 "우리 여기서 나갈 수 있을까요?"라고 물으면 무재는 "글쎄요"라고 말하는 것이 전부다. 둘이 있어도 현실은 무섭고 삶은 공허하다. 언제나 조금은 외롭고 무서운 기분이 드는 것은 어쩔 수 없다. 어쩌면 둘이 있음에도 불구하고 그 감정들이 해소되지 않아 더 허망하게 느껴지는 것이 삶이고 연애일 것이다. "사람이란 어느 조건을 가지고 어느 상황에서 살아가건, 어느 정도로 공허한 것은 불가피한 일이라고"(144쪽) 무재의 입을 빌려 황정은이 말하듯 말이다. 은교가 계속 "따뜻한 음식이 먹고 싶"(147쪽)다고 말하는 것도 바로 이 서글픔, 즉 삶이라는 허기 때문이다.

맛있었어요?
무재 씨가 물었다.
이번엔 따끈하고, 개운했나요?
네, 맛있었어요, 따끈하고 맑고 개운했어요, 고마워요, 데려와줘서, 라고 말하자 무재 씨가 웃었다. (157쪽)

따뜻한 장면이다. 그러나 따끈한 국물이 이들의 지속되는 가난도, 삶이라는 공허도 완벽하게 채워줄 리는 없다. 은교도 무재도, 더불어 우리도 금세 배고파지고 서글퍼질 것이다. 『百의 그림자』는 따끈한 국물을 나누어 먹은 은교와 무재가 마주보며 웃고 있는 환한 낮의 풍경으로 끝나는 소설이 아니다. "달려온 방향과 가야 할 방향이 모두 어둠에 잠겨 있"(165쪽)는 캄캄한 밤의 풍경으로 끝나는 소설이다. 황정은이 생각하는 연애는 이렇게 정직하다. 그럼에도 불구하고 다행이다 싶은 것은 무서운 어둠 속에서 은교와 무재는 "그림자 같은 건 따라가지 마세요"(10쪽)라고 말하며 서로를 지켜주고, "노래할까요"(169쪽)라고 말하며 서로를 위로해주고 있다는 사실이다. 삶은 공허하고 밖은 여전히 캄캄하고, 그래서 불안하고 두렵지만, 이들의 연애는 "공전주기가 다른 위성들"(124쪽)의 만남처럼, "어둠에 잠겼다가 불빛에 드러났다가 하며"(168쪽) 제 삶의 궤도를 돌 수 있도록 서로에게 작은 힘이 되어준다. 자전거를 타고 10개의 정거장을 달려 은교를 찾아온 무재처럼, 그 길을 똑같이 되짚어 가며, "이런 곳을 밤에, 무재 씨가 왔구나, 갔구나"(135쪽)라고 생각하며 애틋해하는 은교의 마음이 우리도 애틋하다. 황정은이 그리는 이 애틋한 연애가 어둠에 잠긴 우리에게 저 멀리까지 확 트인 길을 보여주지는 못하겠지만, 한 발 내디딜 수 있을 정도의 빛을 보여줄 수 있지는 않을까. 물론 한 발에 또 한 발이 계속 보태지는 방식으로 길이 만들어진다는 사실을 우리가 모를 리 없다.

이처럼 『百의 그림자』는 우회하거나 침묵하지 않고, 분노하거나 선언하지도 않고, 다만 이야기와 노래를 요청하는 방식으로 담백하고도 분명하게 세계에 개입한다. 정치와 관련하여 이 시대 문학이 제출할 수 있는 가장 솔직한 사례 중의 하나가 바로 여기에 있다. 최근 국내에도 번역된 조지 오웰의 『위건 부두로 가는 길』은 대공황기에 대량실업으로 고통받던 노동자들의 일상을 취재하여 쓴 르포르타주로 알려져 있다. 그는 어떤 에세이에서 이 르포를 쓰기 직전의 시기를 회상하며 다음과 같이 고백한 적이 있다. "돌이켜보건대 내가 맥없는 책들을 쓰고, 혹해서 대개 현란한 구절이나 화사한 형용사나 허튼소리에 빠졌을 때는 어김없이 '정치적' 목적이 결여됐던 시절이었다"[6]라고. 『동물농장』(1945)과 『1984』(1949)와 같은 역작이 가능했던 것은 모두 이 같은 자기 성찰 덕분이 아니었을까. 황정은도 비슷한 길을 가고 있는 듯 보인다. 앞으로 그녀가 쓰게 될 대표작이 어떤 모습일지 구체적으로 상상할 수는 없지만, 『百의 그림자』로 미루

---

6) 조지 오웰, 「나는 왜 쓰는가」, 『위건 부두로 가는 길』(이한중 옮김, 한겨레출판, 2010)의 옮긴이의 말에서 재인용.

어보건대, 적어도 그 안에서 정치와 미학이 가장 첨예한 형태로 만나고 있을 것이라는 점만은 쉽게 짐작해볼 수 있다.

3. 현실에 답하지 않고 인간에게 묻는 소설

편혜영 소설을 현실 비판적인 텍스트로 읽는다면 그녀가 감당하는 세계는 실로 넓고도 깊다. 『아오이가든』(문학과지성사, 2005)으로부터 『사육장 쪽으로』(문학동네, 2007)까지, 그녀는 문명 자체를 비판해왔고, 행·불행을 제멋대로 넘나드는 우리 삶의 아이러니를 묘파해왔으며, 더불어 모순을 본질로 하는 인간의 내면을 투명하게 적시해왔다. 편혜영에게 이 세계는 얼마나 불편한 것이었을까. 단 한 번도 그녀의 소설을 맘 편히 읽었던 기억이 없다. 예상했던 불행은 어김없이 일어났고 인물들은 제자리로 돌아올 수 없었으며 우리는 씁쓸한 마음으로 마지막 문장에서 눈을 뗐다. 사실, 편혜영 소설이 정말로 끔찍한 이유는 현실의 우리에게 이 불행한 현실을 직시하라고만 말할 뿐, 일말의 기대도 허락하지 않는다는 점 때문이다. 지독한 불행이 나만의 것은 아닐지도 모른다는 기대, 내 불행을 타인의 탓으로 돌려 피해자로 자위할 수 있을지도 모른다는 기대, 미래가 현재보다 희망적일지도 모른다는 기대, 편혜영 소설에서는 찾을 수 없는 것은 바로 이러한 기대가 주는 위로들이다. 편혜영의 인물들에게, 불행은 고유한 것이며 심지어 스스로의 선택에 의해 유발된 것이며, 그것은 미래를 짐작할 수 없는 파국의 형태를 지닌다. 앞서 읽은 『百의 그림자』와 비교하자면, 편혜영과 황정은은 명쾌한 단문을 공유할지언정, 불행을 다루는 방식에 관해서라면 일치점을 찾기 힘들다고 해야 할지도 모른다. 편혜영의 인물들은 공허한 삶이라는 명명 자체가 사치가 되는 그야말로 절대 고독의 세계에 던져져 있다. 이러한 이야기가 우리에게 돌려줄 수 있는 것은 삶에 대한 혐오와 절망 외에 또 무엇이 있을 수 있을까. 아무튼 우리는 단편만으로도 버거웠던 이야기들을 이제 장편으로도 읽어내야 할 처지에 놓였다.

편혜영 첫 장편 『재와 빨강』(창비, 2010)에는 이제까지 그녀가 써왔던 단편들의 모든 것이 집약되어 있다. 전염병, 쓰레기, 쥐떼, 하수구, 악취, 폭력 등 생리적 불편함을 주는 배경과 소재는 물론, 삶의 돌파구가 되어줄 거라 믿었던 어떤 선택이 결국 돌이킬 수 없는 파국으로 귀결된다는 서사 역시 공식처럼 반복된다. 온전한 이름도 부여받지 못한 '그'가 비극의 주인공이다. 한 방역업체의 외국 본사에 파견 근무자로 선정된 그가 본사가 있는 C국의 공항에 당도하는 것으로부터 시작되는 『재와 빨강』은, 모국(母國)의 지사를 떠난 그가 결국 이국(異國)의 본사에 제대로 입성하지 못하고, 공원과 하수구의 부랑자로 떠돌다가 맨손으로 쥐를 잡는 방역단체의 노역자가 되고 만다는 이야기이다. 방역업체의 직원이었던 한 남자가 타국의 낯선 도시에서 쥐잡이로 살게 되기까지 그에게 도대체 무슨 일이 있었던 것일까. 본사가 있는 C국의 Y시 제4구가 전염병에 휩싸인 "비상상황"(62쪽)에 놓여 있었다는 점, 메일로 전달된 파견 지시 자체가 "전산장애"로 인한 "착오"(57쪽)였(는지도 모른)다는 점, 따라서 그를 책임질 담당자가 부재했다는 점이 표면적인 이유가 되겠지만, 문제는 그리 간단하지가 않다. 그를 '국외자'의 '예외상태'로 내몬 것은 무엇일까. 어쩌면 그 자신일지도 모른다는 것이 이 비극의 핵심이다.

그는 추방된 자다. 지사장 연수를 겸하는 파견 근무자로 선발된 후, 동료들로부터 노골적인 따돌림을 받아온 그는, 동료들을 떠나, 이혼한 전처를 떠나 새 삶을 시작하자는 기분으로 C국에 들어서지만, "누군가에 의해 추방당한 느낌"(18쪽)을 지울 수는 없다. "가장 기본적인 선발기준은 의사소통 능력"(203쪽)이었다는 본사 직원의 말과는 달리, C국의 언어에 능통하지도 않은 그가 파견 근무자로 선발된 것은 다름아닌 맨손으로 쥐를 잡아 지사장의 눈에 띄었다는 다소 어리둥절한 이유 때문이었으니, '선발'과 '파견'이 '추방'이 되는 논리 역시 부자연스럽지도 않다. "원하는 말을 들으려면 전적으로 우연에 기대는 수밖에 없"(24쪽)는 외국인의 처지라는 점에서도, 담당자의 전화를 기다릴 수밖에 없는 "일방적인 수신자"(25쪽)라는 점에서도, C국의 '사역수동' 문형처럼, 그는 "유감"(34쪽)스러운 처지에 내몰려 있는 것이다. 그러나 무엇보다도 유감스러운 것은 그가 자신의 기억으로부터도 소외되어 있다는 점이다. 그의 친구이자 전처의 또다른 전남편 '유진'은, 그의 집에서 자신들의 전처가 살해된 채 발견되었다는 사실을 알려온다. 출국 전날 유진과 술을 마셨다는 점, 지독한 숙취에서 깨어났다는 점, 허둥지둥 짐을 챙겨 떠났다는 점, 원인을 알 수 없는 '푸른 멍'이 남아 있었다는 점, 그 이외에 그에게 남은 기억은 없다. 전처를 죽인 기억도 죽이지 않은 기억도 없이 '용의자'로 내몰린 그는, 누군가 누른 초인종 소리에 본능적인 두려움을 느끼고 창밖 쓰레기차로 몸을 던진다. 모든 일이 이로부터 시작된 것이다.

이후의 '헐벗은 삶' 속에서 그가 견뎌야 하는 것은 추위와 배고픔뿐만은 아니다. C국의 지독한 악취와 한몸이 되었다는 모멸감과, 이렇게 "스스로를 쓰레기로 만든 것이 결국 자기라는 환멸"(106~107쪽)을 참아내는 일이 그에게는 가장 끔찍했다. 비단 쓰레기차로 몸을 던진 선택만을 두고 고통스러워 한 것은 아니다. 현재를 견뎌내기도 힘들며 미래는 생각조차 할 수 없는 상황에서 그는 과거를 복기하는 일만을 반복하는데, 아내와의 결혼 생활에 실패했던 것도, 그녀를 죽게 만든 것도 결국 자신일지 모른다는 의심은 점점 확신이 되어 그를 괴롭힌다. 어쩌면 모든 것을 자신의 선택으로 인정해가는 이 비통한 과정은, 도무지 원인을 알 수 없는 채로 끔찍한 세계에 내몰린 그가, 그 상황을 좀더 수월하게 받아들이는 방법이었는지도 모른다. "그를 실패에 빠뜨린 것은 부정한 아내이거나 의심을 부추긴 세계여야 했다"(74쪽)라는 모국에서의 자기 합리화가 더이상 작동할 수 없는, 다른 논리의 세계에 그가 들어와 있었기 때문이다. 이국의 거리에서 쓰레기와 뒹굴며 그가 확인하고 있는 것은 모든 세계가 자신의 선택으로 형성되었다는 두려운 진실에 관한 것이다. 그 두려운 진실을 인정하는 것이 오히려 마음 편한 일이 될 만큼 그는 알 수 없는 불행에서 헤매고 있는 것이다. 불행을 그나마 견딜 수 있는 것으로 만들어주는 것은 불행의 원인을 아는 일이다. 그것이 오로지 자신으로부터 기인한 것이라 할지라도 우리는 탓할 대상이 필요하다. 그래서 그가 뼈아프게 회상하고 있는 것은 이런 것들이다. 아내와의 관계를 돌이켜보고자 떠났던 T국으로의 여행이 오히려 둘의 관계를 악화시키게 된 것도, 아내를 강간하여 결정적인 이혼 사유를 제공하게 된 것도, 모두 자신의 불안과 의심이 불러온 사태라는 것. 스스로에 대한 혐오와 환멸은 극에 달하고 마침내 그는 "위기에 닥친 자신의 선택이 두려워"(163쪽)진다.

자신의 불행을 모조리 스스로의 책임으로 인정하는 것만큼 가혹한 일은 없을 텐데, 그보다 훨씬 더 가혹한 일은 그가 모든 불행을 자신의 선택으로 확정짓는 행위들을 실제로 감행하고 있다는 사실이다. 자신이 파견 근무자로 선택된 것이 "쥐 때문"(28쪽)이었다는 수치는 이제 그가 스스로 "방역 전문가"에서 "쥐 전문가"(112쪽)로 전락함으로써 해결된다. 본사의 담당자인 '몰'을 찾는 일에 모든 것을 걸었던 그는, ('몰'이라는 이름이 찍힌 티셔츠를 주워 입은 후부터) 스스로 '몰'이 된다. 무엇보다도 이 소설에서 가장 서늘한 장면은 쥐를 잡으러 들어간 집에서 그가 주인 여자를 칼로 찌르고 있는 장면이다.

낯선 피냄새가 봉인의 열쇠이기라도 한 듯, 언젠가 이런 일이 있었다는 것이 비로소 떠올랐다. 금속성 무기를 손아귀에 쥐었을 때 전해오는 느낌이나 피가 튀었을 때의 느낌은 쥐꼬리를 자르기 위해 칼을 쥐거나 쥐의 몸통을 사정없이 내리칠 때와는 전적으로 달랐다. 그 낯익은 감각 때문에 그는 오래전 쓰레깃더미로 투신한 자신의 행동을 기꺼이 이해했다. 가장 먼저 든 생각을 스스로도 이해할 수 없는 기이한 안도감이었다. 이 안도감을

얻기 위해 C국에서 긴 시간을 허비한 것 같았다. 그리고 전처 생각이 났다. (217~218쪽)

칼을 쥘 때마다 스치는 "생경하면서도 익숙한 느낌"(104쪽)이 무엇인지 항상 불안해하며 지냈던 그였다. 전처를 죽인 것이 자신일지도 모른다는 불안은, 누군가를 향해 칼을 휘두르고 체념에 가까운 안도감을 돌려받음으로써 마침내 해결된다. '모국의 서사'(전처의 죽음에 대한 의문)와 '이국의 서사'(나의 존재를 찾아가는 과정) 속에서 '국외자'로 떠돌던 그는, 불행의 원인과 결과의 간극을, 불투명한 "기억"와 생생한 "감각"(104쪽) 사이의 간극을 이런 식으로 메운다. 어쩌면 "모든 비관은 결국 예상된 결과를 가져오게 마련"(41쪽)이라는 인간 삶의 냉담한 진실을 확인하기 위해, 다시 말해 허약한 인간을 뒤흔드는 강력한 자기 암시의 능력을 보여주기 위해, 편혜영은 이토록 끔찍한 '쥐-인간' 사례를 만들어놓았는지도 모르겠다.

모든 비관은 예상된 결과를 가져오고 그것은 "자신은 그렇게 사소하고 볼품없이 서서히 죽어가는 게 마땅"(123쪽)하다는 자기 환멸로 귀결될 터이니 쉽게 비관하지 말자는 메시지를 읽어낸다면 그건 너무 어색한 일이다. 이 소설의 테마는 분명 '추방된 삶'이다. 외국인, 부랑자, 전염병 등의 테마는 격리되고 배제된 우리 시대의 벌거벗은 생명을 환기하는 것이다. 중요한 사실은 편혜영이 이 민감한 테마를 인간 존재의 본질에 관한 문제로 돌려놓는다는 점이다. 일시적인 격리가 영원한 배제를 위한 감금이 되어버리는 '수용소의 논리'를 '그'가 체현하고 있다. C국에 들어서기도 전에 검역 때문에 공항에 억류되었던 '그'는 끝까지 '예외상태'를 벗어나지 못한다. 예외상태로부터 벗어나기 위한 다른 세계로의 이월(移越)은 현실에서 절대 불가능하며, 그저 예외상태를 정상적인 것으로 확정하는 체념과 안도만이 가능할 뿐이라고 편혜영은 담담히 말하는 듯하다. 그렇다면 우리는 "수용소란 예외상태가 규칙이 되기 시작할 때 열리는 공간"[7]이라는 아감벤의 논리를 참조하며, 이 소설을 수용소 문학의 한 사례로 읽을 수도 있겠다. 우리 시대의 특수하고 구체적인 비극을 강조하며 이에 관한 날카로운 비판을 개진하기보다, 인간 삶의 보편적 비극을 제시하며 그에 관한 인정을 강요하는 듯한 편혜영의 소설은 우리를 또 한번 절망하게 하지만, 『재와 빨강』은 소설이 제출해야 할 가장 중요하고도 불편한 질문을 관통하고 있음에 틀림없다. 견고한 세계와 싸우는 허약한 인간들이 되풀이하는 실패를 과연 우리의 구체적인 삶이 어떻게 감당해야 할 것인가라는 질문 말이다. 그녀의 건축학적 서사가 구축하고 있는 일은 이 질문을 날카롭게 다듬는 일에 다름아니다.

4. 무력한 소설이 되지 않기 위하여

궁극적으로 인간 존재의 고독과 삶의 공허에 관해 이야기하는 황정은과 편혜영의 소설은 사회학적 시선과 철학적 시선을 잘 버무려 '추방된 인간'에 관한 세련된 서사를 만들어놓고 있다. 구체적인 현실에 관한 관심과 인간 존재에 관한 관심이 앞서거니 뒤서거니 하며 매끄럽게 뒤섞여 있는 것이다. 대체로 좋은 소설들은 이런 모양새를 취한다. 사회학적 시선에 주목할 경우, 우리는 다른 계급으로부터 소외당하고 있는 황정은 소설의 가난한 인물들이나, 국외자가 된 편혜영 소설의 처참한 인물에게 어떠한 해결책이 필요할 것인지 (적어도 이론적으로는) 그 대안을 어렵지 않게 제출해볼 수는 있다. 그러나 이들의 고독이 결국 삶이라는 거대한 질문으로부터 야기된 존재론적 불가피함으로 육박할 경우, 우리는 어떠한 해결책도 쉽게 생각할 수 없다. 비관에 휘둘리는 약한 인간이 되지 말자는 어색한 다짐이나 해볼 수 있을까? 서로가 서로의 공허를 예리하게 되

---

7) 조르조 아감벤, 『목적없는 수단』, 김상운·양창렬 옮김, 난장, 2009, 49쪽.

비추며 함께 돕자는 당연한 말이나 해볼 수 있을까? 인간이 만들어낸 '말'로부터 야기되는 소외라도 경계하자는 역시나 당연한 말은? 그것도 충분치 않다면, 사회적 원인의 소외로부터 안전한 운 좋은 사람들은 존재론적 고독을 충분히 누릴 자격이 없다는 과격한 발언이나 해볼 수 있을까? 소설이 생각할 수 있는 해결책은 이 정도뿐이다. 소설은 사회학적으로 이미 제출되어 있는 논리정연한 해결책을 그대로 반복해서 보여주는 텍스트는 아니다. 오히려 소설은 그 깔끔한 해결책이 왜 매번 실패할 수밖에 없는지를 증명하는 일을 한다. 소설은 정치적 해답을 내놓는 텍스트가 아니라 존재론적 질문을 지속하는 텍스트인 것이다. 그렇다면 다시 묻자. 소설은 무엇을 해야 하는가. 아니, 무엇을 하지 말아야 하는가.

밀란 쿤데라가 오에 겐자부로의 단편 「인간의 양」(1958)을 읽는 방식을 참조해보면 어떨까?[8] 「인간의 양」은 일본인 버스 승객들이 술 취한 외국 군인들에게 수모를 겪는 내용을 담고 있다. 승객 절반가량이 바지를 벗기는 수모를 당한다. 군인들이 버스에서 내리자 내내 무기력하게 보고만 있던 나머지 절반의 승객들은 외국 병사들의 행동을 고발하자며 피해자들을 부추긴다. 특히 한 교사는 묵묵히 귀가하는 대학생의 집에까지 쫓아와 그들을 고발해야 한다고 강하게 주장한다. 자신이 당한 수치를 그냥 덮고 싶은 자와 남이 당한 수치를 드러내려는 자 사이의 격한 증오를 남겨둔 채로 이 소설은 끝이 난다. 쿤데라는 「인간의 양」이 "비겁함과 수치, 정의감이라는 허울을 쓴 경솔한 가학성 등을 이야기하는 놀라운 소설"이라고 평가한다.

더불어 이 소설이 이처럼 놀라운 일을 할 수 있었던 결정적인 이유로 그가 지적하는 것은, 끝까지 외국 군인들의 국적이 밝혀지지 않는다는 사실이다. 그 "단어 하나를 포기함으로써 정치적 측면은 어슴푸레한 빛에

---

8) 밀란 쿤데라, 『커튼』, 박성창 옮김, 민음사, 2008, 96~97쪽.

92 1부 당신의 사랑

싸이고, 소설가가 관심을 가진 주요한 문제인 실존의 수수께끼에 조명이 집중되기에 충분해진다"라고 쿤데라는 적고 있다. 그는 「인간의 양」을 예로 들어, 소설은 현실의 역사적 조건을 강력하게 환기하는 정치적 텍스트가 되기보다는 궁극적으로 '인간 실존의 탐조등'이 되어야 한다고 주장하는 것이다. 이 말은 "작가가 가장 중요시해야 할 일은 의견을 갖는 것이 아니라 진실을 말하는 것입니다. 〔……〕 문학은 단순하게 만들려는 목소리에 반대하는 뉘앙스와 모순의 집입니다"[9]라는 수전 손택의 문학론도 환기시킨다. 쿤데라와 손택의 말을 종합하면, 소설가가 맞서야 할 것은 현실의 특정한 집단이 아니라 세계를 단순화하려는 경향이어야 한다는 결론이 나온다.

쿤데라는 이런 말도 덧붙였다. 역사가 움직이지 않는 평화로운 시기에는 문학이 저 탐조등의 역할을 제대로 할 수 없다고. 즉 소설가를 매혹시키는 세계란 흔들리는 세계일 수밖에 없다고. 그렇다면 여러모로 세계의 비참이 가중되는 이 시대는 소설이 무력한 시대가 아니라 오히려 소설이 생생하게 살아 있어야 하는 시대임에 틀림없다. 따라서 지금 우리의 관심사는 소설이 (정치적으로 혹은 현실적으로) 얼마나 무력한지에 관한 원론을 확인하는 일이 아니라, 무능한 소설과 유능한 소설을 잘 구분해보는 일이 되어야 한다. 우리를 씁쓸하게 하는 것은 소설의 실패가 아니라 실패한 소설들인 셈이다.

구체적인 현실을 환기하지 않는 배수아의 소설뿐 아니라 2010년의 현실에 강하게 밀착되어 있는 황정은과 편혜영의 소설이, 오래도록 소설의 힘을 증명하는 작품으로 남을 수 있다면, 그것은 이 작품들이 인간의 실존에 관한 날카로운 질문들을 유려한 형태로 제출하고 있기 때문일 것이다. 지금, 비참한 현실을 담보로 소설의 가능성이 선명하게 증명되고 있

9) 수전 손택, 앞의 책, 206쪽.

다는 것은, 흔들리는 시대를 살고 있는 우리에게 불행인지 행운인지 잘은 모르겠지만, 소설의 가능성을 엿보는 일은 인간의 가능성을 확인하는 일과도 맞물려 있으므로 크게 비관할 일은 아니다. 이른바 우리는 소설이 만개(滿開)할 수 있는 시대를 살고 있다. 물론 이 가능성에 대한 믿음이 맹목으로 흘러 소설의 노력과 의지를 사라지게 해서는 안 될 것이다. 당연한 말이겠지만, 우리가 열렬히 지지하는 것은 어떤 소설의 가능성이지 모든 소설의 권위는 아니기 때문이다.

(『문학과사회』 2010년 여름호)

순진함의 유혹을 넘어서
― 황정은과 김사과의 소설

1. 과잉의 존재에서 결핍의 존재로

과연, 우리가 세상에 태어난 것이 그 무엇과도 비교할 수 없는 대단한 선물을 받은 것이라 할 수 있을까. 선물이 비로소 제값을 하기 위해서는 받는 사람이 어떤 식으로든 그것을 원하고 있다는 전제를 필요로 할 것이다. 그렇다면, 자신의 탄생에 관한 한 어떠한 의지도 품을 수 없는 인간에게 생명을 부여받음이 선물이자 축복이라고 말할 만한 근거는 전혀 없는 셈이다. 어떤 인간도 자신의 자발적인 의사로 세상에 나오지는 않기 때문이다. 죽음을 선택하는 것은 가능할지 몰라도 탄생에 관해서라면 인간은 언제나 수동적 위치에 있다. 우리는 단지 원한 적이 없는 생명을 부여받고 세상에 내던져지는 것이다.

이는 달리 말하면, 자신의 부모들에게 태어나겠다고 요구한 적이 없는 모든 아이들은 오히려 부모들에게 채권자가 될 수 있다는 의미이기도 하다. 자식 때문에 골머리를 앓는 부모들이 입버릇처럼 '자식 낳은 죄'를 운운할 때 거기에는 일말의 진실이 담겨 있기도 하다는 것인데, 부모는 아이들의 의사와 상관없이 이들을 세상에 내놓았으므로 그에 대한 채무는 어쩌면 영원하다고 할 수 있겠다. 부모의 무조건적인 보호 속에서 자기 보존의 본능을 결핍 없이 누리는 유아기의 도저한 나르시시즘을 가리켜 프로이트는 '아기 폐하'라는 호칭을 부여하기도 했다. 파스칼 브뤼크네르는 어린 시절의 이러한 특권을 인정하고 상찬하고자 "너를 제외한 모든 사람들은 의무가 있다"[1]라고 말하기도 했다. 적실한 표현이 아닐 수 없다.

그러나 채무자와 채권자라는 부모와 아이의 관계는 고정 불변이 아니다. 다른 동물에 비해 발달이 더디고 따라서 독립된 개체로 성장하는 데 오랜 시간이 걸린다는 인간적 조건이 그 관계를 역전시킨다. 유아의 생존은 전적으로 보호자에게 달렸기 때문에, 아이를 책임지는 부모의 행위는 '낳은 죄'를 다 갚고 그것을 초과하는 데에까지 나아간다. '아기 폐하'는 당당하게 권리만을 누리는 독립된 인간인 것이 아니라, 실상 부모의 보살핌 없이는 살아남을 수 없는 기식자인 것이다. 인간은 부모 없이 태어날 수도 부모 없이 생존할 수도 없는데, 이때 자식에 대한 부모의 의무는 자연스럽게 자식에 대한 권리로 뒤바뀐다. 아이의 의사와 상관없이 그에게 생명을 주었다는 것은 부모를 채무자의 위치에 놓지만, 그 아이는 결국 부모 없이 생존할 수 없다는 이유로 이제는 아이가 채무자의 위치에 놓이게 된다. 부모의 '낳은 죄'는 비로소 하늘 아래 그 무엇과도 비교할 수 없는 높디높은 '키워주신 은혜'가 된다.

그렇다면 인간이 성장한다는 것은 결국 채권자의 지위를 박탈당하고 채무자가 되어버리는 굴욕의 과정이라고 할 수 있지 않을까. 보다 많은 권리를 누리는 '아기 폐하'의 위치에서 보다 많은 의무로 짐 지워진 '시민'의 위치로 전락하는 것을 의미하는 게 아닐까. 이러한 지위 상실의 과정을 더 나은 미래를 위한 '교육'이라는 말로 포장하는 것이 거창하게 말해 사회 전반의 문명화 과정과 일치된다는 것은 주지의 사실이다. 어린

1) 파스칼 브뤼크네르, 『순진함의 유혹』, 김웅권 옮김, 동문선, 1999, 120쪽.

아이와 미개인의 유사성에 주목한 프로이트와 루소를 참고해볼 수도 있겠다. 그런데 성숙한 인간으로서 누리게 될 완벽한 자유에 준비시키기 위해서 아이에게 '복종'과 '인내'를 가르친다는 논리에는, 아이들에 대한 어른들의 시기와 질투가 투영되어 있기도 하다. 어른들은 은연중 '아기 폐하'가 누리는 훨씬 더 완벽한 자유를 부러워하고 있는 것이다. 책임이 뒤따르는 어른의 자유는 완벽한 자유이기보다는 가짜 자유에 불과하기 때문이다. 어른들은 자신이 끝내 놓쳐버리고 만 '무책임한 자유'라는 보물에 대한 집착을 억누르기 위해, 여전히 그것을 간직하고 있는 아이들을 자신과 똑같은 상실의 존재로 만들어버리고자 한다. 미성년에 대한 성년의 기꺼운 훈육에는 미성년에 대한 이러한 매혹과 거부의 양가감정이 존재한다.

아직 성년이 아닌 자, 즉 '되어가는 존재'로서의 '미성년'이라는 말은, 여성을 '제2의 성'으로 규정한 것과 마찬가지로 사회적으로 구성된 담화일 뿐이다.[2] 미성년, 보다 정확히 말해 유아기의 아이는 책임 없는 자유만을 누리는 스스로 완전한 존재라 할 수 있을 것이다. 따라서 미성년에서 성년이 된다는 것은 완벽히 독립된 존재가 되어가는 것이 아니라, '과잉의 존재'에서 '결핍의 존재'로 전락해가는 것이라 할 수 있겠다. 이는 유아가 '성도착증자'라면 성인은 '신경증자'라는 프로이트의 통찰이 우리에게 알려준 바이기도 하다. 성인의 성이란 유아 성욕의 잔재이자 흔적에 불과한 것이라는 점, 따라서 어른들의 성은 매번 실패로 끝나거나, 그것의 연장인 증상으로 남거나, 그것의 승화인 다른 산물로 보상될 뿐이라는 상식 말이다. 인간이 "성숙한다는 것은 약간은 죽는다는 것이며, 자신의 뿌리로부터 고아가 된다는 것"[3]이 아니겠는가.

---

2) 이하의 한 단락 내용은, 맹정현, 「미성년은 존재하지 않는다」, 『문학과사회』 2005년 여름호 참조.
3) 파스칼 브뤼크네르, 앞의 책, 100쪽.

2. 우리들만의 집, 친숙하고 낯선

어른의 보호와 배려가 간섭과 지배로 느껴지기 시작한 이후, 미성년이라면 누구나 한번쯤은 어른의 규제가 없는 자유로운 삶을 꿈꿔본 일이 있을 것이다. 이언 맥큐언의 『시멘트 가든』(손홍기 옮김, 열음사, 1996)은 이에 대한 소망 충족의 드라마를 보여주는 소설이라고 보아도 무방하다. 아빠와 엄마가 차례로 죽은 뒤 커다란 집에 덩그러니 남겨진 네 남매는 약간의 상실감과 약간의 공포 속에서도 과도한 흥분을 감추지 못한다. 예전, 부모님이 잠시 부재한 틈을 타 자기들끼리 보냈던 그 축제 같았던 며칠을 떠올리면서 말이다. 아이들은 엄마의 시체를 손수 시멘트에 묻으면서 영원한 지속이 보장된 축제가 시작되었음을 자각한다. 이 장례 절차를 통해 엄마의 부재는 기정사실이 되고, 이제 아이들은 배고프면 먹고, 자고 싶으면 자고, 놀고 싶으면 노는 축제적 야만의 세계로 되돌아간다. 집은 아수라장이 되고 아이들은 이른바 집 안의 미개인이 된다. 아이들은 현실원칙이 없는 세계, 욕구만이 있는 근친상간의 세계에 놓인다. 급기야 사춘기의 두 남매 '쥬리' 누나와 '나'는 알몸으로 뒤엉킨다. 어린 동생의 나체를 이리저리 검사하는 놀이쯤이야 어린 시절의 과잉된 성적 호기심의 발로라 이해할 수 있겠지만, 죽은 엄마를 매장하고 남매가 섹스를 하는 데에까지 이르면 이 소설이 주는 불쾌감은 극에 달한다.

『시멘트 가든』이 부모를 잃은 아이들의 타락한 삶을 보여주는 이야기가 아니라, 오히려 부모로부터의 해방이라는 아이의 소망 충족, 나아가 거세된 어른들의 잃어버린 낙원에 대한 소망 충족의 서사가 될 수 있는 이유는, 이 아이들에게는 부모가 남겨준 커다란 집이 있고 또 충분한 돈이 있기 때문일 것이다. 즉 아이들에게는 먹고 입을 것이 풍족하기 때문에 이들의 집은 그야말로 지상낙원이 될 수 있다. 정원의 꽃들을 시멘트로 매장해버리려고 했던 아버지의 계획은 그의 죽음으로 인해 수포로 돌아갔으며, 아이들은 정원의 무성한 잡초처럼 아버지의 규제 없이 그저 만발한다. 또

한 엄마는 매장된 채로이기는 하지만 여전히 그 집 안에 있다. 엄마는 부재하는 것이 아니라 지하실에서 이들을 감싸 안고 있는 것이다. 『시멘트 가든』의 아이들은 보호자 없이도 생존할 수 있는 능력을 선물받았으면서도 유아기의 아이가 누리는 모든 특권을 잃지 않은, 즉 권리를 부여받았지만 아무런 의무도 책임도 없는 완벽히 자유로운 존재의 표상이다. 어린아이가 완벽한 자유에 대한 어른들의 욕망이 투영된 존재라고 한다면, 아무런 억압이나 책임도 없이 그저 풍족한 생활을 누리는 이 소설의 야만적 아이들은 '아기 폐하' 시절에 대한 어른들의 향수를 날것 그대로 보여준다.

그런데 놓치지 말아야 할 것은, 이들의 부모 없는 삶이 축제가 될 수 있었던 결정적인 이유는 아이들의 집이 다른 사람의 왕래가 없는 무중력의 공간에 있다는 사실로부터 기인한다는 점이다. 부모님이 살아 계실 때부터 "가족에겐 친구를 집으로 데려오지 않는다는 불문율이 있었"(34쪽)으며 "아버지나 어머니 어느 분도 가족 외에는 진정한 친구가 없었다"(38쪽)는 조건으로 인해 아이들만의 집은 철저히 사적인 공간으로 남는다. 부모의 부재 이후에도 아이들을 고아라는 결핍된 존재로 명명하는 타인의 시선이 없으며, 도움을 빙자한 착취의 손길도 없다. 이른바 이들은 오지에 살고 있는 미개인과도 같다. 아이들에게는 거추장스러운 죄의식이 형성될 만한 대타자의 시선이 애초에 삭제되어 있는 것이다.

남동생과 섹스를 하는 쥬리의 다음과 같은 말은 이들이 처한 상황을 결정적으로 환기한다. "이상해. 시간에 대한 감각이 사라져버린 것 같아. 언제나 이렇게 살아왔던 것처럼 느껴져. 엄마가 살아 계셨을 때는 어땠는지 기억이 안 나. 모든 게 변하고 있다는 생각이 들지 않고, 가만히 정지되어 있는 것같이 느껴져. 그래서 그런지 난 아무것도 겁나지 않아"(234쪽). 아이들은 시간의 힘이 작동하지 않는, 즉 성장이 멈춰버린 동화의 세계에 있다. 불청객만 없다면 이들은 아마 오래오래 행복할 것이다. "성교하고 성교해라. 바로 그것이 네가 세상에 나온 이유다. 네가 가진 힘과 의지 말

고는 네 쾌락에 구속이 될 것은 아무것도 없다"[4]라는 사드 식 쾌락원칙만
을 충실히 따르면서 말이다.

쾌락원칙과 근친상간의 세계인 아이들의 집이 끔찍하게 느껴지는 우
리는, 아마도 '잘 자란' 어른일 것이다. 어른들에게, 아무런 죄의식 없이
자신들의 욕구를 발산하는 아이들을 마주하는 것은 자신의 억압된 무의
식을 마주하는 것만큼이나 섬뜩하고도 낯선 체험이다. 프로이트가 '집
(heim)'이라는 독일어 단어의 부정형 형용사를 통해 설명했던 '두려운 낯
섦(unheimlich)'[5]의 감정을 학습한 우리는 저 아이들의 세계로부터 전달
되는 감정의 정체가 무엇인지 알 수 있다. 아주 오래전에는 친숙한 것이
었으나 억압을 통해 낯선 것이 되어버린 '억압된 것의 귀환'을 목도할 때
느끼는 낯익고도 낯선 감정이 바로 그것이다. 죄의식 없이 모든 것을 누
리는 '아기 폐하'들의 낙원이 불쾌하게 느껴진다면 그것은 우리가 억압과
상실을 성숙한 어른의 지표로서 받아들인 문명인이기 때문일 것이다. 『시
멘트 가든』이 그리는 아이들의 '집'은 타인의 시선이 미치지 않은 내밀하
고 친근한(heimlich) 곳이자 동시에 비밀스럽고 낯선(unheimlich) 공간
으로 우리에게 각인된다.

이언 매큐언의 『시멘트 가든』은 아직은 보호와 간섭이 필요한 미성년이
방기되었을 때 어떤 불행에 처하게 되는가를 보여주는 소설은 아니다. 오
히려 의무 없는 권리를 누리는 '아기 폐하' 시절의 향수를 그리고 있는 소
설이라 해야 할 것이다. 그러나 아기 폐하는 '시멘트 가든'이라는 무중력의
'인공낙원' 속에서 낯선 모습으로 존재할 수밖에 없다. 이미 지나온 낙원을
완벽하게 복구하는 것은 불가능하기 때문이다. 또한 그 위태로운 '인공낙
원'은 낙원 밖의 시선이 개입되는 순간, 볼썽사나운 쓰레기장으로 변한다.

---

4) 사드, 『규방철학』, 이충훈 옮김, 도서출판b, 2005, 82쪽.

5) 지그문트 프로이트, 「두려운 낯설음」, 『예술, 문학, 정신분석』, 정장진 옮김, 열린책들,
2003 참조.

손님을 맞이하기 위해 아이들은 열심히 청소하기 시작한다.

3. 수치를 아는 자, 어른

'인공낙원'이 '쓰레기집'으로 돌변하는 것은 타인의 시선이 개입되면 서부터이다. 어른이 된다는 것은 타인의 시선을 의식하게 되면서 '체면을 잃지 않는' 방법을 알아가는 과정이다. 서로의 성기를 보여주는 아이들의 쾌락적인 놀이가 '수치심'으로 인해 더이상 즐거운 놀이일 수 없는 단계에 이르는 것, 그것이 바로 유아기의 도착이 어른의 신경증으로 변하는 과정이다.[6] 그렇다면 우리는 천운영의 「후에」(『그녀의 눈물 사용법』, 창비, 2007)라는 소설을 『시멘트 가든』의 후속편으로 읽어볼 수 있을 것 같다. 발가벗은 채로 행복하게 뛰어다니던 아이들의 '낙원'이 타인에게 발각된 이후 창피한 '쓰레기집'으로 돌변하는 순간을 천운영이 포착해내고 있다.

아빠, 엄마와 두 자매로 이루어진 가족이 있었다. 바람난 아빠가 집을 나가고 엄마는 그야말로 제정신이 아닌 상태가 된다. 아이들에 대한 '정상적인' 양육의 의무도 방기한 채 아이들과 그저 먹고 놀며 심지어 아무데서나 옷을 벗어던지기도 한다. 엄마는 아이가 된 것이다. "먹고 싶으면 먹고 놀고 싶으면 놀고 울고 싶으면 울고. 강물에 흘러가는 배처럼 자유로웠"(234쪽)던 이 세 모녀의 '행복한' 삶은 "그들이 온 후에" 망가진다. '그들'은 바로 아이들에게 선행의 손길을 베풀고자 하는 복지사들과 아이들이 방치된 현실을 고발하려는 방송국 사람들이다. '그들'은 "행복에는

---

6) 유아기의 성 본능이 취하는 방향을 제한하는 것에는 역겨움, 수치심, 도덕성이라는 정신적인 힘들이 있다. 이 힘들이 제 기능을 하지 못하면, 유아기의 성 본능은 정상적인 궤도로 발전하지 못하고 성적 도착을 결과하게 된다. 특히 '수치심'은 보는 즐거움과 관련된다. 즉 보는 즐거움 혹은 보이는 즐거움과 관련된 성적 만족은 '수치심'을 알게 되면서 정상적인 발달 과정을 밟아가고, 그렇지 못할 경우 '절시증'과 같은 도착이 되는 것이다. 지그문트 프로이트, 「성욕에 관한 세 편의 에세이」, 『성욕에 관한 세 편의 에세이』, 열린책들, 2003, 53쪽.

어떤 기본적인 조건이 있"(228쪽)으며 그 조건이란 바로 쾌적한 환경이고 아이들은 "쾌적한 환경에서 행복하게 살 권리가 있"(227쪽)다는 것을 두 자매에게 친절하게 일깨워준다. 그러나 그들이 생각하는 행복의 조건과 아이들의 조건이 같을 리 없다. '그들'이 강요하는 행복의 조건은 오히려 두 자매를 불행으로 내몬다. '그들'의 등장 이후 언니는 온 집 안에 락스를 뿌려대며 강박적으로 청소를 하기 시작하고, 자기들만의 행복이 망가진 것이 억울한 동생은 "지금 내가 갈 수 있는 낙원은 여기 장롱 속뿐이야"(238쪽)라며 장롱 속에 숨어 나오지를 않는다. 타인의 조건과 타인의 시선이 이 아이들에게 '수치'를 알려준 것이다.

언니는 타협적인 데 반해 동생은 강경하다. 동생은 가증스러운 얼굴을 한 '그들'이 명백한 침입자이며 자신들을 농락하고 있다는 점을 분명히 안다. 언니는 동생을 장롱 밖으로 나오게 하려 애쓰지만 두 자매의 실랑이는 언니의 항복으로 끝이 난다. 결국 언니도 동생을 따라 장롱 속으로 들어간다. 이들의 행복했던 일상을 '쓰레기'로 만들어버리고, 두 자매를 장롱 속에 숨도록 만든 것은 바로 '그들의 조건'이다.

그래, 그애들은 나를 시기하고 있었던 게 분명해. 두려우면서도 부럽고, 꺼려지면서도 궁금한 거지. 하나의 눈빛 속에 동시에 나타나는 그 반대되는 감정이라니. 그런데 이젠 시기심과 두려움은 사라지고, 뭔가 웃음을 참는 듯한 표정만 남아 있더란 말이야. 하지만 그게 무슨 상관이야. 내가 이렇게 행복한데. (241쪽)

"두려우면서 부럽고, 꺼려지면서도 궁금한" 애매모호한 시선은, 야만에 대한 문명의, 아이에 대한 어른의, 타자에 대한 주체의 양가적 감정을 보여준다. 타인에 대한 시기심과 공포를 다스리는 가장 좋은 방법은 자기가 스스로 정한 기준 속에 이들을 가둬버리는 것이다. TV 프로그램에 문제적인 가정으로 소개되면서 자매의 삶은 불쌍한 것이 되어버리고, 사람들은 이제 마음 놓고 이들을 동정하고 비웃을 수 있게 된다. 이처럼 천운영의 「후에」는 루소적 의미의 '고상한 야만인'이 '비천한 문명인'으로 전락하는 순간을 보여준다. 아이는 어른의 조건으로 자신을 보기 시작하고 그로 인해 주입된 '수치심'을 통해 자신의 쾌락을 단속하고 관리하는 방법을 배우게 되는 것이다. 이런 식으로 아이를 '농락'하는 것은, 결코 되찾을 수 없는 과거에 대해 그것을 박탈당한 어른들이 복수를 가하는 방법 중의 하나이다. 아이들은 어른들의 비웃음을 인지하며 어른이 된다.

어른이 된다는 것은 더 많은 간섭과 시선 속에 놓이게 되는 것을 의미한다. 더이상 발가벗고 뛰놀 수 없게 되는 것, 내 육체의 주인이 내가 아니게 되는 것이다. 어른이 된다는 것은 비로소 홀로서기를 하게 되는 것이 아니라, 타자의 욕망의 회로 속에 자기 자신을 위치 지우는 것, 그에 따라 금지와 결핍이 생겨나는 것이다. 그렇다면 어른이 되는 것이 어떻게 매력적인 일일 수 있겠는가. 당연한 결론에 이르렀다. 성장이란 세계와 불화하기 시작하는 것이며 동시에 타협하게 되는 것이다. 비천한 인간이 되어가는 것이고, 주인의 자리에서 물러나 노예됨을 인정하는 것이다.

4. 희생양 되지 않기

수치를 알아야 하는 것이 어른의 조건이라면, 반대로 수치를 몰라도 된다는 것은 아이들의 특권이라 할 수 있을 것이다. 이제 본론으로 들어가보자. 이 글에서 주목하고자 하는 아이들은 '수치를 모른다'는 공통점을 지닌다. 속물적인 삶을 강권하는 신자유주의 시대 속에서 아이들만큼은 여전히 순진무구한 존재로 보호받고 있다는 시대착오적인 말을 하려는 것이 아니다. 이 시대의 아이들 역시 '수치를 모른다'는 그 당연한 사실이 우리 시대의 현실적 조건과 결부될 수 있다면, 그것은 아이들이 적극적으로 수치를 거부하고 있다는 사실과 관련될 것이다. 말하자면, 아이가 아이일 수 없다는 것이다. 오늘날 아이들은 괴상한 시대를 닮아 부끄러운 줄도 모르고 행동하는 망나니가 되어 있는 것이 아니라, 오히려 어떤 아이들은 자신의 부끄러움을 절대 견디지 못해 오히려 그 조건을 넘어서려는 윤리적 주체가 되기도 한다고 말할 수 있을 것 같다. 이 아이들은 자신들이 처한 조건을 전혀 모르는 순진한 동물도 아니고, 알지만 모르는 척하는 영악한 애어른도 아니며, 오로지 '알지만 그럼에도 불구하고' 거부하겠다는 강력한 의지를 지닌 무서운 아이들이다. 한마디로 말해 조숙한 아이들이다. 이들이 알고 있는 것은 자신이 타인의 욕망의 회로 속에 위치하고 있다는 사실이며, 이들이 거부하는 것은 자신이 타인의 희생양이 되고 있는 상황이다.

수치를 느낀다는 것은 내가 타인의 시선 안에 결박되어 있다는 것이고, 가해자이기보다는 피해자의 위치에 있다는 것이며, 받은 것보다 준 것이 더 많다는 것, 즉 권리보다는 의무가 많다는 것을 의미한다. 그렇다면 수치를 거절하기 위해서는 두 가지 방법이 가능하다. 하나는 타자의 욕망의 회로에 무감해지는 것이며, 또 하나는 피해자의 증상에 만족하기보다는 가해자의 위치로 올라서는 것이다. 전자의 방식이 냉담을 필요로 한다면 후자의 방식은 폭력을 필요로 한다. 바로, 황정은과 김사과의 방식이다.

황정은의 「야행」[7]을 읽어보자. 이 작품에는 황정은 특유의 환상, 변신, 알레고리의 수사는 제거되어 있는 반면, 그녀의 특장이라 할 수 있는 건조하면서도 속도감 있는 대화체나 인물들에 대한 기발한 작명법은 여전하다. 특히 작품 한가운데 마치 주문과도 같이 펼쳐지는 '책책책'과 같은 의미 없는 음절의 반복은 황정은 인물 특유의 자폐적 성격을 확인시켜주는 장치가 될 만하다. 이러한 모든 효과들에 괄호를 친다면, 이 소설은 위

---

7) 이 글에서 다루고 있는 황정은의 작품은 「야행」(『창작과비평』 2008년 봄호)을 제외하고, 모두 『일곱시 삼십이분 코끼리열차』(문학동네, 2008)에 묶인 단편들이다. 본문에서 인용할 경우 작품 제목만 표기한다[「야행」은 이후 황정은의 두번째 소설집 『파씨의 입문』(창비, 2012)에 수록되었다].

신투쟁과 관련된 어른들의 삶의 방식과 그에 냉담한 아이들의 삶의 방식을 대조적으로 보여주는 작품이라고 간단히 정리될 수도 있다.

등장인물은 한씨와 고씨, 백씨와 박씨, 그리고 곰과 밈, 검정이다. '씨'라는 호칭이 붙은 쪽은 어른이고 그렇지 않은 쪽은 그들의 자녀들이다. 한씨와 고씨는 어느 날 자정이 넘은 시각에 곰과 밈을 대동하고 백씨와 박씨를 방문한다. "내가 정말, 가만두지 않을 거다"라고 말하는 고씨는 뭔가 대단히 화가 나 있는 것이 분명하다. 이에 반해 "이거 지금 한번만 더 생각해보면 안 될까, 엄마"라고 말하는 곰과 밈은 어쩐지 심드렁하다. 백씨와 박씨에게 이들은 그야말로 한밤의 불청객인데, 고씨는 다짜고짜 박씨에게 왜 자신을 무시하냐며 따지고 있기 때문이다. 그러니까 상황은 이렇다. 고씨가 낮에 이런저런 하소연을 하고 싶어 박씨에게 전화를 했는데, 박씨는 "그런 얘기는 이제 지겨우니 하지 마세요, 형님"이라고 말하며 전화를 끊었다는 것. 고씨의 입장에서는 대단한 모욕이 아닐 수 없다. 그렇다면 박씨의 입장은 어떨까. 이틀에 한 번꼴로 걸려오는 전화를 통해 어두운 이야기만 들어야 하는 일도 고역이라는 것이다. 좀더 인내심을 발휘해준다면 좋겠지만, "자네는 내 입장이 되어보지 않아서 모르네"라는 식으로 상대방이 피해자의 특권을 주장한다면, 박씨로선 더이상 그 넋두리를 참고 들어줄 이유가 없다.

고씨의 주장도 박씨의 주장도 틀린 것은 없다. 그저 이 둘의 상황이 다르다는 것, 그것이 문제다. 박씨가 고씨에게 말한 것이 "마음이 짠하다"였는가, 아니면 "망가졌다"였는가, 그게 중요한 것은 아니다. 사실 불화의 원인은 박씨네가 고씨네보다 형편이 좋다는 것, 그게 다다. 그러니까 통화의 내용과 무관하게 비교적 형편이 안 좋은 고씨는 자격지심으로 인해 무시당했다는 억울함을 떨쳐버릴 수 없고, 또 아니라고는 하지만 사실 박씨도 하소연을 들어주는 척하며 고씨를 얕잡아 보고 있었던 것이 분명하다. "더 얘기 나눠봤자 입장이 이렇게 다른데, 좋을 게 있겠습니까", 이

것이 이들의 결론이다.

타자의 시선으로부터 자유롭지 못한 어른의 세계, 체면을 잃지 않기 위해 상호경쟁하는 명예의 시스템 속에서 어느 한쪽은 다른 한쪽에 대해 수치심을 느끼지 않을 수 없다.[8] 그렇다면 최고로 수치스러운 순간은 실제로 무시를 당하는 순간이기보다는 자신이 스스로 '무시당했다'는 것을 인지하는 순간, 그 변하지 않는 사실에 대해 불만을 드러냄으로써 오히려 패배자로서의 자신을 인정해버리는 꼴이 되어버리는 순간이지 않을까. "못난 윗사람"이 되어버린 고씨처럼 말이다. 「야행」은 명예와 위신을 위해 싸우지만 그 싸움 속에서 오히려 자신의 명예를 더럽히며 치욕의 나락으로 떨어지는 어른의 모습을 보여준다. 이런 어른들은 안쓰럽다. 수치스러운 순간에 오히려 핏대를 올리는 어른이나, 한없이 작아지며 변신을 해서라도 숨을 만한 곳을 찾는 어른이나(「모자」) 안쓰럽기는 마찬가지다.

백씨와 고씨가 목소리를 높히는 만큼 반대로 한없이 초라해질 때, 곰은 "책. 책. 무슨 시계 소리가. 책. 책. 책. 그보다. 사람들은 내가 멍하니 아무것도 하지 않는다고 생각하겠지만 사실 지금 이 순간에도 나는 바쁘다"며 공상의 세계에 빠져 있고, 밈과 검정은 함께, 그러나 결코 다정하지는 않게 "접착액션게임"에 몰두하고 있다. 컨트롤러의 스틱을 움직여 모니터 속의 덩어리를 굴리면서 주위의 모든 것을 달라붙게 만드는 그저 쉽고 웃긴, 경쟁이 필요 없는 게임에 집중하고 있다. 어른들의 쩨쩨한 말다툼과 아이들의 무심한 놀이 사이에서 황정은 식 어른 되기와 아이 되기의 방식은 극명한 대조를 이룬다. 어른의 세계가 타인과 마주한 채 서로 완벽하게 불화하고 있는 세계라면, 황정은 식 아이의 세계는 어울리지 않는 것들이 서로 등 돌린 채 달라붙어 있는 기괴한 놀이의 세계와도 같다. 아이들은 타인의 인정을 구하는 어른들의 싸움에 전혀 관심이 없고, 그들의

---

8) 심보선 · 김홍중, 「87년 이후 스노비즘의 계보학」, 『문학동네』 2008년 봄호, 372쪽.

세계에 참견하고 싶어하지도 않는다. 「야행」은 이처럼 어른의 세계와 아이의 세계를 맞세운다. 「모자」나 「오뚝이와 지빠귀」 같은 변신담이 현실의 구조를 뒤흔드는 전복적 '환상'이 되기보다는 현실의 견고한 구조를 낯설게 재확인하는 불행한 '동화'의 세계에 근접해 있는 것이었다면[9], 다시 말해 기발한 설정이나 낯선 정서에 비해 그 이야기들이 환기하는 메시지가 의외로 선명했다면, 현실에 좀더 밀착한 「야행」은 메시지의 측면에서 더욱 명쾌해졌다고 할 수 있겠다.

이른바 황정은의 아이들은 위신투쟁에 무심함으로써 치욕을 거절하는 방식을 택한다. 사실 황정은의 아이들은 모두 처참한 환경 속에 놓여 있다. 엄마로부터 "너를 떼기가 무서웠어"(「소년」)라는 말을 들어야 하는 '소년', 태어나자마자 종이가방에 담겨 버려진 '오'(「마더」), 외삼촌에게 온갖 학대를 받고 자란 '파씨'(「일곱시 삼십이분 코끼리열차」), 보호자의 방치 속에 생존조차 힘들어진 하반신 마비의 '체셔'(「모기씨」) 등, 아이들이 처한 상황은 끔찍하다. 그것은 이들이 모두 '버려졌다'는 사실로부터 기인한다. 그렇다면 당장 시급한 것은 어떻게 살아남느냐의 문제일 것이다. 그러나 이 아이들이 느끼는 가장 큰 공포는 어쩌면 자신이 무가치한 존재가 되어버리는 상황인지도 모르겠다. 넋 놓고 당하고만 있을 수 없다고 생각한 아이들은 수치스러운 상황을 부인하기 위해 "사람들에게 통제되고 영향받는" "압도적인 인간의 영역"(「일곱시 삼십이분 코끼리열차」)으로부터 탈출하고자 한다. 어떻게 하는가. 첫째, 받은 만큼 준다는 교환의 법칙을 정지시키는 것이고, 둘째, 성가시고 불편한 현실로부터 '재미'를 찾는 것이다.

---

9) 환상(the fantastic)을 그것의 현실성 여부에 관한 작중인물과 독자의 '지적 불확실성'이라는 형식적 특징으로 파악하든(토도로프), 아니면 '억압된 것의 귀환'을 통한 현실의 전복 가능성이라는 정신분석적 입장으로 파악하든(프로이트, 로지 잭슨), 황정은 소설의 '환상'이 이 두 가지 기준과 무관하게 전개되고 있다는 사실은 분명하다.

다소 설명적인 진술들로 채워져 있는 「일곱시 삼십이분 코끼리 열차」에서, '파씨'가 자기만의 '다트'를 주시하면서 "자기가 받은 고통스러운 경험을 남에게 되풀이하"지는 않겠다고 결심하는 것, 거기서 우리는 첫번째 방식의 대표적인 예를 본다. 반면, "굉장한 경험"(「무지개풀」)이 되는 놀이나, 끔찍한 고통을 잠시나마 잊게 해주는 환영(「모기씨」)들은 수치스러운 상황을 가까스로 돌파하는 황정은 식의 건강한 전략처럼 보이기도 한다. 바로 두번째 방식이다. 이러한 전략들은 버려진 아이로 전락할 수밖에 없는 잔혹한 어른의 세계에서 '흐릿한 존재'가 되지 않기 위해 황정은의 아이들이 고안한 생존법이라 할 수 있다. 그러나 황정은의 조숙한 아이들도 여전히 모르는 것이 있다. 그것은 아마 다음과 같은 것들이 아닐까. 타인에게 냉담해지는 것은 결국 자신이 "너무 흐릿해져서"(「문」) 들리지도 보이지도 않는 유령 인간이 될지도 모를 위험을 감수해야 한다는 점. 그리고 또 하나. 냉담한 사람이 즐기는 혼자만의 놀이는 결코 충분히 재미있을 수 없다는 점. 방 안에서 '무지개풀'을 가지고 놀든, 동물원에 가든 이들의 놀이가 어쩐지 쓸쓸해 보이는 것은 그것이 단순히 놀이를 위한 놀이로 느껴지지는 않기 때문일 것이다.

다시, 수치에 대해서 논해보자. 수치란 단순히 수동적인 위치에 있다는 자각에서 비롯되는 것이 아니라, 능동적으로 떠맡은 수동성과 관련된다.[10] 주체를 수치심에 노출시키는 것은 단순히 그가 얼마나 수동적인 처지에 놓여 있는가가 폭로되는 것이 아니다. 오히려 그러한 수동적 처지가 자신이 의식적으로는 부인하지만 무의식적으로는 원하고 있는 환상과 관련된다는 조건에서 수치심이 생겨나는 것이다. 황정은 소설의 '마조히즘적인 유머'[11]가 그녀 소설의 명랑성을 담보하고 그로써 폭력적인 세계에

---

10) 슬라보예 지젝, 『전체주의가 어쨌다구?』, 한보희 옮김, 새물결, 2008, 287쪽.

11) 서영채, 「명랑한 환상의 비애」, 『일곱시 삼십이분 코끼리 열차』 해설, 문학동네, 2008, 279쪽.

대한 강렬한 보호막으로 작용한다는 해석은, 황정은의 마조히즘에서 수치심이 제거되는 방식을 지적한 것이라고 읽을 수도 있겠다. 황정은 소설의 아이들은 고통을 호소하고 비탄에 빠짐으로써 안전과 쾌락을 동시에 누리는 '희생양 되기'의 전략을 취하지 않는다. '희생양 되기'의 심사가 '순진함(innocence)'의 가면을 씀으로써 "주위 사람들을 감정적으로 등쳐 먹고자 하는"[12] 효과를 누리려는 것이라면, 심드렁해 보이는 황정은의 아이들은 '순진함의 유혹'을 단호히 거절할 만큼, 독하다.

5. 생각의 전능한 힘

명예의 시스템을 알아버린 뒤 그 구조 안에서 체면을 잃지 않기 위해 냉담의 방식을 고안해내는 황정은의 쿨한 인물들이 멋지게 보이기보다는 어쩐지 가엾게 여겨지는 것은, 이들이 성숙한 어른이기보다는 너무나 조숙한 아이들이기 때문일 것이다. 조숙하다는 것은 남보다 더 일찍, 더 많은 것을 알아버렸다는 것을 뜻한다. 바꿔 말하면 자기 나이에 누려야 할 특권을 제대로 누리고 있지 못하다는 말과도 같다. 의무 없는 자유를 누리거나 수치에 대해 무지한 것, 더불어 고통 앞에서 신음하거나 소리 내어 울어버리는 것도 아이만의 특권이다. 그러나 우리 시대의 아이들은 의무가 많고 수치에 예민하며, 무엇보다도 쉽게 울 수가 없다.

조숙하다는 것은 나이에 맞지 않은 지적 수준을 지녔다는 것을 의미하기도 하지만, 한편으로는 충동적이라는 의미 역시 내포한다. 무슨 말인가. 유아기 성욕과 관련된 프로이트의 성장 이론을 다시 한번 참조하자면, 조숙하다는 것은 도착적이라는 말과도 같다.[13] 자가 성애적이고 도착적인 방식의 유아기 성욕이 잠복기를 거쳐 사춘기의 대상애로 나타난다

---

12) 슬라보예 지젝, 『당신의 징후를 즐겨라!』, 주은우 옮김, 한나래, 1997, 52쪽.
13) 지그문트 프로이트, 「성욕에 관한 세 편의 에세이」, 146~147쪽.

고 했을 때, 성적 조숙은 이 잠복기가 중단되거나 단축되는 상황을 의미한다. 때문에 성적 조숙은 성 본능의 통제를 어렵게 만들고 충동성을 증가시키는 경향이 강하다. 프로이트가 첨언하기를 이러한 성적 조숙은 지적 조숙과 함께 나타나기 때문에 그다지 병리적인 것으로 보이지는 않지만 아무튼 조숙하다는 것은 충동의 잠복기가 남들보다 짧다는 것이고 억압이 느슨하다는 것이다.

김사과의 아이들은 그런 점에서 심각할 정도로 조숙하다. 장편 『미나』(창비, 2007)의 실질적인 주인공 '수정'은 사회의 구조를 정확하게 간파하는 지적 조숙과 자신의 충동적 성향을 적절히 제어하지 못하는 성적 조숙 사이를 위태롭게 오간다. 수정이 얼마나 영리한가 하면, 그 아이는 어른들이 요구하는 완벽한 답을 내놓을 수 있을 만큼의 지적 능력을 갖추고 있으며, 사랑이라는 유치한 감정 놀음이 얼마나 비효율적인지도 알고 있고, 또래의 우울증과 자살이 "자기가 죽고 싶다고 착각을 하거나 죽을 만큼 고통스럽다고 오해를 하"(25쪽)는 멍청이들의 충동적 행위에 다름없다고 생각할 만큼 냉철하다. 이러한 수정 앞에서 언제나 "상대방은 당황"하고 "수정은 좌절"(23쪽)한다. 수정의 좌절은 자신의 체면 상실로부터 비롯되는 것이 아니라, 오히려 상대방이 자신의 기대에 미치지 못한다는 경멸로부터 온다. 비효율적인 인간은 살 가치가 없다, 세상에는 죽어야 할 멍청한 인간들이 너무 많다, 그래서 지구는 멸망해야 한다, 이 도저한 우월주의와 파괴주의가 수정의 세계관이다. "나는 좋은 사람이 되지 않는다. 위대한 사람이 될 거다"(102쪽)라고 말하는 잘난 수정에게 수치심이란 감정이 형성될 여지는 없어 보인다. 수정은 지적으로 너무나 조숙하기 때문이다.

그런데 수정의 지적 조숙은 여기서 한 발 더 나아간다. 어쩌면 그것이 수정의 불행을 초래하는지도 모른다. 수정은 자신이 효율적인 인간이 될 수 있었던 것이, 아니 그렇게 될 수밖에 없었던 것이 자신의 불리한 조건 탓이라는 것까지 알고 있는 것이다. 그러니까 수정의 명민함은 자신이 속한 사회의 속물적 메커니즘을 정확히 꿰뚫음과 동시에, 그 구조 안에서 살아남기 위해서라면 "수용소의 인간"(72쪽)이 될 수밖에 없다는 것을 인지하는 데에까지 나아간다. 자기가 "완벽하게 체제순응적 인간"이라고 말할 줄 아는 수정은 수치심에 노출될 수밖에 없는 것이다. 능동적으로 떠맡은 수동성, 그것은 우리가 앞서 살펴보았듯 수치심을 배태하는 명백한 조건이 아닌가. "마음 깊숙이 느껴지는 이 불쾌감과 수치심은 도대체 무엇인가"(73쪽)라고 묻고 있는 수정은 사실 그 감정의 정체를 알고 있다. 그것은 바로 단짝 친구 '미나'로 인해 느껴지는 상대적 박탈감이다. 스스로 '수용소의 인간'이 되면서까지 수정이 얻고자 하는 것은, 사실 비효율적 인간인 미나가 이미 태생적으로 호기롭게 누리고 있는 여유와 자유인 것이다.

    "솔직히 말해봐. 니가 그런 데 별로 관심이 없는 건 니가 그런 거에 관심이 없어도 괜찮으니까 그런 거잖아. 그래, 그런 거잖아. 너는 그렇잖아. 너는 인생이 만만하잖아. 그래서 여유롭고 평화롭잖아." (158쪽)

안간힘을 쓰고 있는 자신에 비해 언제나 당당해 보이는 미나의 여유는 유복한 환경으로부터 온다, 고 수정은 생각한다. "너는 왜 그런 피해의식으로 가득 차 있냐"(160쪽)라는 미나의 반문에 수정이 큰 소리로 항변한다면, 그건 초라한 어른의 방식이다. 징징거리면서 자기의 처지를 비탄한다면, 그것은 정상적인 아이의 방식이다. 그러나 김사과는 그것들을 초과한다. 어떻게? 미나를 짓밟고 올라선다. 경쟁에서 살아남기 위해 "비유가아니라 진짜로"(308쪽) 미나를 죽여버리는 것이다. 자신을 수치스러운 패배자의 위치에 놓지 않기 위해 수정은 피라미드의 윗자리를 차지하고 있는 미나를 죽여 없앤다. 가히 혁명적이라 할 만하다.

황정은의 아이들이 외부의 강력한 힘에 대해 자신의 정념을 투사하기를 거절한다면, 김사과는 적극적으로 폭력을 행사함으로써 시스템에 결정타를 가한다. 황정은에게 무반응이라는 수세적 방패가 있다면, 김사과에게는 예기치 못한 폭력이라는 공세적 무기가 있다. 그러나 살인자가 된 김사과의 아이들은 '모르고 그랬다'라는 식의 살인자 특유의 순진한 표정을 짓지는 않는다. 오히려 "환하게 웃으며"(308쪽) 만족스러워한다. 이쯤 되면 김사과의 아이들이 단지 우리 사회의 무도덕성을 그대로 흡수해버린 백지 같은 존재일 뿐이라고 쉽게 보아 넘길 수는 없게 된다. 그 아이들은 자기가 하는 일이 무엇인지를 안다. 김사과의 아이들은 그래서 무시무시하다. 이 아이들에게서 느껴지는 섬뜩함은 타인에 대한 저주가 눈앞에서 실행되는 것을 목도할 때 느끼게 되는, 즉 '생각의 전능한 힘'[14]이 실현되는 순간 느끼게 되는 '두려운 낯선' 감정과 유사한 것이 아닐까.

김사과의 소설에서 '알고 행하는' 아이들의 폭력과 마주하는 일은 결코 어려운 일이 아니다. 초자아의 개입 없이 생각한 것을 그대로 실행하는 과격한 아이들은 김사과가 편애하는 캐릭터이다. 가령, 「준희」(『02』, 창비, 2010)의 '나'는 어떤가.

그는 내가 보낸 이메일을 읽고 충격을 받아서 죽은 것은 아니었을까요? 거짓말같이 말입니다. 영화같이 말입니다. 확인할 길은 없습니다. 하지만 어때요 아아 나는 기뻤습니다. 뛸 듯이 기뻤습니다. 정말로 근사하지 않은 가요? 인생이란 이런 겁니다. 이래서 죽지 않고 살아가는 거지요. 바라면 이루어지는 겁니다. 오늘의 소망이 곧 내일의 현실인 겁니다. 나는 이렇게 좋은 세상에 살고 있는 겁니다. 아아 정말로 잘 되었습니다. 그렇지 않으면 내가 직접 나서는 길밖에는 없었잖아요. 물론 저는 쉽지 않았을 거라고 생

---

14) 지그문트 프로이트, 「두려운 낯설음」, 430~433쪽.

각합니다. 하지만 결국 성공했을 겁니다. 인간이란 어쨌든 죽을 수밖에는 없는 거잖아요. (114쪽)

죽기를 바랄만큼 증오했던 '나'의 담임선생님이 실제로 죽었다. 이때의 정상적인 반응이란 우선은 두려움이고 그다음은 죄책감이다. 자신과 아무런 상관이 없는 타인의 죽음에 대해서도 알 수 없는 죄책감에 사로잡히는 것이 인간이 아닌가. 자퇴한 이후 담임선생님에게 "제발 한 번만 죽어주시면 안 될까요?"라는 메일을 끊임없이 보냈던 '나'는, 마침내 담임선생님이 정말 죽어버리자 자책하기는커녕, "바라면 이루어지"기 마련이라며 뛸 듯이 기뻐한다. 아무런 억압 없는 즉각적인 소망 충족의 세계, 김사과는 그런 세계를 그리고 있다. 등단작 「영이」(『02』)의 마지막 장면도 떠올려볼 수 있겠다. 학대받던 엄마가 혼신의 힘을 다해 아빠를 삽으로 내려쳤다. 엄마는 개 패듯 삽을 휘두르고 아빠는 정말로 개가 되어 짖기 시작한다. 엄마는 "개새끼가 정말로 개가 됐네!"라며 즐거워 웃는다.

김사과의 조숙한 아이들은 억압 없는 소망 충족의 세계로 퇴행하고 있다. 억압이 없는 그 아이들은 생각의 전능한 힘이 우연히 실현된 것에 대해 마냥 기뻐하는 단계로부터, 생각의 전능성을 스스로 실현하는 단계로까지 '성장'하고 있다. 『미나』가 그 결정판이다. 『미나』에 나타난 사회에 대한 과도한 진단과 거침없이 질주하는 문체는 조숙한 작가 김사과의 것인바, 그렇다면 지적 조숙과 성적 조숙을 오가며 초과적 열정을 내뿜는 수정은 김사과의 분신이라 할 만하다. 김사과의 두려움 없는 질주가 두려운 사람은 여전히 '수용소의 인간'이다. 폭동없이 수용소를 탈출할 수 있는 방법은 없지 않은가. 치욕의 공간인 수용소를 벗어나기 위해서라면 폭력만이 살길인 세상, 제 살길은 스스로 찾아야 하는 세상, 눈물이 통하지 않는 세상, 그런 세상에 김사과의 아이들은 헐벗은 채로 놓여 있다.

6. 역사 시대의 새로운 주역

황정은과 김사과는 시스템의 교란자들이다. 황정은이 타자의 욕망의 회로 안에서 쳇바퀴 돌리기를 멈추고 자기만의 공상에 빠져 있을 때, 김사과는 무서운 힘으로 달리고 달려 그 회로를 완전히 깨부수고자 한다. 누가 하는가. 바로 아이들이 한다.

신자유주의 소비사회에 자신의 욕망을 적절히 끼워넣을 줄 아는 백영옥 식 '스타일' 좋은 청담동 언니들(『스타일』, 예담, 2008)이나, 아니면 세련된 속물이 되기에 아직은 덜 뻔뻔하고 조금은 촌스런 김애란 식 변두리 언니들이나(「큐티클」, 『비행운』, 문학과지성사, 2012), 경쟁 지옥이 되어버린 상황을 적절한 유희로 빗겨갈 줄도 아는 오타쿠스러운 김중혁 식 오빠들(「유리방패」, 『악기들의 도서관』, 문학동네, 2008)이 우리 문단에 있다. 그렇다면 황정은이나 김사과의 소설에서 그려지는 아이들은 이 언니, 오빠 들의 능글맞은 여유를 누릴 수 없는 그저 충동에 휘둘리는 성난 아이들일까. 아니면 이 언니, 오빠 들의 노예근성을 비웃는 조숙한 주체들일까. 어느 쪽이든 이 아이들은 숨막히는 현실 속에 내던져진 불쌍한 아이들임에는 틀림없다. 억울하다고 징징 짜고 떼쓰는 것, 그리하여 마침내는 자신이 원하는 것을 얻어내고야 마는 막무가내의 빚쟁이가 되는 것, 그런 것이 아이의 특권이라면, 우리 시대의 '동정 없는 세상'은 이러한 아이들의 권리조차 보호해주지 못하는 것이다. 아이들이 떼쟁이가 되기보다는 스스로 살길을 개척하는 주체가 되는 것, 이것은 아이들만의 불행이 아니라 우리 시대 전체의 불행일 것이다.

정리하자. 세계의 폭력에 냉담하거나, 또다른 폭력으로 맞서기. 이것은 비열한 세상을 넘어서기 위해 오늘날 우리의 젊은 소설이 고안하고 있는 비교적 용기 있는 전략이다. 주인공은 아이들이다. 아이들은 냉담한 기계나, 과도한 충동을 발산하는 괴물이 되어 있다. 그것만이 자신을 지키는 유일한 방식이기 때문이다. 그렇다면 다음과 같은 질문들이 있을 수 있겠다. 후속 세대들에게 자신의 자리를 양보하지 않으면서 은연 중 그들에게 사회적 미숙과 문화적 조숙만을 권장하는 고루한 어른의 사회에서, 진정한 주체되기는 미성년의 아이들을 통해서만 실천되고 있는 것은 아닐까. 아이들이 희생양이 되기를 거절하는 것은 형식적인 위신투쟁이 아닌 진정한 위신투쟁에서의 승리가 이들의 목표이기 때문이 아닐까. 이 아이들은, '동물'과 '스놉(snob)'이라는 포스트 역사 시대의 새로운 인간형으로부터[15] 역사 시대의 진정한 인간으로 역진화하고 있는 것은 아닐까. 이처럼 기계적이고도 괴물 같은 아이들에게서 오히려 새로운 시대에 대한 희망을 찾아야 하는 것이 아닐까. 그렇다면 진부한 결론으로 마무리를 지을 수밖에 없겠다. 역시, 아이들은 미래의 주역이다. 아이들의 어깨가 무겁다.

(『문학동네』 2008년 겨울호)

---

15) 이에 대한 간명한 해설로는, 아즈마 히로키, 『동물화하는 포스트모던』, 이은미 옮김, 문학동네, 2007, 116~130쪽.

웃고 있어도 눈물이 난다
— 2000년대 소설의 '유머'

> 웃음은 자기 자신이 만드는 것이라면
> 그것은 얼마나 서러운 것일까
> — 김수영, 「웃음」

1. 왜 유머인가

아리스토텔레스는 시인이 모방하는 대상이 보통의 사람보다 고상한가, 저열한가를 기준으로 비극과 희극을 구분했다. 덧붙여, 잘난 인물(higher type)의 숭고한 몰락을 그리는 비극이 공포와 연민의 감정을 자아낼 때, 못난 인물(lower type)의 추한 행태를 그리는 희극은 웃음을 선사한다고 말했다. 저급한 인물들의 우스꽝스러운 행위는 "추악하고 비뚤어졌지만 고통을 주지는 않는"[1] 일종의 실수라는 것이다. 이처럼 여러모로 모자란 인물의 어리석은 실수가 경멸이나 혐오의 감정이 아닌 웃음을 불러일으킨다는 아리스토텔레스의 희극론은 두고두고 인용되어온 웃음에 관한 가장 오래된 언급이라 할 수 있지만, 시대와 장소를 초월한 보편적인 웃음론이 되기에는 다소 불충분해 보이기도 한다. 특히 그가 사용한 '추악(aischron)'이라는 단어를 따져보아도 아리스토텔레스의 희극론은 쉽게 납득되지 않는 점이 있다. '추악'에 도덕적인 의미와 심미적인 의미가 동

---

1) 아리스토텔레스, 『시학』, 천병희 옮김, 문예출판사, 2002, 45쪽.

시에 내포되어 있다는 주석을 따른다면, 비천한 인물들의 선하지도 아름답지도 못한 행위가 불쾌나 동정심을 유발하지 않고 오히려 웃음을 불러일으킨다는 설명은 더더욱 이해되지 않는 것이다. 모자란 인물이 모자란 행동을 하는 것은 당연한 일이다. 그 당연한 상황이 우리에게 어떻게 큰 웃음을 줄 수 있을까. 충분히 예측 가능한 사건 앞에서 우리는 웃지 않는다. 매주 똑같은 설정을 반복하는 주말 밤 코미디 프로가 때로는 일상에 지친 우리에게 오히려 피로감을 선사하기도 하는 것은 그 때문이다.

어린아이의 놀이처럼 반복의 즐거움이 주는 쾌락을 무시할 수는 없지만, 웃음이란 예측 가능한 반복보다는 예측 불가능한 돌발적인 결합으로부터 더 자주 발생한다. 웃음은 당혹스러움을 본질로 하는 경우가 많은 것이다. 따라서 우리를 웃게 만드는 것은 고상한 인물이 저지르는 어처구니없는 실수나, 어울리지 않게 근엄한 태도를 취하고 있는 비천한 인물이라고 할 수 있다. 부자연스러운 결합이기 때문이다. 그렇다면 아우어바흐의 '미메시스'론을 따라, 문학에서의 웃음은 애초에 고급한 것과 저급한 것 사이의 엄격한 분리 원칙이 흐트러지고 '스타일의 혼합'이 이루어진 근대소설로부터 가능해졌다고 말할 수도 있을 것이다. 유머야말로 현대의 가장 '위대한 발명'[2]이라고 말한 옥타비오 파스를 참조해볼 수도 있겠다.

돌발적인 것의 결합이라는 점에서, 웃음은 우연히 생겨나기도 하지만 대부분 발명된다. 웃음을 유발하는 발명의 메커니즘을 가리켜 우리는 유머(humour)라 한다. 그렇다면 2000년대 문학을 유머의 코드로 읽어보려는 이 글에서 마땅히 물어야 할 것은 우리 시대의 문학이 웃음을 필요로 한 맥락이 무엇인가에 관한 것이다. 가령, 질식할 것 같은 군사독재의 정치 상황 속에서 숨구멍의 역할을 담당했던 1970,80년대 문학의 풍자적 웃음과 달리, 거대 담론의 붕괴로 인해 환멸의 정서가 짙게 드리워져 있었던

---

2) 밀란 쿤데라, 『커튼』, 박성창 옮김, 민음사, 2008, 152쪽에서 재인용.

1990년대 문학 속의 냉소적 웃음과 달리, 2000년대 소설에서의 유머는 어떠한 기능을 했던 것일까. 대체로 엉뚱한 발상이나 가벼운 입담으로 발휘된 2000년대 식 유머의 성격을 확인하며, 우리는 1980년대 문학이 지녔던 순진한 희망이나 1990년대 문학이 지녔던 허탈한 절망의 정서와는 다른 우리 시대만의 망탈리테(mentalité)를 탐색할 수 있지 않을까.

2000년대 문학에서 특히 유머가 많이 목격되는 것은 이 시대의 문학이 사회의 경직된 요구와 점차 거리를 두며 '즐기는 것'으로서의 지분을 더 많이 확보하게 되었다는 것을 의미하기도 한다. 물론 그렇기는 하지만, 유머란 자연 발생하는 것이라기보다 대체로 감정의 경제를 위해 요청되는 것임을 염두에 둔다면, 2000년대 문학이 드러낸 유머 역시 외부의 어떤 요구를 충실히 따른 결과라 해야 할 것이다. 어색한 웃음이든 자연스러운 웃음이든 그것은 불편한 상황을 조금이나마 유연하게 만들기 위해 요구된다. 어떤 상황을 부드럽게 만들 수 있는 가장 확실한 방법은 '판단중지(epoche)'의 태도를 도입하는 것이다. '판단중지'는 쉽게 받아들이기 힘든 상황에 놓인 우리가 외부의 폭력성 자체를 부정하거나 자신의 고통을 스스로 무화시킴으로써 고통의 상황으로부터 탈출하는 유일한 방법이 된다. 이렇게 유머를 통한 판단중지는 때로 자신을 압도하는 상황을 돌파하기 위한 최후의 보루가 되기도 한다.

그렇다면 2000년대 문학이 특별히 사랑한 유머란, 우리가 그것조차 없었다면 절대 건널 수 없었던 어떤 고통의 시절에 대한 방증이라 할 수 있다. 우리에게 유머란 급선무였지 차선책은 아니었던 것이다. 엄청난 고통을 '웃으며 견디는' 우리 시대의 이야기들은 어쩐지 잔혹하게 느껴지기도 하는데, 그렇다면 우리는 2000년대의 유머담이 훈훈한 후일담으로 읽히기엔 아직 무리라 할 만큼, 여전히 힘겨운 시절을 지나는 중이 아닌지는 모르겠다. 2000년대의 유머담을 읽는 일이 대단히 즐겁기보다 조금은 불편한 일이 될 수도 있다는 말로 이 글을 시작하자.

2. 이토록 숭고한 현실

"어머니는 농담으로 나를 키웠다"(김애란, 「달려라, 아비」, 『달려라, 아비』, 창비, 2005). 그 엄마의 그 딸일까. 태어나기 전부터 아버지에게 버림받은 한 소녀의 상상 속에는 야광 반바지를 입고 선글라스를 쓴 채 달리는 아버지의 모습이 있다. 소중한 사람으로부터 버림받은 비참함을 상대에 대한 증오나 온 세상에 대한 적의를 통해 보상받으려 하지 않고 즐거운 상상으로 감내하는 건강한 듯 안쓰러운 인물들을 우리는 김애란의 소설에서 보았다. 그녀의 소설이 보여준 이 같은 긍정의 자세는 현실의 우리를 감화시키기 충분한 것이었는데, 왜냐, 한 번도 본 적 없는 몹쓸 아버지를 즐겁게 그려보는 그녀의 상상은, 터무니없는 공상과도 거리를 두는데다가 남이 준 고통을 스스로 극복하려는 안간힘으로 만들어진 것이었기 때문이다. 저 멀리 이국으로부터 아버지의 죽음을 알려온 아버지의 또다른 자식의 편지를 어머니에게 읽어주며, "아버지가 미안하대. 평생 미안해하며 살았대. 이 사람 말로는", "그리고 엄마, 그때 참 예뻤대……"라고 없는 말을 지어내는 딸의 마음에서는, 아버지에게 버림받은 자식의 억울함보다도 남자에게 버림받은 여자의 비참을 위로하려는 어른스러움까지 느껴진다. 김애란의 소설이 등장과 더불어 누구에게나 전폭적인 지지를 얻을 수 있었던 것은 아마도 저 기특한 어른스러움 때문이 아니었을까.

하늘 아래 눈물 나는 삶을 견디기 위해 뒤뚱거리며 '스카이 콩콩'을 타는 어린 소년의 모습(「스카이 콩콩」, 『달려라, 아비』)에서 우리가 느꼈던 것도 이와 크게 다르지 않다. 그러나 소녀의 상상이나 소년의 '콩콩'거림이, 자신들이 처한 짙은 슬픔과 외로움을 우아하게 해결해주었을 리 없다. "스카이 콩콩에 장착된 스프링의 탄력은 형편없었다. 스카이 콩콩에 오른 뒤 그 자세를 그대로 유지하려면, 정신없이 콩콩콩콩콩—거려야 했다. 그리고 그 모습은 우아하지도 아름답지도 않았다. 자세를 유지하려고 버둥대는 몸짓은 경박하고 우스워 보일 정도였다"(「스카이 콩콩」)라고 김애란은 쓰고 있다. 감당하기 힘든 눈물을 삼켜보려는 몸짓이 아마도 다 이렇지 않을까. 탄력 없는 '스카이 콩콩' 위에서 '버둥대는 몸짓'으로 버티는 모습은 2000년대 유머러스한 소설이 보여준 공통의 이미지라 할 만하다. 'IMF' 외환 위기로 시작되어 실업의 불안을 통해 지속되고 있는 2000년대적 '빈곤'의 상황을 우리는 이처럼 조금은 경박해 보이는 일그러진 웃음으로 견뎌보려 한 것이다.

프로이트에서 라캉으로 이어지는 정신분석의 설명에 따르면, 저 경박한 쓴웃음은, 다시 말해 외부로부터 오는 비참함을 내부의 여유로 감내하려는 태도는 자못 숭고하기까지 하다. 이것이 바로 유머의 메커니즘이다. 멍청할 정도로 외부의 자극에 무감한 사람이나 해탈의 경지에 이른 성인군자를 제외한다면, 우리는 누구나 좀처럼 참아내기 힘든 고통 속에서 살아간다. 그리고 그 고통이 자신의 오류와 무관한 것이라면, 가령 아무리 퍼내고 퍼내도 반지하 방으로 끊임없이 새어 들어오는 빗물처럼(김애란, 「도도한 생활」, 『침이 고인다』, 문학과지성사, 2007) 불가항력의 것이라면, 우리가 품게 되는 당장의 감정은 바로 억울함이다. 이때 억울한 감정에 휘둘려 스스로를 더 큰 고통 속으로 몰아넣지 않고, 외부의 상황을 내부로부터 새롭게 세팅하여 그것을 담대히 인정할 만한 것으로 뒤바꾸어 놓는 것이 유머의 순기능인바, 이로부터 우리는 숭고의 논리를 읽어낼 수 있게 된다.

월요일 아침 교수대로 향하며 "일주일이 참 보기 좋게 시작되는군"이라고 말한 한 강도의 농담을 예로 들며 프로이트가 설명한 유머를 참조하자면, 유머란 인간이 자신에게 다가올 고통의 가능성으로부터 스스로를 보호하기 위해 취하는 태도이다. 즉 자아의 비참함을 달래기 위해 초자아가 내보이는 여유 혹은 배려인 것이다. 전혀 즐겁지 않은 상황에 유머러스한 태도로 임하는 인간을 가리켜 프로이트는 "자기 자신을 어린아이로 취급하면서도 이 어린아이에 대해 월등한 어른의 역할을 동시에 하고 있는 것"[3]이라 설명했는데, 자신을 가여운 아이로 여기며 동시에 어른이 되어 스스로를 달래는 이 같은 아이러니 속에서, 우리는 (아이로서의) 인간의 무력함과 (어른으로서의) 인간의 우월한 능력을 한꺼번에 파악할 수 있게 된다. 잘 알려진 대로 칸트는 '불쾌를 통한 쾌'라는 숭고(sublime)의 개념을 통해 인간의 한계와 능력을 동시에 설명했으며, 라캉은 프로이트의 '유머'와 칸트의 '숭고' 개념의 유사성에 주목했다.[4] 「웃음의 본질」에서 '웃음은 무한대의 위대함의 표시이자 동시에 무한대의 비참함의 표시'라고 언급했던 보들레르도 유머를 숭고와 관련시켜 설명한 정신분석의 통찰을 공유하는 듯하다.

결국 2000년대 소설이 보여준 유머러스한 설정 속에서 우리가 확인한 것은 2000년대의 비참과, 그것을 견뎌보려는 어떤 안간힘이라 할 수 있다. 앞서 살펴본 김애란의 즐거운 상상은 물론, 2000년대의 대표적 소설집이 되어버린 박민규의 『카스테라』(문학동네, 2005)가 보여준 희귀한 공상마저도, 가난한 현실에 대해 당대 문학이 내놓을 수 있었던 유일한 대안이라 할 만치 2000년대는 비참했고 그 비참은 지금도 여전하다고 할 수 있다. 옥탑방의 찌는 듯한 무더위를 견디며 고장 난 냉장고 안에 세상에서 가장 소중한 것들과 가장 해로운 것들을 하나하나 넣어보는 공상을 펼쳐 보이는 가난한 대학생(「카스테라」)이나, 실종되었다가 '기린'으로 나타난 아버지에게 "무디슨가 어디서 우리의 신용등급이 또 한 계단 올라섰대요, 좋아졌어요. 그러니 돌아오세요. 이제 걱정 안 하셔도 된다니까요"라며 나름의 위로를 보내는 시급 3천 원의 '푸시맨' 청년(「그렇습니까? 기린입니다」)이나, 실업과 변비로 고생하며 "일자리 구합니다. 똥이라도 먹겠습니

---

3) 지그문트 프로이트, 「유머」, 『예술 · 문학 · 정신분석』, 정장진 옮김, 열린책들, 2003, 513쪽.

4) 이에 대한 설명으로는, 알렌카 주판치치, 『실재의 윤리―칸트와 라캉』, 이성민 옮김, 도서출판b, 2004, 231~247쪽 참조.

다"라는 농담 섞인 비장한 각오를 내보이는 청년(「야쿠르트 아줌마」)의 모습이 허탈한 웃음과 더불어 짙은 비애감은 자아내는 것은, 박민규의 허무맹랑한 이야기들이 바로 우리의 현실을 토대로 하기 때문이라 할 수 있다.

김애란의 상상과 박민규의 공상은 '유머'를 통해 고단한 현실을 건넌다는 점에서 유사하지만 엄밀히 말해 이 같은 '숭고한 유머'를 발휘하는 주체의 성격은 다르다. 김애란의 소설에서는 작중인물들이 유머를 발휘하지만, 박민규의 소설에서는 유머를 발휘하는 주체가 작가라고 해야 맞다. 한 사람의 내부에서 발생하는 유머와, 화자와 청자 사이에서 발생하는 유머를 구별한 프로이트를 따라 두 작가가 구사하는 유머를 구별해볼 수도 있겠다. 김애란 소설에서는 작중인물들 스스로가 불우한 상황 속에서 숭고한 유머를 발휘하는 반면, 박민규 소설에서는 유머러스하고 황당한 설정을 토대로 작가와 독자 사이에 유머가 공유된다. 물론, 인물들로 하여금 스스로 유머를 발휘하도록 한 것도, 인물들을 유머러스한 상황 속에 집어넣은 것도 모두 작가이겠지만, 유머를 통해 여유를 부리고 있는 주체가 누구인가에 따라 이들 소설이 달리 읽히는 것이다.

가령, 우주로 날아가 바라본 지구는 "뭔가 복잡한 느낌의 납작함", 다시 말해 "한 마리의 거대한 개복치"에 불과하더라고 말하는 「몰라 몰라, 개복치라니」의 설정은, "왜 고작 이따위로 사는 걸까?"(「그렇습니까? 기린입니다」)라는 작가의 목소리와 공명하며 이 지구상의 가난과 고통을 거대한 농담으로 넘어서려는 박민규의 숨은 의지를 환기한다. 시시한 농담과도 같은 이러한 설정을 통해 박민규는, '관점'을 달리한다면 현실의 고난 따위도 사소한 것이 될 수 있다는 "역설적 자기긍정"[5]을 시도하는 듯

---

5) 김영찬은 이 같은 '역설적 자기긍정'을 박민규 소설의 핵심으로 지적했다. "세상의 어떤 형식과 규범에도 얽매이지 않는 개인용 쾌락을 통한 자기배려 의식을 경유해 형성되는 자기 충일성의 감각 같은 것"(「개복치 우주(소설)론과 일인용 너구리 소설 사용법」, 『비평극장의 유령들』, 창비, 2006, 145쪽)이 박민규 소설의 유머를 통해 발휘된다는 것이다.

122   1부 당신의 사랑

하다. 결국 박민규의 유별난 소설을 통해 부각된 것은 기린이나 개복치, 너구리 등이 등장하는 희한한 설정과 썰렁한 입담보다도 박민규라는 작가의 유머러스한 태도 그 자체인 것이다. 그 유머가 현실의 위력을 그대로 승인하는 '비극적 유머'[6]일지언정 우울한 열패감에 빠져 있는 것보다 훨씬 더 건강해 보이기는 한다.

시대의 변화에 적응하지 못한 "운동권" 청년의 몰락을 그리고 있는 「코리언 스텐더즈」에서 도드라지는 것도, 작중인물의 유머러스한 태도가 아니라, 그 인물을 우스꽝스럽게 그려내는 작가의 태도이다. 농촌운동에 투신한 왕년의 투사 "기하 형"의 실패를, 박민규는 "〈앗 세상에 이런 일〉이 같은 곳"에 나올 법한 "외계인의 습격" 탓으로 그려낸다. 외계인의 습격이라니? "운동권", 혹은 "농촌"이라는 단어가 "〈9시 뉴스데스크〉"나 "〈PD 수첩〉"에나 나올 법한 것으로 조롱받는 현실과, 그러한 시대의 변화가 불가항력의 사태일 수밖에 없다는 사실을 동시에 보여주는 설정이 아닐 수 없다. 박민규가 고안한 이러한 어처구니없는 상황들은 웃음뿐만 아니라 어떤 처연한 울림마저 남기는데 "인간이 최선을 다하는 이유는, 무력하기 때문이었다"라는 전언을 그 기저에 깔고 있기 때문이다. 그 전언을 적극 참조해 말하자면 박민규가 꾸며낸 유머는 심심풀이 농담인 것만이 아니라, 무력한 인간이 고통에 맞서 선택할 수 있는 최선의 방책이라고 할 수 있을지 모른다.

이 같은 박민규 식 유머의 최대치는 시대의 변화에 적응하지 못한 영웅적 무신(武神)들의 이야기를 코믹하게 그려낸 「龍+龍+龍+龍」(『더블 SIDE B』 창비, 2012)에서 찾아진다. '운동권'이 외계인처럼 보이는 시대이니, 전설의 무신 "四龍"이 뒷방 노인네 취급받는 것도 당연한 일이다. 박민규의 표현대로라면, "영웅의 시대는 끝이 났다. 바야흐로, 소녀들의

---

6) 김영찬, 「2000년대 문학, 한국소설의 상상지도」, 같은 책, 89쪽.

시대"가 온 것이다.

기천아! 하고 수저를 내려놓은 천수가 소릴 질렀다. 부르셨습니까? 뜨악하니 도제 하나가 방문을 연 것은 제법 한참이나 시간이 지나서였다. 들때밀 같은 표정으로 마당의 눈을 쓸던 바로 그 도제였다. 아까 내 전음(傳音)을 들었느냐 못 들었느냐? 어떤 전음 말이옵니까? 깻잎 말고 방앗잎을, 후추 말고 산초를 치라 일렀지 않았느냐. 머리를 긁적인 도제가 불쾌해진 얼굴로 목소릴 울먹였다. 사부님… 그리 긴 전음을 도대체 언제쯤 들을 수 있다는 겁니까? 오년 수련에 오라 가라 간단한 전음도 들을까 말까인데… 그리고 그런 말은요… 휴대폰으로 하시면 되는 겁니다. 예? 어허, 고얀지고, 어느 안전이라고 네놈이… 내 오늘 세분 무신께서 모이신다 그리도 일렀거늘! 울먹이던 도제가 결국 펑펑 울음을 터뜨렸다. 四룡께서 모이면 뭘요… 뭘… 정부라도 엎을 겁니까? 네 분이 힘합치면 뭐… 삼성한테 이길 수 있습니까?

"대의와 명분이 사라진 세계"에서 정부를 엎을 힘도, 심지어 (아니 당연히) 삼성한테 이길 힘마저도 없는 지난 시절의 영웅들은, 핸드폰도 쓸 줄 모르냐는 제자의 볼멘소리나 "제발 개량한복 좀 입지 마! 나 쪽팔려 죽겠어"라는 딸의 투정을 들으며, 간혹 부산행 비행기를 타는 대신에 축지법이나 쓰며 살아가고 있다. 이러한 시대의 부적응자들로부터 "부패를 못 막으면 발효라도 시켜야 할 거 아닌가"라는 웃기지도 않은 농담을 진지하게 토해놓도록 하며 작가가 의도한 것은 무엇일까. 부패한 시대에 대한 진지한 풍자는 아닐 것이다. 풍자와 조롱마저도 불가능한 상황에 처해 그저 농담 섞인 이야기를 읊조리며 자기만족을 구해보려는 것이 박민규 소설의 진짜 목적일지도 모른다. 그렇다면 우리는 이러한 유머담 앞에서 어떠한 관객이 되어야 할까.

프로이트에 따르면 "유머를 듣는 사람은 유머를 드러내는 사람을 모방한다."[7] 즉, 화를 내거나 푸념을 하거나 절망을 해야 할 상황에서 익살을 떨고 있는 화자를 모방하며, 관객 역시 여러 가지 정서적 흥분들을 절약하고 그것을 쾌락의 원천으로 활용하게 된다. 이처럼 관객 스스로가 유머를 고안하기보다 단지 화자의 유머를 구경하고 모방할 뿐이라면, 관객의 유머란 숭고한 자기긍정보다는 오히려 상황에 대한 둔감의 결과로 성취되는 것은 아닌지 모르겠다. 관객은 힘겹게 익살을 떨고 있는 유머의 주인공을 구경만 할 뿐이니 말이다. 그렇다면 박민규 소설의 성공 여부는 독자가 둔감한 바보가 될 수 있느냐 그렇지 않느냐에 달려 있다고 말해야 하는 것이 아닐까. 박민규의 소설을 읽는 일이 대체로는 즐겁지만 때로는 허탈하기도 한 것을 보면, 우리는 그의 성실한 모방자가 되기에는 역부족이라 할 만치 너무도 피로한 생활인인 듯도 싶다. 저 멀리 우주로 날아가 지구의 보잘것없는 고통을 달래보자는 그의 제안은 어쩐지 속편한 이야기로 들리기도 하는 것이다. 그렇다면, 쉽게 모방할 수 없다는 것, 바로 그것이 박민규가 고안한 유머담의 성과이자 한계라 말할 수 있지 않을까.

3. 웃을수록 미안해지는

그러니, 생활에 지친 우리들은 웃을수록 슬퍼질 수밖에 없다. 2000년대 유머담을 읽으며 우리가 눈물 맺히도록 웃었던 것은 비단 생리적 이유 때문만은 아니다. 웃음이 눈물을 감추고 있는 경우도 많았기 때문이다. 유머를 통해 우리는 우리 자신의 유한성을 우스운 것으로 받아들이도록 하는 자비로운 초자아를 만날 수도 있지만, 반면 유머가 잔인해지는 광경을 목격하기도 한다. 고통의 상황을 넉넉한 유머로 견뎌보라는 권유가 일종의 강요가 된다면, 그것은 잔혹한 폭력과 마찬가지의 것이 될 수도 있다. 조금 과장해 말하자면 지젝이 지적했듯, 누군가를 강간하며 "섹스가

---

7) 지그문트 프로이트, 앞의 글, 511쪽.

쾌락을 주리라!"라는 문구가 쓰인 티셔츠를 입고 있는 것과 유사한 잔인한 조롱이, 강요된 유머 안에 있다. 이때 유머는 최고로 모욕적인 것이 된다.[8] 요컨대 유머러스한 초자아의 불가능한 요구를 따라가는 일은 쾌락이 아닌 고통을 수반할 수 있다.

그런 점에서 이기호의 등단작 「버니」(『최순덕 성령충만기』, 문학과지성사, 2004)에서, "보도방"의 아가씨로 팔려왔다가 신세대 여성 래퍼로 변신하는 순희의 처지는 그야말로 끔찍하다. 지능이 모자란 순희는 자신의 처지를 인지하지도 못한 채 언제나 무표정한 얼굴로 "순희는 가수가 될 거야"라며 '랩'을 흥얼거리고 있다. 온갖 폭행을 당하는 순간에도 멈춤 없이 지속되는 순희의 "신음 같은 비트박스"는, '즐기라'는 초자아의 명령에 복종하는 자가 맞닥뜨리는 '쾌락을 넘어선 고통'까지도 환기하는 듯하다.[9] 라캉에 따르면 향락(jouissance)에 관한 초자아의 정언명령—즐겨라!—은 주체의 자발적인 수행을 넘어선 곳에 있다. 무시무시한 고통에 무감한 채로 랩을 흥얼거리는 순희는 초자아의 명령에 절대 복종하는 섬뜩한 자동인형처럼 보이는 것이다. 「버니」를 통해, 우리는 비참한 자아에게 유희를 베푸는 초자아의 자비가 한순간 잔혹한 폭력으로 돌변할 수 있음을 확인하게 된다. 「최순덕 성령충만기」(『최순덕 성령충만기』)에 대해서도 마찬가지의 이야기를 할 수 있다. 신실한 기독교 신자 '최순덕'은 하느님이 자신을 세상에 보낸 의미를 찾겠다며 길거리의 '바바리 맨'을 전도시키려 애쓰는데, 이러한 과정을 그리는 이 소설도 결코 웃긴 이야기가 아니다. 오히려 처참한 이야기로 읽힌다. 하느님의 말씀에 절대 복종하는 최순덕 역시 순희처럼 자기가 하는 일이 무엇인지 알지 못하기 때문이다. 이들의 우스꽝스럽고도 섬뜩한 행위 앞에서 우리는 얼굴을 찡

---

8) 슬라보예 지젝, 『읽어버린 대의를 옹호하며』, 박정수 옮김, 그린비, 2009, 510쪽.

9) 같은 책, 512쪽.

그리게 된다.

자신이 처참한 상황에 놓여 있다는 사실조차 인지할 수 없는 사람들의 모습을 볼 때, 우리는 왠지 모를 죄의식과 그로 인한 불편함을 동시에 느끼게 된다. 그렇다면 즐거운 웃음보다는 불편한 쓴웃음을 더 많이 안겨주는 이기호의 소설은, 소설 속 인물들에게나 그것을 보고 있는 우리에게나 잔혹한 유머담이라고 해야 맞을 것이다. 이기호의 소설이 '정치적으로 올바른 개념 있는' 소설이라면[10] 이 같은 '불편한 감정'을 불러일으키기 때문이기도 하다. 김애란이나 박민규의 소설이 '2000년대적 빈곤'이라는 보편적 불행과 관련된 '모두'의 고통을 전제로 할 때, 이기호의 소설은 그중 더 비참한 '누군가'의 고통을 전제로 한다. 이기호가 보기에 이 시대의 불행이란 김애란처럼 즐거운 상상을 만들어보거나 박민규처럼 우주로 날아가본다고 해서 해결될 일이 아니다. 그래서 그의 소설에서는 세계의 폭력성이 훨씬 더 처참한 방식으로 드러난다. 앵벌이, 조폭, 자해공갈단 등 애초에 상식적인 노동을 통해 살아갈 방도를 찾지 못한 인물들을 그리고 있다는 것만으로도 이기호가 문제 삼는 이 세계의 고통이 매우 구체적인 것임을, 더불어 불평등한 것임을 알 수 있다. 요컨대 이기호의 소설에는 가해자가 분명한 피해자들이 등장한다. 그리고 피해자들은 제대로 억울함을 호소하지도 못하고 오히려 우스꽝스러워진다. 이처럼 부조리한 광경을 지켜보는 독자는 웃으면 웃을수록 가해자가 되어버리는 자신을 발견한다. 이른바 '불합리한 죄책감'을 느끼게 되는 것이다. 여기저기 농담을 부려놓고 있는 이기호의 소설 앞에서 우리가 마음 놓고 웃을 수 없는 이유가 바로 이 때문이다.

이기호의 잔혹한 유머가 좀더 유연한 방식으로 발휘되는 것은 두번째 소설집(『갈팡질팡하다 내 이럴 줄 알았지』, 문학동네, 2005)의 비천한 '시

---

10) 신형철, 「정치적으로 올바른 아담의 두번째 아이러니」, 『갈팡질팡하다가 내 이럴 줄 알았지』 해설, 문학동네, 2006, 321쪽.

봉'들의 이야기에서이다. 「당신이 잠든 밤에」의 시봉과 진만은 가진 것이라고는 자기 몸뚱어리밖에 없음에도, 자해공갈마저 제대로 성공하지 못하는, 말 그대로 멍청하고 불쌍한 자들이다. 어린 소녀한테 속아 동네 깡패들한테 두들겨 맞거나, 차에 뛰어들 타이밍도 못 맞춰 자해마저 못 하는 이들은, 진만이 시봉에게 타박하며 말하듯 "남한테 불쌍한 모습 보여주고 싶어서 안달난 놈"들처럼 보인다. 못난 인물들의 어처구니없는 행동이 그려지는 이 소설을 아리스토텔레스라면 희극적으로 읽을 법하지만, 자해랍시고 자기 다리를 있는 힘껏 벽돌로 내리찧는 시봉 앞에서 우리는 결코 유쾌하게 웃을 수가 없다. 이들의 행동은 너무나 필사적이며, 나아가 이들의 삶 자체가 너무나 비참하기 때문이다. 이 소설이 희극적일 수 없는 것은 시봉 같은 비천한 자들이 비단 소설 속의 인물일 수만은 없기 때문이다. 이처럼 이기호는 우스꽝스러워 보일수록 불쌍해지는 사람들의 이야기를 쓰고 있다.

이 같은 희비극은 「국기게양대 로망스—당신이 잠든 밤에 2」에서도 반복된다. 국기게양대에 내걸린 국기를 떼다 파는 아르바이트를 하는 시봉과 국기게양대와 사랑에 빠진 한 남자, 그리고 국기게양대를 유일한 대화 상대로 여겼던 아내를 찾아 국기게양대로 오른 세 남자가 허공에서 만나고 있다.

"입을 맞추고 싶으면 맞춰도 되고요, 허리를 움직이고 싶으면, 움직여도 됩니다. 각자 자기만의 사랑법이라는 게 있으니까요."

왼편 남자의 지시에 얌전히 따르던 넥타이 사내가 실눈을 뜨며 물었다.

"저기, 이거 혹시 불법 아닌가요?"

"아이, 아저씨 말하면 안 되는데……"

"아니, 그래도 좀……"

"무슨 불법이요?"

"저, 그러니까 뭐 국보법 같은 거……"

"그런 거 생각하면 사랑 못 하십니다."

"그건 그렇지만…… 전 자꾸 국가와 뭘 하는 거 같아서……"

"그러니까 눈을 뜨지 마시라는 거예요. 눈 감으면 국가도 싹, 사라진다 니깐요."

　국기게양대와 사랑에 빠진 남자가 다른 두 남자에게 '국기게양대와의 사랑법'을 전수해주고 있는 부분이다. '국보법'이라는 단어가 갑자기 튀 어나왔다고 해서 그것을 '국가'에 대한 엄숙한 풍자나 조롱의 의미로 읽 을 필요는 없다. 국기게양대와 사랑에 빠진 사람과 그 사랑법을 전수받고 있는 사람 중에 누가 더 어이없는지 생각할 필요도 별로 없다. 엉뚱한 대 상들을 섞어놓으며 예기치 않은 웃음을 유발하는 이기호의 장난 섞인 재 치 정도로 읽으면 될 일이다. 유머를 현대의 '위대한 발명'이라 했던 옥타 비오 파스를 참조하여 쿤데라가 했던 말을 인용하자면 "한 현실이 느닷 없이 모호한 상태로 드러나고, 사물이 자기 본연의 명백한 의미를 잃"[11] 을 때 우리는 웃는다. 위의 장면이 웃긴 이유도 그런 것이다. "그런 거(국 보법─인용자) 생각하면 사랑 못 하십니다"라는 천연덕스럽고도 진지한 대사와 함께, 저들이 처한 상황 자체가 모호해지고 또 어쩐지 짠해지기도 한다. 『최순덕 성령충만기』에서 발휘된 잔혹한 유머는 『갈팡질팡하다 내 이럴 줄 알았지』에 이르러 시봉들의 이야기와 함께 애잔한 유머로 바뀌고 있다.[12] 단순히 독자에게 웃음을 주려는 목적이 아니라면, 그러니까 저 불

---

11) 밀란 쿤데라, 앞의 책, 152쪽.

12) 이기호의 첫 장편 『사과는 잘해요』(현대문학, 2009)는 죄와 벌에 관한 이야기, 다시 말 해 보상 불가능한 죄에 관한 이야기를 다루고 있지만, 자신이 처한 상황을 정확하게 인식하 지 못한 채 누군가로부터의 폭력을 '멍청하게' 감내하는 인물들이 등장하고 있다는 점에서 초기 소설들이 보여준 잔혹함과 유사한 느낌을 자아낸다.

쌍한 사람들을 위한 어떤 마음의 움직임을 유발하고자 한다면, 애잔한 유머보다는 잔혹한 유머 쪽이 더 효과적일 것 같기는 하다.

김애란의 유머에 동화된 우리가 세상을 긍정하는 법을 배우고, 박민규의 공상에 왠지 모를 허탈감을 느낀 우리가 현실의 위력을 새삼 실감하게 된다면, 어쩐지 서글픈 감정을 불러일으키는 이기호의 소설을 통해 우리는 좀더 적극적인 방식으로 현실에 개입할 의사를 지니게 될지도 모른다. 왜일까. 김애란이나 박민규의 소설에서는 고통의 당사자가 유머를 발휘하는 주체가 되고 있다면, 이기호의 소설은 고통의 당사자를 우습게 만듦으로써 독자에게 희미하게나마 죄책감을 강요하기 때문이다. 이기호의 이야기는 고상한 인물(higher type)의 몰락을 그리는 숭고한 비극이 아니라 비천한 인물(lower type)의 끔찍한 불행을 우스꽝스럽게 그리고 있는 잔혹한 소극(笑劇)에 가깝다. 아리스토텔레스의 고전적 정의에 따르면 우리가 비극을 통해 얻는 것은 끔찍한 운명에 처한 인물과의 거리두기를 통한 안도감일 텐데, 이기호는 우리보다 못한 인물들의 비극을 유머러스하게 그림으로써 자연스럽게 안도감을 죄책감으로 뒤바꿔놓는다. 못난 인물들의 불쌍한 처지를 우스꽝스럽게 그리는 이기호의 소설은 별로 웃기지 않다. 오히려 잔인하다. 그 잔인함이 버거운 독자라면 무언가 해야 할일이 있을 것이다. 이기호는 얼렁뚱땅 이처럼 '좋은 소설'을 쓴 것이다.

4. 웃는 듯, 우는 듯

가라타니 고진도 말했듯 "웃음이란 웃는 사람의 우월성의 표시"[13]일 수있지만, 언제나 그런 것만은 아니다. 어떤 웃음은 상대에 대한 자신의 무력함을 감추기 위해 일부러 만들어진 것이기도 하다. 그래서 웃음이 언제나 마냥 즐거운 것일 수는 없다. "웃음은 자기 자신이 만드는 것이라면 그

---

13) 가라타니 고진, 「내면의 발견」, 『일본근대문학의 기원』, 박유하 옮김, 도서출판 b, 2010, 93쪽.

것은 얼마나 서러운 것일까"라고 자조적으로 말한 김수영은 아마도 약자가 만들어내는 유머의 고독을 정확히 알았던 자가 아닐까. 단순히 즐겁기 위해서가 아니라 마음껏 울 수도 없고 울어도 소용없는 상황을 견디기 위해 고안된 웃음이라면 그것은 눈물보다도 더 서러운 것이다. 그 웃음은 위로조차도 거부하기 때문에 더 외롭고 슬픈 것이 된다. 박민규의 허탈한 유머와 이기호의 잔혹한 유머를 통해 살펴보았듯, 2000년대의 유머러스한 이야기에서 우리가 확인한 것은 '약한 자의 슬픔'쯤이 되지 않을까 싶다. 이들의 소설을 읽으며 우리가 통쾌하게 웃을 수 없었다고 해서 작가들의 허술한 유머감각을 탓할 수 있을까. 시대적 불운을 탓해야 할 일이다.

　2000년대 소설이 감지한 시대적 불운이란 물론 '빈곤'이다. 사태가 너무나 전면적이고 직접적이기에, 그리고 어쩌면 그것은 너무나 유구한 불운이며 지속될 불운이기에, 우리는 사태의 책임을 물어야 할 곳이 어딘지 알 수도 없다. 분노를 조롱이나 풍자로 뒤바꿀 힘이 없었던 것도 같은 이유 때문이다. 그렇다면 이렇게 말하며 끝내는 것이 좋겠다. 1990년대를 풍미한 '비루한 것의 카니발'(황종연)이나 '세련된 시니시즘'이 사라진 후 오로지 이상하고도 무력한 유머만으로 가득했던 이 시대에, 다시 말해 웃을수록 허탈해지고 웃을수록 슬퍼지는 소설만이 넘쳐났던 이 시대에, 우리가 확인한 것은 웃음의 힘보다는 오히려 소설의 정직함이었다고 말이다.

(작가와비평 편,『키워드로 읽는 2000년대 문학』, 2011)

진정할 수 없는 욕망의 곤경
— 이홍과 노희준의 소설

1

정이현의 「삼풍백화점」(『오늘의 거짓말』, 문학과지성사, 2007)은 15년 전 한국 사회를 떠들썩하게 했던 삼풍백화점 붕괴 사고를 바탕으로 한다. 대학 졸업 후 취업 준비를 하며 서초동 국립중앙도서관과 근처의 삼풍백화점을 오가던 '나'는, 어느 날 백화점 점원으로 일하는 고교동창 R과 우연히 만나게 되고 그녀와 급속도로 친해진다. 혼자 사는 R의 집에 놀러가 맥주를 마시며 함께 비디오를 보고 R이 일하는 매장에서 같은 유니폼을 입고 일을 도울 만큼 그녀와 가까워지지만, 취직을 한 이후 자연스럽게 그녀로부터 멀어진다. 백화점이 생계의 터전이었던 R과 그곳을 놀이터처럼 드나들던 '나' 사이에는 보이지 않는 거리가 존재했던 것이다. "비교적 온화한 중도우파의 부모, 슈퍼 싱글 사이즈의 깨끗한 침대, 반투명한 초록색 모토롤라 호출기와 네 개의 핸드백"을 지닌 '나'는 R의 외롭고 곤궁한 삶의 언저리를 잠시 맴돌다 그녀 곁을 떠나버린 셈이다. 그리고 그 사건이 발생한다. '내'가 그곳을 떠난 지 정확히 10분 뒤 백화점이 무너진다. 그날 이후 R에게서는 아무런 연락이 없다. 10여 년이 지난 지금 '나'

는 R과 똑같은 이름이 적혀 있는 미니홈피 속 어린아이의 사진을 들여다보며 "그 아이가 R의 딸이기를, (……) 진심으로 바"라본다.

정이현의 「삼풍백화점」은 천 명이 넘는 사상자를 낸 15년 전의 실제 사건에 대해 강남 출신 작가 정이현이 어떤 발언을 하고자 쓴 소설은 아닐 것이다. 자전소설로 씌어진 「삼풍백화점」은 "가슴 한쪽이 뻐근하게 저릴 때도 있고 그렇지 않을 때도 있"을 만큼 이제는 다소 흐릿한 기억으로 남은 과거의 아픈 사건에 대한 작가 자신의 내밀한 후일담에 가깝다. 예기치 못한 엄청난 사고로 인해 자신으로부터 영원히 실종된 한 친구를 기억해보는 이야기인 것이다. 아니 어쩌면 그 사건으로 인해 비로소 자신에게 각별해진 친구에 관한 이야기인지도 모른다. 이 저릿한 이야기 안에 삼풍백화점 붕괴 사고와 관련된 사회적 상징성 같은 것이 끼어들 여지는 별로 없다. 사고 며칠 뒤 신문에는 "호화롭기로 소문났던 강남 삼풍백화점 붕괴사고는 대한민국이 사치와 향락에 물드는 것을 경계하는 하늘의 뜻일지도 모른다"는 요지의 칼럼이 실린다. '나'는 신문사에 항의 전화를 건다. "거기 누가 있는지 안대요?"라며 칼럼의 필자를 비난하며 울부짖는다. 소설 「삼풍백화점」에서 '내'가 할 수 있었던 일은 거기까지다.

성수대교 참사에 이어 1년 만에 백화점 붕괴 사고가 일어날 만큼 위태로웠던 15년 전 그 시절은, 정이현이 기억을 되살려 그린 대로 백화점 붕괴를 사치 문화에 대한 경고로 읽을 만큼 순진한 시대였던 것 같기도 하다. 그 사고가 과연 경고였다면, 502명의 사망자를 희생시킨 끔찍한 경고 이후 무엇인가 달라졌어야 하지 않을까. 추모 공원을 세운다는 소문만 무성했던 그곳에는 지금 초고층 주상복합 아파트가 세워져 있다. 그리고 사고 5년 이후 근방에는 삼풍백화점보다 몇 배는 크고 화려한 신세계백화점이 들어섰다. 삼풍백화점 붕괴 사고는 사주(社主) 개인의 무책임한 욕심이 불러일으킨 어처구니없는 참사일 뿐, 그것이 우리 사회의 불균등한 자본 배분과 사치 풍조를 지적하는 상징적 사고로 기억될 수는 없는 것이다.

그렇다면, 돈과 권력을 향한 우리의 맹목적 욕망에 관한 이야기를 삼풍백화점 붕괴 사고에 빗대어 비판적으로 그려낸 황석영의 근작 『강남몽』(창비, 2010)은, 15년 전의 순진했던 저 신문 칼럼의 시각에서 크게 벗어나지 못한 것이 된다. 『강남몽』에서 사고의 유일한 생존자는 타고난 미모로 부를 축적한 재벌의 둘째 사모님 '박선녀'도, 부동산 정보를 바탕으로 엄청난 규모의 자산가로 성장한 '김진'도, 조직폭력배의 우두머리인 '홍양태'도 아니다. "거기 누구 있어요?"라는 질문에 "여기 사람 있어요……"라고 답할 수 있었던 마지막 생존자는 먹고사는 일로 고달팠던 비강남 출신의 매장 점원 '임정아'이다. 누군가의 지적처럼, 이처럼 명확한 선악의 구도를 취하는 『강남몽』은 '강남'이라는 기호가 환기하는 부정성에 대한 작가 자신의 단호한 비판 정신을 강조하는 "주관적인 이념 개진"[1]의 작품으로 축소된다.

그러나 2011년 지금 우리는 강남이라는 기호가 환기하는 것으로부터 그 누구도 자유롭지 못하다. 강남과 비강남 사이의 벽이 어느 때보다도 더 두터워졌다는 사실은 여러 지표를 통해 확인되고 있지만, 우리는 누구나, 언제나, '강남'을 꿈꾼다. 아무나 강남에 입성할 수는 없지만 모두가 강남을 향하고는 있다. 최근 문단에서 하나의 경향을 이루는 강남 배경의 소설들은 바로 이러한 전제로부터 시작된다. "IMF와 세계 자본주의체제를 경험한 오늘 우리의 삶 속에서 이제 부르주아는 더이상 단순한 악덕의 대변자로만 기억될 수 없다"[2]는 사실 말이다. 빈부 간 격차는 더 심해졌고 열패감은 만성이 되었지만, 담장 안의 사람들을 바라보는 담장 밖 사람들의 주된 정조는 분노보다는 동경과 질투에 가까워졌다. 저 안의 사람

1) 정호웅, 「'강남'의 욕망, 성장의 서사」, 『오렌지 리퍼블릭』 해설, 자음과모음, 2010, 316쪽.
2) 신수정, 「뉴밀레니엄 시대 부르주아 사생활의 재구성」, 『문학동네』 2009년 여름호, 411쪽.

들이 나쁜 사람인지 아닌지는 불확실하지만, 저들처럼 되고 싶다는 우리의 욕망만큼은 확실하다.

　이러한 상황에서 '강남' 내부의 화려한 라이프스타일을 꼼꼼히 묘사하는 것으로부터 시작하는 소위 '강남소설'들을 우리는 어떻게 읽어야 할까. 최상위 계층의 라이프스타일을 투명하게 관찰하는 것이 목적이라면 우리가 굳이 소설이라는 장르를 택할 이유는 없다. 그렇다면, '작가의 말'에 "내가 살았던 곳"(이홍, 『성탄 피크닉』, 민음사, 2009) 혹은 "강남 출신 작가"(노희준, 『오렌지 리퍼블릭』)라 적으며, 어쨌거나 내부자의 시선으로 씌어진 소설임을 무심히 강조하는 저 이야기들을 우리는 어떤 태도로 읽어야 할까. 누군가의 몇 달치 월급과 맞먹는 드레스를 매일 바꿔 입고 누군가의 집값을 호가하는 차를 몇 대씩 굴리며 여유로운 미소를 짓고 있는 저들의 삶 내부에도 남모르는 상처와 아픔이 있다는 식의 서사가 주로 진행되는 이 소설들로부터, 우리의 소박한 환상과 편견은 분명 깨어질 것이다. 우리가 알게 될 사실은 다음과 같다. 화려한 외향에 걸맞을 짜릿한 행복이 저들에게 충분히 허락되지는 않았다는 사실. 어느 지역에서 어떤 모습으로 살아가든 우리 모두 저마다의 상처와 아픔에 휘청거린다는 사실. 저들의 불행을 확인하며 우리는 안도감을 느끼게 될지도 모른다.

　그러나 '강남소설'이 우리에게 일러주는 깨달음은 이게 다가 아니다. 결국 우리가 확인하게 되는 것은 저들의 휘청거림에는 놀랄 만한 탄성이 내장되어 있다는 사실이다. 어떤 아픔으로 얼마나 휘청거리든 저들은 튼튼한 안전망 안에서 언제나 먼저 눕고 먼저 일어날 수 있다. 강남구 압구정동 갤러리아 백화점 주변을 중심으로 진행되는 이홍과 노희준의 소설을 읽으며 그 사실을 확인해보자. 물론 이 소설들에는 더 많은 것들이 담겨 있을 것이다.

2

　이홍의 등단작 『걸프렌즈』(민음사, 2007)는 한 남자를 공유하는 세 여자들의 아슬아슬한 연대를 그린 소설이다. 몇 겹의 비밀 연애를 하고 있는 남자는 자신이 세 명의 여자를 별 문제 없이 장악하고 있다고 안심하지만 오히려 그는 여자들의 비밀 연대의 희생양에 가깝다. 아무것도 모르는 그는 모든 것을 알면서도 모르는 척하는 여자들에게 속고 있는 것이다. 여기까지만 놓고 본다면 『걸프렌즈』는 우리가 10년도 더 전에 읽었던 김영하의 「거울에 대한 명상」(『호출』, 문학동네, 1997)의 발랄한 2000년대 식 버전이 될 뿐이다. 그러나 『걸프렌즈』는 한 발 더 나아간다. 이 작품의 흥미로운 점은 결말에서 찾아진다. 자신들을 속인 남자를 역으로 속이고 있다 생각한 여자들은 남자에게 또다른 여자가 있을지 모른다는 사실을 깨닫게 된다. 이쯤 되면 누가 누구의 뒤통수를 치고 있는지 섣불리 판단할 수 없게 된다. 『걸프렌즈』에는 이처럼 배신이 난무하지만 배신감에 치를 떠는 사람은 아무도 없다. "어머? 그럼 또?"라며 잠깐 당혹스러워할 뿐이다. 이 같은 무심함은 어떻게 가능할까? 사실 그녀들에게 중요한 것은 자신이 남자에게 어떤 존재인가를 확인하는 일이 아니다. 거꾸로 자신에게 그가 어떤 존재인가를 점검하는 일이 중요하다. 이홍의 여성들은 상대방의 욕망의 대상이 되기를 바라는 방식으로 누군가와 사랑하지 않는다. "假面 뒤의 얼굴은 假面이었다"라는 제사(題詞)와 더불어 자못 심각한 얼굴로 남성적 나르시시즘의 파탄을 그려냈던 김영하의 소설은, 세기를 지나 이홍이라는 산뜻한 작가와 더불어 즐거운 여성적 나르시시즘의 이야기로 재탄생된다.

　이 같은 사실을 명확히 포착한 이광호는 "타인의 인준으로부터 독립된 (……) 자율적인 '나'를 구축하려는 욕망"[3]을 이홍 소설로부터 읽어낸다.

---

3) 이광호, 「달과 룸미러, 사이의 서사 광학―이홍과 정한아의 소설」, 『문학과사회』 2010년 봄호, 311쪽.

이홍의 소설은 그저 상류사회의 라이프스타일을 진열하고 있는 듯 보이지만, "자기 삶을 스스로 연출하고 디자인하려는 '패션인'의 욕망"을 그림으로써 새로운 현대적 인간학의 출현을 예고하고 있는 작품으로 섬세히 다시 읽힐 필요가 있다는 것이다. 그런데 과연 타인의 기준과 관계없는 자발적 욕망이라는 것이 현실적으로 가능할까. 나르시시즘적 만족이라는 것도 타인의 시선을 전제로 하는 거울 보기를 통해서라야 가능한 것이 아닐까. 타인의 기준으로부터 완벽히 자율적인 '나'를 구축하려는 작업은 아이러니하게도 모두가 '나'와 똑같아졌을 때, 즉 완벽히 동일한 개체들로 이루어진 공동체 안에서나 가까스로 시도될 수 있는 것인지 모른다. 똑같은 샤넬 투피스를 입고 똑같은 벤츠에 앉아 똑같이 무료한 이야기를 나누는 압구정동 그녀들의 세계에서나 말이다. 주위를 둘러보면 모두가 '나'와 같은 화려한 귀족이며 올려다볼 상위 계층도 없는 상황에서, 한마디로 말해 더이상 바랄 것이 없는 상황에서만, 자발적인 욕망이 생성되는 것인지도 모른다. 이홍의 인물들이 "자율적인 '나'를 구축하려는 욕망"을 지닌다면 그 욕망은 복잡한 의미망 속에서 이해되어야 한다.

부르주아 사생활을 검토할 때 자주 참조되는 부르디외(Pierre Bourdieu)의 '구별짓기'에 관한 이론은 계급 간 차이를 논할 때나 유용한 이론이다. 이미 모두가 귀족이 되어버린 어느 동네에서는, 즉 한 벌밖에 수입되지 않았다는 '발렌티노 이브닝드레스'를 너도 나도 함께 입고 있는 어떤 세계에서는(「드레스 코드」, 『세계의 문학』 2007년 겨울호) 구별짓기에 관한 이론이 별무소용이다. 그녀들은 다른 계급과 자신들의 차이를 찾는 일에 이미 관심조차 없다. 더불어 같은 계급 안에서 남과 다른 나만의 취향을 찾는 일이 이미 불가능하다는 사실도 어렴풋이 인지하고 있다. 이홍의 「드레스 코드」 같은 단편에 짙게 배어 있는 불안과 허무의 정서는 바로 이같은 불가능에서 기인한다. 한 남자를 공유하는 『걸프렌즈』의 세 여자들이 마냥 즐거워 보이지 않는 것도 유사한 이유 때문일 것이다. 이홍의 '강남소설'이 적고 있는 것이 '타인의 기준과 무관한 자율적 욕망 찾기'에 관한 이야기라면, 우리가 지적해야 할 것은 그것이 오로지 최상위 계층에서나 가능한 일이라는 점, 그리고 결국에는 쉽지 않은 시도에 불과하다는 점이다. 이처럼 이홍이 탐색하는 '새로운 인간학'이 오로지 최상류층의 삶을 통해서만 재현될 수 있는 것이라면, 그러한 탐색을 지속하는 한 그녀의 소설은 세간의 편견 그대로 자신이 통과해온 세계를 벗어나지 못하는, 말 그대로 나르시시즘적 소설이 될 뿐이다. 영특한 작가는 이 사실을 재빨리 눈치챈 듯하다.

이홍의 소설이 이 같은 편견과 우려로부터 자유로워진 것은 두번째 장편 『성탄 피크닉』에서부터다. 칙릿(Chick Lit) 작가라는 꼬리표를 보란 듯이 거절해버린 것도 바로 이 소설을 통해서이다. 압구정동 한양아파트를 중심으로 강남 입성에 실패한 한 가족의 이야기를 그리고 있는 『성탄 피크닉』은 강남이라는 균질적 공간에 침입한 외부자가 어떻게 고립되는지, 그리고 결국 어떻게 추방되는지를 미스테리한 감각으로 그린 소설이다. 현미경적 시선으로 저들의 욕망을 세밀하게 탐색하는 데에만 몰두하던 이홍은 『성탄 피크닉』에 이르러 '강남/비강남'이라는 뚜렷한 대립구도를 취하면서 '강남'이라는 공간을 거시적 맥락에서 조감하기 시작한다. 이홍은 이제 현미경과 망원경을 동시에 활용하는 작가가 된다.

주인공은 세 남매이다. 매일 아침 두 시간씩을 길거리에 허비하며 성남에서 대치동으로 통학하던 은영, 은비, 은재 남매는 로또 당첨이라는 천운을 등에 업고 당당히 압구정동 한양아파트에 입성한다. 이후 모범생인 은영은 바람대로 명문 대학에 입학하지만 누구누구의 딸이 아닌 그녀가 타고난 성실함만으로 대기업의 문을 뚫기란 쉬운 일이 아니다. 둘째 은비는 재벌 상속녀 엄마, 로펌 파트너 아빠를 둔 지희와 어울리며 인생을 즐긴다. 은수저를 물고 태어난 친구를 따라가기 위해 은비가 택한 것은 부유한 남자들에게 빌붙는 원조교제이다. 막내 은재는 모든 것에 "무책임하고 무관심한 눈빛"으로 오로지 온라인 게임에만 몰두하는 일명 은둔형 외톨이가 되어 있다. 부모는 각자의 살 길을 찾아 떠나고 이 세 아이들은 압구정동 한양아파트에 버려진다. 문제는 둘째 은비였다. 은비의 협박을 참다못한 '최원장'은 어느 날 이들의 집에 침입한다. 세 남매가 힘을 모아 그를 결박하는 데 성공하지만 그는 아무래도 처치 곤란이다. 결국 남매는 각자의 가방에 최원장을 나눠 담고 마음의 고향인 성남의 뒷산으로 향한다. "언젠간 돌아오기 위한 여행을 떠나듯 가뿐하게" 강남으로 향했던 그들은 자신들이 떠나온 곳으로 다시 돌아가고 있는 것이다.

폭설로 차가 끊겨 발이 동상에 걸려가며 반나절을 걸어 등교했던 어느 날처럼, 비강남 출신인 세 아이들이 강남에 온전히 입성하기란 결코 쉬운 일이 아니다. 『성탄 피크닉』은 결코 평범하지 않은 사건을 통해 이 같은 평범한 진실을 우리에게 일깨운다. 사실 압구정동의 한 아파트에서 일어난 살인 사건, 다시 말해 철없는 이십대의 실수, 혹은 부도덕한 자본가의 죽음으로 상징되는 이 사건이 소설의 중심 서사로 기능하기는 하지만, 이러한 설정 자체로부터 이홍 소설의 매력이 모두 발산되는 것은 아니다. 일견 평범해 보이는 에피소드 사이에 무심한 듯 건조한 문체로 강남/비강남의 미묘한 차이를 그려놓는 작가의 섬세함으로 인해, 『성탄 피크닉』은 강남의 생리를 아무런 자의식 없이 진열하는 소설이라는 혐의를 벗는다. 해설에서 김미현이 적절히 지적했듯 세 남매가 "강남 짝패로 인해 자신들의 비강남성을 확인한다"[4]는 설정이 유독 참신하다 할 수는 없지만 이 소설은 절묘한 디테일로 눈길을 끈다.

같은 아파트에 살고 있고 같은 대학에 다니면서도 은영이 민우처럼 명문 대학의 귀족 그룹인 '카프'의 멤버가 될 수 없는 것은 그녀에게는 "물려받을 구멍가게조차 없"기 때문이다. 은영은 취업이 보장된 아이들의

---

4) 김미현, 「웰컴 투 강남」, 『성탄 피크닉』 해설, 민음사, 2009, 217쪽.

모임인 카프에 소개시켜준다는 민우의 말 한마디에 민감하게 반응하지만, 민우는 악의 없는 솔직함과 무심함으로 은영을 좌절시킨다. 오로지 호텔 화장실에서만 볼일을 볼 수 있는 민우는 자신에게 몸까지 내던진 은영을 모텔 방에 홀로 남겨두고 볼일을 보러 호텔로 가버린다. 은비의 단짝 친구 지희는 결정적인 순간에 자신의 재력을 과시하며 은비와의 사이에 선을 긋는다. 명품 매장에서 애써 태연한 척하며 부자연스럽게 체크카드를 내밀고 있는 은비에게 "반짝반짝 빛나는 트렁크"를 선뜻 안겨주는 지희의 여유는 선한 우정이 아닌, 그저 손쉬운 과시 혹은 친절한 무시에 가깝다.

세 아이들이 결국 진짜 강남인이 되지 못한다는 사실은, 타인의 기준과 무관한 자율적 욕망을 점검할 기회가 이들에게는 주어지지 않는다는 사실로부터도 확인된다. 아파트 CCTV에 찍힌 장면들을 건조하게 적어내려가는 작품의 서술방식 자체가 이 같은 사실을 환기한다. 이 아이들은 자기 욕망의 연출자가 되지 못하고, 타인의 시선이라는 폐쇄 회로 속에서 연기하는 출연자가 되어 있을 뿐이다. 스무 번 가까이 면접관 앞에 노출되어야 했던 은영도, 거대한 스타벅스 매장에서 시종일관 "킹카 오빠"의 시선을 의식하고 있는 은비도, 컴퓨터 모니터 앞을 떠나지 못하는 은재도, 언제나 초조하고 불안하다. 왜일까. 언제 추방당할지 모르는 이방인이기 때문이다. 재개발 동의서에 서명하지 않은 이들의 집에는 하루가 멀다 하고 부동산 업자들이 찾아와 집을 팔 것을 권유한다. "우린 집 팔 생각이 없다고요"라고 아무리 외쳐도 소용없다. 이 은근한 권유는 집을 내놓으라는 강요에 가깝다. 강남에 입성하기, 다시 말해 주위의 시선에서 놓여나 자기 욕망에만 몰두할 수 있는 권리를 얻기란, 벼락 맞을 확률보다도 희박하다는 로또 당첨보다도 더 어려운 것이다. 맨몸으로 강남에 입성한 세 남매가 몸소 깨달은 사실이 바로 이것이다.

가진 것이라고는 몸뚱어리뿐인 이들은 누구보다도 훨씬 더 묵중한 짐을 지고 살 수밖에 없다. 시종일관 타인의 시선을 의식해야 하는 일상 말이다. 이홍의 『성탄 피크닉』을 통해 우리가 마주하는 것은 드라마 같은 저들의 삶이 아닌 지독한 우리의 현실이다. 완전범죄에 성공한 세 남매가 각자의 무거운 가방을 내어던지고 다시 "가뿐하게" 집으로 돌아온다 해도, 위태롭고 비굴한 이들의 일상에 크게 달라지는 일은 없을 것이다. 이 세계는 이미 정교한 완전범죄로 구축된 견고한 계급사회이기 때문이다.

3

지금으로부터 20년 전의 압구정동에는 어떤 일이 있었을까? 『성탄 피크닉』이 실패한 강남 입성기라면 노희준의 『오렌지 리퍼블릭』은 불우한 강남 편입기이다. 『오렌지 리퍼블릭』은 명문대 출신의 회계사인 아버지가 나이 마흔에 힘겹게 구입한 성동구 학동의 단층주택이 강남구 청담동에 편입되면서 하루아침에 청담동 주민이 되어버린 "감귤"족 '노준우'의 성장기이다.

8학군에는 대략 세 개의 종자가 있었다. 우선은 재래종인 '감귤'. 개발 전부터 살던 원주민이거나 개발 초기에 집값이 싸다는 이유로 들어온 사람들로, 운이 좋은 편이기는 했으나 부자라고는 할 수 없었다. 신흥 귀족을 형성한 것은 80년대에 유입된 외래종으로 그들 중 일부가 이후 '오렌지'로 불리게 되었다. 마지막으로는 강을 건너온 '탱자'가 있었다. 강남에 살지만 온몸으로 강북인 애들. 자연산 토종이지만 재배종은 아닌 경우. (20쪽)

운이 좋아 8학군에 속하게 된 감귤족 준우는 "최첨단 고어텍스 점퍼"와 "나이키 에어"를 신은 아이들 사이에서 "낡은 코르덴 점퍼와 기차 표 신발"의 "왕따"로 생활한다. 그는 플라톤의 『공화국』이나 프로이트의 『꿈의 해석』 같은 책에 심취한 열등생이다. 뺑뺑이로 입학한 명문고에서 학력이 아닌 재력으로 결정되는 신분 질서를 체감하고 그저 조용한 왕따 혹은 "이름도 없는 애"로 지내던 준우는 자신의 비상한 머리를 활용해 피라미드의 꼭대기에 안착하는 데 성공한다. 학년 캡인 '짐승'과 '입술', 외교관 아들 '성빈', 킹카 '하진'으로 조직된 '성빈 일파'의 비행을 전략적으로 막아주고 그들의 "정신적 지주"가 된 것이다. 이후 이들과 어울리며 오렌지들의 은밀한 사생활에 합류한다. 여자들과의 섹스 장면을 몰래 녹화해 청계천에 내다 팔거나 술집에서 만난 여자들을 꼬여내 집단 강간을 하는 등 이들의 학교 밖 생활은 고등학생의 단순한 비행 정도로 보아 넘기기에는 너무나 심각한, 명백한 범죄들이다. 오렌지들의 부와 권력에 빌붙어 그들과 어울리는 준우는 요요마의 '무반주 첼로' 음반을 순결함에 대한 증표인 것처럼 품에 끼고 나이트를 드나든다. 애초에 "그들처럼 상등품 오렌지가 될 수 없"는 감귤족 준우에게는 마지막 자존심 같은 것이 필요했던 것이다.

'성빈 일파'의 막장을 보고 환멸을 느낀 준우는 하진과 의기투합하여 새로운 조직을 만든다. "소수정예의 부르주아 공산당", 'un'이다. 조직원은 준우와 하진, 그리고 여대생 예은과 재벌집 딸 신아다. "모든 인간과 모든 가치는 평등하다"는 평등주의와, "속물들의 사회에 구체적으로 저항한다"는 실천주의를 강령으로 삼으며 속물들을 골탕 먹이는 장난 같은 실천에 몰두하지만, 예은과 신아가 이태원 클럽에서 만난 외국인들에게 강간을 당하는 사고가 발생한 이후, 이들의 우정은 심각하게 흔들리기 시작한다. "인생을 회복할 수 없을 정도로 파괴시킬 일은 결코 없"을 것이라 자부하며 '저항'이라는 이름의 얄궂은 '반항'만을 일삼던 이들이 정말로 인생의 쓴맛을 보아버린 것이다. 불안과 권태 사이를 아슬아슬하게 오가던 모임은 함께 간 여행에서 일어난 추돌 사고 이후 완전히 와해된다.

작가는 하진, 예은, 신아 등의 인물에게 각별한 상처 하나씩을 주어 오렌지들의 반항이 이유 없는 반항만은 아니라는 사실을 보여주려 한다. 하진은 어린 시절 교통사고 이후 수차례 성형수술을 받아왔고 그의 어머니는 재벌의 첩이다. 신아의 재벌 아버지는 어린 여자에게 집착하는 변태 성욕자다. 순진한 여대생으로 분한 예은은 사실 또다른 재벌의 현지처이다. 준우는 이들에게 '인정'받기 위해 없는 상처를 지어내기까지 한다. 이들의 방황하는 삶이 어쩔 수 없는 상처로부터 기인한 것인지, 아니면 이들이 상처를 빌미로 방황을 즐기고 있는 것인지, 쉽게 판단하기는 힘들다. 분명한 사실은 이들의 상처에 주목하여 이 소설을 읽는다면 노희준의 『오렌지 리퍼블릭』은 우리가 TV 화면을 통해 수없이 확인한 재벌가 자녀들의 통속적인 성장담으로밖에 읽힐 수 없다는 사실이다. 이 소설은 어떻게 읽혀야 할까.

노희준의 『오렌지 리퍼블릭』은 "강남 출신 작가"가 보여주는 20년 전 강남의 실상이다. 물론 부정적으로 강조된, 어쩌면 구태의연하게 느껴질 수도 있는 과장된 일면에 불과하다. 그러니 이 소설에 대한 독서가 부와 권력을 장악한 계층의 도덕적 타락에 대한 비난이나 그들의 숨겨진 상처에 대한 연민으로 마무리되어서는 곤란하다. 사실 이 소설이 주는 불편함은 저들의 일그러진 삶을 목도하는 것으로부터 오지만은 않는다. 오히려, 타고난 '품종'을 뛰어넘어 저들의 삶에 뛰어든 준우의 혼란스러운 자의식으로부터 우리는 왠지 모를 어색함을 느끼게 된다. "숨은 브레인"의 자격으로 오렌지들의 부와 권력에 기식하며 그들과 함께 향락을 누리지만 "나는 그들과 결코 같은 부류가 아니"라는 특권의식을 버리지 못하는 준우의 태도는 다소 위선적으로 느껴지기도 한다. 물론, 완벽히 한 팀이 되었음에도 불구하고 오렌지들의 속물성과 타락을 비난하며 그들과 심리적 거리두기를 실행하는 준우의 일그러진 우월감은, 자신이 결코 그들과 같은 품종의 인간이 될 수 없을 것이라는 콤플렉스와도 무관하지 않다. 물론 이러한 치기 어린 순결 의식은 미성년의 지표이기도 하다. 무엇보다도 중요한 사실은 부와 권력에 대한 채워지지 않는 열망이 바흐의 음악 따위로 보상받을 수 있다 믿었던 20년 전 우리들의 순진했던 자화상이 준우에게서 발견되기도 한다는 사실이다. 저 시절을 거쳐 지금 우리는, 너 나 할 것 없이 모두가 부끄러움을 모르는, 겉과 속이 똑같은, 완벽한 속물이 되어 있지 않은가. 노희준의 『오렌지 리퍼블릭』은 20년 전의 강남을 되돌아보며 지금의 우리를 점검하도록 하는 소설이다.

나는 매일매일 타임머신을 탔다. 2000년을 향해 고속 질주 중인 압구정동을 지나, 70년대에 주저앉은 경동시장과 청량리를 거치고 나면, 여전히 80년대에 머물러 있는 90년대의 캠퍼스가 있었다. 타임머신이 매일매일 나를 헛갈리게 했다.

21세기를 건너오며 저 타임머신은 서서히 작동을 멈췄다. 모두가 빈부의 격차 없이 풍요로운 삶을 누리게 되었다는 의미에서가 아니라, 화려함에 대한 열망과 그것에 대한 경멸 사이에서 우리가 더이상 심각한 혼란을 느끼지 않게 되었다는 의미에서 그렇다. 이 글의 서두에서 지적한바 우리는 지금 모두가 당당히 '강남'을 지향한다. 진정할 수 없는 욕망이 오히려 우리의 삶을 얼마나 초라한 것으로 만들고 있는지를 돌아볼 겨를도 없다. 20년 전 감귤족 준우가 느낀 혼란은 이제 우리에게 낯설다. 그 낯선 혼란이 우리 시대의 타락을 되비춘다.

4

노희준의 『오렌지 리퍼블릭』과 이홍의 『성탄 피크닉』은 같은 무대를 배경으로 같은 또래의 아이들을 그린다. 20년이란 세월 동안 압구정동의 아이들은 어떻게 진화했을까. 자신이 지닌 상처를 치기 어린 비행으로 과장하며 인생을 탕진하던 20년 전의 아이들은, 심각한 괴로움 없이 그저 자신이 가진 부와 권력을 탐닉하며 인생을 즐기는 신흥 귀족으로 성장했다.

노희준 소설의 하진, 신아 들과 이홍 소설의 민우, 지희 들은 이렇게 다르다. 하진과 신아의 곁에는 그들과 멀어지려는 준우가 있었지만, 민우와 지희의 곁에는 그들과 가까워지려는 은영 자매가 있다. 노희준과 이홍의 소설을 함께 읽으며 우리가 깨닫는 것은 이제 우리는 아무런 자책 없이 우리의 욕망을 직시할 수 있게 되었다는 사실이며, 결국 더 큰 절망과 체념에 빠지게 되었다는 사실이다. 2000년대의 강남과 비강남을 견주는 이홍의 소설과, 1990년의 강남과 지금의 강남을 견주는 노희준의 소설이 섬세하게 증명하는 것은 바로 이 같은 현실이다. 수치를 모르는, 진정할 수 없는, 우리의 속물적 욕망이 처한 곤경 말이다.

(『작가세계』 2011년 봄호)

'충분히 근본적인' 교란을 위하여
— 백가흠과 이기호의 소설

1. 막돼먹은 현실, 예의 없는 소설

『미메시스』에서 아우어바흐는 호메로스로부터 버지니아 울프에까지 이르는 서구 문학 3천 년의 역사를, '스타일의 통일'에서 '스타일의 혼합'으로의 지향이라는 명제로 관통한다. 스타일의 통일이라는 것은 고전주의 문학의 '적격 decorum' 개념과 상통하는바,[1] 문학의 장르, 등장인물과 행동, 문체와 대화 등이 서로 어울려야 한다는 '일치'의 법칙이다. 이는 일종의 장르 구별법이기도 한데, 가령 서사시나 비극은 고급 문체로 말하는 왕과 귀족 등 상류계층만을 등장시켜야 하며, 희극이나 소극(笑劇)은 저급 문체로 말하는 보통 이하의 인물들을 등장시켜야 한다는 것이다. 스탕달과 발자크에서 완성된 스타일의 혼합은 이러한 어울림의 법칙이 파괴되고 있는 현상을 지적하는 개념이다. 요컨대, 아우어바흐의 정리에 따르자면 고상한 것은 고상한 것끼리 저급한 것은 저급한 것끼리만 어울려야 한다는 통일과 분리의 규율이 점차로 깨져가는 과정이 서구 문학

---

1) 유종호, 「스타일의 분리에서 스타일의 혼합으로」, 『문학이란 무엇인가』, 민음사, 1995, 384쪽.

3천 년의 역사인 것이다. 이러한 문학사가 경직된 신분·계급 사회로부터 보다 평등한 사회로의 이행이라는 역사적 변화에 대응함은 물론이다.[2] 그래서 문체의 세밀한 분석으로부터 시작하여 사회, 역사적 상황의 설명을 아울러 시도하는 『미메시스』에는 "서구 문학에 나타난 현실묘사"라는 부제가 달려 있기도 하다.

근대 리얼리즘 소설이 처한 '현상'을 설명하기 위해 고안된 '스타일의 혼합'이라는 개념은 2000년대의 전혀 '소설적이지 않은 소설'들에서 나타나고 있는 최첨단의 하이브리드 현상과 여러모로 통한다. 'decorum'이라는 것이 '정황에 알맞게 처심함', 즉 '예절'을 뜻하는 윤리적 차원의 개념이기도 하다는 점을 상기한다면, 혹자는 "미친, 새로운"(김형중) 소설이라고도 했거니와, 오늘날 젊은 소설들에 나타나는 도대체가 소설적 예의라고는 모르는 듯한 기괴한 인물들, 설정들, 대화들, 그리고 그것들을 담아내는 혼란한 형식들은 버지니아 울프에서 끝나고 있는 아우어바흐의 작업이 2007년 작금의 소설까지도 충분히 아우를 수 있겠다는 생각을 하게 한다.

소설과 하위문화를 논하는 이 자리에서 아우어바흐의 '스타일의 혼합'이라는 개념을 끌고 온 것은, (엄밀히 따지자면 그 개념의 내포가 완전히 같을 수는 없지만) 물론 하위문화의 핵심이 '스타일'과 '혼합'이기 때문이기는 하다.[3] 그런데 이게 다는 아니다. 그보다는 서구 문학 3천 년의 역사

---

2) 앞의 글, 390쪽.

3) 펑크, 스킨헤드, 테디보이, 모드족 등의 영국 청년문화나, 할렘문화, 퀴어문화, 클럽문화, 힙합문화 등의 미국 반문화(counter culture)라는 '역사적 하위문화'를 다룰 때나, 자본주의 체제에 의해 주변부화된 억압된 주체들의 문화라는 '하위문화 일반'을 이야기할 때나, 관건이 되는 것은 그들을 규정하는 물질적 토대 혹은 주류질서에 대한 '저항'의 정신이다. 그런데 토대라는 기준은 너무나 차별적이고 정신이라는 기준은 너무나 모호하다. 그러므로 하위를 진정 하위이게끔 하는 것은 무엇보다도 '스타일'의 문제라고 정리된다(딕 헵디지, 『하위문화—스타일의 의미』, 이동연 옮김, 현실문화연구, 1998 참조).

속에서 소설이라는 것이 그 시작부터 '고상'과 '저급'의 경계를 허무는 예의 없는 것이었음을, 그리고 그것은 철저히 시대를 닮은 것이었음을 말하고 싶었기 때문이다. 그러니 오늘날의 젊은 소설이 소재적 측면에서 세련되지 못한 하위문화를 섭렵한 증거들을 보여주든, 혹은 이전 세대에서는 소설 안으로 호출될 일이 별로 없었던 새로운 하위주체들의 목소리를 들려주든, 혹은 괴물 같은 우리 안의 무의식을 사전 검열과 왜곡 없이 있는 그대로 그려내든, 어떤 식이든지 간에 온갖 하위적이고 타자적인 것들과 절합(切合)되면서 그야말로 '막돼먹은' 것들을 소설 안에 풀어놓고 있는 것이 소설의 전통 안에서 그다지 놀랄 만한 일이 될 수는 없다. 이들의 기괴한 상상력의 발원지는 '현실 같지 않은 현실', 온전히 그것이기 때문이다. 이들이 미친 것처럼 보인다면 그것은 실감나지 않는 이야기를 하고 있어서 그런 것이 아니라, 오히려 현실과 소설 사이의 최소한의 거리마저 무화시키고 있어서 그런 것은 아닐까. 오늘날 예의를 모르는 그 '미친' 소설들이 소설은 어떻게든 현실을 모방한다는 해묵은 소설론에 정면 도전하는 것은 아니라는 말이다. 넓은 의미의 미메시스 이론은 여전히 유효하겠고, 오늘날 젊은 세대의 소설은 들리는 소문처럼 완벽히 무중력 상태에 있지도 않다. 그들이 쓰고 있는 것은 그저 가담항설(街談巷說), 역시 소설(小說)일 뿐이다. 소설가들이 소설을 쓰고 있는 것이라는, 그 당연한 동어반복을 제차 확인해본 셈이다.

2. 상상력의 과부하, 사유의 빈곤

역시 당연한, 그렇지만 조금 씁쓸한 사실을 짚고 넘어가자. 2007년 지금, 문학은 소수자들의 것이다. 여기서 '소수'는 물론 양적인 의미이다. 공지영 같은 베스트셀러 작가의 존재 자체가 문단의 기현상이라 할만치 순문학은 독자를 잃었다. 평단의 전폭적인 관심과 지지 속에서 자신의 입지를 탄탄히 다져온 등단 10년 차 작가 김연수가 자신의 책이 딱 만 부만

팔렸으면 좋겠다고 말하는 시대, 신춘문예로 등단한 문인들의 '연'평균 원고료 수입이 소설가 100만 원, 시인 10만 원이라는 차마 웃지도 못할 기사[4]를 접하게 된 시대, 이것이 바로 영화 관람객 천만의 시대라고 하는 오늘날, 우리 문학 판의 현실이다. 그럼에도 불구하고 순수예술에 가까운 것을 한다는 이상한 오만과 그래봤자 알아주는 이 별로 없는 초라함 사이에서 이러지도 저러지도 못하고 있는 것이 '근대문학의 종언'이라는 화두가 떠들썩한 이 시대, 문학인들의 자화상이다.

양적으로 소수가 향유하는 것을 반드시 '하위적인 것'이라 말할 수는 없다. 그렇지만 이미 외부적으로 문학이 소수문화가 되어버린 마당에 소설에서의 하위문화를 말한다는 것은 무슨 의미가 있을까? "'순문학'은 대규모 시장 자체가 아예 존재하지 않는다고 보아야 한다. 이런 상황에서 문학에서 인디를 말하는 것 자체가 민망한 일이다"[5]라는 지적은 누구나 공감할 만한데 말이다. 물론, 대중적 코드와 우연히 만나기도 하지만 대체로는 괴리되고, 자본의 논리에는 절대 포획되지 않(아야 하)는 것은 문학이라는 '고상한' 장르가 기억해야 할 기본 전제이기는 하다. 그러니 다양한 문화들이 폭발하고 있는 이 시대에 문학이 마이너가 되었다는 사실에서 씁쓸함이 느껴진다면, 그것은 단지 수적인 차원의 문제가 아니라는 것이다. 그 감정의 기저에는 문학이 예전에 누렸던 상징적인 지위를 상실했다는 사실 확인이 있다. 문학이라는 선택받은 소수의 생산물을 통해 그렇지 못한 대다수가 정신의 고양을 체험하게 되는 일은 이제 절대 가능하지도, 별로 바람직하지도 않다고 여겨지는 철저히 개체화된 시대에 우리는 살고 있는 것이다.

여하튼 문학 집단이 이 사회의 지도적 위치에서 권력을 행사하고 있지

---

4) 한국일보, 2007. 1. 15.

5) 이광호, 「'인디'라는 유령의 시간」, 『문학과사회』 2006년 여름호, 297쪽(『익명의 사랑』, 문학과지성사, 2009).

않다는 것은 문학과 더불어 성취해낼 수 있는 일이 대폭 줄었다는 의미이기는 하다. 그런데 위기가 곧 기회라고 했던가. 그것이 근대이든 뭐든지 간에 한 시대의 문학이 종언을 고했다는 것은, 소수자들의 전유물이 된 문학을 통해서 이제야 비로소 진정 '자유롭게' 제대로 된 무언가를 해 볼 수 있다는 의미로 낙관해볼 수도 있지 않을까. '제대로 된 무언가'가 과연 어떤 사유이고 어떤 상상인지 명확히 제시할 수는 없지만, 이 시대의 문학 집단들이 잃어버린 독자를 되찾기 위해 갖춰야 할 것은 시대에 발맞추는 융통성이 아니라 중심을 잡고 자기만의 길을 가겠다는 믿음이라는 점은 확실하다. 부르디외가 지적했듯, 하나의 작품이 그것을 이해하는 자기 대중을 '발견'하는 것은 거의 언제나 우연의 일치의 효과이지 않은가. 예술 작품이란 고객의 기대, 혹은 주문이나 수요의 제약에 적응하기 위해 의식적으로 애쓴 산물은 아니라는[6] 이러한 '예술의 규칙'을 새삼 확인하는 일은 오늘날의 문학 종사자들에게는 중요한 일이다. 잠깐의 자기만족을 위해서가 아니라 궁극적인 자존감 회복을 위해 필요한 일이다.

문학의 장 내부로 시선을 돌렸을 때, 이제야말로 문학을 통해 제대로 된 무언가를 해볼 수 있겠다고 낙관하는 일이 의지의 몫만이 아니라는 사실을 2000년대에 등장한 여러 신인들이 증명해주고 있다. 유사한 것들의 확대 재생산이 아닌가라는 의심을 완전히 떨쳐버릴 수는 없지만, '문학은 죽었다'는 말이 무색할 정도로 문학의 장 내부는 실로 풍성하다. 그들의 만개한 상상력과 화려한 스타일에 대해 간혹 판단은 유보되었지만 해석은 이미 풍부하게 이루어졌다. 그들은 "보편적 의지의 모색보다 개인적 실존의 탐색에 전념하고, 이념적 지향보다 문화적 향유를 중시하며, 현실의 탐구보다 유희적 상상에 몰두하는 경향이 있다"[7]는 것이다.

---

6) 피에르 부르디외, 『예술의 규칙』, 하태환 옮김, 동문선, 1999, 329~330쪽.
7) 진정석, 「사회적 상상력과 상상력의 사회학」, 『창작과비평』 2006년 겨울호, 209쪽.

이들이 작품을 통해 강조하는 것은 바로 상상력이다. 이기호가 "중요한 건 역시 여러분의 상상력입니다"(「누구나 손쉽게 만들어 먹을 수 있는 가정식 야채볶음흙」, 『갈팡질팡하다가 내 이럴줄 알았지』, 문학동네, 2006)라고 말하는 것이나, 김중혁이 "'상상력이 부족한 사회를 체포한 지하철의 장난꾸러기들'"(「유리방패」, 『악기들의 도서관』, 문학동네, 2008)을 만들어내는 것을 보자. 기발한 스타일과 확장된 상상력을 자신들의 전매특허로 삼고 싶은 이들의 욕망을 확인할 수 있을 것이다. 자타가 공인하는바, 이들 김중혁, 이기호, 박민규, 김애란, 박형서, 백가흠, 편혜영, 한유주 등 젊은 작가들은 '상상력'으로써 2000년대 소설의 전위를 차지하고 있다. 그러나 조금 냉정해보자면, '스타일'과 '상상'의 힘에 의존하려는 태도의 허망함을 잠시 제쳐두더라도,[8] 문제는 여전히 남는다.

시쳇말로 온갖 '또라이'들의 혀를 내두를 만한 상상력이 판을 치고 있는 이 하위문화의 시대 전체로 범위를 넓혔을 때, 소설의 최전선에 있는 젊은 작가들의 특수한 상상력은 과연 그 최전선의 자리를 지켜낼 수 있을 것인가. 이미 많은 소설가들이 소재적 허기나 형식적 허기를 달래기 위해 다른 장르들을 기웃거리고 있다. 소재나 형식의 상상력에 있어서만큼은 오늘날의 소설들은 이 시대 하위문화적 상상력을 열심히 쫓아가거나 기껏해야 함께 갈 뿐이다. 이처럼 고상한 문학이 저급한 장르들과 만남을 시도할 때, 그것이 단지 표면적인 차원의 만남에 그친다면, 신선하다는

---

8) "하위문화적 양식이나 제의는 하위계급적 경험을 타개하거나 버텨내는 데 사용될 수 있을 뿐, 상상적인 해결 방식 외에 다른 해결책을 제시하거나 실제로 문제를 해결하지는 못한다"(제임스 프록터, 『지금, 스튜어트 홀』, 손유경 옮김, 앨피, 2006, 173쪽)는 지적의 타당성은 충분히 고려되어야 한다. 이런 지적을 따라 젊은 작가들 중 가장 주목받는 박민규의 작품들을 평가해볼 수 있을 것이다. 가령 『핑퐁』(창비, 2006)에서 지구를 언인스톨함으로써 지구의 위기를 돌파한다는 그야말로 상상에서나 가능할 법한 결말의 문제점은, 그것이 현실에서 아무것도 해결해주지 못한다는 데에 있는 것만은 아니다. 그 상상적인 해결 방식은 현실적인 다른 해결책이 불가능하다는 인식을 우리에게 심어줌으로써 '지구인'들을 체념하게 만들기도 한다.

평가 이상의 좋은 소리를 듣기는 힘들다. 김종광이 게임의 서사를 장황하게 소설 안으로 끌어오면서 변명처럼 말했듯, 그것은 "애호가 분들한테는 엉터리라고 욕먹을 짓거리" "문외한이신 분들께는 뭔 개잡소리냐고 비난받을 짓거리"[9]임에 틀림없다는 것이다. 소설은 그 '짓거리' 이상을 해야 한다. 진은영이 자기 세대의 시에 대해 "지나치게 전복적인 것이 아니라 다소 빤하고 몇 가지 문학적 수사에만 능하다. (……) 사실은 누군가를 감염시키는 데 실패했다"[10]며 부끄러운 고백을 하는 것도 귀담아 들어둘 만하다.

한 영화평론가가 요즈음의 독립영화에 대해 씁쓸한 진단을 내리고 있는 것[11]도 참조해보자. 과거 독립영화가 주류가 아니었던 시절에도, 비록 이적 표현물로 국가의 검열 대상이 되었을지언정 오히려 당당할 수 있었던 독립영화가, 6미리 디지털 카메라의 확산으로 그 제작이 훨씬 수월해졌음에도 불구하고 점점 더 움츠러드는 인상을 주는 것은 거기에 "스스로 내세울 사유가 없기 때문"이라고 그는 지적한다. 이 말은 어쩌면 독립영화가 별 사유를 담아내지 못하고 있다는 말이 아니라, 어지간한 사유로는 이 교양의 시대, 자유의 시대, '정치적 올바름'의 시대에 전위적이라는 평가를 얻을 수 없다는 말일 것이다. 진정한 독립영화라면 영화 고유의 전문적인 테크닉과 함께 상업영화에서는 보여줄 수 없는 반짝이는 자유로운 사유를 작동시켜야 한다. 상상력과 사유의 부익부 빈익빈이라는 지적을 받고 있는 오늘날 젊은 작가들도 자신들이 '표현의 자유'에만 너무 집착하여 '사유의 자유'를 놓치고 있는 것은 아닌지 되돌아볼 때가 되었다

9) 김종광, 「단란주점 스타크래프트」, 『낙서문학사』, 문학과지성사, 2006, 217~218쪽.

10) 진은영, 「소통을 넘어서, 정동(affect)의 문학을 향하여」, 『문학·판』 2006년 겨울호, 83쪽.

11) 이상용, 「독립영화의 망각, 새로움의 자각─십 년 전의 영화를 꺼내어 보며」, 『문학과사회』 2006년 여름호.

는 말이다.

문학은 죽었다고 치자. 그렇지만 그것은 부활해야 마땅하다. 문학이 재생할 수 있는 유일한 방법은 대중의 코드에 자신을 잘 끼워 맞춰보는 것도, 하위문화적 상상력의 극단까지 무조건 가보는 일도 아니다. 그 파급력에 있어 영상 예술과 경쟁할 수 없는 문자 예술이 살아남기 위해 할 수 있는 일이란, 아니 계속 해야만 하는 일이란 이 사유 없는 야만의 시대에서 사람들을 사유케 하는 일이다. '사유'의 사전적 정의는 "대상을 두루 생각하는 일"이다. 화려한 스타일리스트인 오늘날 젊은 작가들이 치러내야 할 '기호학적 게릴라전'은 이 사회를 두루 살펴서 모든 것을 생각하고 모든 것을 말할 수 있는 자유와 가능성을 만들어내는 일, 그럼으로써 우리들의 경직된 사유를 교란시키는 일, 바로 그 일이다. 하위문화적 스타일을 진정 하위문화적이게끔 만들어주는 것은 그 스타일의 저의(底意)에 있다는 것을 잊지 말자.

이제 잘 빠진 상상력 속에 감춰둔 '저의'가 궁금해지는 젊은 작가 두 명을 만나보자. 한 사람은 흰 런닝구를 입고 벽 앞에 붙어 앉아 소설을 쓰고, 한 사람은 축구 유니폼을 입고 미친 사람처럼 소리치며 소설을 쓴다.[12] 백가흠과 이기호다.[13] 백가흠이 자못 심각한 얼굴로 악에 받쳐 탐구하는 것, 이기호가 짓궂게 싱글거리며 실험하는 것, 그것은 과연 무엇일까. 범박하게 말해 표현의 극한과 형식의 자유일 텐데, 이 안에서 이들이 어떤 표현과 사상, 어떤 형식과 내용, 어떤 상상력과 사유를 접촉시키는

---

12) 심진경, 좌담 「남자들의 수다」, 『문예중앙』 2006년 겨울호, 280쪽.

13) 이 글에서 다루는 백가흠의 소설은 『귀뚜라미가 온다』(문학동네, 2005), 「얘들아 나오너라, 달맞이 가자」(『문장 웹진』 2005년 12월호), 「웰컴, 베이비!」(『창작과비평』 2006년 여름호), 「조대리의 트렁크」(『문학·판』 2006년 가을호), 「굿바이 투 로맨스」(『현대문학』 2006년 10월호), 「루시의 연인」(『세계의 문학』, 2006년 겨울호)이며[이 단편들은 이후 『조대리의 트렁크』(창비, 2007)에 묶여 출간되었다], 이기호의 소설은 『최순덕 성령충만기』(문학과지성사, 2005)와 『갈팡질팡하다가 내 이럴 줄 알았지』이다.

지 살펴보자. 그 접촉면에서 과연 어떤 스파크가 일어나고 있는가.

3. 비윤리적인 너무나 비윤리적인―백가흠의 포르노 르포르타지

백가흠은 성적 환상이 비루하지 않다고 말한다.[14] 백번 지당한 말이다. 간혹 비루해지기도 하는 것은 성적 환상 자체가 아니라, 그것을 처리하는 주체의 태도이다. 자신의 성적 환상을 폭로하고 인정하는 일은 용감한 일이지 절대 비루하지 않다. 그런데 솔직한 자기 폭로가 어떤 폭력성을 내장하고 있다면, 그리고 그 폭로가 즐김을 위해 합리화된다면, 그러니까 힘겨운 폭로의 형식을 빌렸지만 거기서 어떤 '쾌'를 허용하고 있다면 그 방식은 비루하게 보일 수도 있다. 소설이 그런 비루함을 위해 봉사할 필요는 없을 것이다. 자신의 성적 환상을 철저하게 즐기는 것이 목적이라면 그저 남몰래 포르노를 보거나 마음이 맞는 파트너와 직접 그 환상의 무대를 연출해보면 될 일이다. 어느 누구도 피해받지 않는 합의된 즐김은 비난받지 않을 테니 말이다. 단, 눈치보며 제대로 즐기지 못하는 것은 불쌍하고, 즐기면서 안 즐기는 척하는 것은 나쁘다.

백가흠은 자신의 소설을 남성과 여성이라는 성적 대비의 관점에서만 읽어내는 평론가들에게 불만이 많은 것 같다. 물론 백가흠 소설의 인물들이 실제로 이름보다는 '남자' 혹은 '여자'라는 보통명사로 명명되고 있다는 사실에 독자들이 끌려가기 쉽지만, 그렇다고 해서 남/녀의 대비에 주목하는 것이 작가의 추측처럼 "해석하기 쉬워서" 그런 것만은 아닐 것이다. 성적 환상에서 그 대비는 핵심이다. 그리고 어쩔 수 없는 본능이라는 것을 핑계로 환상과 현실을 헷갈려하며 남에게 피해주는 쪽은 대체로 '남자'들이었다. 현실의 든든한 백그라운드가 그들을 그렇게 만들었다. 백가흠의 소설도 여기서 자유롭지는 못하다. 그러니까 '대비'는 '교정'을 위해

---

14) 여기서 인용하는 백가흠의 말은 모두 앞의 좌담에서 가져온 것이다.

필요하다. 그의 소설에서 동성애를 연상케 하는 설정들에서는 폭력성이 거의 노출되지 않는다[15]는 사실도 이와 관련하여 흥미로운 지점이 아닐 수 없다.

다시 한번 작가의 말을 빌리자면, 백가흠은 소설을 '르포'라고 말한 적도 있다. 그의 소설에 등장하는 근친상간적 연애(「귀뚜라미가 온다」「광어」「2시 31분」), SM 섹스(「밤의 조건」), 영아 유기와 살해(「얘들아 나오너라, 달맞이 가자」「웰컴, 베이비!」), 장애인에 대한 비인간적 착취(「배꽃이 지고」), 친족살해(「구두」) 등 그야말로 일반적인 상식의 기준으로 볼 때 무지막지하기 그지없는 '패륜'의 에피소드들이 특별난 상상력의 소산이 아니라 철저히 실재하는 것임을 강조하는 말일 테다. 물리적 실재이든 심리적 실재이든 여하튼 이성적 인간이 꼭꼭 감추어둔 우리 안의 어두운 부분을 드러내고 '고발'하려는 것은 백가흠 소설의 목적일 수 있다. 아닌 게 아니라 「얘들아 나오너라, 달맞이 가자」에서 빠른 템포로 교차서술되는 두 개의 에피소드—리틀 맘의 영아유기와 불임녀의 영아유괴—는 우리가 언젠가 신문지상으로 접했을 법한 실제 상황을 연상시키기도 한다. 백가흠은 이런 식으로 자신의 소설이 철저히 현실과 관계한다는 사실을 암시한다. 그런데 이러한 기록과 복원이 폭로와 고발이라는 긍정적 의도와 별개로, 재각인과 재생산이라는 부정적 결과를 초래할 수 있다는 사실도 우리는 알고 있다.

백가흠의 소설을 읽는 독자들은 불쾌하다. 백가흠은 독자에게 당신의 끔찍한 무의식이 상연되는 환상의 무대를 직시하라고 말한다. 이 모든 이야기들을 소설적 허구로 안심하며 읽을 수 없을 것이라고 경고하는 듯하다. 그런데 진짜 불쾌한 것은 환상의 폭로가 아니라 환상의 옹호에 있다.

---

15) 박진은 백가흠의 소설에서 여성 동성애는 평화로운 반면, 남성 동성애는 이성애와 마찬가지로 폭력적인 양상을 띤다고 분석한다. 박진, 「이상한 지도 제작소」, 『문예중앙』 2006년 겨울호, 292~293쪽.

그러니까 그는 때리고 호령하는 남성과 찢기고 울부짖으며 남성 앞에 엎드린 여성의 모습이 우리가 외면할 수 없는 고통스러운 현실의 일부라고 고발하면서도, 그것이 또 '전혀 비루하지 않은 성적 환상'과 통하기도 한다는 암시를 준다. 환상과 현실을 넘나드는 그의 '포르노 르포르타지'는 그래서 위험할 수 있다. 백가흠의 '스타일의 혼합'은 환상을 옹호하고 현실을 덮을 가능성이 있는 것이다. 작가의 말만으로 모든 것을 판단할 수는 없을 것이다. 의식과 무의식의 관계처럼 작가의 생각과 실제 작품은 필연적으로 어긋난다. 그러니 "폭력의 연원으로서의 남성 판타지를 가장 남성적인 방식으로 폭로하고 내파하는 작가"[16]라고 평가된 백가흠이 포르노와 르포라는, 한쪽은 철저히 환상에 연원하고, 한쪽은 철저히 현실에 연원하는 두 개의 스타일을 혼합하는 방식을 직접 살펴보자.

백가흠은 어떤 경우 폭력의 연원으로서의 남성 판타지를 판타지로서 인정하는 것이 아니라, 판타지를 현실로 끌고 오는 남성 자체를 옹호하는 듯 보인다. 다음의 두 가지 사실을 음미해보자. 백가흠은 성적 충동과 폭력성을 인간의 이성이나 의지로는 도저히 제어할 수 없는 거대한 힘으로 만들어버리기도 하고, 또 한편 그러한 충동들이 현실로 불거져 나올 수밖에 없는 개인의 특수한 상황을 설정해놓기도 한다. 전자를 먼저 보자. 『귀뚜라미가 온다』의 표제도 암시하는바, 백가흠의 소설에서는 남자들의 폭력이나 잔학한 행위 곁에 언제나, 바다의 고요(「배(船)의 무덤」), 거대한 해일(「귀뚜라미가 온다」), 산의 적막(「전나무숲에서 바람이 분다」), 흩날리는 배꽃(「배꽃이 지고」), 끊임없이 내리는 비(「조대리의 트렁크」) 등 신비한 분위기를 연출하는 배경이 제시된다. 백가흠은 인간의 힘으로는 절대 접근할 수 없는 숭고한 자연과 인간의 폭력적 본성을 나란히 놓음으로써 우리로 하여금 그 폭력을 은연중 인정하게끔 만들어버리고, 동시에 악을

---

16) 김형중, 「남자가 사랑에 빠졌을 때」, 『귀뚜라미가 온다』 해설, 문학동네, 2005, 268쪽.

행한 남자들을 '숭고한 본능'에 휘둘려 어쩔 줄 몰라 하다 악행을 저지른 뒤 울고 마는 불쌍한 인간으로 만들어버리는 것이다.

결국 백가흠의 소설에서 '남자'들은 어떤 거대한 원인에 휩쓸리는 힘없는 개인이고, 의지라고는 전혀 부여받지 못한 진짜 '비루한 남자'들이다. 여기서 라캉이 "타자의 타자는 주체"[17]라 했던 말을 상기해보자. 라캉에 따르면 우리의 타자적이고 괴물 같은 행동의 원인은 외부에 있지 않고 전적으로 주체 자신에게만 있다. 때문에 절대로 자율적일 수 없는 상황에서만 우리는 자유를 말할 수 있다. 백가흠 소설의 반지하 방, 모텔, 산장, 과수원, 교회, 폐허가 된 구시가지 등 폐쇄적인 공간 설정도 예사로 넘길 수 없는데, 그 닫힌 공간 안에서 주어진 욕망대로 행동하는 백가흠의 '남자'들은 자유로운 주체이기를 절대 거부한다고 보아야 한다. 타율적인 상황을 당연하게 받아들이는 백가흠의 남자들은 그야말로 진짜 수컷이다.

그렇다면 다음 문제. 섹스에만 몰두하고 폭력을 일삼는 백가흠의 '남자'들이 처한 특수한 상황은 과연 어떤 것인가. 주로 엄마의 부재 혹은 아내의 부정이다. 「광어」「전나무숲에서 바람이 분다」「2시 31분」이 전자의 경우이고, 「구두」「배의 무덤」은 후자의 경우이다. 『귀뚜라미가 온다』의 해설에서 김형중이 프로이트의 이론에 맞추어 매끄럽게 분석해놓았듯, 백가흠의 남자들은 "오이디푸스 콤플렉스에 연원을 둔 남성 신경증자"들이 사랑에 빠지는 형태를 전형적으로 그려낸다. 문제는 '엄마'다. 쉽게 말해 그 수컷들은 자신의 유일한 사랑의 대상인 '엄마'를 온전히 차지할 수 없었기에 '삐뚤어진' 형태로 자란 아들들이라는 것이다. 그렇다고 모든 남자들이 삐뚤어지느냐. 그렇지 않다. 백가흠의 남자들이 일탈하게 된 것은 그들에게 강력한 아버지가 없었기 때문일 수도 있다. 「밤의 조건」에서 밤마다 여자를 사는 섹스중독자 '제이'의 게이 아버지를 제외하고는 백가

---

17) 알렌카 주판치치, 『실재의 윤리』, 이성민 옮김, 도서출판b, 2004, 65쪽.

흠의 남자들에게 아버지의 존재는 미미하다. 그렇다고 해서 그 아들들이 현실원칙을 완전히 방기한 광기를 매순간 보여주는 것은 아니다. 그들이 애초에 거세를 겪지 않은 도착증자는 아니라는 것이다. 그 '남자'들에게는 '금지'라는 현실원칙이 희미하게나마 각인되어 있다. 그렇다면 그들은 엄밀히 말해 도착증을 연기(演技)하는 신경증자가 아닌가.

그 남자들이 매우 불쌍하게 그려진다는 점에 주목해야 할 것이다. 어떤 남자는 좀 모자라게 자랐고(「광어」), 어떤 남자는 약한 여자를 정성껏 보살피기도 하고(「전나무 숲에서 바람이 분다」), 어떤 남자는 여자를 미친 듯이 사랑하기 때문이라고 우길 태세를 보이는가 하면(「2시 31분」), 왜소한 몸을 지녔거나(「구두」), 시도 때도 없이 눈물을 흘리기도 한다(「배의 무덤」). 그러니까 그들은 일종의 죄의식을 품고 있는 인간들인바, 그들이 인간의 근본악을 보여주는 완벽한 도착증자가 될 수는 없다.

그렇다면 우리가 이러한 죄의식을 연민해야 할까. 이러한 설정들은 김영찬이 「구두」를 예로 들어 지적했듯[18], "동정"으로 우리의 눈을 가려 남자들의 '삐뚤어짐'을 용인하게끔 만드는 장치가 될 수 있다. 작가의 의도와 무관하게 결과적으로 그렇게 될 수 있다. 「구두」에서 아내의 부정에 대해 (결국 돈 때문이었다는 것이 나중에 밝혀지지만) 치매에 걸린 노모와 딸과 아내를 차례로 살해하는 것으로써 앙갚음했던 남자의 폭력적이고도 잔인한 소유욕에 주목해보자. 그 남자는 왜소한 체형을 지녔고 허름한 구두를 신었다. 그는 자살하기 전 마지막으로 맹인 안마사에게 안마를 받는다. 작가는 맹인 안마사에게 그 왜소한 남자에 대한 동정심을 허용함으로써 맹인 안마사와 그 남자를 동일선상에 둔다. 그 남자의 억제되지 못한 소유욕과 잔인성은 이렇게 상쇄된다. 백가흠 소설의 '나쁜 남자'들이 형상화되는 방식은 주로 이런 식이다. 그들은 물론 나쁘지만 어찌 보면 불

---

18) 김영찬, 「비루한 동물극장」, 『비평극장의 유령들』, 창비, 2006, 186쪽.

쌍하기도 하다는 것. 나쁘면서 동정을 유발하다니 이 얼마나 '나쁜 남자' 들인가.

이러한 설정은 「굿바이 투 로맨스」에서 극대화된다. 여기서 남자는 더 지독하고 더 악랄하다. 그렇지만 소심하고 온순하며, 세심하고 자상하다. "남자는 사랑이라는 것을 한 여자를 온전히 소유하는 것이라고 믿었"고 어느 순간 "슬슬 숨어 있던 남자의 본성이 일어나기 시작한"다. 지독한 의처증자인 이 남자는 때리고 반성하는 폭력 남성의 전형을 보여준다. 그 폭력성과 잔인성은 도가 지나치다. 옛 남자의 이야기를 들은 남자는 여자의 복부를 가격하고, 관계 전 여자의 나체를 검사하고, 견디다 못해 숨어버린 여자를 내놓으라며 여자의 집을 찾아가 자해공갈을 일삼거나 나체사진으로 협박한다. "사랑하니까 의심한다는 것이 남자의 변명이었다." 연인 관계에서의 의심은 그 정도가 약하다면 상대를 욕망의 대상으로 유지시키는 일종의 심리적 전략이 될 수도 있다. 그런데 이 남자에게 의심은 언제나 확신에 가깝다. 그리고 여자에게 벌로 내려지는 것은 '수치심'이다. 예로부터 '수치심'이란 지배자가 피지배자를 순하게 길들이기 위한 방편으로 활용한 것이 아니었는가. 그렇다면 이 남자의 의심은 도가 지나친 욕망 유지의 전략인 것이 아니라, 이미 사랑의 관계에 안녕을 고한 광적인 소유욕 혹은 지배욕의 발현이라고 해야 한다. 말 그대로 "굿바이 투 로맨스!"인 셈이다.

그런데 백가흠의 근작 소설에서는 남자들이 처한 그 '특수한 상황'에서 어머니보다는 주로 아버지가 전면에 대두되고 있다. 「굿바이 투 로맨스」의 남자는 뜨거운 콩나물국을 아내와 아들에게 뒤집어씌울 정도로 폭력적인 아버지를 가졌었고, 「조대리의 트렁크」에서 잘나가던 기업 사장이 분열증적 증세를 보이다가 결국 자살하는 것은 자본이라는 거대한 시스템의 문제이고("근데 한번 꼬꾸라지니까 시발, 회복이 안 돼요. 재기라는 것을 할 수가 없어 시스템 자체가."), 「루시의 연인」에서 루시라는 전신인형을 애인 삼아 인터넷에 포르노 소설을 연재하는 준호는 군대에서 태권도 훈련으로 다리 찢기를 하다가 항아리 모양으로 휘어진 다리를 갖게 된 불구자이다. 자본주의라는 거대 시스템과 군대라는 폭력적 제도는 모두 아버지라는 이름의 변이형이다.

근작들에서는 이처럼 '아버지'가 전면에 등장하고 남자들은 더 불쌍해졌다. 오히려 여자들은 더이상 맞기만 하지 않고 남자들과 공모하여 악행을 저지르면서 잔인한 모성, 아니 모성의 부재를 연출한다(「웰컴, 베이비!」「얘들아 나오너라, 달맞이 가자!」). 아버지로 표상되는 것들의 등장은 백가흠의 남자들이 도착 흉내를 포기했다는 것을 의미하는 것일까. 결국 완전한 신경증적 주체로의 '인간적인 진화'를 모색하고 있다는 것일까. 백가흠의 그간의 작업이 남성 판타지를 폭로하는 것이 아니라 재각인시키거나, 환상을 환상 자체로 옹호하는 것이 아니라 현실에 은근히 덧씌우려 했다는 의심으로부터 벗어나려면, 그러니까 스스로 말했듯 "인간 본성의 사악함을 드러내는 것"에 더 철저해지고 싶다면 백가흠은 이렇게 아버지 법 뒤로 숨어버리면 안 될 것 같다. 끝장을 보고 싶다면 애초에 동정심을 유발하지 말았어야 하고 어떠한 금지도 무시했어야 한다. 인간 본성의 사악함의 근원에는 '주체' 그 자신 말고 역시나 이러저러한 원인이 있다는 것을 증명하고 싶었던 것이라면, 그저 그러저러한 욕망의 주체를 그리고 싶었던 것이라면 그건 별로 신선하지 못하다.

백가흠이 하고 있는 작업이 인간 본성의 사악함을 드러내는 것이 아니라, 인간 본성을 허약함을 드러내는 작업이 되고 있는 것은 아닌지 모르겠다. 그의 소설이 불쾌하다면 그것은 너무나 도착적이어서 그런 것이 아니라 오히려 덜 도착적이어서 그런 것은 아닐까. 우리가 미처 몰랐던 우리 안의 충격적인 부분을 보여주어서 그런 것이 아니라, 우리가 몰랐던 것을 별로 보여주지 않기 때문에 그런 것이 아닐까. 라캉이 '칸트를 사드와 더불어' 읽어야 한다고 했을 때, 이 말은 칸트의 윤리가 한낱 '도착적'

가치를 갖는다는 말이 아니라 사드의 담론이 '윤리적' 가치를 지닌다는 말이다. "악에의 성향을 자유의 바로 그 주체적 근거 속에서 인식해야만 한다"[19]는 칸트의 윤리를 사드가 충족시키고 있다는 것이다. 외설성과 잔인성에서 2000년대의 사드라 불릴 만한 백가흠을 칸트와 함께 읽어본다면, 백가흠의 소설은 두 가지 점에서 윤리적이지 못하다. 첫째, '도착'이라는 것의 원인이 온전히 자기에게 있다는 것을 인정하지 못한 점, 즉 "가장 순수한 상태에서의 욕망"을 그려내지 못하고 그 욕망에 자꾸 어떤 외부적 원인을 덧칠하려고 한 점, 둘째, 자신이 윤리적이지 못하다는 것을 알지 못한 점. 자신을 타율에 맡기는 것은 언제나 비윤리적이다. "맑은 책집" 여사장으로부터 배달되어온 사드의 『사랑의 죄악』(「루시의 연인」)을 읽은 백가흠의 '나쁜 남자'들은 앞으로 어떻게 될까.

4. 시봉, the obscure—이기호의 tragicomedy

이기호는 익살맞다. 그래서 조금 얄밉기까지 하다. 너무나 극단적이어서 약간은 처연하기까지 한 백가흠의 소설과는 정반대다. 같은자리에서 논의되곤 하는 박민규의 비애 섞인, 그렇지만 왠지 모를 독기가 느껴지는 황당무계와도 또 다르다. 이기호는 그저 장난꾸러기 같다. 백가흠이 교회 강대상 뒤에서 벌어지는 미성년의 애무와 고아가 된 목사 딸을 겁탈하는 집사(「성탄절」)를 보여주는 방식으로 자못 심각하게 신과 신자를 모독할 때, 이기호는 재치 있게 성경의 2단 편집과 의고체를 취한다. 그리고 그 형식 안에서, 믿음만이 충만할 뿐 어리석고 무지하기 짝이 없는 선량한 최순덕을 실없이 그려냄으로써 신성을 비꼰다. 아니 신에 대한 신실한 믿음에 대해 실소를 금치 못하게 만든다. 백가흠 소설이 불쾌하다면 이기호 소설은 조금 어이없다. 둘 다 각각의 이유로 불편하기는 마찬가지다.

---

19) 알렌카 주판치치, 앞의 책, 142쪽.

백가흠 소설이 불편한 이유가 그 나쁜 사람이 바로 나일지도 모른다는 가해자적 죄책감에 있다면, 이기호 소설의 불편함에는 그 어리석은 사람이 바로 나일지도 모른다는 피해자적 억울함에도 함께 있다. 그러니까 이기호 소설을 읽는 우리는 자신이 비웃는 쪽인지 아니면 비웃음을 사는 쪽인지 헷갈려하며 웃다가 울다가 또 웃다가, 이런 식으로 '갈팡질팡'하게 된다는 것이다.[20] 물론 이것은 조금은 슬픈 아이러니다.

그간 숱하게 지적되어온바 이기호만의 특장은 곳곳의 비루하고 모자라고 돼먹지 못한 인간들만을 소집해내는 그의 한없이 낮은 시선과 그러한 인물들을 그 안에서 자유롭게 노닐게 하는 다채로운 형식 실험에 있다. 이기호는 하위계층의 인물들만을 편애하며 그에게 소설적 예의나 소설적 격식은 별 고려의 대상이 아니다. 그래서 "학부 시절 은사님들께 '자넨 기본기가 덜 된 친구구먼'이란 소릴 자주 들었"(「갈팡질팡하다가 내 이럴 줄 알았지」)다지만, 우리가 '소설적'이라 생각했던 것에 흠집을 내고 그 테두리를 허무는 그의 화려한 테크닉은 기본기만으로 무장한 사람들을 초라하게 만들기에 충분하다.

이기호가 그려낸 인물들을 보자면 성매매를 알선하는 속칭 보도방 주인(「버니」), 소년원 출신의 본드 흡입자(「햄릿 포에버」), 폭력 조직에 정식으로 가입하기 위해 자기소개서를 준비하는 앵벌이들(「옆에서 본 저 고백은-고백시대」), 바바리맨(「최순덕 성령충만기」), 자해공갈단(「당신이 잠든 밤에」), 국기를 떼다 파는 사람(「국기게양대 로망스—당신이 잠든 밤에 2」) 등 허접하기 짝이 없고, 이기호가 실험한 형식들을 보자면 랩, 조서, 성경, 자기소개서, 요리 레시피 등 화려하기 그지없다. 최근 그의 비루한 인간군에는, 연령 제한에 걸리지 않는 마지막 취직 시험을 앞두고 있는 서른 두 살의 취업준비생(「나쁜 소설—누군가 누군가에게 소리내어 읽어주는

20) 신형철(「정치적으로 올바른 아담의 두번째 아이러니」, 『갈팡질팡하다가 내 이럴 줄 알았지』 해설, 321쪽)이 지적한 바 있다.

이야기」), 대학 졸업 후 8년 동안 "방바닥과 혼연일체, 이심전심의 심정으로"(「원주통신」) 살아가는 역시 청년 실업자, 그리고 자신이 소설가라는 것을 증명하기 위해 벽 앞에서 미친 듯 곡괭이를 휘둘러야 하는 상황에 처한 소설가(「수인(囚人)」)가 접수되었으며, 그의 형식 목록에는 "누군가 누군가에게 소리내어 읽어주는 이야기"인 "듣는 소설, 즉 오디오용 소설"(「나쁜 소설」)이 첨가되었다. 돈이 없으면 서글퍼지고 그 서글픔의 정도가 날로 심해지는 이 시대에 백수와 소설가는 아마 최고로 비루한 인물들일 것이다. 비루한 인물이 써낸 소설을 어느 누구도 읽을 리 없으니 '오디오용 소설'을 개발해낸 그의 시도가 참으로 시의적절하긴 하다. 쓴웃음이 절로 나올 정도로.

최하층 인물 선택과 다양한 형식 실험이라는 이기호 소설의 이 쌍두마차는 그에게 양날의 검이기도 하다. 그것은 이기호 소설을 특별하게 만들기도 하지만, 류보선이 지적했듯 그를 이전 세대의 에피고넨으로 전락시킬 위험도 있다.[21] 시대의 변화에 발맞춰 그가 선택한 비루한 인물의 직업이나 비행의 종류는 새롭게 여겨질 수도 있지만, 이제껏 많은 소설이 근본 없는(unrooted) 비천한 자들에게 관심을 가져왔다는 사실을 떠올린다면, 이기호의 시도에서 유별난 새로움을 발견하기는 힘들어진다. 이기호의 소설에는 고아가 많지만 그 고아들을 만들어낸 이기호는 소설적 전통에서 천애고아는 아닐 것이다. 그러나 이기호는 환영처럼 떠도는 아버지(「햄릿 포에버」)를 느끼고 뒤통수에 달린 눈(「백미러 사나이」)과 함께하면서, 그렇게 비루한 인간들을 그려온 소설의 계보를 한쪽 어깨에 짊어진 채로, 그 안에서 재치 있는 창조적 변형을 꾀한다. 이기호만의 필살기는 무엇인가.

'시봉'이다. 시봉이라는 이름에서 우리는 세상을 욕하는 이기호만의 방

---

21) 류보선, 「불량배의 멜랑콜리와 이야기체의 발명」, 『한국문학의 유령들』, 문학동네, 2012 참조.

식을 찾을 수 있다. 그것은 '훨씬 부드러운 욕'이라는 것. 세간에 유행하는 귀엽게 순화된 욕들에 앞서 이기호의 시봉이 있었다. 「버니」의 랩 한 구절을 따라해보자. "욕은 여전하지만, 상소리를 하지 않아, 개새끼라는, 썹새끼라는, 욕은 안 해, 대신, 개쉐이, 십쉐이, 이렇게 말해, 형들한테 배웠지, 훨씬 부드럽게, 훨씬 부드럽게 욕을 해, 근데 상소리나, 부드럽게 말하나, 말은 그게 그거야, 어차피, 말은 좆같다고 생각해, 좆나게 폼 잡고 말하나, 좆나게 무식하게 말하나, 내가 무슨 말을 하고 싶은지, 무슨 말을 했는지, 다 알아듣잖아." '시봉'이라고 소심하게 중얼거리거나 '씨팔'이라고 과격하게 내뱉거나, 형식은 다르지만 욕하고 있다는 사실은 틀림없이 똑같다. 폼 잡고 말하나 무식하게 말하나 그게 그거다. 그렇지만 '시봉'이라는 욕은 어쩐지 더 세 보인다. 왜냐, 그처럼 겸손한 욕은 듣는 사람으로 하여금 욕하는 사람의 저의를 궁금히 여기도록 만들고, 결국 그것을 곱씹게 만들기 때문이다. 시봉, 시봉, 시봉…… 시봉이라?

'시봉'들은 어떤 인물들인가. 시봉은 시도 때도 없이 호치키스로 사람 머리 박는 일이 취미인 "단순 무식한" 앵벌이 시봉이고(「옆에서 본 저 고백은」), "문맹에 가까운 한글 맞춤법 실력을 보유한" 시봉이고(「백미러 사나이」), "본드를 부느냐 마느냐"가 인생 최대의 과제인 시봉이고(「햄릿 포에버」), 국기를 떼다 팔기 위해 밤마다 국기게양대에 오르는 시봉이고(「국기게양대 로맨스—당신이 잠든 밤에 2」), 자신의 발목을 벽돌로 내리치는 지독한 자해공갈단 시봉이다(「당신이 잠든 밤에」). 그런데 이 시봉들은 자신이 휘두르던 호치키스로 자기 머리가 찍히는 시봉이기도 하고, 쉴 새 없이 웃어대는 친구들이 부러워서 본드 흡입을 시작했던 시봉이며, 옆 국기게양대에 매달려 있는 아저씨들한테 "왠지, 그냥 왠지, 미안한 마음이 들"기도 하는 시봉이고, "차 앞은커녕 뒤 범퍼 근처에도" 못 가고 튀어나온 보도 블록에 걸려 넘어져버리는 "겁많고 병약하기 그지없는" 유난히 새하얀 얼굴의 시봉이기도 하다. 그러니까 어딘가 좀 모자라고 어설픈 인물들의 좌충우돌을 우리는 목도하고 있는 것이다.

그들은 멍청하게 여겨질 만큼 너무나 착한 사람들도 아니고, "찢어 죽이고 말려 죽일"(「원주통신」) 만큼 지독하게 악독한 사람들도 아니다. 이기호의 소설에는 선악의 대비가 뚜렷하지 않다. 성석제 식으로 독자와 공모하여 소설 속 인물들을 비웃고 욕하면서 한바탕 농담을 즐기고 있는 것도 아니다. 시봉들의 이와 같은 맥 빠지는 악행 속에서 이기호의 웃지도 울지도 못할 희비극이 연출되는 것이다. 이들에게 토마스 하디를 참조해 '시봉, the obscure'라는 별명을 붙여줄 수도 있을 텐데, 『비천한 주드』와는 달리 '비천한 시봉'들의 결말은 결코 비극이 아니다. 몇 편만 예로 들자. 「나쁜 소설」에서 소설이 시키는 대로 그저 여자에게 소설을 읽어주려던 '당신'이 "진짜 센 변태"가 되어버리고 그 '오디오용 소설'이 "좆나 깨는 소설"이 되어버린 것이나, 「당신이 잠든 밤에」에서 밤새 제대로 자해 공감 한번 못 해보고 서로를 부축하고 걸어가는 진만과 시봉이 우유배달 부인에게 "남자들끼리 연애질하는 놈들"로 오인받는 것이나, 「국기게양대 로망스―당신이 잠든 밤에 2」에서 시봉과 넥타이 사내가 "자꾸 국가와 뭘 하는 거 같"은 생각에 국보법 위반을 걱정하며 '국기게양대 사랑법'을 배워가는 것이나, 이렇게 이기호 소설의 결말은 심각하기보다는 대체로 어처구니가 없다. 너무 선하지도 너무 악하지도 않은 '비천한 시봉'들은 비참한 운명 속에서 파국을 맞지도 않고, 그렇다고 비극적 운명을 긍정하는 운명애를 보여주는 것도 아니다. 반성하고 성장하지도 않는다. 오히려 이러한 결말은 비극을 맞을 것 같던 주인공이 통속적인 운명의 역전으로 행복을 맞이하는 결말로 막을 내리는 비희극(tragicomedy)에 좀더 가까울지 모른다. 그렇다고 이기호가 억지로 행복한 결말을 만들어 현실의 비극을 봉합하려는 것은 아니다. 그냥 그저 그렇게 "몰라 몰라, 아무것도 몰라, 랄랄랄랄랄랄랄 랄라라라라"(「버니」) 흥얼거리며, "에라이 뿡!"(「갈팡질팡하다가 내 이럴 줄 알았지」) 모든 상황을 종료시키는 것이 이기호 소설의 결말 방식이다. 엄밀히 말하면 어떤 상황도 종료되지 않은 채 이기호의 소설은 그냥 끝나버린다.

시봉이 처한 현실, 더불어 우리가 처한 현실이 어쩔 수 없이 계속 된다는 것을 일러두는 것일 수도 있겠고, 자신이 처한 불우한 상황을 심각하게만 받아들이는 사람에게 "전 그냥 흙 파먹고 살래요. 이런 여유가 없는 것이죠"(「누구나 손쉽게 만들어 먹을 수 있는 가정식 야채볶음흙」)라며 조금은 여유를 가지라고 부추기는 것일 수도 있겠다. 이러한 여유와 유머는 물론 "고기도 먹어본 놈이 잘 먹는 것처럼 부모도 있어본 놈이나 잘 써먹는 거 아닙니까. 그러니 불만이 있을 리 없지요. 이렇게 긍정적인 사고 방식을 가진 놈입니다"(「옆에서 본 저 고백은」)라는 식의, 태생적 결여에서 나온 것일 수 있기에, 웃기다기보다는 "자꾸 울적해지기만 하고" "왠지, 그냥 왠지, 미안한 마음"(「국기게양대 로망스—당신이 잠든 밤에 2」)이 들게 만드는 것이기도 하다. 이런 식으로 이기호는 소설과 현실 사이의 거리를 넓혔다 좁혔다 하면서 독자를 긴장하게 한다. 독자와 농담이나 주고받자는 것인가 싶어 마음을 놓으려 하면 고백을 늘어놓고, 심각해지려고 하면 실없이 또 우스갯소리를 늘어놓는다. 그 한가운데 '시봉'이 있다. 이것이 절대 겸손하지도 절대 비겁하지도 않은 이기호 식 '훨씬 부드러운 욕'의 생리이자 세상을 견뎌내는 그만의 방식이다.

비루한 인간들이 심각하게 자기 얘기를 늘어놓을 경우, 그러면서 세상에 대한 적의를 여과 없이 드러낼 경우, 그것이 은연중에 상대방에게 고백에의 강요가 될 경우, 그때 듣는 사람은 난처해진다. 마치 「옆에서 본 저 고백은」에서 '팔대이'의 "불순물 제로의 진실" 앞에서 시봉과 내가 그랬던 것처럼 말이다. 그렇지만 이기호의 부드러운 욕과 때론 아프지만 대체로 어이없는 결말과 왠지 모를 여유 앞에서 우리는 "동정 이상의 그 무엇. 마음 한구석에 그에게 갚아야 할 빚이 차곡차곡 쌓이는 것 같은 불안함과 조급함"으로부터 조금은 자유로운 채로 '나'를 생각하게 된다. 왜일까. 이기호의 소설이 주로 혼자서 말하는 방식을 취하고 있기는 하지만, 그것이 '발산'을 위한 것이라기보다는 결국 '당신'과 '나'의 대화를 위한 것이 되기 때문이리라.

비천한 주인공에게 동정의 감정을 강요하지도 않고, 그렇다고 그들의 어설픈 짓거리를 마냥 비웃게 놓아두지도 않는 것이 이기호 식 비희극이다. 당연히, 이기호의 소설을 읽는 우리는 카타르시스도, 박장대소도 기대해선 안 된다. 이기호는 자신의 소설 속 'the obscure'가 소설을 읽는 바로 '당신'이라고 말하며 "당신과 소설 속 주인공이 한몸이 되"는 정말 '나쁜 소설'을 쓰고 있기 때문이다. 이기호는 독자 '당신'들이 처한 현실의 이야기가 바로 여기에 있다고 말한다. "불쌍한 사람, 내 한 걸음에 달려가 소설을 읽어주고픈, 당신. 쓸쓸한" 당신의 이야기가 바로 이것이라고, 이제 "당신에게 중요한 것은, 당신 자신이 소설을 현실에서 살아내는 것, 오직 그것만이 의미를 가질 뿐"(「나쁜 소설」)이라고, 그는 말한다.

그러니 그의 소설을 읽으며 우리는 시멘트 벽 앞에서 자신의 존재를 증명하기 위해 곡괭이질을 계속했던 「수인」의 수영처럼 '나는 누구인가'에 골몰해야 한다. 물론 "자신이 왜 벽을 파내려가고 있는지, 자신이 왜 여기 서 있는지조차, 스스로 혼란스러울 때"가 있을 것이다. 그때 눈을 감는다고 해서 험난한 현실이 사라지거나 잊히지는 않을 것이다. 국기게양대에서 눈을 감아버리자 "국가가 싹" 사라지기는커녕 그 눈에서 눈물만 흘러내렸듯, 역시나 눈물만 흐를 것이다. 그럼에도 불구하고 "그렇게 그 시간을 견"(「수인」)디내는 것이 덫이 되어버린 세계에 내던져진 우리의 의무가 아니겠는가. 마냥 장난꾸러기 같은 이기호가 고백이 아닌 대화를 시도하며 우리에게 건네고 있는 말은 이렇게 묵직하다. 이기호의 잔재주는 이런 묵직함 속에서 빛을 발한다. 우리는 이렇게 이 막돼먹은 현실을 살아내야 한다. 너와 나의 웃음과 눈물이 섞여 있는 이기호 식 볶음소설을 읽으면서 말이다. 때때로 "에이, 시봉" 세상에 대고 욕을 하면서.

5. 소설의 의무, 소설의 가치

다시 '하위'를 말해보자. 오늘날 소설을 포함한 문화 일반에서 '하위'라는 말은 이제 역으로 어떤 권력을 지닌 듯도 하다. 보편적 이념보다 개별적 향유가 지지되는 특수주의(particularism)의 시대에, '하위'라는 용어는 이미 '차별'이나 '억압'을 상기시키기보다 오히려 긍정적 뉘앙스를 지닌 기표가 되었다. 문화적인 차원에서 '하위'를 말할 때 우리는 그 스타일 속에 녹아 있는 사유의 진지함이나, 그 행위 주체가 놓여 있는 상황의 절박함이나, 효과의 적절함 등에 대해 엄밀히 따져보는 절차를 생략하곤 한다. '하위적'인 것이라면 그것이 어떤 의도로, 어떤 형태로 말해진 것이든 언제나 올바른 것으로서 인정된다는 식이다. 계급적, 성적, 혹은 인종적 차원에서 '하위(sub)'라는 말은 그것이 어떤 위계(hierarchy)를 상기시키기 때문에 그 기표를 부여받는 사람들에게는 실제로 불쾌감을 불러일으킬 수 있다. 그러나 문화적인 차원에서 하위라는 용어는 '다양성＝진보＝올바름'이라는 기의를 내포하는 용어로서 조건없이 인정되거나 어떤 경우 포즈로서 활용되기도 한다. 이는 우리가 '정치적 올바름'이란 잣대에 너무 긴장하고 있기 때문이기도 하고, 그럼에도 불구하고 그 잣대를 너무 표피적으로 적용시키고 있기 때문이기도 하다. '개별성' '차이' '새로움'이라 하면 무조건적으로 옹호하는 투박하고 경직된 '진보'는 이러한 것들에 거부감부터 드러내고 마는 '보수'와 별로 다를 것이 없다.

때로는 '하위적'인 것들보다 보편적인 어떤 것이 더 중시되어야 하는 것은 아닐까 하는 생각을 하게 된다. 물론 '절충'이라는 좋은 말이 있기는 하다. 그렇지만 우리 삶에 있어 보편과 특수라는 상반된 두 가치를 적절히 안배하는 일은, 글로벌리즘과 로컬리즘을 섞어 '글로컬리즘(glocalism)'이라는 합성어를 만들어내는 일처럼 쉬운 일은 결코 아니다. 답을 내리기는 여간해서 쉽지 않다. 어쩌면 가장 적절한 답은 '보편'도 '특수'도 '절충'도 아닐 것이다. 우리가 가장 경계해야 할 것은 어느 한

쪽을 고정시키는 경직된 사고라는 것, 때문에 우리에게는 '교란'이 무엇보다도 필요하다는 것, 이것을 깨닫는 일이 이 정치적 올바름의 시대에도 급선무로 요청된다. 문화혁명을 논하며 헤겔에 주석을 달았던 지젝의 말을 인용하자. "지금까지의 혁명적 시도들에서의 문제는 그러한 시도들이 '너무 극단적'이었다는 데 있는 것이 아니라 '충분히 근본적이지 않았다'는 데, 자기 자체의 전제를 의문시하지 않았다는 데 있다."[22] 언제나 의심은 중요하겠고, 그것은 "충분히 근본적인" 것이어야 한다. 이러한 요구를 충족시켜주는 하위문화, 그런 소설을 우리는 절실히 원한다.

　백가흠의 포르노 르포르타지와 이기호의 비희극 볶음소설은 그런 '좋은 소설'이 되어가는 중이다. 그들은 고상하고 세련된 소설을 쓰지는 않는다. 오히려 '나쁜 남자'를 함부로 그려내고 '나쁜 소설'을 얄밉게 쓴다. 백가흠이 너무 극단적이고 이기호가 너무 장난스럽게 느껴지는 독자도 있겠지만, 이들의 소설이 그저 '나쁜 소설'이 아니라 좋은 '나쁜 소설'이 되는 것은 어떤 식으로든 우리 소설의 장을, 그리고 우리의 현실을, 무엇보다 우리의 경직된 사유를 각개격파하고 있기 때문이다. 백가흠과 이기호는 '차이를 위한 차이' '새로움을 위한 새로움'만을 탐하지 않는다. 이들은 우리의 환상과 현실을 넘나들며 왜곡된 욕망을 포착해내고 세상에 대해 부드럽게 욕하는 방식으로 너와 나의 비애를 만나게 한다. 백가흠과 이기호가 실험하고 있는 '스타일 혼합'의 '저의'는 바로 이런 것이다. 그러니까 이들의 '고상하지 못한' 소설에서는 다양한 형식들뿐만 아니라 기발한 상상력과 보편적 사유 역시 섞이고 있다.

　소설의 가치 상실을 수요 부족의 문제와 곧장 연결시키는 것은 소설의 가치를 점점 더 포기하는 일이다. 물론 얼마나 올바른 사유를 하든 어떤 식으로 사유를 작동시키든 그 사유 자체가 귀찮은 사람들이 읽어주지 않

---

22) 슬라보예 지젝, 『신체없는 기관─들뢰즈와 결과들』, 김지훈 외 옮김, 도서출판 b, 2006, 398쪽.

으면 그만이기도 하겠지만, 그렇다고 해서 소설의 존재가치와 사용가치가 혼동되어서는 안 될 것이다. 말초적으로 급하게 느끼지만 말고 (이기호 흉내를 내보자면) "생각이라는 것도 좀 하고 살라"고 사람들에게 소설책을 쥐어줄 수는 있다. 그러니까 좀 우스꽝스럽긴 하겠지만 홈쇼핑에 나가 책을 팔아보는 일도 「나쁜 소설」처럼 들고 다니며 책을 읽어주는 일도 현실적으로 불가능한 일은 아니다. 그렇지만 관심도 없는 사람에게 그렇게 억지로 떠먹여주다가는 우리의 '좋은' 나쁜 소설들이 그 안에 담긴 자극적인 소재나 낄낄댈 수 있는 유머만 소비될 뿐인 일회용 소설, 정말 나쁜 소설이 되어버릴지도 모른다. 소설은 작품이지 상품이 아니다. 스테디셀러가 되어야 할 뿐 베스트셀러가 될 필요는 없다.

많지는 않지만 지금도 읽는 사람은 읽는다. 물론 읽어주는 사람이 없어도 쓸 사람은 쓴다. 감당 못 할 정도로 엄청난 인기를 얻게 되자 얼터너티브로서의 자기정체성을 확인하(받)기 위해 자신의 머리에 총구를 겨누었던 커트 코베인이 그랬던 것처럼, 이 시대의 정말 지독히도 안 팔리는 소설들이 갑자기 대단한 베스트셀러가 되어 자기의 존재가치를 증명하기 위해 스스로 '종언'을 고하게 될 일은 당분간 결단코 일어나지 않을 터이니, 게릴라들은 맘 놓고 쓰시기를. 우리는 당장이라도 무장해제하고 투항할 준비가 되어 있다. 우리의 경직된 사유의 장을 "충분히 근본적으로" 흔들어주기만 한다면 말이다.

(『문학동네』 2007년 봄호)

2부

우울의

연대

무심코 그린 얼굴
— '시'와 '정치'에 관한 단상

1. 고민하는 시인의 얼굴

나는 시인들이 왜 시를 쓰는지 그 이유를 모른다. 저마다의 이유가 있을 것이다. 그럴 테지만, 작품은 언제나 시인의 조작대로만 움직이는 무표정한 마리오네트로 남지 않으며, 독자 역시 대개는 주저 없이 작품을 배반해버리고 마니, 독자로서 우리는 시인과 온전히 한 마음으로 만날 수 있다는 기대일랑 애초에 하지 않는 편이 좋다. 2000년대 중반 이후 우리 시의 주요한 화두 중 하나가 '소통'이 되었지만, 사실 시를 두고 '소통' 운운한다는 것 자체가 어쩌면 난센스일지도 모른다. 마침내 성공(했다고 생각)한 '소통'은 서로 간 이해나 공감의 산물이기보다 일방적인 착각의 결과일 가능성이 더 크기 때문이다. 일정 정도의 문학 수업을 받아온 자라면 누구나 다 알고 있다. 작품을 가로질러 시인에게 곧장 달려가는 일이 얼마나 위험하고, 또 얼마나 허망한 일인가 하는 것을. 그럼에도 불구하고 유혹을 뿌리치기는 쉽지 않다. 우리는 시가 하나의 복화술이자 독백이라는 사실을 안다. 그러나 그것은 미하일 함부르거의 말마따나 엄청나게 큰 소리로 말하여지는 독백이기 때문에[1] 보이지 않는 목소리의 주인공을 상상해보지 않을 수가 없다.

매력적인 시 한 편을 앞에 두고 독자인 내가 주로 그려보는 것도 글자의 조합이 만들어낸 어떤 특수한 정황이기 이전에 대부분 시인의 얼굴이라고 고백해야 할 것 같다. 작품 너머로 아련하게 떠오르는 그 얼굴을 외면할 수가 없는 것이다. 시를 시인으로부터 분리시켜 독립적인 존재로 읽어내는 일은 한몸처럼 친밀한 사람 사이에서 정을 떼는 일만큼이나 힘든 일이다. 어떤 표정의 얼굴이 이런 시를 지어내게 했을까, 그 표정은 또 어떤 삶으로부터 비롯된 것일까. 가능하다면 찾아가 묻고 싶은 충동도 느낀다. 독백하는 텍스트보다는 대화할 수 있는 시인을 만나고 싶은 것인데, 이러한 욕망의 밑바닥에는 결국 시(문학)와 시인(삶)이, 그리고 시인의 삶과 나의 삶이 결코 분리될 수 없다는 강력한 믿음이 깔려 있다.

시와 정치라는 다소 무겁고 난해한 주제를 앞에 두고 '문학개론'의 첫 장에나 나올 법한 시인과 텍스트, 그리고 독자의 관계망에 대해 이야기하고 있는 것은, 다시 말해 '의도의 오류'니 '영향의 오류'니 하는 말로 깔끔하게 정리될 법한 이야기를 꺼내고 있는 것은, 최근 시와 정치에 관한 여러 글들을 읽으며 품게 된 소박한 의문과 여전히 해결되지 않는 어떤 답답함 때문이다. 의문과 혼란은 모두 '정치'라는 기표로부터 비롯된다. 간단히 말하자면, '시와 정치를 어떻게 결합시킬 것인가'라는 문제제기와, '시는 본래가 정치적이다'라는 결론 사이에서 '정치'라는 기표의 의미 변화가 너무 가파르다는 생각이 드는 것이다.

문학과 함께 '정치'라는 말을 사용할 때 좁은 의미의 '(현실)정치'와 넓은 의미의 '정치성(혹은 자율성)'을 구분해야 함은 랑시에르의 가르침 이전에도 상식에 가깝다. 랑시에르가 말하는 '문학의 정치', 즉 '감성적 분할 중지'는 현실 세계에 대한 적극적인 개입으로서의 사르트르의 '참여

---

1) 미하일 함부르거, 『현대시의 변증법』, 이승욱 옮김, 지식산업사, 1993, 33쪽.

(engagement)'와도, 권력 연출과 대중 동원이라는 벤야민의 '정치의 미학화'와도 거리를 두는, 확장된 차원의 정치적 효과를 의미한다. 따라서 그의 작업이 "상상력과 감성을 해방시키는 자로서 예술의 의의를 부각시켰던 들뢰즈의 감성론, 더 거슬러 올라가서는 『판단력비판』에서의 칸트의 근본 주제들"[2]로의 복귀를 의미한다고 보는 것은 충분히 타당하다.

　그런데 사실 좁은 의미로 접근하든 그 외연을 넓혀보든, 문학과 정치의 접합이라는 문제가 깔끔하게 해결되지 않는다. 좁은 의미의 정치를 염두에 두자면 문학이 '도구화'하거나(사실 효과적인 '도구'가 될 수 없다는 것이 더 문제이겠지만) '누추화'[3]하는 것이 문제이며, 넓은 의미의 정치성을 생각해보자면 이때는 '감각적인 것의 재분배' 혹은 '자율성'이라는 말 뒤로 '정치'라는 용어 자체가 무색해지는 형편이다. 후자의 경우, 문학의 정치성이란 대체로 "감성에 대한 지성의 권력을 중지"[4]시키는 것을 의미하는바, 이를 전제로 문학의 정치성을 옹호해보고자 하는 논의들이 주로 '자율적인 문학의 존재론'을 확인하는 것으로 마무리되는 것도 무리는 아닌 것이다. 문학과 정치를 돌발적으로 결합시키는 미학주의의 편리함을 경계하며 신중해지고자 할 때 가능한 결론이란, 문학이 "직접적으로 정치적일 수는 없다 할지라도 (……) 정치에 대해 필수적이기는 하다"[5]라거나 "문학의 본성 자체에서 비롯된 (……) 자유를 정치적인 것과 무관하다고 말할 까닭은 없다"[6]라는 문학의 존재 자체에 대한 인정, 혹은 '문학의 자율'이 "결

2) 서동욱, 「감정교육」, 『문학수첩』 2009년 여름호, 96쪽.

3) 김정환의 글(「단상: 긴 인용 두 개 사이 국가와 예술, 형상화에 대한」, 『자음과모음』 2009년 가을호)에서 가져온 용어이다.

4) 자크 랑시에르, 『미학 안의 불편함』, 주형일 옮김, 인간사랑, 2008, 63쪽.

5) 김형중, 「문학과 정치 2009—'윤리'에 대한 단상들 ②」, 『문학과사회』 2009년 가을호, 356쪽.

6) 이수형, 「자유라는 이름의 정치성」, 『문학과사회』 2009년 가을호, 373쪽(『문학, 잉여의 몫』, 문학과지성사, 2012).

코 정치를 등지지 않는다"[7]라는 선언에 가까운 믿음뿐인지도 모른다.

그런데 (최근의 논의에 한정할 때) 문학과 정치에 관한 애초의 문제제기가 무엇이었는가를 상기한다면, 이처럼 불가피하고도 충분히 타당한 결론 앞에서도 모든 의문이 해소되지 않음을 느낄 수 있다. 때마침 집중적으로 소개된 랑시에르의 저작들과 더불어 최근 정치에 관한 담론이 활발해진 것에 대해서는 '타자' 혹은 '윤리' 담론이 옷을 바꿔 입고 등장한 것이라는 분석도 가능할 것이며, 문학의 정치성에 관한 긍정적인 답변들에 대해서는 "위기 담론이 발견한 새로운 알리바이"[8]이자 "'근대문학의 종언'에 대한 전면적인 반대"[9]라는 냉정한 분석도 가능할 것이다. 더불어 이러한 논의들이 결국은 '리얼이냐 모던이냐' '모던이냐 포스트모던이냐' '참여냐 순수냐' '내용이냐 형식이냐'라는 무수히 되풀이되어온 질문들의 반복 출현이라는 인상도 지우기 힘들 것이다.

이론적으로 타당한 분석과 진단들이 오가고 있지만, 무엇보다도 중요한 것은 고민하는 시인들의 얼굴을 외면하지 않는 일이라고 생각한다. 지금 바로 이 시점에서 정치 담론이 유행하는 것에 대해서는 여러 가지 원인들을 따져 묻고 적절한 답을 내릴 수 있겠지만, 이러한 논의들이 애초에 '시인'들의 문제제기로부터 비롯되었다는 점[10], 그리고 그 고민이 결국에는 2009년 현재의 정치적 상황들과 강력하게 연결되어 있다는 기본 전

---

7) 강계숙, 「'시의 정치성'을 말할 때 물어야 할 것들」, 『문학과사회』 2009년 가을호, 389쪽.

8) 소영현, 「캄캄한 밤의 시간을 거니는 검은 소 떼를 구해야 한다면—비평의 형질 변경 혹은 비평의 에세이화에 대하여」, 『작가세계』 2009년 여름호, 271쪽(『분열하는 감각들』, 문학과지성사, 2010).

9) 이수형, 앞의 글, 372쪽.

10) 우리가 확인할 수 있는 것은 진은영(「감각적인 것의 분배」, 『창작과비평』 2008년 겨울호)과 이장욱(「시, 정치 그리고 성애학」, 『창작과비평』 2009년 봄호)의 글, 그리고 김행숙, 서동욱, 심보선, 오은, 이문재 등의 시인이 참여했던 두 개의 좌담(「'촛불'은 질문이다」, 『문학동네』 2008년 가을호; 「감각적인 것과 정치적인 것 사이에서」, 『문학동네』 2009년 봄호)이다.

제를 잊지 않는 일이 필요하다는 것이다. 구체적으로, 일상적으로, 그리고 아주 본격적으로 시와 정치, 혹은 시와 삶의 매개를 고민하는 시인들에게, 확장된 의미의 느슨한 '정치성(=자율성=문학성)'으로 화답한다면('고민하는 시'와 '답변하는 비평'이라는 구도 자체도 문제이거니와) 그것은 어쩌면 시인들의 고민 자체를 맥 빠지게 하는 일이 될지도 모르기 때문이다. 시인이 자문하고 자답하는 경우도 마찬가지다. 그렇다면 여전히 문제는 '정치'라는 기표이다. '정치'라는 용어를 좁고 넓게 나눠 쓰는 것이 오히려 '시의 정치'에 관한 논의를 제자리에서 맴돌게 하고 있는 것은 아닌지 재고할 필요가 있다.

2. 시와 삶은 어떻게 만나는가

앞서 언급했듯 최근의 신중한 논의들이 가 닿은 지점은 '시'와 (좁은 의미의) '정치'의 결합을 사유하기 위한 밑그림으로서 시의 본래적 자율성을 확인한 일이다. 그 작업은 지시 관계로부터 자유로운 시적 언어의 가능성을 말하는 것에서부터, '대타 관계 속에서의 자율성'(서동욱), '주어진 코드로부터의 자유'(이수형), '해석으로부터의 자율성'(강계숙) 등 문학의 자율성이 지닌 의미를 섬세히 하기까지에 이르고 있다. 문학의 자율성을 확인하거나 주장하는 일은 아무리 반복되어도 지나치지 않다. 그러나 그 반복 자체가 '시'와 '정치/삶'을 어떻게 연결시킬 것인가라는 문제까지 한 번에 해결해주지는 않는다. 우리 시대의 시는 과연 무엇을 할 수 있을까. 시의 존재를 '시대'의 변화와 관련하여 체계적으로 사유하고 있는 다음의 글도, '시'와 '정치'에 관한 구체적인 질문들에 대해 간접적으로만 답하고 있다는 느낌을 준다.

시인은 비진리에 관여하는 자이다. 따라서 다음과 같이 시에 대한 정치가 시행되어야 하는 것은 필연적이다. "이 나라에서 시를 추방한 것은 합당했다"(『국가론』, 607a). 그런데 이와 달리 만약 시가 통용되고 각광받을 수 있는 시대가 있다면, 그것은 본래적 진리의 궁핍이 시를 통해 깨우쳐지고 시 안에서 진리가 설립되는 횔덜린식의 '궁핍한 시대'가 아닐 것이다. 그것은 오늘날처럼 이미지가 실재 위로 범람하는 시대, 비진리 속에 머무는 것이 어떤 위기감도 초래하지 않는 그런 시대이리라. (……) 우리 시대가 이미지의 시대라면 이 작업(정치적 효과에 매개하지 않고 이미지의 자체의 논리를 규명하는 시 읽기—인용자)은 우리 시대의 '존재함'의 논리가 무엇인지 해명하는 일이 되기도 하지 않을까? (……) 이미지 시대에 삶이 되찾아야 할 진리도, 최종적인 지점에 놓인 도달해야 할 진리도 없이, 가면끼리 복제하는 끊임없는 행렬 중에 있다면, 이미지로서의 시야말로 본의든 타의든, 시대가 알아차릴 수 있든 없든, 시대를 존중하고 있다. 시대의 실존 방식의 무의식적 교본이 되면서 말이다.[11]

간단히 말해 위 글에서 증명되고 있는 것은 '이미지로서의 시'와 '이미지 범람 시대'의 상동성이다. 애초에 비진리에 관여하는 시는 이제야 비로소, 진리의 견인이 되어야 한다는 부담이나 시대로부터 추방당할 위험도 없이 "이미지가 실재 위로 범람하는 시대" 속에 안착하게 된다는 것이다. '시'와 '시대'는 서로를 존중하며 서로를 되비추는 거울로서 존재하게 되었으며 이 둘 사이에 더이상 불화는 없다는 것. 원래부터 이미지라는 헛것으로 존재했던 시의 실존 방식을 시대가 따라잡은 것이리라. 그렇다면 이처럼 시와 시대가 나란히 가게 된 상황 속에서 시가 할 수 있는 일은 무엇일까. 서동욱은 "우리 시대의 '존재함'의 논리가 무엇인지 해명하는 일"이 '비진리의 시'가 하는 일이며 시는 결국 "시대의 실존 방식의 무의식적 교본"이 된다고 말한다. 그런데 이처럼 시와 시대가 이미 발걸음

---

11) 서동욱, 「시와 비진리—이미지의 논리」, 『세계의 문학』 2009년 여름호, 431~438쪽.

을 나란히 한 상황이라면 이때 시는 결국 시대의 존재 방식을 상징적으로 재현하는 도구로 전락하고 마는 것은 아닐까. 시는 이제 전위에 설 수 없게 되는 것은 아닐까. 이러한 상황에서 시는 어떻게 '삶/정치'에 구체적으로 개입할 수 있을까. 시가 "사물들에 다시 이름을 붙이고, 단어들과 사물들 사이의 틈을 만들고, 단어들과 정체성 사이의 틈을 만듦으로써 결국 탈정체화, 즉 주체화의 형태, 해방 가능성, 어떤 조건에서 벗어날 수 있는 가능성을 만들어내는 데 개입"[12]하는 것은 현재로선 불가능한 것일까. 시의 존재 방식과 시대의 존재 방식이 틀림없이 맞아떨어져 서로가 서로를 안전하게 되비추는 관계가 되었다면 말이다.

시와 시대(현실)를 단순 결합하여 시의 혁명적 기능을 손쉽게 긍정하려는 태도는 경계되어야 마땅하다. 심미적 체험과 일상적 삶의 체험이 그대로 치환된다는 믿음은, 수전 손택의 비유처럼 예술 작품을 보며 성적으로 흥분하는 것만큼이나 난데없는 일이 될 수 있다.[13] 서동욱이 다른 글에서 지적한바, "텔켈 그룹은 소설 장르와 부르주아적 형태 사이의 이질적 동형성에 대해 충분히 고민하지 않고 늘 바로 결론(문학적 아방가르드가 필연적으로 정치적 아방가르드이다)으로 비약했다"[14]는 비판에 노출될 수밖에 없는 것이다. 그렇다면 '이미지로서의 시'와 '이미지 범람의 시대'의 동형성으로 인해 시가 "우리 시대의 '존재함'의 논리"를 해명해주는 상황 속에서, 시와 시대의 '이질적 동형성'은 어떻게 찾아야 하는 것일까. 정치적 아방가르드가 문학적 아방가르드로 '어떻게' 이동할 수 있는지, 혹은 문학적 아방가르드가 정치적 아방가르드를 '어떻게' 산출할 수 있는지, 다시 말해 '시'와 '삶'이 어떻게 서로에게 스며들 수 있는지, 아쉽게도 우

---

12) 양창렬·자크 랑시에르 대담, 「'문학성'에서 '문학의 정치'까지」, 『문학과사회』 2009년 봄호, 448쪽.

13) 수전 손택, 『해석에 반대한다』, 이민아 옮김, 이후, 2002, 53쪽.

14) 김행숙·서동욱·신형철·심보선, 좌담 「감각적인 것과 정치적인 것 사이에서」, 386쪽.

리는 그 마술적 작용에 대해 쉽게 말할 수가 없다. 그럼에도 불구하고 이같은 절대적 무지의 해결 작업이 '시'와 '삶'을 존재론적 차원에서 시차 없이 나란히 놓는 일로 멈출 수는 없을 것이다.[15] 우리의 관심은 '삶이 만들어내고 있는 시'이자 '시를 따르고 있는 삶'이지, 이미 '시가 된 삶' 혹은 '삶이 된 시'는 아닐 것이기 때문이다. 우리는 결과보다는 과정을, 추상보다는 구체를 원한다.

'시'와 '정치/삶'이 어떻게 접합할 수 있을까라는 문제를 고민할 때 그 안에는 매우 다양한 스펙트럼이 존재한다. 우선 시인의 삶과 그의 텍스트가 어떻게 연결될 수 있는가라는 문제가 있겠고(흔히, 시인의 참여와 시의 참여는 분리되어야 한다는 말로 정리되곤 한다), 시 텍스트가 한 명의 독자 혹은 우리 시대 전체의 삶의 조건에 어떤 영향을 끼칠 수 있을 것인가라는 문제가 있겠다(흔히, 텍스트를 통한 감성적 체험이 직접적인 정치적 행위로 옮아가기를 기대하는 것은 문학의 자기 위안에 가깝다고 정리되곤 한다). '시'와 '삶/정치'라는 문제는 역시나 구체적인 텍스트를 사이에 둔 '의도'와 '영향'의 복잡한 관계망으로 회귀할 수밖에 없는 것이다. 시와 삶의 연동을 무리 없이 입증하기 위해, 시(poetry)의 존재론으로 건너뛴다면, 시라는 이름으로 묶이는 무수히 많은 텍스트(poem)를 사이에 둔 시인과 독자의 희망과 절망, 기대와 배신, 그리고 가능과 실패를 소거하는 일이 되기 쉽다.

한 편의 시를 읽는 독자는 여전히 자연스럽게 텍스트 너머에 있는 시인의 얼굴을 상상한다. 골방의 시인 역시 자신의 시를 읽을 누군가의 얼굴을 그려보고 있을지 모른다. 그리고 서로를 상상하는 그 순간에도 우리들

---

15) 김형중의 지적처럼 서동욱의 「시와 비진리」는 문학의 "정치적 효과를 논하기 전에 실재에 대한 이미지로서의 문학, 혹은 예술 일반의 존립 방식에 대한 해명을 당면한 자신의 과제로 여"(김형중, 앞의 글, 355쪽)기는 글이니만치 우리는 그의 후속 작업에 더 큰 관심을 두어야 할 것이다.

은 너 나 할 것 없이 '삶/정치'에 관한 매우 구체적이고도 분명한 요구들을 생각한다. 한 편의 시를 둘러싼 시인과 독자의 고유한 체험은 시와 삶이 매개된다는 보편적 진리를 증명할 수 있는 구체적인 사례들이 된다. 시와 시인, 그리고 시와 독자가 결부되는 장면, 결국에는 시인과 독자가 만나게 되는 장면에 좀더 주목할 필요가 있다는 것이다.

3. 시 너머로 시인을 상상하지 않는 일이 어떻게 가능한가

'시'와 '정치'가 어떻게 연동하는지를 살피기 위해서는 '시'도 '정치'도 넓은 의미에서는 모두 인간적인 텍스트임을 잊어서는 안 된다. '시'와 '정치'를 고민하는 시인들에게 "시의 정치성을 말하려 한다면, 정치적 행위의 수행이 시의 몫인지, 시인의 몫인지를 분명히 구분할 필요가 있다"[16]라고 말해주는 것은 이론적으로는 이론(異論)의 여지없는 정답이지만, 이는 다른 어떤 행위보다도 '시로써' 현실에 개입하고 싶은 그들의 고민을 너무 쉽게 외면하는 일이자 텍스트에 대한 시인의 권리와 책임을 너무 빨리 앗아가는 일이 될 수도 있다. 한 명의 시민으로서 시인은 독자와 마찬가지로 현실 정치에 대해 다양한 의견을 지닌다. 불편함 없는 방관도, 환멸로 인한 외면도, 소극적인 비판도, 직접적인 개입도 모두 가능하다. 프랑스 시인 생 폴 루는 잠들기 전 침실 문 앞에 "시인은 작업중"이라는 팻말을 붙였다는데, 이처럼 자나 깨나 작업중인 시인들이 자신의 정치적 행위와 관련하여 제일 먼저 '시인으로서의 자의식'을 고민하게 되는 것은 어쩌면 당연하다.

그러나 이장욱의 말마따나 "삶의 (표면적일 뿐만 아니라 동시에 잠재적인) 모든 부면을 필요로 하"[17]는 시는 시인의 정치적 의견을 마침맞게 담

---

16) 강계숙, 앞의 글, 386쪽.

17) 이장욱, 「시, 정치 그리고 성애학」, 『창작과비평』 2009년 봄호, 295쪽.

아낼 수가 없다. 하물며 멋지게 담아내는 일은 더 어렵다. 그런데 분명히 말하지만, 그것은 전적으로 시인의 고민이다. 독자인 우리가 그 고민에 동참할 수는 있으나, 그들에게 적절한 해결책을 제시해줄 수는 없다. 그럴 권리도 그럴 능력도 우리에게는 없다. 다만 우리가 해야 하고 또 할 수 있는 일은, 텍스트 너머에 있는 시인의 얼굴을 상상하는 우리의 공모로 말미암아 시인들이 다름아닌 '시로써' 세상에 개입하는 일을 비로소 완성하게 된다는 믿음을 그들에게 보여주는 일이다. 그런데 그것은 절대 어려운 일이 아니다. 텍스트와 시인을 분리하라고 귀가 따갑도록 들은 우리이지만, 시집을 들자마자 그 말을 바로 까먹어버리는 촌스러운 인간도 바로 우리, 독자이기 때문이다. 시를 읽으며 시인에게 무심해지는 일이 어떻게 가능하단 말인가.

텍스트를 넘어 독자가 시인에게 품게 되는 무한한 호기심, 그리고 마침내 가능해지는 '시를 통한' 시인의 참여를 이해하기 위해, 잠시 우회하도록 하자. 여러 가지 비약의 위험을 무릅쓰고 소설 쪽으로 시선을 돌려보고자 한다. 18세기에 씌어진 소설들의 정치적 효과를 증명하고 있는 린 헌트의 『인권의 발명』은 시간적·공간적 거리에도 불구하고 문학의 정치에 관한 최근의 고민들에 대해 시사하는 바가 크다. 그가 관심을 두는 것은 소설의 "심리학적 효과와 그것이 인권의 등장과 연관되는 방식"[18]이다. 소설을 읽는 독자는 무엇을 하는가. 린 헌트에 따르면, 소설의 등장인물에 대해 깊이 공감하게 되는 독자는 자신과 동일한 내면적 감성을 지닌 존재를 발견하는 과정을 통해 '평등'의 참뜻을 배우게 된다. 더불어 '인권'의 의미도 이해하게 된다. 선언서가 아닌 소설을 통해 '인권'의 의미를 감성적으로 체득하는 것, 린 헌트가 주목하고 있는 것은 바로 소설의 '감정교육'에 관한 것이라 할 수도 있다.

---

18) 린 헌트, 『인권의 발명』, 전진성 옮김, 돌베개, 2009, 49쪽.

린 헌트가 예로 든 세 편의 소설, 즉 루소의 『신엘로이즈』와 새뮤얼 리처드슨의 『파멜라』와 『클라리싸』만큼 독자의 열렬한 관심을 끄는 작품이 지금 과연 존재하는가라는 현실적인 질문은 일단 제쳐두고, 그가 주목한 '서한소설'이라는 형식에 대해 좀더 생각해보자. 구체적인 서사와 함께 자신의 경험을 전달하는 강력한 내면이 존재해야 한다는 것은 린 헌트가 파악하기로 소설을 통한 공감 형성의 기본 요건이다. '서한소설'이 바로 그 일을 한다. "우리와 파멜라 사이에는 어떠한 화자도, 어떠한 인용부호도 놓여 있지 않다. (……) 독자는 그저 파멜라의 행동을 뒤쫓는 것이 아니라 그녀가 글로 표현하는 인격의 개화에 동참한다. 독자는 동시에 파멜라가 된다. 자신을 그녀의 친구나 외부 목격자로 상상하는 동안에도 말이다."[19] 등장인물의 '고백'을 통해 독자는 자연스럽게 그들에게 공감을 느끼게 된다. 물론 그것은 찰나의 믿음이자 상상의 산물이기는 하겠지만, 사적 담화의 힘으로 인해 순간적으로나마 공감은 가능해진다.

린 헌트가 소설의 정치적 효과를 말할 때, 소설과 삶 사이 경계는 없다. 소설 속 등장인물과 현실 속 독자는 동일한 세계 안에 놓여 있다. 그리고 이때 두드러지는 것은 오로지 '고백'이라는 말하기 방식이다. 서신을 통해 이들은 동일 지평에서 만나게 된다. 린 헌트가 주목한 서한소설의 말하기 방식과, 시의 말하기 방식을 겹쳐놓아보면 어떨까. 그러니까 시를 한 편의 편지로, 발신자는 분명하나 그 안에 담긴 내용도 수신자도 불분명한 편지로, 생각해보면 어떨까. 물론 위험한 발상일 수 있다. 엄밀해 말해 시의 화자는 시인과 별개로 말하고 행동하며, 시인과 분리되는 화자조차 단일한 주체는 아니기 때문이다. 시의 정치성을 구축하기 위해 이제껏 우리가 해온 작업이 화자의 동일성을 조각조각 해체하는 일이었다는 점을 재차 상기한다면 문제는 더 복잡하다. 황병승의 연극적 화자들도, 김

19) 린 헌트, 앞의 책, 53쪽.

행숙의 감각적 주체들도, 이민하의 범람하는 이미지들도, 심지어 김경주의 관념적 화자들도 모두 시를 강력한 개념으로부터 떼어놓는 일에 몰두했으니 말이다. 저들이 저 홀로 독백하는 일을 즐겼으니 말이다. 이들 이후 우리는 시를 읽으며 공감이라는 단어를 떠올리기가 힘들어졌다. 호세 오르테가 이 가제트의 표현을 빌리자면 이들의 시는 '예술의 비인간화'에 주력하는, "우리를 난해한 우주 속에 가두어 인간적인 면이라고는 찾아볼 수 없는 대상들과 친해지라고 강요하"[20]는 시들인 것이다.

이때 '인간적'이라는 말이 '경험적/일상적' 혹은 '유기적/전체적'이라는 말로 대체될 수 있는 한에서, '시의 비인간화'는 일종의 윤리적 작업이 되기도 한다. "삶에 있어 가장 사소한 일들이 기념비적인 풍채로 당당하게 제 일선에 떠오르게 하는 예술을 만들기만 하면 된다"[21]라는 오르테가의 언급은 사물에 대한 윤리를 재촉하는 시의 정치와도 무관하지 않다.[22] 그러나 그가 발견하고 강조한 것은 무엇보다도 '비인간화'하는 예술이 우리에게 가르친 예술에 대한 새로운 감상법이다. 그것은 작품 앞에서 일상적인 감정을 배제하는 것인데, 통곡하지 않으면서 차분히 들을 수 있는 드뷔시 음악, 밀랍 인형 앞에서의 느낌 등을 상상하면 된다. 더불어 그는 인간적인 것에 대한 예술의 혐오가 현실에 대한 혐오, 삶에 대한 혐오를 내포한다고 말한다. 아방가르드에 대한 익숙한 설명법이 아닐 수 없다.

---

20) 호세 오르테가 이 가제트, 『예술의 비인간화』, 안영옥 옮김, 고려대학교 출판부, 2004, 31쪽.

21) 같은 책, 49쪽.

22) 아방가르드 예술을 이해하기 위한 목적으로 1920년대 중반에 쓰여진 오르테가의 에세이는, 랑시에르가 말하는 '초과'를 통한 '비례의 상실'이라는 문학의 정치성과도 조응한다. 랑시에르가 말한바 "계산되지 않은 사람을 계산되게 만드는 낱말"을 발명하고 "정치적 공동체를 '빼어난 동물(le bel animal)', 유기적 총체성으로 만들었던 말과 침묵의 정돈된 분할을 흐트러뜨리는"(자크 랑시에르, 『문학의 정치』, 유재홍 옮김, 인간사랑, 2009, 76쪽) 문학의 정치 말이다. 랑시에르가 예로 든, 지나가는 '어떤 사람 A'에게 '사즈라 부인'이라는 불필요한 이름을 부여하는 프루스트 소설의 명명 작업 같은.

사정이 이러할진대, 우리가 '비인간화'한 시를 두고 그것을 한 편의 편지로, 또 시인의 고백으로 상정하는 일이 과연 가능할까. 더불어 그 고백이 어떻게 공감을 유발할 수 있을까. 이 모든 것을 가능하게 하는 것은, 텍스트 너머에 있는 시인의 얼굴을 무심코 그려보며 시인과 자신을 동일한 삶의 지평 위에 놓는 독자의 인간적 상상력이다. 인간은 비인간적인 것 사이에서도 결국은 인간적인 것을, 즉 익숙한 것을 찾게 마련이다. 따라서 독자는 '비인간화'한 텍스트 너머로 기어코 시인의 존재를 떠올리게 된다. 그리고 그의 말하기 자체를 존중하게 되며 그 의도에 화답하고자 애를 쓰게 된다. 쉽게 공감할 수 없는 한 편의 시 속에서도 인간적인 것을 상상하고자 한다면, 그것은 오로지 시인의 시 쓰는 행위일 것이기 때문이다. 독자를 옭아매는 것은 이제 '텍스트라는 존재'보다도 오히려 '시인의 행위'가 된다. 독자가 경계해야 마땅할 '시=시인'이라는 강력한 자동반응이 시의 정치를 가능하게 하는 장면이다. '도대체 왜 이런 시를 썼을까'라는 참을 수 없는 궁금증이 독자에게 어떤 행위를 강요하는 것이다. 바로, 시인의 의지에 동참하는 일이다.

예술이란 작품이나 공연을 통해 의지를 객관화하는 일이자, 의지를 불러일으키거나 일깨우는 일이다. 예술가의 관점에서 보면 의지를 객관화하는 것이요, 향수자의 관점에서 보자면 의지를 상상력의 장식으로 창조하는 것이다.[23]

오르테가의 『예술의 비인간화』에 주석을 달고 있는 수전 손택은 예술을 의지의 산물로, 더불어 의지를 예술의 산물로 파악한다. 이때 의지란 "힘있는 의식이라는 뜻에서 끝나지 않고, 한 걸음 더 나아가 세계에 대한

---

23) 수전 손택, 앞의 책, 60쪽.

태도, 세계를 대하는 주체의 태도"[24]를 의미한다. 시인은 작품을 통해 세계를 향한 자신의 의지를 발현하고, 독자는 상상력을 통해 자기 나름의 의지를 발동시킨다는 것이다. 이로써 수전 손택은 '내용'과 '스타일'이라는 오래된 이분법을 해결하고자 한다. 스타일이란 단순한 장식이 아니라 의지의 발현이라는 점에서 그 자체로 이미 세계에 대한 인식을 품고 있는 것이 된다. "모든 스타일은 인식론상의 결정, 우리가 무엇을 어떻게 인지할 것인가에 대한 해석을 구체적으로 보여"[25]주며 삶과 정직하게 대면한다. 그것은 내용 없는 형식, 즉 "세계에서 떨어진 거리"만을 의미하는 것이 아니라, 내용과 한몸이 된 형식, 즉 "세계로 다가서기 위한 거리"로 이해되는 것이다. 요컨대 예술에서의 스타일이란 '삶/정치'에 개입하고자 하는 예술가의 의지를 구체적으로 증명하는 것, 그 이상도 그 이하도 아니다. 그 의지는 물론 독자라는 존재 없이는 허망한 것이 된다. "체험 주체의 공모 없이는 유혹에 성공할 수 없"[26]는 것이 예술이기 때문이다. 그녀의 거침없는 비유를 인용하자면 예술은 유혹이지 강간은 아니다.

본격적으로 '정치'적 내용을 담고 있든 그렇지 않든, 미학적으로 급진적이든 그렇지 않든, 모든 시인은 작품을 통해 세계에 관여하려는 의지를 표출한다. 그리고 텍스트 너머로 자신과 동일한 삶의 지평 속에 놓여 있는 시인의 얼굴을 그리는 독자는 그 의지를 수용함으로써 세계에 개입한다. 시는 세계로 다가서기 위한 한 시민의 의지가 투영된 글쓰기이며, 그 편지를 받아들고 자동반사적으로 시인의 의도를 추측하는 독자는 이미 시인의 의지에 대해 동의를 표하고 있는 것이 된다. 시를 통해 공감을 말할 수 있다면, '시로써' 세상에 개입하려는 시인의 의지에 대한 독자의 인정이라는 의미로만 가능한 것인지도 모른다.

---

24) 수전 손택, 앞의 책, 58쪽.
25) 같은 책, 66쪽.
26) 같은 책, 46쪽.

시의 정치를 가능하게 하는 것은 세계에 개입하고자 하는 의지에 대한 시인과 독자의 상호 인정이다. 고민하는 시인의 얼굴과 그 얼굴로 향하는 독자의 손길이 시와 정치의 매개를 증명하고 약속한다. 이 글의 이 같은 단순한 결론 역시 시에 대한 신앙고백에 가깝다. 하지만 세상에는 철저히 증명될 수 없어도 분명히 존재하는 것이 있는 법이니까. 시는 결코 사라지지 않고 자신이 삶을 바꿀 수 있다는 사실을 두고두고 증명할 테니까. 이제, 우리는 시를 읽으러 가야겠다. 아련히 떠오르는 고민하는 시인의 얼굴을 만나러 가야겠다. 시집을 손에 든 우리도 시인과 함께 "불편한 우정"(진은영)을 나누는 "어떤 공동체"(심보선)의 일원임을 확인하기 위해서 말이다.

(『문학수첩』 2009년 겨울호)

멜랑콜리 솔리다리테(mélancholie solidarité)
— 심보선과 진은영의 시

1. 문학이란 무엇인가

한 편의 시가 어느 누구에게나 동일한 의미로 읽힌다면 그 시는 실패작이나 다름없다. 따라서 독자가 한 편의 시에 정답처럼 내재되어 있다고 여기는 자명한 의미를 찾고자 애쓴다면, 그것은 그 시를 실패작으로 만들기 위해 갖은 노력을 다하고 있는 것이나 마찬가지다. 독자의 노력이 제아무리 필사적이라 한들, 그는 허무한 선행을 베풀고 있는 것이며 오히려 작품에 해를 입히는 악행을 저지르고 있는 것이다. 창조자 자신도 제 의도에 꼭 맞는 피조물을 만날 수는 없을 터, 하물며 피조물을 사이에 두고 시인과 독자가 의견일치를 본다는 것이 과연 가능할까. 차라리 낙타더러 바늘구멍을 통과하라고 하는 편이 낫겠다. 독자는 작품을 읽는 것도 일종의 창조 작업이라는 것을 잊지 말아야 한다. 이러한 사실을 망각한 채 한 편의 시에 대해 서둘러 단정하고, 그로써 그 시의 전모를 파악했다고 생각하는 것은 참으로 어리석은 행위가 아닐 수 없다. 서두르는 자도, 어리석은 자도 시를 읽을 자격은 없다.

시를 '잘' 읽기 위해 요청되는 첫번째 자세는 언어를 통해 특정한 의미를 획득하려는 관성을 거스르는 일이다. 『문학이란 무엇인가』에서 사르트르가 말했듯, 시란 '목적'에 열중해 있는 사람들의 태도를 역전시키는 것이다.[1] 본래 우리는 커뮤니케이션을 위해 언어를 사용한다. 그렇다면 도무지 소통을 염두에 두지 않는 듯 보이는 시에서 독자가 느끼는 무력감은, 역설적으로 그 시의 성공을 방증하는 것이 될 수도 있다. 시는 목적 없음, 의미 없음을 그 존재 의의로 삼기 때문이다. 사르트르의 말마따나, 마치 트로이 전쟁이 그저 헥토르와 아킬레스가 영웅적인 싸움을 하기 위한 것이 되듯, 혹은 손을 내미는 행위가 단지 앞으로 뻗어가는 손의 움직임을 음미하기 위한 것이 되듯, 시는 그 자신이 목적인 행위가 되어야 한다. 목적에서 분리된 행동은 무용한 것이기에 용감한 행동이다. 단지 의미 없는 행동을 한다는 점에서뿐만 아니라, 무목적의 행동은 하나하나의 행동에 새로운 의미를 부여해준다는 점에서 용감한 것이 된다. 그렇다면 우리들이 즐겨 인용하듯이, 시란 정녕 "패이승(敗而勝)"하는 것이라고[2] 할 수 있겠다. 의미 전달과 무관한 시의 언어는 바로 그 이유로 인해 새로운 가능성을 부여받는 것이다. "좌절만이 (……) 사람을 순수한 그 자신으로 돌려준다"[3]고 하지 않았던가. 실용적 목적에서 놓여난 시어는 비로소 스스로의 독자성을 회복하게 되며, 더없이 투명해진 채로 이제 무엇이든 될 수 있다.

시인은 언어를 '기호'로 사용할 수 없기 때문에 그것을 통해 새로운 무언가를 이끌어내야 한다. 독자 역시 마찬가지다. 그는 시의 언어 속에서 새로운 무언가를 읽어내야 한다. 언어에 새로움을 부여하는 것은 이들의 의무이자 특권이다. 이 둘 사이에는 정해진 '코드'가 없으므로 시인이 쓰는 것과 독자가 읽는 것이 결코 동일할 수는 없다. 시인과 독자는 각각 작

---

1) 장 폴 사르트르, 『문학이란 무엇인가』, 김붕구 옮김, 문예출판사, 1994, 24쪽.
2) 같은 책, 25쪽.
3) 같은 책, 25쪽.

품을 사이에 두고 소통 불능의 은밀한 행위에 몰두해 있는 것이다. 그러나 잊지 말아야 할 것은 창작과 독서가 자신만의 성채에서 이루어지는 비밀스러운 작업이라 하더라도, 이 둘의 만남을 통해 비로소 작품이 완성될 수 있다는 사실이다. 사르트르가 정작 말하고 싶었던 것은 '시란 패이승하는 것', 혹은 '시인은 말에 봉사한다'라는 명제이기보다는, 오히려 '작품은 요구이자 증여다'라는 명제가 아니었을까. 작품을 '쓰는 행위'는 절대적 자유 속에서 아무런 실용적 목적 없이 이루어지는, 즉 어떤 대가도 바라지 않는 '증여'와도 같지만, 흰 바탕 위의 검은 점들은 독서 행위를 통해 마침내 객관적 존재가 될 수 있다는 점에서 독자의 관심을 '요구'하는 행위이기도 한 것이다. "예술가는 자기가 시작한 창작을 완성하는 수고를 다른 사람에게 일임하지 않으면 안 된다"[4]라거나, "작가는 독자의 자유에 호소해서 그 자유가 자기 작품의 제작에 협력하기를 구하는 것이다."[5]라는 언급들은 사르트르의 이러한 문학관을 잘 보여준다. "시인과 독자는 번갈아가면서 시라는 불꽃을 일으킨다"[6]라고 말한 옥타비오 파스도 사르트르와 같은 생각을 했던 것 같다.

요컨대 작품을 쓴다는 것은 독자의 '관대함'과 '자유'에 호소하는 행위라고 할 수 있으며, 작품을 읽는다는 것은 작가의 호소에 호응함으로써 작가가 독자에게 보여준 신뢰를 되갚아주는 행위라고 할 수 있다. 결국 작품을 사이에 두고 읽고 쓰는 행위는 인간의 자유를 신뢰하는 행위가 된다. 상호간 이러한 신뢰와 기대가 없다면, 즉 작가가 자신의 창작이 그 자체로 완성된 행위라는 자기 충족적인 자세를 지니거나, 독자가 자신이 창작에 참여하고 있다는 책임감 없이 그저 수동적으로 작가를 따르거나 혹은 아예 외면한다면, 이는 책이라는 물질은 있지만 작품은 존재하지 않는

---

4) 앞의 책, 58쪽.

5) 앞의 책, 59쪽.

6) 옥타비오 파스, 『활과 리라』, 김홍근·김은중 옮김, 솔, 2001, 48쪽.

상황과도 같다. 서로를 믿고 서로에게 기대는 '관용'의 협약이 없다면, 사르트르의 말마따나 "산 개가 죽은 사자에 대해서 가지는 공인된 우월성"[7]이라도 충분히 누릴 수 있도록, 독자들은 사자(死者)가 된 작가에 대해서나 왈가왈부하는 편이 나을 것이다.

2. 왜 쓰는가

오늘날 용감무쌍한 시들이 독자에게 선사한 것은 일종의 '무력감'이다. 무력감은 우리 시대 시 독자들에게는 꽤나 익숙한 감정이다. 앞서 살폈듯, 작가와 독자는 서로 협력하여 창작에 임하고 있다는 사실을 제외하고는 그 어떤 의견일치도 볼 수 없는 사람들이니, 독자가 시인의 용기 앞에서 무력감을 느끼는 것은 어쩌면 당연하다. 그리고 그것은 바람직한 감상이기도 하다. 물론 무력감을 확인하는 것이 최종의 목적지가 되어서는 안 된다. 세상의 수많은 시들이 독자에게 무력감'만'을 안겨주기 위해서 씌어진다면 그것은 대단한 낭비가 아닐 수 없다. 라캉의 말장난처럼 출판(publication)이 쓰레기(poublication)가 되는 형국이다.

그런데 언제부터인지 독자들은 이러한 무력감을 '안도'로 여기는 듯도 하다. 그리고 그러한 안도가 일종의 체념으로 변하고 있는 것은 아닌지 모르겠다. 더불어 시인들에게는 일종의 면죄부로 악용되고 있는 것은 아닌지 조심스럽게 따져볼 필요도 있다. 독자 측에서는 '잘 모르겠으므로 좋은 시다'라는 속 편한 자기위안이, 시인 측에서는 '모르겠다면 별수 없다'라는 무심한 권위의식이 작가와 독자를, 나아가 작가와 비평가를 서로 외면하게 하는 원인으로 작용하고 있는 것은 아닐까. 그러니까 오늘날의 '어려운' 시를 둘러싼 상황에서 정작 문제가 되는 것은 시인에 대한 무조건적인 신뢰와 너무 많은 인정일 수도 있다는 것이다. 잘 모르겠다는 이

---

7) 장 폴 사르트르, 앞의 책, 43쪽.

유로 무조건적으로 그 시를 경외하는 독자의 태도는 좋은 시를 더 잘 누릴 수 있는 기회를 스스로 박탈한다. 또한 작가 특유의 무심함은 오히려 나름의 시론이 부재한 상태를 애써 외면하는 태도로 비칠 수 있으며, 결과적으로 독자의 진실된 참여를 거절하는 것이 된다. 시인과 독자는 파트너다. 때로 마음이 안 맞을 수도 있다. 그러나 최소한 서로에게 솔직하기는 해야 한다. 그러지 못할 경우, 남는 건 파경과 상처뿐이다.

한 편의 시가 시인의 사적 소유물은 아니지만 창작자라면 적어도 자신의 분신에 대해서 설명할 만한 나름의 시론은 가지고 있어야 한다고 생각한다. 편의상 '시론'이라는 말을 썼지만, 이로써 의미하고자 하는 바는 시에 대한 이론 일반이나 보편적인 시 정신은 아니다. 각각의 시인이 지닌 시를 써야만 하는 절실한 이유와 그것을 대하는 진실된 자세를 일컫는 말이다. 작가는 '자유'로 작가가 된 사람이다. 그러나 작가가 된 이상, 그는 작가라는 사명에 구속될 수밖에 없다. 따라서 안팎의 어떤 요구에 응답하지 않으면 안 된다. 작가의 사명이 '밖'으로부터 주어지지 않는 시대에 작가는 자기 사명을 자문하는 일부터 해야 한다. '나는 왜 쓰는가'라는 질문에 대한 답이 마련되어 있어야, 즉 쓸 수밖에 없는 자기만의 필연적이 이유가 있어야, 남들에게 작가로 불리는 한 인간은 불안 없이 자신을 내보일 수 있다. 그런 점에서도 창작이란 고독한 작업이 아닐 수 없다.

시인들에게 묻고 싶다. 당신들은 왜 쓰는가. 당신들은 어떤 사명으로 시를 쓰고 있는가. 이때 사명이란 시대적 소여로서의 사회적 책임을 일컫는 것도, 언어에의 탐구라는 문학 본연의 사명을 일컫는 것도 아니다. 자기 위안, 단순한 유희, 지배 이데올로기와의 대결, 결국은 돈벌이 등 어떤 이유로도 문학을 택할 수는 있다. 그것이 절대적으로 자폐적이고 이기적인 자기 충족적 이유일지언정, 자유로 선택한 작가라는 직업을 포기하지 않을 만한 불가피한 이유를 분명하게 지니고 있는가 그렇지 않은가는 중요한 문제이다. 작가의 윤리에 대해 묻고 있는 것이다. 윤리가 불가피한 상황을 자기 선택으로 받아들이는 것과 관련된다면, 작가의 윤리는 정확히 그 반대인지도 모른다. 자유로 선택한 것이 결국 불가피한 것이 되도록 필사적으로 매달릴 만한 이유를 찾는 것, 이것이 작가된 자세가 아닐까.

시인들에게 시 읽기의 지침을 내려달라는 말은 아니다. 시인이 된 동기를 알고 싶다는 말도 아니다. 지금, 어떤 연유로 어쩔 수 없이 쓰고 있는가를 묻는 것이다. 이러한 궁금증은 시인별로 그만의 필연적인 사명을 찾는 데 때때로 실패하고 마는, 나 자신의 무능에 대한 고백이기도 하다. 그리고 다소 굴욕적인 이 고백은, 작가에게 먼저 손 내밀 수 없고 작가가 내민 손을 잡을 수밖에 없는, 다시 말해 '읽기'를 통해서만 가까스로 시적 창조에 가담할 수 있는 비천한 독자가, 나의 읽기가 당신의 쓰기에 육박하는 충만한 경험이 되기를 바란다고 고백하는 것이기도 하다.

정확하게 40년 전 김현은 「시와 정직함」이라는 글에서, "한국시를 정말로 풍요하게 만들기 위해서는 잘 만들어진 시를 제조해내는 일이 아니라, 자신을 정직하게 언어로써 표현하는 법을 배우는 일이다"[8]라고 말한 적이 있다. 그는 '상투적인 아름다운 시'보다는 '개성 있고 아름다운 시'를 원한다는 말을 덧붙였다. 우리 시대의 시 역시 매끈하게 아름답기보다는 좀더 거칠어질 필요가 있을 것이다. 그리고 그 거침은 오로지 작가로서의 자기 사명을 정직하게 드러내는 일의 미숙함으로부터 기인하는 것일 때에만 용인될 수 있을 것이다. 나는 시인이든 비평가이든 좀더 솔직해지기를 바란다. 그래서 독자가 시 앞에서 느끼는 무력감이, 재기 있는 시인의 매끄러운 치장을 이해할 수 없음을 확인하게 되는 절망이나 피로로 뒤바뀌지 않고, 그들의 정직하고 거친 부면을 어루만지는 공감의 뿌듯함으로 나아갈 수 있게 되기를 바란다.

우리가 읽고 쓰고 있는 것은 과연 무엇인가. 우리는 왜 쓰고 왜 읽는

---

8) 김현, 『상상력과 인간/시인을 찾아서─김현문학전집 3』, 문학과지성사, 1991, 356쪽.

가. (비평가로서) 나는 도대체 무엇을 알 수 없으며, (시인으로서) 당신들은 대체 무엇을 지니고 있는 것인가. 물론 답은 이미 정해져 있다. 그 '무엇'은 말로 표현할 수 없는 어떤 것이다. 그러므로 '씌어지고' 있는 이 글역시 무력감을 재차 확인하는 과정으로 남을지도 모른다. 그러나 문학이란, "길을 잃고 흉가에서 잠들 때/ 멀리서 백열전구처럼 반짝이는 개구리 울음"(진은영, 「일곱 개의 단어로 된 사전」, 『일곱 개의 단어로 된 사전』, 문학과지성사, 2003)소리가 아니던가. 반짝이는 개구리 울음은 환영도, 환청도 아닌 실재하는 진짜 소리일 것이다. 우리는 그 소리를 만지고 싶다. 가이드가 되어줄 두 명의 시인을 읽어보려고 한다. 심보선과 진은영이다.

심보선과 진은영은 송욱이 『시학평전』에서 구분했던 '의미와 주장', 그리고 '반향과 마력'이라는 양극단의 시가 어떻게 성공할 수 있는지를 보여주는 두 명의 시인이다. 성공의 이유는 단 하나다. 이들에게는 스스로가 마련한 시에 대한 사명이 엄존한다는 바로 그것이다. 시대와 밀착한 정서, 혹은 시에 관한 원숙한 사유라고 할 수도 있겠지만, 일단 그것이 어떤 감정의 형태로 존재한다는 점을 미리 말하고 싶다. "슬픔" 혹은 "멜랑콜리"라고 이름 붙일 수 있는 것들이다. 이들은 이처럼 더디고 무력한 감정들이 결국 긍정적인 힘으로 변모되는 장면을 보여준다. 들끓는 열정으로도 할 수 없는 일을 이처럼 우울한 감정들이 해낼 수 있다고 믿는 듯하다. 무엇을 할 수 있을 것인가.

3. 삶의 상실, 시의 승리

프랑스인들은 벤야민을 '슬픈 사람(un triste)'이라고 불렀다.[9] 우리는 심보선을 슬픈 사람이라고 부를 수 있을 것이다. 가장 느리게 공전하는

---

9) 수전 손택, 「토성의 영향 아래」, 『우울한 열정』, 시울, 2005, 66쪽.

별, 토성의 영향 아래, 벤야민은 10년 동안 보들레르와 파리를 연구했다. 심보선은 등단 14년 만에 첫 시집을 냈다.[10] 시인 심보선에 관해서라면 그는 더딘 사람이라고 할 수도 있다. 그러나 그 더딤은 우둔함과는 다르다. 물론 과도함과도 다르다. 심보선의 시를 읽으며 내내 과유불급(過猶不及)이라는 말을 떠올렸다. 그의 과작(寡作)을 말하려는 것이 아니다. (사실 이즈음의 그는 거의 폭발적이다시피 많은 작품을 발표하고 있다.) 그의 시에 넘쳐나는 상념들을 꼬집어보려는 것도 아니다. 그가 감정 조절법을 잘 익힌 시인이라는 말을 해보려는 것이다. '애도 이후'의 시대를 살아가고 있는 우리에게 심보선이 보여주고 있는 것은 적의나 분노도 아닌, 그렇다고 허무나 체념도 아닌 단정한 슬픔의 감정이다. 적의, 분노, 허무, 체념 같은 것들이 없을 리 없다. 그러나 그러한 감정들을 위해 할애된 시간은 비유컨대, "슬픔이 없는 십오 초"뿐이다.

그는 '내내' '적당히', 슬프다. 그가 이처럼 적당한 슬픔을 유지하는 이유는 무엇일까. 그 슬픔이 온전히 과거를 향한 것도, 자신만을 위한 것도 아니기 때문일 것이다. 심보선의 단정한 슬픔은 '나'보다는 '너와 나의 관계'를, '과거'보다는 '미래'를 위해 존재한다. 심보선의 '슬픔'이 소모적인 것이 되지 않고 값진 감정이 될 수 있는 이유이다.

우리는 모두 저마다의 이유로 슬프다. 사랑의 실패, 혁명의 실패, 실업, 가족의 죽음 등, 제각각 원인은 다르지만 그 모두를 포괄하는 것은 '상실' 혹은 '박탈'이다. 프로이트를 읽으면서 우리는 '상실'에 대처하는 두 가지 자세, 즉 '애도(mourning)'와 '멜랑콜리(melancholy)'를 구별하게 되었다. 멜랑콜리는 미완의 애도이다. 이 둘은 여러 가지 상태를 공유하지만, 멜랑콜리의 상태에 유일한 것이 있다면 그것은 끔찍한 자기비하다. 우울증 환자들이 드러내는 이러한 자기비하는 실상 강력한 나르시시즘과 맞

---

10) 이 글은 심보선의 첫번째 시집(『슬픔이 없는 십오 초』, 문학과지성사, 2008)을 대상으로 한다. 작품을 인용할 경우 제목만 표기한다.

닿아 있다. 실제로 소위 '잘난' 사람들이 우울증에 잘 걸린다는 사실이 이를 입증한다. 말하자면 우울증은 제값의 사랑을 못 받았다는 불만이 자기비하, 혹은 자기징벌이라는 우회로를 거쳐 대상에 대해 복수를 가하는 것이다. "공개적으로 적대감을 표현하는 일을 피하기 위해 질병을 매개로 사랑하는 사람에게 고문을 가하는 것이다."[11] 너무나도 사랑스럽고 잘난 제 자신이 왜 그에 합당한 대접을 받지 못하는가에 대해 억울해하면서 우울증자는 다소 폭력적인 방식으로 사랑을 '요구'하게 된다.

심보선 시에 나타난 '슬픔'이 나르시시즘과 결부된 자기비하와 완벽히 거리를 둔다고 말할 수는 없을 것이다. 그는 「전락」이라는 제목의 시에서 "스스로 견딜 수 없다는 것만큼/ 견딜 수 없는 일이 있겠는가"라고 말하기도 하며, 「엘리베이터 안에서의 도덕적이고 미적인 명상」에서는 자기존중과 자기비하 사이를 오가는 멜랑콜리의 상태를 친절하게 보여주기도 한다. 그러나 이러한 애증 교차의 감정이, 아직 감정 정리가 되지 않은 상대에게 독을 품는 미련함이나 이성을 잃을 정도의 과격함으로 변하지는 않는다. "김밥을 말았는데, 불끈, 분노 때문에 주먹밥이 되"(「떠다니는 말」)는 정도랄까. 그 상대가 사랑하는 연인이든, 아니면 범박하게 말해 한때의 정열을 투자했던 혁명이든 마찬가지다. "사랑한다는 것과 완전히 무너진다는 것이 같은 말이었을 때 (……) 너무너무 살고 싶어서 그냥 콱 죽어버리고 싶었을 때"(「청춘」), 그 꽃다운 청춘 시절은 이미 지나지 않았는가. 심보선은 지금 "삶의 고통 또한 장르화하여/ 그 기승전결이 참으로 명백"(「편지」)해진, 청춘 이후의 삶을 살고 있다. 남은 것은 무엇일까. "공원에 나가 사진도 찍고 김밥도 먹"는 평화로움? 아니면 홀로 "음악을 고르고, 차를 끓이고, 책장을 넘기고, 화분에 물을 주"(「삼십대」)는 고즈넉함? 아니면 "가출도 아니고 출가도 아"(「멀어지는 집」)닌 어정쩡한 방황? 어떤

---

11) 지그문트 프로이트, 「슬픔과 우울증」, 『정신분석학의 근본개념』, 윤희기 · 박찬부 옮김, 열린책들, 2003, 255쪽.

것이든 그에게 언제나 한 줌의 '슬픔'이 고여 있다는 사실이 중요하다. 그리고 그것이 억울함을 동반하는 우울과는 사뭇 다르다는 사실이 또한 중요하다.

착한 그대여
내가 그대 심장을 정확히 겨누어 쏜 총알을
잘 익은 밥알로 잘도 받아먹는 그대여
선한 천성(天性)의 소리가 있다면
그것은 이를테면
내가 죽 한 그릇 뚝딱 비울 때까지 나를 바라보며
그대가 속으로 천천히 열까지 세는 소리
안 들려도 잘 들리는 소리
기어이 들리고야 마는 소리
단단한 이마를 뚫고 맘속의 독한 죽을 휘젓는 소리
　　　　　　　　　　　　　　　　　　　—「식후에 이별하다」 부분

내 몫의 비극이 남아 있음을 안다
누구에게나 증오할 자격이 있음을 안다
오늘 나는 누군가의 애절한 얼굴을 노려보고 있었다
오늘 나는 한 여자를 사랑하게 됐다
　　　　　　　　　　　　　　　　　　　—「오늘 나는」 부분

　슬픔이 온전하게 제 모습을 드러내는 것은 이별의 순간이다. 그렇다면 심보선은 잘 이별할 줄 아는 시인이다. 그는 떠난 사람의 바짓가랑이를 붙잡고 자신의 아픔을 전시하며 상대방을 괴롭히는 지독한 나르시스트는 아니다. 오히려 "붙잡고 싶은 바짓가랑이들일랑 모두 불태우자"(「착각」)고 독하게 마음먹는 사람이다. 이미 떠난 버스를 향해 죽겠다고 소리친들 버스가 돌아오겠는가. 돌아오는 것이라고는 잘해봤자 상대의 연민이고, 대개는 자기혐오이며, 지독히도 운이 없을 경우 상대의 무관심이다. 두 사람이 서로 다른 방향을 보기 시작했다면, 그 둘 사이는 최대한의 속도로 멀어지게 되어 있다. 관계란 것이 그렇다. 따라서 이미 놓친 상대의 마음을 조금이나마 되찾고자 한다면 '애원'은 금물이다.("기원을 애원으로 바꾸진 말자"—「착각」) 원치 않는 이별을 경험한 사람이라면 잘 알 것이다. 이별의 순간 자신이 해야 할 일과 하지 말아야 할 일이 무엇인가를.

우리의 '슬픈 사람' 심보선은 매정하게 보일 만치, 밥 잘 먹고 잘 이별한다. 그는 이별할 때 하지 말아야 할 일을 하지 않으려고 무던히도 애를 쓴다. 「식후에 이별하다」는 이별을 앞둔 연인이 마주보며 식사를 하는 장면을 그림으로써 이별의 슬픔을 극대화하여 보여주고 있는 시가, 아니다. 오히려 바람직한 이별의 한 예를 보여주는 시다. '나'는 내 앞에 있는 '그대'를 증오하는 데 몰두하지 않는다. '애원'하지도 않는다. "우리의 오랜 기담(奇談)이 이제 여기서 끝이 난다"라는 것을 명확히 알고 있는 '나'는 "죽 한 그릇을 뚝딱 비우"는 자신을 바라보는 '그대'에 대해 생각한다. 그리고 그대의 "선한 천성"을 찾아내고야 만다. 함께 인용한 「오늘 나는」까지 연달아 읽어보자. "식후에 이별"한 그날, "나는 한 여자를 사랑하게 됐다." 바로 내가 죽 한 그릇을 다 비우는 것을 지켜봐주던 바로 그 여자일 것이다. 이별 후 마침내 사랑하게 된 것이다. 미련이나 섣부른 기대가 남아서가 아니다. 죽 한 그릇을 비우고 나면 '나'는 "어둠 속으로", '그대'는 "환함 쪽으로"(「식후에 이별하다」) 등 돌리게 되어 있다. 그 이별의 순간 그는 '나'와 '그대'를 응시하며, 나의 자존감도, 너의 선함도, 너와 나의 인연도 지켜내고 있는 것이다. 사랑한 만큼 증오하는 것이 아니라 증오하지 않음으로써 사랑하고자 하는 것이다.

슬픔이란 무엇인가. 그것은 돌이킬 수 없는 사건에 대한 사후적인 감정이다. 그래서 그것은 한이라는 말과 병용된다. 중요한 것은 심보선이 원(怨)의 한이 아닌, 정(情)의 한을 이야기하고 있다는 사실이다. 그는 상실후, 오로지 자기 자신만을 위해 감정 처리에 급급하기보다는 어느 정도 관조적인 자세로 감정을 보살핀다. 원한이라는 감정이 허무와 결탁하여 병적인 상황을 초래할 수 있다면 심보선의 슬픔은 오히려 건강의 징조라볼 수 있다. 심보선의 슬픔은 마치 그가 좋아하는 휴일처럼, 산책처럼, 평화롭기만 하다.

왜일까. 그가 청춘 시절을 지나온 "해석자"(「웃는다, 웃어야 하기에」)이기 때문이라고 말하는 것만으로는 충분치 않다. "다들 사소해서 다들 무고"(「종교에 관하여」)한 시대에 들끓는 열정이 얼마나 민망한 것인지를 그가 잘 알기 때문이라고 말하는 것만으로도 불충분하다. 오히려 그가 체질적으로 이미 끝난 일에 자신의 전부를 거는 열정을 자랑 삼는 낭만주의자가 아니라고 말하는 편이 낫겠다. 그는 '정념'의 화신(化身)이 되기를 경계하는 사람이다. 어쩌면 슬픔으로 가득 찬 그의 시집은 너무나 담담하다고까지 말할 수 있겠다. 그렇다면 정말로 궁금해지는 것은 그가 어찌 이렇게 '담담히' 슬플 수가 있을까가 아니라, 그는 어째서 슬픔을 거두지 못하는가가 되어야 할 것이다. 앞서 말했지만 심보선이 과거 속의 '나' 혹은 '너'보다는, 미래 속의 '우리'를 염두에 두기 때문이 아닐까.

386세대의 끝자락에 놓인 1970년생 심보선의 시를 후일담으로 읽는 것은 어떤 면에서는 정확하게 옳다. 그리고 그러한 시들이 조금 철 지난 것으로 보이는 것도 사실이다. 하지만 그가 과거에 얽매여 패배적 감상만을 적고 있는 것은 아니다. 그는 '슬픔'이라는 감정을 호출하면서 '미래의 관계'에 대한 그리움을 토로한다. 따라서 개인적 상념들이 즐비한 심보선의 시는 오히려 정치적이 될 수 있다. 슬픔은 '박탈'에 대한 존재증명이며, 이는 우리가 관계 안에 속박되어 있다는 것을, 관계없는 자율성을 누리는 것이 불가능함을 말해주는 것이 아닌가.[12] 「확률적인, 너무나 확률적인」 같은 너무나 슬픈 시에서 보여주고 있는 고독에 대한 "우울한 예감" 역시 그가 홀로 자족적인 존재가 될 수는 없으리라는 것에 대한 증거다. 적의나 환멸로 변질된 우울이 아니라 떨칠 수 없는 상실의 슬픔을 담담히 이야기하는 이러한 시에서 우리는 타인에 대한 존중의 감정을 발견할 수도 있다. "오랜 습관"처럼 반복되는 헤어짐 속에서도 언제나 외로움을 느끼는 자만이, "서로의 목전에서 모래알처럼 산지사방 흩어지고 있는" 너와 나의 또다른 만남을 준비할 수 있지 않겠는가. 그리고 그러한 슬픔과 외로움은 결국 서로를 보듬는 연대에의 요구로 응축되지 않겠는가. 연애든, 혁명이든, 심보선은 상실 이후의 감정을 잘 다스리며, '관계'를 생각하고 '미래'를 다지는 시인이다. 그렇다면 그의 시는 '후일담'이기보다는 '출사표' 쪽에 가깝다. 심보선의 시는 환멸에 젖는 시가 아니라 가까스로 환상을 만들어가는 시인 것이다. 그 환상은 물론 진실을 가리는 장막은 아니다. 자신이 만드는 환상이 '미망'이고 '착각'이고 "마술"(「아내의 마술」)이라는 걸 알지만 그는 여전히 무력한 환상을 포기하지는 않는다. "여우야, 나는 이제 지식을 버리고/ 뚜렷한 흥분과 우울을 취하련다"(「착각」)라고 말하는 그에게는, '달콤한 포도'를 먹기 힘들 것이라는 판단이 분명 있다. 그러나 판단과 해석뿐이라면 불가능에 대한 좌절만이 남을 뿐이다. 심보선은 '달콤한 포도'를 먹고야 말겠다는 "흥분"과, 눈앞에 놓인 것을 '신포도'로 보아야 할지도 모른다는 "우울" 사이를 오간다. "갈팡질팡 달린다. 그래도 좋다"(「미망 Bus」). 심보선의 이러한 심적 상태를 보건대, 그의 삶은 여러모로 가능성이 충분하다. "환상과 지식이 만나면 고통뿐이"(「천 년 묵은 형이상학자」)지만, 그래서 "오늘도, 속절없이, 아프"(「떠다니는 말」)지만, 그는 불행한 운명을 저주하며 현재를 비관하는 사람

---

12) 주디스 버틀러, 「폭력·애도·정치」, 『불확실한 삶』, 양효실 옮김, 경성대학교 출판부, 2008 참조.

은 아니기 때문이다.

> 누구나 잘 안다 이렇게 된 것은
> 이렇게 될 수밖에 없었던 것이다
> 태양이 온 힘을 다해 빛을 쥐어짜내는 오후
> 과거가 뒷걸음질 치다 아파트 난간 아래로
> 떨어진다 미래도 곧이어 그 뒤를 따른다
> 현재는 다만 꽃의 나날 꽃의 나날은
> 꽃이 피고 지는 시간이어서 슬프다
> 고양이가 꽃잎을 냠냠 뜯어먹고 있다
> 여자가 평화로운 듯도 하다
> 나는 길 가운데 우두커니 서 있다
> 남자가 울면서 자전거를 타고 지나간다
> 궁극적으로 넘어질 운명의 인간이다
> 현기증이 만발하는 머릿속 꿈 동산
> 이제 막 슬픔 없는 십오 초 정도가 지났다
> 어디로든 발걸음을 옮겨야 하겠으나
> 어디로든 끝간에는 사라지는 길이다.
>
> —「슬픔이 없는 십오 초」 부분

심보선의 슬픔은, 아파트 단지의 고요한 오후 한때처럼, 평화롭다. 현재
도 미래도 결국 과거를 뒤따르리라는 것을, 꽃이 피면 어김없이 진다는 것
을 알기 때문이다. 상실과 소멸과 패배를 예감하는 것은 얼마나 슬픈 일인
가. 이별을 앞둔 연인처럼 말이다. 그러나 심보선의 시에서 그 예감은 체
념이나 달관으로 이어지지는 않는다. "궁극적으로 넘어질 운명"이라면,
그것이 오히려 다행이라는 쪽이다. 결국 넘어질 운명이라면 인간은 무엇

이라도 할 수 있기 때문이다. "소멸을 향해 돌진하는 별들이 무섭도록 밝"(「최후의 후식」)은 것도 바로 그런 이유에서이다. 우스갯소리를 하나 떠올려보자. 한 남자가 고개를 넘고 있다. 거기서 넘어지면 3년밖에 살지 못한다. 아니나 다를까. 그는 발을 헛디뎠고 넘어졌다. 울며불며 슬퍼하고 실수를 자책하며 자신의 저주받은 운명을 한탄했을까. 그는 재기를 발휘한다. 넘어져서 3년밖에 살지 못한다면, 두 번 세 번 넘어지면서 3년씩 더해가자고. 넘어진 남자는 넘어져서 죽게 된 사람이 아니라, 넘어져야 살 수 있는 사람이 되었다. 뒤뚱거리며 슬퍼하는 심보선은 이 농담 속 사내를 닮았다. 그는 넘어졌기 때문에 일어날 수 있는 사람이며 슬프기 때문에 누군가를 다시 만날 수 있는 사람이다. 물론 이건 칠전팔기의 오기나 전부를 건 투쟁이 아니다. "첫번째 생 다음은 다 후렴구"(「여, 자로 끝나는 시」)라는 것을 그는 아니까. 휴일 뒤의 피곤한 월요일이 다음 휴일을 기다리는 시간이라는 것도 그는 아니까. 그리고 그는 "휴일의 평화"(「휴일의 평화」)를 아끼는 사람이니까.

"궁극적으로, 그렇지, 완벽하게, 치명적으로, 넘어지는"(「먼지 혹은 폐허」) 심보선의 "고독의 아크로바트"(「구름과 안개의 곡예사」)는 가히 니체적이다. 심보선은 한 번 패배하는 것이 아니라 계속 패배한다. 결정적 패배는 한 번뿐 그 이후에는 온통 허무인 것이 아니라 심보선은 매순간 패배한다. 그것이 "연속되는 실수는 치명적인 과오를/ 여러 번 나눠서 저지르는 것일 뿐./ 이라고 일기장에 적"(「편지」)어 넣는 자의 삶이다. 심보선의 시는 듀스와 매치포인트 사이를 무한 반복하는 감정으로 씌어진다(「그녀와의 마지막 테니스」). 영원한 패자도 영원한 승자도 없다. 삶 자체를 뒤흔들 만한 기대나 실망도 없다. "사랑을 잃은 자 다시 사랑을 꿈꾸고, 언어를 잃은 자 다시 언어를 꿈꿀 뿐"(「먼지 혹은 폐허」).

환멸 뒤에 환상을 구축하고, 여전히 애도중의 슬픔을 누리는 그는 말 그대로 '패이승'[13]의 구현자다. 단 하나의 목적을 추구하지 않으니 그에겐 종말도 없다.("눈앞의 허공에 The End라는 자막이 둥실"—「빵, 외투, 심장」) '목적의 나라'가 아닌 무한과 반복의 나라에서는 많이 질수록 더 많이 승리할 수 있다. 그렇다면 심보선의 시에서 우리는 이 시대의, 아니 시대를 초월한 진정한 포에지를 찾을 수 있을지도 모르겠다. 기꺼이 패배하는 삶, 회한에 젖기보다는 미래를 향해 무조건 '다시'를 외치는 삶, 그의 '후렴구'같은 삶, 그것은 전부 다 시(詩)다.

4. 철학의 멜랑콜리, 시의 환희

진은영과 심보선은 동갑내기다. 시작법에 관해서라면 이들은 거의 일치점을 보이지 않는 편이다. 심보선이 '표명'할 때 진은영은 '암시'한다. 심보선이 감정을 다루는 시인이라면 진은영은 감각을 다루는 시인이다. 그럼에도 불구하고, 진은영이 "우리는 목숨을 걸고 쓴다지만/ 우리에게/ 아무도 총을 겨누지 않는다/ 그것이 비극이다"(「70년대産」)[14]라며 자기 세대의 곤궁을 토로할 때, 아니면 "다시 실패하라 더 잘 실패하라"(「나에게」)라며 역설적으로 전의(戰意)를 불태울 때, 그것이 심보선 시의 한 구절이라고 해도 별로 어색할 것은 없다. 동갑내기 두 시인은 분명 어떤 정서를 공유하고 있다. 세대감각이라고도 말할 수 있겠지만, 그보다는 어떻게든 현실을 개선해보려는 의지라고 말하고 싶다. "언제나 5월"(「5월의 첫 시집—승환에게」)의 정서가 이들에게 중력처럼 작용하고 있어서일까. '5월'이 단 하나의 고유명사로 남아 있는 한, 이들은 언제나 서로 어깨를 겯는 동무일 수 있다.

---

13) 심보선은 사르트르가 말한 '패이승'의 정신이 자기 시론의 중추를 차지한다고 고백한 바 있다. 심보선, 「내 문학의 기원, 장 폴 사르트르 『문학이란 무엇인가』」, 『너머』 2008년 여름호.

14) 『우리는 매일매일』, 문학과지성사, 2008. 이후 언급되는 진은영의 시는 이 책에 실린 작품을 대상으로 한다. 작품을 인용할 경우 제목만 표기한다.

시인 김정환은 모든 좋은 시는 진정으로 정치적이라고 말한 적이 있다. 심보선은 '슬픔'을 유지하며 관계에 대해 생각한다는 점에서 정치적이다. 그렇다면 진은영의 정치적 전략은 무엇일까. 진은영에게는 철학이 무기다. 철학이 해석하는 작업이 아니라 창조하는 작업이라는 점에서 그렇다. 시인이 철학자가 아닐 수는 있어도 진정한 철학자라면 그가 시인이 아닐 수는 없다. 바디우를 인용하자면, 철학은 시, 수학, 정치, 사랑을 그 자신의 '조건'으로 삼는다. 철학이 시적 방식을 취해야 하는 것은 철학의 조건인 셈이다. 물론 시는 철학을 가능케 하지만 철학을 위협하기도 한다. 플라톤이 그랬듯 시에 대한 철학의 거리두기는 시가 '개념'을 위협한다는 불안으로부터 성립된다. 그러나 오로지 시만이 철학적 개념을 위협하는 것은 아닐뿐더러 철학이 특정한 의미와 개념의 장소라는 생각부터가 잘못이다. 그렇다면 철학은 무엇이고, 철학의 조건임과 동시에 철학의 적수인 시란 무엇이란 말인가.

철학자 진은영과 시인 진은영의 만남을 경계하는 이들을 위해, 나아가 철학과 시의 만남이 진은영에게는 오히려 정치적 전략이 된다는 점을 밝히기 위해, 이 같은 질문에 답해볼 필요가 있다. 바디우는 철학을 '진리들의 집게'라고 정의했다. 철학이 단 하나의 유일한 진리만을 인정하는 것이 아니라, 단지 진리들을 끌어올리는 일을 하고 있다는 말이다. 유일한 진리는 애초에 없으며 진리성(la Vérité)만이 있을 뿐이라고 그는 주장한다. 철학이 단 하나의 진리만을 인정한다면 그것은 바디우의 표현대로 '재난'과도 같다. 철학이 스스로 비판적 덕성을 포기하면서 "초조한 예단"이나 "전제적인 명령"[15]으로 변하는 것이기 때문이다. 시 역시 사물에 붙여진 단 하나의 이름을 거부하기 위해 씌어진다. 각각의 사물에, 정황에, 단 하나의 이름만이 허락된다면, 세상의 그 수많은 시들이 존재할 수

---

15) 알랭 바디우, 『조건들』, 이종영 옮김, 새물결, 2006, 94쪽.

없었을 것이다. 시인들의 고통스러운 작업도 그것을 읽는 독자의 환희도 없었을 것이다.

진은영이 우리에게 선사한 그 생경한 이미지들을 보건대, 두고두고 참고 될 첫번째 시집의 표제작 「일곱 개의 단어로 된 사전」만 보더라도, 그녀 역시 단 하나의 진리, 단 하나의 이름을 '재난'이라고 생각하는 사람 중 한 명임을 알 수 있다. 그렇다면 그녀가 철학자인가 시인인가는 별로 중요하지 않다. 중요한 것은 그녀가 진리들을 건져 올리기 위해서 어떤 말들을 어떻게 배치하고 있는가를 살피는 일이다. 우리는 진은영의 세련된 배치 속에서 새롭게 탄생하는 말의 전율을 그저 누리면 된다. 진정한 니체주의자들은 니체가 철학자인가 시인인가를 열심히 따지지 않는다. 단지 그가 뱉어놓은 야생의 말들에 매료되면서 그 말들이 건져올린 진리의 출현에 전율할 뿐이다.

나로 말할 것 같으면, 그녀가 시인이어서 좋고 철학자라서 더 기쁘다. 그녀에겐 '비트겐슈타인'이나 '데카르트'도, '멜랑콜리아'처럼 아름다운 시어의 하나다. 김경주에게 "『정신현상학』"(「오르페우스에게서 온 판 통의 엽서」, 『나는 이 세상에 없는 계절이다』, 랜덤하우스, 2006)이 그랬던 것처럼. 간혹 어떤 인용이나 그녀의 서술하는 말투가 진은영 시의 취지를 미리 규정하는 경우가 없지는 않지만(「청춘3」「문학적인 삶」), 그러한 것들이 박식하지만 재능 없는 시인의 치장으로 보이지는 않는다. 그녀의 인용들은 대개는 원래의 맥락에서 떨어져나온 "출처를 잃어버린 인용"(「무질서한 이야기」)이며, 그리고 그것들은 앞뒤 구절과 마술적으로 결합된다. 오해하지 말자. 그녀는 사유하는 시인이 아니라 감각하는 철학자다.

자신을 시인으로만 불러달라는 그녀의 호소는(「Summer Snow」) 철학이 단 하나의 유일한 진리만을 추구하며 이미 존재하는 세계를 해석할 뿐이라고 철학을 오해하는 사람에게만 해당된다. 그러므로 스스로가 독단론자가 아니라면 진은영의 요청에 거부감을 느낄 필요가 전혀 없다. 그녀가 "친애하는 비트겐슈타인 선생"(「친애하는 비트겐슈타인 선생께」)도, 「Summer Snow」라는 시에 "진리는 낡아빠진, 그리고 감각적인 힘을 상실한 은유들이다"라는 멋진 자서를 선사한 니체도 유일한 진리를 추구하지는 않았다. 물론, 의심 많은 "데카르트"(「나의 친구」)도 말이다. "철학이 존재하는 것은 말해질 수 없는 것이야말로 철학이 말해야 하는 것임을 지지하기 때문이다"[16]라는 말이 옳다면, 그리고 이때 '철학'을 '시'로 바꾸어 읽는 것이 온전히 가능하다면, 철학자와 시인은 결국 언어라는 도구를 공유하며 공통된 작업을 하고 있는 자들이라 할 수 있을 것이다. 시와 철학은 선험적인 진리를 말하거나 사색하는 두 개의 쌍이 아니며, 그 자체로 진리의 발현이자 진리의 창조다. 요컨대 시와 철학이 공유하는 것은 시적 말하기라는 방식, 그리고 진리를 만드는 행위, 바로 이 두 가지이다.

물론 차이는 있다. 철학이 멀리서 바라볼 때 시는 가까이서 본다. 철학이 보편적인 것을 시가 특수한 것을 담당한다고 말할 수도 있겠다. 이렇게 말해볼 수도 있다. 철학은 집합적인 것을 시는 개별적인 것을 다룬다고. 언제나 먼발치서 바라보는 철학은 멜랑콜릭하다. "멀리서 바라보아진 진리의 슬픔을 가까이에서 바라본 존재의 기쁨으로 변화시"[17]키기 위해 철학은 시를 호출한다. 그렇다면 진은영이 "매일매일" 쓰고 있는 "무질서한 이야기들"(「무질서한 이야기들」)은 철학의 멜랑콜리를 다독이기 위한 처방전이 아닐 수 없으며, 궁극적으로 철학이 아닐 이유도 없다. 진은영은 철학자의 무능을 시인의 감각으로 단숨에 돌파한다. 그녀는 멀리서 바라보는 자의 멜랑콜리와 이미 그곳에 당도한 자의 여유를 동시에 누린다.

---

16) 같은 책, 80쪽.
17) 같은 책, 137쪽.

그는 나를 달콤하게 그려놓았다
뜨거운 아스팔트에 떨어진 아이스크림
나는 녹기 시작하지만 아직
누구의 부드러운 혀끝에도 닿지 못했다

그는 늘 나 때문에 슬퍼한다
모래사막에 나를 그려놓고 나서
자신이 그린 것이 물고기였음을 기억한다
사막을 지나는 바람을 불러다
그는 나를 지워준다

그는 정말로 낙관주의자다
내가 바다로 갔다고 믿는다

—「멜랑콜리아」전문

　진은영의 시에서 철학이 차가운 '눈'이라면 시는 뜨거운 '꿀'이다. 철학이 온갖 사물들을 하얗게 덧씌우는 눈의 여왕("그녀에게서 훔쳐온 것은/ 모두에게 어울린다/ 사물들은 하얀 곰가죽을 덮어쓴다"—「눈의 여왕」)이라면, 시는 "뜨거운 열기"(「바람의 노래」)다. 철학의 시간은 시적 순간을 만나 녹아내린다. 철학의 결정(結晶)에 시적 입자(粒子)가 번지고 스며드는 것이다. 그래서 그 둘은 한몸이 된다. 진은영은 "꿀과 눈이 섞이는 시간"(「무질서한 이야기들」), "푸른 얼음/ 따스한 구멍 속에서 녹아버"(「Summer snow」)리는 순간을 그리고 있다. 그녀가 그리고 있는 시적 순간이란 어떤 '상태'일 뿐이다. 뜨거운 아스팔트에서 달콤한 아이스크림이 녹고 있는 순간, 그리고 모래사막에 물고기가 그려졌다 지워지는 순간. 그 순간은 상실의 순간이기보다는 탄생의 순간이라고 할 수 있다. 아

이스크림은 녹아내리고, 물고기는 모래 바람 속으로 흩어지지만, 향기로
남은 아이스크림은 그제야 "누구의 부드러운 혀 끝에(도) 닿"을 수 있으
며, 지워진 물고기는 바람을 타고 정말로 "바다로" 갈 수 있을지도 모른
다. 녹는 아이스크림도 모래물고기도 고정된 실체가 될 수는 없지만, 그
렇기 때문에 그것들은 무엇이든 될 수 있고 어디로든 갈 수 있는 것이다.
그렇게 녹아 없어질 것을 만들고 있는 "그"는 "낙관주의자"이다. 진정한
시인이다.

「점」이라는 시를 보자.[18] 하나의 원을 만들기 위해, "폐곡선 안의 점"들
을 모으면서 그 엄청난 숫자에 비관하고 우울해하는 것이 철학자라면, 낙
관주의자 시인은 그 우울을 한번에 극복한다. 어떻게? 시인은 하나의 점
이 원이라는 전체의 부분이 아니라 "너의 콧등 위의 점 (……) 내가 사랑
하는 권태로운 점"이라는 "유일무이한 점"이 전체가 될 수 있다는 것을
아는 자이기 때문이다. 그렇다면 시인은 창조자가 맞다. 시인은 "원인을
찾으러 오지 않고 원인을 만들러 온 자"(「신발장수의 노래」)이다.

> 흰 셔츠 윗주머니에
> 버찌를 가득 넣고
> 우리는 매일 넘어졌지
>
> 높이 던진 푸른 토마토
> 오후 다섯 시의 공중에서 붉게 익어
> 흘러내린다

---

18) 이 시에 대해서는 조강석의 공들인 해석을 참고하는 게 좋겠다. 조강석, 「불귀 오디세우
스 희희낙락 페넬로페」, 『자음과모음』 2008년 겨울호, 439~442쪽(『경험주의자의 시계』,
문학동네, 2010, 68~71쪽).

우리는 너무 오래 생각했다
틀린 것을 말하기 위해
열쇠 잃은 흑단상자 속 어둠을 흔든다

우리의 사계절
시큼하게 잘린 네 조각 오렌지

터지는 향기의 파이프 길게 빨며 우리는 매일매일
　　　　　　　　　　　　　　　　—「우리는 매일매일」 전문

　시적 순간은 그렇게 온다. "흰 셔츠 윗주머니에/ 버찌를 가득 넣고" 매
일 넘어지면서. 이 시를 읽을 때마다 어쩐지 눈이 부시고 입에 침이 고인
다. 투명한 하늘, 눈부신 햇살, 선명한 초록빛 들판, 버찌와 토마토가 가
득 담긴 나무 상자, 그런 이국적인 이미지가 떠오른다. 푸른빛이 돌 정도
로 투명한 흰 셔츠 위에 검붉은 버찌가 번져나가는 광경과 거기서 펴져
나오는 향기를 떠올리면 그저 눈이 부시고 코가 시리고 입에 침이 고인
다. "우리"에 누구를 대입하건 그건 자유다. 어쨌거나 이처럼 휘황한 시
적 순간은, 어느 날 "오후 다섯 시"에, 혹은 "사계절"마다, 아니 "매일매
일", 오감을 통해 직접, 우리를 찾아온다. 몇 개의 단어만 가지고서 그 순
간을 이렇게 선명하게 말해줄 수 있는 시인은 많지 않다. 이 시에 대해서
라면 아무리 "오래 생각"해봐도, 그저 눈이 부시고 침이 고인다는 말밖
에는 별달리 할 말을 못 찾겠다. 다른 말은 전부 "틀린 것을 말하기 위해"
애쓰는 것밖에는 되지 않을 것 같다.
　『우리는 매일매일』의 해설에서 권혁웅이 말했듯 이 시집에서 진은영은
"시에 대한 시"를 쓰고 있는 것이 맞는 듯하다. 그녀가 쓰고 있는 것은 그
저 "매일매일" 그녀가 체험하는 시적 환희의 순간일 뿐이다. 아니 좀더

정확하게 말하자면 그녀는 멀리서 바라보는 '철학의 우울'을 극복하는 시에 대한 시를 쓰고 있는 것이다. 그것은 이를테면 '사과'라는 사물에게 본연의 맛과 향을 돌려주는 작업과도 같다. 빨갛고 동그란 그것은 매끄러운 감촉 혹은 새콤달콤한 쾌감 그 자체일 뿐, 뉴턴의 만유인력과도, 빌헬름 텔의 활쏘기와도, 이브의 선악과와도, 백설공주를 향한 왕비의 시기심과도 사실 별 관련이 없다는 것을 보여주는 작업 말이다. 빨갛고 동그란 그것이 복숭아가 아닌 사과가 된 것은 그저 우연일 뿐이지 않은가. 첫번째 시집의 「견습생 마법사」(『일곱 개의 단어로 된 사전』, 문학과지성사, 2003)는 "대법사 하느님이 잠깐" 외출한 틈을 타 창세기를 떠맡은 견습생 마법사가 "수리수리 사과나무"라는 주문을 "복숭아, 복숭아나무"라고 잘못 읊어 생겨나게 된 일들을 이야기하고 있다. 견습생 마법사가 하고 있는 일은 그야말로 이름을 벗겨내고 사물에게 순수를 되돌려주는 일이다. 그리고 그것은 시가 해야 하는 일이기도 하다. 진은영의 시에는 이처럼 시가 해야 할 일을 알려주는 시와 그 일을 직접 해보이고 있는 시들이 공존한다. 앞서 살펴본 「멜랑콜리아」와 「우리는 매일매일」이 양 팀의 에이스다.

냉기보다는 온기가, 건기보다는 습기가 전도율이 높다. 시인 진은영은 철학자 진은영을 부드럽게 이긴다. 진은영의 첫번째 시집 해설에서 이광호는 "진은영의 시어들은 그렇게 '사라져버린 것들' 혹은 '숨어버린 것들'에 바치는 '애도'의 형식"이라고 말했다. 비단 진은영뿐이랴. 명명되면서 오히려 사라져버리는 것들을 그리워하는 것, 이를테면 '충실성'이라는 꽃말 뒤로 사라져버린 장미꽃의 향기를 애타게 찾는 것이 시인의 일이라면, 시인은 모두 애도중인 자다. 그러나 사라진 것이 "어둠 속 잔디에서/ 바질향기의 초록 스프링이 뛰어오르"(「가득한 마음」)듯 반짝하고 나타나는 순간의 환희와 전율을 잊지 못해, 사라진 것들을 그리워하는 멜랑콜리를 기꺼워하는 자들이기도 하다. "시가 씌어지는 아름답고도 이상한 이유"(「러브 어페어」)는 바로 그런 것이다. "진동의 발명가"(「나에게」) 진은영에게는 그처럼 "야릇한"(「어떤 노래의 시작」) 시적 순간이 비교적 자주 찾아오는 것 같다. 진은영 덕분에 우리도 가슴 뛰는 전율을 좀더 많이 누리게 되었다. 마치 너의 따뜻한 손이 나의 꽁꽁 언 손을 잡아주던 그날의 전율 같은, "처음으로 시의 입술에 닿았던 날"(「그날」)의 떨림을 말이다.

　　나의 언 손가락은 네 연둣빛 목폴라 속에
　　버들강아지처럼

　　　　　　　　　　　　　　　　　　　　　── 「어떤 노래의 시작」 부분

5. 미니마 멜랑콜리아(minima melancholia)

2000년대 우리 시의 승리를 확인하는 것은 다시금 멜랑콜리의 정서다. 음울하기보다는 어쩐지 명랑한 느낌과 더 가까운, 그래서 오히려 건강한 느낌을 주는 그 단어를 우리 시인들은 사랑하나보다. '슬픔'이라 불리든 '멜랑콜리'라 불리든 그것은 삶의 패배를 시적 환희로, '나'만의 승리를 우리 모두의 승리로 뒤바꾸는, 너와 나를 강력하게 이어주는 끈이 된다. 심보선과 진은영뿐만이 아니다. 장석원은 노골적으로 황병승은 은근히 멜랑콜리하다.

911 이후 정확히 열흘 만에 부시는 "이제는 슬픔을 대신해 단호한 행동을 취할 때"라고 선포했다. 충분한 애도를 정지시키고 폭력적으로 상실을 회복하려는 속셈이었다. 이에 대해 버틀러는 "애도를 유지함으로써 정치적 영역에서 뭔가 얻을 수 있는 것이 있지 않을까?"[19]라고 질문한다. 상실을 겪은 슬픔이 전시하는 것이 결국 내 안에 새겨진 타인의 자국을 확인하는 일, 즉 우리가 관계에 속박되어 있다는 사실을 감지하는 것인 만큼, 애도를 지속하는 것은 물리적으로 취약한 서로의 삶에 대해 집단적 책임을

---

19) 주디스 버틀러, 앞의 글, 59쪽.

느낄 수 있는 기회를 제공하지는 것이 된다. 버틀러가 기대한 것은 바로 이 같은 슬픔의 연대이다. 오늘날 심보선, 진은영을 비롯하여 장석원, 황병승 등이 보여주는 멜랑콜리의 정서는 사적인 감정놀음이 아니라 '나' 아닌 것들에 대한 개입이자 연대에의 요구이며, 세계에 대한 수동적 대응이 아니라 능동적 전략이라고 생각된다. 순식간에 어떤 가시적인 효과를 가져올 결정적 전략은 못 되지만, 체념적 우울과는 차원이 다른 가능성을 내포하고 있는 것이라고 여겨진다. 그렇다면 이들에게 '멜랑콜리'는 이 시대를 위한, 혹은 타인을 위한, 혹은 사물을 위한 '한 줌의 도덕'과도 같다.

우리의 삶 속에서 폭력은 언제나 진행형이고 더이상 잃을 게 없는 자들은 아직도 잃을 게 많다. 나의 안락은 그들의 처참을 담보로 한다. 대신 헐벗을 수 없다면 우리가 해야 할 일은 무엇일까. 충분히 오랫동안 기억하는 일, 애도를 끝내지 않는 일, 바로 그것이 아닐까. 상실이 두려워 세계에 개입하지 않고 의미 없는 말놀이의 재미 속에서 초연함의 미학을 실현하는 이들보다, 즉 진정한 패배도 모른 채 자기만의 성 안에서 반쪽짜리 승리를 누리는 이들보다, 기꺼운 패배와 슬픔 속에서 우리 모두의 온전한 승리를 기다리는 이러한 시인들에게 애착을 느낀다. 아도르노의 말마따나 "단자론적 원리는, 아무리 항의할지라도, 지배적 보편성을 숨기고 있는 것이다."[20] 위장된 우월감이나 실패의 피로가 아닌 패배의 뿌듯함을 확인하고자, 나는 이들의 시집을 곁에 둔다. 그들이 쓰는 것도, 내가 읽는 것도 패배의 뿌듯함임을 알겠다. 그 기저를 흐르는 '우울한 열정'이 끔찍한 자기 애증의 광기로 나타나기보다는, 서로를 보듬는 달콤한 조증(mania)으로 형질변화하기를 열광적으로 기대해본다. 이 땅의 슬픈 자들이여, 단결하라!

(『문학수첩』 2009년 봄호)

---

20) 테오도르 아도르노, 『미니마 모랄리아』, 김유동 옮김, 길, 2005, 43쪽.

가까스로 가능한, 진실의 세계
— '미래파'의 두번째 시집에 대하여

1. '미래파'라는 고유명사, 미래파라는 보통명사

문단에 '이상한 괴물'이 출현할 때마다 비평은 활기를 띠게 된다. 새로움의 징후를 가장 먼저 포착하고 그것을 해석하여 한 발 앞선 진단을 내리는 것이 비평의 공식적인 책무라면, 그 '이상한 괴물'이야말로 비평을 가장 뿌듯하게 해주는 장본인이라 할 수 있을 것이다. 비평가라면 무엇보다도 위기가 기회라는 것을 알아야 한다. 아니, 현상태를 잘 유지하는 것이 결국은 "위험에 처해 있다는 증거"(황병승, 「첨에 관한 아홉소ihopeso 씨(氏)의 에세이」, 『트랙과 들판의 별』, 문학과지성사, 2008)라는 불안감이라도 느낄 수 있어야 한다. 그런 점에서 2000년대 시단에 내려진 소위 '미래파'(권혁웅), '뉴웨이브'(신형철), '다른 서정들'(이장욱)이라는 축복은 우리의 시 비평을 오랜만에 비평다운 것으로 만들어준 그야말로 고마운 존재들이 아닐 수 없다. 강정, 김경주, 김민정, 김행숙, 유형진, 이근화, 이민하, 장석원, 진은영, 황병승 등이 그들이다. 새로운 것을 맞이한다는 희열 속에서 이들을 온몸으로 받아 안았던 쪽이나, 일단 이들의 전모부터 확인해보자며 냉정하고 신중한 자세로 접근했던 쪽이나, 아니면 화려하고 선정적인 외양 속에 감춰진 이들의 미숙한 기교나 자폐적 성격을 꼬집어보려 했던 쪽이나, 이들로 인해 수많은 비평가들이 자신의 사명과 능력과 입장에 대해 심사숙고하게 되었다는 점에서 일단 이들에게 빚진 것이 없지 않을 것이다.

마치 '시인공화국'이라는 대형 기획사에 소속된 '젊은 바퀴벌레들'[1]이라는 아이돌 그룹인 것처럼 등장과 함께 문단의 집중적인 스포트라이트를 받았다는 점에서 이들 역시 행복한 신인이었음에 틀림없다. "우리 시의 미래는 이들이 적어나갈 것이다"[2]라는 찬사도, "고만고만한 난해성의 서브 포에트sub-poet들로 인하여 시의 사회적 설득력이 갈수록 약화되어"[3]간다는 비판도 다 관심의 표현이었을 테니 말이다. 논란이 되었듯 그 '이상한 괴물'들이 정말로 전무후무한 기형이었을 수도, 아니면 분장을 조금 달리해서 나타난 익숙하면서도 낯선 과거의 재등장이었을 수도 있다. 2000년대 시에 있어서 '미래파'라는 성과가 과연 평단의 호들갑에 불과한 것이었는지, 아니면 두고두고 자신을 갱신해나갈 역량 있는 시인들의 유례없는 집단적 출현이 맞는 것인지, 정확히 판단해볼 필요는 있을 것이다. 열광했던 이들도, '가재미' 눈을 치뜨고 바라보던 이들도 자신들의 안목을 점검해볼 때가 된 것이다. 그 괴물들이 속속 자신들의 두번째 성과물을 토해놓고 있기 때문이다.

'미래파'의 등장은 어쨌든 2000년대 시단의 최대 사건임에 틀림없다. 그리고 그것은 여전히 진행중인 사건이다. 몇 마디 말로 이들을 뭉뚱그려 재단하는 것은 후대의 문학사가에게나 맡겨두자. 동시대의 우리는 여전히 진행중인 이 사건에 동참할 수 있는 초대권을 손에 쥔 선택받은 자

1) 강정, 「젊은 바퀴벌레 시인들의 은밀한 사생활」, 『나쁜 취향』, 랜덤하우스, 2006, 306쪽.
2) 권혁웅, 「미래파—2005년, 젊은 시인들」, 『미래파』, 문학과지성사, 2005, 149쪽.
3) 김주연, 「의뭉스러운, 느린 걸음의 노래」, 문태준, 『그늘의 발달』 해설, 문학과지성사, 2008, 115쪽.

들이 아닌가. '미래파'가 고유명사로 남을지 아니면 보통명사로 남을지, 그러니까 우리 시사에 진정한 '사건'으로 기록될지, 주기적으로 반복 출현하는 신세대의 전형으로 기록될지에 대해서는, 일정 정도 독자의 몫이 있을 것이다. 최소한, "용대가리를 떡 끄내여놓고 하도들 야단에 배암꼬랑지커녕 쥐꼬랑지도 못 달고 그만두니 서운하다"(이상, 「오감도 작자의 말」)라는 원망을 들을 일은 없어야 하지 않겠는가.

'미래파'라는 명명이 징그러운 괴물들에게서 예쁜 면을 찾아주고 이들에게 용기를 북돋워주려는 시도였다면, 이제 우리가 할 일은 이들이 스스로 '미래파'라는 후광 또는 굴레를 떼어내고 홀로서기에 성공할 수 있도록 개별 시인들을 따로 불러 대화를 시도해보는 일이라고 생각된다. 괴물도 생명체라는 생각으로 접근한다면, 즉 하나의 생명체를 이해한다는 생각으로 접근한다면, 이들의 시가 그렇게 난해할 것도 그렇게 이상할 것도 없을 것이다. 정답은 없다. 문학을 이해한다는 것이 언제나 그러하듯, '미래파'를 알아가는 이 난해한 시험도 문제풀이의 과정이 중요한 완벽한 주관식 문형이기 때문이다. 두번째 시집을 낸 이민하(『음악처럼 스캔들처럼』, 문학과지성사, 2008), 김경주(『기담』, 문학과지성사, 2008), 황병승(『트랙과 들판의 별』, 문학과지성사, 2007)[4]을 읽으며 나만의 독해를 시도해보고자 한다. 나의 정답은, 물론 누구에게나 오답이 될 것이다.

2. 빼앗기고, 피 흘리고, 침묵하는 혀

> 전단지를 뿌리듯 고백하는 일은 없을 거야.
> —「요리의 탄생」

---

4) 김행숙의 두번째 시집 『이별의 능력』(문학과지성사, 2007)과 진은영의 두번째 시집 『우리는 매일매일』(문학과지성사, 2008)에 대해서는 다른 지면에서 다루었으므로 논의의 중복을 피하기 위해 이 글의 대상에서 제외한다.

이민하의 시는 쉽지 않다. '미래파의 시는 어렵다'라고 고백하기보다는 '어려운 것이 미래파 시다'라고 말하는 사람들에게 이민하는 진정한 '미래파'다. 그녀의 시가 난해한 이유는 그녀가 만들어낸 생경한 이미지들이 한 편의 시 안에서 분명한 정황을 환기하는 '부분'들으로서 기능하지 않기 때문일 것이다. 그녀는 자신이 보았거나 자신의 기억 속에 떠오른 여러 가지 이미지들을 토해놓고 있지만, 그 이미지들은 동일한 장소나 동일한 시간에 속해 있었던 것이라고 보기는 어렵다. 여기저기 산재해 있는 이미지들을 한 편의 시에 흩뿌려놓는 것이 이민하의 작법인 셈이다. 한 편 한 편의 완성도를 따지기보다는 그 생경한 이미지 자체를 즐기는 것이 그녀의 시를 좀더 즐겁게 읽을 수 있는 방법이라는 의견은[5] 그래서 충분히 동의할 만하다. 가령, 다음과 같은 시를 보자.

없는 목을 길게 빼고 마술사는 카드를 돌리죠.
여섯 개의 트렁크가 왁자지껄 세탁물처럼 토해낸
여섯 명의 이구동성.
가스불 위에 축축한 눈을 펼쳐놓고 모두 잠이 들죠.
트렁크를 나르고 망을 보던 문지기가 발을 동동
구르며 탄내를 끌 때까지.
창문은 수다스런 연기의 확성기. 화들짝 깨어난
화요일의 사람이 그을린 눈에 참기름을 척척 발랐죠.
꼬리를 살랑살랑 먼지들이 짖어댑니다.
비늘을 다 떨어낼 때까지 물구나무서는 모래계단.
냉장고엔 초경을 쏟는 소녀들, 사과잼처럼
침대에 펴 바르고 어둠은 포크를 돌리죠.

---

5) "그러니까 이미지 자체의 연쇄를 생각하지 않고 이미지의 개별성을 부분부분 즐기는 방식입니다." 박상수 외, 「관계의 영도, 환상의 극점」, 『문학동네』 2008년 가을호, 536쪽.

눈을 덜 말린 사람들은 아직 프라이팬을 뒤집고
마술의 효력은 이제부터랍니다.
없는 손을 얼키설키 트렁크들은 카드를 뒤섞고
카드를 읽지 못한 마술사가 아직 돌아가지 못했는데
없는 얼굴로 우리는 껌을 뱉듯
화면을 끄죠.

—「일요일」 전문

　제목은 "일요일"이다. 그러니까 일요일의 어떤 정황, 그때 그녀를 스치고 간 어떤 감정이 이런 시를 쓰게 만들었을 것이다. 앞서 말했듯, 그 정황이 무엇이며 그녀가 느낀 감정의 정체가 무엇인지 파악해내는 것은 쉬운 일이 아니다. 여러 가지 단어들을 키워드 삼아 역추적해볼 수는 있겠다. 일단, 시간적 배경은 일요일이다. 공간은 아무래도 '부엌'인 듯하다. "가스불" "탄내" "참기름" "냉장고" "사과잼" "포크" "프라이팬" 같은 단어들이 부엌을 연상시킨다. 행위의 주인공은 아마도 "여섯 개의 트렁크"일 것이고, 그것은 "화요일의 사람"을 포함한 각 '요일의 사람'일 것이다. 그렇다면 이 시는 어느 일요일에 부엌에서 요리를 하고 있는 사람(들)의 모습을 보여주고 있는 시라고 할 수 있다. 그러나 그 광경이 평화롭고 여유롭게 보이지는 않는다. "여섯 개의 트렁크가 왁자지껄 세탁물처럼 토해낸/ 여섯 명의 이구동성"은 일요일이 오기 전까지 매일매일을 격무에 시달린 누군가의 피로한 심신을 상기시킨다. 혹은 월요일부터 토요일까지 그의 육체를 훑고 지나갔던 여러 가지 상념들과 그의 눈앞에 펼쳐졌던 수많은 이미지들을 의미하는 것일 수도 있다. 어쨌든 그 "트렁크"들은 과부하가 걸린 듯 피로한 상태다. 그래서 "트렁크"는 요리에 몰두하지 못하고, "문지기가 방을 동동/ 구르며 탄내를 끌 때까지" 잠들어 있다.

"연기의 확성기"에 "화들짝" 깨어난 그는 무언가를 한다. "참기름도 척척 바르고" "프라이팬을 뒤집"는다. 그사이 시간은 계속 간다. "비늘을 다 떨어낼 때까지 물구나무서는 모래계단"은 모래시계를 연상케 하지 않는가. 요컨대 지금 우리의 눈앞에 펼쳐지고 있는 것은 한가롭게 요리를 즐기는 일요일의 한때인 것이 아니라, 깜빡 잠이 들었다 화들짝 깨어나는, 뒤죽박죽 정신이 없는 "탄내"나는 일요일인 것이다. 왜일까. 이유는 간단하다. 일요일은 금방 끝나기 때문이다. "마술의 효력은 이제부터랍니다"라는 말이 끝나기가 무섭게, 그 정신없는 부엌을 보여주는 "화면"은 꺼진다.

이렇게 읽어보는 것도 가능하기는 하다는 것이다. 그런데 이렇게 여러 가지 이미지들을 끼워 맞추고 연결해서 하나의 상황을 설정해보고, 거기서 억지로 어떤 의미를 추출해보는 것은 말 그대로 어떤 의미가 있을까. 이를테면 '이민하의 「일요일」은 일요일의 평화도 누릴 새 없이 일주일을 쳇바퀴 돌듯 살아가는 우리의 피로한 일상을 보여주는 시다'라고 결론을 내린다면 그건 너무 시시하지 않은가. 차라리, 이러한 '독해' 속에서 배제된, 가령 "냉장고엔 초경을 쏟는 소녀들, 사과잼처럼/ 침대에 펴 바르고 어둠을 포크를 돌리죠"라는 생경한 이미지를 하나 건져내는 것이 「일요일」이라는 시를 충분히 음미한 것이 될 수도 있다.

사실, 「일요일」은 이민하 시의 핵심적 모티프 중 하나라고 할 만한 '요리'라는 소재를 차용하고 있다는 점에서 주의를 끈다. '요리' 혹은 '음식'은 이민하 시의 주요한 소재이다. 「식탐」이나 「거식증」 「개량 프라이」 같은 시들에서뿐만 아니라, "껍데기 까칠한 창문에 어둠의 노른자가 달라붙었지요"(「유년의 전설」)라는 식의 묘사법에서도 확인되는 바다. 요리는 이민하 시의 창작 원리와도 관계가 꽤 깊다. 요리가 여러 가지 질료들을 한데 모아 새로운 형상을 만들어내는 과정이라는 점을 상기할 경우, 이질적인 것들이 결합되어 생경한 이미지를 만들어내는 이민하 시의 매력은 요리의 쾌감과도 유사하다는 것을 알 수 있다. 그렇다면 이제 중요한 것은 그녀의 시에서 '왜 누군가가 요리를 하고 있는가'라는 질문에 답해보는 일이다. 질문에 대한 답은 허기를 채우려는 식욕과도, 온갖 재료들로 새로운 형상을 주조해낸다는 탐미적 욕구와도, 별 관련이 없는 듯하다.

이민하는 오로지 잔인한 쾌감을 묘사하기 위해 요리의 문법을 차용하는 경우가 많다. 그녀는 "사각사각 살갗을 쓸어내리"(「오이에 관한 편견과 중독」)고 "눈을 찌르고" "명치를 파고드"는 "칼질"(「칼의 꽃」)의 쾌감이나, "아삭아삭"(「식탐」) 씹는 쾌감에만 몰두해 있다고 보는 편이 맞을 것이다. 그녀가 때로 어떤 정념도 뒤로 한 채 잔혹함을 묘사하는 일에만 치중해 있다고 느껴지는 것은 이러한 이유 때문이기도 하다. 「칼의 꽃」이나 「애인은 고기를 사고」에서처럼 피학의 고통이 무심히 묘사될 때, 그 잔혹함은 절정에 이른다. 「애인은 고기를 사고」를 읽어보자.

애인은 고기를 사고 나는 나풀나풀 스웨터를 벗는다 애인은 고기를 사고 상추를 사고 깻잎을 사고 나는 원피스를 벗고 코르셋을 벗고 피어오르는 솜털을 벗고 애인은 고기를 사고 나는 닦고 있던 거울에 매달려 낮잠을 잔다 애인은 고기를 사고 나는 검은 페인트로 정원수를 칠하고 애인은 고기를 사고 나는 심이 까만 연필을 밤새 깎는다 애인은 고기를 사고 나는 흑연 가루에 목이 메어 눈에서 구름을 뚝뚝 흘린다 애인은 고기를 사고 나는 배꼽을 어루만지고 애인은 고기를 사고 나는 붉은 신호등을 어깨에 매달고 달려간다 애인은 고기를 사고 나는 산부인과에 다녀오고 애인은 고기를 사고 나는 손목의 피를 풀어 욕조에 잠긴다 애인은 고기를 사고 나는 구급차에 실려가고 애인은 고기를 사고 나는 의사를 사랑하고 애인은 고기를 사고 나는 자궁을 꿰매고 애인은 월요일 수요일 금요일 고기를 사고 나는 화요일 목요일 토요일 구두를 닦고 애인은 스무 해째 고기를 사고 나는 애인이 있는 정육점을 지나 스무 해째 엘리베이터를 타고 휠휠휠 공중으로 하

관되고 애인은 정육점에 배달된 나의 엘리베이터를 *끄르고*

—「애인은 고기를 사고」 전문

이 시집의 해설자가 밝혀놓은 대로 이 시는 "애인의 완강한 동일성과 나의 끝없는 전락"(신형철, 「어제의 상처, 오늘의 놀이, 내일의 침묵」)이라는 대비를 통해 '연애의 비극'를 무정하게 그리는 시다. 솜털이 피어오르는 나이에 '애인'을 만난 '나'는 애인 앞에서 옷을 벗었고, 남몰래 눈물도 흘렸고, 아이를 지웠고, 자살을 시도했다. 그때 애인은 무엇을 했는가. 아무것도 하지 않았다고 해도 틀린 말은 아니다. 내가 이런저런 끔찍한 일을 겪는 동안, 그는 그저 "스무 해째 고기를 사고" 있었을 뿐이니까. 「애인은 고기를 사고」는 이민하의 시 중에서 그 시적 정황이 비교적 분명하게 파악되는 몇 안 되는 시 중 하나다. 한마디로 말해 그것은 '관계의 불능'이다. 흥미로운 것은 역시나 이러한 설정을 묘사하는 이민하만의 방식이다. 이 시는 '고백'의 형식을 취한다. 그러나 '나'는 자신의 한 맺힌 사연을 인과관계로 엮어 이야기하기보다는, 중요한 장면들을 스케치하듯 보여준다. 우리는 그녀의 자서전을 읽고 있는 것이 아니라 그녀의 사진첩을 들여다보고 있는 것이다. 사진과 사진 사이의 인과관계는 우리가 찾아야 한다. 이민하의 시에서 찾기 힘든 것은 '감정'이기도 하지만 '서사'이기도 하다.

그렇다면 이렇게 말할 수 있다. 이민하의 시는 아이들의 눈으로 씌어진 시라고. 아이들은 조리 있게 말하지 못한다. 아이들은 주로 제 눈에 비친 장면을 토대로 자신이 겪은 일을 떠듬떠듬 말한다. 각각의 장면들이 어떤 논리로 엮이는지 모르기 때문이다. 이민하의 시가 어려운 이유는 바로 여기에 있다. 그녀는 아이의 눈으로 세계를 재현한다.[6] 「유년의 전설」 같은

---

6) 이민하의 묘사법과 시선의 관계에 대해서는 조강석의 글(「말하라 그대들이 본 것이 무엇인가를」, 『아포리아의 별자리들』, 랜덤하우스, 2008, 27~29쪽)을 참조할 수 있다.

시에서도, 제목에 쓰인 '전설'이라는 말이 무색할 정도로, 매끄럽게 연결이 되지 않는 장면들이 그저 중첩되고 있다. 「애인은 고기를 사고」에서처럼 이 시에도 마치 서사를 단절시키는 역할을 하듯 "버스를 탔지요"라는 구절이 반복적으로 삽입되어 있다. "버스를 탔지요" "강변을 달렸지요" "제물로 바쳐진 아이들이 허우적거리며 구두를 물어뜯었지요"라는 구절을 힌트 삼아, 우리는 '성수대교의 참사'와 같은 사건과 그때 희생된 아이들을 무심히 떠올려볼 수 있을 뿐이다.

자신이 본 것을 나름의 순서대로 이어 붙여 논리를 구축하고 결국은 '거짓말'을 만들어내는 것은 어른의 화법이다. 아이는 자신이 본 것을 순서도 계통도 없이 그저 묘사한다. 진실은 그 안에 있다. 이민하의 시는 진실에 당도하는 방법을 알려주는 시다. 인과를 알게 된 어른이 거짓 없이 말하는 방법은 오직 '침묵'뿐일지 모른다고 말하는 시다. 그렇다면 우리는 이민하의 침묵을 외면해서는 안 된다. 그녀는 지금 침묵 속에서 *"당신이 듣는 이 소리는 내 말소리가 아니다. 내 마음의 소리다. 나는 여섯 살 이후로 말을 해본 적이 없다"*(「피아노」)라고 말하고 있기 때문이다. 이민하는 침묵의 상태로 마음의 소리를 실어 나르는 작업을 하고 있다. 그녀의 굳게 닫힌 입속에는 "茂盛한 입"(「전망 좋은 창」)들이 소용돌이치고 있다. 그러나 그녀는 '가까스로' 침묵한다. 이민하의 숱한 '놀이'들은 그 지독한 인내심으로 씌어진다. 그녀의 침묵에 동참하고 싶은 자, "입을 단정히 꿰매고 손뼉을 쳐"(「묘지 위의 산책」)라.

3. 유령극장의 인형극

에테르가 당신을 초대하고 있습니다
수락하시겠습니까
―「릴리 슈슈의 모든 곳 1」

나는 나인 동시에 내가 아니다. 지금 나는 여기에 있지만 동시에 여기에 있지 않다. 이것은 어떻게 가능할까. 이 말은 "죽기 전 내 심장을 한 번이라도 볼 수 있을까"(「정신현상학에 부쳐 휠덜린이 헤겔에게 보내는 마지막 편지」,『나는 이 세상에 없는 계절이다』, 랜덤하우스중앙, 2006, 이하『나는』)라는 질문에 물론 가능하다고 말하는 것만큼이나 허황되다. 시에서라면 사정이 다르다. 시에서 '다다를 수 없는 나라'란 없다. "소수점 이하의 사람"(김행숙, 「소수점 이하의 사람들」,『이별의 능력』, 문학과지성사, 2007)이 되는 것도, "최후의 지구를 최초로 임신한 사내"(강정, 「번개를 깨물고」,『키스』, 문학과지성사, 2008)가 되는 것도 가능하다. "음악으로 환생"(김경주, 「테레민을 위한 하나의 시놉시스(실체와 속성의 관점으로)」,『나는』)하는 일쯤이야 별 일도 아니다. "삼백육십 더하기 피눈물 곱하기 달 없는 밤"(황병승, 「너무 작은 처녀들」,『여장남자 시코쿠』, 랜덤하우스중앙, 2005)도 척척 계산해낼 수 있다. 그렇기 때문에 내가 나인 동시에 내가 아닐 수도, 충분히 있는 것이다. 시 속에서 우리는 어디로든 갈 수 있고 무엇이든 될 수 있다. 나누어질 수도 합체될 수도 있다.

내가 나인 동시에 내가 아니려면, 그저 이렇게 말하면 된다. 내 육체는 지금 이곳에 있지만 내 영혼은 다른 영역에 있다고. "나 없는 빈방에서 나오는 그 시간이 지금 내 영혼이"(「부재중(不在中)」,『나는』)라고. 그것은 관념으로 가능한 세계다. 그런데, 김경주는 조금 다르게 말한다. 그는 그 모든 가능한 일을 '가까스로' 가능하다고 말하는 시인이다. 왜냐, 그는 육체로부터 영혼을 자유롭게 떠나보내는 관념의 여행을 즐기고 있는 것이 아니라, "나의 가장 반대편에서 날아오고 있는 영혼"(「내 워크맨 속의 갠지스」,『나는』)을 자신의 "살"로 받아내고 있기 때문이다. 김경주에게 영혼은 '바람'이자 '음악'이 아니었던가. 그 이역(異域)의 영혼들은 그의 몸 안에서 희미하게 소용돌이치고, 끊임없이 박동한다. 그가 "외로운 날엔 살을 만진다"(같은 시)라고 하는 것도, "황혼에 대한 안목(眼目)을 내 눈

의 무늬로 이야기하겠다"(「기미(幾微)—리안에게」, 『나는』)라고 하는 것
도 제 살 속에 화석처럼 각인된 "먼 생"(「먼생」, 『나는』)의 '바람'과 '음악'
을 감지하기 때문이다. 김경주에게 "기미(幾微)란 얼마나 육체의 슬픈 메
아리던가"(「취한 말들을 위한 시간」, 『나는』).

  김경주의 첫번째 시집을 읽으며, 우리는 '구름의 쇄골' '별의 무렵' 같
은 말의 마력에 흠뻑 취하기도 했지만, 대개는 "자신이라는 시차(時差)를
견디는"(「우주로 날아가는 방 3」, 『나는』) 시인의 현기증을 함께 앓았다고
해야 할 것이다. 그것은 이역(異域)과 외계(外界)에 속한 영혼들을 제 몸
안에 불러들이는 무당의 신열과도 같은 것이었다. 세련되게 말해 "다른
생을 윤리하"(「먼 생」, 『나는』)는 것이었다고 말할 수도 있겠다. '미래파'
그룹 중 확실하게 자기 갱신을 시도한 김경주의 두번째 시집 『기담』은 '자
신이라는 시차를 견디는 일'뿐만이 아니라, '시차를 만들어내는 일'을 하
고 있는 듯 보인다. 주인공은 '인어(人語))와 언어(言魚)'다. 김경주는 육
체와 영혼 사이, 언어와 언어 사이, 그리고 극(劇)과 시(詩) 사이에서 "멀
미"나는 이야기들을 토해낸다. 그렇다면 이제 '내가 나인 동시에 내가 아
닌 세계'는 가까스로 가능한 세계가 아니라, 얼마든지 가능한 세계가 된
다. "알 수 없는 사이"에, "언어의 공동(空洞)"에서 "미지의 혀"가 벌이는
한 편의 극은 무엇이든 만들어낼 수 있는 것이다. '연출자' 김경주는 당신
들도 한번 현기증을 앓아보시라고 관객들을 불러모으고 있다. 그래서 펼
쳐지는 것이 하나의 '인형극'이다. 지문을 한번 읽어보자.

  '나는 내 세계의 바깥에 너희들이 있다고 생각하지 않아 너희들은 나를
  가지고 춤을 추고 세계를 이야기하지만 너희들의 세계는 내가 보는 너희들
  의 세계와 다르지 않아 우리는 모두 인형들이고 너희들이 들고 있는 인형
  역시 나일 것이지만 너희들이라는 인형을 들고 있는 유령 역시 바로 나이
  지 너희들이 나를 들고 있을 때 나는 너희가 유령처럼 느껴지고 너희가 나

를 유령이라 발음할 때 너희는 나라는 유령이 들고 있는 인형일 테니까 나
는 지금 우리가 머무는 세계의 유령을 들고 있는 인형의 웃음이지'

한마디로 말하자면 김경주의 '인형극'이 주는 메시지는 "나"와 "내 세
계의 바깥"은 다르지 않다는 것이다. 그러나 이 말은 '본질'과 '현상'이 혼
연일체라는 말은 아니다. 그리고 김경주에게 '본질'과 '현상'이라는 구분
에는 어떠한 위계도 없다. 김경주는 영혼과 육체의 분리를 인정한 가운데
이 둘의 만남을 주선한다. 첫번째 시집에서 그 둘의 분리를 증명하는 것
은 '시차(時差)'였다. 그리고 그 간극을 좁히려는 시인의 노력이 '내감(內
感)'을 통해 영혼의 '기미(幾微)'를 찾으려는 행로로 나타났다고 할 수 있
다. 김경주의 현기증은 육체와 영혼의 어느 한쪽에 편승하여 극복되는 것
은 아니었다. 그의 세계는 힘겨운 이원론의 세계이지 손쉬운 일원론의 세
계는 아닌 것이다.

『기담』의 인형극은 영혼과 육체의 '시차(時差)'를 '시차(視差)'로서 극
복하고 있다고 할 수 있을 것이다. '나'도 '내 세계의 바깥'도 각각 "인형"
인 동시에 "유령"이다. "너희들이 들고 있는 인형 역시 나"이며, "너희들
이라는 인형을 들고 있는 유령 역시 바로 나"이다. 그러니까 나는 '인형'
인 동시에 '유령'이다. 그리고 내가 이처럼 인형/유령의 이원론을 극복할
수 있는 것은 "너희들"이라는 존재를 통해서다. 그러니까 '시차(視差)'의
도입으로 '나'는 '인형'이자 '유령'이 될 수 있다. 물론 '너희들'도 마찬가
지다. 그가 도입한 '극(劇)'의 형식을 생각한다면 이건 단순한 말장난은
아니다. 극은 관객을 통해 성립된다. '시선'을 통해 극이 성립된다는 것이
다. 이때 연기를 하는 것은 과연 배우인가, 관객인가. 그 둘은 서로를 보
며 각자 연기를 하고 있다. 위의 지문을 참고하자면, 무대 위의 '나'는 "너
희들"(관객)이라는 "유령"이 "들고 있는"(보고 있는) "인형"이자, "너희
들"(관객)이라는 "인형"을 들고 있는(보고 있는) "유령"(관객)이기도 하

다. 관객의 입장에서 마찬가지로 서술할 수 있다. 이들은 서로가 서로에게 배우이자 관객이다. 즉 '시선'의 도입은 우리를 '보이는 인형'인 동시에, '보는 인형'으로 만들어준다. 그렇다면 "스노글로브"라는 장난감을 들여다보고 있는 우리가 유령인가, 아니면 그 "수정구"가 거꾸로 우리를 들여다보고 있는 유령인 것인가. 물론, "하나는 유리로 만들어진 유령이고 하나는 유리로 만들어진 자신의 눈동자를 유령이라고 믿는다"(「다섯 개의 물체주머니를 사용하는 자연 시간」)가 정답이다.

　사실 김경주는 무엇이 진짜이고 무엇이 가짜인가를 구별하는 데 공들이고 있지는 않다. 그 분열과 괴리를 어떻게 돌파할 것인가에만 관심이 있다. 김경주가 가장 못 견뎌 하는 것은 우리가 '헛것'이 되어버릴지도 모른다는 사실인 것이다. 그렇다면 자신의 '인형극'을 "무지개를 쫓아 돌아다니는" 아프리카 한 부족의 미성년들의 탐험으로 정리한 김경주의 「연출의 변」이 이해가 된다. (이 글에서 충분히 다루지는 못했지만) 김경주의 『기담』에서 가장 신선하게 여겨지고, 이전의 김경주와 사뭇 이질적으로 느껴지는 그의 언어 놀이들(「팝옵티콘」「죽은 나무의 구멍 속에서 저녁은 찾아온다―베리에게」「이꼬르의 천식」)은 "헛것의 비극으로 죽어가는 것이 아니라 살아서 헛것인 지금"(「연출의 변」)을 견디려는 행위라고 할 수 있을 것이다. 김경주의 '이꼬르의 세계'는 하나의 기표가 어떤 의미와도 관련 없는 '헛것'이 되는 세계를 보여주는 것이 아니라, 자기만의 '기미'를 찾아가는 멀미나는 언어의 여행이다. 그렇다면 지금, 김경주의 "문장을 차려입고" 그 "문장에 옆"(「사랑해야 하는 딸들」)어지면서 그의 언어 놀이에서 '멀미'를 느끼고 있는 바로 당신이, 김경주라는 '인형'의 "배후"이자 "배우"가 될 것이다. 마찬가지로 『기담』 역시 당신들의 "배우"이자 "배후"이다. "무지개는 빛의 멀미들이라고 내 배우들을 홀리느라 스스로 배후가 되었다." 『기담』의 연출자, 김경주의 말이다.

4. 파티의 비극

> 어두운 부엌 한편에서 누군가, 억지로,
> 사랑해…… 하고 말했다.
> ──「멜랑콜리호두파이」

　주체, 성, 문화, 언어에 관한 지루한 동일성의 신화를 통쾌하게 전복하
는 황병승의 '에로틱파괴어린빌리지'가 말그대로 난장(亂場) 그 자체였다
면, 그의 두번째 시집이 우리에게 보여주고 있는 것은 "뒤죽박죽 얽히고
설키는 비극"(「첨에 관한 아홉소ihopeso 씨(氏)의 에세이」)에 관한 것이
다. '비극'에 방점을 찍어보면 어떨까. 그러니까 황병승이 쓰고 있는 것은
즐거운 이야기만도, 우스운 이야기만도, 신나는 이야기만도 아니라는 말
이다. "바다가 호수가 되고 처녀가 수염을 기르고/ 토끼가 사자를 쫓는"
(「모모」) 그 이상한 이야기는, 꿈에서 깨고 나면 "악몽"으로 기억될 수도
있기 때문이다. 꿈에서나 현실에서나 언제나 두려움 없는 "즐거움과 초재
미"(「부드럽고 딱딱한 토슈즈」, 『여장남자 시코쿠』)만을 선사하는 그런 이
야기가 있을 수 있을까. 황병승이 이제껏 시도한 것이 이른바 혼종의 '가
능성'을 무한히 보여주는 쪽에 가까웠다면 『트랙과 들판의 별』은 '불가능'
에 대한 비애마저 품고 있다는 점에서 좀더 진솔하게 다가온다.
　이질적 개체들이 자신의 경계를 허물고 몽롱하고 모호한 채로 즐기
는 환각의 파티 같은 황병승의 "굴 속의 노래"(「눈보라 속을 날아서(상)」)
가 경쾌한 모반(謀反)의 축가로 들리기보다는 어쩐지 묵직한 비가(悲歌)
로 들리는 것은 바로 이런 이유 때문일 것이다. 어쨌든 그들은 "배척된 채
로"(「트랙과 들판의 별」) 있다. 더 슬픈 것은 '우리들만의 파티'는 언젠가
끝날 것이고 꿈에서도 언젠가는 깨어나야 한다는 사실이다. 더불어 꿈에
서 가장 먼저 깨어나는 자가, 그래서 '우리들의 파티'를 망쳐버리는 자가

바로 자기 자신일 수도 있다는 사실이 그를 가장 슬프게 한다. 황병승의 일탈은 이처럼 "아름다움과 슬픔의 끝에"(「같이 과자 먹었지」) 있다.

> 배가 고파서 문득 잠에서 깨었을 때
> 꿈속에 남겨진 사람들에게 미안했다 나 하나 때문에
> 무지개 언덕을 찾아가는 여행이 어색해졌다
>
> ─「멜랑콜리호두파이」 부분

상, 하로 나누어진 「눈보라 속을 날아서」에 이어지는 「멜랑콜리호두파이」는 이렇게 시작된다. '눈보라'는 코카인 파티의 속어이다. 「눈보라 속을 날아서」는 제목이 암시하듯 환각의 상태에서 써내려간 "굴 속의 노래"이다. 냐라키, 오스본, 메기와 부기주니어 등이 그 주인공이다. 그러니까 「멜랑콜리호두파이」의 화자는 "나 하나 때문에" 그 환각의 파티를 망쳤다고 고백하고 있는 것이다. 잠에서 깬 건 '나'이고, 그건 "꿈속에서" 왠지 모를 허기가 느껴졌던 탓이고, 그런 나로 인해서 "무지개 언덕을 찾아가는 여행이 어색해져"버린 것이다. "무지개 언덕을 찾아가는 여행"은 모든 것이 자유롭게 공존하는 유토피아를 찾는 여행과도 같다. 그리고 유토피아라는 말이 원체 그렇듯 그것은 없는 곳(u-topia)을 찾아가는 전적으로 꿈속의 일이다. 잠에서 깬 나는 "여전히 꿈속에 남겨진 사람들"이 어쩐지 "어색"하게 보이는 '낮'의 시간에 속하게 된다. 그들에게 "미안"해지는 건 당연하다. 갑자기 술에서 깨어난 사람이 여전히 만취한 채로 있는 동료들을 보는 심정이랄까.

황병승이 집요해지는 것은, 애초에 "무지개 언덕을 찾아가는 여행"을 "배척"하고 무시했던 타인에게 적대감을 드러낼 때보다도, "배척된" '우리'가 과연 정말로 '우리'가 될 수 있는가를 생각해볼 때이다. 서로에게 미안해지는 일이 생기지 않을까 고민해볼 때이다.

차창에 기대어 아름다운 모습으로 잠들었을 때 나는 네가 그 상태로 숨이 끊어져 아름다움을 완성하길 바랐다 긴 머리 원피스 녹색 타이즈의 소녀여 땀에 젖은 속옷이 열기를 뿜어대는 밤 우리는 조금 가까워졌고 가슴속 네발 짐승은 미친 듯이 날뛰고 있어 너를 어떻게 해야 할까! 안녕, 널 보내주고 싶은데 컹 소리가 터져 나올 것 같아

(……)

차창에 기댄 너의 발그레한 두 뺨이 슬프게 떨릴 때 나는 네가 그 슬픔 속에서 심장을 움켜쥔 채 고꾸라지기를 간절히 바랐다 제발 내 옷소매를 놓아줘 축축한 양말이 미끌거리는 밤 가슴속에 으르렁거리는 이빨들이 추위에 떨고 있어 긴 머리 원피스 녹색 타이즈의 소녀여 너를 이렇게 두어도 될까!

(……)

미안해 미안해, 말하고 싶지만 사나운 발톱이 네 얼굴을 못쓰게 만들어버릴 것 같아 다가서고 싶지만 널 한입에 물어죽일까 두려워

너는 부드러운 손길 다정한 목소리 모두 나에게 주었지만 나는 너에게 줄 것 아무것도 없고 너를 얌전히 보내주기도 싫어 뒤죽박죽의 머리칼이 불처럼 타오르는 밤 너를 이대로 보내도 좋을까! 긴 머리 원피스 녹색 타이즈의 소녀여, 마음으로만 마음으로만 굿바이

—「마음으로만 굿바이」 부분

이 시는 한마디로 말해 순수한 아름다움에 관한 치명적인 파괴 본능을 그리고 있는 시다. 그 본능 안에서 선과 악이 빠르게 교차되고 있다. 차창에 기대어 잠든 "소녀"가 있다. 그 소녀의 "발그레한 두 뺨"은 슬프도록 아름답다. '나'는 "긴 머리 원피스 녹색 타이즈의 소녀"에 대해 '나쁜' 상상을 한다. "땀에 젖은 속옷", "미끌거리는 밤". 소녀의 순수함을 가장 잔인하게 파괴해버리고 싶은 점잖지 못한 충동을 느끼는 것이다. 그리고 주

저한다. "너를 어떻게 해야 할까!" "너를 이렇게 두어도 될까!" "너를 이 대로 보내도 좋을까!" 그러나 망설이는 선한 마음보다 더 빠른 것이 악한 상상(혹은 행동)이다. 이미 '나'는 (그게 상상일지라도) '너'와 "뒤죽박죽의 머리칼이 불처럼 타오르는 밤"에 있다. "너를 이대로 보내"주고 싶은 마음은 그저 마음뿐이다. 순수한 아름다움을 파괴해버리는 가장 악랄한 순간에 '나'는 마음 한편의 선함을 드러낸다. "마음으로만 마음으로만 굿바이"라는 시어가 슬프도록 아름답게 들리는 이유는 그런 것이다. 이 시의 매력은 이 같은 솔직함과 약함이다. 그 솔직함은 자신이 본능에 이끌리는 착한 짐승일 뿐이라는 위선적인 태도와도, 자신의 연약함만을 보호하려는 위악적인 태도와도 거리를 둔다. 황병승은 자기 자신의 선함과 악함을 똑바로 직시한다. 그래서 이런 결론을 얻어낸다. "당신은 그저, 조금 약해졌을 뿐. '약하다'는 것은 흘러가는 감정"(「곰뱀매거진18호」)일 뿐.

　세상의 어떤 무엇도 결정적으로 아름답거나 결정적으로 추할 수는 없다. 진정으로 선하거나 진정으로 악한 것도 없다. 황병승의 메시지는 바로 이런 것이다. 그 대상이 자기 자신이라고 해도 마찬가지다. '나'는 어디까지나 불완전한 존재이다. 그리고 그것을 아는 자만이 상대의 불완전함도 온전히 감싸 안을 수 있다. 황병승이 자신의 시에서 순수한 소녀도 되었다가, 그 소녀를 "개년"(「트랙과 들판의 별」)이라고 부르는 개보다 못한 놈도 되었다가, 환각에 취하기도 했다가 멀쩡히 깨어나기도 했다가 하며 그렇게 수많은 상황 속에 자신을 집어넣는 것은 그가 세상을 온몸으로 살기 때문이다. 그리고 대체로 그는 악하기보다는 약한 존재이기 때문이다.

　앞서 황병승의 시가 '비극'이라고 했다. 비극이란 무엇인가. 세상 누구라도 불행한 운명에 처할 수 있다는 공포와 자기 자신은 그 공포로부터 한 발 물러서 있다는 안도를 함께 주는 것이 비극이 아닌가. '나'를 염두에 둔 공포가 '너'를 향한 연민으로 뒤바뀌는 것이 카타르시스가 아닌가. 황병승의 시가 '비극'이 되는 것은 모든 것이 뒤섞이는 "굴 속의 노래"를 들으며 이 같은 '연민'을 느끼는 주인공이 등장할 때다. "꿈에서 깨어난" 단 한 명의 존재가 바로 그 사람이다. 모두가 꿈꾸고 있을 때는 그게 꿈인지 모르지만, 한 명이라도 깨어난 자가 있다면, 그것은 더이상 꿈일 수 없다. 깨어나서 떠올려본 꿈도, 아침이 되어 돌이켜본 밤도 그저 비정상적인 어둠의 공간일 뿐이다. 황병승의 시가 자기충족적인 희극이 되지 않고 '거리'와 '깊이'를 간직한 비극이 될 수 있는 것은, 이같은 자기 성찰적 시선 때문이다. "우리에게는 우리들만의 승리가 있다"(「트랙과 들판의 별」)지만 '우리'는 과연 '우리'가 될 수 있을까. 황병승의 질문은 거기까지 나아가 있다. 그가 보여주는 무절제한 뒤섞임의 재미를 또 한번 맛본 것보다도 이러한 질문을 확인한 것이 그의 두번째 시집에서 우리가 얻은 수확이다.

> 빨고 만지고 핥아도
> 우리를 기억하는 건 우리겠니?
> ─「메리제인 요코하마」(『여장남자 시코쿠』) 부분

당신의 대답은 무엇인가.

5. "포엣(poet), 온리(only) 누벨바그(nouvellevague)"[7]

이들의 시는 즐겁고 발랄하기보다는 오히려 처절하고 슬프다. 왜냐, 이들은 '가까스로 가능한' 그 무엇을 시도하고 있기 때문이다. 그 과정에서 이민하, 김경주, 황병승은 '무정(無情)한 요리사' '유령극장의 인형' '파티의 불청객'이 되어 있다. 그렇다면 이들이 힘겹게 가고 있는 곳은 어떤 세계일까. 그곳은 거짓도, 허무도, 편견도 없는 진실의 세계일 것이다. 들리

---

7) 황병승, 「첨에 관한 아홉소ihopeso 씨(氏)의 에세이」.

는 소문과는 달리 이들은 그 모든 것이 가능하다고 손쉽게 말하는 자들이 아니다. 이 세 명의 시인에게 쉬워 보이는 일이 있다면, 그것은 오로지 쓰기를 멈추지 않는 일, 바로 그것뿐이다. '미래파'의 두번째 시집에서 확인한 것은 '가까스로 가능한' 세계에 도달하려는 이들의 여정에서 '고통'의 강도가 갈수록 짙어지고 있다는 사실이다. 사유는 깊어지고 태도는 진지해졌기 때문이리라. 좋은 징조일 것이다. 다만 이들에게 건네고 싶은 말은, 세계를 대하는 눈이 깊어지는 만큼 반대로 언어를 대하는 손놀림은 더 많이 가벼워져야 한다는 것이다. 그래야 '미래파'라는 명명이 이들의 청춘 시절을 환기하는 한때의 영광스런 이름으로만 남지 않을 수 있을 것이다. 제 살을 갉아 먹는 용기로, 그러니까 자신들이 이루어놓은 것을 한순간에 파괴해버리는 자기 갱신의 치열함으로, 이들이 내내 '미래파'이기를 바란다. 시인들이여, 저 멀리 앞에 계시기를. 영원히 시적인 것이 우리를 이끈다.

(『시와반시』 2009년 봄호)

'자기 눈에 그림을 그리는' 시인
― 김경주의 『기담』 읽기

르네 마그리트의 〈가짜 거울〉은 사람의 한쪽 눈을 클로즈업한 그림이다. 홍채는 구름이 떠다니는 파란 하늘로, 중심에 있는 동공은 검은 태양으로 그려져 있다. 제목은 왜 〈가짜 거울〉일까. 사람의 눈은 스스로 무언가를 보고 있는 거울이다. 눈은 빛을 반사하는 동시에 모은다. 뒷면에 수은을 바른 진짜 거울이 아니라, 그 안에 영혼을 담은 가짜 거울인 것이다. 마그리트는 이 같은 눈의 이중적 속성을 그려본 것이 아닐까. 나아가 〈가짜 거울〉은 눈 안에 담긴 파란 하늘과 검은 태양을 통해, 세상의 창조주가 되고픈 인간의 욕망까지 보여주고 있다.

김경주가 친절하게 알려준 "스노글로브"(「다섯 개의 물체주머니를 사용하는 자연 시간」)의 제작 과정을 읽다보면, 아니 "눈 속에 떠 있는 천체"(「곤조GONJO(No. 5)」)를 찾아가는 "윙크맨"(같은 시)의 이야기를 읽다보면, 마그리트의 〈가짜 거울〉이라는 그림이 떠오른다. 그가 만들어본 "눈이 내리는 워터볼"은 그야말로 우리가 보고 있는 세계를 되비추는 우리의 눈(目)이다. 동공(pupil)은 라틴어로 작은 인형(pupilla)을 뜻한다고 한다.[1] 상대의 눈에 비친 자기 자신이 작은 인형처럼 보인다고 해서 붙여진 이름이다. 김경주의 『기담』은 이른바 동공이라는 "공동(空洞)"에서 펼쳐지는 언어들의 "인형극"이다. 시인의 눈 속에서, 그리고 그 시를 쫓아 읽는 우리의 눈 속에서, 그 젖은 허공 속에서, 작은 인형 같은 언어들이 "활공"하고 있다. 우리는 그 눈사람을 만질 수 있을까.

의심할 여지없이 김경주 시의 키워드는 '영혼'이고 '음악'이다. 그에게 영혼은 음악이나 바람의 형태로, 즉 눈에 보이지 않는 어떤 파동의 형태로 존재한다. 따라서 그가 "박동"을 간직한 몸을 통해 영혼을 감지하고자 할 때, 그 시도는 참으로 적절하다. 더불어 우리는 김경주가 '눈'에 대해서도 남다른 애착을 지닌 시인이라는 사실을 간과해서는 안 된다. 영혼의 기미를 쫓는 김경주를 "때아닌 혹은 때늦은 관념론자"[2]라 할 수도 있겠지만, 그는 뜬금없는 시각주의자이기도 한 것이다. 그러나 오해하지 말아야 할 것은 김경주의 눈이 단지 보는 기관만은 아니라는 사실이다. 김경주의 광활한 눈은 이미지라는 환영에 만족하는 스캐너가 아니다. 조금은 이상한 모양을 하고 있는 그의 장난 같은 시들은, "헛것"을 쫓을 바에야 차라리 눈을 찔러 "피눈물 속에 뜨는 무지개"(「연출의 변」)라도 보겠다는, 장난 아닌 심각한 자세로 씌어지고 있다. 장난감 놀이에 몰두하는 아이 특유의 진지한 눈빛을 생각해보자.

"사람을 그릴 때는 제일 먼저 눈부터 그려 넣는 습관을 가지고 있다"(「당신의 잠든 눈을 만져본 적이 있다」, 『나는』)고 말한 김경주가 드러내는 눈에 대한 매혹은 눈을 영혼의 처소로 여겼던 고대 철학과 조응하는 면이 있다. 엠페도클레스는 눈을 등불에 비유했으며, 플라톤은 태양을 가장 많이 닮은 것이 인간의 눈이라고 했다.[3] 이들은 태양이나 신의 것으로만 여겨졌던 '빛'의 속성을 인간의 눈에도 부여한 것이다. 김경주에게도 물론,

---

1) 다이앤 애커먼, 『감각의 박물학』, 백영미 옮김, 작가정신, 2004, 343쪽.

2) 신형철, 「감각이여, 다시 한번」, 『몰락의 에티카』, 문학동네, 2008, 312쪽.

3) 임철규, 『눈의 역사 눈의 미학』, 한길사, 2003, 50~51쪽.

눈은 영혼의 집이다.

문제는 김경주의 눈이 빛의 공간만은 아니라는 사실이다. 그의 눈에는 주로 어둠이 기거한다. 역사상 최초의 눈을 지녔던 삼엽충이 존재했던 캄브리아기로 거슬러 올라가 "눈 없는 물고기"(「파이돈」, 『나는』)를 상상해보았던 김경주를 기억해보자. 그가 "황혼에 대한 안목(眼目)은 내 눈의 무늬로 이야기하겠다"(「기미(幾微)─리안에게」, 『나는』)고 선포했던 것 역시 떠올려보자. 김경주에게 눈은 저 홀로 빛을 발하는 자족적인 공간이 아니라 언제나 어둠을 동반하는 깊은 구멍이다. 그의 눈은 주로 눈 떠도 볼 수 없는 것들이나 눈 감아야 볼 수 있는 것들만 찾아다닌다. 비유컨대 그는 빛을 모으는 맹인이다.

한 사람의 영혼이 눈 속에 담겨 있다는 것이 문제라면 문제다. 눈이 영혼의 처소라면 우리는 자신의 영혼을 볼 수도 만질 수도 없다. "죽기 전 내 심장을 한 번이라도 볼 수 있을까"(「정신현상학에 부쳐 횔덜린이 헤겔에게 보내는 마지막 편지」, 『나는』)라는 질문에 절망할 수밖에 없듯이 말이다. 자신의 눈을 반사해주는 거울을 통해서만 제 자신의 영혼을 들여다 볼 수 있는 인간은, 누군가의 눈 속에서만 나의 영혼을 볼 수 있다. 자신의 눈을 바라봐주는 "배후"가 없다면, 자신의 영혼에 관한 한, 인간은 눈 뜬 장님에 불과하다. 우리의 "윙크맨"이 별 보기에 심취하는 것도 결국 자기 "눈동자 속에 푸른 유골"(「곤조GONJO(No. 5)」)을 보기 위한 것이다.

그래서, 김경주는 첫번째 시집의 마지막 시를 "나는 지금 당신의 눈빛이다"(「당신의 잠든 눈을 만져본 적이 있다」, 『나는』)라고 끝맺었던 것이 아닐까. 눈 뜨고도 자신의 영혼을 만질 수 없다는 공허감은 "당신의 눈빛"을 통해서만 해결될 수 있다는 것이다. 중요한 건 '거리'다. "쌍둥이의 사랑이 슬픈 건 그들이 둘이라서가 아니라 그녀가 하나이기 때문"(「곤조GONJO(No. 5)」)이듯. 김경주가 선택한 '당신'은 당연하게도 '언어'다. 그러니까 『기담』은 시인 김경주의 영혼을 보장해주는 언어에 관한 이야기다. 그는 지금 자기 "생의 배우이며 배후인 언어를 상대하는 것이다." 따라서 그가 『기담』의 무대를 "언어의 공동(空洞)"으로 지정한 것은 너무나 자연스럽다. 언어를 응시하며 시를 쓰는 그는 그 속에서만 자신의 영혼을 볼 수도 만질 수도 있기 때문이다. 또한 이 언어들은 김경주의 동공을 통해서만 "천천히 지면을 걸어다니는" "언어(言魚)"가 될 수 있다. 언어는 김경주의 동공에서 활공하는 "인형"들이자 그의 영혼을 되비추는 "유령"이다.

이처럼 언어와 더불어 공생할 수밖에 없는, 아니 언어에 기생할 수밖에 없는 시인은 언어를 살아 있는 존재로 만들기 위한 일에 필사적일 수밖에 없다. 『기담』의 다양한 형식 실험들 속에서 김경주의 시어들이 의미를 실어 나르는 껍데기로 전락하기보다는 스스로 의미를 만들어가는 자율적인 "생태계"("닿을 수 없는 문장 사이에 존재하는 우리들의 '녹지율'"—「다섯 개의 물체 주머니를 사용하는 자연 시간」)를 지닌 생물로서 지면을 활보하게 되는 것은 "헛것의 비극으로 죽어가"(「연출의 변」)지 않기 위한 그의 몸부림이다. 김경주는 지금 단순히 언어를 지배하는 놀이를 즐기고 있는 것이 아니라 언어와 더불어 제 자신의 영혼을 살리고자 갖은 노력을 다하고 있는 셈이다. 따라서 이번 시집에서 우리가 주목해야 할 것은 언어를 '헛것'으로 만들지 않으려는 김경주의 노력 그 자체다. 이 시집이 '지문'으로 시작해서 「연출의 변」으로 마무리되는 극의 형식을 취하는 것도 익숙한 장르 결합의 시도로 보아 넘길 일은 아니다. 언어들에게 살아 숨 쉴 공간을 마련해주어야 한다는 이유로, 그는 불가피하게 무대 연출자가 되어 있는 것이다.

예컨대 「이꼬르의 천식」이나 「팬옵티콘」 같은 시가 시도하는 것이 바로 언어에 생명을 불어넣는 일이다. 독자들에게 이 시들은 어쩌면 '덜' 파격적으로 느껴질 수도 있다. 그것은 김경주가 시 속에 삽입한 "이꼬르"라는 기호(=)나, "다음을 바꾸어서 다시 읽어보시오"라는 주문 때문일지도 모른다. 그러한 장치 없이 환유적 확산만으로도 언어의 독자적인 움직임을 효과적으로 보여준 시들을 우리는 충분히 많이 보아왔다. 그러니까 어떤 '새로운 형식'을 만들어보자는 것이 김경주의 진짜 의도는 아닐지 모른다는 말이다. '기호'나 '주문'의 삽입은 이른바 언어에 영혼을 부여하려는, 즉 언어를 살아 있는 것으로 만들려는 그의 노력 자체를 환기한 바로 이 지점에서 비로소 그의 시가 특별해진다. 다양한 시도들이 오히려 자신의 시를 진부한 것으로 만들지나 않을까라는 염려를 철저히 무시하는 자신감이 김경주 시의 매력이다. 그 자신감은 물론 언어를 경유함으로써만 자신의 영혼을 탐사하겠다는 시인의 맹목적 열정으로부터 기인한다.

김경주의 『기담』은 철저히 기획된 시집이다. 여러 가지 증거를 통해 이 시집의 기획성을 증명하는 것은 그다지 어려운 일도, 하물며 중요한 일도 아니다. 「무릎의 문양」 같은 절창을 지을 만한 재능을 지닌 시인이 왜 이러한 기획에 제 자신의 역량을 투여하고 있는지 그 저의를 생각해보는 일이 중요하다. 그는 언어를 지배하고 세계를 장악하는 창조주가 되겠다는 거창한 포부를 지니고 있지는 않다. 의미작용으로부터의 해방을 통해("우리의 은유는 얼마나 적대적인 것이 되어버렸습니까?"―「프리지어를 안고 있는 프랑켄슈타인」) 언어를 스스로 영혼을 지닌 존재로 살려내고, 그로써 자신 또한 의미 있는 존재가 되겠다는 진실된 바람을 지녔을 뿐이다. 그는 진정, 시인이다.

무지개를 찾아 나선 아프리카 부족의 미성년들이 결국 제 눈을 찌르고야 만다는 이야기를 소개한 「연출의 변」은 언어의 심연으로부터 제 자신의 영혼을 찾으려는 김경주의 불가능한 시도가 도달해야 할 궁극의 지점을 보여준다. 그의 탐험은 사실 홍채(虹彩)라는 "무지개"를 쫓는 여행에 다름아니다. 시를 쓰다가 "조금씩 눈이 멀어"(「사랑해야 하는 딸들」)버리는 경지가 바로 그것이 아닐까. 김경주의 영혼의 탐사는 한편 "당신 없이 잠드는 이야기"(같은 시)이기도 하다는 것이다. 이제 이 시집이 꿈으로 마무리 되는 이유도(「구운몽」) 분명해진 듯하다. 그에게 꿈이란 "자신이라는 시차(時差)를 견디는 일"(「우주로 날아가는 방3」, 『나는』)이 아니었던가.

　김경주의 『기담』은 이른바 '시인의 동공'과 '언어의 공동' 사이에서 펼쳐지는 작은 인형들의 연극이다. 시인과 언어는 어둠 속에서 서로를 되비추며 '헛것' 아닌 "별"(「곤조GONJO(No. 5)」)이 되어간다. 그렇다면 이 현란한 인형극은 영혼의 기미를 쫓는 김경주의 애초 시작(始作/詩作)과 전혀 다르지 않다. 예의 그 똘망똘망한 눈으로 김경주가 제작한 언어들의 인형극, 아니 언어들의 생태계, 아니 언어들의 꿈속에서, "멀미"를 하고 돌아온 독자는 이제 시인에게 "당신의 잠든 눈을 가만히 만져본 적이 있다고 고백해야"(「당신의 잠든 눈을 만져본 적이 있다」) 할 것이다. "자기 눈에 그림을 그리는"(「오르페우스에게서 온 한 통의 엽서」, 『나는』) 시인의 이상한 이야기를 응시하며, 그의 눈을 더듬으며, 이제 우리는 제 자신의 영혼을 만져보는 기이한 체험을 하게 될지도 모른다. 그렇다면 김경주의 시를 제대로 읽기 위해 필요한 것은 확대된 동공이 아니겠는가. 일부러 눈에 힘을 줄 필요는 없다. 매력적인 대상 앞에서 동공이 커지는 것은 무조건반사이기 때문이다. 우리 눈앞에 『기담』이라는 흥미로운 시집 한 권이 펼쳐져 있다. 우리는 *"지금, 도취 중일까? 야광 중일까?"*(「곤조 GONJO(No. 5)」)

보이지 않는 것을 그리다[1]
— 김행숙과 이민하의 시

1

베이컨이 "나는 공포보다는 외침을 그리기를 원했습니다"라고 말할 때, 혹은 클레가 "보이는 것을 보여주는 것이 아니라 보이지 않는 것을 보이도록 한다"라는 공식으로 예술을 정의하려 할 때, 이는 모두 '감각'의 조건인 보이지 않는 '힘'을 강조하는 것이다.[2] 들뢰즈가 베이컨의 회화에서 보고자 한 것도 바로 이것이다. 그런데 보이지 않는 힘을 보이도록 한다는 것, 그것은 과연 어떻게 가능한 것일까? 가령, 보이지도 않고 소리 나지도 않는 시간을 우리는 어떻게 보이고 들리게 할 수 있을까? 모양도 색도 없는 소리나 외침은 어떻게 그릴 수 있으며, 색은 또 어떻게 들리게 할 수 있을까? 들뢰즈를 따라, 일단 다음과 같은 조건들을 말해볼 수는 있다.

---

1) 『덩아돌하』 2009년 겨울호에 발표된 김행숙과 이민하의 신작 시를 읽는 글이다. 이 신작 시들은 각각 김행숙의 『타인의 의미』(민음사, 2010) 이민하의 『모조 숲』(민음사, 2012)에 묶여 출간되었다. 이 글의 인용은 최초의 발표지면을 따른다.
2) 질 들뢰즈, 『감각의 논리』, 하태환 옮김, 민음사, 2008, 69쪽.

첫째, 감각을 유발시킨 대상을 제거하는 일이다. 공포를 유발할 만한 대상을 지워버린 채, 단지 고함치고 있는 교황만을 그려놓은 베이컨의 그림이 좋은 예가 된다. 이때 고함은 공포로부터 촉발된 것이 아니라, 반대로 공포를 귀납적으로 증명하는 것이 된다. 둘째, 감정을 지우는 일이다. 사랑 혹은 증오라는 특정한 감정이 아니라 정확히 반대되는 두 감정의 양립이라 해도 마찬가지다. 들뢰즈가 포착한바, 베이컨의 그림에는 '감각들'과 '본능들'만 있을 뿐, 단순한 감정도 복잡한 감정도 모두 삭제되어 있다. 셋째, 고정된 윤곽을 지닌 물체의 이동이 아닌, '제자리의 경련'이나 '변형'을 통해서만 움직임을 보여주는 일이다. "움직임이 감각을 설명하는 것이 아니라 반대로 움직임이 감각의 탄력성에 의하여 설명"[3]되도록 만드는 일이다.

감각이 '이러한 것이다'라고 적극적으로 규정하기는 힘들다. 오히려 위에서처럼 이러저러한 것을 제거할 때 간신히 그 모습을 드러내는 것이 감각이라고 소극적으로 정의해볼 수 있을 뿐이다. 감각을 오로지 그것 자체로 감지하기 위해서라면 이제껏 감각이라는 질료를 감싸고 있었던, 그래서 형식이자 내용으로 오해되었던 감각의 형상들을 제거하는 일이 필수적으로 요청된다. 우발적이고 즉흥적이고 순간적인 감각을 '의미'와 '감정'이라는 고정된 틀로 묶었던 그 자연스러운 과정을 거꾸로 되돌리는 일이 필요하다는 말이다. 베이컨의 회화에서 들뢰즈가 주목한 것이 바로 이 해체 작업이다. 의미와 감정이라는 형상들은 감각이라는 알맹이 없이는 껍데기에 불과하다는 것, 우리는 이제껏 껍데기에 눈이 멀어 감각의 맨살을 만져볼 생각조차 못 했다는 것, 감각의 추종자인 현대 예술가들은 이러한 사실에 민감하다.

감각이라는 보이지 않는 것을 보이도록 하기 위해서는 일단, 이제껏 너

---

3) 같은 책, 54쪽.

무나 자연스럽고 명백하게 여겨졌던 것들에 대해 눈감을 필요가 있다는 것인데, 이것이 말처럼 그리 쉬운 일은 아니다. 개념화의 도구인 언어로써 축조되는 시의 세계에서라면 사정은 더욱 심각하다. 얽히고설킨 감정의 타래를 압축적으로 적시(摘示)하기 위해 단어 하나를 정성스레 고르는 것을 시의 의무로 여겼던 우리는, 의미도 감정도 전부 벗어던진 채 날것으로 전시되고 있는 언어들의 조합에, 더불어 그것이 야기하는 감각의 반응에만 몰두하라는 어떤 시들의 명령에 어리둥절할 수밖에 없다. 그 당황스러운 명령을 따르기로 마음먹었다 한들, 개념과 감정에 이미 친숙한 우리는, (김춘수마저도 인정했듯) 의미와 감정을 '의식적으로' 피하는 방식으로써만 무의미와 무감정에 도달할 수 있을 뿐이다. 시가 감각의 논리를 따른다는 것은 이토록 힘든 일이다. 그러나 그 어려움의 강도가 아무리 엄청나도, 어려움이 불가능으로까지 육박할 수는 없다.

순간적으로 사라지는 감각을 감지하는 것이 도저히 불가능한 일은 아닐 것이라는 말이다. 클레의 말을 다시 빌려보자면, 감각을 재현하는 일에 몰두하는 예술은 ('재현'이라는 말을 썼거니와) 그저 '보이지 않는 것을 보이도록' 할 뿐이 없는 것을 만들어내고 있는 것은 아니다. 베이컨이 그린 절규하는 교황의 그림 역시 '외침'이라는 보이지 않는 힘이 '재현'된 하나의 사례에 불과하다. 회화뿐일까. 모호한 정황과 이상한 이미지들로만 채워져 있는 시라 할지라도, 그 안에서 시인이 하는 일은 자신의 신경 시스템 안에 명백하게 각인된, 그렇지만 아직은 개념화되지 못한 무언가를 '재현'하는 일이라고 해야 할 것이다. 이때 재현되는 것은 물론 '대상이나 관념들의 지적관계'가 아니라 감각들의 '사실관계(matters of fact)'[4]이다. 한편의 시 안에서 검출되는 어떤 상황들이 아무리 괴상하더라도 그것이 애초에 존재하지 않았던 무언가의 발견일 리는 없다는 말이다.

---

4) 같은 책, 14쪽.

어려운 일은 보이지 않는 것을 보는 일이지 이미 본 것을 재현하는 일은 아니다. 시인에게 그토록 분명하고 명백한 '사실관계'가 독자에게는 여전히 잘 보이지 않는다면, 일단은 '사실관계'를 언제나 '지적관계'로 치환하고야 마는 우리의 오래된 습관을 탓해보아야 한다. 김행숙과 이민하의 시를 읽기 위해 재차 강조되어야 할 것은 '보이지 않는 것을 보이도록 한다'라는 말의 의미이다. 이 말을 충분히 음미하기 위해서는 "우리는 변형될 수 있다"(「지옥훈련」, 『이별의 능력』, 문학과지성사, 2007)라는 믿음역시 필요하다.

2

유클리트적 공간에서라면 평행한 두 개의 직선은 영원히 만날 수 없다. 그러나 회화의 세계에서라면 평행한 직선을 만나게 하는 일이 그다지 어려운 것은 아니다. 우리에게는 신비로운 원근법이 있기 때문이다. 현실에서는 영원히 만날 수 없는 마주본 두 개의 철로도, 양쪽 길가에 늘어선 가로수들도, 심지어는 하늘과 바다도, 원근법의 세계에서는 결국 한곳으로 모인다. 그런데 그 가로수들은 정말 만난 것일까. 우리의 눈이 증명할 수 있는 것은 두 개의 가로수가 결국에는 한 점으로 모였다는 사실뿐이다. 가로수들은 한없이 작아지기도 했으니 그것들이 마침내 만난 것인지, 아니면 영원히 사라져버린 것인지, 멀리서 바라본 우리는 확신할 수 없다. 그저 그 소실점에서 '함께 사라져버렸다'고 추측할 뿐이다. 원근법의 세계는 이토록 신비롭고 아름답다. 가까운 것과 먼 것을 동일한 평면 위에 보여주고, 도저히 만날 수 없는 것을 만나게 해준다는 점에서뿐만 아니라, 만남이라는 것이 '함께 사라지는 일'이라는 아름다운 사실까지도 일러준다는 점에서 그렇다. 만남이 함께 사라지는 일이라니, 무슨 말일까. 우리가 모를 리 있겠는가. 둘만으로도 모든 게 완벽했던 충만함의 기억을 떠올리기만 하면 된다.

모두 다 김행숙의 「가로수 원근법의 끝에서」(『시안』 2008년 겨울호)라는 산문을 읽고 한 생각들이다. 그 산문에는 지구에서 그려진 그림, 그러니까 원근법에 충실한 그림을 보고 있는 외계인이 등장한다. 그림 안의 소실점은 외계인에게 안타까운 느낌을 준다. 그는 이미 소중한 것이 멀어지다가 결국 사라져버리는 쓰라린 경험을 해보았기 때문이다. "자신의 고향이 점점 멀어져서 하나의 점으로 사라지는 광경을 그는 막막한 우주 공간에서 보았"던 것이다. 그러나 지구의 그림 속에는 언제나 먼 것과 가까운 것이 한 평면에 함께 있다. 외계인은 이 원근법을 "멋진 사기"라고 경탄하지만, 이내 사라진 "그 모든 것들은 어디로 갔을까"라는 쓸쓸한 호기심이 생겨나는 것도 사실이다. 김행숙의 말마따나 "마음을 찢으면서 멀어지는 고향을 우주적인 고독 속에서 경험하지 않고도, 먼 곳에 대한 막연한 그리움이나 동경 같은 것 없이도, 시퍼런 무의식의 심연에 한쪽 신발을 떨어뜨려보지 않고도, 철학적 혹은 예술적 깊이 같은 건 냄새조차 피우지 않고서도" 자유자재로 원근법을 구사할 수 있는 지구인은 심각하게 생각해보지 못했던 궁금증, 작고 캄캄한 암흑 속에서 무슨 일이 일어나고 있는가라는 궁금증이 외계인에게 생겨나는 것이다.

　　"나랑 함께 없어져볼래?"(「미완성 교향곡」, 『사춘기』, 문학과지성사, 2003)라고 말하는 김행숙을 신비로운 소실점을 만지고 있는 시인이라고 불러도 좋지 않을까. 아닌 게 아니라 그녀는 "더 작은 목소리가 되어/ 우리는 함께 희미해진다"(「다정함의 세계」, 『이별의 능력』)라며 "다정함의 세계"를 묘사하기도 했다. 그러니까 김행숙은 멀리서 바라본 소실점을 슬퍼하기보다는 소실점 안에서 벌어지고 있는 만남에 대해 주목하고 있는 듯하다. 김행숙의 원근법에서 소실점은 모든 것이 사라지는 한 점이 아니라 모든 것이 만나는 거대한 원이 된다. "지평선이 뜯어진 세계처럼"(시인의 말, 『이별의 능력』) 만나자는 시인의 말도 저 멀리 보이는 아득한 소실점에 대한 상상으로부터 가능한 것일 테다. 가령 다음과 같은 짧고 명료한 시는 '여기'에서 바라본 '저기'의 소실점이 아니라, 바로 '여기'가 된 소실점을 보여주는 듯도 하다.

서랍 바깥의 서랍 바깥의 서랍 바깥까지 열었다

서랍 속의 서랍 속의 서랍 속까지 닫았다

똑같지 않았다

다시 차례차례 열었다

다시 차례차례 닫았다

세계의 구석구석을 끌어 모은 검은 아침이 서서히 밝아왔다

누군가, 누군가 또 사라지는 속도로

─「서랍의 형식」 전문

서랍 속의 서랍 속의 서랍 속의 서랍이 있다. 점점 멀어지면서 작아지는 '가로수 원근법'에서처럼 가장 안쪽에 있는 서랍 속의 공간은 작고 희미하고 어두울 것이다. 시적 정황은 단순하다. 그 작고 희미한 맨 안쪽의 서랍으로부터 가장 바깥쪽의 서랍으로까지 열고 나왔다가("서랍 바깥의 서랍 바깥의 서랍 바깥까지 열었다"), 이내 다시 열었던 서랍을 차례로 닫고 안쪽으로 들어가는("서랍 속의 서랍 속의 서랍 속까지 닫았다") 행위가 반복되고 있다. "열었다 닫았다"라는 행위만이 두드러지며, 이것이 "똑같지 않았다"라고 설명되고 있다. 이 시에서 흥미로운 것은 그 반복되는 행

위 자체보다도, 행위가 시작되고 끝나는 지점이 어디인가에 관한 것이다. 행위의 주체는 '바깥'에 있지 않고 '안쪽'에 있다. 바깥쪽에서부터 서랍을 열고 들어갔다가 다시 차례로 서랍을 닫고 나오는 것이 아니라, 안쪽으로부터 열고 나왔다가 다시 닫고 들어가고 있다. '가로수 원근법'을 생각해볼 때, 이 시는 저 멀고 어두운 곳으로부터 가깝고 환한 곳으로 나왔다가 다시 먼 곳으로 사라지는 누군가를 그리고 있다고 볼 수 있다. 그 먼 곳에서는 "세계의 구석구석을 끌어 모은 검은 아침이 서서히 밝아"온다. 서랍을 열었다 닫았다 했던 그 누군가는 지금 가장 안쪽의 어두운 서랍 안으로 신비롭게 사라지고 있는 것이다. 김행숙은 언제나 이렇다. 그녀는 멀리서 바라보며 상상하는 데 그치지 않고 직접 그 멀리로 들어간다. "가로수 원근법의 끝"에 머물러 있는 것은 단지 그녀의 시선만이 아니라 그녀의 온몸이다. 김행숙 시에 출몰했던 다양한 감각의 향연들은 바로 이 같은 직접성으로부터 말미암았을 것이다. 그녀는 멀리서 쓸쓸히 바라보는 데 만족하는 '투시의 주체'가 아니라, 그 소실점 안으로 성큼성큼 들어가는 '보행의 주체'이다. 그러나 "돌아보니 발자국이 보이지 않"(「신발의 형식」)는다. 어떻게 된 일일까.

일정한 간격으로 놓인 가로수가 일정한 비율로 점점 작아지다가 한 점이 되는 것은 투시하는 자의 눈에만 그렇다. 투시하는 자가 "나무들은 얼마나 우아하게 나뭇잎 나뭇잎을 떨어뜨리고, 얼마나 구슬프게 나뭇잎 나뭇잎을 피웠을까"(「가로수 관리인」, 『이별의 능력』)라는 호기심을 품기는 어렵다. 그러나 김행숙은 "나무 위를 발목이 달빛에 젖도록 걸어다닐 거야"(같은 시)라고 아름답게 말하는 시인이다. 투시하는 자의 눈이 띄엄띄엄 일정한 크기로 작아지는 나무들을 포착하고 있을 때, 김행숙의 시는 "가로수와 가로수의 사이는 다정한 곳일까"(「가로수의 길」)라는 호기심을 온몸으로 품어본다. "주인처럼 원근법적 공간을 관할하는 존재로 설정된 '나'는 사실상 그 공간을 늘 흔들어놓는 자이며 그곳에서 햇빛에도 바람에도 흔들리는 불안한 눈동자이며 코이며 피부이다"(「가로수 원근법의 끝에서」)라고 그녀는 쓴 적도 있다.

　　빨강과 검정 사이에서 너의 머리카락은 매일매일 자랍니다. 눈이 가장 밝은 사람도 머리카락이 자라는 순간을 본 적이 없습니다. 그리고 눈이 어두운 우리에게 머리카락은 한 달 후에 자라는 것입니다. 머리카락에 대하여… 너의 눈빛에 대하여… 나의 마음에 대하여… 어느 날 한 달 후에 알게 되는 것들. 나는 그럴 줄 몰랐어, 그렇게 말했습니다. 나는 그럴 줄 알았어, 그렇게 말해도 똑같은 것이 있습니다.
　　(……)
　　왜 머리카락은 끝없이 자라는가. 성기를 감추듯이 머리카락을 감춘 여인들이 사랑하고 슬퍼하고 투쟁하는 이야기를 밤새 읽었습니다. 아침이 밝자 소설의 문장처럼 나는 너의 머리카락을 만지고 싶었습니다. 나는 잘못 읽었어요. 나는 잘 못 읽었어요. 나는 못 읽었어요. 어쨌든! 나는 읽었어요. 머리의 반쪽은 비밀로 가득 차 있습니다. 왜 머리카락은 시간처럼 시간처럼 끝없이 자라는가. 왜 머리카락은 정치적인가. 마침내 누가 머리카락을 해석하는가.

—「머리카락이란 무엇인가」 부분

'가로수 사이'의 다정함을 생각해보고, "내 발이 신발의 어둠과 일치하는 순간"(「신발의 형식」)을 음미하려고 하는 김행숙이라면, "머리카락이 자라는 순간"을 떠올려보는 것도 무리는 아니다. 그녀는 지금 "눈이 어두운 우리"는 잘 보지 못하는 어떤 '틈'과 '사이'에 대해 말해보고 있다. 지금도 분명히 자라고 있는 머리카락인데, 왜 우리는 그것을 "한 달 후에"야 알아챌 수밖에 없는 것일까. 그 분명한 '사실'이 우리에게 왜 보이지 않을까. 너무나 서서히 그리고 지속적으로 진행되기 때문일 것이다. 마치 숨 쉬는 일처럼 소리 없이 자각 없이 계속되는 현상에 대해서 우리는 무지하기 쉽다. 매일매일 조금씩 자라는 머리카락뿐일까. 너무나 오랜 시간 동안 지속되어왔기 때문에 당연시된 폭력을, 누군가의 흔들리는 눈빛이나 소리 없는 눈물을, 그러니까 들리지 않고 보이지 않는 그 무언가를, 우리는 너무 쉽게 잊는다. 머리카락이 자라는 순간에 대한 상상은 이제, "머리카락을 감춘 여인들"의 슬픔과 투쟁에 관한 이야기로까지 확장된다. 이음매가 보이지 않을 만큼 깔끔한 솜씨로 시 속에 철학적 사유를 잘 빚어내곤 했던 명민한 시인 김행숙은 이 시를 통해 어쩌면, '보이지 않는 것을 보이도록 한다'라는 동일한 명제를 공유하는 들뢰즈의 감성적 예술론과 랑시에르의 '예술의 정치'를 접목시키려는 실험적인 시도를 해보고 있는 것인지도 모른다. "왜 머리카락은 정치적인가". 투시하는 자의 눈에는 잘 보이지 않는 미약한 존재들을 우리에게 '직접' 보여주기 때문일 것이다. 그뿐만이 아니다. 김행숙은 어떤 '힘'을 보여주기도 한다. 보이지 않는 그들에게 다가가는 힘, 그리고 비로소 '나'와 '그들'이 서로의 윤곽을 흐리고 하나가 되도록 하는 힘, 결국 검은 소실점을 찬란한 만남의 광장으로 만드는 힘 말이다.

꽝꽝꽝 발을 구르니까 발이 커진다. 가슴을 치니까 가슴이 아프다. 발이 크고 가슴이 아픈 사람을 따라갈 것 같애. 한 번만 더 발을 구르면.

네 분노를 따라가는가. 너의 사랑을 따라가는가. 동지, 라고 부를 것 같애. 한 번만 더 내 가슴을 장작처럼 패면 네가 될 것 같애.

두 쪽으로 쪼개져서 하나의 불꽃을 이루는 것은 언제나 사랑의 꿈인가. 우리는 계속 계속 꿈을 꿀 수 있는가.

한 번 부정하고 한 번만 더 부정하면 나는 혼자 생각하지 않을 것 같애.
나는 저 수천 개의 발과 함께 쿵쿵.

—「너의 폭동」 전문

　이 시는 잘 들리지 않는 어떤 외침과, 그 속에서 마침내 "하나의 불꽃"
을 만들어내는 어떤 공감의 작용을 가시화하고 있다. '분노'와 '사랑'이라
는 감정을 단순히 설명하는 것이 아니라 그 감정들을 증명하는 어떤 '힘'
을 그리고 있는 것이다. "꽝꽝꽝" 발을 구르고 가슴을 치게 되는 분노를
김행숙은 점점 커지는 발과 가슴의 통증으로 그려낸다. 이미 「호르몬그래
피」(『이별의 능력』)라는 시가 보여주었듯 김행숙에게 분노는 관념이나 감
정이 아니며, 가슴의 통증이라는 신경의 반응이고 발이 커지는 분명한 사
실이다. '너의 폭동'이 '우리의 불꽃'이 되는 것은 감각이라는 이 명백한
'사실관계'를 통해 가능해진다. "발이 크고 가슴이 아픈 사람을 따라갈 것
같애"라는 말은 그들의 분노를 이해하는 방식이 아니라, 그 분노를 온전
히 나의 것으로 만드는 과정을 형상화한다. "한 번만 더 발을 구르면" "한
번만 더 내 가슴을 장작처럼 패면" "꽝꽝꽝" 혼자서 구르는 발이 "쿵쿵"
거리는 "수천 개의 발"로 변할 것이라고 그녀는 믿고 있다. 이 시를 읽다
보면 "쿵쿵"거리는 수천의 발이 정말로 보이는 듯하다. 심지어 "쿵쿵"거
리는 수천의 심장 박동이 들리는 듯도 하다.
　원근법의 세계에서는 가까운 것과 먼 것이 한 공간 안에 놓인다. 사실
그 세계는 눈의 조작이 만들어낸 거짓말의 세계이다. 김행숙은 거짓말의
세계를 참말의 세계로 만드는 "신비한 일"(「신비한 일」, 『이별의 능력』)을
진행중이다. 그리고 그 신비한 일이 '감각'을 통해 가능하다는 것을 보여
주고 있다. 모든 것이 소멸되고 사라지는 소실점으로부터 결국 '다정함의
세계'를 연출해내는 김행숙은 정말 다감(多感)한 시인이다.

3

　김행숙의 시와 이민하의 시를 함께 놓고 읽을 때면 김행숙은 조잘대는 동생 같고, 이민하는 조숙한 언니 같다는 생각을 하게 된다. 동생이 저 멀리 가로수 길의 끝까지 가보겠다고 호기심 어린 눈빛을 반짝거릴 때, 언니는 꼼짝 않고 서서 동생을 노려보는 듯도 하다. 동생의 천진함을 슬프게 바라보며 양쪽 길에 늘어선 가로수 사이에서 그들의 거리와 불화를 증명하고 있는 것이 이민하의 시라고 할 수 있다. 김행숙이 보이지 않는 무언가를 만져보려고 노력할 때, 이민하는 직접 보이지 않는 무언가가 되어 있는 것이다.

　그렇게, 아프다고 외치지 않고 소리 없는 눈물만을 뚝뚝 흘리고 있는 것이 이민하의 시다. 김행숙이 감각을 부각시키기 위해 감정을 도려낼 때, 이민하는 그 감각마저 없애고 있다. 소리 없이 삼켜지는 눈물은 어떻게 볼 수 있을까. 외침 없이 아픔은 어떻게 전달될 수 있을까. 이민하는 아프다고 말하지 않고 아픔을 전시한다. 누군가가 그 아픔을 볼 때까지 피학적인 장면들을 계속해서 연출한다. 이 도저한 자기 파괴적 고통의 상연을 위해서는, 당황한 순간 기절했다가 다시 일어나는 "기절염소"(「풀밭의 율법」, 『창작과비평』, 2008년 여름호)처럼 절대 죽어버리지 않는 신체가 필요할지도 모른다. 결국 괴물이 되어야 할지도 모른다. 김행숙의 시가 감각의 확장을 통해 공간을 압축함으로써 모든 거리들을 지울 때, 이민하의 시는 시간을 정지시킨다. 고통의 상연을 멈출 수 없기 때문이다. 침묵하며 고통을 전달하기 위해서는 정지된 시간 속에서 괴물이 될 수밖에 없다는 것을 그녀가 알기 때문이다.

　거리는 쥐 죽은 듯이 조용했어요. 빌딩 난간에서 전진하던 애드벌룬이 추락하다 공중에서 우뚝 멈추었어요. 검은 먹물에 불린 꽃들은 병실에 도착되지 않았고 헤엄치던 돼지들이 지붕 위를 날아다녔어요. 꼭 살찐 쥐 같

아. 창밖의 그림책을 읽던 아이들은 쥐꼬리를 자르다 말고 쥐며느리처럼 동그랗게 몸을 말고 잠들었어요. 교복을 벗지 못한 오빠들이 책상 앞으로 돌아와 십 년도 더 된 도시락을 까먹었어요. 병원들은 예약되지 않았어요. 이식될 통증도 없이 사람들은 두 눈만 휘둥그레졌어요. 신생아실의 유리들은 커튼처럼 뜯겨졌어요. 탯줄이 기억의 빨래줄 위에 척척 늘어져 있었어요. 그 많던 아빠들은 변기 위에서 항문이 막히고 곱게 접혀 개 밥그릇을 받든 신문지들은 말문이 막히고 폭죽은 천 일째 머릿속에서 터졌어요. 벽들만 설탕 가루처럼 무너져 들러붙었어요. 자정의 철봉을 넘지 못하는 고장 난 초침이 턱걸이에 몰두했어요. 크리스마스이브의 은총이 수소가스처럼 차올랐어요. 어둠의 선물 자루 속에서 고양이들이 쏟아졌지만 도시의 잠은 빠르게 축이 났어요.

—「고요한 밤」 전문

아마도 크리스마스이브인가보다. 그 고요하고 성스러운 날마저도 이민하는 어김없이 이처럼 괴기스러운 모습으로 그려낸다. 여러 가지 이미지들이 난무하지만 결정적인 것은 "자정의 철봉을 넘지 못하는 고장난 초침이 턱걸이"를 하는 모습이다. 초침이 자정을 넘기지 못한다면 크리스마스라는 축복된 날은 결코 오지 않을 것이다. 아침은 오지 않고 영원히 이브의 밤만이 지속될 것이다. 이 시의 여러 이미지들은 대체로 이 같은 정지된 시간을 묘사하기 위해 동원된다. 추락하다 멈춘 애드벌룬, "교복을 벗지 못한 오빠들이 (……) 십 년도 더 된 도시락을 까먹"는 장면, 예약되지 않는 병원, 말문이 막힌 신문지, 천 일째 터지는 폭죽 등. 천 일째, 혹은 십 년째 지속되는 그 밤은 밝은 아침을 위한 재생의 공간이 될 수 없다. 폐허가 된 신생아실에서는 탯줄을 끊고 나오는 아이가 한 명도 없다. 소리 없는 고요한 밤이지만 아무도 잠들지 못하고 좀비처럼 깨어 있다. "도시의 잠은 빠르게 축"난다. 이 모든 것을 보고 있는 우리는 숨이 막히지만 저 "고요한 밤" 속의 사람들은 아무런 감정도 감각도 없이("이식될 통증도 없이") 뜬눈으로 밤을 새우고 있다("사람들은 두 눈만 휘둥그레졌어요"). 이처럼 이민하의 시에는 반복만이 있을 뿐 순환도 흐름도 없다. 초침이 완전히 멈춘 것은 아니지만, 절대 같은자리를 벗어나지는 못한다. 그녀의 시에 없는 것은 시간의 흐름만이 아니다. 그녀는 무정하고 무감하다.

이민하의 시에는 잔혹한 장면들이 많이 등장하지만 그녀의 시를 더욱 끔찍하게 만드는 것은 「고요한 밤」에서처럼 끝날 줄 모르는 어떤 반복을 '고요한 밤' 속에 조용히 부려놓을 때, 즉 외침도 동요도 없이 고통을 드러내고자 할 때이다. 왜 그러는가. 그녀는 자신의 아픔에 무심한 사람들에게 복수하기 위해 극심한 고통을 무릅쓰며 자신의 육체를 훼손하고 있다. 자신이 상처받고 피 흘리는 동안 무심히 고기만을 사온 '애인'에게 자신의 죽은 살점을 보내는 행위가 결정적인 예가 된다(「애인은 고기를 사고」, 『음악처럼 스캔들처럼』, 문학과지성사, 2008). 자해하는 이민하는 잘 알고 있다. 아픔을 참지 못하면, 울거나 멈추면, 그들에게 진다는 사실을. 그녀는 지지 않기 위해 최선을 다 한다. 사실 그 고집스러운 행위들은 누군가의 눈물 한 방울로도 쉽게 끝날 수 있는 것이지만, 그녀는 잘 보이지 않는 곳에서 쉽게 이해될 수 없는 행위들을 반복하고 있으니, 그녀의 피학적 복수는 쉽게 끝날 수 없다. 애초에 보이지 않는 무언가를 보이게 한다는 것은 이토록 어려운 일이다. 특히나 어떤 고통을 전시하기를 원한다면 괴물 되기를 각오해야 할지도 모른다.

마음이 가난한 자와 몸이 가난한 자가 있습니다
미풍이 그들의 만남을 싹틔웠습니다만
(……)
태양의 강물처럼 코피를 쏟던 날
그들은 병동이 갈라지는 구름다리에서 마주쳤습니다

하루쯤 다정한 잠 속에서
삭풍이 그들을 마주 재웠습니다만

어둠을 사이에 두고 오른쪽과 왼쪽
지루한 어깨들처럼

겁이 가난한 자와 법이 가난한 자가 있었습니다
약이 가난한 자와 칼이 가난한 자가 있었습니다
詩가 가난한 자와 時가 가난한 자가 있었습니다

그들은 좀더 허공에 떠 있기로 했습니다
그들의 전쟁엔 무덤이 없어서
슬픔마저 가난한 도시가 있었습니다

—「거룩한 밤」 부분

　이민하는 만남의 가능성을 손쉽게 인정하기보다는 그것을 힘겹게 부정
하는 편이다. 「거룩한 밤」은 그 불능을 전면화하는 시다. 이민하가 보기에
우리는 모두가 가난한 사람이다. 그런데 이 가난한 사람들은 "미풍이 그
들의 만남을 싹틔"우고 "폭풍이 그들의 거리를 좁"혀도, "삭풍이 그들을
마주 재"워도 충분히 만날 수가 없다. 마주보고 있어도 서로 듣지도 만지
지도 못한다. 모두 가난하지만, "마음이 가난한 자"와 "몸이 가난한 자"
는, "대화가 가난한 자"와 "목숨이 가난한 자"는, 마주본 가로수처럼 서
로가 서로에게 다가갈 수 없는 것이다. 마음이 풍요롭지 못한 자는 몸이
헐벗은 자의 추위를 알 길이 없다. 그들 사이의 거리는 시(詩)의 세계에
속한 사람과 현실(時)의 세계에 속한 사람의 거리만큼이나 아득하다. 이
들은 어느 "거룩한 밤" "병동의 갈라지는 구름다리에서" 아주 잠깐 "다정

한 잠 속"으로 빠져들지만, 이내 헤어진다. 그들은 서로가 서로에게 공허한 존재로 남으며("그들은 좀더 허공에 떠 있기로 했습니다"), 그들의 불화는 결코 쉽게 그치지 않는 것이다("그들의 전쟁엔 무덤이 없어서"). 이민하가 그리는 관계의 불능은 이토록 고집스럽다.

　김행숙이 보이지 않는 것을 보이도록 하는 감각의 신비에 몰두할 때, 이민하는 보이지 않는 것의 보이지 않음 그 자체를 전면화한다. 김행숙의 세계만 바라볼 때 우리는 너무 쉽게 낙관하게 될 것이고, 반면 이민하의 세계만 바라볼 때 우리는 분명 절망에 익숙해지게 될 것이다. 손쉬운 희망을 경계하는 방법과 절망의 피폐를 견디는 방법을 한꺼번에 체득하기를 원한다면, 우리는 그녀들의 시를 함께 읽어야 한다. 그녀들은 너무나 달라 보이지만 사실은 정말로 사이좋은 자매들인 것이다. '관계에 대한 고집'(이민하)을 공유하고 있기 때문이다.

(『딩아돌하』 2009년 겨울호)

이토록 모호한 사랑의 능력
— 김선우, 이원, 김행숙의 시

0

사랑에 관해 우리는 언제나 근본적으로 모순에 처해 있다. 대상에 대한 금지와 환상을 통해 유지되는 사랑은 가짜 사랑이다. 나의 욕망을 유지하기 위해 대상과 거리를 두는 것은 그 사랑이 거짓이라는 것에 대한 확실한 징표이다. 그렇다고 해서 이러한 통찰이 내 사랑을 진실한 것으로 만드는가. 오히려 그것은 사랑을 망쳐놓는다. 나를 매혹시켰던 '그' 사람은 실은 평범한 '한' 사람이었다. 내 사랑은 내 눈의 콩깍지 그러니까 '한' 사람을 '그' 사람으로 만드는 나 자신의 능력 때문에 가능했었다. 이런 식의 직접적인 통찰은 사랑을 위해서라면 반드시 원천 봉쇄되어야 한다. 사랑을 위해 절대 몰라야 할 것은 사랑하는 사람의 실상에 관한 것이 아니라, '그' 사람을 사랑의 대상으로 만든 것이 바로 금지와 환상의 논리였다는 깨달음에 관한 것이다. 그렇지만 무엇을 몰랐든지 간에 무지와 오인으로 구축된 사랑이라면 아름답기야 하겠지만 진정한 것일 수는 없다. 그러한 사랑은 시작부터 위태롭고 결국은 허무하다. 그러니 우리가 처한 모순은 이렇다. 사랑을 위해서라면 그것과 관련된 모든 실상을 몰라야만 하고, 또 알아야만 한다는 것. 도대체 어쩌란 말인가. 사랑은 이토록 어렵다.

그러니 지젝이 헤겔을 참조해 말했듯 과연 "진정한 사랑은 일상적 저속함의 십자가에서 숭고함의 장미를 알아볼"[1] 각오로 성취될 수밖에 없을 것이다. 진정한 사랑을 위해서라면 일단 대상과 가까워지는 것을 두려워하지 않아야 한다. '그/녀'가 관계하고 있는 통속적 현실을 떠맡아야 하고, 동시에 그것의 숭고한 지위를 바로 내가 유지해내야 한다. 사랑이 불가능하다는 것을 '알지만, 그럼에도 불구하고' 그 사랑을 힘껏 실천해내야 한다. 언제나 감싸주고, 바라고, 믿고, 참아내면서.

이러한 사랑을 꿈꾸지 않는 시는 없다. 사랑에 관해 앓지 않는 시도 없다. 무턱대고 꿈꾸기만 하고 오로지 앓음만을 내세우는 데 급급한 시도 있겠지만, 모든 시가 진정한 사랑을 갈구하면서 그것의 불가능성에 대해 아파한다는 것은 사실이다. 그 사랑이 무엇에 관한 것이든 말이다. 혹은 불가능이라는 사랑의 조건을 알든 모르든, 그러한 앎이 불가능을 넘어서려는 의지로 확장되든 그렇지 않든, 아니면 무심히 그 불가능의 중심을 유희하든 그렇지 않든, 여하튼 모든 시들은 사랑과 관련하여 인식하고 행위한다. 스스로 충만한 '도화살'을 살면서 "행복한 서정"[2]을 지어내는 '완경(完經)'의 엄마들이나, "서정의 감각을 본능적으로 타자화"[3]하는 사이보그들이나, "익명의 파편적 다수"[4]의 말하기로 "느낌의 공동체"[5]를 생성해가는 '사춘기' 소녀들이나, 이들은 어떤 형태로든 진정한 사랑의 불가능에 대한 두려움을 무릅쓰고 그것을 각각의 방식으로 돌파하려는 시인의 분신들임에 틀림없다. 2000년대의 새로운 시인들을 읽어내기 위해

1) 슬라보예 지젝, 『이라크』, (박대진 외 옮김), 도서출판b, 2004, 228쪽.

2) 권혁웅, 「행복한 서정시, 불행한 서정시」, 『문예중앙』 2006년 여름호, 45쪽.

3) 이장욱, 「꽃들은 세상을 버리고」, 『창작과비평』 2005년 여름호, 81쪽.

4) 서동욱, 「익명의 밤」, 『세계의 문학』, 2007년 가을호, 396쪽.

5) 신형철, 「시뮬라크르를 사랑해」, 『이별의 능력』 해설, 문학과지성사, 2007.

제출되었던 '환상' '감각' '서정'에 관한 치열한 논의에서[6] 김선우, 이원, 김행숙은 각각 독특한 지류로서 평가되어온바, (추상화의 위험을 무릅쓰고 정리하자면) 김선우는 여성=몸=자연에 젖줄을 댄 농익은 여성적 글쓰기의 차원을 확장하고, 이원은 디지털 세상에 대한 감각적인 묘사로써 실존적 영역과 문화적 영역 그리고 신화적 영역을 아우르는[7] 시적 공간을 확보하며, 김행숙은 탈-주체적인 균열의 시학을 실험한다고 논해졌다. 동시에 시대가 삭제된 '자연의 매트릭스' 안에 갇힌 김선우 시의 강력한 자아[8], "나는 클릭한다. 고로 나는 존재한다"라는 명제가 환기하는 이원 시의 시류성, 화자와 청자의 불분명함[9]에서 비롯되는 김행숙 시의 난해성에 대한 지적도 있어왔다. 이 글은 이러한 기존의 평가와 해석을 음미하며 이들의 근작 시집[10]을 읽는다.

세 권의 시집에 대한 감상은 소박한 질문으로부터 시작된다. 김선우 시에 나타난 '행복한 서정'(권혁웅) 혹은 '신성을 탑재한 절정'(김수이)은 시인에게 이미 결과일까, 아니면 여전히 당위일까. 사막을 유목하는 낙타에서 도시를 질주하는 오토바이로 갈아탄 이원의 사이보그는 가상의 세계

---

6) 이러한 비평적 지형도에 대해서는 고봉준, 「개인이라는 척도, 혹은 '나'라는 자폐적 이기성」(『실천문학』 2006년 여름호), 오형엽, 「환상의 심층—2000년대 젊은 시인들을 둘러싼 논쟁」(『문학과사회』 2006년 겨울호), 강계숙, 「비평의 선제(先制)에서 공감의 비평으로」(『문학과사회』 2007년 봄호) 참조.

7) 이광호, 「전자 사막에서의 유목」, 『야후!의 강물에 천 개의 달이 뜬다』 해설, 문학과지성사, 2001.

8) 이에 관해서는 김수이, 「자연의 매트릭스와 현실의 사막」, 『창작과비평』 2005년 가을호; 나희덕, 「기억과 자연, 그 지층 속으로」, 『창작과비평』 2005년 여름호 참고. 이에 대한 시인의 '의견'을 함께 읽어보는 것도 흥미롭다. 김선우, 「손가락이여 심장들이여, 어떻게 이 고양이를 살리죠?」, 『실천문학』 2007년 봄호.

9) 오생근, 「서정시의 해체 혹은 새로운 서정의 탐구」, 『문학과사회』 2005년 여름호.

10) 이 글의 대상이 되는 시집은 김선우, 『내 몸속에 잠든 이 누구신가』(문학과지성사, 2007), 이원, 『세상에서 가장 가벼운 오토바이』(문학과지성사, 2007), 김행숙, 『이별의 능력』(문학과지성사, 2007)이다. 위의 시집들을 인용할 경우 본문에 제목만 표기한다.

너머에 닿을 수 있을까. 김행숙의 해체적 주체에게는 과연 그 어떤 결핍이나 욕망도 없는 것일까. 이미 만난 듯, 혹은 만나기 위해 고투하는 듯, 혹은 만남에는 무관심한 듯 보이는 이들은 각각 김선우, 이원, 김행숙이 아니다. 이들은 모두이다. 그런데 도대체 무엇을 만나려고 하는가. 김선우의 일원적 세계, 이원의 이원적 세계, 김행숙의 해체적 세계에서 이들의 '사랑의 능력'을 가늠해보도록 하자. 최대치에 이른 사랑의 능력은 무엇을 하는가.

1. 일원적 사랑, "몸이 물처럼"

> 그대와 나의 혈관을 이어 across the universe
> ─ 「Everybody shall we love?」

김선우 시의 매혹은 폐경을 '완경'으로 누리는 올바름이나 바람 앞에 선 알몸으로 스스로 충만한 '오르가슴'을 완성하는 즐김에 있는 것만은 아니다. 그러니까 그것이 여성이든, 몸이든, 자연이든 김선우의 시에서 이성적 사유의 뒷전으로 내몰린 것들의 해방을 읽어냈다고 해서 만족할 일은 아니다. 이러한 독해는 그녀의 시를 반만 이해한 것이나 다름없다. 스스로를 "꽃 예찬론자인 만큼이나 변소 예찬론자"[11]라고 말하는 김선우의 시에서 "새로 핀 꽃들의 옴팡하니 깊은/ 엉덩이에 코를 들이밀고 냄새를 킁킁거리다가/ 눈부셔 혼음에 겹곤 하는 것"(「뒤쪽에 있는 것들이 눈부시다」)에서처럼 '뒤쪽에 있는 것들의 매혹'이 두드러지는 것은 당연하지 않은가. 그것들을 향기로 미화하지 않고 "어머니의 가랑이/ 뒤쪽에서 뭉개져 흐르던 냄새"로 생생하게 그려내는 것이 김선우 시의 남다른 매력이

---

11) 김선우, 「꽃에 대해 괴로워하며 말하기」, 〈문장 웹진〉 2007년 6월호.

다. 김선우의 시에서는 '자연'스러운 모든 것들이 아름답다.

그녀의 세번째 시집 『내 몸속에 잠든 이 누구신가』에서는 김선우 식 예의 그 농밀한 여성적 향유의 묘사가 그리 흔치는 않다. 몸의 분비물과 뒤섞이며 때로는 천연덕스럽게, 어여쁜 자연과 어우러지며 때로는 신비롭게 그려지던 충만한 향유는 "햇살 속 뜨듯한 물속에서 온몸의 털들이 찰방찰방 저 좋은 데로 쏠리는 느낌 이윽이윽히 즐기는"(「성선설을 웃다」) 식으로 여전히 즐겁게 그려지지만 이 같은 묘사가 특별히 공들여 표현되는 것은 아니다. 이번 시집에서 김선우는 "찰방이는 밀물 위"에서의 행복한 즐김보다는 "챙강거리는 햇빛"(「당신의 옹이」) 속에서의 아픔에 좀더 집중한다. 김선우의 시는 이제 저 홀로 충만한 향유보다는 오히려 '너'에게 스미는 태도를 고민하는 듯하다.

이 시집에서 김선우가 구축하고 있는 것은 현실 논리가 배제된 채 스스로 충족적인 '자연의 매트릭스'라기보다는, 특정한 현실이 외면해온 '폭력'의 실제적 관계에 관한 것이다. 그 관계는 때로 시대를 초월한 자연 대 인간의 관계로, 또 때로는 전쟁의 참화 속에서 희생당한 어린 소녀의 모습으로 드러나기도 한다. 일본군 위안부에서부터 총탄을 나르는 이스라엘 어린 소녀들에 이르기까지 '어리고 아름다운 것들'에게 가해지는 폭력은 "옛날 얘기"이기도, "아주 오래된 오늘 얘기"(「열네 살 舞子」)이기도 하다고 김선우는 말한다. 김선우의 시적 주체들은 어떠한 대상도 자유자재로 흡수할 수 있다고 자만하는 강력한 나르시시즘적 자아가 아니라, '나'의 외부와 진심으로 동화되기를 바라며 떠듬떠듬 말하는 '한없이 낮은' 자아로 그려진다. 그런 그녀에게 폭력성이 존재한다면 그것은 오로지 "겹겹의 오만한 중심"을 "난도질 하고 싶은"(「얼룩 서사」) 충동으로서만 나타난다.

밥상을 다루는 방식을 보자. 그녀가 밥상을 다룰 때 그녀의 세계가 완벽한 유기적 통합체가 되어버리는 것은 사실이다. 첫 시집에서 밥상과 변기는 오로지 순환을 위해서만 존재했다. "누대에 걸친 근친상간의 밥상"(「숭고한 밥상」, 『내 혀가 입 속에 갇혀 있길 거부한다면』, 창작과비평사, 2000)은 숭고한 것이었고, 파밭에 거름으로 누어둔 "모락모락 똥 한 무더기"(「양변기 위에서」, 같은 책)는 '나'를 우쭐하게 만들기까지 했다. 고깃집에서 비곗살과 생고깃덩어리 들이 서로의 살을 만져주는 모습은 저 깊은 곳의 내 살을 만나는 것처럼 경쾌한 것이기도 했다(「고바우집 소금구이」, 같은 책). 그러니까 오로지 네가 내가 되고 또 내가 네가 되는 행복한 순환만을 보여주었던 김선우 식 밥상은 이제 '숭고한 밥상'에서 '깨끗한 식사'로 진화하고 있다. 왜 진화인가. 순환의 논리 속에서 잊혔던 폭력과 희생을 보고 있기 때문이다.

　　문제는 내가 떨림을 잃어간다는 것인데, 일테면 만 년 전의 내 할아버지가 알락꼬리암사슴의 목을 돌도끼로 내려치기 전, 두렵고 고마운 마음으로 올리던 기도가 지금 내게 없고 (시장에도 없고) 내 할머니들이 돌칼로 어린 죽순 밑둥을 끊어내는 순간, 고맙고 미안해하던 마음의 떨림이 없고 (상품과 화폐만 있고) 사뭇 괴로운 포즈만 남았다는 것.

—「깨끗한 식사」 부분

대자연적 윤회의 세계에서 우리는 서로를 먹여 살리니 궁극적으로 한 몸이 될 수는 있다. 문제는 그것이 자연스럽지 못할 경우 발생한다. 그러니까 '나'를 살리기 위해 "알락꼬리암사슴"을 돌로 내려치거나 "어린 죽순"의 밑둥을 끊어내는 폭력이 가해질 때 '너'의 희생은 분명 존재한다. 더불어 "상품과 화폐", 그리고 "시장"이라는 교환의 논리가 개입되면서 희생이 당연해지며 은폐된다. 무언가 주고 대신 무언가를 얻는다는 시장 논리에서 백 퍼센트 공평한 교환은 불가능하지 않은가. 물론 이러한 불공정한 교환의 논리를 지적하는 것이 김선우 시의 핵심은 아니다. 인용된 시에서 친절하게 설명되듯 문제는 내가 살기 위해 다른 목숨을 끊을 때의

"두렵고 고마운 마음"이나 "고맙고 미안해하던 마음"이 점점 사라지고 있다는 사실이다. 그러한 마음이 사슴과 죽순의 죽음에 대한 완벽한 보상이 될 수 없는 것은 물론이지만, 심지어 그 마음조차 사라지고 "괴로운 포즈"만 남았다는 것은 그야말로 심각한 문제. 모름지기 우주 만물은 돌고 도는 것이라는 생태학적 사유나, 결국 누군가의 손해는 불가피하다는 사회학적 통찰이 모른 척했던 그 '마음'의 문제에 대해 김선우는 고민하기 시작한다. 그렇다면 "알락꼬리암사슴"과 "어린 죽순"의 죽음은 어떻게 보상될 수 있을까. '나'만 잘 먹고 잘 살면 된다는 '웰빙'의 이기심은 어떻게 극복될 수 있을까. "눈망울 있는 것들 차마 먹을 수 없어 채식주의자 되었다"(「깨끗한 식사」)는 것은 그야말로 괴로운 포즈에 불과할 수도 있지 않은가. 다음 시를 읽어보자.

> 너를 보고 있는데
> 너는 나를 향해 눈을 끔뻑이고
> 그러나 나를 보고 있지는 않다
>
> 나를 보고 있는 중에도 나만 보지 않고
> 내 옆과 뒤를 통째로 보면서 (오, 질긴 냄새의 눈동자!)
> 아무것도 안 보는 척 멀뚱한 소눈
>
> 찬바람 일어 사골국 소뼈를 고다가
> 자기의 뼈로 달인 은하 물에서
> 소가 처음으로 정면의 나를 보았다
>
> 한 그릇…… 한 그릇……
> 사골국 은하에 밥 말아 네 눈동자 후루룩 삼키고

내 몸속에 들앉아 속속들이 나를 바라볼

너에게 기꺼이 나를 들키겠다

내가 사랑하는 너의, 몸속의 소

—「사골국 끓이는 저녁」 전문

사골국 끓이는 저녁, 훈훈한 냄새가 온 집 안을 감돈다. 그렇지만 '나'
는 결코 행복하지 않다. 사방팔방으로 퍼진 냄새는 살이 발려지고 뼈를
깎인 소의 눈이 되어 나의 이기심을 질책하고 있다. '내'가 결심한 것은
무엇인가. 그 눈 달린 사골국을 차마 먹을 수 없어서 밀쳐두는 것이 아니
라 그 '눈'을 기꺼이 삼켜버리는 것이다. '내'가 희생시킨 것을 외면하지
않고 "두렵고 고마운 마음"으로 그것과 마주하는 것이다. 동화의 논리 속
에서 희생된 것들에 대한 책임을 회피하지 않는 것, 그것이 바로 "어리
고 아름다운 것들의 치욕"(「보름밤 종려나무 그림자에 실려」)을 대하는 김
선우 식 윤리이다. 김선우는 '아프다'는 말을 많이 하는데, 그것은 희생된
것에 대해 섣부른 공감을 표하는 것이기보다는 나의 죄지음에 대한 아픈
자각인 경우가 많다. 내가 아프지 않기 위해 너를 아프게 하는 것은 어쩔
수 없는 선택이지만, 그 '어쩔 수 없음'에 대한 죄책감을 생각하는 것은
공생을 위한 최소한의 윤리이지 않은가. 김선우는 무조건 우리는 하나라
고 말하는 오만한 자아가 아니라 이기적일 수밖에 없는 자신을 질책하고
괴로워하는 자아이다.

김선우의 시에서 이처럼 '두렵고 고맙고 미안한 마음'은 비단 "밥상 앞
에서 내가 아, 입을 벌린 순간에"(「그 많은 밥의 비유」) 느껴지는 것만은
아니다. 원망의 기색이 없기 때문에 '나'를 더 괴롭게 하는 "멀뚱한 소눈"
은 도처에 있다. 가령 「내 손이 네 목 위에서」와 같은 시에서 헐벗고 배고
픈 아이들에게 "아이야 겁이 난다 나는, 내가 너를 죽일까 봐"라고 말하

는 그녀는 역시나 두렵고 미안하다. 이때 '아이야'는 호명이자 비명일 것이다. 진정한 아픔의 고백은 언제나 비명이나 울먹임, 더듬거림의 형태를 띠는 "피 묻은 문장들"일 수밖에 없지 않은가. 전쟁과 폭격 속에서 폭탄을 몸에 감는 아이들에게 "만지지 말고……, 총탄 같은 거……, 꽃밥을 지어……, 이담에……, 네가 컸을 땐……"(「제비꽃밥」)이라고 더듬거리며 말하는 것, 개미를 눌러 죽이는 아이에게 "제발,// 웃으면서 죽이지는 마"(「다른 손에 관하여」)라고 화난 듯 울먹이는 것은 모두 어른 된 자의 부끄러움을 김선우가 깊이 통감하고 있기 때문이다. 타자의 고통을 대하는 김선우의 태도는, 그 고통에서 한 발 물러서 있다는 안심도, 나 역시 고통받고 있다는 억울함도 아니다. 오로지 내가 너를 아프게 하고 있는 미안함뿐이다.

이처럼 김선우는 '너'와 다른 '나'의 위치와, 그래서 '우리'가 완벽히 한몸이 될 수 없다는 조건을 충분히 인식하고 있다. 때문에 "그대가 꽃 피는 것이/ 처음부터 내 일이었다"(「내 몸속에 잠든 이 누구신가」)는 김선우의 말하기에는 그 어떤 포즈도 끼어들 여지가 없다. 그렇다면 '어리고 아름다운' 너와 나는 어떻게 한몸이 될 수 있을까. "네 온몸을 가득 채운 여러 겹의 허기가 참을 수 없이 슬퍼져 그대 몸속으로 통째 걸어 들어"(「여러 겹의 허기 속에 죽은 달이 나를 깨워」)가는 식의 사랑은 애초에 '신화'나 '설화' 속에서나 가능한 일이 아닌가. 그렇다면 현실 속에서 이런 사랑은 어떻게 실천될 수 있을까. 역설적이게도 해답은 어리고 아름다운 '너'의 태도로부터 발견된다. 그것은 바로 교환의 고리를 끊는 선물이다.

난전으로 파며 감자를 팔러 다녔던 엄마도 누군가의 넝쿨에 선물을 매달아준 적이 있을 것 같다. 필요 없다! 대신 이건 선물이다! 적선을 받지도, 거스름을 돌려주지도 않은 여자는 군고구마 세 몫을 한번에 팔았을 뿐이었다. 함박눈처럼 여자가 판 것은 선물이 되었다. 여자 옆에서 어린 나도 누

군가의 넝쿨을 적셔줄 수 있었을까. 너에게 줄게, 선물이야. 길 끝 여자의
달빛이 내 넝쿨로 번져와 말 배우는 아이처럼 입속이 환했다.

—「어떤 포틀래치」 부분

인용한 부분의 앞에 제시된 일화는 이렇다. '나'는 겨울 사막에서 "얼어
터진 볼이 달빛처럼 붉은" 모녀에게 군고구마를 샀다. "물 번진 성에꽃처
럼" 웃던 딸애의 표정에 마음이 촉촉해진 '나'는 거스름돈을 사양했다. 여
자는 필요 없다고 말하며 내 봉투에 고구마를 미어지게 더 담은 후 "게이
니, 리우"라고 또박또박 말한다. '너에게 준다, 선물이다'라는 뜻이다. 여
자는 '나'의 호의를 그저 받지도, 제 자신의 체면을 생각해 거스름을 다시
주는 오기를 부리지도 않는다. 그래서 여자가 '나'에게 준 것은 그저 선물
이 될 수 있었다. 이때 '달빛처럼 붉은' 볼을 지닌 모녀와 나 사이의 위치
는 일시에 역전, 아니 해체된다. 이 시에서 말하는 '선물'이란 마르셀 모
스가 설명했던 '포틀래치(potlach)', 즉 오로지 체면만을 위해 행해지는
원시 인디언들의 선물교환과는 거리가 있다. 그것은 '나' 자신의 관대함
을 인정받기 위한 폭력적인 것이라기보다는 그저 상대방의 마음을 적셔
주는 진정한 선물이다. 이처럼 어떤 보상을 바라지도 않고 어떤 억울함도
없이 마련되는 선물은 나와 너의 위계를 흐리면서 사랑으로 발전된다. 물
론 이 사랑이 희생에의 요구일 수 있을 것이다. 그렇다면 김선우의 자기
충족적 '향유의 여성성'은 '희생의 모성'으로 퇴보하고 있는 것일까. 힘
있는 자로서의 자기 위치를 뚜렷이 인식하고 불가피한 폭력의 구조에 대
한 책임으로서 '자기희생'에의 요구를 발화하는 김선우 식 사랑을 억압적
인 모성적 희생의 논리 속에 함몰시킬 수는 없을 것이다.

우리, 같이 밥 먹을래요? 이것은 김선우 식 사랑 고백이다. "그대를 밥
먹이는 게 내 피의 이야기인 듯"(「Everybody shall we love?」), "내 살을
발라 그대를 공양하"(「부처먹다」)겠다고 그녀는 말한다. 나의 아픔을 기

꺼이 너에게 선물하겠다고도 말한다. 김선우 식 사랑에 동참하는 우리는 세속적인 연민의 영역으로부터 진정 숭고한 사랑의 영역으로, 너와 내가 정말로 '우리'가 되는 신화의 세계로 진입할 수 있다. 그러니 우리, "천 년 전쯤 만나 천만 번쯤 사랑한 내 연인의 아랫도리에 얼굴을 묻고 싶은 날"(「유성 폭우 오시는 날」), "오르가슴의 힘으로 한 상 그득한 풀밭을 차리자"(「아욱국」). 그렇게 '너'에게 사랑을 선물하자. "몸이 물처럼/ 마음도 그렇게"(「대천바다 물 밀리듯 큰물이야 거꾸로 타는 은행나무야」) 서로에게 스미는 완벽한 사랑은 그때 비로소 완성된다. '선물'을 통해 '신화'의 영역에 이르는 길, 그것이 바로 김선우가 보여주는 최대치에 이른 사랑의 능력이다.

2. 이원적 사랑, 질주하고 부패하는

> 몸 섞는 냄새가 나는 곳이 몸 썩는 냄새가 나는 곳이 고향이다
> ―「매트리스, 매트릭스」

이원의 사랑도 김선우의 사랑처럼 서로에게 스미는 것이 가능할까. "무엇이 그들을 물리적으로 조작한 흔적이 있"(「표지판 앞」,『야후!의 강물에 천 개의 달이 뜬다』, 문학과지성사, 2001. 이후『야후!』)으며 "나도 누가 세팅해놓은 프로그램인지도 모르"(「나는 클릭한다 고로 나는 존재한다」, 같은 책)겠다고 말하는 가상공간 속 사이보그인 이원의 인물들이 서로에게 '물처럼' 스미는 것은 애초에 불가능해 보인다. '나'라는 존재 역시 "0개의 카테고리와/ 177개의 사이트"라는 기표로서 존재할 뿐인 이원의 세계는, 환상의 논리로서만 가능한 사랑의 처지를 몸소 보여주는 공간이 되는 듯도 하다. 그런데 과연 그렇기만 할까. 사이보그들의 만남은 과연 불가능한 것일까.

그러나 나는 정보가 아니어서 의자에 엉덩이를
놓고 허리를 의자의 등받이에 바싹 붙인다
내 몸이 닿아 있는
세계에서는 여전히 땀냄새가 난다
　　　　　—「나는 검색 사이트 안에 있지 않고 모니터 앞에 있다」 부분

　이원의 두번째 시집 『야후!의 강물에 천개의 달이 뜬다』에서 가장 도드
라지는 구절이다. 건조한 사이버 매트릭스를 묘사하는 듯 보이지만 이원
의 세계는 기본적으로 "육체가 실린 환상"(「여자와 횡단보도」, 『그들이 지
구를 지배했을 때』, 문학과지성사, 1996)을 묘사한다. 그러므로 이원은 이
세계가 오로지 공백일 뿐이라는 사실을 유쾌하게 인정하는 '근본적인 유
물론자'[12]가 될 수는 없다. "나는 클릭한다. 고로 나는 존재한다"(「나는 클
릭한다 고로 나는 존재한다」)라는 명제에서 확인되는 것은 부유하는 기표
로서의 나가 아니라, 모니터 앞에서 "땀냄새"를 풍기며 연신 클릭을 해대
고 있는 경험적 존재로서의 나가 아닌가. 이원 시는 '텅 빈 공간'에 떠다
니는 존재로 전락해가는 인간의 실존적 조건을 다소 불편하게 인식한다.
세계가 그저 텅 빈 환상일 뿐이라고 인정해버리는 것은 '육체'와 '몸'의
확실한 감각이 있기에 불가능한 것이다. 그가 "전자 사막에서 유목하며
살아남기 위해" 마지막으로 선택하는 것은 "증발되기 쉬운 물질인 나를
일몰 무렵의 안락사로 예약해"(「전자 사막에서 살아남기 위해」, 『야후!』)
놓는 것이다. 제 자신의 죽음은 인간에게 언제나 관념적으로 인지될 수밖
에 없다. 그는 어쩌면 프로그래밍된 인조인간으로서의 '나'를 넘어, 물질
적 현존으로서의 '나'를 초월하여, 결국 '무'라는 관념으로서의 '나'에게

---

12) 슬라보예 지젝, 『신체 없는 기관』, 이성민 옮김, 도서출판b, 2007, 57쪽.

도달하려는 것은 아닐까. 이원 시는 이처럼 '기표로서의 나'와 '물질로서의 나', 그리고 '무로서의 나' 사이를 빠르게 진동한다.

이원의 세번째 시집에는 변화의 징후가 농후하다. 무향, 무취의 공기는 '부패하는 냄새'로, 기표적 존재였던 나는 "갈고리가 몸의 여기저기에 박힌 채" 아파트라는 "정육점에서 뛰쳐나온"(「아파트에서 2」) 푸줏간의 고기로 뒤바뀌어 있다. 이전 시집에서 반복되던 '떠다니고 구르는' 이미지들은 '질주하고, 충돌하는' 이미지로 조정되어 있다. 무슨 일이 일어나고 있는 것일까. 이원의 세계에는 이제 두 개의 매트릭스가 존재한다. 그것은 철골 구조물일 뿐인 가상공간으로서의 매트릭스와 우리가 "알몸으로 빠져나온"(「자궁으로 돌아가려 한다」) 자궁으로서의 매트릭스[13]가 그것이다. "세상에서 가장 가벼운 오토바이"를 타고 철골 구조물을 돌파하여 자신이 떠나온 곳으로 되돌아가려는 질주, '낙타의 유목'은 이렇게 변모되어 있다. 이번 시집은 여전히 전자 사막에서 살아가는 일에 관한 이야기이지만,[14] 나아가 그곳을 돌파하려는 시도에 관한 이야기이기도 한 것이다.

> 아기는 제가 알몸으로 빠져나온 자궁으로 돌아가려 한다 적막하고 환한 물속의 집으로 돌아가려 한다 입가로 젖이 흘러넘친다 비린내가 담쟁이덩굴처럼 아기의 얼굴을 뒤덮는다 비린내는 오들오들 떤다 여자는 오른손으로 아기의 연한 머리통을 감싼다 매장의 시간에 익숙한 여자의 손안에서 아기의 머리통이 녹는다 순식간에 상한다 검어진다 아기는 필사적으로 젖을 빤다
>
> —「자궁으로 돌아가려 한다」 부분

---

13) 「매트리스, 매트릭스」라는 시에서도 소개되듯 매트릭스는 고어로 자궁이라는 뜻이 있다.

14) 문혜원, 「살아 있는 모든 것들은 어둠 쪽으로 깊어진다」, 『세상에서 가장 가벼운 오토바이』 해설, 121쪽.

더렵혀지고 축 늘어진 매트리스는 아직도 몸의 대지였던 때를 간직하고
있다 폐기용 쓰레기통에 늙은 여자처럼 기댄 매트리스는 몸이 닿았던 자리
가 군데군데 움푹 들어가 있다 막 벗겨진 짐승의 가죽처럼 헐거워진 허공을
매트리스 밖으로 튀어나온 스프링이 낚아챈다 한 여자가 들고 가던 비닐 봉
지를 놓친다 젖이 불은 유방 같은 오렌지 하나가 매트리스 앞으로 굴러간다
(……) 몸 섞는 냄새가 나는 곳이 몸 썩는 냄새가 나는 곳이 고향이다.
— 「매트리스, 매트릭스」 부분

이원은 자궁 밖의 인간을 철저히 '알몸' 즉 '살'로 그려낸다. 첫번째 시
를 보자. 알몸으로 자궁을 빠져나온 아기가 순식간에 상할 수밖에 없는
것이나 "필사적으로 젖을" 빨아 "물속의 집"으로 돌아가려는 것은 그 알
몸이 결국 공기와 접촉해 부패할 수밖에 없기 때문이다. '아파트' 연작시
에서 알몸은 "녹슨 철근"(「오토바이」)이나 "쇠 난간"(「쇠 난간에서는 비
린내가 난다」)과 만나 상하기도 한다. "몸속에 뒤엉켜 있는 철사"(「아파
트에서 1」) 때문에 아파서 울고 있는 여자도 있다. 결국 이번 시집 도처에
서 풍기는 "비린내"는 자궁으로서의 매트릭스를 빠져나온 살덩어리 인간
이 가상의 철제 구조물과 마주하여 부패하게 된 사정과 관련이 있다. 두
번째 시에서도 상황은 유사하다. 매트리스는 "몸이 대지였던 때를 간직하
고 있"는 유사 자궁이지만, 그것 역시 스프링과 공기로 이루어진 철제 구
조물이기 때문에 스프링이 튀어나온 매트리스는 행복한 요람이 될 수 없
다. 더렵혀진 매트리스는 오로지 "물속의 집"으로서의 매트릭스와 "쇠 난
간" 집으로서의 매트릭스의 경계에 놓여 있을 뿐이다. 그 경계에서 놓인
채 어디로도 갈 수 없는 '알몸'들이 공포의 질주를 시작한다.

납작하고 가파른 사이드 미러에 차들과 허공을 담았다 뱉어버린다 차들

의 사이드 미러에 느닷없이 들이닥쳤다 나와버린다 허공의 암벽에 시선을 척척 갖다 건다 퀵서비스맨 허공의 암벽을 뚫는다 소리가 울퉁불퉁하다 파편들이 사방으로 튄다 시간이 하혈한다 퀵서비스맨 몸이 줄줄 샌다 길은 계속 질주한다 퀵서비스맨이 흘리고 가는 몸을 차들이 짓이기며 간다 몸은 잘 다져진다 길에서 살냄새가 난다

—「퀵서비스맨」 부분

퀵서비스맨의 오토바이가 사이드미러에 느닷없이 들이닥쳤다 나왔다 한다. 거울의 '사각지대' 안에 숨어 있다가 갑자기 튀어나오는 것이다. 퀵서비스맨의 오토바이는 거울이라는 이미지 세계에 완벽히 갇혀 있지 않고, 이처럼 "중력을 이탈"(「영웅」)하여 이미지 세계 너머의 사각지대로 탈출하기도 하는 것이다. 퀵서비스맨은 그야말로 매트릭스의 안팎을 넘나드는 질주를 하고 있다. 이 시는 어쩐지 영화 〈트루먼 쇼〉와 닮았다. "허공의 암벽"을 뚫는 퀵서비스맨은 자기를 둘러싼 모든 현실이 자신만 모르게 진행되는 지상 중개 드라마였다는 사실을 깨닫고 가짜 세계에서 벗어나고자 질주를 시작하는 영화 속 주인공을 연상시킨다. 퀵서비스맨은 천막으로 이루어진 하늘을 찢고서, 자기를 둘러싼 바다를 건너 진짜 세계에 닿고자 하는 '트루맨(true man)'인 것이다. 그러나 자궁으로 돌아가고자 "필사적으로 젖을" 빨던 아이가 제 어미의 몸속으로 되돌아가지 못하고 어미 몸에 "랩처럼 달라붙"(「자궁으로 돌아가려 한다」)어 질식할 수밖에 없듯, 퀵서비스맨의 몸도 '암벽'을 뚫지 못하고 거기에 부딪혀 줄줄 샌다. 퀵서비스맨이 암벽 앞에서 좌초한다는 것은 일단 매트릭스를 넘어서는 것이 불가능하다는 것을 의미하는 것이 되겠지만, 오히려 그것은 매트릭스 밖에는 또다른 허공이 존재할 뿐이라는 진실을 암시하는 것일 수도 있다. 세계는 매트릭스의 연속인데 자궁으로 돌아가는 것마저 '시간'의 암초로 인해서 불가능하다. 그렇다면 진짜 세계는 어디에서 찾아야

할까.

이원의 시는 매트릭스를 관통하는 질주가 좌초될 수밖에 없음을 생생한 살의 이미지로 보여주는 시다. 이원의 유목민이 전자 사막에서 한가로이 서핑만 할 수 없는 것은 가상 세계를 둘러싼 허공의 벽을 찢고 들어오는 한 줄기 빛의 매혹 때문일 텐데("동쪽의 어둠을 끌고 온 커튼과 서쪽의 어둠을 끌고 온 커튼 사이가 비명처럼 벌어진다 한줄기 빛이 찢어진 생살에 뿌려지는 소금처럼 스며든다"—「소금 사막」) 그 한 줄기 빛을 실재(The Real)의 매혹이라 할 수도 있을 것이다. 그것은 분명 매혹이지만 커튼 너머에는 실상 아무것도 없다는 끔찍한 진실을 알려주는 것이기에 생살에 뿌려지는 소금처럼 나를 고통스럽게 하는 것이기도 하다.

"한 줄기 빛"의 매혹과 아픔은 '나'는 무엇이며 '나'는 어디에 있는가라는 질문과 이어진다. 이원 시의 주요한 어휘 중 하나인 '거울'은 '나'의 얼굴을 결코 보여주지 않는 거울이다. 기본적으로 이원에게는 "거울: 내가 들여다보면 내가 사라져버리는 벽 또는 언어"(「거울을 위하여」)라는 전제가 깔려 있다. 거울 속의 이미지로 고정되는 순간, 그때 '나'는 없는 것이 된다. 거울 속에서 내 얼굴은 흘러가거나 빠른 속도로 달리면서 "눈 코 입이 다 번진다."(「얼굴이 달린다」) 혹은 거울 안에서 완벽한 전도가 일어나기도 한다. 거울 밖에서 빵을 뜯어 먹고 있는 나를 거울은 빵에게 뜯어 먹히는 나로 그려낸다.(「거울이 얼굴을 뜯어 먹는다」) 또는 거울이 '나'를 비춰주는 수단이 되는 것이 아니라 오히려 거울 속에 있는 내가 "거울의 몸", 또는 "거울의 구석"(「나는 그러나 어디에 있는가」)이 된다. 좀더 극단적으로는 거울 속으로의 질주 중에 내 몸은 터지고 베어진다.(「거울을 위하여」)

거울과의 불화는 부유하는 이미지로 존재하기를 거부하는 이원의 자기 인식을 보여준다. 아니 오히려 이미지로서조차도 존재할 수 없는 '나'의 부재에 관한 인식이라고 할 수도 있다. '나'를 찾으려는 시도는 이처럼

'나'의 부재에 대한 아픈 자각으로 이어진다. 이것이 이원 시의 상처와 피를 만들어낸다. 이즈음의 젊은 시인들이 익명성의 테마[15]에 주목한다는 사실을 염두에 둘 때, 이원에게 '나'의 부재 확인이 여전히 고통이고 아픔이라는 점은 특징적이다. 이원의 질주가 도달하는 곳은 결국 '무'라는 심연이지만, 그가 자궁의 매트릭스 돌아가기를 바라지 않는다고 말할 수는 없다. "달리는 오토바이에서 나도 가끔은 뒤를 돌아봐/ 착각은 하지 마 지나온 길을 확인하는 것이 아니야"라는 진술은 특별히 음미될 필요가 있다. 돌아보고 싶은 욕구는 분명 존재하고, 돌아보는 행위도 분명 존재한다. 그렇지만 빠른 질주 속에서 '지나온 길'을 확인하기는 쉽지 않다. 이원 시에 나타나는 공포의 질주와 거울과의 불화라는 테마는 그가 전자 사막을 건너 자신의 시가 배태된 과거로 돌아가고 있음을 보여준다.

이원의 시는 "나는 클릭한다 고로 나는 존재한다"라는 가상 현실에서 "나는 부재한다 고로 나는 존재한다"라는 실재의 세계로 이동해 있다. 그 공간에서 사랑이 가능할까. '허공에의 질주'를 두려워하지 않는 용기, 그러니까 제 살이 찢고 부패하고 충돌하고 터지는 그 용기로 이원은 메마른 가상공간을 돌파하여 누군가를 만날지 모른다. "퀵서비스맨의 심장이 펄떡거린다 심장은 아직 붉다 물컹하다"(「퀵서비스맨」).

3. …… 해체적 사랑, 희미하고 모호한

> 나는 당신을 오늘 처음 만나는 것이다. "좋은 아침이죠?"
> ―「가로수 관리인들」

낮에 자는 사람과 밤에 자는 사람이 만나는 것은 불가능한 일일까. "일

---

15) 이에 대해서는 서동욱, 앞의 글 참조.

목요연해지"(「친구들—사춘기 6」, 『사춘기』)는 일이 가장 힘든 일인 듯 보이는 김행숙의 세계에서 그 "신비한 일"이 가능해진다.

> 낮에 자는 사람과
> 밤에 자는 사람은
> 언제 만날까
>
> 사람들이 만나는 시간은 신비해
> 낮에도 자고 밤에도 자는 사람에게도 약속은 생기지
>
> 12시
> 13시
>
> 내 그림자도 시간에 대해 말하지
> 나는 지금 길어지고 있어
> 어디까지? 나는 지금 걸어가고 있어
>
> 낮에 자는 사람과
> 밤에 자는 사람이
> 만나는 시간 가까이
>
> ─「신비한 일」 부분

우리가 만난다는 말을 쓸 때 그것은 물리적으로 동일한 시공간에서 서로 깨어 있는 상태로 얼굴을 대면한다는 뜻일 것이다. 그런데 "낮에 자는 사람"과 "밤에 자는 사람"이 만난다는 것은 그게 언제이든, 그러니까 12시이든 13시이든 '자고 있는 사람'과 '깨어 있는 사람'이 만난다는 말이므로 그것은 상식적 의미에서의 만남은 아니다. 자는 사람의 꿈속에서, 혹은 깨어 있는 사람의 기억 속에서 그 둘이 만날 수 있을지 모르지만 이것 역시 상식적인 만남은 아니다. 그런데 생각해보면 물리적으로 같은 시공간, 서로 깨어 있음, 얼굴을 맞댐이라는 조건이 만남을 위한 필요조건일지언정 충분조건이라고 할 수는 없을 것이다. 아니 어쩌면 그 조건들은 만남을 위한 필요조건조차 될 수 없을지도 모른다. 길거리에서 우연히 만나 서로 안부를 물었다. 우리는 정말 만났을까. 마주앉아 함께 차를 마시며, 혹은 술잔을 기울이며, 혹은 맛있는 밥을 먹으며 정답게 이야기를 나눴다. 우리는 정말 만났을까. 나란히 앉아 멋진 공연을 보았다. 우리는 정말 만났을까. 함께 살을 비비며 사랑을 나눴다. 우리는 정말 만났을까. 누구와 어디서 만나 얼마나 오랫동안 무엇을 했든 우리의 일상적인 만남들도 "낮에 자는 사람"과 "밤에 자는 사람"이 만나는 일처럼 애초에 불가능한 일이다. 당연하지 않은가. 우리는 타자이기 때문이다. 그렇다면 일상적 만남들의 조건을 해체했을 때 오히려 우리는 충분히 만날 수 있을지도 모른다. 김행숙의 세계에서는 "낮에 자는 사람"과 "밤에 자는 사람"이 만나는 "신비한 일"이 일어난다. 나와 너, 그리고 우리는 물리적 시공간을 초월해서 각자의 얼굴을 흐린 채로 '모호하게' 만난다. 그리고 결국 서로 사랑스러워진다.

그 "신비한 일"은 어떻게 가능할까. 김행숙 시는 그 방법을 친절히 설명해주지 않는다. 때문에 김행숙 시와 독자의 만남은 "낮에 자는 사람"과 "밤에 자는 사람"의 만남처럼 어려운 일이 되기도 한다. 그러나 김행숙 시가 친절하다면 오히려 우리와 충분히 만날 수 없게 되는 것이 아닌가. 시가 쉽게 읽히는 것은 문자와의 일상적 만남이지 시적인 것과의 신비한 만남은 아니지 않은가. 김행숙의 시를 천천히 음미하며 "만나는 시간 가까이" 다가가보자.

김행숙 시에서는 모든 물리적인 것이 역전된다. 가령 "낙엽 몇 장이 공중으로 떠오르고 있"는 것 같은 착시 현상이 일어나기도 한다. 그리고 이 같은 현상을 통해 같은 남자와 두번째 작별 인사를 한 날의 아득한 절망과 혼란의 느낌이 묘사되기도 한다(「깨끗한 거리」). 그렇지만 김행숙의 이별의 능력이 그처럼 일상적이고 간단하지는 않다.

> 나는 기체의 형상을 하는 것들.
> 나는 2분간 담배연기. 3분간 수증기. 당신의 폐로 흘러가는 산소
> 기쁜 마음으로 당신을 태울거야.
> (……)
> 눈을 뜰 때가 있었어.
> 눈과 귀가 깨끗해지는데
> 이별의 능력이 최대치에 이르는데
> 털이 빠지는데, 나는 2분간 담배연기. 3분간 수증기. 2분간 냄새가 사라지는데
> 나는 옷을 벗지. 저 멀리 흩어지는 옷에 대해
>
> ─「이별의 능력」 부분

> 제 꿈을 휘저으세요. 당신의 영화관이 되겠습니다. 검은 스크린이 될 때까지 호르몬이요. 저 높은 파도로 표정과 풍경을 섞으세요. 전쟁같이 무의미에 도달하도록
>
> 신성한 호르몬의 샘에서 영원히 반짝이는 신호들.
>
> ─「호르몬그래피」 부분

"나"는 "2분간 담배연기, 3분간 수증기, 2분간 냄새"가 되어 사라진다. "나"는 감정에 짓눌린 고깃덩어리가 아니라 감정에 자유로울 수 있는

능력을 지닌 그저 '기체'다. 이것은 감정을 시시때때로 바꾸는 가벼움과도 내 감정을 숨기기 위해 다양한 표정을 만들어내는 연기(演技)와도 다르다. 나는 그저 연기(煙氣)일 뿐이다. 김행숙의 '이별의 능력'이 최대치에 이르는 것은 외부 세계를 물리적으로 역전시킬 때가 아니라 이처럼 제 자신을 물리적으로 변형시킬 때이다. 김행숙은 "우리는 변형될 수 있다"(「지옥 훈련」)고 말한다. "타이어"도 되고 "고양이"도 되고 심지어는 0.4, 0.0, 0.01의 "소수점 이하"도 될 수 있다고 말한다. 심지어 "호르몬"에게 제 자신의 모든 것을 내어주고 "무의미"(「호르몬그래피」)가 될 수 있다고까지 말한다. 김행숙이 만들어내는 세계는 눈에 절대 보이지 않고 손으로 만져질 수도 없으며 의미를 알 수도 없는 모호하고 무의미한 세계이지만, 그것은 분명 존재하는 세계일 것이다. 바로 냄새의 세계이고 음악의 세계이고 결국 '우리'의 세계이다.

나는 코만 남아서 정신없이 냄새를 맡는다. 냄새의 세계에는 비밀이 없으리. 녀석들의 노래. 녀석들의 코. 돌출적인. 뭉툭한. 냄새는 약 기운처럼 퍼져 여기 오래 있으면 냄새를 잃게 돼. 우리들은 장소를 옮겨 코를 지키자. 어둠이 우리를 벗겨내는 곳으로

툭, 다른 곳에 떨어지는 물체처럼 죽은 건 줄 알았는데. 녀석들 어둠 속에서 얼굴을. 얼굴을. 나라고 부를 수 없을 때까지
—「얼굴의 탄생」 부분

이상한 나라에서 이상하지 않은 나라로. 우리는 스며드는 습기처럼. 바다를 건너온 바람처럼. 조금 따뜻하고 조금 더러운. 우리는 음악처럼. 핑크색 봄처럼. (……) 우리의 노래는 여운이 남아. 끝까지. 완벽하게. 사라지지 않네.
—「닭고기 파티」 부분

김행숙 시에서 '얼굴'은 대체로 "모르는 얼굴"(「모르는 사람」)이 되거나 "얼굴을 벗어나는 얼굴"(「검은 해변」), "얼굴로부터 넘치는 저 얼굴"(「해변의 얼굴」)이 된다. 이렇게 유령 같은 얼굴들은 놀랍기는 하지만 절대 "무해"하다. 김행숙 시에서는 '얼굴'과 '이름'이라는 무의미한 기표들이 사라져버리고 "얼굴을 넘어서 멀리 느끼"며 진정 우리에게 의미 있는 것일 수도 있는 무의미의 세계들이 펼쳐진다. 얼굴과 이름을 "나라고 부를 수 없"으며 "많은 이름들을 붙였다, 뗐다, 붙였다"(「한 사람 3」) 하는, 그저 "코만 남아서 정신없이 냄새를 맡"는 세계가 김행숙의 세계이다. 앨리스가 사는 이상한 나라에서는 '웃음 없는 고양이'가 아닌 '고양이 없는 웃음'이 가능하듯, 김행숙의 나라에서도 '코 없는 얼굴'이 아닌 '얼굴 없는 코'가 가능하다. 그리고 이처럼 주체(I)없는 부분 대상들이 오히려 나(me)의 진리가 될 수 있음이 드러난다.[16] 그것이 김행숙 세계에서 탄생하는 새로운 얼굴이다.

그러니 우리가 김행숙의 신비한 만남의 세계에 들어가기 위해 특별히 애쓸 것은 없다. 낮에 자던 사람이 밤에 자는 사람으로 바뀔 것도 없다. 표정을 꾸미고 얼굴을 맞댈 것도 없다. 이야기를 나눌 필요도 없다. 그저 유기체의 관성을 버리고 호르몬에 나를 맡기고 "습기처럼" "바람처럼" 가볍게 나의 모든 감관을 열어젖히기만 하면 된다. 그것이 '만남'을 위한 필요조건이다. "조용한 나의 친구와 함께 마루에서/ 라르고 음악을 듣다가" "눈이 내리는 소파에서 나는 안단테 안단테 털실을 감"(「음악 같은」)기만 하면 된다. 그 상황을 그저 느끼면 된다. 그때 우리의 만남은 충분해진다. "파티"가 된다.

사실 우리가 누군가와 만났을 때 충분히 공유할 수 있는 것도 정황 속의 모든 감정이 아니라 오로지 순간의 느낌일 뿐이다. 김행숙 시에서 '얼

---

16) 이에 관해서는 슬라보예 지젝, 앞의 책, 323쪽.

굴 없는 기관'이라는 새로운 얼굴의 탄생만큼 신비로운 것은 바로 이 같
은 순간의 탄생이다.

　모든 게 확실하게 바뀔 때가 있어. 여기 비둘기들의 부리는 놀라운 집중
력과 날카로움을 보여주지. "화려하구나! 가루를 향해 나아가는 것들에겐
그런 게 있지. 가루가 되어 날아가는 것들에게도 칼끝같이 번쩍이는 기쁨
이 있지. 기쁨 반 슬픔 반, 그런 식의 감정에 속으면 안 돼." "왜요?" 나는
바보 천치처럼.

—「순간의 의미」 부분

　들뢰즈가 말하듯 시간적 연속을 중지시키는 지층적 포개놓음의 순간이
시간 그 자체라고 한다면[17], 감정 역시 그런 식으로 설명이 가능하다. 감
정이라는 불가분의 덩어리 역시 어떤 순간적 느낌들의 무한한 포개짐이
라고 할 수 있다. 지금 누군가와 마주한 내 느낌은 기쁨이라고, 혹은 지금
너와 이별하고 있는 내 느낌은 슬픔이라고 단정할 수 있는가. 아니면 "기
쁨 반 슬픔 반"이라고 표현하면 정확한가. 느낌을 100이라 하고 그것을
수백 개의 다양한 감정으로 나누어 말한다고 해도 느낌에 대한 정확한 표
현일 수가 없다. 감정의 덩어리를 단정해 말하는 것이 "바보 천치"나 할
일이 되는 것은 감정 역시 시간처럼 순간적 느낌들의 무한한 포개짐이기
때문이다. "기쁜 반 슬픔 반" 식의 감정 속에서 우리는 서로를 이해했다
고 쉽게 생각하겠지만, 그런 식의 이해는 자고 있는 사람과 깨어 있는 사
람이 함께 있는 것만큼이나 의미 없는 공유이다. 감정의 공유는 순간적인
것이지만 그 순간은 무한히 존재한다. "가루를 향해 나아가는 것"들에 대
해 "놀라운 집중력"을 발휘하는 식으로만 무한한 감정의 조각을 포착할

---

17) 같은 책, 32쪽.

수 있다.

그러니까 12시에 자기 시작하는 "낮에 자는 사람"과 그때 깨어나는 "밤에 자는 사람"은 11시에서 12시를 향해 가는 11시 59분 59.999999999 (……)초와 13시에서 12시로 향해가는 0분 0.0000000000(……)초 사이에 순간적으로, 무한히 만날 것이다. 사실 그것은 불가능한 것처럼 보이지만 그 순간은 우리가 표현할 수 없을 뿐이지 분명 존재한다. 김행숙의 세계에서라면 "낮에 자는 사람"과 "밤에 자는 사람"은 못 만나는 것이 아니라 무한히 만나는 것이다. 그런 식으로 우리의 느낌이 통하는 그 순간, "모든 것이 확실하게 바뀔 때"는 분명 존재한다. 그러니 우리는 무한히 쪼개져야 한다. 유기체를 넘어서 입자가 보이지 않는 기체가 될 때까지, 호르몬이 될 때까지, 아니 "시작은 시작을 모르고 마지막은 마지막을 모르니" "작아지기 시작할 때까지만"(「더 작은 사람」)이라도. 시간의 흐름 속에서 혹은 느낌의 공유 속에서 우리가 동일한 느낌을 공유하는 순간은 그야말로 순간적으로 무한히 존재한다.

누군가 "닿을 듯이 다가오면 우리들의 입김처럼 모호하게 흐려"(「당신의 표정」)져야 한다. 얼굴을 버리고 스르르 옷을 벗고 기체가 되어, 코가 되고 귀가 되어, 아니 냄새가 되고 음악이 되어 "해체적인 감정"(「옷장을 보석」)이 되어 '너'를 만나야 한다. 그때 우리는 무한한 순간 속에서 무궁무진하게 너와 만날 수 있다. 마치 이제야 "처음 보는 사람처럼"(시인의 말) 말이다. 김행숙의 시는 "이별의 능력"을 뽐내기보다 이처럼 신비한 '만남의 능력'을 키우고 있다.

0'

얼굴은 나의 정체성도, 내 사랑의 정체성도 말해줄 수 없다. 그렇지만 진정한 사랑을 위해서라면 실상을 가리는 얼굴에 현혹되는 것도 환멸을 느끼는 것도 우리에게 허락되지 않는다. 그렇다면 내 사랑의 등뒤로 돌아가보는 것은 어떨까. 얼굴이 아닌 등에서 상대의 표정을 읽어보는 것은 어떨까. 타인의 시선에 얽매이는 얼굴이 끊임없이 거짓말을 할 때에도 등만은 언제나 솔직하다. '너'와 '내'가 마주볼 때 우리는 마치 마주선 거울처럼 쉴 새 없이 서로를 반영하면서 표정을 바꾸지만, 등은 표정을 바꿀 수도 감정을 가장할 수도 없다. 그러니 상대를 가장 솔직하게 만나는 방법은 얼굴을 마주하는 것이 아니라 등을 맞대는 것일지 모른다. 상대의 등뒤에서 우리는 이것저것 잴 것 없이 열렬히 사랑하고 악랄하게 욕한다.

김선우는 죽은 새의 "작은 등이 움찔거리는 듯한"(「등」) 모습 속에서 아직도 거기 업혀 있는 수많은 것들을 생각한다. 이원은 "내 살 밖으로 등뼈가 튕겨져나온다"(「닫힌 것들」)고 고통스럽게 말한다. 김행숙은 "뒤통수는 까맣고 까매/ 누구일까"(「신비한 일」)라며 호기심을 품어본다. 김선우는 행복하게 결합하기보다 아프게 감싸고, 이원은 제 등뼈를 뚫고서라도 누군가와 만나기를 고대하고, 김행숙은 상대의 까만 뒤통수에 골몰하고 있다. 진정한 사랑은 매혹적인 등이든 굽은 등이든, 넓은 등이든 좁은 등이든, 언제나 감싸 안고, 바라고, 믿고, 참아낸다. 상대의 검은 등 뒤에서 자랑도 교만도 없이, 실망도 외면도 없이 행해지는 솔직한 앓음과 열렬한 희구, 이것이 바로 이들이 보여주고 있는 최대치에 이른 사랑의 능력이다.

(『문학과사회』 2007년 겨울호)

친숙한 개인기와 낯선 기본기
— 이제니와 유희경의 첫 시집을 기다리며[1]

1. 미래파 이후의 미래파

사람마다 지니고 있는 영혼의 깊이가 다르다고 할 수 있을까. 혹은 감
정의 크기가 다르다고 할 수 있을까. 물론 그렇게 말할 수도 있을 것이다.
눈에 보이는 것 너머의 세계에 몰두하는 종교인들이나 예술가들은 가시
적인 세계 속에서 만족을 누리는 눈먼 범인들보다 몇 배나 더 깊은 영혼
과 거대한 감정을 소유한 자들이라고 할 수 있다. 그러나 정확하게 말하
자면 사람마다 지닌 영혼의 깊이와 감정의 크기가 다른 것이 아니라, 그
것을 감지해내는 능력이 각각 다르다고 하는 편이 옳다. 우리는 대체로
자신의 능력에 대해 의문을 품기보다는 자신이 지각할 수 있는 범위 내의
것만이 진실이라고 인정하고 마는 경향이 있다. 한편, 영혼을 감지하고
감정을 누리는 자신의 능력에 한계를 느끼는 자들, 그리고 그 한계를 넘

---

1) 이 글의 발표 이후 이제니의 첫 시집 『아마도 아프리카』(창비, 2010)와 유희경의 첫 시집
『오늘 아침 단어』(문학과지성사, 2011)가 출간되었다. 이제니 시의 인용은 출간된 시집을
따른다. 유희경의 경우, 최초 발표된 시와 시집에 수록된 시 사이 적지 않은 변화가 발견되
므로, 글의 성격상 최초 발표지면을 따른다.

고자 하는 욕망을 지닌 자들은, 종교나 예술에 기대게 된다. 그렇다면 시인은 절대적으로 고매한 영혼이나 비교할 수 없을 정도로 풍부한 감수성을 소유한 자들이라고 할 수는 없을지도 모른다. 시인의 타고난 능력이라면 세계를 대면하는 예민한 촉수와 그것을 표현하는 예리한 언어감각일 뿐이다. 더불어, 그럼에도 불구하고 여전히, 눈에 보이지 않는 것에 닿지 못하는 자신의 한계까지 인정하고 마는 겸손함이 그들의 또다른 재산일 수 있다. 요컨대 시인들의 유일한 창작의 동력은 남들보다 가진 것이 많음에도 불구하고 끝끝내 만족할 줄을 모르는 세상에 대한 욕구불만이다. 따라서 어떤 시인이 자신의 능력에 대해 자만하면서 세계 위에 군림하고자 한다면, 시인으로서 그의 앞날은 어둡다고 해야 한다. 배고픔과 추위와 의심이 언제까지나 그들 곁에 놓여 있어야 한다.

시인과 시인 아닌 자들이 발 딛고 있는 세상은 다른 곳이 아니다. 그리고 한 인간이 지닌 영혼의 깊이나 감정의 크기에도 별반 차이는 없을지도 모른다. 그렇다면 한 편의 시에서 제시되는 어떤 정황에 대해서도 우리는 그것이 인간의 능력으로 절대 도달 불가능하고 표현 불가능한 세계라고 말할 수는 없을 것이다. 시인은 먼저 그곳에 가 있을 뿐이다. 평범한 능력을 소유한 자일지라도 끊임없이 자신의 능력을 의심하며 노력을 멈추지 않는다면, 한 편의 시에서 주조되고 있는 시적 순간이 남의 일이 아닌 자신의 일이 되게끔 할 수 있다. 2000년대 이후, 요령부득이며 소통 불능이라고 낙인찍힌 우리의 젊은 시들 역시 독자가 범접하기 힘든 세계를 그리고 있는 것은 아닐 것이다. 소위 '미래파'라고 불리는 이들의 시가 독자에게 조금은 무심하고 불친절하더라도, 이들이 시적인 순간을 계시하려는 자신들의 사명에 소홀한 것은 아닐 테니까 말이다. 오히려 이들은 부차적인 것들에 신경 쓰지 않은 채로 철저히 본업에만 몰두하고 있는 전업 시인들이라고 할 수 있을지 모른다.

각양각색의 수많은 타자들을 등장시켜 한 편의 시를 담론의 장으로 만들거나, 무한히 확장된 오감을 통해 기괴한 진실의 세계를 묘사하거나, 의미와 무관한 말놀이를 고안함으로써 철저히 언어에 봉사하거나, 혹은 자신의 상처와 고통을 확인하고 치유하고자 애쓰거나, 미래파의 시들은 어쨌거나, 우리 시의 외연을 확장시키고 내포를 견고히 해주었다고 할 수 있다. 시편(poem)의 다양성은 시(poetry)의 단일성을 부인하는 것이 아니라 확인하는 것이라는 옥타비오 파스의 말을 빌리자면, 미래파의 천방지축 시들은 결국 시적인 것이 무엇인가를 확인시켜주고 있다고 해야 한다.

그렇다면 미래파 이후의 시는 어떤 형태가 되어야 할 것인가. 로트레아몽이 자신의 책『시』에 붙인 "미래의 책에 부치는 서문"이라는 부제가 환기하듯, 모든 시는 '미래의 것'이 되어야 한다. 따라서 미래파 이후 우리 시단은 또다른 미래파에 의해 장악되어야 함이 마땅하다. 그러나 우리가 시를 통해 얻고자 하는 것이 눈앞의 신기함에의 탐닉이 아니라 인식의 충격을 통한 삶의 갱신이라면, 다시 말해 진정한 미래파란 몸 가벼운 새로움만이 아니라 자기 삶의 지평을 뒤흔드는 치열함으로써 성립되는 것이라면, 미래파 이후의 시가 미래로부터 온 것이든 과거로부터 온 것이든 그것은 별로 중요한 일이 아니다. 이 글에서 읽어보는 신인들의 시는 어느 정도는 익숙하고 안정된 시 형식을 고수하고 있다는 점에서, 더 쉽게 말해 그다지 어렵지 않은 시를 쓰고 있다는 점에서, 미래파의 시들에 비해 고전적이고 안정적이라고까지 할 만하다. 그러나 이들의 시가 얼마간 문단의 기성이 되어버린 미래파 시인들에게 청량한 자극제가 될 수 있다면, 그것만으로도 이들에게 '미래파 이후'라는 명명을 헌사하기에 부족함이 없을 것이다. 이 글은 그 가능성을 타진해보려는 시도에 불과하다.

2. '블랭크'의 허무와 자유—이제니의 시들

생물학적 나이로 보나 시적 경향으로 보나 등단이 다소 늦었다고 생각될 만큼, 이제니는 바로 앞선 세대인 미래파 시인들과 조응하는 바가 크다. 2008년 신춘문예 등단 이후, 그녀가 문단에서 가장 많은 주목을 받을 수 있었던 것은 신선함보다는 오히려 이러한 익숙함 때문이었다고 말해 볼 수도 있다. 그 익숙함이라는 것이 근간에 형성된 것이기는 하지만 말이다. 물론 신인답지 않은 뚜렷한 스타일과 그러한 기교를 편차 없이 안정된 수준으로 보여준다는 점이 그녀의 시가 주목받는 가장 큰 이유일 것이다. 이제니는 시 한 편의 완성도를 위해 단어 하나에서부터 구와 문장에 이르기까지 시의 요소들을 매우 조직적으로 배치하려고 애쓰는 시인이다. 변주를 통한 반복이나 대구를 이루는 반복이 대표적인 기법이며 말의 질감 역시 놓치지 않고 있다.

그녀의 시는 제목에 포함된 생경한 단어 하나가 결정적으로 시 한 편을 장악하게 되는 경우가 많다. 등단작 「페루」에서부터 「녹슨 씨의 녹슨 기타」 「미리케의 노우트」 「블랭크 하치」 「사몽의 숲으로」에 이르기까지 제목에 쓰인 '페루' '녹슨 씨' '미리케' '블랭크 하치' '사몽' 등의 싱싱한 단어들이 작품 안에 반복되면서 리듬감과 통일감을 조성한다. 뿐만 아니라, "문명의 운명의 말굽 발굽은 높이 높이" "내 취향 내 기행 내 만행 내 악행 내 결백" "초점 초침 초월"(「그림자 정원사」), "공백 여백 고백 방백" (「블랭크 하치」)에서처럼 운을 살려 단어를 반복하는 것을 즐기기도 한다.

반복에 관해서라면 구나 문장에 있어서도 예외는 아니다. 등단작에서 보여주었듯, "페루는 고향이 없는 사람도 갈 수 있다. 스스로 머리를 땋을 수 없는 사람도 갈 수 있다. 양이 없는 사람도 갈 수 있다. 말이 없는 사람도 갈 수 있다. 비행기 없이도 갈 수 있다. 누구든 언제든 아무 의미 없이도 갈 수 있다"라는 식의 군더더기 없는 깔끔한 반복이 환기하는 리듬감이 바로 이제니 시의 특장인 셈이다. 특히 구절이나 문장이 반복될 때에는 주로 앞의 진술이 뒤에서 부정되는 방식을 통해 긍정의 진술과 부정의 진술이 병치되기도 한다. 「페루」에서는 그 같은 반복과 병치가, 그리고 '말(馬/言)'과 '양(羊/量)'이라는 동음이의어의 활용이 '페루'라는 공간에 대한 산뜻한 동경(憧憬)을 산출해낸다. 이 시에서 '페루'라는 단어는 특정한 곳을 환기하는 지명(地名)이기보다는 그야말로 '아무 곳도 아닌 곳'을 명명하는 텅 빈 기표가 된다. "내게 있었을지도 모를 고향"이라든지 "누구든 언제든 아무 의미 없이도 갈 수 있다"라는 언술들이 결정적인데, 이제니의 말놀이가 표현하려는 것은 막연한 동경과 경쾌한 상실감이라고 할 수 있다. 이제니의 시작(詩作) 태도는 "온 힘을 다해 살아내지 않기로 했다"(「밤의 공벌레」)라는 식의 발랄함과 "어디로 가든 마찬가지라면 굳이 떠날 필요가 있을까"(「공원의 두이」)라는 식의 자유로움을 통해 결정된다. 그녀는 극단의 희망이나 절망도, 심각한 의지나 허무도 보여주지 않는다. 이제니의 전매특허인 '반복'은 이러한 균형 때문에 의미 있는 것이 된다.

보퉁이를 들고 모퉁이를 돌았을 때, 어젯밤 여름이 내게 왔을 때,
울고 싶어도 울지 못할 때, 웃지 못해 울 때, 그때,
네가 누구냐라는 질문에 머뭇거리며 말 못할 때,
깨어진 거울을 사이에 두고 너와 마주 앉았을 때,
그때,
기적이 일어나,
너와 나의 입이 하나가 된다면,
나는,

소리 없는 방을 지나는 둥근 바퀴처럼
검은 사각형을 지우는 검은 사각형처럼
나무들은 그럼에도 흐른다 버섯의 왕이 자라듯
길게 위로 위로 내면에서 열리는 창문을 향해
문명의 운명의 말굽 발굽은 높이 높이

발 없는 발을 가진 슬픔을 뿌리에 묻고

검은흙을 감싸 안으며 흐르고 흘러

—「그림자 정원사」 부분

양탄자와 구두 단추

빗자루와 빗자루와 빗자루와 빗

자루와 빗자루

빗자루에 집착하는 마음에 대해 설명할 수 있을까

(……)

그리하여 사몽은 오늘도 빗자루질을 한다

사몽 사몽은 낙엽을 쓸고 쓸고 또 쓴다

서투른 문법으로 빗자루질을 한다 한다 한다

그러나 사몽은 긴머리 긴머리보다 더 긴머리

나뭇잎은 계속 계속 떨어지지 쓸고 쓸어도 쌓여만 가지

말할 수 없이 긴 머리로

사몽은 나아가고 사몽은 되돌아오고

이 끝없는 공허의 숲의 적막이 둔덕의 언덕에 앉아

둥글게 퍼져나가는 구름의 빗자루질을 낙엽의 빗자루질을

—「사몽의 숲으로」 부분

첫번째 시가 '~ㄹ 때', '~처럼'과 같은 어구로써 구 단위의 변주를 보여준다면, 두번째 시는 동일한 단어를 의도적으로 반복한다. 전자가 '중얼거림'이라면 후자는 '더듬거림'에 가깝다고 할 수 있다. 보통의 경우라면 전자의 방식에서는 의미의 중첩이, 후자의 경우에서는 의미의 강조가 일어나야 할 것이다. 그러나 이제니의 반복에서는 의미의 중첩이나 강조의 기미가 좀처럼 보이지 않는다. '의미'의 확정에 관해서라면 이제니의 반복이 하는 일은 별로 없다. 이제니의 반복은 동일성을 추구하지 않는다.

「그림자 정원사」를 보자. 인용된 첫 연에서 "그때"를 설명하기 위해 동원된 구절들은 서로 중첩됨으로써 결정적인 어떤 때를 환기하는 데에까지 나아가지 못한다. 이어지는 연에서 '나'를 묘사하는 구절들 역시, 과연 '내'가 어떤 정황 속에 놓여 있는 것인지를 분명히 보여주지 않는다. 「그림자 정원사」는 "내가 그림자인가요 그림자가 나인가요"라는 오래된 질문을 담고 있는 시다. 그리고 이 시는 결국 "내 오랜 그림자의 끝을 향해 여행하기로 했다"라는 다짐으로 끝이 난다. 그림자의 끝을 향하는 여행이란 무엇인가. 그것은 등단작 「페루」에서 묘사된바, '아무 곳도 아닌 곳'을 향하는, 손에 잡히지 않는 것을 (굳이) 잡으려고 하(지 않)는 모험일 것이다.

이 시에서 우리는 보통이/모퉁이, 운명/문명, 말굽/발굽 등 소리가 비슷한 단어 짝을 찾아내는 이제니의 말놀이를 그저 흥미롭게 지켜볼 수도 있다. 그러나 이 시에서 우리가 인지해야 할 것은 아마도 이제니의 반복 습관에 내재한 비밀일 것이다. 즉 그녀의 시에서 다양하게 변주되는 구절들이 서로 심각하게 뒤섞이기보다, 무의미하게 집적되거나 확산되어버린다는 점을 알아채는 일이 중요하다. "울고 싶어도 울지 못할 때, 웃지 못해 울 때, 그때"처럼 말이다. '그때' 그녀는 과연 울고 있는 것일까, 웃고 있는 것일까. 아마도 울다가 웃다가를 반복하고 있을 것이다. 그렇다면 이제니의 반복이 보여주는 의미의 불확정성은 의미의 자유로운 확장에 기여하고 있기보다는, 의미를 확정지을 수 없는 폐쇄적인 순환의 운동으로 귀결된다고 말할 수 있다. "공원 밖은 공원"이라는 구절이 반복되고 있는 「공원의 두이」 같은 시에서, 이 같은 폐쇄적인 순환이 강조된다.

「사몽의 숲으로」는 형식의 차원에서나 의미의 차원에서나 이제니 식 순환의 반복 운동을 효과적으로 실천하고 있는 시다. "흰돌 검은돌 흰돌 검은돌"이 숨막히게 놓여 있는 "바둑판"을 묘사하는 것으로부터 시작되는 이 시에서 두드러지는 것은, 같은 단어를 연이어 겹쳐 쓰는 형태와, 끊임없이 계속되는 '사몽의 빗자루질'이라는 시의 내용이다. '사몽'은 자신의 긴머리를 이용해 끝없이 쌓이는 낙엽들을 쓸고 있다. 그 반복적인 행위는 분명 '말하기'의 은유이다. "서투른 문법으로 빗자루질을 한다 한다한다" "말할 수 없이 긴 머리로" 등의 구절에서 확인된다. 이제니는 사몽의 끝없는 빗자루질을 통해 정확한 말하기는 애초에 불가능하고 서툰 말하기와 끊임없는 말하기만이 가능하다고 말한다. '숲'이라는 공간 설정도 적절하다. '숲'이 "진심을 다해 전하고 싶은/ 무엇을" 말할 수 있는 "격앙의 진원지"라 하더라도, 숲속에서 외치는 목소리는 메아리가 되어 자신에게 되돌아올 뿐이라는 사실이 중요하다. 따라서 숲속에서 "사몽은 나아가고 사몽은 되돌아오고"를 반복할 수밖에 없다. 재귀적 운동만을 반복하는 사몽의 빗자루질은 바둑판 위에서 짝을 이루고 있는 흰돌과 검은돌의 연쇄를 닮았다. 구르몽의 「낙엽」을 패러디한 듯한 이 시는 이처럼 말하기에 내재된 "끝없는 공허"를 묘사한다.

형식의 차원에서나 상징의 차원에서나 폐쇄적인 왕복 운동이 지속되는 이제니 시를, 이제 그녀의 말을 빌려 "무한반복되는 기하학적 무늬의 영혼을 걸치고 혼자만의 아주 작은 구멍으로 빨려들어갈 듯한 노랫말을 흥얼거리"(「별 시대의 아움」)기라고 정리할 수 있을 것이다. 속도감 있는 리듬을 통해 쓰여지는 이제니의 시는 이른바 "사라져버린 완벽한 문장. 영원히 되찾을 수 없는 언어의 심연"(같은 시)을 향하고 있는 것이다. 사실 '완벽한 문장'과 '언어의 심연'을 되찾겠다는 희망은 이미 박탈당한 꿈이거나(私夢), 불가능한 꿈(死夢)에 불과하다. 말하기라는 게 이렇듯 "끝없이 밀려갔다 밀려오는 물결들"(「무화과나무 열매의 계절」)처럼 결국은 소모적인 행위에 불과하다면, 말을 통해 우리가 할 수 있는 일이라고는 "뜻 없는 문장들의 뜻 없는 의미를 뒤늦게 알아차리는 일뿐"(「공원의 두이」)일 것이다. 이제니의 시에는 이 같은 말하기의 허무와 자유가 흥미롭게 겹쳐 있다. 말을 통한 이해가 애초에 불가능한 꿈이라면, 우리는 말하기에 더욱 집착할 수 있지만 반대로 아무렇게나 말할 수도 있는 것이다. 이제니는 그러한 허무와 자유 사이에서 비교적 즐거운 시 쓰기를 하고 있다.

'반복'과 '변주'가 이제니 시의 가장 두드러진 기법이라는 사실은 여러모로 징후적이다. "고쳐 말하기는 오래된 나의 지병"(「별 시대의 아픔」)이라고 시인이 고백하기도 했지만, 이러한 반복은 단순히 한 편의 시에 즐거운 리듬감을 부여하기 위한 것만은 아니다. 결과적으로 반복을 통한 리듬의 확보라는 효과가 발생할 수 있어도 그것이 유일한 목적은 아니라는 말이다. 이제니 시의 고쳐 말하기는 한편으로는 "누구에게도 보내지 않을 편지를 쓰고 또 쓰는"(「무화과나무 열매의 계절」) 고독한 혼잣말이자, 또 한편으로는 "내 시대는 내가 이름 붙이겠다. 더듬거리는 중얼거림으로 더듬거리는 중얼거림으로"(같은 시)라는 선언이다. 전자는 "돌아오지 않는 것들은 언제까지 돌아오지 않는 것들일까"(같은 시)라는 상실감과 관련되며, 후자는 그 상실감을 해소하기 위한 시인의 자구책, 즉 "닿을 수 없는 모든 것들을 두이라고 부르기로 했다"(「공원의 두이」)라는 창작 행위와 관련된다. 중요한 것은 이제니의 말놀이가 언어를 가볍게 부리거나 손쉽게 선언하는 자의 것은 아니라는 사실이다. 그녀에게 말에 대한 무력과 자유가 함께 나타나는 것은 분명하지만, 그녀는 자유를 즐기는 쪽이기보다는 "언제쯤 목마름 없이 너에 대해 말할 수 있을까"(「블랭크 하치」)라며 자신의 무능을 슬퍼하는 쪽에 가깝다. 산뜻한 리듬감이 매력적인 그녀의 시는 '불러도 대답 없는 이름을 향한' 초혼(招魂)의 목소리이며, 그것은 도저히 끝낼 수 없는 행위이니, 그녀가 쓰는 것은 "저주 받은 시인의 문장"(「그늘의 입」)이 아닐 수 없다. 이러한 이제니 시의 전언과 스타일이 잘 버무려져 있는 단 한 편의 시를 고르자면 아마도 「블랭크 하치」가 될 것이다.

블랭크 하치. 내 불면의 밤에 대해 이야기해준다면 너도 네 얼굴을 보여줄까. 나는 너에 대해 모든 것을 썼다 모든 것을. 그러나 여전히 아직도 이미 벌써. 너는 공백으로만 기록된다. 너에 대한 문장들이 내 손아귀를 벗어날 때 너는 또다시 한 줌의 모래알을 흩날리며 떠나는 흰빛의 히치하이커. (……) 너는 단 한번도 똑같은 표정을 지은 적이 없고 나는 너에 대해 말하는 일에 또다시 실패할 것이다. 내가 기록하는 건 이미 사라진 너의 온기. 체온이라는 말에는 어떤 슬픈 온도가 만져진다.

— 「블랭크 하치」 부분

'공백'이나 '무'라는 말보다 '블랭크'라는 말을 사용한 것이 적실했다. '블랭크'라는 단어가 좀더 가볍고 경쾌한 느낌을 준다면 물론 그것이 외래어이기 때문이다. 모국어와 비교했을 때 외래어에서 기표와 기의의 결합이 다소 느슨해지는 것은 분명하다. 이 시에는 시인의 모든 문장이 결국 허무한 공백이 되어버릴 뿐이라는 절망이 드러나는데, 이 무거운 절망이 '블랭크'라는 경쾌한 기표를 만나 이루는 불협화음이 꽤나 매력적이다. 이러한 불협화음과 균형감각이 이제니 시의 특장이다.

시인들이 매달릴 수밖에 없는 단 하나의 명제는 아마도 "나는 (……) 말하는 일에 또다시 실패할 것이다"라는 것이 아닐까. 그럼에도 불구하고 시인은 실패할 것이 분명한 말을 하고 또 할 수밖에 없는 태생적인 시 시포스가 아닐까. 언제나 어긋날 뿐인 말을 상대하는 시인의 이 같은 운명은 표면적인 전언을 통해 강조될 수도 있고, 형식을 통해 재현될 수도 있다. 이제니의 시가 언어에 관한 보편적인 명제에 매달리고 있음에도 불구하고 그녀의 시가 신선하게 읽힐 수 있다면, 그것은 그녀가 어느 쪽이든 극단의 선택을 하기보다는 전언과 형식을 자연스럽게 혼합하는 재기를 발휘하고 있기 때문이라고 생각된다. 가끔씩 잠언투의 문장이 도드라지면서 그녀 시의 재미를 반감시키는 경우가 없지는 않다. 아마도 그것은 자신의 여러 가지 시도가 허공으로 흩어지지 않을까 하는 불안이 만들어 낸 독자를 위한 배려가 아닐까. 그녀의 불안이 그녀의 발랄한 재능을 잠식하지 않기를 바라보자.

2. 묘사의 힘으로 슬픔의 온도를 재다―유희경의 시들

우연의 일치이고 편견일 수도 있지만 최근의 젊은 시들이 상당한 길이를 자랑한다는 점은 하나의 경향으로 지적될 만하다. 황병승이나 김경주 혹은 조연호의 어떤 시들을 떠올려보자. 시이기보다 한 편의 엽편소설이라 할 만큼 구체적인 설정을 지니고 있거나, 시적 철학이라 할 만큼 심오한 사색의 흔적을 지니고 있다. 이러한 시들을 읽다보면 일단 시인들에게 경의를 표하게 된다. 상당한 분량의 시를 써내기 위해서는 숙련된 기술뿐만 아니라 그에 못지않은 깊이 있는 사유 또한 필요할 것이기 때문이다. 그러나 짧은 시라고 해서 쉽게 쓰여지는 것은 물론 아니다. 당연한 말이지만 짧은 시가 반드시 쉽지도 않고 긴 시가 언제나 어려운 것만도 아니다. 짧은 시가 빨리 잊히는 것도 긴 시가 오랜 여운을 남기는 것도 아니다.

이제니와 같은 해에 신춘문예로 등단한 유희경의 시는 일단 엄청난 길이를 자랑하는 편은 아니다. 행갈이가 없는 산문시가 주류를 이룬다고 할 만큼 산문과 시의 경계가 모호한 작금의 상황 속에서 유희경의 군더더기 없는 시는 오히려 독특하게 느껴진다. 더불어 유희경의 시에는 시인이 사전을 뒤져가며 새로 찾아냈을 법한 생경한 단어가 거의 등장하지 않는다. 이제니스러운 말놀이도 유희경의 것은 아니다. 유희경은 굉장히 익숙한 단어들로 분명한 정황을 포착해내고 그로써 분명한 감정을 표현해내고자 하는, 어찌 보면 매우 전형적인 시작법을 따르고 있다. 유희경의 길지 않은 시들이 쉬워 보이지만 여운을 남기고, 그가 쉽게 쓰는 듯 보이지만 그 안에 단단한 내공이 느껴지는 것은 시를 다루는 그의 정공법 때문이다. 이제니의 신인답지 않음이 그녀만의 분명한 스타일로부터 확인되는 것이었다면, 우리는 유희경의 정공법에서 그의 신인답지 않음을 느낄 수 있다.

1.
티셔츠에 목을 넣을 때 생각한다
이 안은 비좁고 나는 당신을 모른다
식탁 위에 고지서가 몇 장 놓여 있다
어머니는 자신의 뒷모습을 설거지하고 있는 것이다
한 쪽 부엌 벽에는 내가 장식되어 있다
플라타너스 잎맥이 쪼그라드는 아침
나는 나로부터 날카롭다 서너 토막이 난다
이런 것을 너덜거린다고 말할 수 있을까
(……)

3.
티셔츠에 목을 넣을 때 생각한다
간밤 당신 꿈을 꾼 덕분에
가슴 바깥으로 비죽하게 간판이 하나 걸려진다
때 절은 마룻바닥에선 못이 녹슨 머리를 박는 소리
아버지를 한 벌의 수저와 묻었다
내가 토닥토닥 두들기는 춥지 않은 당신의 무덤
먼지들의 하얀 뒤꿈치가 사각거린다

　　　　　　　　　　　　　　—「티셔츠에 목을 넣을 때 생각한다」
　　　　　　　　　　　　　(2008년 조선일보 신춘문예 당선작) 부분

그의 등단작 「티셔츠에 목을 넣을 때 생각한다」는 제목에서 알 수 있듯, 티셔츠에 목을 넣는 매우 일상적인 순간을 예사롭지 않은 순간으로 탈바꿈시킨, 그야말로 '허를 찌른' 작품이라고 할 수 있다. 한 편의 시가 두고두고 기억에 남기 위해서는 이처럼 어떤 순간을 포착하고 있느냐가 관건이 될 수도 있다. 이 시를 두고 선배 시인 김행숙은 "나는 내일 아침 티셔츠에 목을 넣으면서 문득 뭔가를 생각하게 될 것 같은 기분이 들었다"[2]라고 말했는데, 이 느낌은 아마도 그의 등단작에 대한 가장 정확한 감상이 될 것이다. 이처럼 유희경은 불현듯 스쳐지나가는 일상적인 순간을 시적 순간으로 뒤바꾸는 시인 본연의 자세에 매우 충실하다. 또한 그 뒤바꿈의 과정이 무척 자연스럽다는 점이 유희경의 큰 장점이다.

그것은 일차적으로 유희경의 분명한 이미지가 묵중한 감정에 의해 뒷받침되고 있기 때문일 것이다. 크나큰 상실감("아버지를 한 벌의 수저와 묻었다")으로 인해 피폐해진 자신을("이런 것을 너덜거린다고 말할 수 있을까") 담담한 정서로 다독이고자 하는("내가 토닥토닥 두들기는 춥지 않은 당신의 무덤") 단정한 태도가 그의 시 안에 있다. 그는 주로 분명한 이미지를 통해서만 감정을 드러내고자 한다. 찢어질 듯 슬픈 마음을 '너덜거린다'라고 표현하거나 상처 난 마음을 추스르는 모습을 '아버지의 무덤'을 '토닥토닥 두들기는' 행위로 표현한 것이 신선하다고 할 수는 없겠지만 결정적이긴 하다. 신기하게도 유희경의 시에는 이처럼 평범한 표현들이 진부하지 않게 놓인다. '티셔츠에 목을 넣을 때'라는 일상적인 순간도, 아버지의 죽음으로 인한 먹먹한 감정과 그럼에도 불구하고 지속되는 일상이 병치됨으로써, 범상치 않은 순간으로 탈바꿈된다.

평범한 순간들을 평범하지 않게 그리는 것이 이 시인의 장기인 듯하다. 그러나 이 시인이 개별적인 체험과 정서를 재현하는 데 지나치게 몰두할 경우, 그의 시가 오히려 추상적인 것이 되는 것은 아닌지 모르겠다. 유희

---

2) 김소연 외, 좌담 「잠언에서 선언으로, 깨달음에서 발견으로」, 『현대문학』 2008년 4월호.

경의 시를 찬찬히 읽다보면 그의 시가 대체로 시인에게는 각별했던 어떤 기억들로부터 온다는 사실을 알 수 있다. 등단작에서도 확인했으며, "초라한 병에 시달리는 나의 가족사를 생각한다"(「공중의 시간」, 『현대한국시』 2008년 가을호)라는 결정적인 발언이 환기하듯, 유희경 시의 기원에는 아버지와의 이별이라는 불행한 기억이 자리한다고 추측해볼 수 있다. 누구와도 공유하기 힘든 이 같은 내밀한 체험이 감정적으로 발산되지 않고 이미지를 통해 구현되고 있다는 사실은 유희경 시의 품격을 증명하는 것이지만, 가끔씩 그가 사적으로만 설명 가능한 이미지를 보편적인 이미지로 뒤바꾸는 데 실패할 때 그의 시는 요령부득이기 되기도 한다. 가령 「구름과 새벽의 기원」(『문장 웹진』 2008년 7월호)에서 "새벽 첫차를 기다려본 자라면 (……) 알 수 있다"라는 식으로 유경험자의 특권을 발휘하며 다소 권위적으로 공감을 유발하고자 할 때, 더불어 이 시의 숱한 이미지들이 한 점으로 모이지 않고 확산될 때, 유희경의 시는 조금 어려워진다. 역시나 다음에서처럼 일상적인 풍경이 감각적으로 포착될 때 그의 시는 특별해진다.

> 여자는 두 팔로 남자의 허리를 감고
> 남자의 가슴에 울음을 바르고 있다
> 등이 점점 둥글게 말린다 그대로
> 서로의 몸 속으로 들어설 것처럼
> 얼굴을 핥아가며 기록하는
> 슬픔의 지형과 습도와 기온
>   ―「나는 당신보다 아름답다」(『현대시』 2008년 11월호) 부분

「나는 당신보다 아름답다」라는 시의 첫 연이다. 이 부분을 읽으면 정말로 "슬픔의 지형과 습도와 기온"을 정확히 잴 수 있을 것만 같은 느낌이

든다. 그만큼 이 장면이 환기하는 슬픔은 강렬하다. 남자와 여자가 조용히 부둥켜안은 채로 서로 한 마음으로 슬픔을 나누고 있는 모습을, 유희경은 "서로의 몸 속으로 들어설 것" 같다고 표현했다. "울음을 바르고 있다"라든지 "얼굴을 핥아가며 기록하는/ 슬픔"이라는 표현도 단순해 보이지만 매우 감각적이다. 이어지는 연에 나오는 "신발 끈 묶듯 모든 이별을 경험했으니"라는 구절을 보건데, (첫 연의 '남자'와 둘째 연의 '나'가 동일인물로 보이지는 않지만) 아마도 남자와 여자는 어떤 이별을 앞두고 있는 듯하다. 물론 그 이별은 누구도 원치 않는, 그러나 어쩔 수 없는 이별일 것이다.

이 시의 두번째 연에서 유희경은 '나'를 화자로 하여 "나는 아껴가며 울었다" "개인의 역사란 뒷골목에 묻은/ 울음소리 같은 것" "나는 나를 받아내느라 내 손을 다 썼다"라고 고백하고 있다. 이 고백들은 정점에 이른 슬픔을 이미 통과한 자의 것으로 읽힌다. 그는 "서서히 사라지는 어떤 계절을 생각한다"라고 적고 있다. 유희경의 시에서 슬픔이라는 감정이 큰 공감을 불러일으키는 것은 바로 이러한 때다. 즉 슬픔을 분명하게 환기하는 구체적인 정황을 묘사하는 관찰자가 되어 있거나, 혹은 자신이 겪어낸 슬픔에 대해 어느 정도 거리를 둔 증언자가 되어 있을 때, 유희경의 시는 오히려 독자와 무리 없이 공명한다.

지도는 조금씩 변하는 동물 같은 것이다 납작한 서류봉투를 뜯으며 내 건조한 경력을 생각한다 아버지란 기호에선 캐치볼이 떠오르지만, 나는 아버지와 캐치볼을 한 적이 없다 어느새 나와 아버지 사이 넓게 자리잡은 이만 헥타르쯤의 운동장 이따금, 몰래 수면제 반 알 같은 씨앗을 심지만 자라는 것은, 없다 방금 불어온 바람을 등지고 어리고 슬픈 내가 공을 주우러 뛰어간다 당신은 누구인가 이 글러브는 누구의 가죽이고 날아가는 것을 보면 왜 소리를 지르고 싶어지는가 여자 아이가, 봉지를 빙빙 돌리며 뛰어간 오빠를 쫓아 울음을 빙그르르 돌린다 더는 돌릴 수 없을 때까지 숨을 참는 어쩌면 무늬란 그런 것이지 꼭 다문 사람의 입술 같은 것 그러나 죽은 사람은 비둘기를 날리지 않는다 단단하게 여물어 열리지 않는 길의 가슴을 열기 위해 빨간 사과 태양이 넘어간다 나의 스물아홉, 잡기 위해 전력질주하는 법 따위, 잊어버렸다.

        —「지워지는 地圖—호적등본 떼러 가는 길」

        (『실천문학』 2008년 가을호) 부분

    하나의 장면, 혹은 하나의 단어나 문장, 혹은 어떤 냄새나 소리가 한 편의 시를 촉발시킬 수 있을 것이다. 이 시는 어쩐지 부자간에 사이좋게 캐치볼을 하고 있는 하나의 영상으로부터 만들어졌을 것이라는 추측을 하게 한다. 그에게 "아버지란 기호에선 캐치볼이 떠오"른다는 관념은 어쩌면 학습되고 상상된 것일 수도 있다. 아무튼 유희경에게 아버지의 부재는 이처럼 평범한 이미지를 통해 상기되며, 결국 이로 인해 상실감은 깊어진다. 한 번도 해본 적이 없는 아버지와의 캐치볼을 더이상 할 수 없다는 상실감 말이다. "나와 아버지 사이"의 거리는 이미 "이만 헥타르쯤의 운동장" 거리가 아닌가. 이제 아버지는 호적등본 속의 이름으로만 존재할 뿐 '나'는 "당신이 누구인가"를 알 수 없다. 아버지와 캐치볼을 했던 기억조차 없는 '나'는 자신을 "건조한 경력"의 소유자라고 말한다. 이 시에서도 유희경은 관찰자와 증언자로서의 역할을 충실히 해내고 있다. 그는 제3자가 되어 자신을 관찰한다. '없는 아버지'와 캐치볼을 하는 "어리고 슬픈 내" 모습을 상상하거나, 누이동생 앞에서 눈물을 참는 듯 보이는 "오빠"로서의 자신의 모습을 기억해낸다. "날아가는 것을 보면 왜 소리를 지르고 싶어지는가"라는 언급이나, "꼭 다문 사람의 입술 같은 것"이라는 이미지는 극심한 슬픔을 힘겹게 감내하고 있는 '나'의 모습을 환기한다. 슬프다고 말하되, 자신의 슬픔에 대해 어느 정도 거리를 두어 말함으로써, 그가 그려내는 슬픔은 더욱 울림이 큰 것이 된다.

이즈음의 젊은 시들은 자신의 고통을 말하는 것에 익숙하지 않다. 이들은 직접 말하기보다는 돌려 말하고, 솔직하게 말하기보다는 세련되게 말한다. 따라서 최근의 시에서 시인의 개인적이고 구체적인 체험을 추적해보려는 것은 허망한 일이 될 수도 있다. 시인들은 때로는 독한 마음으로 감정을 숨기거나, 그것도 모자라 감정의 원인이 되는 것들도 철저히 감춰버리는 경우가 많다. 그러한 태도가 시를 평가하는 절대적 잣대가 될 수 없음은 물론이다. 하지만 이러한 지평구조 안에 놓여 있는 유희경 시의 독특함에 대해 말해볼 수는 있을 것이다. 자신의 감정을 드러내는 데 조금은 불친절한 시들에 단련된 독자들은 다소 솔직하게 들리는 유희경의 고백 앞에서 오히려 당황스러움을 느낄 수도 있다. 그러나 유희경 시가 주는 당황스러움은, 자신의 슬픔을 전시하는 자에게서 흔히 느끼게 되는 불편한 감정과는 거리가 멀다. 우리가 유희경의 깊숙한 상처를 더듬을 수 있다면, 그가 지닌 "슬픔의 지형과 온도와 습도"를 재어볼 수 있다면, "왼쪽 가슴 5센티미터 위에서도 비는 태어난다"(「이상한 지도(地圖)—퇴근길, 카니발 행렬」, 『실천문학』 2008년 가을호)라고 말하는 시인의 아픔을 온전히 이해할 수 있다면, 그것은 오로지 이 시인이 지닌 묘사의 힘 때문일 것이다.

유희경의 시는 말하기보다는 주로 보여주기의 방식을 취하고 있다. 그리고 그의 시가 빛을 발하는 것도 그 보여주기의 방식이 성공적으로 수행되었을 때다. 자신의 감정을 직시하면서 그에 대한 구체적인 이미지를 통해 독자의 공감을 유발하고자 하는 시작법은 그야말로 전통적인 것이라 할 수 있겠지만, 최근의 시에서는 별로 찾아지지 않는 오히려 신선한 태도이기도 하다. 유희경은 충실한 기본기를 바탕으로 하여 자신의 진실된 마음을 표현하기 위해 애쓰고 있는 소중한 시인이 아닐 수 없다. 물론 이는 그에게 아직은 뚜렷한 개성이 발견되지 않는다는 사실을 반증하는 것이기도 하다. 기본기는 그야말로 기본기일 뿐이다. 기본기도 없는 시들이 난무하는 속에서라면 기본기만으로도 상대적으로 충분히 훌륭한 시를 써낼 수 있겠지만 유희경은 이미 기성 시인이다. 그 누구도 흉내낼 수 없는 자신만의 분명한 입장과 스타일을 창조하는 것이야말로 시인의 즐거운 의무가 아니겠는가. 우리는 유희경의 첫 시집에서 그의 충실한 임무 수행 과정을 확인하게 될 것이다.

4. 시인의 두 가지 사명

등단 1년차의 두 시인, 이제니와 유희경의 시를 읽었다. 이제니의 시가 이제니스러운 것을 고안하는 중이라면 반대로 유희경의 시는 시란 어떤 것이어야 하는가를 보여주는 중이라고 말할 수 있겠다. 자기만의 스타일을 추구함과 동시에 시적인 것이 무엇인가를 끊임없이 숙고하는 것은 시인이 짊어져야 할 두 가지 사명이다. 물론 이중 한 가지 사명에 필사적일 경우, 나머지 하나의 문제는 저절로 해결되는 경우가 많다. 한 가지 흥미로운 사실은 미래파의 충격이 여전히 시단을 휩쓸고 있는 상황 속에서, 이제니의 발랄함이 오히려 친숙한 것으로, 유희경의 진중함이 새로운 것으로 여겨질 법도 하다는 사실이다. 낯섦과 낯익음은 모두 상대적인 느낌에 불과하기 때문이다. 이제니와 유희경의 작업이 절대적으로 의미 있는 것이 되어 이러한 상대평가로부터 자유로워지기를 기대하며, 이 두 명의 신인이 어떤 선택과 어떤 노력을 통해 어떤 성과를 보여주게 될지를 기다려 보도록 하자. 결코 실망할 리 없는 무언가를 기다리는 일만큼 즐거운 일은 없다. 이제니와 유희경의 첫 시집을 기다리는 일이 마냥 즐거운 것은 바로 이러한 이유 때문이 아닐까.

(『문학들』 2009년 봄호)

말이 말이 되려는 찰나
― 이제니의 『아마도 아프리카』 읽기

　이제니의 시를 읽다보면 시인이 되고 싶어진다. 아니, 어쩐지 나도 시인이 될 수 있을 것만 같은 참 이상야릇한 착각과 흥분에 사로잡힌다. 그녀의 시를 폄하하여 하는 말이 절대 아니다. 그녀의 애잔한 말사랑에 동참하고픈 강렬한 욕망쯤 되겠다고 일단 말해두자. 물론 이제니를 따라, '요롱' '뵈뵈' '홀리' '밋딤'처럼 우리가 이미 한 번쯤 소리내보았겠으나 아직 "단 한 번도 제대로 말해본 적이 없"(「페루」)는 그런 단어들을 고안해볼 수 있을 것이다. 그러나 그런 소리들을 나열한다고 저절로 시가 만들어지는 것은 아니다. "분홍 설탕 코끼리"나 "독일 사탕 개미"처럼 우리의 머릿속에 그다지 가깝게 존재하지 않는 단어들을 무작정 이어 붙여본다고 시가 될 리도 없다. 말이 안 되는 말들을 모아놓으면 시가 될 것이라고 기대하는 것은 정말 말도 안 되는 생각이다. 그런데 이제니는 '그게 바로 시야'라고 말하는 것 같기도 하다. "누구든 언제든 아무 의미 없이도"(「페루」) 쓸 수 있는 게 시라고 말하는 것 같기도 하다.
　정확하게 말하면, 말도 안 되는 이상한 말을 다정한 말이 되게끔 말해보고 또 말해보는 것이 바로 이제니의 작법인 듯하다. 그래서 그녀의 시에서는 외국어처럼 낯선 말들이 모국어처럼 정다워지는 신기한 일이 발생한다. 말도 안 되는 말을 어떻게 말이 되게 할 수 있을까. 예컨대, '뵈뵈'나 '홀리'라는 소리는 어떻게 말이 될 수 있을까. 무언가의 '이름'이 되는 방식으로 자기 존재를 증명해야 할 텐데, 거꾸로 이제니는 특정한 무언가를 지칭하는 이름으로서의 기능을 말로부터 박탈하는 방식으로 시를 쓴다. 시인이 되지 못한 우리가 생각하기에 자고로 시란, 낯익은 대상에 색다른 이름을 붙여 그 대상이 달리 보이도록 만드는 작업이다. 대상과 이름의 남다른 조합으로 인해 대상의 숨겨진 면모가 드러나고 더불어 언어의 혁신마저 일어나게 되는 것이 시 쓰기 작업의 마술이다. 쉽게 말해, '일본'이라는 대상을 '자퐁'이라는 프랑스식 이름으로 달리 불러보는 것이 대개의 시가 하는 일일 것이다. 그런데 이제니는 "노랫말을 흥얼거리"듯 "극동의 자퐁으로 가자, 극동의 자퐁으로 가자"(「별 시대의 아움」)라고 별생각 없이 반복해 말하며, 거기서 어떤 이미지를 떠올려보려는 독자의 시도를 무색하게 만들어버린다. 귀여운 어감의 '자퐁'만이 우리에게 은밀히 남는 것이다. '뵈뵈'든 '홀리'든 '밋딤'이든 이제니의 시에서는 어쩌면 소리의 질감만이 중요하다. 이 소리들은 그 누구의 이름도 아닌 바로 자기 자신들이다.

이제니의 첫시집 『아마도 아프리카』에서는 이처럼 익숙한 대상을 낯설게 표현해보려는 일반적인 시의 경향을 거스르려는 시도가 보인다. 대신 그녀는 낯선 소리와 친밀해지려는 작업을 먼저 한다. 낯선 소리에 일정한 의미를 부여하지 않은 채로 그것을 그 자체로 친숙하게 만들어보려는 것이다. 외국어를 배우던 경험을 떠올려보면 어떨까. 가장 먼저 우리는 어색한 소리들을 접하게 된다. 그리고 그 소리에 정해진 의미가 있음을 알게 된다. 한국어가 모국어인 우리가 보기에 '블랭크'가 '공백'이 되고 '자퐁'이 '일본'이 되는 것은 애초에 자연스러운 일은 아닌데, 무수한 반복을 통해 그 둘이 한몸처럼 붙어버리게 되면, 외국인인 우리에게도 '블랭크'

라는 소리와 '공백'이라는 뜻의 결합은 당연한 것이 된다. (물론 소리를 의미로 바꾸는 번역의 단계가 존재하지만) 결국 '블랭크'라는 소리로부터 '공백'이라는 의미를 떠올리지 않는 것이 불가능해지는 것이다. 이제니의 시는 '블랭크'가 (어떤 의미 없이도) 저 홀로 친숙한 소리로 들리게 되려는 찰나, '공백'이라는 뜻과 결탁하기 직전의 순간, 바로 그때 씌어진다. 어떤 소리가 무언가의 이름이 되지 못하게 경계하면서도 그 소리 자체를 다정하게 여기려면 도대체 무엇을 해야 하는 것일까. 분절된 소리인 말들을 갖고 "소리가 노래가 되지 않는 무구함"(「그늘의 입」)을 추구하려면 어떻게 해야 하는 것일까.

이제니는 이렇게 한다. 우선, "소리내 말하지 못한 문장을 공책에 백 번 적는다"(「피로와 파도와」). 말하자면 반복이다. 이제니의 시에는 유난히 반복이 많다. 2000년대의 가장 빛나는 등단작 중의 하나로 기억될 만한 「페루」(2008년 경향신문 신춘문예 당선작)에서도 그녀는 "페루 페루. 라마의 울음소리. 페루라고 입술을 달싹이면 내게 있었을지도 모를 고향이 생각난다"라고 썼었다. 하나의 소리가 무언가의 대표 이름이 되기 위해서는 그 대상의 속성을 떠올리며 수없이 다른 이름으로 그것을 바꿔 불러보는 일이 필요하다. 그런 식으로 수많은 의미들이 덕지덕지 붙어 하나의 소리는 대표 이름의 자격을 부여받는다. '페루'를 떠올리기 위해서라면 우리는 우리의 기억과 지식을 총동원하여 다른 이름들, 이를테면 "고산지대" "라마" 등을 생각해내야 한다. 그러나 이제니는 그저 "페루 페루"라며 같은 소리만 반복하고 있다. 엄연히 존재하는 무언가를 위해 이름이 필요한 것이 아니라 이름을 반복하다보면 "있었을지도 모를 고향"이 떠오른다는 식이다. 그렇게 되면 이제니의 말마따나 이제 '페루'에는 "누구든 언제든 아무 의미 없이도 갈 수 있"게 된다. 애초에 '페루'가 지시하는 것은 없으니 말이다. "나를 달리게 하는 것은/ 들판이 아니라 들판에 대한 상상"(「처음의 들판」)이라는 다른 시의 구절도 비슷한 맥락에서 읽힌다.

「뵈뵈」에서도 같은 일이 발생한다. 화자는 끊임없이 '뵈뵈'를 호명하며 '뵈뵈'에게 어떤 이야기를 들려주려 하고 있다. 그러나 '뵈뵈'는 잘 듣지 않는 모양이다. "그러니까 뵈뵈, 내가 하고 싶은 말은. 내가 하고 싶은 말은, 뵈뵈"라는 구절로 시가 끝난다. 첫번째 '뵈뵈'는 호명이지만, 두번째 '뵈뵈'는 아니다. '뵈뵈'를 부르며 "마음이 바빠진 나는 이 얘기 저 얘기 저 얘기 이 얘기 생각나는 대로 마구마구 지껄였"지만 결국 내가 하고 싶은 말은 단지 '뵈뵈'였던 셈이다. 애초에 하려던 말은 그저 '뵈뵈'뿐이었던 것이다.

이 같은 반복에 동참한 우리에게도 '페루'와 '뵈뵈'는 이제 그저 익숙한 소리의 덩어리로 남는다. 이제니의 시를 읽다보면 교재도 사전도 없이 외국어를 독학하는 기분이 든다. 아니, 전혀 기억에도 없지만 모국어를 스스로 깨우치던 순간이 떠오르는 듯도 하다. '페루'는 그저 '페루', '뵈뵈'는 그저 '뵈뵈', 이런 식으로 의미는 모르지만 귀에는 익숙해진 말들이 무수히 생기게 되는 것이다. 다정한 소리들이지만 소통에 무익한 말들을 제 곁에 쌓아두는 이러한 일은 과연 즐거운 일일까, 불안한 일일까. 아무런 의미 없는 "고아의 말"(「고아의 말」)을 읊조리는 일은 짜릿한 일일까, 무서운 일일까. 모르긴 몰라도 그것은 불가피한 일이기는 하다. 그녀가 말하듯 "검은 펜을 찾았다는 생각이 들면 검은 펜을 잃어버린 것"(「편지광유우」)이므로, 즉 우리가 어떤 소리를 어떤 의미에 고정시키는 순간 결국 그 소리는 특정한 의미를 위해 희생되고 동시에 수많은 의미들 역시 하나의 소리 때문에 사라지는 일이 생겨나므로, 우리의 말사랑이 진심이 되려면 소리와 의미를 헤어지게 하는 일이 필요하기는 한 것이다. 제대로 만나기 위해 헤어지는 일이라고나 할까. 이미 안정된 소통의 체계 안에 안착한 우리에게, 이렇게 소리의 "무구함"을 되찾고자 하는 일은 불안하고 두려운 일이기보다는, 오히려 이전의 습관과 결별해야 한다는 점에서 허탈한 일이고 독한 의지 없이 불가한 일이다. 셀 수 없이 오랜 시간을 함께 보내 제 몸의 일부인 듯 친밀해진 누군가와 당장 헤어져야 하는 것처럼 실감나지 않는 일이다.

이제니의 시에 작별의 장면들이 흔한 것, 그리고 그 장면들에서 쓸쓸한 단호함이 짙게 배어나오는 것도 이런 이유 때문이다. 사랑하기에 헤어진다는 일상적인 말은 대체로 위선이기 쉽지만 이제니가 보여주는 말사랑의 경우는 조금 다르다.

우리의 잘못은 서로의 이름을 대문자로 착각한 것일 뿐. 네가 울 것 같은 눈으로 나를 바라본다면 나는 둘 중의 하나를 선택하겠다고 결심한다. 네가 없어지거나 내가 없어지거나 둘 중의 하나라고. 그러나 너는 등을 보인 채 창문 위에 뜻 모를 글자만 쓴다. 당연히 글자는 보이지 않는다. 가느다란 입김이라도 새어나오는 겨울이라면 의도한 대로 너는 네 존재의 고독을 타인에게 들킬 수도 있었을 텐데.

대체 언제부터 겨울이란 말이냐. 겨울이 오긴 오는 것이냐. 분통을 터뜨리는 척 나는 나지막이 중얼거리고 중얼거린다. 너는 등을 보인 채 여전히 어깨를 들썩인다. 창문 위의 글자는 씌어지는 동시에 지워진다. 안녕 잘 가요. 안녕 잘 가요. 나도 그래요. 우리의 안녕은 이토록 다르거든요. 너는 들썩인다 들썩인다. 어깨를 들썩인다.

헤어질 때 더 다정한 쪽이 덜 사랑한 사람이다. 그 사실을 잘 알기에 나는 더 다정한 척을, 척을, 척을 했다. 더 다정한 척을 세 번도 넘게 했다. 안녕 잘 가요. 안녕 잘 가요. 그 이상은 말할 수 없는 말들일 뿐. 그래봤자 결국 후두둑 나뭇잎 떨어지는 소리일 뿐.

—「후두둑 나뭇잎 떨어지는 소리일 뿐」 부분

절절한 이별시의 하나로 기억될 만한 「후두둑 나뭇잎 떨어지는 소리일 뿐」에서도 '나'는 등 돌린 채 어깨를 들썩이고 있는 '너'를 향해 "안녕 잘 가요"라는 말만을 반복한다. "그 이상은 말할 수 없는 말들일 뿐. 그래봤 자 후후둑 나뭇잎 떨어지는 소리일 뿐"이기 때문이다. 이별의 순간에조차 "우리의 안녕은 이토록 다르거든요"라며 불행한 불일치를 확인한 것보다 도, "다정한 척을 세 번도 넘게" 하며 이별을 기정사실화하는 장면이 더 슬프다. 마주볼 용기도 없어 등 돌리고 흐느끼는 '너'를 향한 다정한 척을 하며 잔인한 이별을 고해야 하는 '나'의 심사는 어떤 것인가. 아마도 "우 연처럼 만날 것"(「편지광 유우」)을 알기에 그러는 것이 아닐까. 그러니 "이 제 남은 일은 말하지 못한 말들을 삼키거나 뜻 없는 문장들의 뜻 없는 의 미를 뒤늦게 알아차리는 일뿐"(「공원의 두이」)이다. 이제니의 시가 본격적 으로 발랄해지는 것은 이처럼 뜻 모를 소리의 의미를 뒤늦게 알아차릴 때 이다. 그 의미란 이런 것이다. "완두는 완두 완두하고 울"고 "접시는 접시 접시하고 운다"(「완고한 완두콩」)는 소리의 자기 지시적 능력에 관한 것.

　이제 이제니는 "무의미한 습관"같은 말과 "결연한 의지"(「네이키드 하 이패션 소년의 작별인사」)로 결별하고 말의 시원으로 거슬러 올라가보는 일을 한다. 우리가 알고 있다시피 원시의 말은 주술이었으며 수행적 성격 을 지니고 있었다. 원시의 말에는 비유도, 반어도, 역설도 없었다. 증오의 대상을 향해 '죽어라' 말해놓고 정말로 그가 죽었다고 순진하게 믿었던 것 이 원시인이다. 이제니의 후렴구들은 이 같은 원시인의 말을 닮았다. 그녀 의 시에서 소리와 의미가 분리된다는 말은 더 정확히 말하면 소리와 의미 의 자의적 결합이 해체되는 것을 의미하는데, 이것은 더 강력한 결합을 위 한 전제가 된다. 소리와 의미가 화학반응을 일으켜 혼연일체가 되는 지점, 이제니의 말놀이는 이처럼 순진무구한 상태를 지향한다. "요롱이는 말한 다. 나는 정말 요롱이가 되고 싶어요. 요롱요롱한 어투로 요롱요롱하게" (「요롱이는 말한다」)라고 그녀가 적을 때 이것은 비단 어떤 리듬을 추구하기 위한 것만은 아니다. '요롱요롱' 반복함으로써 뭔지도 모를 '요롱이'가 정말로 되고 싶은 것이다. "모퉁이를 돌면서 모퉁이라고 발음하고 모퉁이라고 발음하면서 모퉁이를 돈다"(「모퉁이를 돌다」)라고 쓸 때도, "숫자를 센다 하나 둘 셋 숫자를 세지 마 세면 셀수록 늘어날 거야"(「검버섯」)라고 쓸 때도 이제니는 언어의 신비로운 주술성을 의식하고 있는 듯하다.

이름과 대상의 연결이 일종의 계약을 통해 성립되었다는 것, 그래서 그 만남이 불완전하다는 것은 우리가 고안한 언어체계 자체의 한계이자 매력이다. 그 느슨한 결합이 강력하게 고정되면 어쩌나 노심초사하는 것이 시의 역할이고, 자유로운 연상 능력을 활용하여 의외의 조합을 만들어보는 것은 시의 재미다. 이제니는 여기서 한 발 더 나아간다. 그녀는 느슨한 결합을 해체하여 더욱 강력하고 신비로운 결합을 스스로 만들어보고자 한다. 이제니의 시는 대상과 이름 사이의 관계가 교란되는 순간보다는 둘 사이에 새로운 만남이 생성되는 지점에 놓이는 것이다. 그래서 어쩐지 쓸쓸하기도 한 이제니의 시는 대체로 즐겁게 읽힌다. 이제니는 모국어가 외국어처럼 낯설어지는 순간이 아니라, 낯선 말이 모국어처럼 정다워지는 순간을 포착한다. 사실, 언어와 관련된 우리의 경험 중 가장 짜릿하다 할 만한 것은 익숙한 말이 새롭게 들리는 순간이기보다는 이상하고 낯선 소리와 자연스레 친해지는 순간이라고 할 수 있을 것이다. 그러나 우리는 대부분 그 순간을 기억하지 못한다. 자신도 모르게 어느샌가 이미 익숙한 모국어 체계 안에 들어와 있었기 때문이다. 『아마도 아프리카』는 잃어버린 그 기억, 즉 말이 말이 되는 것을 최초로 경험했던 순간의 기억을 재현하는 데 온 힘을 기울인다. 외국어를 새롭게 배우는 경험만으로는 다시 느낄 수 없는 그 짜릿함 말이다. "어미 없이 혼자 서 있는 말"(「아마도 아프리카」)을 만들어보면서 말이다. 그렇게 누구한테도 배운 적 없는 "나만의" 말을 만들어보며, 우리가 예전에 누렸지만 이제는 완전히 상실한 말의 환희를 되찾아보는 것이 시가 하는 일이 아니고 무엇일까. 이제니의 시를 읽다보면 정말로 시인이 되고 싶어지는 것이다.

(〈문장웹진〉 2010년 12월호)

'나'라는 정념, '너'라는 추상
— 박희수와 주하림의 시를 읽으며

1. '단 한 번의 새로움'은 어떻게

문학은 지루함을 참지 못한다. 우리는 글은 엉덩이로 쓰는 것이라고 농담처럼 말하며 작가의 열정과 노력을 높이 사기도 하는데, 들썩이는 엉덩이를 무겁게 내려앉히는 것이 바로 '새로움' 혹은 '신기함'이 주는 매혹인 것이다. 이러한 매혹이 없다면 엉덩이 붙이고 앉아 작품을 쓰는 일은 작가에게도 고역이 될 것이며, 독자는 아예 엉덩이 붙이고 앉을 일조차 없게 될 것이다. 창작의 고통도 환희도 그 무엇도 잘 모르는 독자는 새로움에 대해 좀더 강력한 요구를 가지고 있겠지만 작가라고 해서 자신에게조차 지루한 작품을 쓰고 앉아 있을 이유는 없다. 물론 이때의 '새로움'이란 몸 가벼운 재미만을 의미하지는 않는다. 세상이 너무 지루해서 스스로 즐겁기 위해 무언가를 쓴다는 작가들도 많지만 무언가를 쓰게 하고 읽게 하는 충동으로서의 '새로움'이란 '나'를 갱신하는 일과도 무관하지 않다. 어쨌거나 단순한 흥미를 위해서건, '또다른 나'의 발견을 위해서건, 거창하게 말해 언어의 쇄신을 위해서건 (물론 이러한 목적들은 대부분 사후적으로 발견되지만) 문학을 추동하는 힘이 '새로움'에의 열망인 것만은 틀림없다.

새로운 것을 열망하는 것은 낯섦의 매혹 때문이다. '새로움'과 '낯섦'은 종종 혼동되기 때문에 하늘 아래 더이상 새로울 것이 없는 상황에서도 다행히 우리는 끊임없이 새로운 것을 발견해낼 수 있다. 미래의 것이든 과거의 것이든 지금으로부터 다소 멀리 떨어져 있는 것을 가져오기만 하면 되는 것이다. 예술사에서 '고전적 충동'과 '낭만적 충동'이 교차반복되며 다양한 사조가 생겨나고 사라지기를 지속하는 장면은, 인간이 양가적 충동을 지닌다는 사실보다 오히려 새로움에 대한 강박으로부터 자유로울 수 없다는 사실을 환기하는 듯도 하다. 예술사를 돌아보면, 낯익은 낯선 것을, 즉 오랜만에 다시 만나 서먹한 것을 처음 만난 것으로 착각하며 환호했던 경우가 적지 않다. 과거를 순차적으로 잊어나가는 인간은 더 오래전에 망각한 과거를 보며 미래의 것을 만난 것처럼 흥분한다. 그러므로 우리가 전에 없는 완벽한 새로움을 말하기 위해서라면 '망각'은 금물이다. 2010년대의 시단을 점쳐보아야 하는 조금 난감한 이 자리에서 그야말로 지루하기 짝이 없는 이야기를 반복하고 있는 것은 웬일인가?

2000년대 시단은 '미래파'라는 사건을 겪었다. '사건'이라는 표현이나 '겪었다'라는 과거시제를 쓸 수 있는 것은, 2005년 이후 주목받기 시작하여 단시간 내 문단의 '핵심'으로까지 인정받게 된 일군의 무리들이 나타난 이후, 시를 읽는 우리의 태도가 많이 달라진 것이 사실이기 때문이다. 미세하게 서로 다른 경향을 가진 시인들의 차별적 특징들이 하나의 이름 안에서 무화되거나, 같은 무리로 호명되지 못한 어떤 시인들은 제대로 읽히지 못하거나, 성숙한 실험의 난해함과 미숙한 실험의 난감함이 섬세히 구분되지 못했다는 반성이 많이 도출되기도 했으나, 확실히 '미래파'의 출현 이후 새로운 감수성이 발견되고 시를 읽는 스펙트럼이 다양해진 것만은 부인할 수 없는 사실이다. 그런데 2010년대를 맞이하는 지금, '미래파'는 더이상 사건이 아닌 일상이 되어버린 듯도 하다. 이제 막 등단한 신인들은 '미래파'의 그늘 아래서 두려움이나 외로움 없이 새로운 실험에 몰두할 수 있게 되었고, 또 누군가에게는 '미래파적인' 새로움과는 다른 지점을 고민해야 할 필요도 생기게 되었다. 어쨌건 이제 황병승과 김경주는 새바람이 아닌 일종의 트렌드가 된 듯하고, 조연호의 오리무중 시 앞에 선 우리의 당황스러움도 그 정도가 많이 약해진 듯하다. 섬세한 이해를 위한 더 많은 노력이 여전히 절실히 요청되지만, 미래파 시의 낯섦은 그 자체로 익숙한 것이 된 것 같기도 하다. 그렇다면, 새로움의 매혹을 포기할 수 없는 우리는 또 어떤 것을 요구해야 하는 것일까? 낯설어진 옛것을 가져오는 방식이 아니라면 무엇이 가능할까?

낯선 것을 보고자 하는 것이 목적이라면 방법은 많다. 기존의 것을 얼마든지 활용할 수 있다. 그러나 우리가 시에게 요구하는 '새로움'이란 변덕스럽게 유행을 갈아치우는 방식으로 충족될 것은 아니다. 어떤 작품이 지루해지는 때는 낯선 것인지 낯익은 것인지라는 사실과는 별개로 남의 것을 반복한다는 느낌이 들 때다. 낯선 것은 반복해 출현하지만 새로운 것은 단 한 번 나타난다. '미래파'의 출현도 그것이 단순히 생소하다는 이유만으로 '사건'처럼 느껴졌던 것은 아니다. 누군가에게는 요물처럼 느껴진 시들이 누군가에게는 구원처럼 느껴지기도 했으니 말이다. 한 젊은 비평가는 '미래파'의 시들과 대면한 느낌에 대해 "가장 깊게 공감할 수 있는 감수성을 드디어 만났다는 확신이 들었"(장은정)[1]고 말하기도 했는데, 이처럼 자신에게 익숙한 시적 발화를 이제 '처음' 만났다는 흥분 때문에 그들을 열렬히 지지했던 사람들도 적지는 않다.

시야를 넓혀본다면 우리가 2000년대 중반 이후의 문단에서 '사건'처럼 대면한 시들도 결국 '오래된 미래'였음이 판명될지 모른다. 그러나 그것이 누군가에게는 '단 한 번의 새로움'이었음도 부정할 수 없다. 그렇다면 이제 또 누군가는 2010년대의 시단을 맞이하며 '미래파'를 돌파할 새

---

1) 강동호 · 김상혁 · 김지녀 · 장은정, 황성희, 좌담 「우리들의 공진화, 그 안에서의 각개 전투들」, 『시와반시』 2010년 봄호, 142~143쪽.

로움을, 즉 자신에게 익숙한 어떤 '발화'를 기대하고 있을지 모를 일이다. 그것은 어떤 새로움일까. "새로운 것의 진실성(……)은 의도성의 부재에 자리한다"[2]고 했던 아도르노의 말을 음미해보자. 의도적으로 새로운 것을 추구하고자 한다면 주기적으로 반복되는 유행에 편승하면 그만이다. 하지만 단 한 번의 새로움을 위해서라면 의도도 목적도 개념도 필요 없다. 하던 대로 그냥 하면 된다. 과거를 의식하고 넘어서려는 생각 없이 그저 자신의 리듬을 따르며 그것을 거침없이 보여주면 될 일이다. 누군가에게는 요상하게 느껴질 발화를 친숙하게 보여줄 친구들과 더불어, 그 '단 한 번의 새로움'은 일종의 사건이 될 것이기 때문이다. 그렇다면 결국 '단 한 번의 새로움'이란 세대교체를 통해서만 추구될 수 있는 것은 아닌지 모르겠다. 그러니 2010년대의 시단을 미리 엿보려면 당연히 젊은 시인들을 만나보아야 하겠다. 이 글에서는 박희수와 주하림의 시를 읽는 것으로 '미래'에 대한 발언을 대신해보고자 한다. 그들은 2009년에 등단한 1986년생 새내기 시인들이다.

2. 성난 얼굴로 쓰다 — 박희수의 시

어떤 시에서 기존의 발화와 다른 방식이 채택될 때, 그것은 기존의 것에 대한 의식적 거부를 드러내는 것이기도 하지만 그저 자신의 리듬에 충실한 결과이기도 하다. 무언가를 의식적으로 거절한 것이 아니라 안하무인의 결과일 수 있다는 것. 흔히 앞선 세대는 다음 세대가 자신에게 적극적으로 반항할 때보다도 자신을 본 체 만 체할 때 더 불쾌하고 불안하다. '미래파'가 '자폐적'이라는 이유로 혹독한 평가를 받은 것도 그들이 기존의 발화를 별로 안중에 두지 않았기 때문일 것이다. 박희수의 시도 조금은 안하무인이다. 2009년 대산대학문학상을 수상하며 등단한 이 젊은 시

---

2) 앙투안 콩파뇽, 『모더니티의 다섯 개 역설』, 이재룡 옮김, 현대문학, 2008, 115쪽에서 재인용.

인은 스케일이나 호흡의 측면에서 폭발력을 드러낸 작품을 몇 선보였다. 「마리—한 소녀의 기록」(『창작과비평』 2010년 봄호)과 「라이트Light—가벼운 빛」(『문학동네』 2010년 여름호)가 대표적이다. 지지난 세기 중반, 혹은 지난 세기 초의 시간으로 거슬러 올라간 이 두 편의 시는, 장시라고 하기에도 그 길이가 상당하며 담시(譚詩)라고 하기에는 이야기 자체가 중요한 목적으로 보이지는 않는다. 한 편의 짧은 부조리극이라 하는 게 적당할 듯하다.

「마리—한 소녀의 기록」은 1857년 인도에서 영국의 식민 통치에 저항해서 일어난 세포이 항쟁을, 「라이트Light—가벼운 빛」은 1903년 미국의 로스캐롤라이나 주 키티호크에서 실행된 라이트(Wright) 형제의 최초 비행을 각각 소재로 삼아 그것을 변주해 쓴 시다. 시기적으로도 다소 먼 과거가 채택되었고, 공간적 배경은 그 이름도 낯선 '러크나우'와 '키티호크'다. 시의 전개 방식은 독백이거나 독백과 다름없는 대화이다. 이처럼 이국적이고도 낯선 장시 앞에서 우리가 짐짓 의연할 수 있다면 우리에겐 이미 황병승과 김경주가 있었기 때문이다. 그런데 한 월평에서 신형철이 읽어내듯[3] 박희수에게는 "'황병승을 읽지 않은 엘리엇'을 읽은 게 아닌가"라는 생각이 들 정도로 '미래파' 시에 대한 자의식이 거의 느껴지지 않는다. 바로 위 선배를 매개하지 않은 채 시라는 장르 자체와 맞서는 느낌마저 든다. 우리가 박희수의 시를 너무 낯선 것으로 배척하지 않을 수 있다면 그것은 '미래파'의 덕택이겠지만, 그의 시를 '미래파'에 대한 그저 그런 흉내로 폄하할 가능성이 있다면 그것은 일단 경계해볼 일이라는 말이

---

3) 신형철, 「스물다섯 살 이후에도 시인이 되려면—80년대 시인들의 육성과 가성」, 『현대문학』 2010년 5월호. 신형철은 황병승의 시에서 엘리엇적인 특성, 즉 "1인칭의 극적 독백 혹은 3인칭들 간의 극적 대화, 지리멸렬한 현대 풍속도의 파편들의 병치(juxtaposition), 동서와 고금을 가리지 않는 광범위한 인유(allusion)와 패러디" 등이 나타남을 지적하며, 황병승 시의 스펙트럼이 우리 시대의 하위문화라는 범위 안에 머물러 있는 반면, 박희수는 앞 선배의 스케일을 뛰어넘어 곧장 서구 현대시의 정전들과 대결한 정황이 포착된다고 설명한다.

다. 그 미세한 차이는 어디서 발견될 수 있을까.

에둘러 가자. 황병승의 첫 시집 『여장남자 시코쿠』(랜덤하우스중앙, 2005)가 나온 직후 평론가 황현산이 지적했듯[4] 황병승의 시가 놀라운 경지를 보여주었다면 그것은 비주류 문화를 주류 문화인 시의 장르로 밀어올렸다는 사실 때문만은 아니다. 그에 따르면 황병승의 소중함은 비주류 문화를 주류 문화 안으로 번역해 보이는 방식의 적절함으로부터 논해져야 한다. 시인의 이름을 지운다면 번역시로 오인될 정도로 황병승의 시에는 번역을 가장하여 개입되는 시구들이 많이 등장한다. 타인의 말을 자기 말로 번역하는 방식이 아니라 거꾸로 "타인의 말로 자기 말을 번역"하는 방식을 취하며 황병승의 시는 비단 소재적 측면에서가 아니라 발화의 차원에서 '시의 윤리'를 획득하게 된다고 황현산은 지적한다. 실제로 우리가 황병승 시에서 느낀 매혹은 생소한 인물들의 어색한 말투가 주는 재미와 관련되기도 했다. 박희수라면 어떨까. 역사적 소재를 활용하여 그가 어떤 정치적 효과를 노렸다고 보기는 힘들지만, 그의 폭발적인 발화들은 확실히 주목해볼 만한 것이긴 하다.

1856년 1월 7일 ─ 데일스베리에서 에이미 슈틸하프턴이 보낸 편지
아이들은 잘 지내고 있습니다. 어제는 런던에서 연극을 관람했습니다. 수업도 잘 진행중입니다. 유진은 전혀 염려하실 바 없고, 폴, 마리, 아이작 모두 학습태도가 성실합니다. 봄학기가 시작될 때쯤 유진은 기숙사로 보내고 나머지 아이들은 런던항에서 캘커타행 배편을 통해 인도로 돌려보낼 계획입니다. 그럼 또 연락드리겠습니다.

1857년 3월 9일

---

4) 황현산, 「완전소중 시코쿠─번역의 관점에서 본 황병승의 시」, 『창작과비평』 2006년 봄호(『잘 표현된 불행』, 문예중앙, 2012).

밤하늘의 별들이 확산 직전의 팽창력으로 휘어지고
폭죽처럼 야자나무가 터져나가는 이 밤,

안녕, 평안한가요.
데일스베리에서 당신은 즐겁게 잠들고 있나요. 시트의 평온한 냄새를 맡으며. 암캐처럼. 끈질긴 후력(嗅力)으로. 밤 깊어 벽지 위에 쇠창살의 문양이 떠오르는 이런 감상적인 시간이 되면 나는 소녀다운 예민함으로 예민한 곳에서 당신의 두 손가락 사이를 끈끈하게 빛내던 은실을 꺼내들어요. 깊이 찌르다 곧 물결처럼 녹아 휩쓸리던, 단검, 아, 조수간만의 차. 그것들은 더러운 흔적을 갯벌 위에 가득히 남기고 껍질이 짓밟힌 게들의 울음소리로 달이 혈조(血潮)를 띠게 만들었어요 ─ 이렇게 말해도

무슨 말인지 모르겠지 이 개년아, 처음 네가 나를 타락시킨 밤, 네년의 질긴 탯줄 같은 인중, 들끓는 피의 흐름, 썩은 숨결

달콤한 약속, 파고드는 손가락, 귓가에서 울리던 먼 고동소리
혈관이 터져나갈 때까지.
　　　　　　　　　　　　　─「마리─한 소녀의 기록」 부분(강조는 시인)

「마리─한 소녀의 기록」은 '마리'라는 소녀의 이야기이다. 배경은 영국 동인도회사의 직할 통치령이던 1857년의 러크나우. "마리는 러크나우 태생으로 형제들과 1855년 겨울부터 1856년 봄까지 영국 데일스베리의 에이미 슈틸하프턴에게 위탁되어 교육을 받았다"라는 진술이 서두에 지문(地文)처럼 적혀 있다. 그리고 1856년 1월 데일스베리의 에이미가 마리의 부모에게 소식을 전하는 편지가 이어진다. 서두의 설명과 에이미의 편지를 통해 이 시의 정황이 어느 정도 포착된다. 이어, 1년의 시차를 둔 마리

의 일기가 이어진다. 러크나우로 돌아온 마리의 일기이다. 여기서 당황스러운 진실이 드러난다. "나는 소녀다운 예민함으로 예민한 곳에서 당신의 두 손가락 사이를 끈끈하게 빛내던 은실을 꺼내들어요"라고 마리는 쓰고 있다. 마리는 아마도 위탁교육을 받던 겨울방학 기간 동안 교사 에이미로부터 끔찍한 성희롱을 당한 듯하다. 호기심을 갖고 시를 읽어나가던 독자는 "이렇게 말해도"로부터 잠깐의 휴지 뒤에 이어지는 진한 고딕체의 구절을 보고 갑자기 더 당황한다. "무슨 말인지 모르겠지 이 개년아"라는 구절에서부터 이 시의 어조가 급작스럽게 바뀐다. 이 구절은 에이미가 마리에게 처음으로 위해를 가하던 날 에이미의 입에서 튀어나온 말인지, 아니면 데일스베리에서의 일을 떠올리며 분노에 찬 마리가 터뜨린 말인지 구분하기 힘든데, 아무튼 이 시는 첫 장면에서부터 여러 번 어조를 바꿔가며 빠른 속도로 사건을 전개해나간다. 이후 이어지는 시의 내용은 전부 마리의 일기이다. 마리는 논리적인 진술로 자기 얘기를 적어내려가지 못한다. 말하다 자꾸 끊고 참을 수 없는 정념을 노출한다. 후반부에서는 여러 목소리가 뒤섞인 채로 세포이 항쟁 당시의 급박한 상황이 재연되기도 한다. 이처럼 이 시에서는 정제된 목소리가 거의 등장하지 않는다. 「마리―한 소녀의 기록」은 "식민지 태생" 영국 소녀의 혼란한 목소리를 날것 그대로 담고 있다.

식민 본국의 여교사가 "식민지 태생"의 어린 소녀를 성적으로 착취하는 내용을 세포이 항쟁이라는 역사적 사건과 절묘하게 결합한 이 시에서 두드러지는 것은, 어쩌면 소재도 형식도 아닌 어떤 정념이라고 해야 할지 모른다. 그것은 대체로는 '분노'이고 또 '불안'이기도 하다. 사실 소녀의 일기로 이루어진 이 시에서 우리는 진실이 무엇인지 확인하기 힘들다. 에이미가 소녀의 부모에게 보낸 편지에 썼듯 어쩌면 이 모든 사건들이 사춘기 아이의 예민한 감수성이 꾸며낸 허황된 이야기인지도 모를 일이다. 더군다나 어떤 구절에서는 어쩐지 마리가 에이미의 사랑을 갈구하는 듯 보이기도 한다. 특정한 역사적 소재도, 일기라는 독백의 형식도, 그리고 호흡이 짧아 자꾸만 끊어지는 말들도, 결국 어떤 '분노'와 '불안'의 정서를 재현하기 위해 호출된 것들이라 볼 수 밖에 없다.

「라이트Light—가벼운 빛」도 그렇다. 이 시는 라이트(Wright) 형제가 인류 최초로 동력 비행에 성공한 1903년으로부터 10년이 시간이 지난 시점을 시간적 배경으로 삼는다. 또다른 라이트(Light) 형제가 있었으니 이들은 각각 스물한 살의 '필'과 열네 살의 '테드'다. 이들은 신형 동력 비행기의 개발을 위해 키티호크에 왔고 시험 비행을 앞두고 있다. 그리고 휠체어 신세를 지고 있는 또다른 소년 '네드'가 있다. 필과 테드, 그리고 네드의 대사가 번갈아가며 이어지는 이 시에도 어떤 분노와 불안, 그리고 슬픔이 서려 있다. 정확한 정황은 알기 힘들지만 그 분노와 슬픔은 어떤 수치로부터 오는 듯하다. 그래서 이 소년들은 날고 싶다. 형인 필은 "그러니 미친 새끼야, 니가 낄 데가 아니야. 어림도 없는 소리 하지 마. 앞으론 다시 그런 말을 못하게 혀를 뽑아버릴 테니"라고 소리치며 폭력적인 방식으로 동생을 보호하려 들지만, 사실 이러한 극언은 "나는 용기가 없어. (……) 나는/ 믿음이 필요해"라는 자신의 불안을 감추기 위한 것으로 읽힌다. 더 거침없는 쪽은 오히려 동생이다. 동생인 테드는 정말 날고 싶다. 테드의 말을 들어보자.

내게 남은 게 무엇일까.

거울 속에, 마치 대야한테 그러듯 머리를 풀어헤치고 아무것도 없는 나의 빈 주머니를 떨리는 손으로 뒤져보고는 해. 학교에선 라틴어를 배우고 집에선 권위 있는 어둠을 배워. 빈 침묵, 부계도 모계도 없는 방. 아이들은 돌을 던지면서 깔깔거리지. 다시 떨어지는 것이 슬픈 것이 아니라 닿아 있을 수밖에 없다는 것이 슬픔이라는 걸 그 아이들은 알까. 애들이 던졌던 돌

을 집어든다. 돌 속에는 수많은 하늘들이 스쳐 지나가 하얗게 닳아진 침묵
의 표정이 있다

나를 던지고
갑자기 맹렬하게 끓어오르는 흰 기포

한여름 소나기
더러운 땅 씻고, 내 그림자 지우고.
　　　　　　　　　—「라이트Light—가벼운 빛」 부분(강조는 인용자)

　이 시는 "*다시 돌아오지 않는다는 것// 날기 위한 대가(代價)*"라는 구
절로 시작해서 "*날아간다는 건/ 다시/ 돌아오지 않는다는 것*"이라는 구
절로 끝난다. '다시 돌아오지 않는다'는 대가에도 불구하고 이 소년이 날
고 싶어 하는 것은 결국 이 땅에서 겪고 있는 어떤 수치 때문이다. "부계
도 모계도 없는 방"과 깔깔거리며 돌을 던지는 아이들이 이 아이에게 수
치를 알게 했다. 그래서 테드는 다시 떨어질 것을 각오하고서라도 이 땅
을 벗어나고 싶은 것이다. 이 시는 라이트 형제의 시험 비행이라는 역사
적 사실을 차용해 결국 '지금-여기'로부터 벗어나고 싶은 소년들의 욕망
을 드러낸다. 이들은 단 한 번 날아보고 싶은 것이 아니라 영원히 날아가
버리고 싶다. 시험 비행이 성공적이든 그렇지 않든 "떨어짐을 붙들어맬"
수 없는 것이라면 소년들의 분노와 슬픔은 끝날 수가 없는 것이다. 이 시
에서 강조되는 것은 떨어짐을 붙들어매고 싶다는, 즉 날아가고 싶다는
"간절함일 뿐"인 듯하다.
　간단히 살펴본 두 편의 장시에서 주인공은 소녀와 소년이다. 이 소년
소녀들이 내뿜는 터질 것 같은 에너지는 알 수 없는 분노와 불안으로부터
비롯된다. 이러한 정념을 비단 젊은 세대만의 전유물로 볼 수는 없을 테

지만, 어떤 정념 앞에서 소년 소녀들이 속수무책이라는 사실에 대해서 만큼은 젊은 세대만이 그럴 수 있는 것인지 모른다. 분노와 불안이 어디로부터 오는지에 대해서도, 그것을 어떻게 조절해야 하는지에 대해서도 이들은 별 관심도 대책도 없는 듯하다. 불쾌한 정서를 거친 호흡으로 강력하게 드러내는 소년 소녀들의 모습이 그다지 새로울 것은 없지만, 최근의 시에서는 이러한 풍경이 조금 낯설기는 하다. '미래파'라 불린 앞 세대 시인들마저도 이러한 정념을 날것 그대로 노출시키는 법은 별로 없었기 때문이다. 어쩌면 '미래파'의 시가 난해하다고 평가된 이유도 그들의 시에서는 생생한 정념의 노출보다 그것들을 감추고 짐짓 모른 척하는 전략이 두드러졌기 때문이었는지도 모른다. 가령 김민정이나 이민하의 소녀들에게 나타나는 무정한 잔혹함은 참을 수 없는 분노를 꼭꼭 감추는 방식이 되기도 했으며, 황병승의 난장(亂場)에서도 "멀고 춥고 무섭다"(「멀고 춥고 무섭다」, 『트랙과 들판의 별』)는 쓸쓸한 감정은 은근한 형태로만 드러났다. 이들이 자신들의 정념을 드러내는 일에 머뭇거렸다면 그것은 '관계'에 대한 진지한 고려가 있기 때문이었다 할 수 있다.

그런데 박희수가 저 멀리 역사 속에서 가상의 인물과 극적인 상황을 호출해올 때 그것은 어쩐지 자신의 성난 얼굴을 그대로 노출하기 위한 것으로서만 느껴지기도 한다. 이유 없는 분노를 표출하는 것이 목적이라면 지금-여기와 큰 시차를 두고 있는 '러크나우'의 '마리'나 '키티호크'의 '테드'의 독백을 들려준 것이 참 적절한 방식이었다는 생각도 든다. 그렇다면 이 세대는 바로 앞의 선배들보다도 오히려 훨씬 더 자폐적이라 해야하는 것은 아닌지 모르겠다. 황현산의 지적대로 황병승의 번역투가 우리시대의 비주류 문화를 윤리적인 방식으로 품어 안으려 하는 것이었다면, 박희수의 극언과 거친 호흡은 오로지 자기만의 정념을 진실하게 번역할수 있는 유일한 방식으로서 선택된 것이라 할 수 있지 않을까. 그래도 이거친 호흡이 어떤 '간절함'을 환기하고 있으니 이 시인의 분노에도 어떤 결정적인 이유가 있기는 할 것이다. 그 '간절함'의 이유에 대해서라면 차차 알게 될 수도 있겠지만 영원히 알 수 없더라도 어쩔 수 없는 일이기는 하다.

3. "너라는 추상성, 너라는 통증" — 주하림의 시[5]

"체코에서 봉춤을 추는 스트리퍼" 언니의 이야기(「데이지」)나, '프릭쇼 (freak show)'에서 벙어리를 연기하는 소녀의 이야기(「지하소녀 미도리」)를 들려주는 주하림의 시도 소재나 분위기의 측면에서 황병승스러운 점이 많다. 2009년 창비신인상으로 등단한 주하림은 영화로부터 모티프를 따오기도 하고, B급 대중문화 코드를 적절히 차용하면서 자기만의 스타일을 만들어가는 중이다. 「타노시이 선술집」이나 「네델란드식 애인」「레오카디아와의 동거」 같은 시들의 제목만으로도 확인되듯 주하림의 시는 다국적이고 다문화적이다. 그렇다고 해서 이러한 시들에서 대단히 생소한 이국 정서가 풍겨 나오는 것은 아니다. 그녀의 시에는 황병승 시에 나타나던 어색한 화법도 등장하지 않는다. 말하자면 주하림 시에는 '번역'의 과정이 없다.

그녀는 대중(혹은 하위)문화가 시 안으로 들어올 때 생기는 미세한 균열을 애써 드러내는 일을 불필요한 것으로 느끼는 세대다. 지금이 어떤 시대인가. 문학이라는 장르는 이미 비주류가 되다시피 했고, 한 손 안에 온 세상을 다 쥐고 다니는 재미난 시대가 아닌가. 어린 시절부터 다양한 매체가 선사하는 갖가지 이미지들에 노출되었던 지금의 이십대들에게는 문화에 관한 한 주류와 비주류의 경계가 없으며 이국의 정서와 구분되는 우리만의 정서라고 할 것도 없을 것이다. 이들에게는 '간호사 페티쉬'(「간호사 간다」)를 즐기는 일이 수치스럽지도 않으며, "고갸루 화장"(「타노시

---

5) 이 글의 발표 이후 주하림의 첫 시집 『비버리힐스의 포르노배우와 유령들』(창비, 2013)이 출간되었다. 시 인용은 시집을 따른다.

이 선술집」)도 낯설지 않다. 지금은, 제복을 입은 소녀들이 미각(美脚)을 뽐내며 "너의 판타지를 숨김없이 말해"보라고 모두에게 속삭이는 시대가 아닌가. 그러니 주하림의 시를 읽으며 여러 가지 하위 문화적 코드들이 작동하는 방식에만 주목한다면 그녀만의 특이한 발화법을 제대로 설명하지 못하게 될 수도 있다. 이러한 사실을 염두에 두며 주하림을 읽어보자.

일단 등단 이후 발표한 시들에 비해 비교적 '덜' 파격적이라 할 수 있는 주하림의 등단작 중 한 편을 읽어보기로 하자. 「위험한 고백」이다. 어떤 정서를 주조해내는 그녀만의 방식을 엿볼 수 있다.

프랑스인지 이탈리아인지 그런 영화가 있었어요 지지직 지지직 들려줄 게요 잠들지 말아요 먼 나라에 외로운 남자가 살고 있었죠 하루는 혼자 사는 집으로 콜걸을 불렀는데 콜걸이 다음 날부터 페이도 받지 않고 매일 찾아오는 거예요 날마다 푸른 핏줄이 도드라진 가슴을 실컷 뛰어다닐 수 있다니 남자는 아주 기뻤어요 전 이쯤에서 핏빛 오줌을 누고 왔죠 그런데 어느 순간 남자는 의심스러웠어요 개연성 없는 서사의 결말이 대개 그렇잖아요 왜 돈을 받지 않는 걸까 왜 나 같은 새끼를 만나는 거지 남자는 추궁했어요 여자 표정이 석고상처럼 딱딱해졌어요 당신밖에 없어요 아냐 너의 숨소리까지 거짓이야 진실을 말해 남자는 다그쳤어요 여자 피부가 붉어졌어요 색깔은 중요치 않아요 살아 숨 쉬는 석고상에게 결국 남자는

혼자 살던 방을 나와 여자 손을 끌고 여자네로 갔어요 상냥한 부모님과 동생들, 오리훈제는 부드러웠어요 그러나 남자는 여전히 믿지 못해요 여자의 친구들도 만나고 여자의 방에서 억지로 강요한 적도 있었지만 여자는 끝까지 질문에 완벽하게 대답해주지 않았어요 그러던 어느날

여자가 사라졌어요 잠들지 말아요 자지 않기로 약속했잖아요 그래서 당

신의 여자들이 자꾸 사라지는 거잖아 남자는 미친 듯이 여자를 찾아다닙니다 여자의 집도 부모도 형제도 사라졌어요 커다란 코르셋밖에 기억나질 않아요 남자는 차를 끌고 오솔길을 달려요 사고가 나고 병원에서 절망에 관한 멋진 대사를 중얼거리죠 그게 생각이 안 나요 누가 이 영화의 제목을 맞힌다면 당신과의 비밀도 털어놓겠어요 펄쩍 뛰지 말아요 결말 없이도 우린 가까워질 수 있잖아요 깨워줄게요 우리에게 아침이 오면, 누가 이 영화의 제목을 알려준다면

—「위험한 고백」 전문

　시에서 어떤 이미지가 그려질 때 그것은 화자의 특정한 정서를 독자에게 정확하게 전달하기 위한 '상관물(correlative)'로서 기능하기도 한다. 단일한 화자의 강력한 정서가 먼저 있어 그것이 어떤 이미지들을 불러 모으게 되는 경우도 있겠고, 아니면 복수의 목소리와 산발적인 이미지들이 사후적으로 어떤 정서를 환기하게 되는 경우도 있겠지만, 주하림의 시에서는 후자 쪽이 우세하다는 생각이 든다. 그녀의 시에서는 진술보다 이미지가 두드러지는데 「1974, 젠더사이드」처럼 마치 영화의 장면들이 개연성 없이 선택되어 나열된 듯한 인상을 주는 시들이 적지 않다. '모니터 킨트(monitor kind)'(유형진) 세대의 특징을 보여주는 것이라 해야 할까. 그런데 그녀의 시에서 이러한 이미지들은 '공감'을 유발하는 '상관물'로서 작용하지는 않는다. 요컨대 주하림 세대는 이미지를 통해서만 어떤 정서를 불러올 수 있지만 그렇다고 해서 어떤 특정한 이미지를 통해 모두에게 공통된 정서를 불러오는 것도 힘든 역설적 상황에 놓여 있기도 하다. 이 세대는 같은 정서를 공유하기보다는 서로 다른 취향을 인정하는 세대여서 그럴지도 모르겠다. 그래서 여러 가지 이미지들을 나열하고 있는 주하림의 시에서는 재미보다는 외로움의 정서가 더 많이 묻어난다.
　「위험한 고백」은 어떤 영화로부터 시작된다. 화자는 잠들려고 하는 '당

신'에게 어떤 영화에 관한 이야기를 들려주려 한다. 그 영화는 "절망에 관한 멋진 대사"가 나오는 영화다. 한 외로운 남자가 자신의 행복을 의심하여 결국 절망에 빠지고 만다는 스토리의 영화인데, 화자는 그 영화의 결정적인 대사도, 영화의 제목도 생각이 나지 않는다. 옆에 있는 '당신'도 그 궁금증을 풀어주지 못한다. '당신'은 계속 잠이 들려고 해서 화자의 이야기를 독백처럼 만들어버리는 것이다. 화자는 어쩌다 이 영화가 떠올랐을까. 자꾸만 잠들려고 하는 '당신' 곁에서 느낀 '고독'이 흐릿하게나마 어떤 영화를 기억하게 했을까. 아니면 문득 떠오른 영화가 '당신' 곁에 있는 자신의 '고독'을 더욱 분명한 것으로 만들어버린 것일까. 아무래도 후자 쪽이 자연스러운 듯한데, 아무튼 화자가 '당신'에게 들려주려 했던 이야기는 점점 독백이 되어가면서 '당신'의 공감을 전혀 얻지 못하고 결국 화자의 고독과 쓸쓸함은 강화된다. "누가 이 영화의 제목을 맞춘다면 당신과의 비밀도 털어놓겠어요"라고 혼잣말처럼 말하지만, 화자는 끝내 그 영화의 제목을 알게 되지 못할 것 같다는 생각마저 든다. 그리고 화자가 '당신'에게 제목도 기억 안 나는 영화 이야기를 들려주려고 하는 장면 자체가, 일종의 "개연성없는 서사"처럼 보이기도 한다. "당신과의 비밀도 털어놓겠어요"라는 말에 "펄쩍 뛰"는 '당신'이라면, 그러한 '당신'과 공유하는 비밀이 소중하고 애틋한 것일 리 없지 않은가. 이들은 '비밀'을 공유한 사이라지만 그 '비밀'은 수치스러운 비밀인 듯하고, 어쩐지 '나'와 '당신'은 아무것도 공유한 것이 없는 듯 보이기까지 한다. 온 세상 사람들과 손쉽게 모든 것을 공유하면서도 특정한 누군가와는 실상 아무것도 공유하지 못하는 세대의 비극이 이와 같은 것이 아닐까.

등단작 이후 발표한 주하림의 시들은 한층 더 발랄해졌지만 고독과 외로움의 정서는 오히려 강해졌다. 그러나 시적 정황이 불명료한 경우가 많아 그 정서에 공감하기는 쉽지 않다. 주로 '이별'에 관해 말하고 있는 듯한데, "드디어 빛 없는 세계다"(「레오카디아와의 동거」)라는 구절이나 "나의

배후에는 아무것도 없어요"(「입실」)라는 구절이 환기하듯, 주하림은 그야
말로 "개연성 없는 서사의 결말"(「위험한 고백」)을 그리고 있는 듯 보인다.
그녀는 왜 '이별'인지에 대해 설명하지를 않는다. 끝장난 관계에 대한 반
성이나 후회도 없다. 오히려 그녀는 상대에게 반성과 후회를 요구한다.

> 사랑했으나 그것이 더러 사랑할 시간들을 촉발하게 만들며
> 완전한 소멸을 꿈꾸던 날들 준Joon…… 너는 지저분하게 죽었지
> 눈썹을 치켜세우며 떠났어 그쯤 너는 서지도 않았어 좆같은 심정
> 담뱃불을 끄고 너를 지저분하게 죽였어……대신 너의 빈손에

문병이나 오고 문병에 대해 이야기하자 완성에 골몰하면서 반성은 모르
는 너에게

네가 변하는 순간 어쩌면 나는 그때 죽었지
난 산 사람처럼 살지 못했고 죽은 자들처럼 태연하지 못했다

(달은 멈추고 너는 잠시 머물러, 잃어버린 춤을 춘다)

네가 사랑이었다면 나는 더 고통스러워야 했다
운명이니 전쟁이니
낭만적인 이야기를 꺼냈을 때
너는 수긍하거나 응시해야 했다

(달은 춤추고, 너는 떠나며 알고 있던 춤들을 버린다)

약을 발라도 낫지 않는 상처들은

전생에 실패한 사랑이거나
죽겠다고 차라리 죽어버리겠다고 목을 매달며
서럽게 울던 애인의 터진 실핏줄

우리가 서운하다는 것보다 서럽다는 것에 동의했을 때
그래줬으면 하는 내 마음 온통 이해하지 못하면서도 차지하고 있는 너를
도려냈어야 했다

삶은 꿈꿀수록 작아지는 것이고 함께라는 사실을 버릴 때 고독은 완성
되는 것이 아니라 귀환한다는 것을 깨닫는다 완성이 아닌 부서져가는 것
들에게

(실은 달빛에 한번도 취해본 적 없는데)

창살은 아름다운 웃음소리마저 거두어가는데
네가 발견한 것들은 왜 내게 발견이 되지 못했을까
　　　　　　　　　　　　　　　　　―「척chuck」 전문(강조는 인용자)

"너는 지저분하게 죽었"고 '나'도 그런 "너를 지저분하게 죽였"다. 이
게 주하림 식 이별이다. "너는 눈썹을 치켜올리며 떠났"고 나도 "담뱃불
을 끄고" 일어섰다. 그야말로 "좆같은 심정"으로 이별을 한 셈이다. 어
떻게 된 일일까. "네가 변하는 순간"이 있었고, 그래서 나는 상처받았고,
"차라리 죽어버리겠다고" 서럽게 울기도 했던 것이다. '나'는 "내 마음 온
통 이해하지 못하면서도 차지하고 있는 너를 도려냈어야 했다"며 원통해
한다. 이건 후회도 반성도 아니다. 그저 억울함이다. '나'에게 남은 것이
라고는 먼저 끝내지 못한 억울함과 '너'에 대한 증오뿐이다. 이별의 순간

에 '나'는 지난 과거를 아름답게 추억하며 회한에 젖지 않고 상대방으로부터 전부 거둬들이지 못한 마음 때문에 슬퍼하지도 않는다. 그저 "반성을 모르는 너"가 괘씸하고 불쾌하고 짜증날 뿐이다. 저간의 사정은 알 수 없지만 '너'를 향한 '나'의 독설은 참 끔찍하다. "그쯤 너는 서지도 않았어"라는 식의 말을 내뱉으며 사태를 돌이킬 수 없게 만들어버리는 '나'에게서는, 미련한 미련도 '착한 척'도 찾아볼 수 없다. 지금 '나'에게 중요한 것은 어떻게 하면 상대에게 더 큰 상처를 남겨 자신의 상처를 보상받을 수 있을까 하는 생각뿐인지도 모른다. 주하림 시의 매력은 어쩌면 이 같은 자기 파괴적인 솔직함에 있다고 해야 할 것이다. 그녀의 시에는 위선도, 예의도, 개념도 없다.

이 시의 제목은 "척chuck"이다. 영어로는 '내던지다' '포기하다'라는 뜻을 지닌 동사이기도 하고 우리말로 무엇이 어딘가에 들러붙는 모양을 뜻하는 부사이기도 한데 '척'은 거짓으로 꾸며낸 태도를 뜻하는 의존명사로 더 많이 쓰인다. 그렇다면 이 제목의 의미는 무엇일까. '너'를 향한 증오는 모두 무언가를 감추기 위한 '척'이었다는 것일까. 마지막 구절을 보자. "네가 발견한 것들은 왜 내게 발견이 되지 못했을까"라며 '나'는 아주 조금 후회해본다. 그 발견은 아마도 "실은 달빛에 한번도 취해본 적 없"다는 사실일 것이다. '너'는 내 곁에서 잠깐 동안 마음을 주다 그 마음이 변해 떠난 것이 아니라("(달은 멈추고 너는 잠시 머물러, 잃어버린 춤을 춘다)" "(달은 춤추고, 너는 떠나며 알고 있던 춤들을 버린다)"), 애초에 우리는 서로에게 스며든 적도 없다는 사실을 '나'는 비로소 발견한 것이다. 혈기 왕성한 주하림의 이별 장면에는 "개연성 있는 서사"도 신파도 없지만, 이 같은 인정은 가까스로 있다. 서로가 공유한 것이 전혀 없었다는 것에 대한 인정 말이다. 이 쿨한 이별은 역시나 아픈 이별인 것이다.

수많은 이미지에 둘러싸여 있음에도 불구하고 어쩌면 단 한 명의 '당신'과 함께 나눌 결정적 이미지는 소유하지 못한 세대, 손안에 온 세상을 쥐고 있지만 사랑에 대한 거짓말 같은 환상이 쉽게 충족되지 않는 세대, 그래서 더 외롭고 쓸쓸한 세대의 노래가 여기에 있다. 주하림이 그리고 있는 것은 "너라는 추상성, 너라는 통증"(「원나잇」, 『시와시』 2010년 여름호)인 것이다.

4. 미래의 시는 어디서

새로운 밀레니엄이 시작된다고 들떴던 때로부터 벌써 10년이 지났다. 지난 10년간 한국 문단은 '2000년대적'이라는 용어를 사용하며, 마치 20세기와 비교조차 할 수 없는 21세기만의 특이한 현상들을 접한 것처럼 흥분했었다. 2000년대 문단을 휩쓴 일군의 무리들은 아마도 이런 기대로부터 자양분을 얻어 자신들의 역량을 몇 배로 키워 보여줬던 것인지도 모르겠다. 그렇다면 두번째 2000년대라 할 수 있는 2010년대에는 무슨 일이 일어날까. 그 누가 알 수 있겠냐마는, 바로 위 선배들에 대해 안하무인인 채로 자기 시에 몰두하고 있는 젊은 세대들은 조금 알고 있지 않을까. 미래의 시에 대해서 말이다. 그러니 진짜 '2000년대적'인 것이 무엇인지 궁금한 사람들은 부지런히 그들을 따라 읽으면 되겠다.

(『시작』 2010년 겨울호)

만약 베르테르가 죽지 않았다면

만약, 베르테르가 자살을 포기했다면 그에겐 어떤 일이 벌어졌을까? 롤랑 바르트의 말처럼 베르테르는 아마도 로테가 아닌 다른 연인에게 똑같은 고통의 편지를 쓰게 되었을지도 모른다. 왜냐, 사랑의 정념이 고갈되지 않는 한, 사랑을 완성할 수도 자살할 수도 없는 자에게 방황은 숙명이기 때문이다. 물론 끝없이 지연되는 사랑과 끝나지 않는 방황이 고통스러운 자는 사랑을 포기하기로 결심할 수도 있다. 사랑하는 대상을 내 마음속에서 죽여버리자 작정하는 것이다. 로테는 저기 저곳에 그대로 있지만 그녀의 이미지를 나에게서 삭제해버리는 것. 바르트는 사랑하는 사람이 사랑의 상태를 포기하기로 결심하는 것을 '유형(exile)'에 비유한다. 그리고 "유형은 일종의 긴 불면증"(『사랑의 단상』, 김희영 옮김, 문학과지성사, 1991, 140쪽)이라는 위고의 말을 덧붙인다. 이러한 유형은 자신이 살기 위해 고통스러운 사랑이 죽어야 한다는 이기적 선택에 따른 결과이지만, 로테가 여전히 현존한다는 사실에 괴로워해야 하고 더불어 그녀가 (적어도 내 사랑과 관련해서는) 결국 죽었다는 사실에 슬퍼해야 한다는 점에서, 삶 자체를 죽음보다 덧없는 것으로 만들 수 있다. 그것은 희망 없는 긴 불면의 밤 속에 스스로를 가두는 것이다. 바르트의 말마따나 사랑의 장례를 치르는 일은 "실패하면 괴롭고, 성공하면 슬프다"(같은 책, 141쪽). 만약 베르테르가 자살하지 않았다면 그는 괴로운 돈주앙이 되었거나 슬픈 불면증자가 되었을 것이다. 어떤 경우도 자살보다 낭만적이지는 않다.

베르테르의 미학적 죽음을 동경할 뿐인 현실의 우리는 고통스러운 편지를 쓰며 로테를 그리거나, 로테의 실루엣을 찢으며 그녀를 지우고자 안간힘을 쓰는 불쌍한 사람들이다. 로테를 욕망하느라 혹은 로테를 욕망하지 않기를 욕망하느라 지친 우리가 그럼에도 불구하고 사랑 때문에 아픈 밤들을 끝장낼 수 없는 이유는 무엇일까. 자기 연민의 관성 때문이기도 할 것이며 실낱같은 기대 때문이기도 할 것이다. 그리고 어쩌면 눈부신 햇살 가득하던 한낮의 기억 때문이기도 할 것이다. 떠올리는 것만으로도 자동적으로 눈이 시려오는, 화려해서 더 아픈 옛날의 기억 말이다. 허수경은 그 시린 기억에서 레몬향이 난다고 말한다.

당신의 눈 속에 가끔 달이 뜰 때도 있었다 여름은 연인의 집에 들르느라
서두르던 태양처럼 짧았다
당신이 있던 그 봄 가을 겨울, 당신과 나는 한번도 노래를 한 적이 없다
우리의 계절은 여름이었다

시퍼런 빛들이 무작위로 내 이마를 짓이겼다 그리고 나는 한번도 당신의
잠을 포옹하지 못했다 다만 더운 김을 뿜으며 비가 지나가고 천둥도 가끔
와서 냇물은 사랑니 나던 청춘처럼 앓았다

가난하고도 즐거워 오랫동안 마음의 파랑 같을 점심식사를 나누던 빛
속, 누군가 그 점심에 우리의 불우한 미래를 예언했다 우린 살짝 웃으며 대
답했다, 우린 그냥 우리의 가슴이에요

불우해도 우리의 식사는 언제나 가득했다 예언은 개나 물어가라지, 우리의 현재는 나비처럼 충분했고 영영 돌아오지 않을 것처럼 그리고 곧 사라질 만큼 아름다웠다

레몬이 태양 아래 푸르른 잎 사이에서 익어가던 여름은 아주 짧았다 나는 당신의 연인이 아니다, 생각하던 무참한 때였다. 짧았다, 는 내 진술은 순간의 의심에 불과했다 길어서 우리는 충분히 울었다

(……)

저 여름이 손바닥처럼 구겨지며 몰락해갈 때 아, 당신이 먼 풀의 영혼처럼 보인다 빛의 휘파람이 내 눈썹을 스쳐서 나는 아리다 이제 의심은 아무 소용이 없다 당신의 어깨가 나에게 기대어오는 밤이면 당신을 위해서라면 나는 모든 세상을 속일 수 있다

그러나 새로 온 여름에 다시 생각해보니 나는 수줍어서 그 어깨를 안아준 적이 없었다
후회한다
　　　　　　　　　　　　　　　— 허수경, 「레몬」(『문예중앙』 2011년 여름호) 부분

표제인 '레몬'이 풍기는 인상과는 달리 전체적으로 모호하게 아름답고 몽롱하게 슬픈 시이다. 사랑을 잃고 쓴 시로 읽히기 때문이다. 이 시의 연인들은 어떤 사랑을 했을까. "당신의 눈 속에 가끔 달이 뜰 때도 있었다"라는 어쩐지 쓸쓸한 문장과, "여름은 연인의 집에 들르느라 서두르던 태양처럼 짧았다"라는 어쩐지 명랑한 문장으로 이루어진 첫 행이 이 연인의

사랑을 압축한다. "우리의 계절은 여름이었"고 그 여름은 무척이나 짧게 느껴질 만큼 짜릿했다. 그러나 그토록 소중한 사랑의 계절 중에도 당신의 눈 속에, 내 이마 위에, 왠지 모를 서늘한 기운들이 감돌았다. 가끔씩 당신의 눈 속에 달이 뜬 것이 보였으며 내 이마 위로는 "시퍼런 빛"들이 떨어졌다. "가난하고도 즐거"웠고 "가슴"으로 사랑했지만, 마치 누군가가 이들의 "불우한 미래를 예언"하기라도 한 듯 이들의 여름은 충만한 채로 위태로웠고 여름 이후는 그저 불안했다.

온통 사랑으로 물든 둘만의 무대에서 서로에게 눈멀고 바깥 세상에 눈 감은 연인들이 자신들의 불우한 미래를 예감하는 것은 흔치 않은 불행이다. 불우한 미래를 예언하는 불길한 신호들은 맹목적인 사랑으로부터 눈 뜬 이후에라야, 즉 불우한 미래에 당도하고 나서야 비로소 늦게 감지될 뿐이다. 여름의 태양 아래서는 겨울밤의 달을 떠올리기 쉽지 않은 법. 아니, 겨울밤이 되어 생각해보면 지난여름의 태양이 그렇게 눈부시지만은 않았을 수도 있다. 그런데 이 시의 화자는 태양 아래서 달을 보는 그 흔치 않은 불행을 말한다. "예언은 개나 물어가라지"라고 호기롭게 말하면서도 이들의 여름은 어쩐지 서늘하고 서글펐던 모양이다. "우리의 현재는 나비처럼 충분했고 영영 돌아오지 않을 것처럼 그리고 곧 사라질 만큼 아름다웠다"라는 문장을 보자. "현재"라는 주어에 과거형 서술어를 붙여놓은 이상한 문장이다. "곧 사라질 만큼 아름다웠"던 것은 여름이 지나 바라본 여름이 아니라, 여름 안에서 느낀 여름이다. 충만하고 아름다웠던 여름 안에서 '나'는 그 여름이 곧 사라질 것이라는 사실을 이미 알았던 것 같다. 많이 울었을 것이다. 그러니 역설적이게도, 곧 사라지리라 여겨진 여름, 정말로 너무 빨리 사라져버린 여름은, 결코 짧았다 할 수 없다. 그 여름은 참 많이 슬펐고 그래서 충분히 길었다("짧았다, 는 내 진술은 순간의 의심에 불과했다 길어서 충분히 울었다").

왠지 불안하고 뭔가 불길해서 사랑의 순간들을 마음껏 누리지 못했으며 그래서 결국 '불우한 우리'로 남아버린 저 연인에게는 아마도 어떤 사연이 있을 게다. "나는 당신의 연인이 아니다, 생각하던 무참한 때였다"라는 고백에서 그 사연을 짐작해볼 수 있을지 모르지만 정확한 사태를 알 길은 없다. 우리는 그저 이 시를, 누구에게나 짧게만 여겨지는 지나간 사랑을 그린 시로도, 어떤 연인의 충분히 길었던 불운한 사랑을 그린 시로도 읽어볼 뿐이다. 그런데 그 짧고도 길었던 여름을 보낸 '나'는 당신의 어깨를 안아준 적이 없음을 후회한다고 담담히 적고 있다. 더 많이 사랑하지 못해 후회한다는 통속적인 고백만은 아닐 것이다. 정확히 말하면 후회는 이런 것이 아닐까. 자신들이 맞게 될 "불우한 미래"를 알지만 모른 척하지 못한 것, 모른 척했더라면 영원히 모르는 것이 되었을지도 모르는 것을 결국 아는 체해버린 것, 나 자신도 세상도 속이지 못해 "저 여름이 손바닥처럼 구겨지며 몰락해"가는 것을 무참히 지켜보게 되었다는 것.

그렇다면 허수경의 「레몬」을 읽은 우리에게 남은 질문은 이런 것이 되겠다. 한여름 태양 아래서 행복을 의심하고 불행을 예감할 수밖에 없는 것은 대체 무엇 때문인가. 행복한 미래를 꿈꾸기 힘든 저 연인의 특별한 사연 때문일까, 아니면 사랑의 계절밖에 모르던 "청춘" 시절을 이미 지나온 어른들의 숙명적 앎 때문일까. 어떤 경우에도 결국 사랑은 앓다가 잃을 수밖에 없는 것인가. 젊어서 자살하지 못한 베르테르에게 남은 것은 과연 아픔과 슬픔뿐인가.

모든 실패한 사랑에는 나름의 이유가 있다. 그러나 사랑의 당사자들이 단 한순간도 실패를 원한 적이 없음에도 불구하고 끝내 사랑이 파탄 나버리고 만다면, 사랑의 실패는 숙명이라 해도 좋을 듯하다. 어긋나는 사랑의 숙명에 대해서라면 이제껏 우리는 차고 넘치게 많은 말을 해왔지만 그 숙명을 겸허히 받아들일 수도 자살할 수도 없는 정념의 화신들은 이에 대해 말하기를 멈출 수 없었다. 세상의 모든 시들이 하는 일이 어쩌면 설명 불가능한 사랑의 불운을 쉼 없이 증언하는 일일지도 모른다. 사랑은 언제나 사랑의 당사자 둘 사이에 바다만큼 깊고 넓은 틈을 만든다. 그리고 그것은 항상 도래할 것으로서의 사랑이거나 과거에 이미 끝난 사랑이다. 사랑이 한창인 와중에도 한줄기 서늘한 빛이 행복한 연인의 곁을 불길하게 맴도는 이유는 세상의 모든 사랑에 어김없이 거리와 시차(時差)가 존재하기 때문이다. 만약, 서늘함 없는 충만한 사랑이 가능하다면 그것은 당신과 나 사이의 거리는 물론 도래할 사랑과 지난 사랑 사이의 시차마저 무화시킴으로써 완성될 수 있을 것이다. 이른바 충만한 사랑은 속도감 제로의 체험으로 증명된다. 짧거나 길게 느껴지는 것은 사랑의 완성태가 아니다. 당신과 함께 하는 시간 속에서 속도가 느껴진다면 그 사랑은 이미 실패한 사랑이다. 이제니의 「수요일의 속도」는 속도와 상실의 관계에 대해 말한다.

한 남자는 달리고 한 여자는 춤춘다. 달리고 춤추고 웃을 때 거리는 끝이 없고 나무는 자란다. 나무가 자랄 때 빛이 있고 그늘이 있고 피로가 있고 입김이 있고 구름이 있고 노을이 있어 순간의 망각이 풀잎 위에 그림자를 만들고 순간의 불꽃이 노란 고무공을 튕긴다. 그리고 허밍. 끝없는 허밍.

목요일에는 검은 것을 보았고 화요일에는 푸른 것을 보았다. 검은 것과 푸른 것 사이에서 멀어지는 사람아. 너의 안색은 어둡고 한낮의 색에서 얼마간 비껴 나 있다. 너는 회색의 옷을 입고 있다. 너는 불투명한 감정을 가지고 있다. 너는 묻어버리고 싶은 것이 있다. 너는 숨기고 싶은 병이 있다. 너는 위안할 것이 없어 시들어버린 꽃을 본다.

어제와 함께 홀로 있는 아이야. 그리움이 없어 그리움을 만드는 입술아. 너는 죽은 사람을 만들고 죽은 표정을 만들고 죽은 말을 만든다. 너는 죽은 거리를 달리며 죽은 감정을 되풀이한다. 언젠가 잡았던 두 손. 언젠가 나누었던 온기. 속도를 견디는 너의 두 손은 식어간다. 탁자 위에는 설탕이 흩어져 있다.

두 눈을 감아도 햇빛은 가득하다. 너는 순도 낮은 네 잠을 감시하며 어제의 거리가 펼쳐지기를 기다린다. 한낮의 반대편은 자정이다. 자정과 정오가 바뀌듯 너의 몸은 조금씩 사라진다. 우리는 저마다의 겹을 가지고 있었을 뿐이다. 거리는 멀어진다. 풀밭 위로 검은 그림자가 흘러간다. 어떤 시간이 어떤 얼굴을 데려온다. 다시 수요일이 온다.
　　　　　　　— 이제니, 「수요일의 속도」(『작가세계』 2011년 여름호) 전문

이제니의 시는 투명한 단문들을 모아 불투명한 정황을 만들고 그 안에 상실의 정서를 버무려놓곤 한다. "한 남자는 달리고 한 여자는 춤춘다"는 사실을 제외하고는 어떤 정황도 명료하게 그려볼 수 없는 이 시에서도, "언젠가 잡았던 두 손. 언젠가 나누었던 온기. 속도를 견디는 너의 두 손은 식어간다"라는 표현 속에 지난 사랑에 대한 담담한 애도가 드러난다. 아니 정확히 말하면 지금 막 지나가는 중인 사랑에 대한 애도다. 어떤 사랑도 시간의 흐름과 무관할 수 없다면, 즉 현재가 과거의 죽음으로써만 존재할 수 있고 그 현재 역시 미래의 어느 순간 죽음이 될 수밖에 없다는 시간의 파괴적 운명과 사랑의 위태로운 본질이 분리 불가능이라면, 사랑 역시 폐기되는 순간 존재하고 존재함으로써 폐기되는 운명을 피할 수 없을 것이다. 감각적으로는 시간 경험을 알고 있지만 그것을 묘사하는 법을 몰라 시간을 공간적 이미지로 치환할 수밖에 없는 인간은, 아마도 사랑 역시 공간적인 이미지로 그릴 수밖에 없을 것이다. 사랑은 흐른다. 사랑은 온다. 그리고 사랑은 간다. 사랑은 언제나 오는 중이고 또 가는 중이다. 이런 식으로 말이다. 그 사랑을 당신과 나 사이에 영원히 정지시킬 수 있을까. 속도감 제로의 사랑은 어떻게 가능할까. 의외로 간단할 수 있다.

순간에 충실해보기. 한 점 한 점의 순간들을 시작과 끝을 지닌 완결된 이야기 안에 나열하지 않고, 시작도 끝도 없는 순환적 시간 안에 포개어보기. 그렇게 하여 결국 순간조차 망각하기.

이 시의 1연은 포개진 순간들을 묘사하는 듯하다. 한 남자가 달리고 한 여자가 춤추며 웃을 때 그 순간 속에 모든 것이 동시에 함께 있다. "빛이 있고 그늘이 있고 피로가 있고 입김이 있고 구름이 있고 노을이 있"다. 결국 "순간의 망각"이 있고 "순간의 불꽃"이 있다. 그러므로 한 남자가 달리고 한 여자가 춤추는 그 사랑의 풍경 속에서 "거리는 끝이 없고" 허밍도 끝이 없다. 시작도 끝도 없는 아득함이 있을 뿐. 그런데 과연 그럴까. 영원한 순간이 정말 가능할까. 한 남자와 한 여자가 속도감 제로의 순간적 체험에 몰두하는 중에도 "나무는 자라"고 있지 않은가. 2연을 연달아 읽어보자. 수요일의 순간들이 얼마나 아득하게 느껴졌든지 간에, 수요일의 속도가 거의 영(0)으로 수렴해 시간이 무화되는 체험이 둘 사이에 가능했다 할지라도, 나무는 어김없이 자라고 있었다. 화요일의 푸른 나무는 목요일에 검은 재가 되어 있을 수밖에 없다("목요일에는 검은 것을 보았고 화요일에는 푸른 것을 보았다"). 한 남자와 한 여자는 죽기 위해 자라는 나무를, 죽어가는 현재를 막을 수 없다. 서로가 서로에게 "검은 것과 푸른 것 사이에서 멀어지는 사람"이 되는 것도 피할 수 없다. 달리고 춤추며 "순간의 불꽃"을 경험했던 그 둘은 "수요일의 속도"를 거스르지 못해, 이제 "회색의 옷"을 입게 되었다. "노란 고무공"처럼 튀어 오르던 둘 사이의 웃음도 결국 "불투명한 감정"으로 남아버렸다. 수요일은 가고 없다. "위안할 것"은 "시들어버린 꽃"뿐이다.

한 남자와 한 여자가 달리고 춤추며 수요일에 만들었던 웃음은 "죽은 사람을 만들고 죽은 표정을 만들고 죽은 말을 만"들기 위한 것일 뿐이었나 보다. 끝없는 거리는 "죽은 거리"에 불과했고 "끝없는 허밍"은 "죽은 감정"의 되풀이에 불과했나보다. 사랑하는 사람들이 만들어내는 몸짓은 얼마나 아름다운가. 그들의 웃음은 또 얼마나 싱그러운가. 그러나 그들의 빛나는 얼굴 사이의 불꽃은 사라지기 위해 타오른 것에 불과하다. 마지막 연에서 시인은 "자정과 정오"의 '순환'을 염두에 두며 결국 "다시 수요일이 온다"고 말하지만, 그 순환과 반복은 어쩐지 허무한 것으로 느껴질 뿐이다. 수요일이 수없이 반복되어도 "속도를 견디는" 인간의 능력이 강해질 리 없기 때문이다. 오히려 나무는 더 빨리 자랄 것이고 푸른 것이 검은 것으로 변해가는 속도도 더 빨라질 것이다. "언젠가 나누었던 온기"가 식어가는 속도도 속수무책일 것이다. 수요일이 반복될수록 수요일의 속도는 영(0)으로부터 점점 멀어질 것이다. 멀어지는 속도만 쏜살같은 것이다. 그러다보면 수요일이 아예 없어져버릴지도 모른다. 우리는 수요일이 목요일이 되는 것을 멈출 수 없고 우리에게 애초에 주어진 수요일들이 줄어드는 것도 막을 수 없다. 수요일은 반복되지만 영원히 반복되는 것은 아니다.

시간은 모든 것을 파괴한다. 사랑을 죽이고 결국 꿈도 죽인다. 다시 한 번, 젊어서 자살한 베르테르를 떠올려보자. 베르테르는 정말 사랑의 고통을 못 견뎌 죽은 것일까. 그는 어쩌면 사랑의 죽음과 꿈의 죽음이 두려워 스스로를 죽임으로써 시간을 죽이고 사랑을 지켜낸 자일지도 모른다. 만약 젊은 베르테르가 죽지 않았다면 그를 대신해 사랑이 죽었을 것이고 사랑을 향한 꿈이 죽었을 것이다. 오로지 시간만이 살아남았을 것이다. 사랑도 잃고 꿈도 잃은 시간들만이.

오늘 꿈에서 새를 잃어버렸어,
아이가 말했습니다.
'홀리'라는 이름의 흰 고양이가 졸고 있는
오전 열한 시 부근.

로즈마리 잎들은 시들어서 시침핀처럼 말라 떨어져 있고
문이 없는 방에서
꿈에 새를 잃어버린 아이가 피아노 연습을 합니다.
악보에 적힌 악상(樂想)은
씨앗, 연두색 손톱만한 은행잎, 시든 벚꽃 잎,
자전거바퀴, 노란 스쿨버스, 전차가 다니는 어떤 시골길
쓴 맥주와 검정색 유리.
음표가 날아가는 방향은
어떤 오월의 저녁에서 시작해서
다른 십일월의 새벽 쪽입니다.

새들은 하늘에 소용돌이를 그리며 비상하고
우리는 결코 '자신'이 될 수 없는,
자정에 정오를 비추는 거울을 통해서만
꿈을 꾸는 사람들.
오늘 꿈에서 새를 잃어버렸어.
아이가 말했습니다.
새는 영영 돌아오지 않았지만
지금 아이의 침대에 함께 잠들어 있습니다.
　　　　　　― 유형진, 「결손」(『현대문학』 2011년 6월호) 전문

　　유형진의 「결손」이라는 시에서 "꿈에 새를 잃어버린 아이"는 어쩌면
자살하지 못한 베르테르와 같은 처지일지 모른다. 저 아이는 정확히 말하
면 꿈을 잃은 것도 새를 잃은 것도 아니다. 오로지 "꿈에서 새를 잃어버"
린 것이다. 그렇다면 저 아이는 유토피아를 잃은 것이 아니라 유토피아
를 찾아갈 길을 잃은 아이라고 해야 하지 않을까. 유토피아가 이미 없는

장소라는 사실을 알아채버린 아이라고 해야 할지도. 사랑의 계절인 여름이 다시 돌아올 것을 알지만, 결국 그 시간이 사라지기 위해서만 존재하는 시간이라는 것을 알고 있는 어른이라고 해야 할지도. 모든 것을 파괴해버리는 시간 속에 놓여 있지만 시간이 우리의 모든 사랑과 꿈을 죽음으로 몰아넣기 전에 먼저 죽을 용기조차 없는 우리는 어떻게 이 허무한 삶을 견뎌낼 수 있을까. "꿈에서 새를 잃어버린" 아이에게나, 사랑을 앓다가 그것을 잃은 어른에게나 절대적으로 모자란 것은 꿈다운 꿈을 꿀 수 있는 권리, 그리고 겨울을 생각하지 않고 여름을 누릴 수 있는 능력이다. 살아남은 베르테르들은 다음 여름을 고대할 권리와 이번 여름을 만끽할 능력을 스스로 되찾아야 한다. 그것은 낭만적 죽음의 유혹을 거절한 우리가 스스로에게 선사해야만 하는 선물이다. 살아남은 베르테르들은 알아야 한다. 죽음보다 더 허탈한 것이 죽지 못해 사는 삶이라는 것을.

꿈에서 놓쳐버린 새는 영영 돌아오지 않을지 몰라도 잠에서 깬 우리는 또다른 새를 만날 수 있다. 그 새를 만나기 위해 긴긴 불면의 밤을 끝내고 일단 잠을 청하자. 자살하지 않은 베르테르에게 주어져야 할 것은 불면의 유형(exile)이 아니라 꿈이라는 선물, 그리고 잠이라는 휴식이다.

(『현대문학』 2011년 8월호)

3부

마음의

풍경

'쓰레기 시대'의 예술 생존기
― 김사과론

　한참을 미친 듯이 웃다가 고개를 들어보니 주위에 사람들이 잔뜩 모여들어 있었다. 난 숨을 고르고 와인을 한 모금 마셨다. 여전히 사람들은 움직이지 않고 우리를 쳐다보고 있었다.

　―우리 퍼포먼스 하는 거 아니거든요. 그냥 존나 지루해서 그래요. 그러니까 쳐다보지 말고 꺼지세요.

　내가 말했다.

　―맞아요. 근데 여기 금연이죠? 하지만 난 담배 피울 거예요.

　풀이 담배를 꺼내 불을 붙였다.

　―나도.

　풀이 담배를 건넸다. 난 거기에 불을 붙였다.

　―아, 지루해.

　난 한 늙은 남자가 부드러운 미소를 온 얼굴에 띤 채로 우리를 보고 있는 걸 발견했다. 나는 그에게 말했다.

　―그런 식으로 웃지 마요. 아저씨 재미있으라고 이러는 거 아니거든요? 아저씨 존나 싫어서 이러는 거거든요?

남자의 얼굴에서 웃음이 사라졌다.

—맞아요. 나도 아저씨 싫어요.

—들었죠? 얘도 아저씨 맘에 안 든대요. 그러니까 꺼지세요. 풀이 싫다고 하잖아요. 안 그럼 아저씨 죽여버릴지도 몰라요.

—얘, 죽여버린다고 하면 진짜 죽여요. 얘 성격……

—씨발.

내가 말했다.

—씨발.

풀이 날 따라했다. 우린 웃었다. 주위가 아주, 조용해졌다. 난 말했다.

—아, 토할 것 같아. 아, 비닐봉지.

내가 입을 막으며 몸을 숙이자 사람들이 파도처럼 뒤로 밀려갔다. 와, 그건 정말 신기한 느낌이었다. 사람들이 내 말에 반응을 하고 있었다. 내 말에. 내 행동에. 나, 나를 보고, 내 말에 귀를 기울이고, 표정을 바꾸고 있었다. 약간 신이 된 기분이었다.

—『풀이 눕는다』, 180~181쪽

1

『풀이 눕는다』[1](이하 『풀』)의 한 장면이다. 우아한 음악이 잔잔히 흐르고 모두가 숨죽여 걸음을 옮기는 전시회장에서 가난한 예술가 커플이 '깽판'을 치고 있다. 작품을 감상하는 일이 목적인지 아니면 자기 안목을 전시하는 일이 목적인지 스스로도 분간 못 하는 사람들 틈에 주저앉아 술에 취해 와인을 쏟으며 낄낄거리고 있는 것. 그런데 이들의 모습은 진기한

---

1) 김사과는 지금까지 두 권의 장편(『미나』, 창비, 2007; 『풀이 눕는다』, 문학동네, 2009)과 한 권의 소설집(『02』, 창비, 2010)을 출간했다. 이 글에서 다루는 모든 단편은 『02』에 실려 있다(본문 인용시 작품명만 밝힌다). 그녀의 최근작은 『모래의 시』(『세계의 문학』 2010년 겨울호)이다〔『모래의 시』는 『테러의 시』(민음사, 2012)로 제목을 바꾸어 출간되었다〕.

구경거리일지언정 어느 누구에게도 위협적으로 느껴지지는 않는다. 자신에게 직접적인 위해를 가하지만 않는다면 아무리 불쾌한 타인의 행동이라도 너그럽게 용인할 포용력을 지니고 있다는 것은 우리 세련된 도시인들의 자랑 아닌가. "부드러운 미소"를 띤 채 그들을 '내려다보는' 늙은 남자는 물론, 저기 있는 누구라도 그런 예의가 몸에 밴 잘 자란 사람들일 것이다. 괜히 억울하고 분한 '나'는 미소 짓는 남자에게 소리친다. "아저씨 재미있으라고 이러는 거 아니거든요? 아저씨 존나 싫어서 이러는 거거든요?" 물론 이 무례한 말로도 저들의 "부드러운 미소"를 완벽히 무장 해제시키기는 쉽지 않다.

방법은 하나, 세련되고 청결한 저들을 더러운 것으로 오염시키겠다 위협하는 것이다. 일정한 거리를 두고 자신들을 구경만 하고 있는 그들에게 성큼 다가서는 것이다. "아, 토할 것 같아"라는 한마디에 전시회장의 우아한 사람들은 화들짝 놀라 반응하기 시작한다. 역겹다는 백 마디 말보다 달려가 토사물을 뱉어놓겠다는 시늉이 저들에게는 훨씬 더 두려운 것이다. 그것은 서로 간의 안전거리, 즉 아름다움과 추함의 견고한 경계를 허물겠다는 위협으로 여겨지기 때문이다. '나'는 "약간 신이 된 기분"을 느낀다. 김사과의 소설에는 경악할 만한 장면들이 빠짐없이 등장하고, 경청할 만한 작가의 목소리도 자주 노출되는 편이지만, "퍼포먼스 하는 거 아니거든요"라는 저 외침이 나에게는 무척이나 의미심장하게 들린다. 저 외침이야 말로 어쩐지 소설가 김사과의 생생한 육성처럼 느껴지기 때문이다.

마트에서 산 칼로 단짝 친구를 찌르거나(『미나』) 국밥집 여자에게 이유 없이 칼을 휘두르거나(「움직이면 움직일수록 이상한 일이 벌어지는 오늘은 참 신기한 날이다」, 이하 「움직이면」) 차 밑에 깔린 할머니를 목 졸라 죽이거나(「이나의 좁고 긴 방」) 하는 살인의 장면들은 김사과 소설에서 비일비재하다. 김사과 특유의 냉담한 단문 안에 담담한 얼굴로 폭력을 행사하는 인물들의 주체할 수 없는 분노가 응축되어 있다. 김사과의 문장에는 형용

사나 부사가 많지 않다. "판단은 다음이야. 행동이 먼저"(『미나』, 305쪽)라는 원칙을 고수하는 인물들의 단호한 행위가 불필요한 수식 없이 간단명료하게 묘사된다. '분노를 참을 수 없었다. 그래서 죽였다.' 이런 식이다. 서사의 흐름을 통해 납득할 만한 실마리를 쉽게 찾기 힘든 이 같은 폭발적 분노에 대해서는, 사회학적 진단을 토대로 여러 적극적 해석들이 시도된 바 있다. '파괴적 쾌락주의에 맞서는 자기파괴적 폭력,'[2] '희망없는 시스템에 저항하는 분노자본의 폭력적 귀환'[3]이라는 설명들이 그것이다. '정념의 강도로 측정되는 문학의 출현'일 뿐 사회학적 토대를 둔 증상으로 확장 해석될 이유가 없다는 유보적 의견도[4] 제출된 바 있다.

삶의 어느 국면에서도 자유의지를 맘껏 누리지 못한 채 체제 순응적 인간으로 살아왔으나 이제 그 불행의 대가로 '폐기된 인간'의 운명에 처한 자들의 울분이 김사과 소설 안에 흥건한 것은 사실이다. 첫 장편인 『미나』가 그러했거니와 김사과의 소설에는 과도한 정념과 더불어 상세한 사회 진단이 함께 노출된다. 그녀의 소설은 일종의 '선언'처럼 읽히는데, 그것은 강도 높은 정념과 갑작스러운 폭력이 자주 그려지기 때문만은 아니다. 실제로 그녀가 소설 안에서 외부 세계에 대한 직언을 선언처럼 반복하고 있기 때문이기도 하다. 우리가 작품의 내적 흐름과 무관하게 김사과 인물들의 초과적 열정 앞에서 일단 고개를 끄덕인 것은, 과잉 공급과 쉬운 폐기를 무한 반복하는 시스템의 문제를 냉철하게 지적하는 작가의 의견이 언제나 뒤따랐기 때문이다. 김사과의 세계인식에 동의하는 사람에게는 그녀 소설에서 묘사되는 급작스러운 살인이 '이상하고 신기한 사건'이기보다 자연스러운 움직임처럼 읽히기도 했다. 김사과의 소설은 미치거나 죽지 않고 견디기 힘든 현실에 대한 생생한 증언으로서 이해되었던 것이다.

---

2) 권희철, 「인간쓰레기들을 위한 메시아주의」, 『문학동네』 2009년 겨울호.

3) 김영찬, 「양팡 스키조」, 『02』 해설, 창비, 2010.

4) 양윤의, 「빠져나가는 것」, 『문학과사회』 2010년 가을호..

김사과의 소설이 냉담한 폭력을 구사하며 출구 없는 이 세계에 어떤 식으로든 개입하고자 했음은 부인할 수 없는 사실이다. 작가의 의도가 그러했다. 그러나 "세상을 바꾸는 건 소설보단 화가 난 시위대라는 생각이 든다"[5]라고 그녀 스스로도 인정했듯 김사과가 그린 과잉의 정념이 무기력한 현실의 우리를, 더 나아가 이 세계를, 있는 힘껏 뒤흔들 수는 없다는 사실은 분명하다. 그녀의 소설이 세계에 대한 통쾌한 복수로 읽힐 가능성이 거의 없다는 사실도 자명하다. 나 자신 고백하건대 이 글을 쓰기 위해 김사과의 소설과 몇 권의 사회과학 서적을 섞어 읽으며 어느 때보다도 열심히 그녀의 문제의식에 동참해보았다 해도, 책을 덮은 나는 여전히 시스템의 노예에 불과하다. 삶에 대한 막연한 두려움과 분노를 인내와 반성으로 위태롭게 다스리며 어떻게든 만족할 만한 삶의 의미를 찾고자 애쓰는 연약하고 이기적인 인간인 것이다. 아마 대부분의 사람들이 이렇게 살고 있을 것이라고 나는 생각한다.

  좀더 솔직하게 고백해보자. 김사과의 처참한 소설을 종이 위의 반항이라 여기며 "부드러운 미소"를 지을 만큼의 끔찍한 여유를 자랑하지는 않았다 하더라도, 우리는 그녀의 소설에 공감한다 말하며 비정한 세계 앞에 주저앉아버린 무력한 자신에게 면책의 기회를 주고자 했던 것은 아니었는지. 절망과 회의주의가 가득한 이 세계에서, "죽은 게 분명"[6]한 소설을 통해 어떤 가능성을 찾는 일을 해보겠다 밝힌 작가의 결연한 의지에 기생하며, 나 역시 세계의 고통에 눈감지 않은 것이라 너무 쉽게 안심해버린 것은 아닌지. 그러니, 악몽 같은 이 세계에 폭발적 폭력으로 맞서는 김사과의 소설을 읽기 위해, 아니 정확히 말해 강인한 이 세계에 가장 허약한 소설로 맞서는 김사과를 읽기 위해, 우리는 진부한 테마를 다시 한번 점

---

  5) 김사과, 「하루키와 나」, 『실천문학』 2009년 여름호, 186쪽.
  6) 같은 글, 186쪽.

검해볼 필요가 있을 것이다. '쓰레기 시대'(바우만) 예술의 존재론에 대해 말이다. 김사과는 소설로써, 그리고 우리는 그녀의 소설을 읽음으로써, 대체 무엇을 하고자 하는 것인가. "퍼포먼스 하는 거 아니거든요"라는 외침은 그녀의 소설을 읽는 우리에게 어떤 경고음으로 작동하는가.

2

우리 시대 예술이란 무엇인가. 가령, "유기농"과 "미국식"으로 무장한 고위 공무원의 고급 빌라에 장식된 "런던 외곽 빈민가 출신"의 예술 작품은 무엇을 의미하는가. 철거 예정 건물에서 뜯어낸 콘크리트 조각으로 만든 작품, 그래서 "빈민가 출신인 예술가의 정체성과 세계와의 투쟁을 담"은 그 작품은 호화로운 빌라의 거실에서 일곱 개의 핀 조명 아래 설치된 채로 무엇이 되어 있는가. 불법 체류자들의 벌거벗은 삶을 그린 김사과의 근작 『모래의 시』에 등장한 이 사소한 장면에서, 우리는 "아름다운 것들은 박물관과 백화점에"(『풀』, 143쪽. 이하 이 책 인용시 쪽수만 밝힘) 자리한 이 시대 예술의 존재 방식을 재차 확인한다. 혹은 폐기된 인간들의 생생한 삶을 박제시켜 예술로 재활용한 누군가의 영악함을 보았다 해도 틀린 말은 아니다.

이 장면에서 우리가 뼈아프게 확인하는 것은 '저항'이 한갓 '취향'으로 전락한 우리 시대 예술의 곤경이다. 지난 세기 예술이 자신의 독자성을 주장하면서 돌이킬 수 없는 운명에 처하게 되었다는 것은 모두가 잘 아는 사실이다. 세계를 향한 날 선 외침을 아무리 반복하더라도 그것이 예술이라는 안전한 형식 안에서 이루어지는 것이라면 위협적인 것으로 인정받기가 힘들어진 것이다. 예술은 존재론적 위기에 처했다. 위기는 그뿐이 아니다. "삶의 정수는 돈"(16쪽)이며 모든 것이 효율성의 원칙에 따라 빠르게 생산되고 더 빠르게 버려지는 소비 중심의 '쓰레기 시대'에 돈이나 효율과 무관한 예술은 최소한의 생존조차 힘들어졌다. 이제 돈으로 환산할 수 없는 예술은 "그냥 쓰레기"(157쪽)로 취급되는 일도 일어난다. 그 결과 생산자로서 예술가의 삶은 더할 수 없이 처참해졌다. 물론 수용자에게 어떤 예술은 고급스러운 취향이나 진보적 성향을 전시하기 위한 장식으로 활용되기도 한다. 돈 안 되는 예술이 사회에서 살아남을 길은 막막하지만 누군가는 자립조차 힘든 예술에 빌붙어 자신의 '올바른' 취향을 전시하기도 하는 것이다. 사태가 이렇게 된 데에는 모두에게 책임이 있다.

『풀이 눕는다』의 가난한 예술가 커플의 삶과 그들의 현실적 패배는 이 시대 예술의 존재, 아니 예술의 생존과 관련하여 시사하는 바가 크다.[7] 휴학을 반복하고 정신과를 드나드는 사회부적응자인 '내'가 소설가로 등단하자 "쟤가 소설가가 되려고 그랬던 거야"(15쪽)라며 이상한 인정을 받고 있는 모습은 예술의 병적 기원에 관한 우리의 고질적 편견을 환기하기도 하지만, 말 그대로 병적인 것, 하찮고 추한 것으로 전락한 우리 시대 예술의 존재에 대해 더 많은 생각을 하게 한다. 자신의 존재 가치에 대해 의문을 품지 않은 사람들만이 성공적으로 적응할 수 있는 우리 사회 시스템과, 무엇이든 의심하고 언제나 저항하며 다른 세계를 꿈꾸는 예술은 평화롭게 공존하기 힘들다. 그래서 "그냥 쓰레기" 취급을 받으며 낙오된 예술은 무엇보다도 먼저 "배고픔, 불편함, 불투명한 미래"(161쪽)와 맞서 스스로의 힘으로 생존해내야만 자신의 존재 가치를 확인받을 수 있다. 가난한 예술에 관한 이야기야 진부한 테마일 수 있지만, 빈부 격차가 심해지는 만큼 예술의 빈곤이 점차 심각한 지경에 이르고 있으므로 이러한 사실을 지적하는 일은 여전히 중요할 것이다.

『풀이 눕는다』의 '나'와 '풀'은 예술을 매개로 사랑을 통해 세상에 맞서고자 한다. "더러움의 밑바닥에서 더욱 필사적으로 아름다움을 찾아 헤맨

---

7) 허윤진은 "예술 자체의 타락과 현대 예술가의 운명으로 인해 (……) 추함과 악함에 이중 구속"되어 있는 예술가의 존재론적 아이러니를 토대로 『풀이 눕는다』를 읽었다. 허윤진, 「너, 김사과」, 『세계의 문학』 2010년 겨울호.

가엾은 사람"들이 되기로 선택한다. 그러나 이들의 선택은 누구에게도 존중받지 못한다. 이들은 빈곤에 당도하고 결국 몰락한다. 육체를 가진 인간이 절대 참아낼 수 없는 것은 수치도 절망도 아닌 배고픔이기 때문이다. 배고픔은 예술을 파괴하고 사랑을 끝장낸다. "사랑 안에서 굶어 죽겠다"(158쪽)는 이들의 결심은 결코 '아름답게' 지켜질 수 없는 것이다. 절망 끝에 '풀'은 죽고 그것은 자살이라는 손쉬운 말로 정리된다. 우리 시대 예술이 처한 끔찍한 곤경이 바로 이런 것이다. '나'와 풀이 자기 의지로 행한 것은 열정적으로 그림을 그리고 필사적으로 시를 쓰고자 한 일뿐이지만, 그것은 삶을 방기하고 죽음을 선택한 것으로 이해된다.

그렇다면 오늘날 예술로써 무엇을 할 수 있는가, 라는 질문은 어쩌면 사치스러운 것이 될 수도 있다. 재빠르게 돌아가는 소비 중심의 사회에서 오로지 비효율적인 예술 창작 행위에만 몰두한다는 것은 사회적 생존은 물론이거니와 실제적 생존에 있어서도 치명적인 결과를 가져올 수 있기 때문이다. 물론『풀이 눕는다』에서 '내'가 보인 의존적 태도나 풀의 손쉬운 패배가, 생계를 위해 열심히 노력하면서도 예술에 대한 열정을 박탈당하지 않고자 애쓰는 누군가의 안간힘을, 혹은 사회로부터 배척당하는 가난한 예술을 구제하고자 힘쓰는 누군가의 희생을 무화할 가능성도 없지 않다. 그러나 김사과의 충격적인 단편들이 대체로 그러했듯『풀이 눕는다』가 그린 제도권 밖 예술가의 비루한 삶 역시 비현실적인 이야기로 읽힐 수만은 없다는 것이, 다시 말해『풀이 눕는다』를 치기 어린 젊은 예술가소설로 치부할 수만은 없다는 것이, 우리의 비극적 현실이다.

어떠한 안전장치도 없이 자신의 온 삶을 예술에 헌납하는 것은 이제 더이상 숭고한 행위로 추앙되지 않는다. 그것은 오히려 무책임한 삶이라 간주되기 쉽다. 창작 행위를 한다는 것이 무조건적으로 특별한 대우를 받아야 할 이유는 없겠지만, 예술 없이도 별탈 없이 살아갈 수 있다는 우리들의 오만이 예술 행위 자체를 이 사회에서 불필요한 것으로 낙오시키는 사태에는 문제가 있다. 목숨 걸고 예술을 한다는 것이 절대 포기할 수 없는 어떤 신념 때문이 아니라 말 그대로 생존 때문이라는 이토록 보잘것없는 상황을 돌파하기 위해, 여러 가지 현실적 대안들을 고안해야 할 의무가 우리에게 있기는 하다. 그러나 어느 누구도 거대한 구조의 흐름 자체를 어찌할 수는 없다. 김사과 소설의 출발점이 바로 여기다. "우리는 그런 세계에 살고 있었다. 예외는 없었다"(58쪽)는 것. 그럼에도 불구하고 죽지 않고 살아내고자 한다면 어떻게 해야 할까. 정말 우리에게 남은 것은 "뻔뻔함과 얄팍한 위안뿐"(270쪽)일까.

  물론 『풀이 눕는다』가 이 같은 절망만을 안겨주는 것은 아니다. 풀과 '나'의 사랑에서 희미한 구원의 힘이 발견된다는 억지스러운 낙관론이나 절망적 상황에서도 계속되어야 할 미적 혁명의 필요성에 대해 언급하려는 것은 아니다. 그보다는, 『풀이 눕는다』를 경유해 김사과의 소설을 다시 읽으며, 이제껏 우리가 그녀의 소설을 지지하며 누렸던 것이 무엇인지 냉정하게 돌아볼 수 있겠다는 사실을 말해보고 싶다. "베케트의 희곡에서는 냉장고 냄새가 안 나거든요"(「이나의 좁고 긴 방」)라는 누군가의 항변처럼, 이 세계에 대한 분노를 살인 혹은 환각으로밖에는 해결할 수 없다고 말하는 듯한 김사과의 피비린내 나는 소설은 역시나 소설에 불과하다. 소설 속의 삶이란 "약간 우스운 것도 똑같고 약간 무서운 것도 똑같고 결국 좀 슬프고 절망적이면서도 또 어쩐지 미묘하게 희망찬 것도 뭐 다 똑같이" 우리 삶과 닮았지만 하나도 똑같은 것은 없다. 그러니 이토록 허약한 소설에 공감하는 것만으로 우리가 무언가 대단히 의미 있는 일을 하고 있다 착각한다면, "쳐다보지 말고 꺼지세요"라는 김사과의 극언으로부터 누구도 자유로울 수 없다. 억지스럽게 고뇌에 찬 표정을 지어 보이며 김사과의 소설을 그저 '구경'만 했으면서도, "세계는 근본적인 해결책을 원한다"(「정오의 산책」)는 그녀의 발언에 그런 식으로나마 공감해보았다는 경험으로부터 일종의 윤리적 우월감을 누리는 사람도 없지 않을 것이다.

김사과의 소설을 읽으며 느낀 삶에 대한 어떤 불편함을 일상의 현장으로 애써 끌고 가보는 것이 아니라, 오히려 이 같은 독서의 경험을 토대로 그 불편함으로부터 자연스럽게 자유로워지는 사람이 있다면, 그는 시스템에 대한 무지 속에서 "근면하고 쾌활한 워킹클래스"(15쪽)로 살아가는 사람들보다 훨씬 더 문제적이다.

전시회 장면으로 돌아가보자. 풀과 '나'의 소동을 인상 깊게 지켜본 사람이 있었다. 김권이라는 미대생이다. 그는 풀과 '나'를 자기 동료들의 파티에 초대한다. 그들은 이태원의 모처에 모여 뉴욕의 모마(MoMA)에서 직접 본 미로의 그림에 대해 이야기하고 가라타니 고진의 "어소시에이션"의 순진성을 비판하며 마리화나를 피운다. 김권과 그의 예술가 친구들이 공고 출신의 가난한 풀과 어울리는 것은 잠깐의 파티를 통해서일 뿐이다. 예술가라고 다 같은 예술가가 될 수는 없는 것이다. 풀에 대한 김권의 호기심이 무엇이었을지 정확히 알 수는 없지만 그가 보인 잠깐의 호의가 풀의 삶을 더 절망적으로 몰아붙인 것만은 확실하다. 명문대 미대생 허영을 묘사하고 그들을 조롱하는 듯한 작가의 태도 역시 다소 투박하다 할 수 있겠지만, 김권과 그의 친구들의 태도가 우리 안의 위선적 일면을 환기하는 것만은 분명하다.

우리에게는 그 누구의 삶일지라도 그것을 '퍼포먼스'로 구경할 권리가 결코 없다. 소설을 읽는 우리라고 안심할 일은 아니다. 김사과의 소설을 읽은 나는 이 사회를 진단하는 작가의 냉철한 시선으로부터 여러 가지 생각할 것들을 얻었고 냉담한 문체와 폭발적 정념이 공존하는 그녀의 스타일에 흥미를 느끼긴 했으나, 무엇보다도 소설을 읽는 태도에 대해 생각하게 되었다고 말해야 할 것 같다. "노동과는 아무 상관 없는" 대학생과 예술가 들이 허름한 건물에서 어설픈 노동절 행사를 벌이는 『모래의 시』의 한 장면에서처럼, 가볍게 개입하고 "충만해진 마음으로" 돌아서는 일은 예술을 대하는 가장 나쁜 태도라는 것을 우리는 기억해야 한다. 반드시 경계해야 할 것은 소설을 통해 충만해진 마음, 바로 그것이다. 우리 시대 예술의 존재론과 관련하여 독자로서 내가 결심할 일은 일단 여기까지다. 나의 '올바른' '취향'을 드러내고자 저들의 배고픈 삶과 예술을 연루시키지 말자. "퍼포먼스 하는 거 아니거든요"라는 김사과의 외침이 경고한 것이 무엇인지 바로 알자.

3

이제까지 말한 내용들은 어쩌면 독자로서의 자기반성에 가깝다. 그렇다면 이제 작품의 태도를 살필 차례다. 『02』에 실린 김사과의 단편들은 대체로 '축소된 현실'과 '과장된 실재'를 토대로 한다. 서사의 흐름만을 따지자면 '추상화된 고통'으로부터 '과잉의 정념'이 산출되는 상황이라고 말할 수도 있겠다. 그래서일까. 김사과의 인물들이 냉담한 얼굴로 살인을 저지르고 폭력을 행사하는 과정에는 일종의 비약이 존재한다. 일상의 우리로서는 공감하기 쉽지 않은 돌발적 행동들이 자주 묘사된다는 것이다. 소설의 사건이, 아니 인간의 모든 행동이 언제나 합리적 절차를 밟아 일어나지 않는다는 것은 누구나가 다 아는 사실이다. 그리고 이 세계의 '정상적' 흐름이라고 간주되는 것이 이미 선한 의지를 많이 상실한 이상한 논리로 움직인다는 것도 우리는 안다. 그럼에도 불구하고, "갑자기 나를 둘러싼 공간이 차곡차곡 접히는 것 같은 느낌이 들었다"(「움직이면」)며 홀연히 일어나 칼을 휘두르고 "저를 어둠 속에서 꺼내지 말지 그러셨어요!"라고 울부짖으며 어머니를 발로 차는 김사과의 인물들은 쉽게 말해 '미쳤다'고밖에 할 수 없다. 이런 식으로 그들은 누군가의 삶을 끝장내는 폭력을 경유해 자신의 현실적 토대마저 무화시킨다. 미치기보다 억압을 택하는 게 낫다는 상징적 질서의 구성 원리는 김사과의 인물들에게서 오작동을 일으킨다.

점심을 먹고 산책을 하다 한순간 언어로 표현할 수 없는 "일종의 깨달음"을 얻었다고 느끼는 「정오의 산책」의 한도 마찬가지다. "지금까지 얼마나 시시한 고통 속에서 바보 같은 삶을 살아왔는지" 일순간에 깨닫게 된 그는 정말 구원에 이른 것일까. 고통스러운 삶의 동반자였던 조부모 앞에서 말도 아니고 소리도 아닌 "지진과도 같"은 무언가를 토해내고 있는 그는 그저 '미친' 사람처럼 보인다. 미치거나 죽어버리는 것이 유일한 구원이라 할 정도로 이 세계는 도저히 더이상 참을 수 없는 지경이 되었다고 김사과는 말하고 싶었겠지만, 그리고 이러한 장면들이 오로지 소설에서만 가능한 상상에 불과하다고 안심할 수도 없는 노릇이지만, 그녀가 강조하는 것이 과장된 현실임에는 틀림없다.

작가의 설명을 따르자면 이들의 일탈적 행위에는 압축된 서사가 존재한다. '나는 이 세계에 직접적인 책임이 없다. 그럼에도 불구하고 나는 고통받고 있다. 그래서 분노를 참을 수가 없다'라는 것. 그러니 상징적 질서를 이탈하는 과잉의 행위만이 고통의 세계를 횡단하는 "완전히 다른 전략"(「정오의 산책」)이라는 작가의 발언을 좇아, 한국 사회 시스템의 억압성과 폭력성을 자기파괴적 폭력으로 내파하는 문제적 텍스트로 김사과의 소설을 읽는 것은 타당한 독법이다. "2000년대 한국 소설이 슬그머니 놓아버렸던 현실과의 싸움의 긴장을 (……) 불러들인"[8] 텍스트로 읽는 것도 의미 있는 일이다. 그런데 어쩐지 김사과 인물들의 분노가 너무 막연하게 느껴지기도 한다. 세계의 파탄을 강하게 선언하려는 작가의 의도와 무관하게 그들의 분노와 그들의 일탈이 정말 불편하게 느껴지는 독자도 있을 것이다. 우리 모두가 시스템의 피해자일 뿐이라면 목표가 주어지지 않은 분노의 발산은 우리에게 허탈감을 안겨줄 뿐이지 않나. 갑작스레 살인을 저지른 김사과의 인물들이 "이제 내 인생은 끝장이 났다"는 압도적인 공포와, "아니, 난 돌아가고 싶지 않다"(「움직이면」)라는 결연한 의지

---

8) 김영찬, 앞의 글, 259쪽.

사이에서 갈팡질팡하는 것은 저들의 분노가 향한 곳, 그리고 기대한 것이 너무나 추상적이기 때문인지도 모른다.

김사과 소설에 제시된 '추상적 고통'이 분명 우리의 것이기는 하다. 그들이 차곡차곡 몸속에 쌓아놓은 거대한 분노를 물론 우리도 느낀다. 그렇다면 현실의 우리와 다르게 한순간의 폭력으로 엄청난 분노를 방출해버리는 인물들을 통해 우리가 얻을 수 있는 것은 무엇일까? 대리만족일까? 오히려 묵묵히 주어진 일상을 살아내고 있는 누군가의 소중한 삶을 한순간 무의미한 것으로 전락시키는 불행이 초래되지는 않을까? 더 나은 삶을 원한다는 작가의 바람과는 무관하게 김사과의 소설이 다른 삶을 꿈꾸는 것이 도저히 불가능한 현실의 우리를 망연자실하게 만드는 위험한 작품이 되지는 않을까? 정홍수의 우려대로 김사과의 소설이 "너무 조급하게 세계의 실패와 파탄을 선언하는 것으로 계속 나아간다면" "세계는 그 실패와 파탄이 선언된 채 돌이킬 수 없는 지점에 고정되어"[9] 버릴 수도 있지 않을까. 김사과는 여러 지면을 통해, 소설로써 세상의 촌스럽고 진부한 문제들에 투신하겠다는 굳은 결심을 밝힌 바 있다. 그렇다면 언젠가 그 효과가 반감될지 모르는 강도 높은 선언을 반복하는 것보다는 현실의 구체적인 문제들을 진지하게 풀어놓는 정공법을 구사해보는 것이 더 현명한 방법일 수도 있다. 그때 우리는 그녀의 문제의식에 좀더 쉽게 동참할 수 있을지 모른다.

이른바 '입 없는 자'의 수난기를 다루고 있는 『모래의 시』는 김사과 식 정념의 과잉보다는 오히려 몇 겹의 문제의식이 도드라진다는 점에서 미묘한 변화가 감지되는 소설이다. 서울의 불법 섹스 클럽에 팔려온 조선족 여자 '제니'와, 환각제를 사기 위해 원어민 강사로 일하는 '리'라는 불법 체류자의 배제된 삶을 중심으로, 파탄 난 가족, 고위 공무원들의 추잡

9) 정홍수, 「현실의 귀환, 그리고」, 『문예중앙』 2010년 겨울호, 322쪽.

한 사생활, 철거, 타락한 종교의 문제까지 함께 노출시키는 『모래의 시』는 한마디로 정리하자면 '서울'이라는 깔끔한 도시가 품고 있는 악몽에 관한 소설이다. 이제껏 김사과는 자신을 둘러싼 세계의 정황을 명확하게 인지하고 절망하는 조숙한 인물들의 분노를 주로 그려왔다. 그러나 『모래의 시』의 제니는 그저 무지한 채로 "돼지"처럼 키워지고 노예처럼 살아가는 인물이다. 환각제를 삼킨 제니와 독약을 삼킨 부랑자가 만나는 마지막 장면은 역시나 미치거나 죽지 않고는 견딜 수 없는 우리 삶의 고통을 암시하지만, 분명한 것은 김사과가 그리는 것이 우리 모두의 추상적 고통으로부터 "이름을 갖지 못한 불운한 것들"의 분명한 고통으로 이동했다는 점이다. 좀더 철저하게 세계의 파탄에 개입하겠다는 작가의 의지가 엿보이는 장면이다. 이제껏 김사과의 소설이 '과잉의 정념'을 통해 '나'의 고통을 드러내는 데 몰두했다면, 이제 그녀는 '시적 서술'로 '그들'의 고통을 재현하는 데 힘쓰기로 한 듯하다. 『모래의 시』는 부조리한 장면들과 시적 문장들로 넘쳐난다. 구성은 파편적이다. '그들'의 고통을 재현하기 위해 이러한 구성은 불가피한 선택이었을 것이다.

4

우리는 여전히 답을 알 수 없는 질문만을 안고 있다. 구원은 어디에 있을까? 우리는 모른다. 그러니 "세상을 변화시키는 건 더 큰 폭력이나 절망이 아닌 다른 이미지를 꿈꿀 수 있는 힘"[10]이라고 믿는 젊은 작가의 소설을 계속 읽어보는 수밖에 없다. 절망과 분노로 몸부림치는 듯하지만 사실 아름다움과 희망이 지지 않기를 진심으로 기도하고 있는 김사과의 소설을 말이다. 이제 마지막으로 아껴두었던 문장들을 읽으며 이 글을 끝내기로 하자. 그녀의 소설 중 가장 아름답고 슬픈 장면이다.

---

10) 김사과, 앞의 글, 90쪽.

우리도 한때 재미있었던 적이 있었다. 우리도 한때 날아다니던 때가 있었다. 그렇다. 우리는 진짜 나비였다. 우리가 진짜 나비였을 때 우리는 구름을 먹었고 선인장을 껴안았다. 우리는 너무 아름다웠으므로 사람들은 우리를 미워했다. 우리는 진짜 나비였다. 그러나 아무도 우리의 말을 믿지 않을 것이다. 우리는 더이상 나비도 아니고 진짜로 웃을 줄도 모르기 때문이다. 결국 우리는 꽃처럼 시들어버렸다. 사람들은 꽃이 지는 것을 당연하게 생각한다. 그래서 꽃은 질 수밖에 없는 것이다. 만약 단 한 명이라도 꽃이 지지 않기를 진심으로 기도했다면 꽃은 영원하고 우리도 진짜 나비가 되었을 것이다. (「나와 b」)

우리 모두 꽃이 지지 않기를 진심으로 기도하는 단 한 명의 사람이 되어보자. 꿈꾸는 일을 멈추지 말기로 하자. 이 낭만적 결론이 구원의 시작이다. 예술의 존재 이유이기도 하다. 추함 속에서 아름다움을 찾으려는 예술가들을 진심으로 지지할 때 우리는 아름다운 것을 추하게 만드는 오류를 범하지 않게 될 것이다. 그리고 우리는 누구나 진짜 나비가 되어볼 수도 있을 것이다.

(『문예중앙』 2011년 봄호)

마음의 풍경, 풍경의 마음
— 김유진론[1]

1. 일인칭 관찰자의 내면 고백

풍경은 보지 않는 자에 의해 발견된다. 바깥 풍경의 섬세한 결들이 내 눈에 온전히 들어오는 것은 무념무상의 상태로 그것을 똑바로 응시할 때가 아니라 오히려 다른 생각에 골몰할 때다. 풍경이 우리를 상념에 빠뜨리는 것이 아니라 상념에 빠진 우리가 불현듯 풍경과 마주한다. 그러므로 풍경은 눈으로 보는 것이 아니라 '내면'이 발견하는 것이다. 근대문학의 기원을 '풍경의 발견'과 더불어 찾고자 했던 가라타니 고진을 통해 이미 익숙해진 이야기다. 그는 구니키다 돗포의 『잊을 수 없는 사람들』에서 인생의 고독에 짓눌려 주변에 무심해진 '내적 인간'이 풍경을 발견하는 장면에 주목했다.[2] 막막한 삶에 대한 거대한 슬픔이 밀려오던 어느 밤, 주인공에게 떠오른 것은 가족도 친구도 스승도 아닌 몇 해 전 배를 타고 가다 본 흐릿한 남자의 형체이다. 잊어서는 안 될 사람은 다 잊히고 상관없는

---

1) 이 글은 김유진의 두번째 소설집 『여름』(문학과지성사, 2012)을 다룬다.

2) 가라타니 고진, 『일본근대문학의 기원』, 박유하 옮김, 도서출판b, 2010, 33~37쪽.

사람이 '잊을 수 없는 사람'이 된 것. 주인공은 풍경으로 존재하던 그 남자에게 알 수 없는 동질감을 느끼며 "그저 누구든 다 그립고 애틋하게 느껴지는 것이다"라고 생각한다. 자기 자신을 압도하는 어떤 감정에 휩싸여 의외의 풍경을 눈여겨보게 되는 일, 이런 경험은 누구에게나 있을 것이다. 눈은 바깥을 보지만 마음은 오로지 자신만을 향한 상태 말이다. 가령, 이런 장면은 어떨까.

  K에게 아름다운 풍경이란, 밤, 망망대해를 가르고 뭍으로 들어오는 오징어 배의 점멸하는 불빛 같은 것이었다. 이곳의 풍경엔 그런 희소성이 없었다. 그러나 어머니는 달라 보였다. 어머니는 한 시간 내내 입을 벌리고 주변을 둘러보느라 K를 잊은 듯했다. 발광하는 빌딩의 불빛들이 어머니의 눈동자 안으로 들어왔다. 어머니는 풍경을 보았고, K는 내내 어머니 옆에 붙어 있었다. 그는 갑자기 불안한 마음이 들어, 어머니의 손을 가져다 꼭 잡아보았다. 어머니는 손에 힘을 주지 않았다. K는 어머니의 굳게 다문 입을 바라보았다. 단단한 눈동자를 보았다. 그것은 유람선에서 바라보는 풍경보다도 낯선 것이었다. 어린 K는 두려움이 일었다. 그는 어머니와 눈을 맞추기 위해 노력했지만, 어머니는 배에서 내릴 때까지 돌아보지 않았다. K는 홀로 남겨진 것 같았다. 그는 물결을 가르고 천천히 나아가는 유람선 안에서, 영혼의 반쪽이 잘려나간 듯한 고통을 느꼈다.
                                                        —「바다 아래서, Tenuto」, 28쪽

  낯선 도시에서 어린 아들과 함께 유람선을 탄 젊은 여자가 강변에 펼쳐진 화려한 풍경에 정신을 빼앗긴 것처럼 보일 때, 어린아이가 그런 엄마를 불안하게 바라볼 때, 풍경에 고정된 그 여자의 "단단한 눈동자"는 과연 어떤 마음이 만들어낸 것일까. 어머니와 단둘이 삼십 년을 함께 살았던 K의 기억 속에 뚜렷하게 각인된 그날, K는 기차를 타고 낯선 도시에 당도해 낯선 남자 앞에서 피아노를 연주했다. 그리고 어머니와 함께 유람선을 탔다. 낯선 남자가 누구였는지 그때도 그 이후에도 알 수 없었지만 어린 K에게 그날의 불안한 마음은 풍경에 고정돼 있던 어머니의 "단단한 눈동자"와 더불어 두고두고 기억된다. 밖을 응시하는 어머니의 마음속 그림이 어린 K에게 어렴풋이 그려졌던 것일까. 그날 유람선에서 바라본 빌딩의 불빛들도 어머니에게는 두고두고 '잊을 수 없는' 풍경이 되었을지 모른다. 어머니는 그 불빛에 고정된 채로 앞으로 진행될 자기 인생의 고독을 황망히 들여다보았을지 모른다. 어머니의 낯선 모습에서 "영혼의 반쪽이 잘려나간 듯한 고통을 느꼈다"고 회상하는 K는 어쩌면 어머니의 마음속 살풍경을 사후적으로 알아챘던 것이리라.

김유진의 두번째 소설집 『여름』은 바로 저 젊은 여자의 "단단한 눈동자"로 쓰여진 듯 읽힌다. 소설 속 인물들은 자신의 감정을 타인에게 투사하는 데 열심이기보다 그저 풍경을 응시하는 편이다. 주변에 무심한 채 자기 안에 침잠한 이들은 대체로 관계 안의 이방인이자 "풍경의 일부"(「바다 아래서, Tenuto」, 34쪽)처럼 보이지만 그 모습이 무기력해 보이지는 않는다. 왜일까. "사방에서 쏟아진 미적지근한 햇빛이 바닥으로 뚝뚝 떨어졌다가 이내 스며들었다. 수명을 다한 빛은 무거웠고, 눅눅했다. 빛은, 찌들어 보였고, 먼지로 가득 찬 것만 같았다"(「희미한 빛」, 42쪽)라며 지하철 차창으로 쏟아지는 햇빛을 상세히 묘사하는 사람은 유람선의 젊은 여자처럼 지독한 상념에 빠진 상태일지 모른다. 도저히 묘사 불가능한 어떤 기분이 마음속에 요동칠 때 바깥 풍경은 오히려 뚜렷해지는 법이다. 『여름』은 소용돌이치는 마음이 발견한 풍경화라 할 수 있다.

그래서일까. 내면 묘사보다는 풍경 묘사에, 그럴듯한 서사보다는 시적인 문장 쓰기에 주력하는 김유진의 근작 단편들은 한없이 조용하고 느리고 투명한 채로 어쩐지 슬프다. 그녀는 단호한 미문으로 모호한 정서를 실어 나른다. 김유진의 무심한 인물들이 후박나무의 빽빽한 잎 사이로 쪼개지는 햇빛에 대해 말할 때, 마른 땅 위로 피어오르는 아지랑이를 발견할 때, 한여름의 살구나무와 농익은 무화과를 기억해낼 때, 그들의 마음 속에는 각양각색의 감정들이 엉키지만 김유진의 단단한 문장 속에서 감정의 채도는 풍경의 명도로 뒤바뀐다. 그렇다면 『여름』이 그려내는 조용한 인물과 세밀한 풍경의 만남을 목도하며 독자는 과연 어떤 '잊을 수 없는' 마음을 건져올릴 수 있을까.

외로운 모자(母子)의 이야기로 돌아가보자. 「바다 아래서, Tenuto」는 여러모로 김유진 식 서사의 주요한 특징들을 보여준다. 30년을 함께 산 어머니의 죽음 이후 K는 "자연스레 자리 잡은 규칙들, 사소한 습관들에 의지해"(12쪽) 간소한 삶을 꾸려간다. "그의 이름을 다정하게 불러준 마지막 사람"(16쪽)인 어머니가 떠났음에도 "감정의 기복이 거의 없"(12쪽)는 K는 그다지 고독해 보이지도 않는다. 사실 이 소설에서 강조되는 것은 K의 당연한 쓸쓸함보다는 오히려 '관찰'이라는 형식이다. 자신이 속한 곳에서 스스로 일상적 풍경의 일부가 되어버린 K는 사실 성실한 관찰자이기도 하다. 집 발코니에서 바라본 마을의 풍경, 매일 출근하는 피아노 학원의 일상적 풍경, 그곳에서 만난 한 소녀에 대해 K는 이야기한다. 그러나 소설의 화자가 K인 것은 아니다. "나는 그를 K라고 불렀다"(10쪽)라고 말하며 K의 삶과 그가 바라본 풍경을 전달하는 일인칭 화자가 따로 존재한다. 「바다 아래서, Tenuto」에서는 이처럼 특정한 서사보다는 '보기'와 '보이기'라는 형식 자체가 두드러진다. 이러한 시선들 속에서 어떤 일이 발생할까.

이 소설은 K의 심심한 일상과 그가 기억하는 "단 한 차례 여행"(20쪽)이 교차 서술되는 방식으로 서사가 진행된다. 두 서사(정확히 말해 현재와 과거, 더 정확히 말해 눈앞에 보이는 장면과 마음속에 기억되는 장면)의 교차 편집은 『여름』의 많은 소설들이 공유하는 방식이다. 엄밀히 말해 이 소설은 K의 일상보다 그 "단 한차례 여행"에 초점이 맞춰 있다. 30년 동안 어머니와 단둘뿐이었으며 이제 홀로 남겨진 K의 쓸쓸함은 그 자체로 생생히 발설되지는 않는다. 오히려 어린 K가 최초로 느꼈던 분리 불안을 기억하고 고백하는 방식으로 어른 K의 고독이 은연중에 드러난다. 어린 K가 그 옛날 어머니의 "단단한 눈동자"에서 느꼈던 두려움은 어머니의 죽음 이후 비로소 지독한 외로움으로 완성되었을 것이다. 아니 어쩌면 어머니가 부재한 지금-여기의 고독한 현실이 어린 시절의 그 하루를 '잊을 수 없는' 끔찍한 기억으로 호출한 것일 수 있다. 「바다 아래서, Tenuto」는 이처럼 '잊을 수 없는' 장면을 활용해 에두르기의 감정 표현법을 실행한다.

K의 삶을 보고 듣고 기록하는 '내'가 "오랫동안 곁에서 그 이름을 불러주고 싶었다"(31쪽)고 느끼는 것도 어쩌면 '나'의 쓸쓸함이 발견한 마음이라고 해야 할지 모른다. 시선과 서사의 겹침 속에서 작중인물 K와 일인칭 화자는 같은 마음을 공유하는 듯 그려지고 나아가 작가와 독자까지도 한마음이 될 수 있는 길이 열린다. 그 내밀한 마음의 소통에 정확히 어떤 이름을 부여해야 할지 모르겠지만 모든 것이 응시와 더불어 발생하는 것만은 분명하다. 이 소설에서 그 존재가 희미한 관찰자 '나'는 작가 김유진이라고 보아도 무방할 텐데, 『여름』의 모든 소설에서 일인칭 화자가 관찰자로서 반복 출현한다는 사실을 상기한다면, 이 소설집은 작가 김유진이 세상을 느끼는 방식을 그대로 재현한다고 말할 수 있게 된다. 그녀는 바라보며 느끼고 있다.

첫 소설집 『늑대의 문장』(문학동네, 2009)이 주목한 위태롭고 무시무시한 '자연'으로부터 나른하고 무료한 '일상'으로 눈 돌린 김유진의 두번째 소설집 『여름』은 풍경과 더불어 '감정'과 '관계'에 주목하면서[3] 작품의 진화와 작가의 성숙을 동시에 증명하고 있다. 풍경을 통한 에두르기의 감정 표현법이라고 했거니와 사실 이보다 더 정확한 감정 표현은 불가능하다.

---

3) 강지희, 「무성한 감각의 풍경」, 『문학동네』 2011년 겨울호: 차미령, 「인상파의 복화술」, 『문학과사회』 2012년 봄호.

슬프다, 외롭다, 두렵다라는 단어는 시시각각 변하는 묘사 불가능한 감정에 붙인 추상적 이름들에 불과하다. 구구절절 사연을 전하기보다는 등장인물들의 눈에 비친 파편적 풍경들을 불현듯 그려 보이는 김유진의 소설을 읽으며 우리는 "뒤늦게 감정을 배우"(32쪽)게 될지 모른다. 김유진의 소설에는 시적이라는 수식어가 자주 따라붙는다. 이 수식어는 단순히 서사 부재의 상황을 지적하거나, 지시적 기능과는 무관하게 그 자체로 존재하는 그의 미문을 음미하기 위해서만 쓰일 수는 없다. 그것은 이미지를 매개로 감정을 발견하고 공유하는 특정 시의 작동 방식을 김유진 소설이 적극적으로 활용하고 있다는 의미로 이해해야 한다. 풍경을 활용하는 것이든 풍경에 의존하는 것이든 풍경과 더불어 공감에 이르는 것은 매우 느린 방식이지만 유일하게 믿음직스러운 방식이다. 김유진 소설을 읽으며 우리는 시적인 문장과 더불어 시적인 마음까지 얻을 수 있다. 무심함의 정조가 짙게 배어 있는 김유진의 두번째 소설집 『여름』은 우리 시대의 가장 서정적인 작가가 쓴 작품이라고 읽어도 무방하다.

2. 무심한 관계의 진실

김유진 소설에는 일인칭 화자가 어김없이 존재하지만 독자가 그 인물에 감정적으로 동화되기는 쉽지 않다. 내면을 드러내는 일이 별로 없기 때문이다. 그녀의 속도감 있는 문장들이 느리게 읽힐 수밖에 없고 또 그렇게 읽혀야만 하는 이유는 이러한 인물 설정과 무관하지 않다. 그렇다면 김유진의 인물들은 서로 어떤 관계를 맺고 있을까. 느슨한 형태의 동거가 그려지는 「희미한 빛」과 「여름」을 읽어보자. 두 소설의 동거인들은 서로 세세한 대화를 나누지 않고 어떤 감정도 공유하지 않지만 각자의 생활 규칙을 정확히 지키며 나름의 조화를 이룬 채 산다. 서로가 서로에게 이방인처럼 보이는 인물들을 한 공간 안에 둠으로써 김유진은 무엇을 드러내고 싶은 것일까. 아니 무엇을 보고 싶은 것일까.

종말적이고 원시적인 분위기를 알 수 없는 적의와 더불어 기묘하게 엮어내던 김유진의 초기작을 생각한다면 그로부터 가장 멀리 와 있는 작품은 「희미한 빛」일 것이다. 일상의 권태로운 풍경들이 두드러지는 작품이다. 이 소설은 인물들의 구체적 행위와 이들의 모호한 관계가 오묘한 대비를 이룬다. 고용센터를 다니며 실업 급여를 받아 생활하는 무기력한 '나'는 전에 사귄 적이 있는 L의 집에서 그와 함께 살고 있다. "상투적"이고 "모호"(44쪽)한 포부를 지닌 L과, 고집스러워 보이지만 자신의 생활방식을 남에게 강요하지 않는 L의 여자친구, 그리고 '나'는 서로에게 어느 정도 무심한 채로 한집을 공유한다. 이들이 공유하는 것은 그러나 비단 공간만은 아니다. 이들은 "모든 소음을 공유"(39쪽)한다. 제목은 「희미한 빛」이지만 소설을 읽어나갈수록 도드라지는 것은 미세한 기척들이다. 아파트 거실을 채우는 숨소리, 물소리, 인기척 들이 수시로 언급되면서 나른하면서도 모호한 분위기는 한층 강화된다. 지하철역을 찾는 도중 갑작스러운 사고를 목격한 '나'는 굉음과 경적 소리와 비명이 뒤섞인 엄청난 소음에 정신이 아득해지다가 이내 모든 것이 "지리멸렬"(55쪽)하다고 느낀다. 이 같은 미세한 소음이나 엄청난 굉음은 관계의 진공 상태에 놓인 인물들의 상황을 강조하는 듯하다. 자기만의 생각에 골몰한 사람에게 산란하는 빛의 결들이 놀랍도록 선명히 발견되듯 그에게는 들릴 듯 말듯한 작은 기척들도 생생해지는 것이다. '나'는 미세한 기척과 세밀한 풍경을 발견하며 자신이 속한 침묵의 관계들을 응시한다.

소통에 무심한 자들이 등장하는 「희미한 빛」에서 '이해'라는 어휘가 반복된다는 것은 의미심장하다. L과 L의 여자친구와 '나'의 건조한 동거가 묘사되는 한편으로 이 소설에서는 B와의 관계에 대한 '나'의 상념들이 적힌다. 모국에 정착하기 위해 6년간 애를 썼던 B는 "모호한 이곳의 정서"(45쪽)를 이해하지 못한 채 결국 자신이 나고 자란 고국으로 돌아갔다. B가 제 마음을 열어 보인 유일한 사람이었던 '나'는 그러나 정작 "B를 어디까지 이해하고 용인해야 할지 감당할 수 없었다"(54쪽)고 회상한다. 자신을 이해해주는 사람은 너뿐이라는 그의 말에 "그를 이해하는 사람은 자신 말고는 세상 어디에도 없었다"(56쪽)라고 정확히 말해주지 못한 것을 '나'는 지금 후회하고 있다. 그러나 내가 도달한 결론은 그에게 진실을 말했어야 한다는 자책이 아니라 "지금이야말로 침묵할 때"(60쪽)라는 사실이다. 그 이유는 분명치 않다. 진실의 불확실성에 대한 확신 때문이었을까. 「희미한 빛」은 진공의 상태 속에 미세한 소음들로 둘러싸인 '내'가 '이해'에 대해 생각하는 소설이다. 이 소설의 결론은 "나는 이해라는 단어가 참으로 재미있는 말이라는 생각을 문득 했다"(60~61쪽)라는 문장에서 찾을 수 있다. 우리는 이 소설이 관계의 소통 불능을 절망적으로 증명하기 위해서, 혹은 진정한 소통은 침묵에서 시작된다는 어떤 태도를 강조하기 위해서 씌어졌다고 단순히 말할 수 없다. 「희미한 빛」은 '이해'라는 말 자체를 그저 놓아버리기 위해 씌어진 소설일지 모른다. 관계를 놓아버리는 것이 아니라 이해를 놓아버리는 것. 애초에 모호할 수밖에 없는 관계에 특정한 이름을 부여할 때 이해라는 것도 요청된다. 이때의 이해는 각자의 감정을 상대에게 투사하며 서로가 서로를 얽어매는 결과를 낳기도 한다. 이 과정에서 관계 자체가 허물어지는 것을 우리는 일상에서 수시로 목도한다. 그러니 진실한 관계라는 것이 가능하다면 그것은 반드시 이해와 필연적인 인과관계를 이루지는 않을 것이다. 「희미한 빛」에서 김유진은 이러한 사실을 말하고 싶었던 것이 아닐까. 구애를 포기하고 날개를 접은 늙은 공작의 뒷모습 사이로 들이치는 "희미한 빛"을 묘사하며 끝을 맺는 이 소설은 이렇게 절망도 희망도 아닌 쓸쓸한 여운을 강조한다. 관계의 필요조건이 이해가 되기는 전혀 쉽지 않고 충분조건이 어김없이 쓸쓸함일 수밖에 없다는 당연한 사실을 우리는 이 소설에서 재차 확인하게 된다.

관계는 흐르고 변한다. 주변의 풍경이나 소음에 민감하고 자신의 생활

습관에 철저한 김유진의 인물들은 대체로 유동적 관계에 초연한 인물로 그려진다. 하지만 그 초연함이 어디에서 오는지는 불분명하다. 「여름」에서는 어떨까. 말을 문장으로 만드는 Y와 가구를 만드는 B의 단출한 동거가 그려지는 「여름」에서도 동거인 간 끈끈한 소통은 끝내 찾아보기 힘들다. 소설 전반에 여름 특유의 습기와 비린내가 흥건하고 살구나무와 체리나무에 대한 인상적 묘사가 미각과 후각을 동시에 자극하지만 Y와 B의 관계만큼은 그저 담백하다. Y의 몸은 "무성에 가까"(85쪽)운 것으로 그려지고 그런 Y에게 "어린아이에게 하듯"(72쪽) 대하는 B를 보면 이들의 관계에 어떤 이름이 어울릴지 애매해진다. 녹취록을 만드는 일을 하는 Y는 작업의 순서에 대해서나 집 안의 청결에 대해서나 약간의 강박적 결벽증을 갖고 있다. Y는 B의 작업장에서 끊임없이 건너오는 먼지에 민감하게 반응한다. 한편 B는 낡은 집을 꾸미며 그 안에서 어린 시절의 추억을 반추하고 재현하는 것에 즐겁게 집중한다. 체리주를 담그며 어린 시절을 추억하는 B는 "모든 것은 함께 이루어나가는 데에 의미가 있는 것"이라고 Y에게 달래듯 말하지만 Y는 "체리는 어디까지나 B의 추억"(79쪽)일 뿐이라고 생각해버린다. 주로 Y를 통해 재현되는 B는 Y의 감정에 무심한 듯 보이고 Y는 그런 B를 유심히 관찰하고 있다.

「여름」은 오감을 모두 동원해 읽어야 할 소설이다. 다양한 감각의 풍경들을 음미할 수 있기 때문만은 아니다. 그보다는 이 소설에서 제공되는 다채로운 감각 묘사들이 결국 인물 사이에 오가는 희미한 감정의 색채와 무관하지 않다는 사실을 발견하는 일이 흥미롭다. 김유진 인물들의 초연함이 어디서 온 것인지 불분명하다고 했지만 정작 물어야 할 것은 이들이 정말로 관계에 무감한 것일까라는 점이다. 「여름」에서 반복적으로 언급되는 것은 일상생활에서 Y가 느끼는 생리적 이물감이다. Y는 어떤 역겨움과 자주 만난다. 벌레를 발견하고 두려움과 혐오감을 느끼는 장면은 두 번에 걸쳐 묘사되며 화분 갈이를 하는 B의 커다란 손을 보며 구토가 치밀어 오르는 장면도 그려진다. Y의 몸에는 발진과 소름이 수시로 돋는다. 엄청난 양의 피를 토한 B 앞에 얼어붙은 듯 서 있는 Y를 보라. 이와 같은 Y의 강박적 결벽과 허약한 비위는 특정한 감정과 관계가 없지 않다.

Y는 인터뷰이들이 자신도 모르는 사이 진짜 목소리를 노출하고 "수치심"을 느끼는 대목이 "불편"(75쪽)하다고 느낀다. 왜일까. Y가 글로 옮기고 있는 한 인터뷰에서 K는 오랫동안 고향을 떠나 있던 이유를 묻는 질문에 어머니의 강요로 한낮의 햇볕 속에서 여동생과 함께 살구를 따던 날들의 풍경을 묘사한다. 어느 날 풋살구를 먹고 배가 아파 햇볕 아래서 똥을 누던 여동생을 바라보던 K는 그길로 고향을 떠났다고 했다. 「여름」에서는 이처럼 생리적 이물감과 심리적 불편함이 묘하게 뒤섞인다. 심리적 불편함은 정확히 말하면 일종의 수치심이다.[4] 수치는 관계 안의 인간에게 기입되는 최초의 감정이자 최소한의 감정일 것이다. 「여름」은 이처럼 여러 가지 감각적인 풍경들을 동원하면서 주변에 무감한 듯 보이는 인물들의 민감한 속내를 느리게 펼쳐 보인다.

「여름」과 「희미한 빛」이 그리는 느슨한 동거에는 관계의 첫 감정으로서의 수치와 마지막 감정으로서의 쓸쓸함이 응축되어 있다. 김유진의 소설을 읽다보면 풍경 안에서 이러한 감정들이 천천히 배어 나오는 것을 느끼게 된다. 이 감정에 하나의 이름을 부여하는 것은 "살아 있는 듯 끊임없이 태어나고 이동"(67쪽)하는 '먼지'를 붙잡는 것보다도 어려운 일일 것이다. 분명한 것은 대체로 침묵하고 있는 김유진의 인물들이 실은 인간 사이의 내밀한 관계에 누구보다도 민감하다는 사실이다. 관계 안에서 산란하는 무수한 감정의 결들에 무심한 독자들은 이 흥미로운 사실을 쉽게 놓쳐버릴 수도 있다. 풍경을 오로지 풍경으로만 음미한다면 그것은 김유진의 소설을 '충분히' 읽지 못한 것이 된다.

---

4) 최근 차미령의 글도 김유진 소설의 일상적 관계들에서 "종속과 모욕의 심리적 역학"으로 읽어내고 있다. 앞의 글, 396~403쪽.

3. 무성(茂聲)한 침묵

「희미한 빛」과 「여름」이 빛과 함께 쓰여진 소설이라면 「물보라」와 「우기」는 비와 함께 쓰여진 소설이다. 무기력의 정서는 강화되고 우울마저 첨가된 듯하다. 비단 비 때문은 아닐 것이다. 이 두 소설에는 완전히 헤어진 것도 헤어지지 않은 것도 아닌 어정쩡한 상태의 남녀가, 즉 서로가 서로에게 불편한 채로 익숙해진 커플이 등장한다. (물론 김유진 소설에서 그려지는 대부분의 인간관계가 그렇듯 이 두 남녀를 명확하게 '연인'이라고 규정하기는 힘들다. 그저 그렇게 짐작하는 것이 자연스러울 뿐이다.) "머지않아 K는 나를 떠날 것이었다. 그것은 두렵고도 기대되는 일이었다"(108쪽)라는 두 문장은 이들이 처한 상황과 그에 대한 일인칭 여성 화자의 심리 상태를 정확히 드러낸다.

L과 차를 타고 이동중인 「물보라」의 '나'는 그의 일거수일투족이 불편하기만 하고, 「우기」의 '나'는 아예 K를 떠나 잠시 낯선 나라로 여행을 와 있다. 별다른 사건 없이 진행되는 두 소설은 연인 사이가 파탄 난 이유를 친절히 설명하지 않고 불편한 상황 자체만을 묘사하며 관계의 곤란을 부각시킨다. 앞에 언급한 소설들이 '관계'의 쓸쓸함을 무심한 풍경 속에 드러낸다면 「물보라」와 「우기」는 저절로 자라나고 저절로 찢어지는 관계의 본질을 강조하려는 듯하다. 김유진 소설의 특징으로 흔히 서사의 부재가 지목되곤 하는데 정확히 말하면 그녀 소설에 부재하는 것은 인과이다. 김유진이 그리는 것은 특정한 관계의 타당한 생멸이 아니다. 애초에 모든 관계에는 상황만이 존재할 뿐 분명한 시작과 끝도, 원인과 결과도 찾기 힘들지 않을까. 어떤 관계를, 아니 모든 관계를 가장 적나라하게 보여주는 것은 관계의 전 역사가 아니라 관계의 한 장면이다. 그 결정적인 장면들이 「물보라」와 「우기」 안에 있다.

「물보라」의 상황을 먼저 보자. '나'는 예전에 함께 살았던 L에게 밥을 사주겠다 했고 이들은 내비게이션에 의존해 김포에 있는 한정식집을 찾아가고 있다. "나는 그곳의 주소를 알고 있었다"(179쪽)라는 문장으로 시작하는 이 소설은 "가능한 한 빨리 내 방으로 돌아가고 싶었다"(200쪽)라는 문장으로 끝난다. 내내 강조되는 것은 L과 함께 있는 상황 속에서 내가 느끼는 피로감이다. 식당을 찾아 헤매는 상황 자체도 피곤할뿐더러 그 상황 속에서 점점 예민해지며 제멋대로인 L이 '나'는 더 견디기 힘들다. 「여름」의 일인칭 화자가 생리적 거북함을 통해 관계 안에서 느끼는 심리를 희미하게 드러냈다면 「물보라」의 '나'는 L에 대한 생생한 묘사로 심리적 불편함을 노골적으로 드러낸다. 그날따라 '나'의 눈에 비친 L은 몹시 위태롭다. "오락기 앞에 앉은 어린아이처럼"(187쪽) 목적지에 도달하는 일에만 온 신경을 쓰며, "나의 의중을 묻지 않은 채"(195쪽) "내 말을 무시한 채"(197쪽) 어색하게 행동하고 있다. L도 이 상황 자체가 편하지는 않아 보인다.

김유진 소설의 남성 인물들이 대체로 자기중심적인 태도를 취한다는 사실은 전형적 설정이지만 음미될 부분이다. 그들은 정작 자신이 상대에게 어린아이처럼 보인다는 사실을 모른 채 "어른스러운 표정"(195쪽)과 태도로 말한다. 「물보라」의 L의 경우가 가장 심각한데 그는 남을 비꼬는 농담을 즐기면서도 자신의 사소한 불쾌는 숨기지도 견디지도 못한다. 한 정식집에 데려가겠다는 '나'의 말에 "돈도 없는 게"(182쪽)라며 코웃음을 치면서도 "어린 여성그룹의 노래를 듣는다는 사실을 들킨 것이 부끄러"(182쪽)워 과도하게 당황한다. 소설의 첫 장면부터 '나'는 L의 사소한 행동들, 가령 수첩의 작은 글씨를 보려고 눈을 가늘게 치뜨거나 수첩에 붙은 과자 부스러기를 손톱으로 긁어내는 모습을 묘사하는데, 이는 L에 대한, 나아가 L과의 관계에 대한 '나'의 심리를 정확히 표현하는 장치가 된다. L의 사소한 행동조차 무심히 넘길 수 없을 만큼 '나'는 이 관계가 견딜 수 없이 피곤하고 "시시하"(194쪽)다. 오랜만에 맘먹은 이들의 만남이 결국 서로에게 불쾌한 여정이 되어버린 것은 그날의 단순한 불운 때문만은 아니다. 이들은 돌이키기 힘든 관계인 것이다.

관계가 이 지경이 된 데에는 물론 이유가 있다. '나'는 결정적인 몇 장면을 회상한다. "네가 뭔가 일을 해야 한다고 생각해"(191쪽)라고 말하며 한숨을 쉬던 L을 떠올리고 있다. 엄청난 작업량으로 인해 아르바이트를 그만두고 싶을 때마다 L의 한숨이 생각났던 사실도 떠올린다. 정식 취직을 한 '나'에게 "그래도 이 일은 보람이 있지?"(195쪽)라고 말한 선배의 말도 오버랩된다. 그러니까 차에서 내리기 직전 "취직하니까 어때?"라고 물은 L에게 내가 "점점 인간이 되어가는 것 같"(200쪽)다고 말한 것은 예사로운 답변은 아니다. L에게서 '나'는 알게 모르게 수치를 느꼈던 것 같다. L과 "함께 있으면 때때로 놀림받고 있다는 느낌이 들었"(184쪽)던 것은 비단 그의 말장난 때문만은 아니었을 것이다. 그러나 이처럼 이들 관계의 과거와 현재를 이어 붙일 논리를 찾는 일이 「물보라」라는 정적인 소설을 읽기 위한 필수요소는 아니다.

"나는 L과 소란하고 빛나는 길을 함께 걷고 싶지 않았다"(192쪽)라는 상황은 사태의 원인과 무관하게 결과 자체로 슬프고 안타깝다. 김유진은 상대에 대한 일인칭 화자의 선택적 묘사를 통해 부자연스럽고 시시해진 관계를 눈에 보일 듯 그려낸다. 조금은 심심해 보이는 이 소설의 가장 큰 성취가 바로 여기에 있다. 또 하나. 일인칭 화자가 관계 안에서 느끼는 불편이 대체로 '말'과 관련된다는 사실은 특히나 주목할 부분이다. 오래된 사이임에도 불구하고 '나'는 L의 식성이나 노래 취향에는 무심하지만 그가 구사하는 "말법"(184쪽)에 대해서만큼은 민감하다. L과의 관계가 시시해져버린 것은 "비꼬는 농담"(186쪽)을 즐기던 그의 가벼운 언사가 정말로 결정적이었을지도 모른다. 농담 섞인 조소가 결국 관계 자체를 우습게 만들어버린 것일 수도 있으니까. 모든 말에는 결국 책임이 뒤따르는 것이니까.

김유진의 인물들이 '말'에 민감하다는 사실은 고백보다는 관찰, 진술보다는 묘사의 방식을 주로 사용하는 특징과 무관하지 않다. '말'에 민감한 사람은 위태로운 말에 의존할 수 없기에 말수가 적어질 수밖에 없다. 「우기」의 '나'가 그렇다. 관계 안에서의 불편한 심리가 상대에 대한 세세한 묘사를 통해 드러났던 「물보라」에서와는 달리, 「우기」에서는 '나'에 대한 상대의 불편한 심리가 '나'를 향한 그의 힐난을 통해 드러난다. 이 소설의 '나'와 K는 여러모로 「물보라」의 두 인물을 연상시키는데 "우리는 경쟁하듯 병을 앓았다"(112쪽)라는 한 문장이 이들의 관계를 요약적으로 제시한다. K는 "문제를 말하지 않는 것"(104쪽)이 '나'의 문제라 말했고, 반면 '나'는 "지나치게 많은 말들을 내뱉는 것"(106쪽)이 K의 문제라고 생각했다. K는 내 앞에서 가슴팍을 주먹으로 내려치며 답답해했고 '나'는 K의 비난을 짐짓 모른 척하며 두려워했다. 이들에게 무슨 일이 있었는지 소설은 끝내 말하지 않는다. 도망치고 싶을 정도로 관계가 '병' 그 자체라는 사실만을 강조한다.

'나'는 "내 문제였다"(106쪽)라고 말한다. 도대체 무슨 문제일까. 짐작이 불가능한 것은 아니다. 이 소설의 가장 극적인 장면은 여행지의 호텔 욕조에서 화자가 갑작스럽게 발작을 일으키는 부분이다. 따뜻한 물속에서 느낀 나른함을 "관 속에 드러누운 기분"(101쪽)이라고 표현한 '나'는 돌연 물속에서 숨이 막혀 버둥대다 간신히 욕조의 마개를 뽑아 물의 수위가 낮아지자 가까스로 발작을 멈춘다. 위협할 정도의 커다란 꽃봉오리에 관한 꿈과 더불어 이 장면은, 김유진의 다른 소설들에서처럼 인물의 심리상태를 대신 전하는 증상처럼 읽힌다. 어떤 심리일까? '나'의 발작 혹은 침묵과 관련하여 의미심장하게 읽힐 장면이 「우기」의 마지막 부분에 잠시 스치듯 묘사된다. 지난여름 폭우 끝에 어머니의 관을 이장하며 '나'는 "산발한 머리칼이 물 위로 떠올라 시신을 뒤덮"(115쪽)은 장면을 보았다. 그 장면에서 내가 느낀 공포와 고독은 어떤 말로 표현될 수 있을까. 그 심정이 어떠했을지 누구도 결코 알 수 없다. 그저 그녀가 침묵할 수밖에 없다는 사실을 이해할 수 있을 뿐이다. K도 그래야 했을 것이다. '나'의 말할 수 없음과 자신의 이해 불능을 인정해야 했을 것이다. 「우기」에서 김유진이 많은 부분을 할애해 서술하고 있는 것은 여행지에서 겪는 '나'의 곤란이다. 현지 가이드의 부드러운 강요에 이끌려 다니던 '나'는 그러나 점점 "단순하고, 직선적이고, 용감"(104쪽)한 그들의 말법에 익숙해진다. 그리고 종국에는 원하는 것과 원치 않는 것을 단호히 말하게 된다. 집으로 돌아온 내가 여행지에서처럼 정확하고 단호하게 말할 수 있을 것이라고는 전혀 확신할 수 없다. 「우기」는 이처럼 소통 가능한 말과 소통 불가능한 말의 격차를 보여준다. 진심은 대체로 말할 수 없음에 있다는 사실도 더불어 말해준다. 관계 안의 진심을 나누기에는 말보다는 침묵이 더 용이할 것이라는 사실도 더불어 말해준다.

「물보라」와 「우기」를 경유해 김유진 소설의 '관계'에 대해 이야기했다. 김유진 소설에서 '관계'의 곤란은 연인이라 이름 붙일 수 있는 남녀 사이에서 뚜렷하게 나타난다. 언제나 어른스러운 태도를 취하는 남성 인물들과, 관계에 무심한 듯하지만 생리적으로나 심리적으로나 예민한 여성 인물들이 등장한다. 그녀들은 구토를 느끼거나 온몸에 소름이 돋거나 숨이 막힌다. 관계의 불능과 불편을 그녀들은 몸으로 말한다. 어찌 보면 전형적인 남녀 관계를 다루는 듯 보이는 김유진의 소설은 섬세한 묘사나 말의 뉘앙스 차이를 통해 이러한 관계 양상을 정확히 전달하려 한다는 점에서 특별하다. 말을 아끼는 사람들의 눈에 비친 여러 가지 풍경들을 우리가 함께 보게끔 한다는 것이 김유진 소설의 가장 큰 성과일 것이다. 풍경 안에서 내 마음이 발견되고 또다른 누군가의 마음이 발견되는 경험을 우리는 김유진의 소설을 읽으며 할 수 있다. 말하지 않아도 알게 되는 어떤 마음들이 그녀의 소설 속에 펼쳐져 있다.

4. 감정 교육

온전히 말로 표현되지 않는 마음은, 그 느낌은 말 너머 어디에 있는 것일까. 말하는 자로서 인간이 경험의 근원적 상태인 '말 없음의 상태'에 도달하기 힘들다는 사실은 자명하다. 그러나 인간에게는 말할 수 없는 상태, 즉 '유아기'에 대한 경험이 있다. (유년을 뜻하는 라틴어 infas는 '말할 수 없는'이라는 의미이기도 하다.) 아감벤에 따르면 "유아라는 심급은 언어를 진리의 장소로 건립하면서 언어 안에 출현한다."[5] 무슨 말일까. 말 없음의 상태로서 유아기의 경험이 존재하지 않는다면 언어는 하나의 놀이가 될 뿐이다. 그리고 이때 놀이의 진리는 논리적이고 문법적인 규칙의 올바른 사용에 불과하게 된다. 그러나 인간에게 말 없음의 상태인 유아기가 존재한다는 사실과 더불어 언어는 유아기의 경험을 진리로 만들어야 하는 장소가 된다. "경험이란, 인간이라면 누구든 유아기를 거친다는 사실을 통해 인간이 만들어내는 신비다. 이 신비는 침묵과 말할 수 없는 신비를 지키겠다는 선서가 아니라, 인간을 말과 진리에 묶어두겠다는 서원(誓願)이다."[6] 유아기라는 경험을 매개로 말 없음과 말은 서로를 끌어당긴다. 말 없음의 상태는 말 너머를 상정하지 않는다. 그것은 말 안에 있다.

'말 없음의 상태'에서 언어의 세계로 건너온다는 것은 결국 언어의 안과 밖에서 지속적으로 말 없음의 상태를 탐색하게 되는 것을 의미한다. 유아기를 지나온 말하는 주체에게는 침묵이 언제나 능사가 될 수는 없다. 김유진의 인물들에게 침묵은 차선책일 뿐이며 이 선택이 그들의 예민한 언어 감각과 섬세한 감성 때문이라는 사실은 재차 강조되어야 한다. 말하는 주체가 지나왔으나 되돌아가야 할 '말 없음의 상태'라고 하는 것은 이제껏 우리가 읽어온 김유진의 소설에서 '풍경'으로 표현된 바로 그것이

---

5) 조르조 아감벤, 『유아기와 역사』, 조효원 옮김, 새물결, 2010, 99쪽. 이하 한 단락의 내용은 이 책 98~103쪽의 내용을 참조.

6) 같은 책, 100쪽.

다. 그렇다면 그 풍경의 최초 감정은 무엇일까. 일상적 관계와 더불어 김유진의 풍경에서 우리는 쓸쓸함 부끄러움 답답함 등 관계 불능의 감정을 주로 읽었는데 풍경의 첫 감정으로 돌아가보면 거기서는 오로지 '혼자'라는 느낌이 스며 나온다. 『여름』을 통틀어 가장 고독한 인물이라 할 수 있는 「바다 아래서, Tenuto」의 K가 꾼 꿈을 기억해보자. 어린 K는 언제나 바다 깊은 곳에서 고요히 유영하는 듯한 기분을 느끼며 잠을 잤고 그의 이름을 다정하게 불러주며 잠을 깨워준 것은 어머니였다. 꿈속에서나 꿈 밖에서나 언제나 어머니와 함께하는 느낌이었다. 그 어머니와 사별한 이후 K는 어릴 적 자신이 분리 불안을 느꼈던 최초의 기억으로 돌아가본다. 이처럼 『여름』이 담고 있는 여러 감정들의 주요한 기원은 분리에 대한 두려움이라 할 수 있다.[7] 무심한 듯 예민한 인물들은 사실 무척 외롭다.

「눈은 춤춘다」라는 기이한 성장담 역시 "나는 혼자다"라는 마지막 문장을 위해, 그 분명한 느낌을 위해 쓰여진 소설로 읽힌다. 이 소설에는 흥미롭게도 "교육"이라는 말이 등장한다. 어떤 교육일까. 『에밀』을 쓴 루소는 어른을 향한 첫번째 발걸음은 '마음의 최초 움직임들의 출현'이며 여기서 도덕적인 질서 속으로 들어가는 두번째 발걸음이 가능해진다고 말한다. 우리가 흔히 생각하는 교육은 아마도 후자의 발걸음에 관심이 클 것이다. 그러나 「눈은 춤춘다」는 전자에 관심을 둔다. '마음의 최초 움직임들의 출현' 말이다.

「눈은 춤춘다」는 어른 없이 홀로 자라는 아이들, '나'와 한 남매의 이야기이다. 교육을 하는 자는 남매의 오빠, 교육을 받는 자는 '나'이다. 빈집에 방치된 채 "혼자 받아쓰기 놀이"를 하며 "상상의 친구들"(123쪽)과 어울리는 "완전한 비문명인"(127쪽)이던 '나'는 남매를 만나게 되면서 많은 것을 배우게 된다. 내가 배운 것은 '문자의 규칙'과 '말 못할 경험', 이

---

7) 김유진의 소설을 '불안의 발생 조건에 대한 이야기'로 읽어낸 사례가 있다. 김미정, 「불안은 어떻게 분노가 되어갔는가」, 『문학동네』 2011년 여름호.

렇게 둘로 요약된다. 이미 홀로 문자를 익힌 '나'는 새로운 규칙의 문자를 배우기가 힘들었다. '나'는 종아리를 얻어맞으면서도 이미 형성된 나름의 문자 규칙을 포기할 수 없었다. 그래서 결국 교육을 주고받는 두 주체는 각자의 문자를 "광범위한 문자세계의 한 영역"(132쪽)으로 이해하는 데 합의한다. 결론적으로 내가 그에게 배운 것은 문자에는 각자 나름의 규칙이 있다는 사실, 즉 명확한 규칙을 전제로 하는 '놀이'로서의 문자인 것이다. 그렇다면 그 규칙을 깨우친 '나'는 이제 완전한 문명인이 되었다고 할 수 있을까. 「눈은 춤춘다」의 결정적인 두 장면을 읽어보자. 이 장면들에는 소리와 감촉이 있다. 어떤 규칙을 지닌 문자로도 번역될 수 없는 마음의 움직임들이 그곳에서 흘러나온다. 진짜 '교육'이 이루어지는 장면이다.

나는 그때 느꼈던 감정이 어떤 것인지 정의내릴 수 없었다. 내가 알고 있는 단어로는 설명이 불가능했기 때문이었다. 나는 단지 그 콧소리가 아름답다고 느꼈으나, 내 것은 아니라고 생각했다. 가슴이 뻐근했다. (……) 나는 오래전 두고 온 나의 집을 떠올렸다. 버려진 집은 지금 어떤 얼굴을 하고 있을지 상상했다. 단단하며, 낡고, 쓸쓸한 모습의 오래된 묘비를 떠올렸다. 나는 외톨이라는 단어를 배웠다. (137쪽)

그 일이 내 내면을 어떻게 바꾸어놓았는지는 설명하기 쉽지 않다. 그러나 날씨와 풍경이 변화에 대해서는 자세히 말할 수 있다. (……) 세계는 동일한 색을 얻었다. 그것을 색을 잃었다, 고 표현해도 의미가 다르지 않으리라 생각한다. (141~142쪽)

남매가 엉겨 있는 곳에서 들려오는 "낮고 더운 숨소리"를 들었을 때의 감정을 표현할 길이 없다고 '나'는 말한다. 그때 내가 할 수 있는 일은 낡고 쓸쓸한 묘비를 떠올리는 것뿐이었다. 그의 크고 부드러운 손이 자신의 온몸을 훑고 내려간 이후의 감정도 '나'는 설명할 길이 없다. 그래서 "날씨와 풍경"의 변화에 대해서 말한다. 그 변화는 어떤 것일까. "계절은 언제나 모호했다"(123쪽)고 말하던 '나'는 이른바 "교육"을 통해 법칙의 세계에 들어갔으나 다시 "동일한 색"의 세계로 돌아온다. 아감벤의 말을 빌리자면 '나'는 말할 수 있는 주체로서 말할 수 없음을 발견하게 된다. 그와 '나' 사이의 진짜 교육은 바로 이런 것이다. 말로 표현할 수 없는 마음의 움직임을 발견하는 것. 비문명에서 문명의 세계로 돌이킬 수 없는 발걸음을 내딛는 것이 아니라 문명의 입장으로 자연을 발견하는 것. 김유진의 「눈은 춤춘다」는 이처럼 "불균등성과 불규칙성"(143쪽)을 본질로 하는 마음의 첫 움직임에 대해 말한다. 그 감정의 불가피한 번역어는 "나는 혼자" 정도가 될 것이다. 그리고 그 최초의 감정이 최후의 감정으로까지 지속되는 것이 바로 삶일 것이다. "끝없이 펼쳐진 불모지"를 자신의 내면에서 발견하는 일, 김유진은 그것이 "교육의 마지막 결과물"(146쪽)일 것이라고 '나'의 입을 빌려 말한다. 「눈은 춤춘다」는 특유의 쓸쓸한 단문과 오묘한 분위기를 동원해 끔찍한 마음의 성장담을 만들어낸다.

  "나는 혼자다"라는 문장으로 끝나는 「눈은 춤춘다」의 한편에는 "나는 홀로, 도로를 걷기 시작했다"라는 문장으로 끝을 맺는 「A」가 있다. 역시나 이 소설에는 "아이다움이 없"(160쪽)는 혼자 사는 아이가 등장한다. 이 아이도 말과 관련된 곤란을 겪는다. '나'는 시종일관 A에 대해 말하고 있다. A는 누구일까. '나'는 어린 시절 학교 수련회에서 무리를 빠져나와 A의 뒤를 쫓아 숲을 헤맨 적이 있다. 수련회에서 돌아온 뒤 '나'는 글자와 말을 잃었다. 이후 '나'는 혼자만의 집에서 무수히 많은 책들의 글자 속에 점을 찍으며 수년을 보낸다. 그렇게 5년을 보낸 '나'는 A와 재회한다. 구청의 자원봉사자로 '나'의 집을 방문한 A가 5년 전 함께 숲을 헤매던 A가 맞는지 '나'조차 확신할 수 없다. A는 그저 A라고 믿고 싶은 A일 뿐. 「A」는 『여름』에 실린 소설 중 가장 모호하다. A가 누구인지도, '나'와

A의 관계도, 온통 희미하다. 이러한 분위기 속에서 '나'의 기억 속에 파편적으로 떠오르는 A의 이미지와, 홀로 걸어가는 '나'의 모습만을 선명히 부각된다.

나는 A의 충고대로 서쪽을 향해 걸었다. 돌이켜보건대, 내가 계곡 달빛 아래 서 있는 A를 본 것이 꿈이었는지 실재였는지 확신할 수 없다. 내가 열 살의 A와 구청 마크가 인쇄된 모자를 쓰고 나타난 A, 숲 속의 A를 동일인으로 확신할 수 없는 것처럼 말이다. 나는 또한 한밤중 잠든 내 머리칼을 쓰다듬던 A의 손길을, 새벽녘 깨어나 A의 빈자리를 깨닫고 계곡으로 뛰어 갔을 때 보았던, 얕은 개울물에 잠긴 A의 푸르른 시체를 확신할 수 없다. 그러나 나는 세상의 많은 일들이 모호한 채로 잊힌다는 사실을 잘 알고 있었다.

(……)

나는 서쪽으로, 서쪽으로 걸었다. 계곡은 곧 강이 되어 흘렀다. 배가 고프지도 목이 마르지도 않았다. 채 한 시간이 지나지 않아, 빽빽한 관목 울타리가 보였다. 그 뒤로 곧게 뻗어 있는 아스팔트 도로가 나타났다. 나는 홀로, 도로를 걷기 시작했다. (174~175쪽)

A는 내 곁에 함께했던 유일한 사람이자 지금은 곁에 없는 사람일 것이다. A는 내 삶의 유일한 교사였다. "만일 네가 혼자 남겨지게 되면, 이 계곡을 따라 서쪽으로 걸어가"(172쪽)라고 했던 A의 말을 따라, 곧게 뻗은 도로를 홀로 걸어가는 마지막 장면의 '나'는 그래서 인상적이다. A는 모국어를 잃은 '나'에게 새로운 언어를 가르쳐준 사람이기도 하다. 정확히 말해 A는 법칙의 언어가 아닌 소리를 들려준 사람이다. "나는 A의 목소리

를 음악처럼 받아들였다"(170쪽). '나'는 A와 더불어 어렴풋이 '함께'라는 느낌을 알았는지도 모른다. 그런 A는 지금 '나'에게 몇 가지 불확실한 모습으로만 기억된다. "세상의 많은 일들이 모호한 채로 잊"히고 모호한 채로 기억되기 때문이다. 어떤 기억이 명확하다면 그것은 '말 없음의 상태'에 언어를 덧씌운 결과에 불과하다. "부박한 가능성"에 기대어 서로 다른 법칙을 적용하는 "가정법"(171쪽)이 말장난에 불과하다고 생각했던 '나'에게는, "어제와 같은 오늘을 기록하는" A의 일기가 무슨 의미일지 알 수 없었던 '나'에게는, 흘러가고 있는 현재의 느낌만이 중요했을 것이다. 김유진은 이처럼 모호한 기억과 불확실한 미래를 강조하며 결국 '혼자'라는 현재적 느낌을 묘사해낸다.

「A」의 '나'도 「눈은 춤춘다」의 '나'처럼 "교육의 마지막 결과물"에 도달한 것일까. 함께였다가 혼자가 되는 것, 그 느낌이 결코 언어의 법칙 속에서 확정될 수 없다는 사실을 알게 되는 것, 그것이 모든 인간이 경험하는 최초이자 마지막 감정 교육이 된다. 김유진의 모호한 소설은 이러한 쓸쓸한 '교육'의 훌륭한 텍스트가 된다.

5. 내 마음과 네 마음의 데칼코마니

이제 마지막 소설에 당도했다. 자전소설이라는 타이틀과 함께 발표된 「나뭇잎 아래, 물고기의 뼈」이다. "나는 오랫동안 한 사람의 죽음에 대해 생각했다"(203쪽)라는 문장으로 서두를 떼는 이 소설은 어린 시절 함께 살았던 큰고모의 딸 '선희' 언니에 대한 이야기가 서사의 한 축을 형성한다. 자살한 (것으로 보이는) 선희 언니의 부고와 더불어 '나'는 아버지의 고향인 목포에서 보냈던 유년기를 회상하게 된다. 그 기억 속에는 성격이 "고약"(204쪽)했던 선희 언니도, 고모 집 앞마당의 커다란 무화과나무도, 아버지와 어머니가 운영한 다방도, 불편한 기억으로만 남은 유치원 풍경도 존재한다. 어린 '나'에게 모질게 굴던 선희 언니에 대한 기억과 그녀의 불행한 죽음에 대한 이야기가 이 소설의 뼈대에 해당하지만 사실 「나뭇잎 아래, 물고기의 뼈」라는 서정적 제목의 소설은 어머니에 대한 소설이다. 「바다 아래서, Tenuto」에서 그려진 어머니의 "단단한 눈동자"가 이 소설집을 열고 있다면 「나뭇잎 아래, 물고기의 뼈」에서 묘사되는 어머니의 "단정한" 손이 이 소설집을 닫고 있다.

> 어머니가 타향살이를 하며 느꼈을 외로움과 고독, 공포는 알지 못했다. 어머니는 이방인이었다. 모두가 자신과 다른 억양으로 말하고, 때때로 같은 사물을 지칭하면서도 전혀 다른 단어를 썼다. 먹어본 적 없는 식재료로 만든 반찬이 매일 상에 올랐다. 입맛이 달라, 요리를 못하는 사람으로 오랫동안 오인받았다. 바닷가 마을 사람들과 확연히 다른 어머니의 외모는 장점으로도 작용했지만, 그에 따른 곤란함도 많았다. 나는 청승맞게 땅콩이나 부수고 있는 어머니의 뒷모습을 자주, 오랫동안 보았다. 아무리 일을 해도 손을 늘 고왔다. (213~214쪽)

남편을 따라 아무런 연고가 없는 목포에서 타향살이를 하게 된 어머니는 어린 '나'의 눈에 "이방인"으로 보였다. 아니 어머니의 저 쓸쓸한 모습은 지금의 내 마음이 기억해낸 어머니의 이미지에 불과할 수도 있다. 무엇이 되었든 어머니의 이러한 모습은, 즉 일인칭 화자가 처음으로 거리를 두고 바라본 어머니의 쓸쓸한 모습은, 김유진 소설의 결정적 모태가 되었다 할 수 있다. 이미 몇 해 전에 죽은 선희 언니의 기억이 수면 위로 떠오르게 된 것도 어머니 때문이었다. 갑자기 두통을 호소하며 길 한복판에 주저앉았던 어머니의 "동그란 뒷모습", 그리고 어머니의 머릿속을 찍은 사진에서 보았던 "물고기의 뼈를 닮은 불길한 빈 곳"(217쪽) 때문이었다. "나는 오랫동안 한 사람의 죽음에 대해 생각했다"라는 이 소설의 첫 문장이 예사롭지 않은 느낌을 자아내는 것은 이 지점부터다. "어머니의

과거와 현재를 나의 현재와 미래의 모습과 연관 짓곤 했다"(216쪽)는 '나'
는 어머니의 과거와 현재 속에서 삶의 쓸쓸함과 마주하게 된다. 「바다 아
래서, Tenuto」로부터 「나뭇잎 아래, 물고기의 뼈」에 이르기까지 김유진
의 소설은 최초의 분리 불안이 남긴 두려움에서 시작되어 최후의 작별을
예감하는 두려움으로 마감된다. 언제부터인지를 분명히 기억할 수는 없
지만 누구나의 마음속에 영원히 자리하게 된 황량한 '불모지'를 관찰하고
묘사하기 위해, 아니 어쩌면 제 마음속 '불모지'를 우리에게 고백하기 위
해 김유진의 소설은 쓰여지고 있는 듯하다.

　김유진의 『여름』은 '혼자'라는 느낌을 말로 그려낸다. 말할 수 없는 것
을 보여주기 위해 그는 모든 것을 풍경으로 뒤바꾼다. 김유진의 일인칭
화자들은 관찰을 통해 고백하고 묘사를 통해 진술하며 독자에게 그 마음
이 발견되도록 한다. 이처럼 풍경을 경유한 내면 고백은 말하는 주체로
서 말할 수 없는 것을 드러내는 거의 유일한 방식인지 모른다. 뚜렷한 서
사보다는 모호한 분위기와 섬세한 감각으로 충만한 김유진의 소설은 그
런 점에서 가장 솔직한 소설의 한 사례로 읽힐 수 있다. 『여름』과 더불어
자신의 마음속 복잡한 풍경의 무늬를 하나도 빠짐없이 발견하고자 하는
독자라면 충분한 시간을 확보해야 할 것이다. 김유진이 그려낸 섬세한 마
음의 풍경화에 대해서라면 가까이 보기가 아닌 천천히 보기를 권한다. 내
마음과 네 마음이 데칼코마니처럼 완벽하게 만나는 장면이 『여름』 안에
있다. 천천히 응시하면 보인다. 마음의 불모지를 견디게 하는 '희미한 빛'
이 살며시 스며나오는 아름다운 광경도, 마침내 볼 수 있다.

(김유진, 『여름』 해설, 문학과지성사, 2012)

진짜 긍정의 고통스러운 안쪽
— 정한아론

> 사람들은 문득 눈물을 흘리고,
> 거기서도 음악이 흘러나오는 걸 깨닫게 될 거야.
> 그래서 더 이상 슬퍼하는 걸 두려워하지 않게 될 거야.
> ― 정한아, 「첼로 농장」

활짝 열린 감각으로 껴안은 고통

테리 이글턴은 비극에 관한 어떤 책에서, 비극에는 "대폭발의 비극"만 있는 게 아니라, 희망 없는 음울한 상태가 "몸에 남은 희미한 멍 자국처럼" 지속되는 비극도 있다고 말한다.[1] 예기치 못한 거대한 불행과 영웅적 행위 없이도 비극이 가능하다는 것인데, 그는 이러한 비극의 예를 주로 여성들의 우울한 일상이 그려지는 작품들, 그러니까 유진 오닐의 『상복이 어울리는 엘렉트라』나 에밀 졸라의 『나나』 같은 작품에서 찾는다. 그리고 이렇게 첨언한다. "그들의 전형적 상황은 실패한 행동이 아니라 황폐한 실존"[2]이라고. 더불어 이러한 말도 잊지 않고 적어둔다. 이 '희미하고 지속적인 비극'은 고통을 노골적으로 드러낸 비극 못지않게 무척이나 고통스러운 것이라고. 우리는 이 같은 비극의 예가 될 만한 소설들을 많이 알

---

1) 테리 이글턴, 『우리 시대의 비극론』, 이현석 옮김, 경성대학교출판부, 2006, 42~43쪽.
2) 같은 책, 43쪽.

고 있다. 아니, 2009년 현재, 이곳의 일상을 보여주는 모든 진실된 이야 기들은 대개 이 비극의 범주에 속한다. 지금 우리는 언제 어떻게 생겨났 는지도 모르는 제 자신의 희미한 멍 자국을 응시하며 하루하루를 '살아내 고' 있는 황폐한 실존들이다. 우리 삶은 지속적으로 고통스럽다. 꿈꾸지 않고 적당히 살아가면 이 비극도 견딜 만한 것이 될까?

감각이 깨어 있는 자들은 행복한 감정보다는 고통스러운 감정에 더 많 이 노출된다. 그래서 이들은 대체로 불행하다. 물론 남들은 잘 모르는 일 상의 작은 행복이 이들에게는 있다. 이를테면, 정한아 소설[3]에서 볼 수 있 는 좋은 찻잎에서 느껴지는 "바람, 태양, 흙의 향취"(「마테의 맛」, 119쪽) 가 주는 기쁨이나 "나뭇잎들이 바람에 흔들리는 것을 하루 종일 바라보고 만 있을 때"(『달의 바다』, 119쪽)의 충만함, 혹은 행복한 순간 우리에게 스 며드는 "바람과 물, 솜사탕과 크림의 감촉"(「나를 위해 웃다」, 10쪽) 같은 것들 말이다. 그러나 예민한 사람들은 남들은 절대 모르는 "바늘 끝처럼 뾰족해진"(「첼로 농장」, 73쪽) 아픔을 수없이 많이 껴안고 있기 때문에 행 복해지기가 결코 쉽지만은 않다. 아무 데서나 부딪치고 넘어지고 쉽게 멍 드는데다가 상처도 잘 아물지 않는 사람들이니, 이들에게 행복한 순간은 잠깐이며 대부분의 시간은 고통뿐이라고 해야겠다. 행복이란 오직 둔감 한 사람들만의 것인지도 모른다.

햇빛이 반짝거리는 듯한, 바람이 살랑거리고 바닷물이 찰랑거리는 듯 한 느낌의 소설을 쓰는, 정한아의 삶은 어떨. 그녀는 활짝 열린 감각의 소유자이다.[4] 그녀의 소설을 읽고 있노라면, 우리는 어쩐지 눈이 부시고,

---

3) 이 글은 정한아의 『달의 바다』(문학동네, 2007)와 『나를 위해 웃다』(문학동네, 2009)를 다룬다. 본문에서 인용한 모든 단편은 『나를 위해 웃다』에 수록된 작품들이다. 『달의 바다』 를 인용할 경우 본문에 페이지만 표기한다.

4) 정한아 소설에 등장하는 다양한 감각들의 의미와 그 상상구조에 대해서는 차미령의 글 (「바람에 반짝이는 물은 돌처럼 굳지 않으리—정한아 소설의 상상구조」, 『나를 위해 웃다』 해설)이 섬세하게 짚어주고 있다.

목덜미가 시원해지고, 코끝이 간지러워지는 느낌을 받는다. 온갖 기괴한 이야기들이, '몰랐어? 이게 바로 현실이야'라며 민낯을 들이밀고 우리를 뒤흔들 때, 정한아의 『달의 바다』는 쉬폰 스커트 자락을 팔랑거리듯 산뜻하게 총총 우리에게 다가왔다. 우리들의 황폐한 실존을 따뜻한 상상으로 위로해주는 고마운 소설이었다. 오랫동안 적대했던 인물들이 따뜻한 차 한잔을 마주하고 조심스레 서로의 눈빛을 나누는 듯한 그런 소설. 정한아의 '긍정'의 힘은 바로 그런 것이었다. 철없는 어린 손녀에게 따뜻한 수프를 건네는 할머니 같은, 오랫동안 만나지 못한 딸을 위해 향기로운 잼을 만드는 엄마 같은 소설.

그러나 우리가 오해하지 말아야 할 것은, 정한아가 보여준 삶에 대한 긍정이 호기롭게 잔을 부딪치는 한밤의 술자리 같은 화해가 아니라, 힘든 대화 끝에 어색하게 찻잔을 드는 청량한 오전의 티타임 같은 화해라는 것이다. 무딘 감각으로 모든 것을 다 포용하려는 만용의 긍정이 아니라, 예민한 감각으로 견디고 견디다 마침내 손을 내미는 겸손의 긍정이라는 것이다. 긍정의 완성이 아니라 긍정의 희미한 시작이라는 것. 그러니 "삶에 대한 긍정이 자칫 쉬운 화해로 이어져서는 곤란하다"[5]는 최근 소설의 어떤 경향에 대한 지적에서 정한아만큼은 열외가 되어도 좋을 것이다. 정한아의 인물들은 대체로 활짝 열린 감각으로 뾰족한 고통들을 품어 안은 채 어떻게든 한번 잘 살아보고자 발버둥치는 황폐한 삶의 주인공들이기 때문이다.

"진짜 이야기는 긍정으로부터 시작된다고, 언제나 엄마가 말씀해주셨잖아요?"(161쪽)라고 『달의 바다』의 '고모'는 마지막 편지에서 담담하게 말하고 있지만, 그녀가 거짓말의 편지를 쓰면서 견뎌온 십여 년의 삶과 이제 죽음만을 앞두고 있는 그녀의 심정은 그 누구도 헤아릴 수 없다. 사실 정한아의 소설에서 두드러지는 것은 잿빛 얼굴로 유령처럼 살아가는

---

5) 김형중 외, 좌담 「한국 소설의 현재와 미래」, 『문학과사회』 2009년 봄호, 360쪽.

인물들이다. 그들은 우리를 답답하고 먹먹하게 만든다. 자신의 아픔을 속 시원히 드러내지도 않고 그것을 끝까지 완벽하게 감추지도 않는 그들을 보고 있자면 마음이 편치 않다. 함께 울어버릴 수도 없고 안심하며 웃어 줄 수도 없기 때문이다. 우리가 할 수 있는 일이라고는 그저 그들과 더불 어 나의 눈물을 꾹꾹 눌러 삼키는 일뿐이다.

그럼에도 불구하고 정한아의 회색빛 인물들이 우리에게 연둣빛 희망을 줄 수 있다면, 그것은 그녀가 이 '지속적인 비극'의 상태에서도 '허무'를 경계할 수 있는 작은 마법 하나를 우리에게 조용히 일러주고 있기 때문일 것이다. 그것은 우주 밖으로 날아가버릴 태세를 갖춘 동료의 다리를 힘껏 잡아주는(61쪽) 온기이겠고, 좀더 긍정적으로 말해보자면 자기 삶에 대한 열정이겠다. '고모'가 매일같이 어디론가 보내는 따뜻한 샌드위치 한 박 스이겠고(『달의 바다』), 택시를 모는 귀머거리 할머니가 진동을 통해 즐기 는 음악(「첼로 농장」) 같은 것이겠다. 이 '뜨겁고 평평하고 붐비는' 지구를 아주 잠깐이나마 눈부신 달의 궁전으로 만들어주는 "생각보다 더 깊고, 포근하고, 부드러"(8쪽)운 마법 말이다. 그 마법의 공식은 별게 아니다. 그저 웃고, 노래하고, 춤을 추라는 것. 가족 '같은' 사람들과 함께. 때로는 눈물도 터뜨리면서.

긍정의 조건 하나, 온기와 포용

정한아 소설의 인물들이 황폐한 삶에 처하게 되는 것은 대체로 당한 이 별 때문이다. 아이들은 부모에게 버려지고, 부모는 아이를 잃고, 연인들 은 헤어진다. 소설에서도 현실에서도, 사실 우리는 너 나 할 것 없이 시도 때도 없이 버려진다. 이러한 상실의 기억은 이들에게 최초의 멍 자국을 남긴다. '왜 나야?'라는 억울함은 버려진 사람을 가장 힘들게 할 것이다. 그러나 그나마 다행스러운 것은 이들에게 '가족 같은' 사람들이 있다는 사실이다. 『달의 바다』에서 병든 고모를 미국에 홀로 남겨두고 떠날 일이 걱정인 은미에게 고모의 친구 조엘은 이렇게 말한다. "그녀에게도 가족이 있어"(146쪽). 깨어진 꿈을 담담히 받아들이고 주어진 현실 속에서 성실히 살아가는 미국의 고모에게는 다정한 언니 같은 레이첼과 무뚝뚝한 오빠 같은 조엘이 있다. 부모에게 버려져 거리를 떠돌던 「아프리카」의 '나'에게도 이제는 서로 모닝커피를 챙겨주고 함께 둘러 앉아 훈훈하게 전골을 끓여먹는 집장촌 언니들이 있다. 누구 하나 처지가 나을 게 없지만 끌어안으면 "축축하고 달콤한 냄새"(「아프리카」, 55쪽)가 나는 사람들이 이들 곁에 있는 것이다. 남자친구에게 모욕적으로 이별을 당하고 이스라엘의 협동 농장까지 날아온 「첼로 농장」의 '나'에게도 부드러운 첼로곡을 들려주고 생선 요리를 해주는 동료가 있다. 이들은 서로가 서로에게 바닷가의 투명한 햇살과 따뜻한 모래 같은 휴식을 준다. 이 바닷물 같은 사람들이 서로의 멍 자국을 완벽히 지워주진 못하겠지만, 잠시나마 어루만져주고 지속적으로 치유를 도와줄 수는 있는 것이다.

이들은 서로가 서로에게 가족 같은 사람들이다. 가족은 그런 것이다. 단지 생김새만 비슷하다고 해서 가족이 되는 것은 아니다. 함께 음식을 나누어 먹으며 오랜 시간을 서로 지켜봐준 사람들이 가족이 된다. 배 속에 있을 때부터 환영받지 못했으며 태어나자마자 버려진 「나를 위해 웃다」의 '엄마'도 그러한 가족 같은 사람을 원했을 것이다. "같은자리에서 밥상을 세 번 마주하고 나면" "문을 닫고 자기 방으로 들어가버"(12쪽)리는 "공정"하기만 한 양육자가 아닌 진정한 식구(食口)를 원했을 것이다. 태어나서 한 번도 사람의 온기를 느껴보지 못했고 온기라고는 "누린내 나는 기름기"(15쪽)에 푹 쩐 찌그러진 핫도그나 "버려진 돼지머리"(17쪽)의 그것밖에 모르던 엄마지만, 그녀 역시 사람이 주는 따뜻함이 뭔지 모를 리는 없다. "혐오와 열광을 동시에 받는"(22쪽) 거인 농구선수 엄마를 이용하고자, 사람들이 담요와 율무차를 내밀며 다가왔을 때, 엄마는 그게 바로 이제껏 자신이 바랐던 온기라는 것을 알아차린다. 그게 쉽게 식어버릴 위장된 온기라는 것을 누구나 다 알았지만, 엄마만 그 사실을 몰랐다. 아니 모르고자 했고, 알고 난 이후에도 이전의 삶으로 돌아갈 수는 없었다.

「나를 위해 웃다」는 정한아의 소설 중에서 가장 견디기 힘든 소설에 속한다. 그러나 정한아는 이 엄마의 곁에도 가족을 준다. 연민과 사랑이 뒤섞인 감정으로 엄마를 안았던 농구팀 감독은, "절대로 잊지 않고 찾아오"(28쪽)겠다는 약속마저 지키지 못했지만, 그녀에게 '나'를 남긴다. 이 소설은 엄마의 몸에 막 내려앉은 '내'가 쓰는 엄마의 끔찍한 삶에 관한 이야기이다. 이 비극적인 이야기에서 더욱 빛을 발하는 정한아의 긍정의 힘은, 한없이 착한 아이 같은 엄마의 삶을, 오히려 엄마같이 따뜻한 시선으로 증언해주는 '나'라는 화자의 존재에서 찾을 수 있다. 소설의 설정상 처음부터 '엄마'로 불린 그녀는 원치 않는 존재로 세상에 나와 버려진 그 순간부터 결코 혼자는 아니었던 것이다. 정한아는 이 거인 여자에게 시종일관 '엄마'라는 호칭을 줌으로써 그녀의 처참한 삶을 부드럽게 감싼다.

2미터가 훌쩍 넘도록 자라기를 멈추지 않는 엄마는 이제 비로소 배 속의 '나'와 함께 진정한 온기에 휩싸여 따뜻한 성장을 하게 될는지도 모른다. 자라기를 멈추지 않는 엄마가 "크게 되는 것만은 나의 의지"(32쪽)라고 말하며 자신의 처지를 기꺼이 받아들였던 것은, 따뜻한 성장에 대한 기다림 때문이 아니었을까. 그녀는 '다시' 자라야 하는 것이다. 그러니까 「나를 위해 웃다」가 지닌 긍정의 힘은, 자신을 냉대한 모든 사람들을 용서하는 '엄마'의 것이기도 하지만, 이 '엄마'에게 온기에 휩싸여 다시 자라날 기회를 준 작가의 것이기도 하다. 세상 어느 누구도 완벽하게 홀로 내버려지지는 않는다는 것을 기억하라고, 이 고마운 작가는 살짝 귀띔해준다.

이 소설을 읽은 우리는 괴물 같은 여자의 혹독한 삶만을 기억하며 시종일관 씁쓸해할 수도, 아니면 이 여자의 다른 삶을 상상하며 가까스로 안심할 수도 있다. 그것은 온전히 우리의 몫이다. 이것은 실로 중요한 선택이 아닐 수 없는데, 이 땅에 아무렇게나 내던져진 우리가 과연 어떤 삶을 살 수 있겠는가라는 문제와 직결되는 것이기 때문이다. 어떤 삶을 선택하느냐, 그것은 '죽느냐, 사느냐'라는 절대 절명의 무거운 질문만을 내포하고 있지는 않다. 아니 어쩌면, 우리에게 가능한 선택이란 '행위'에 관한 것이 아니라 오로지 '태도'에 관한 것뿐인지도 모른다. 우리는 지금 '대폭발의 비극'이 아닌 '희미하게 지속되는 비극'으로서의 삶 속에 놓여 있기 때문이다.

긍정의 조건 둘, 자유와 사랑

누구나 자신의 꿈을 이룰 수 있는 것은 아니다. 아니 우리 중 누구도 꿈꾸던 대로 사는 사람은 없다. 그러나 꿈이 깨어진 현실을 어떻게 살 만한 곳으로 만드느냐, 그것만은 전적으로 우리에게 달렸다.

정한아의 긍정은 '꿈은 이루어진다'라는 식의 한없는 긍정이 아니라 꿈이 깨어진 이후의 삶을 받아들이는 태도와 관련된다. 그녀의 상큼한 등단작 『달의 바다』는 바로 "'꿈꿔왔던 것'에 도달할 수 없을 때, (……) 우리는 어떻게 살아야 하는가 하는 문제에 대한 작은 해답 하나를 얻게"(신수정의 심사평) 해주는 소설이다. 10년째 우주 테마센터에서 샌드위치를 만들어 팔면서, 고국의 엄마에게는 우주비행사의 꿈을 이루었다는 거짓말의 편지를 쓰고 있는 고모는, 편지쓰기를 통해 엄마의 삶과 더불어 자신의 삶마저 지켜내고 있는 것인지도 모른다. 이 소설을 읽은 우리는 그녀의 황폐한 삶에 연민을 느끼며 거짓말의 위로에 불만을 품을 수도 있다. 그러나 거짓말의 편지를 쓰고 읽는 과정에서 실제로 모녀의 삶이 어떻게 변화되고 있는가에 주목해야 한다. 저 멀리 이국의 허름한 집에서 보잘것없는 외로운 삶을 살고 있는 병든 고모는 자신이 선택한 삶을 담담히 받아들이고 있다.

실제로 우주비행사들 중 오십 퍼센트 이상이 우울증을 앓는다고 해요. 우주비행사의 일은 정말 끔찍하게 육체를 혹사시키는 일이거든요. 그건 중력을 견디고 돌아오는 일이고, 저지방 우유만 마시면서 한 달을 버티는 일이고, 구십 킬로그램 무게의 우주복을 입고서 돌아다니는 일이에요. 과연 이 일로 무엇을 증명하고자, 에 대한 의문을 갖기 시작하면 그때부턴 아무것도 받아들일 수가 없게 돼요. 방법은 그저 단순해지는 것뿐이죠. 삶을 최소화시키고 내가 할 수 있는 일과 할 수 없는 일을 정확히 분별해서 할 수 있는 일을 해나가는 수밖에 없어요. (……) 우주에 다녀온 뒤 다음 비행을 포기했던 비행사는 지금껏 단 한 명도 없었죠. 그건 인간만이 자기가 선택한 삶을 살기 때문일 거예요. 내가 선택한 대로 사는 인생이죠. 그것마저 없다면 우리의 삶이 무엇 하나 동물보다 나은 것이 있겠어요?

—『달의 바다』, 108~109쪽

불가피한 상황에서 그것을 온전히 자신의 것으로 받아들이는 것이 그 상황을 정말로 사랑할 수 있는 방법이라고 우리는 배웠다. 더불어 그것이 윤리적인 행위라는 것도 우리는 안다. 정한아의 긍정은 바로 그런 것이다. 거짓말과 손쉬운 환상으로 지금-여기의 삶을 기만하거나, 환상과 현실의 낙차 속에서 현실을 더욱 괴로운 것으로 만드는 것이 아니라, 자기 삶에 좀더 충실해지기 위해 환상을 갈고 닦는 것, 그것이 바로 정한아가 우리에게 애써 강조하고자 하는 '긍정'의 맨얼굴이다.

'고모'의 편지가 증명하려는 것은 엄마와 함께 꿈꿔왔던 달나라가 실제로 얼마나 근사한 곳인지, 그리고 그곳을 오가는 자신의 삶이 얼마나 황홀한 것인지에 관한 것만이 아니다. 고모가 말하고 있는 것은 달나라가 "사실 끔찍하리만치 실망스러운"(7쪽) 곳이라는 사실, 우주비행사로서의 일도 실은 무척이나 고통스러운 일이라는 사실, 그럼에도 불구하고 그 모든 것이 자신이 선택한 아름다운 삶이라는 사실이다. 편지를 쓰며 고모는 우주비행사가 되지 못한 삶에 대한 회한을 확인하는 것이 아니라, 우주빌딩에서 샌드위치를 굽고 있는 자기 삶의 의미를 확인하고 있는 것이다.

조카인 '나'와 헤어지기 전 "세상은 언제나 우리가 생각하는 것 이상이야"(145쪽)라고 말해주고 엄마에게 보낸 마지막 편지에서는 "달의 진짜 빛깔이 어떨지 그 누가 알겠어요?"(160쪽)라고 말하는 그녀는 제 자신의 삶이 지닌 여러 빛깔을 여유롭게 응시할 수 있는 자유를 얻은 사람이다.

"단층으로 지어진 목조건물"(77쪽)에서 낡은 물건들에 둘러싸여 살고 있는 고모의 삶이 회색빛으로 보인다면, 그것은 자신의 삶에 대해서조차 자유로울 수 없는 자의 시선에 비친 모습일 뿐이다. 실제로 '내'가 본 고모의 방은 "레이스와 망사, 순면과 호피무늬 인조피혁, 얼룩말이 그려진 베개와 분홍색 새틴으로 된 커튼"(90쪽)으로 꾸며져 있었다. 그 형형색색의 공간에서 "햇빛 사이로 부유하는 먼지들"(90쪽)을 응시한 채 편지를 쓰며 고모가 이해한 삶의 빛깔이 무엇이었는지 우리는 정확히 알 수 없다. 다만 회색빛이 아니었다는 사실만은 알 수 있을 듯하다.

"어떤 빛을 잃"(136쪽)은 사람처럼 보이던 할머니가 "다시 색색깔의 잼을 만들고, (……) 밤이면 창문을 활짝 열어놓고 취한 듯이 하늘을 쳐다보"(136쪽)았던 것도 바로 그것을 알았기 때문이 아닐까. 고모의 편지를 읽으며 할머니가 확인한 것은 고모 삶의 겉모습이 아니라, 딸의 마음속 색깔과 무늬가 아니었을까. "환상과 꿈, 아름다움, 비극, 무지개에 대한 믿음"(52쪽)을 지닌 할머니는 그것을 알지 않았을까. 어디에 있든 얼마나 외롭든, 사랑하는 자신의 딸이 삶을 긍정하는 "자유"(145쪽)를 누리고 있다는 사실을, 그래서 모녀의 삶이 회색빛으로 물들 수는 없다는 사실을 '할머니'는 은연중 느꼈던 것이 아닐까. 그렇게 안심했던 것이 아닐까.

요컨대, 우리가 정한아의 소설에서 읽어야 할 것은 그녀의 인물들이 보여주는 삶에 대한 자유로운 태도가 그들의, 아니 우리의 냉랭한 삶을 몇 도쯤 데워줄 수 있다는 사실이며 우리의 잿빛 삶의 명도뿐 아니라 채도 역시 조금 바꾸어줄 수 있다는 사실, 바로 그것일 것이다. 그러니 우리는 삶의 여러 빛깔들을 건져올리는 그녀의 손놀림을 믿고 따라갈 수밖에 없다. 고모의 편지가 할머니의 삶을 다시 무지갯빛으로 만들어주었듯, 정한아의 이야기들이 우리의 삶을 부드럽게 어루만져줄 것이기 때문이다. 그녀의 손놀림에 주목하자. 편지의 수신인은 바로 우리다.

긍정의 조건 셋, 품위와 균형

정한아의 소설에 자식을 잃고, 버리는 부모만 있는 것은 아니다. 그녀의 소설에는 '낭만'을 가르쳐주는 엄마도, '품위'를 보여주는 아빠도 있다. 이들은 '품위'는 '지키는 것'이지 누군가가 고맙게도 우리에게 '선사해주는 것'은 아니라는 사실까지 몸소 보여준다. 아르헨티나 식 요리 만들기를 즐기는 택시 운전사 아빠도(「마테의 맛」), 열두 평짜리 임대아파트에서 매일 아침 모차르트로 하루를 시작하는 아빠도(「댄스댄스」) 스스로 제 삶의 품위를 지키는 방법을 알고 있는 것이다. 『달의 바다』를 통해 황폐한 삶으로부터의 소극적인 자유가 아닌 건강한 삶을 향한 적극적인 자유를 보여준 정한아는 이제 우리에게 '품위 유지법'까지 일러준다.

> 아버지는 스위스에 있는 신부학교 얘기를 자주 했다. 호숫가에 서 있는 고성(古城)과 그곳에서 생활하는 세계 부호의 딸들 이야기. 아침을 시작하는 부드러운 크루아상 한 조각과 꿀을 타서 마시는 커피, 벨벳으로 만든 자주색 승마복, 날렵한 가죽부츠, 밤색 애마가 좋아하는 각설탕, 고전문학을 주제로 하는 티타임, 삼중주의 실내악, 장밋빛 실크가운, 열린 창문을 통해 보이는 별들……
>
> 아버지는 내가 아주 어렸을 때부터 이 모든 것을 약속했다. 나에게 가장 친절한 어른은 아버지였기 때문에 나는 그의 말을 전부 믿었다. 아버지는 내게 모든 걸 다 잃어도 품위를 잃어서는 안 된다고 말했다. '그것만이 나의 유산이다.' 아버지는 그 말을 하길 좋아했다.
>
> ─「댄스댄스」, 151쪽

「댄스댄스」의 아버지는 소아마비로 한쪽 다리를 절었으나, "대신 키가 컸고 아주 멋진 목소리를 갖고"(153쪽) 있는 사람이었다. 아버지는 '나'에게 호숫가의 고성을 보여주고 싶었다. 그러나 그가 딸에게 해준 것은 별로 없다. 밥을 굶기기가 일쑤였고, 동생을 낳다가 위독해진 엄마를 돌보느라 딸을 고아원에 맡기기까지 했다. 아니, 그럼에도 불구하고 아버지는 딸에게 많은 것을 주었다. 어린 아들에게 수용소 생활을 재밌는 놀이로 경험하게 해준 영화 〈인생은 아름다워〉의 눈물겨운 부성처럼, 아버지는 '나'를 고아원에 맡기면서 "캠프에 간다고 생각해라"(153쪽)라는 말을 잊지 않고 해주었고, 크루아상과 꿀을 탄 커피는 아니지만 매주 초코볼 두 봉지를 가지고 찾아와주었다. "무도회와 진주, 나이트 드레스는 점점 더 희미하게 멀어져갔"(153쪽)지만 크리스마스이브 때는 단단히 봉한 상자 속에 손수 자른 종이인형들을 가득 담아 가져다주기도 했다. 아버지는 '나'를 "공주님"이라고 불러주는 것도 잊지 않았다. 그런 아버지에게서 딸이 배운 것은 무척 많다.

"계란프라이를 공중에 띄웠다가 미뉴에트의 리듬에 맞추어 사뿐하게"(156쪽) 받아내는 아버지의 손놀림, 보풀이 잔뜩 일어난 엄마의 베이지색 투피스 위로 "밤색 머플러"(158쪽)를 둘러주는 아버지의 손길, 그것은 『달의 바다』의 '고모'가 자신의 엄마를 위해 편지를 쓰던 그 손길, 그리고 서울의 엄마가 딸을 위해 잼을 만들던 그 손길과 다른 것이 아니다. 그것은 피폐한 자신의 삶을 가까스로 아름다운 것으로 지켜내고자 하는 안간힘이고 타인의 안간힘까지도 존중하려는 공정함이다. 직장 상사에 대한 연정이 엄마의 삶에 봄날의 노란 아지랑이처럼 피어났을 때, 아버지는 묻지도 따지지도 않고 말없이 엄마의 어깨를 만져주었다. 자기 삶의 낭만과 품위는 스스로 가꾸고 지켜내야 한다는 자존감으로 아버지는 자신의 삶뿐만 아니라 가족의 삶까지 보호했다.

아버지가 딸에게 물려준 것은 자신의 타고난 성정(性情)이 아니라, 어떠한 순간에도 그 성정을 지켜내려는 균형 잡힌 삶의 태도이다. 한쪽 다리를 저는 아버지가 엄마를 태우고 "균형 잡힌 춤처럼"(174쪽) 자전거를 몰고 가는 모습처럼 말이다. 그 균형은 노력 없이 이루어질 수 없으며, 그 노력 끝에 비로소 자기 삶의 품위를 스스로 지킬 수 있게 된다는 아버지의 유산을 딸은 "아주 소중하게 간직"(174쪽)한다. 아버지는 딸에게 무척 많은 것을 준 것이다.

「마테의 맛」의 아버지도 다르지 않다. 이 아버지도 가족에게 "붉은 벽돌에, 발코니가 딸린 집을"(103쪽) 약속하고 아르헨티나 이민행을 추진했었다. 그러나 얻은 것은 마테 차의 향일 뿐, 잃은 것이 너무나도 많았다. 불의의 사고로 동생을 잃었으며, 4년간의 이민 생활은 가족에게 상처만 남겼다. 남은 세 가족은 제 나름의 방식으로 상처를 덮어버리려는 듯, 각자의 일에 몰두하며 고단한 삶을 살아가고 있다. 아버지는 종종 아르헨티나 식 요리를 하고 마테 차를 끓이는 방식을 택했다. 작은 기대가 실망으로 끝난 어느 날, 딸은 아버지의 택시에서 그가 따라주는 마테 차를 마시며 경직된 몸을 녹인다. 그리고 아버지의 말을 듣는다. "좋은 차는 요리의 맛을 지우지 않고 하나로 만들어"(120쪽)준다는 말을. "미처 느낀 적 없었던 시간, 장소에까지 가 닿"(119쪽)게 해준다는 말을. 아버지의 마테 차는, 그때-그곳의 상처도, 지금-여기의 고단함도, 그리고 미래에 올 실망까지도 매만져주는 매개로 작용하는 것이다. 아마도 그 향기 속에는 아버지가 보여주는, 그리고 성숙한 딸이 이미 간직하고 있는 삶의 지혜가 담겨 있을 것이다. 정한아는 이 이국적인 이름의 차를 소개하며 마테 향의 마법까지도 우리에게 보여주고 있다.

정한아의 아버지들은 대체로 따스하다. 그래서 낯설다. 이제껏 우리는 아버지와 적대 혹은 연민의 감정으로만 만나오지 않았던가. 무조건 군림하려는 아버지는 분노와 조롱의 대상이었고, 가족들을 보호할 수조차 없는 아버지들은 연민을 자아냈다. 정한아가 보여주는 아버지들은 절대 군림하지 않으며 더불어 연민도 거절한다. 그리고 딸들과 자연스레 연대한다. 이러한 아버지는 어쩌면 딸들의 로망일지도 모른다. 물론 종이인형이 아닌 진짜 고성을 보여줄 수 있다면 더없이 완벽하겠지만 말이다. 정한아가 보여주는 아버지들은 그녀의 인물들이 황폐한 삶 속에서도 소중하게 갈고 닦는 거짓말의 위로처럼 완전하지는 않지만 가능한 한 가장 훌륭한 모습을 띠고 있다. 가난하고 무능하지만, 절망보다는 희망을, 과거보다는 현재를, 그보다는 미래를 사랑하는, 그리고 자신의 삶과 더불어 타인의 삶까지 품위와 여유로 보듬는, 가장 바람직한 가장들인 것이다. 물론 그들을 긍정적으로 보아주는 성숙한 딸들의 시선이 없었다면 우리가 이처럼 멋진 아버지들을 만나보기는 힘들었을 것이다. 그 감각은 온전히 1982년생 정한아로부터 가능해진다.

긍정의 조건 넷, 인내와 다짐

재즈를 즐기고 모차르트의 선율에 맞춰 계란 프라이를 뒤집는 아버지의 존재도 소중하지만, 사실 정한아의 소설에서 가장 의미 있는 가족 관계는 엄마와 딸, 혹은 할머니와 손녀의 관계이다. 『달의 바다』와 「나를 위해 웃다」에서 확인했듯, 그녀들 사이에는 낭만의 기류와 더불어 온기가 흐른다. 이러한 여성적 연대 안에서 어떤 정치적 의미를 읽어내려한다면 그건 조금 애매하긴 하다. 일단 이들은 불완전한 모계이다. 할머니들은 주로 외할머니가 아닌 친가 쪽 할머니들이며 심지어 친할머니가 아닌 경우도 있다. 정한아의 소설에는 적대 관계를 이루는 인물들이 거의 등장하지 않는다. 그러니 그녀 소설의 여성적 계보 역시 외부에 대한 적대를 드러내기 위한 것이라고 생각하기는 힘들다. 그저 긍정의 연대쯤으로 생각해야 할 것이다. 아버지에게서 품위의 아름다움을 배운 딸들은, 할머니로부터 이제 인내의 의미까지 배운다. 정한아에게는 춤추며 요리하는 멋진 아빠도, 흐느끼듯 노래하며 모과주를 홀짝이는 더 멋진 할머니들도 있다.

이 할머니들도 여느 할머니들과 크게 다를 바 없이 희생적인 삶을 살아온 인물들이다. 「의자」의 할머니는 오랫동안 병든 할아버지를 돌보느라 "늘 고단했"(127쪽)고, 「휴일의 음악」의 할머니는 자신을 떠난 남편이 남긴 손녀들을 기꺼이 양육했다. 여자로서의 삶은 그녀들에게 없었을 것이다. 그야말로 황폐한 실존이었을 것이다. 방학 때마다 할머니의 집에 갔던 「의자」의 '나'는 할머니와 보냈던 시간들을 "공기의 질이 달라지는 것과 어둠의 농도가 짙어지는 것"(127쪽)으로 기억한다. 그녀들은 가슴에 눈물을 머금고 유령 같은 삶을 살았다. 아닌 게 아니라, 부모의 죽음도 가짜 할머니도 인정할 수 없었던 「휴일의 음악」의 어린 자매들은, 할머니를 "없는 사람"(222쪽) 취급하거나, "할머니한테 화가 날 때마다, (……) '엄밀하게 말하면 이 노파는 나의 할머니가 아니다'"(223쪽)라고 생각하기도 했다. "내 삶은 늘 어딘가 텅 비어 있었"(230쪽)다고 말할 만큼 그녀들은 스스로도 자기 삶의 의미를 찾기가 힘들었다.

몸이 아프거나 잠이 오지 않을 때, 오래전 얼룩졌던 감정들이 희미하게 되살아날 때, 할머니는 찬장의 모과주를 홀짝댔다.

그리고 노래를 불렀다. 귀를 기울여 듣지 않으면 울음이라는 것을 알아채지 못할 만큼 잔잔하고, 가는 목소리였다. 노랫소리가 들리면 어쩐지 할머니가 낯선 사람처럼 느껴졌다. 내가 알 수 없는 감정, 시간, 과거가 그 안에 있었다. 그때마다 온 세상이 낯설어져서 나는 머리 위로 담요를 뒤집어쓰곤 했다.

―「휴일의 음악」, 225쪽

할머니는 하루의 일과가 끝나면 나를 거실로 불러 우유와 과자를 내주었다. 그리고 자신은 의자에 앉았다. 거기에서 책을 읽기도 하고, 뜨개질을 하기도 하고, 담요를 두르고 앉아 차를 마시기도 했다. 스르륵 잠이 들 때도 있었다. 나는 할머니를 멀뚱멀뚱 바라보다가 한숨을 내쉬며 방으로 들어갔다.

—「의자」, 127쪽

비슷한 시기에 씌어진 「휴일의 음악」과 「의자」는 구조가 거의 같다. 이 두 편의 소설에서도 두 개의 서사를 엮어내는 정한아의 익숙한 패턴이 지속된다. 이른바 할머니의 죽음 같은 침묵과 울음 같은 노래가 버겁기만 했던 손녀가, 이제 가까스로 할머니 삶의 안쪽을 들여다보게 되는 이야기이다. 할머니의 삶을 이해할 만한 여유가 생긴 것일까. 사실 타인의 삶을 들여다볼 수 있는 여유는 아이러니하게도 자기 삶의 불행으로부터 오는 경우가 많다. 어디로 닿을지 알 수 없는 캄캄한 터널 속을 지나고 있는 듯한 느낌이 들 때, 우리는 그때야 비로소 타인의 삶을 기웃거리게 된다. 당신들은 어떻게 살아내었는가, 문득 그것이 궁금해지는 것이다. 물론 우리가 그들의 삶에서 기대하는 것은 해피엔딩이라는 모범 답안이다. 그게 아니더라도, '그래도 살 만했다'라는 증언이 돌아오기를 기대한다. 지금 내가 가고 있는 길이 잘못된 길은 아니라는 어떤 약속을 얻고 싶은 것이다.

「의자」를 읽어보자. "'전처 자식은 불씨 같은 거야'"(128쪽)라는 엄마의 말을 뒤로하고, "그애는 (……) 애엄마가 죽을 때 함께 죽은 셈이야"(136쪽)라는 예비 시어머니의 말을 뒤로하고, "이상한 부채감"(125쪽)을 느끼게 하는 "무표정한"(135쪽) 남자와 결혼을 하려는 '나'는, 할머니의 "의자"를 찾고 있다. 할머니가 대부분의 시간을 보냈던 그 의자가 할머니의 지난 삶에 대해서도, 지금 '내'가 선택한 삶에 대해서도 무언가 말을 해줄 것 같기 때문이리라. 그녀가 알게 된 것은 할머니의 혼수품이었던 그 의자가 누군가 "정신의 결을 반대방향으로 바꾸는 것과 같"(142쪽)은 노력으로 만들어 선물한 것이었다는 사실이다. 할머니는 평생을 그 의자에 앉아 의자를 만든 사람의 슬픔과 인내로부터 위로를 받으며, 자신의 먹먹한 슬픔을 다독이고 자기 삶의 의미를 가까스로 찾아내고자 했을 것이다.

　처음에 할머니는 그저 지친 몸으로 의자에 앉아 있었다. 하지만 이제 할머니는 보다 또렷해진 모습으로 매번 다르게 떠오른다. 할머니는 심심할 때 의자에 앉아 책을 읽는다. 화가 나면 의자에 곧게 앉아 분노를 삭인다. 온몸이 축 처질 땐 의자에 파묻힌 듯 기대어 눈을 감는다. 비가 오면 의자에 앉아 창밖을 바라본다. 그리고 지금 할머니는 대답을 하는 듯한 표정이다.
　할머니는 오래된 질문에 대답하듯 의자에 앉아 있다. 나는 의자에 앉을 때 몸에 스며드는 느낌을 고스란히 떠올릴 수 있다. 편안함과 부드러움, 기쁨, 그리고 조금의 슬픔.

—「의자」, 148쪽

　할머니의 '의자'가 대답해주는 것은 그런 것이다. 역시나 누구나의 삶에는 자기만의 "편안함과 부드러움, 기쁨, 그리고 조금의 슬픔"이 함께한다는 사실. 할머니의 삶도 그러했다는 사실. 그리고 '나'의 삶도 그러할 것이라는 사실. 우리는 이 소설에서만큼은 정말로 가까스로 자신의 삶을 끌어안아보고자 하는 어떤 안간힘을 만난다. '나'는 지금, 할머니의 지난 삶도 충분히 의미 있는 것이었다고 마음대로 각색하며, 미래에 만나게 될 내 삶의 슬픔과 허무를 외면하려는 것은 아니다. 뒤늦게 할머니의 슬픔과 눈물을 아주 조금 이해해보며, '나'의 불안한 현재와 황폐한 (것이 될지도 모르는) 미래의 눈물을 담담히 받아들이려는 것이다. 그럼에도 불구하고 가지 않을 수 없는 그 길을 가려는 것이다. "감촉이 부드러워서 손을 뗀 뒤에도 간지러운 느낌이 남"(145쪽)는 머리카락을 가진 그 아이와 함께. 할머니가 홀로 견딘 삶, 그것은 과연 옳은 삶이었을까. 지금 '내'가 가려는 그 길은 과연 또 옳은 길일까. 정답은 아무 데도 없다. 그럼에도 불구하고 갈 수밖에 없다는 사실만이 진실이다. 어린 손녀는 할머니에 대한 희미한 기억을 통해, 이처럼 지독한 삶의 진리를 또렷하게 깨우치는 중이다. 이 소설에서 보여주고 있는 '긍정'은 정한아의 것 중에서 가장 무겁고도 솔직한 것에 속한다.

긍정의 기원, 땀과 눈물

근작으로 올수록 정한아의 소설은 무겁게 가라앉는 듯한 느낌이다. 피곤한 현실을 가로지르는 방법을 일러주기보다 그 피폐함 자체를 드러내는 데 주력하는 듯도 하다. 좀더 신중한 태도로 현실에 밀착하려는 것일 텐데, 이 미세한 변화가 이제껏 고수해왔던 '긍정'의 기원을 보여주기 위한 것인지, 아니면 '긍정'에 대한 작은 회의를 고백하려는 것인지는, 잘 따져보아야 할 것이다.

「천막에서」와 「첼로 농장」은 가장 최근에 쓰여진 자매소설이다.[6] 이 소설의 주인공은 각각, 중국의 한 방수포 공장에 취직이 되어 한국을 떠난 남자와, 이스라엘의 협동 농장 키부츠에 들어와 있는 여자이다. 수개월째 그곳에 기거하고 있는 이들은 떠밀리듯 그곳에 흘러들어왔다는 점이, 그러니까 일종의 도피처로서 그곳을 택했다는 점이 유사하다. 이국으로의 '떠남'은 정한아 소설에서 자주 보아온 테마이지만, 「마테의 맛」의 아르헨티나 이민은 물론이거니와 『달의 바다』의 고모도 떠날 때는 혼자가 아니었다는 점을 상기한다면, 이 두 편의 소설에서 그려지고 있는 '떠남'은 색다르다. 그들은 지금, 홀로, 갑작스럽게, 낯선 곳에 와 있다. 이들에게는 모차르트를 들려주고 차를 끓여주는 아버지도, 회색빛의 얼굴로 그들 곁

---

6) 정한아의 첫 소설집 『나를 위해 웃다』에는 유난히 짝을 이루는 소설들이 많다. 「마테의 맛」과 「댄스댄스」가, 「의자」와 「휴일의 음악」이, 그리고 「천막에서」와 「첼로 농장」이 여러 가지 유사한 설정들을 공유한다. 게다가 이처럼 짝을 이루는 소설들은 발표 시기도 겹친다. 정한아가 자신의 작품 세계를 매우 체계적으로 일구어나가고 있다는 느낌을 준다.

을 지키는 할머니도 없다. 이 남자와 여자는 낯선 곳에서 낯선 사람들과 어울려 일에 몰두하고 있다. "모든 걸 다 소진"(「첼로 농장」, 67쪽)하기로 작정한 사람들처럼.

언니는 내가 충분히 울어야 한다고 했다. 그래야 다시 먹고, 말하고, 움직일 수 있다고. 한동안 나는 아무 생각도 할 수 없었다. 내가 누구인지, 무엇을 해야 하는지 온통 뿌옇기만 했다. 나는 배앓이를 하는 사람처럼 몸을 웅크리고 오랜 시간 한자리에서 일어나지 못했다. 언니는 일 년치 휴가를 모두 모아서 나와 함께 터키 여행을 떠났다. 일주일간의 여행이 끝날 즈음 언니는 고개를 가로저으며 소리를 질렀다.
"너는 지금 꼭 마네킹 같단 말이야. 뭘 봐도 놀라지도, 웃지도 않고. 이러면 네가 지는 거야. 모르겠어?"

— 「첼로 농장」, 66쪽

'나'는 무엇을 하고자 이곳에 왔는가. "마음이 다 했다"(73쪽)는 말의 일방적인 이별 통보를 받았고, 찾아간 그의 집에서 잡상인 취급마저 당한 '나'였다. 언니와의 여행도 이별을 받아들이기엔, 그리고 뻥 뚫린 마음을 달래보기엔 역부족이었을 것이다. '나'는 먹지도, 말하지도, 아니 심지어 울지도 않았으니까. '나'는 내내 "내 존재가 거추장스러웠다"라고 느낀다. 그래서 여행 끝에 만난 사람들을 따라 충동적으로 이스라엘로 온다. 몰두할 일이 필요했을 것이다. 그렇게 이별의 고통을 잊어보고자 했는지도 모른다. 그러나 힘겨운 육체노동 뒤에 오는 "온몸이 들뜬 것 같은 부유감"(68쪽)도, 동료들과의 파티에서 마신 "현기증이라고 불리는 환각제"(73쪽)도 "감각이 예민해질 뿐"(73쪽) 이별의 고통을 완전히 없애주지는 못한다. '나'는 물 먹은 솜처럼 무겁게 가라앉아 있지만 감각만은 예민하게 깨어 있는 상태로 부유하고 있는 것이다. 농장의 햇살과 열기 속에서 "차르륵 차르륵, 스프링클러 돌아가는 소리"(65, 73쪽)가 그녀의 귀를 자극한다.

키부츠 농장에서 그녀는 제 몸을 소진하는 노동 속에서도 '그'의 존재를 말끔히 지우지 못한다. 오히려 그곳에서 그녀가 한 일은 문득문득 자명한 감각으로 떠오르는 기억을 지켜보며, 뒤늦게 홀로 천천히 이별의 수순을 밟아나간 일이다. "내가 누구인지, 무엇을 해야 하는지"에 대해 희미하게나마 대답을 찾아나간 일이다. "수없이 흘린 땀을 이제야 비로소 눈물로 뒤바꿀 준비를 하면서.

> "그곳에서는 세상에서 제일 아름다운 첼로 소리가 들릴 거야. 아침이면 새들이, 저녁이면 물고기들이 그 소리를 듣고 모여들 거야. 모든 사람들이 물처럼 흐르는 음악을 들을 수 있을 거야. 사람들은 문득 눈물을 흘리고, 거기서도 음악이 흘러나오는 걸 깨닫게 될 거야. 그래서 더이상 슬퍼하는 걸 두려워하지 않게 될 거야."
>
> ─「첼로 농장」, 90~91쪽

살아가는 일이 끝이 보이지 않는 터널을 지나는 것 같다고 말했던 동료 '유진'은 친절하게도 이제 이렇게 말해주고 있다. 눈물에서도 음악이 흘러나온다고. '나'는 이제 두려움 없이 눈물을 흘릴 준비를 하고 있다. 슬픔을 슬픔으로 받아들일 자세를 취하고 있다. 가슴속에 먹먹하게 쌓아두었던 눈물을 터뜨리는 것, 그것은 시작에 불과할 것이다. 그것은 "끝의 시작"(83쪽)이지만 결국 긍정의 시작이기도 하다. 우리는 상상할 수 있다. 『달의 바다』의 고모가 거짓말의 편지를 쓰기까지, 그리고 「댄스댄스」와 「마테의 맛」의 아버지들이 음악에 맞춰 요리를 하게 되기까지, 그리고 할머니들이 허밍을 하게 되기까지, 아마도 이러한 과정을 거쳐왔을 것이라고. 땀을 흘리며 삼켰던 슬픔을 마침내 눈물로 토해내는 끔찍하게도 아픈 과정을 분명 거쳤을 것이라고. 정한아는 지금 '긍정의 기원'으로 돌아가고 있는 중이다. "끝의 시작"은 결국 끝의 완성이 될 것이며 결국 또다른 시작의 시작으로 이어질 것이라고, 그녀는 말하고 싶은 게 아닐까. 음악은 눈물로부터 시작된다는 것을. 그렇기 때문에 더할 수 없이 아름다운 것이라는 사실까지도.

우주복의 무게를 견디며, 디스코를

정한아의 『달의 바다』는 '문학동네작가상' 수상작이다. 수상소감을 보면 이런 구절이 나온다. "원고가 잘 써지면 방에서 나와 디스코를 추고 조용히 들어갔다." 상상해보면 웃음이 절로 나오지만 젊은 작가의 결연한 의지가 느껴지는 대목이 아닐 수 없다. 그녀가 다시 들어간 방에는 또 어떤 고통이 기다리고 있었을까. 그리고 그녀는 또 어떤 표정으로 방을 나와 춤을 추게 될까. 이 구절 속에는 어쩐지 정한아 소설의 전부가 들어 있는 듯도 하다. 그녀의 소설에서는, 이제 막 슬픔을 제 자신의 것으로 껴안으려는 사람의 얼굴도, 그 고통을 말없이 응시하는 사람의 얼굴도, 그 과정을 모두 통과하고 나와 조용히 노래하고 춤추며 희미하게 미소 짓는 사람의 얼굴도 볼 수 있으니까 말이다. 소설을 읽는 우리는 정한아의 '긍정'이 이토록 험난한 과정을 통해 가까스로 만들어진 소중한 것임을 알아야할 것이다. 그녀의 소설은 섬세한 감각으로 껴안은 고통 속에서 울고 웃으며 쓴 소설이다. 달 표면의 끔찍함과 우주복의 무게를 견딜 때에라야 비로소 자기만의 달을 가질 수 있다고 우리에게 속삭여주는 소설이다. 우주복의 무게로 쓰는 소설, 그래서 믿을 수 있는 마법, 이 모든 것이 정한아의 긍정의 힘으로부터 나온다. 이제, 독자의 공감은 춤추는 그녀에게 훌륭한 음악이 되어줄 수 있을 것이다.

(『문학동네』 2009년 가을호)

부르주아 범죄소설의 재발견

─ 정이현의 『너는 모른다』 읽기

1. '포스트─진정성 체제'의 부르주아 범죄소설

정이현 소설에 붙는 태그는 다양하다. 칙릿, 도시소설, 강남소설, 부르주아소설 등. 이 다채로운 꼬리표들은 그동안 정이현 소설이 일궈온 적지 않은 성과를 환기한다. 40만 부 이상 팔려나간 『달콤한 나의 도시』(문학과지성사, 2006)는 백영옥과 이홍 등 후배 작가의 자매소설과 더불어, 패션지와 일본 소설을 즐기던 젊은 여성 독자들을 우리 소설 앞으로 불러들인 어떤 '기원'이 되기도 하였다. 뿐만 아니라, 정이현이 무심하게 뱉어놓은 저 화려한 고유명사들, 이를테면 압구정 현대백화점, 야마모토 스시, 렉서스, 타사키 지니아, 에르메스, 버버리 칠드런 같은 브랜드 네임들은, 럭셔리 잡지가 아닌 본격소설로부터도 부르주아 사생활의 취향과 습속을 읽어낼 수 있을 정도로, 이들의 생활방식이 우리 사회에 전면화하였음을 상기시키는 대목이기도 하였다. 휘황한 고유명사들을 활용하며 그녀가 펼쳐 보인 풍부한 세부 묘사와 결정적 에피소드들로 인해, 우리는 "부르주아라는 추상적 집단 한가운데를 흐르는 미시적인 삶의 실핏줄들을 확보하게 되었"[1]던 것이다.

정이현의 출현을 두고 "이제 정말 '2000년대적인' 문학이 시작된 것일
까?"[2]라며 설레는 마음을 드러낸 평자도 있었거니와, 과연 정이현은 여러
모로 2000년대 이후 등단한 작가들의 큰언니뻘 되는 작가라 할 만하다.
2000년대의 첫 10년을 이미 다 보낸 지금, 성급하게 '2000년대적 문학'
의 계보를 그려볼 수 있을 텐데, 그 지형도에는 분명 정이현으로부터 뻗
어나간 줄기들이 있는 것이다. 우리는 정이현을 이 시대의 속물적 욕망을
무척 자연스럽고 또 우아한 형태로 표출한 '포스트-진정성 체제'[3]의 첫
주자로 기억한다. 자본이라는 외부 권력과 투쟁하기보다는 어떠한 수치
나 갈등도 없이 오히려 거기에 자연스럽게 적응해버리는 속물들을 그려
낸 정이현에게는 시대의 변화를 간파하는 날카로움이 있었던 것이다. 우
리는 정이현의 소설을 통해, 신자유주의시대의 삶 속에서는 체제와의 불
화가 쉽지 않고 자기 삶의 기율을 스스로 정하는 주체적 삶도 더이상 가
능하지 않다는 것을 확인하게 되었다. 2000년대 이후 등단한 많은 작가들
이 새로운 스타일의 실험에 몰두하거나 현실의 삶에 대한 따뜻한 긍정의
태도를 보여준 것은, 정이현이 묘파한 '포스트-진정성 체제'의 삶을 전제
로 했을 때 가능한 것들이 아니었을까. 진정성의 윤리가 불가능한 시대적
조건을 미학적 진정성으로 해결해보려는 안간힘이나, 불가피한 삶의 조

---

1) 신수정, 「뉴 밀레니엄 시대 부르주아 사생활의 재구성」, 『문학동네』 2009년 가을호, 430쪽.

2) 이광호, 「그녀들의 위장술, 로맨스의 정치학」, 『낭만적 사랑과 사회』 해설, 문학과지성사,
2003, 249쪽.

3) 김홍중과 심보선의 용어이다(김홍중, 「진정성의 기원과 구조」, 『마음의 사회학』, 문학동
네, 2009, 20쪽). 진정성(autenticity)이란 참된 차아를 실현하는 것을 삶의 미덕으로 삼는
태도이며, 따라서 '진정성의 윤리'란 "외부로부터 부과되는 사회적 역할과 고유한 욕망 사
이에서 형성된 간극을 적극적으로 극복하고자 하는 근대적 주체의 자기 통치 기획의 한 양
태"(19쪽)로 정리된다. 김홍중에 따르면 1997년 외환위기 이후 모든 것이 '생존'의 문제로
집약되는 한국 사회는, 더이상 진정성의 윤리가 작동하지 않는 '포스트-진정성 체제'로 돌
입했다고 할 수 있다. '생존'의 문제가 제1원리로 되어 있는 삶에서는 자본이라는 외부 권
력과의 투쟁도, 자기 삶에 대한 반성적 성찰도 가능하지 않다.

건을 어떻게든 긍정해보려는 또다른 안간힘은, 정이현의 솔직함 이후에 혹은 그와 동시에 나타났다고 할 수 있다.

'방배동 서래마을 하이밸리'를 배경으로 초등학생 '유지'의 실종 사건을 풀어나가는 정이현의 두번째 장편소설 『너는 모른다』(문학동네, 2009)도 이제껏 정이현의 소설이 보여준 풍경들과 많이 겹친다. '서래마을'이라는 구체적인 공간 때문이다. 그곳은 어떤 곳인가. 몇 해 전 프랑스인 부부의 집에서 냉동 유기된 영아 사체가 발견됨으로써 세간의 이목을 집중시키기도 했던 서래마을은 '한국 안의 작은 프랑스'라는 식의 고급스러운 이미지를 자랑하는 동네이다. 『너는 모른다』의 사설탐정 문영광이 찾아들어간 부동산중개소에서도 "뭐랄까, 예술적이에요. 요 너머에 바로 서울프랑스학교도 있잖아요"(130쪽)라며 다소 희한하게 그곳을 소개한다. 서래마을을 중심으로 유지가 다니는 사립 초등학교에서부터 "서초동에 있는 국립예술대학"(310쪽)의 영재학교에 이르기까지, 유지 가족이 사는 동네에서는 '왠지 모를' 예술적 분위기가 강조된다. 이러한 분위기는 장기밀매업자 김상호의 검은 돈과 화교 출신 엄마 진옥영의 비밀스러운 여행, 그리고 이복남매 혜성과 유지의 외로움을 위태롭게 에워싸는 배경으로 작용한다. 이러한 공간적 특수성을 생각한다면 『너는 모른다』에 대해서도 이제껏 정이현 소설을 바라보던 특정한 관점을 무리 없이 적용시킬 수 있다.

그러나 우리는 이제껏 '강남'이라는 공간을 다루는 정이현의 시선이 매우 객관적인 것이었다는 사실을 기억해야 한다. 『낭만적 사랑과 사회』의 「트렁크」나 「소녀시대」 같은 단편뿐 아니라, 『오늘의 거짓말』(문학과지성사, 2007)에 실린 「어금니」나 「어두워지기 전에」 같은 단편에서도 정이현은 늘 조금 서늘했다. 왜일까. 작가의 의도를 묻기 전에 작품의 효과만을 두고 생각해보자면, 정이현 소설에 자주 출몰하는 '범죄'와 '사고'라는 모티프를 지적해볼 수 있다. 사건이 일어나기까지의 과정을 시간별로 쪼개 서술하는 「트렁크」나, 참고인 진술서를 소설로 변형시킨 「순수」(이상 『낭

만적 사랑과 사회』), 그리고 청소년 보호시설에서 일어난 자살 사건의 전
모를 파헤치기 위해 주변 인물을 탐문하는 형식으로 쓰여진 「빛의 제국」
(『오늘의 거짓말』)도 범죄추리물의 구조를 적극적으로 따르고 있다. 이외
에도 정이현의 작품에서는 갑작스럽게 일어난 미스터리한 '사고'를 중심
에 두고 이야기가 전개되는 경우가 흔하다.

그렇다면 정이현 소설에 붙일 수 있는 태그가 '부르주아 사생활의 재구
성'일 뿐이라면 조금 허전할 수도 있겠다. '범죄의 재구성'을 추가해보면
어떨까. 정이현이 '강남'이라는(혹은 도시라는) 공간의 새로운 습속에 대
해 냉담한 태도로써 균형잡힌 시각을 유지하고 있다고 느껴졌던 것은 이
두 가지 '재구성'의 역할 때문이 아니었을까. 정이현 소설은 종종 추리 서
사를 취해 특정 공간의 비밀을 폭로하는 이야기를 만들어내곤 했다.『너
는 모른다』에서는 이 두 가지 태그가 폭발적으로, 그렇지만 아주 자연스
럽게 만나고 있는 듯하다. 세련된 분위기와 더불어 이제 섬뜩한 이미지마
저 지니게 된 '서래마을'이라는 장소를 택한 것도 결정적이었다는 생각이
든다. 폐쇄적인 공간을 배경으로 하는 미스터리 장르는 그 공간의 은밀한
진실을 내파(內波)하는 형태로 이야기가 전개되곤 한다는 사실을 상기하
며, 더불어 '범죄의 재구성'에 관한 정이현의 편애가 등단 이후로부터 갈
수록 강화되고 있다는 점을 고려하며, 이제『너를 모른다』를 통해 정이현
이 마련한 새로운 질문과 해답을 찾아보자.

2. 모든 용의자가 범인이다―'비밀'에 대하여

특정한 범죄 사건이 중심에 놓이는 미스터리 장르에서 독자가 기대하
는 것은 정서적 감동보다는 지적 만족이다. 이야기 구조상 독자들의 관심
이 항상 마지막 부분에, 즉 누가 범인인가를 확인하는 데로만 쏠리기 때
문이다. 히치콕은 이런 이유로 미스터리소설을 꺼렸다고 한다.[4] 예기치
못한 사건으로 인해 일상이 잠시 정상적인 궤도로부터 탈구되었다가 다

시 제자리로 돌아오는 이야기에서는 어떠한 정서적 충격도 느끼기 힘들다고 생각했기 때문이다. 범인은 은폐하고 탐정은 찾으려 하고, 마찬가지로 작가는 감추고 독자는 밝히려 하는 이 같은 수수께끼 구조 속에서, 독자가 발휘할 수 있는 '앎에의 열정'은 어느 정도 한정되어 있다. 독자는 스스로 질문을 만들 권리가 없으며 심지어 해답을 찾지 않을 권리도 없다. 질문도 해답도 모두 작가가 미리 마련해놓고 있기 때문이다.

'유지'의 실종 사건으로부터 시작되어 결국 유지(로 추정되는 아이)가 돌아오는 것으로 끝나는 『너는 모른다』는 추리 서사의 기본 틀을 갖추고 있다. '유지는 어디로 갔을까'라는 질문을 붙들고 독자들은 호기심 어린 눈으로 작품을 읽어나가게 되는 것이다. 유지의 실종 사건을 자기 삶의 흠과 연결시키는 가족들의 불안과 자책에서 어느 정도 실마리를 찾기도 하고, 약간은 비정하고 약간은 어설픈 사설탐정 '문영광'이 수집한 팩트들을 통해 나름의 의심과 확신 들을 적절히 조정해가면서 말이다. 이처럼 『너는 모른다』의 독서 과정이 추리물의 그것과 일치하는 점이 분명 있지만, 그렇다고 해서 이 소설을 범인과 탐정, 그리고 작가와 독자의 두뇌 싸움이 전면에 부각되는 장르물로 볼 수는 없다. 여러 가지 팩트들을 수집하는 사설탐정보다도 인물들의 섬세한 내면을 충실히 묘사해내는 작가의 시선을 따라, 다시 말해 인물들의 단순한 행적이 아닌 그들의 마음의 행로를 따라, 우리는 이 소설을 '천천히' 읽어나가게 되기 때문이다. 해답으로 돌진하는 머리의 성급함을 마음의 속도로 제어하면서 말이다.

CCTV에 마지막으로 찍힌 유지는 제 발로 집을 걸어나가고 있다. 유지를 집 밖으로 나가게 한 것은 무엇일까. 어린 딸에게 별다른 관심을 보이지 않던 장기밀매업자 '김상호'도, 오랜 연인이자 친구를 만나기 위해 마침 그날 타이베이행 비행기에 몸을 실었던 '진옥영'도, 결코 적대는 아니

---

4) 이브 뢰테르, 『추리소설』, 김경현 옮김, 문학과지성사, 2000, 80쪽.

지만 그렇다고 환대도 아닌 태도로 이복동생을 대했던 오빠 '혜성'도, 유지를 한 번이라도 제대로 마주바라봐준 적 없는 언니 '은성'도 모두 책임이 있을 것이다. 심지어 저 멀리 타이베이의 '밍' 아저씨도 결백을 주장할 처지는 못 된다. 자신의 아이일지도 모르는 유지를 임신한 옥영이 자기로부터 멀어졌다 가까워졌다 하는 것을 그저 지켜보기만 했으니 말이다. (그가 유지의 생물학적 아버지가 아니더라도 옥영과 가장 내밀한 관계를 유지하고 있다는 이유로) 밍까지 포함하여 유지의 가족 모두는 유지의 실종에 깊게 연루된 범인들이다. 그들의 죄는 유지가 집을 나간 바로 그 시각에 그곳에 부재했다는 실수를 넘어선 곳에 있다.

　추리소설 특히 미스터리소설의 핵심은 추리가 진행되는 과정에서 용의선상에 오른 모든 사람이 결국 범인이 되고 만다는 것이다. 용의자는 죄가 드러나거나 무죄가 입증되거나 하는 두 가지 가능성을 지니고 있는 사람이 아니던가. 그렇다면 모든 용의자가 범인이 된다는 것은 무슨 말일까. 이 말은 수사 과정에서 모든 사람의 내밀한 비밀이 까발려진다는 사실을 의미하는 말이다. 자신이 범인이 아니라는 분명한 사실에도 불구하고 사건과 연루된 모든 사람들은 일단 불안과 초조를 느낄 수밖에 없는데, 그것은 누구나가 자신만의 비밀 혹은 과거의 실책 하나쯤은 가지고 있기 때문이다.[5] 용의자들은 초조한 모습이 오해를 살까 하여 오히려 더 어색하게 행동해버리고 마는데, 이러한 모습이 연민을 자아내는 것은 그들의 불안이 결국 우리의 과오를 환기하기 때문이기도 하다. 단 한 명의 범인을 찾기 위해 모든 사람들의 삶이 까발려진다는 사실로 인해 추리 서사는 흥미뿐 아니라 약간의 깨달음을 주기도 한다. 정이현의 『너는 모른다』의 전언도 결국 '누구에게나 비밀이 있다'라는 것으로 집약된다.[6]

---

5) 같은 책, 98쪽.

6) 사실 정이현은 이러한 코드를 즐겨 사용했는데, 그녀의 재기 넘치는 단문이 매력적이었던 『달콤한 나의 도시』에서도 몇십 년간 비밀을 간직해온 엄마와, 가짜 이름으로 10여 년을

모든 가족이 유지의 실종에 책임이 있다면, 즉 모든 가족이 범인이라면, 그것은 유지에 대한 무관심으로 전부 설명될 수 있는 것은 아니다. 유지가 제 발로 집을 걸어나간 그 시각에 모두가 집을 비웠다는 실수보다도, 그 시각 모든 가족들이 각자의 비밀스런 삶에 몰두해 있었다는 점에 주목할 필요가 있다. 각자 자기 방에 조용히 들어앉아 나름의 비밀과 상처로 곪아가던 이 가족은 어린 딸과 동생의 실종이라는 처참한 불행 앞에서 단결된 마음을 보여줄 여유조차 없는 듯하다. 얼마나 끔찍한 비밀이기에 그럴까. 이들의 고품격 생활이 한국과 중국을 오가는 김상호의 장기밀매사업을 통해 가능했었다는 비밀, 애가 둘 딸린 김상호와의 결혼이 밍과의 관계로부터 벗어나기 위한 진옥영의 즉흥적인 감행이었다는 또다른 비밀, 부모의 이혼으로부터 상처입은 은성과 혜성이 그로 인한 고통을 차곡차곡 쌓아두고 있었다는 비밀, 더불어 이들 모두가 자신들이 "쭉쭉 미끄러지며 달리고 있는 곳이 살얼음판 위라는 것을 자주 잊었다"(118쪽)는 그 분명한 과오, 그것이 유지를 사라지게 했을 것이다.

그러므로 '가족'에 관한 문제를 빼고 이 소설을 설명하기는 역시 힘들 듯하다. 작가는 어떤 인터뷰에서 이 소설이 오로지 '가족' 이야기로만 읽히는 것에 대해 난감해한 적이 있다. 그러나 유지의 가출은 분명 이 아이의 특수한 조건에서 비롯된 어떤 "모욕"감과 외로움의 결과일 테니, 『너는 모른다』에서 가족의 문제를 피해가는 것은 불가능하다. 가족 간의 상호무관심이라는 이유에서만이 아니다. 유지가 느낀 모욕감은, 어린아이 특유의 순진한 악의로 친구들이 내뱉은 "짱깨"(155쪽) 혹은 "세컨드"(162쪽)라는 뜻 모를 단어로부터 왔으므로, 결국 유지의 상처는 '가족'에서 비롯된다. "과오는 그들의 것이었다"(33쪽)라고 말하지 않을 수 없는 것이다. 그렇다

살아온 김영수라는 특이한 인물이 등장한다. 정이현 소설의 핵심 키워드를 '비밀'과 '고독'이라고 할 수 있을 정도로 정이현의 인물들은 각자의 비밀로 인해 외로운 사람들로 그려지곤 한다.

면 "그들"은 정확히 누구일까. 책임 소재를 분명히 따지자면 과오는 한없이 거슬러올라간다. '화교' 출신 엄마일까? 두 번 결혼한 아빠일까? 이방인에게 어김없이 적대를 드러내고야 마는 우리 모두일까? 국가와 민족, 혹은 가족이라는 이데올로기의 문제까지도 건드려야 할까? 초등학생인 어린아이가 "누가 뭐라 해도 결단코 바뀌지 않는 것을 진실이라고 부를까?"(163쪽)라고 자문하는 부분에서 우리가 왠지 모를 불편함을 느끼고 있다면, 그 '과오'는 우리 모두의 것으로 확장될 수 있다.

지금까지 유지 실종 사건의 용의자이자 범인은 이에 연루된 모든 사람이라는 이야기를 했다. 추리 서사에서는 문제의 해결 과정을 통해 모든 용의자의 삶이 발가벗겨진다는 점을 확인해보기 위해서였다. 밝혀진 비밀들은 각각 얼마나 중요하며 얼마나 의미 있는 것들일까. 사건과 가장 강력하게 결부된 비밀이라면, 그것은 문제 해결을 위한 퍼즐 조각으로만 활용됨으로써 비밀의 내용 자체는 별 의미 없는 것으로 전락할 수도 있다. 김상호의 비밀이 그런 경우가 아닐까. 유지의 실종 사건으로 인해 표면에 드러나거나 각자가 자각한 비밀들 중에서 가장 불쾌한 것은 물론 김상호의 진짜 범죄이다. 그런데『너는 모른다』의 숱한 비밀들 중에서 김상호의 비밀이 어쩐지 가장 치명적인 것으로까지는 느껴지지 않는 듯도 하다. 너무 거대한 비밀이라 실감이 덜한 탓도 있겠고, 김상호라는 인물이 범죄소설의 전형적인 캐릭터처럼 느껴져 오히려 크게 주목을 끌지 못한 탓도 있겠다. 더 결정적인 이유는 김상호의 비밀이 유지 실종 사건의 실마리를 푸는 과정에서 중요한 의혹(단서)으로써 소비되기 때문이기도 하다. 김상호의 비밀은 우리에게 별다른 자각을 주지 못하는 것이다. 그렇다면 유지의 공백이 가져온 진짜 치명적인 발견은 무엇일까. 이 가족의 '비밀', 아니 이 가족의 '고독'에 대해 좀더 말하자.

3. 모든 범인은 희생자다 ─ '고독'에 대하여

유지의 귀환으로 마무리되는 『너는 모른다』는 인터넷 연재 당시 "진짜 김유지양, 맞습니까?"(481쪽)라는 경찰의 질문으로 끝을 맺었었다. 이후 단행본을 출간하며 작가는 혜성의 일인칭 시점으로 쓰여진 에필로그를 추가하여, 유지를 중심으로 한자리에 모인 가족의 모습을 보여준다. 그러나 에필로그가 우리에게 말해주는 것은 별로 없다. 돌아온 유지가 "진짜 김유지"라는 확신을 주지도 않는다. 에필로그에서는 "그렇지만 우리는 서로에게 아무것도 말하지 않는다"(484쪽)라는 문장들만 도드라지고 있을 뿐이다. 이 소설은 유지의 실종 사건을 중심에 두고 그 이전과 이후로 가족들의 생활이 어떻게 달라졌는가를 뚜렷하게 보여주지 않는 셈이다. 그 대신 작가는 작품 내내 전지적 시점을 활용하여 인물들의 내면을 충실하게 묘사하는 데 주력한다. 여자아이 하나를 사라지게 한 뒤, 작가는 그와 관련된 사실들을 정교하게 재구성해나가기보다는 결론을 흐리면서 사건 속에서 자각되는 '진실'들에 집중하고 있다.

『너는 모른다』를 통해 우리는 무엇을 알아야 할까. 추리 서사를 거두고 보면 『너는 모른다』는 이른바 '고독'에 관해 말하는 소설이라고 할 수 있다. '서래마을 하이밸리'라는 폐쇄적인 공간을 염두에 두고 가족 안의 고독을 생각해도 좋고, 또 옥영과 밍을 중심에 두고 어디에도 쉽게 정착하지 못하는 이방인의 고독을 생각해도 좋을 것이다. 이들은 전부 '자기만의 방'에 숨어 있다. 바이올린에 특별한 소질을 보이는 유지도 방음벽으로 둘러싸인 방 안에 자신을 가두고 있다. 말이 없는 아이 유지는 자신의 인터넷 블로그에 남의 글을 옮겨 담기만 하듯, 집에서도 학교에서도 자기 말은 삼키고 타인의 이야기를 듣기만 한다. 방에 들어서자마자 습관적으로 방문을 잠그는 혜성도 마찬가지로 어느 누구와도 진심으로 뒤섞이지는 않는다. 새엄마와는 일종의 "우정" 관계를 유지하는 "균형감각"(51쪽)을 보이기는 하지만, 여자친구 앞에서 절대 부풀지 않는 그의 몸과 마음은 그가 태생적 외톨이라는 것을 보여준다.

상대방이 "자기를 미워하게 되는 일"(102쪽)을 극도로 두려워하는 다혈질 은성이나 "누군가 자신을 이토록 사랑한다는 게 (……) 무서운 일"(179쪽)이라고 생각하는 무정한 혜성, 그리고 언제나 입을 꼭 다문 유지까지, 상처로부터 비롯된 이 아이들의 고독은 안쓰럽다. 밍과 옥영의 처지도 크게 다르지 않다. 이들의 모습은 어쩐지 처연하기까지 하다. 밍과 옥영의 고독은 어디에서도 자신들의 자리를 찾을 수 없다는 아픈 자각과 오래된 체념으로부터 온다. 그들은 '화교'이기 때문이다.

밍은 생래적으로 하나의 개인이었다. 결코 외톨이인 줄 모르는 외톨이, 빛 없는 선반 위에 따로 보관된 통조림처럼 안전하고 유일한 개체, 스스로 적막할 운명을 타고난 자. 그것이 밍이었다. 혼자 먹을 저녁밥이 담긴 검정 비닐봉지를 천천히 흔들면서 어둑한 타이베이 거리 한 모퉁이를 걸어가는 그의 뒷모습을 상상하면 영원히 옥영은 저릿한 통증에 사로잡힐 것이다. (56쪽)

이 소설에서 어쩐지 애잔하게 느껴지는 장면에는 어김없이 밍이 등장한다. 밍과 유지가 두 번 만나는 장면도 그렇고 옥영과 밍이 만나는 장면들도 그렇다. 마흔이 넘도록 어느 곳에도 뿌리내리지 않고 "소란스러운 남루함"(47쪽)이 여전한 대학가에서 독신의 삶을 유지하고 있는 밍은 옥영에게 "적막할 운명을 타고난 자"로 비친다. 그 적막을 참을 수 없어 옥영은 떠났을 것이고, 또 그 적막이 안쓰러워 완전히 떠나지는 못했을 것이다. 밍과 옥영은 서로가 서로를 비추는 거울 같은 존재로 20년을 만나오고 있다. 국립대만대학의 유일한 한국 출신 화교였던 밍과 옥영은, 대학 시절 캠퍼스 한가운데 있는 호수 앞 벤치를 "거기, 우리 자리"라고 부르며 따뜻하게 연애했다. 대만에서도 한국에서도 이방인일 수밖에 없었던 이들은 '그때 거기'에서 아주 잠깐, 타인의 시선으로부터 놓여난 진공 속에서, 서로의 민낯만을 바라보며 세상의 중심이 된 듯 충만함을 느꼈을지도 모르겠다. 그 "우리 자리"로 돌아갈 수 없는, 아니 애초에 이들을 위한 자리는 마련되지 않았던 옥영과 밍은, 예나 지금이나 자기 삶을 겉도는 이방인으로 살고 있다. 이들을 이방인으로 만든 것은 무엇일까. 한국에서도 중국어만을 강요한 옥영의 아버지일까, 아니면 도망간 밍의 한국인 어머니일까, 아니면 또다른 '우리'일까. 『너는 모른다』는 옥영과 밍의 관계, 그리고 이어지는 유지의 불행을 통해 '화교'라는 경계인의 문제를 의식적으로 제시하는 소설이기도 하다.

옥영과 밍, 그리고 혜성과 유지는 뼛속 깊이 외로운 인물들이다. 동일인물로 보일 정도로, 작가가 그려내는 이들 네 명의 내면은 완벽히 겹친다. 고독한 표정도 이들은 닮았다. 문영광이 사진으로 본 밍과 유지의 얼굴은, "본능적인 체념"(239쪽)이 서려 있다는 점에서 완전히 같은 것이었고, 같은 이유로 혜성은 낯선 사내 밍의 얼굴에서 "기이한 기시감"(317쪽)을 느낀다. 밍 역시 유지의 이복오빠 혜성을 한눈에 알아본다. "유지와 참 많이 닮은 소년이었다"(316쪽)고 생각하면서 말이다. 정이현은 누구보다도 이네 명의 마음속에 깊숙이 들어가려고 하는 것 같다. 때로는 과도하다 싶을 정도로 작가는 정성을 다해 이들의 마음 안쪽을 더듬는다. 그래서 좀 이상한 장면들이 생겨나기도 한다. 특히 유지의 시점으로 전개되는 부분들이 그렇다. 엄마의 중국인 친구 밍 아저씨가 준 향수 선물을 가끔씩 꺼내어 손목에 가져가볼 때, 유지는 살갗 밑의 실핏줄들을 바라보며 "가늘고 흐리고 푸르스름한 그 선들을 보고 있으면 얼음장 아래 누워 잠든 실뱀을 바라보는 것처럼 왠지 슬퍼졌다"(255쪽)라고 생각한다. 이건 유지의 마음일까, 작가의 마음일까. 유지의 내면이 너무나 침착하고 서늘하고 정연한 것으로 드러날 때 우리는 거기서 유지의 마음보다는 오히려 간접 화법을 통해 유지의 마음을 우리에게 보이려는 작가의 의지를 더 뚜렷하게 느끼게 된다.

이야기의 큰 줄기보다도 이들 마음의 내밀한 실핏줄을 드러내려는 작가의 의욕 때문이었을까. 다양한 캐릭터로 다채로운 장면을 만들 수 있는 빠른 손길을 작가가 일부러 억제하는 듯 보이기도 한다. 문영광의 캐릭터가 매력적으로 다가오지 않는 점이나, 은성과 혜성의 주변인물들이 다소 평면적으로 그려지는 점, 그리고 "부산의 한선생"이라는 악인 캐릭터가 좀더 강렬하게 강조되지 않는 점을 보면 그런 생각이 든다. 그래서 이야기가 전개될수록 하나하나 밝혀지는 용의자들의 비밀은 결국 이들의 공통된 고독에 관한 것으로 모아진다. 이들은 유지를 고독하게 만든 범인이기도 하지만, 동시에 희생자이기도 하다. "내 꿈은 내 꿈이고, 네 꿈은 네 꿈"(161쪽)이라는 서글픈 진리에 일찌감치 투항한 자들이기 때문이다. 이들의 고독은 "지독한 죄책감을 어느 누구에게도 온전히 털어놓을 수 없다는 사실"(116쪽)로부터 오는 김상호와 은성의 고독과는 거리가 있다. 정이현은 불안을 동반한 고독에 관해서는 충심을 다해 묘사하지 않는다. 앞서 잠시 말했듯 (은성의 서사를 포함하여) 김상호의 서사가 이 소설에서 긴장과 흥미만을 위해서 소비되고 있는 것도, 더불어 팩트만 수집하는 사설탐정 문영광이 사건 해결에 결정적인 역할을 수행하지 못하도록 되어 있는 것도, 바로 『너는 모른다』가 품고 있는 인간 본연의 고독에 관한 진중한 질문 때문일 것이다. 『너는 모른다』가 독자에게 던지는 질문이 '유지는 어디로 갔는가'가 아니라 오히려 우리의 태생적 고독에 관한 것이라면, 유지가 돌아오는 장면에서 끝나는 이 소설을 다 읽은 이후에도 우리는 여전히 아무것도 모른다고 해야 할 것이다. 정확히 말하면, 질문은 알지만 그것을 해결할 방법은 모른다고 해야 할 것이다. 대부분의 좋은 소설이 그렇듯 『너는 모른다』는 내내 질문만을 강조하지 정답을 정해주지는 않는다.

에필로그에서 혜성은 "나는 소파 뒤에 서서 물끄러미 그들을 바라보고 있다. 조용한 세계다. 문득 내가 이들을 영원토록 알 수 없으리라는 예감이 든다"(486쪽)라고 말한다. 변한 것은 아무것도 없다. 김상호의 처지는 완전히 달라졌고 은성은 성격이 조금 변했지만, 옥영과 혜성은 서로 간의 우정이 돈독해지고 각자 조금 씩씩해졌을 뿐, 별로 변하지 않았다. 자신만의 고독 속으로 다시 돌아온 것이다. 유지의 실종이 던진 질문이 유지의 돌아옴으로 결코 해결되지 않았다면 우리는 어디서 해답을 찾아야 할까. 『너는 모른다』는 정답을 가르쳐주지는 않지만 해법을 보여주고 있기는 하다. 정답으로 가는 길이 언제나 그렇듯 매우 힘겨운 형태로 말이다. 옥영, 밍, 혜성, 유지는 한 얼굴과 한 마음을 공유하는 인물이다. 옥영과 혜성은 끝까지 그 얼굴을 유지하지만, 밍과 유지는 그러지 못한다. 더 끔찍한 모습으로 돌아온 밍과 유지의 얼굴을 들여다보자. 그 안에 무언가가 있을 것이다.

4. 모든 희생자는 돌아온다 ―'파국'에 대하여

『맥베스』와 『오이디푸스 왕』도, 그리고 『죄와 벌』도 범죄 행위와 추리 서사가 핵심을 이루는 작품들이다. 그렇지만 이러한 이야기들을 통속문학으로 간주하는 사람은 아무도 없다. 공통적으로 범죄 행위를 다룸에도 불구하고 미스터리의 해결 과정(즉, 누가 했는가?)이 작품의 핵심에 놓이는가, 아니면 인간 행동의 동기와 운명에 관한 비극적 인식이 핵심에 놓이는가에 따라 추리소설과 비-통속문학은 구별된다.[7] 이러한 점을 참조하면 정이현의 『너는 모른다』가 통속적인 추리물과 어떻게 달라지는지를 좀더 적극적으로 해명해볼 수 있을 것이다. 그 해명의 단서는 유지와 밍에게 있다.

사실 『너는 모른다』는 유지의 실종으로부터 시작되어 유지를 되찾는

---

7) 에르네스트 만델, 『즐거운 살인―범죄소설의 사회사』, 이동연 옮김, 이후, 2001, 55쪽.

것으로만 끝나는 소설이 아니다. 유지의 행로에만 관심을 둔다면, 우리는 정이현이 공들인 이 소설의 가장 핵심적인 부분들을 놓치기 쉽다. 이 소설은 엄연히 "시체가 발견된 것은 5월의 마지막 일요일이었다"(7쪽)라는 문장으로 시작되고 있다. 그렇다면 이 소설에서 우리가 처음 마주한 질문은 '유지는 어디로 갔는가'가 아니라 '저 시체는 누구인가'가 되어야 한다. 더불어 이 책의 마지막 장을 덮은 독자에게 남는 질문도 '유지는 돌아왔는가'이기 이전에 '밍은 어디로 갔는가'가 되어야 한다. 결국 이 소설은 유지의 실종과 귀환뿐 아니라, 사체의 귀환과 밍의 실종을 다루는 소설이라고 해야 할 것이다. 『너는 모른다』는 실종된 유지를 찾는 과정에서 가족들의 비밀이 어떻게 발설되고 어떻게 해결되(지 못하)는가를 보여주는 소설만도 아니다. "전신 알몸 상태"(9쪽)로 떠오른 시체가 도대체 누구인가를 추적해야 하는 소설이기도 하다. 그는 누구일까.

  "어차피 나는, 아무도 모르는 사람이니까"(476쪽)라고 말하며, 납치범으로 추정되는 "한선생"과의 접선 장소인 "양평"으로 옥영을 대신해 나간 밍을 떠올리는 게 당연하다. "밍 아저씨에게서는 그 동안 아무 연락도 오지 않았다. (……) 아저씨가 유지를 집으로 돌려보내주었다고 나는 믿는다"(485쪽)라는 혜성의 추측도 충분히 공감할 만하다. 정말 밍일까. 정이현은 작품의 도입에 한 번, 그리고 중간에 한 번, 그리고 마지막 장에, 몇 페이지를 할애해 이 표류 사체에 대해 말한다. 이야기의 전체 진행과 무관한 듯 붙어 있는 앞의 두 부분에서 우리가 사체에 관해 얻을 수 있는 정보는 극히 제한되어 있다. 사체가 발견된 어느 5월이, 유지가 사라졌다가 돌아온 2008년 2월부터 7월까지의 기간과 어떻게 연결되는지, 시체가 발견된 "Y대교"는 어디인지 우리는 알 수 없는 것이다. 작가가 우리에게 알려주는 것은 시체의 성별이 남자라는 점, 알몸이었다는 점, 오랫동안 물 밑을 떠돌았다는 점뿐이다. 소설의 중간 부분에서 작가는 시체 부검이 시작되기 직전에 이야기를 중단한다. 그러나 그 시체가 살아서 물에 들어간 '익사체'일 수 있다는 여운만은 남겨둔다. 의학적 용어들을 동원한 냉담함으로 "산 채로 수장된 사람"(221쪽)이 느꼈을 법한 극심한 고통을 오히려 더 강조하면서 말이다.

시체에 관한 의문은 마지막 장에서 해소된다. "2008년 5월의 마지막 일요일, 경기도 Y대교 상단에서 발견된 남성 사체"(477쪽)의 사인은 익사이며 "타살의 가능성도 있지만, 자살의 가능성도 배제할 수는 없"(같은 쪽)다는 것, 대한민국 국민이 아닌 익사체는 자신의 신분을 증명할 만한 어떠한 물품도 소지하지 않은 알몸이었다는 것, 정이현은 이 같은 사실을 친절히 알려주고 있다. 자살인지 타살인지는 모호하지만 익사체의 주인을 밍으로 보는 것이 자연스럽다. 밍은 어떻게 죽은 것일까. 이것은 대부도에서 마지막 행적이 발견된 유지가 어떻게 "청주와 조치원 사이의 국도변"(480쪽)에서 처참한 몰골로 발견되었는가라는 의문과 함께 정이현이 마지막까지 미스터리로 남겨놓은 부분이다. 물론 사체는 밍의 것이 맞고, 돌아온 아이는 유지가 맞다는 전제하에.

정확한 팩트에 관해서라면 우리가 알 수 있는 것은 거의 없다. 다만 제 발로 걸어나간 밍과 유지가 끔찍한 모습으로 우리 앞에 돌아왔다는 사실만을 보았을 뿐이다. 떠나기 전의 그 모습으로 돌아오지 못한 사람이 있다는 것, 아마 이것이 『너는 모른다』가 우리에게 주는 가장 서늘한 깨달음일 것이다. 그렇다면 이 소설은 정이현의 이전 작품들이 지켜오던 어떤 규칙을 파기하는 측면이 있다. 일단 정이현의 소설에서 죽음은 항상 익명의 누군가에게만 일어났다는 점을 지적해야 할 것이다. 너무나 압도적이어서 제대로 실감할 수 없는 「삼풍백화점」(『오늘의 거짓말』)의 죽음까지 포함하여 죽음이 옆방이나 윗집의 그것이 아니라, 작가가 소중한 이름을 부여한 인물에게 고통스럽게 일어나게끔 한 것은 밍의 경우가 거의 유일하다. 예기치 못한 사건을 처리하는 방식에서도 정이현의 소설은 어떤 전형성을 드러낸다. 미스터리적 구성을 취한 소설에서 그녀는 대체로 갑작스러운 사건이 초래한 예외 상태를 어떻게든 수습하고 일상의 균열을 가까스로 봉합하는 방식을 선택한다. 이제까지의 정이현 소설에 진짜 파국은 없었던 셈이다.[8] 그녀가 '일상'을 잘 다루는 작가라고 한다면, 그것은 그녀가 우리의 일상이 쉽게 붕괴되지 않는다는 바로 그 사실을 효과적으로 기록했기 때문이기도 하다.[9] 이러한 구조 속에서 '나는 누구인가'라는 근본적인 질문이 도출될 수 없음은 물론이다. 이제껏 정이현은 우리 삶의 지반을 살짝 흔들 뿐 그것을 완전히 붕괴시키는 지점으로까지 작품을 몰아가지는 않았는데, 사실 그녀의 소설이 대중적 호소력을 지닐 수 있었던 이유 중의 하나를 여기서 찾을 수도 있을 것이다. 세밀한 묘사가 주는 재미나 "황당무계한 추리소설 놀이"(「어두워지기 전에」)같은 구성이 주는 흥미보다도, 인물들을 일상 밖으로 잠시 내보냈다가 이내 제자리로 돌려놓는 관성이 주는 편안함이 정이현 소설 앞으로 독자들을 불러모으게 한 힘이 아니었을까.

그렇다면 『너는 모른다』는 어떨까. 다시 밍과 유지에게로 돌아가보자.

---

8) 정이현 소설의 '파국'에 대해서라면 이미 박혜경의 분석이 있었다. (「당신은 파국으로부터 안전한가?」, 『오늘의 거짓말』 해설) 박혜경은 정이현 소설이 "소비사회가 창조한 거대한 욕망의 성채 안에 놓인 우리의 일상이 파국의 순간 위에 걸쳐진 아슬아슬한" 것임을 보여준다고 지적한다. 박혜경은 "안정된 삶에의 유혹"이라는 말로 파국이 어떻게 봉합되는가에 대해서도 설명하지만 그녀의 강조점은 '파국의 봉합'이 아닌 '파국의 힘' 쪽에 있는 듯하다. 전자의 측면이 좀더 강조될 필요가 있을 것 같다.

9) 「어금니」(『오늘의 거짓말』) 같은 소설이 대표적이다. 남부러울 것 없는 상류층 가정의 대학생 아들이 원조교제를 즐기고 있었다는 끔찍한 사실은, 아들의 사고 소식과 함께 엄마의 생일날 날벼락처럼 전해진다. 누워 있는 아들의 모습보다도 더 끔찍한 것은 사망한 동승자가 어린 여중생이었다는 사실이다. 이 소설은 한 가족의 안락한 일상이 어떻게 잠깐 휘청거리고 어떻게 다시 제자리를 찾는지를 마치 후일담처럼 보여준다. 미처 발치되지 못한 썩은 '어금니'의 찌르는 듯한 고통이 진통제로 달래지듯, 이들의 부패한 삶 역시 큰 고통 없이 수술되고 있는 것이다. 며칠 만에 깨어난 아들은 병실에서 만화책을 뒤적이고, 부부는 그간의 고생을 치하하며 와인 잔을 부딪친다. "결코 화해할 수는 없었다"라는 말은 가슴속에만 묻어둔 채로. 「익명의 당신에게」(같은 책)에서도 촉망받는 종합병원 의사의 변태적 페티시즘은 애인의 알리바이로 은폐된다.

그들의 끔찍한 귀환은 우리에게 무엇을 말해주는가. 어쩌면 진짜(?) 부녀 관계일지도 모르는 밍과 유지는 닮은 점이 많다. 중국인과 한국인 부모를 한 명씩 두었다는 사실뿐 아니라, 이들은 "하고자 하는 말이 있더라도 컴컴한 동굴 같은 머릿속에서 한번 점검하지 않고서는 도저히 밖으로 뱉지 못하는"(318~319쪽) 습성을 지니고 있다는 점에서 똑같다. 그들은 "생래적인 외국인"(319쪽)이기 때문이다. 침묵의 성채 속에 자신을 가두던 유지는 비장한 각오로 자기 방을 빠져나왔지만, 그곳에 결코 같은 얼굴로 돌아오지는 못한다. 서로의 블로그를 오가며 이야기를 나누고 따뜻한 마음까지 나눈 '그'를 찾아 지하철을 타고 안산까지 갔던 초등학생 유지는, 말조차 할 수 없는 반쯤 죽은 상태로 발견되는 것이다. 누군가와 어떤 '마음'을 공유하고 싶었기에 유지의 가출은 두렵지만 불가피한 것이었을 텐데, 두려움을 압도해버린 그 불가피함이 유지에게 치명적인 결과를 초래했다는 점은 비극이 아닐 수 없다. 유지가 가족들로 하여금 어떤 자각에 이르도록 하는 '사라진 매개자'일 수만은 없는 이유, 그리고 유지의 귀환이 절대 해피한 엔딩을 만들 수 없는 이유는 바로 이 같은 비극 때문이다.

밍의 죽음(혹은 실종)은 어떨. 중국 공안에 붙잡힌 이후에도 "한선생을 찾아야 해"(470쪽)라며 절규하는 김상호는 유지를 찾아야 하기 때문에 그토록 절박한 것인지, 아니면 자신의 죄책감을 덧씌울 상대가 필요해서 그런 것인지 우리를 헷갈리게 한다. 반면 밍의 자각은 고요하고 날카롭다.

나직하고 단호하게 그는 다짐했다. 한때 몹시 비겁했던 적이 있다. 돌아보면 지금껏 비겁하기만 했다. 아무것도 선택하지 않음으로써 아무것도 망가뜨리지 않을 수 있다고 믿었다. 덧없는 틀 안에다 인생을 통째로 헌납하지 않을 권리, 익명의 자유를 비밀스레 뿜낼 권리가 제 손에 있는 줄만 알았다. 삶은 고요했다. 그 고요한 내벽에는 몇 개의 구멍들만이 착각처럼 남왔다. 그는 길게 한숨을 쉬었다. 숭숭 뚫린 빈칸을 이제 와서 어떻게 메울 수 있을까. 그것은 더이상 선택의 문제가 아니었다. (199~200쪽)

'비겁함'을 아무것도 선택하지 않을 권리로 미화했던 과오는 "숭숭 뚫린 빈칸"으로, 다시 말해 유지의 실종과 옥영의 참담함으로 밍에게 되돌아온다. 그 "구멍"을 온몸으로 메워보기 위해 밍은 저 깊은 물속으로 성큼성큼 들어가 '익사체'가 되어 돌아온 것이 아닐까. "정면으로 맞서야 하는 순간이 꼭 온다"(420쪽)라는 것을 늦게나마 깨달은 밍의 감행이, 혜성의 믿음처럼 정말로 유지를 가족에게 돌려보내준 것은 아닐까. 밍을 처음 만난 날 유지가 그에게 건넸던 정답고도 쓸쓸한 인사가, 책을 덮은 후 가장 인상적인 대사로 기억되는 것은 이러한 이유 때문인지도 모르겠다.

"안녕히 가세요, 라오밍"(196쪽).

알몸으로 떠오른 시체가 밍인지 아닌지, 그리고 밍의 죽음(?)이 자살인지 타살인지 정확히 따지는 일은 이제 무의미하다. 대부도와는 멀리 떨어진 어느 국도변에서 "생명이 흔들리는 상태"(480쪽)로 발견된 '사랑이'가 정말 유지인지 아닌지를 확인하는 일도 마찬가지다. 선택의 여지가 없어 길 떠난 사람이 있고 처참한 모습으로 돌아온 사람이 있다는 것만은 확실하니까. 누구 삶에도 개입하지 않음으로써 어떤 것도 "망가뜨리지 않을 수 있다"고 생각한 자신의 비겁함이 결국 모든 것을 훼손했다고 생각하는 밍의 자각은 이 소설을 통틀어 가장 의미 있는 것이 된다. 그 자각은 밍의 삶을 결국 파국으로 치닫게 한다. 그는 자기 삶의 과오를 스스로 책임지기 위해 당연한 길을 떠났고 그 자리로 다시 돌아오지 못한다. 『너는 모른다』에서 강조될 부분은 바로 이 같은 밍의 행위가 아닐까. 밍이라는 존재를 통해 우리는 '파국'을 그리는 정이현의 또다른 모습을 보게 되었다. 그동안 정이현의 소설이, 외부로부터 주어져 결국에는 봉합되는 공식을 따르는 '가짜 파국'을 그려냄으로써 일상의 힘을 강조하였다면, 밍을 통해

『너는 모른다』가 보여주는 파국은 자발적인 것이자 회복될 수 없는 것이라는 점에서 이전의 것과는 이질적으로 느껴지기 때문이다. 그렇다면 이제 정이현이 '범죄의 재구성'을 통해 우리에게 보여주고 있는 것은 "인생의 전부를 걸 수 있"(311쪽)다는 용기 없이 자기 삶의 무엇도 바꿀 수 없다는 인간 삶의 서늘한 진실에 관한 것이 되었다고 말할 수 있겠다. 이러한 불편한 진실과 더불어 『너는 모른다』는 통속적 추리물과 격을 달리하게 된다.

5. 비밀은 실종되지 않는다

정이현은 첫번째 소설집의 작가의 말에 "'내추럴 본 쿨 걸'에게도 나름대로 진정성은 있는 것"(『낭만적 사랑과 사회』)이라고 보무도 당당히 적어놓았었다. 자본에 대한 욕망과 그로부터 파생된 세련된 취향이 뼛속 깊은 곳에까지 각인되어 있는 이 '쿨 걸'들에게 '나름대로 진정성'이란 과연 무엇이었을까. 거부나 혐오 없이 체제에 완벽하게 자신을 동일시했던 속물적 인간들에 대해 작가가 살짝 내비치던 연민 같은 것이었을지도 모른다. 아닌게 아니라 그녀의 등단작 「낭만적 사랑과 사회」(『낭만적 사랑과 사회』)의 맹랑한 '유리'는 어쩐지 애처로운 '헛똑똑이'로 기억되고 있는 것도 사실이니 말이다. 그렇다면 『너는 모른다』에 드러난 '진실'을 향하는 냉담한 시선을 가리켜 '나름대로 진정성'의 진화라고 부를 수 있지 않을까.

비밀은 실종되지 않는다. 언젠가는 폭로되고 만다는 의미에서가 아니라 비밀의 공백은 또다른 비밀로 채워질 수밖에 없다는 점에서, 비밀은 절대 우리 삶에서 영구히 매장될 수 없다. 『너는 모른다』가 그리는 비밀과 진실은 분명 치명적인 것이지만, 누구나가 지닌 비밀과 그 비밀을 은폐하는 또다른 비밀에 관한 이야기는 정이현이 오랫동안 관심을 두었던 주제라고 하지 않을 수 없다. 비밀과 거짓말을 전략처럼 활용하던 명랑한 '소녀시대'를 거쳐 정이현은 이제 비로소 삶의 저 깊은 공백을 응시할 줄 아는 냉담과 여유를 지니게 된 것이 아닐까. 그녀의 '화려한' 외양에 가려져 있던 깊은 속내가 『너는 모른다』를 통해 천천히 수면 위로 떠오르고 있는 것이다. 표면 밑에 감춰져 있던 '사실'을 간파해내는 데 주력하던 정이현은, 이제 저 깊은 안쪽의 '진실'을 투시하기 위해 호흡을 고르고 있는 듯하다.

누구에게나, 언제나, 비밀은 있다. 우리는 서로에게 영원한 이방인이다. 그 비밀은 우리를 만나게도 헤어지게도 한다. 정이현이 맞다. 우리는 모른다. 서로의 비밀을, 그리고 우리 자신의 진실을. 그래서 외롭지만, 또 그렇기 때문에 우리는 함께 산다. 가족도 그렇게 탄생하는 것이겠다. 우리는 이토록 자명한 사실을 천천히, 그렇지만 너무 차갑지는 않게 일러주는 진실한 장편 한 권을 얻게 되었다. '내추럴 본 쿨 걸'의 '나름대로 진정성'은 이렇게 깊어지고 있다. 그녀의 시선이 더 냉담한 것이 되어 깊은 곳을 향해 직행할지, 아니면 더 따뜻한 것이 되어 우리 삶의 안쪽과 바깥쪽을 부드럽게 어루만질지는 두고 볼 일이다.

(『문학동네』 2010년 봄호)

잃어버린 기억을 찾아서
― 하성란론

1

　하성란의 소설이 문학의 오랜 정의인 '잘 빚어진 항아리'를 떠올리게 한다는 평가는 결코 과찬이 아닐 것이다. 이미 정평이 나 있는 그녀의 정교한 묘사와 공들여 세공된 서사 구조는 매 작품마다 편차 없이 그녀의 노력과 재능을 확인시켜준다. 그녀는 손끝으로 쓰는 작가가 아니다. 모르긴 몰라도 아마 그녀의 작업은 언제나 더디고 고될 것이라 짐작된다. 하성란은 손쉽게 고백의 힘을 빌리지 않으며 정확한 정황 묘사를 위해 단어하나 문장 하나를 애써 고른다. 물론 선정적 소재에 전적으로 기대는 일도 없이 소설 밖의 재료들을 자신의 이야기 속에 완벽하게 녹여내기 위해 고심한다. 전작들에서 우리는 동화적 모티프나 논픽션적 요소, 그리고 자전적 기억들을 활용하는 그녀의 천의무봉적 기술을 확인한 바 있다. 작가와 작품과 그리고 이 둘을 둘러싼 현실이 이처럼 팽팽하게 균형을 이루는 경우를 우리는 쉽게 보지 못했다.

　흔히 작가가 심각하게 자기만의 세계에 빠져 있는 경우, 그래서 소설이 독백의 장이 되거나 실험의 장이 되는 경우 독자는 힘겨워진다. 위의 어

느 경우에도 하성란의 소설이 속한다고는 할 수 없지만 그녀는 자신만의
독특한 방식으로 독자를 곤경에 빠뜨리는 작가라 할 수 있다. 그녀의 '잘
빚어진' 소설은 언제나 한마디의 전언으로 요약되기를 거부함으로써, 즉
해석에 반대함으로써 작가 자신의 정성에 상응하는 노력을 독자에게 조
용히 강요하는 것이다. 독서중의 우리는 그녀가 쌓아놓은 촘촘한 묘사와
지체되거나 역행하는 서사 구조 속에서 집중을 요청받고, 독서 후의 우리
는 맛깔스러운 디테일들을 갈무리하여 나름의 이해에 도달해야 할 부담
감을 느끼게 된다. 여기에 하성란 소설의 매력이 있다고 생각된다. 그녀
의 단정하면서도 은근한 요청을 독자는 쉽게 거부할 수 없다. 그녀에게
소설쓰기가 즐거운 노동인 만큼 그녀의 소설을 재조립하여 그녀를 이해
하고자 하는 일도 우리에게는 기꺼운 작업이기 때문이다.

　하성란 소설이 다소 어렵게 느껴진다면 그것은 그녀가 흩뿌려놓은 디
테일들이 쉽게 오므려지지 않는다는 사실에 있다. 그녀의 서사와 묘사는
압축보다는 발산을 목표로 하는 듯 보인다. 이에 대해 한 평론가는 "그 모
호성의 견지가 소설적 긴장이나 소설 결말의 미학적 처리 이상으로 새로
운 인간 진실의 발굴로 이어지고 있는지는 다소간 의문이다"(정홍수, 「웨
하스와 숟가락의 울림」, 『소설의 고독』, 창비, 2008, 186쪽)라고 조심스럽게
지적한 바 있다. 그 지적이 조심스러울 수밖에 없었던 것은 하성란 소설
의 미학적 성취가 화려한 잔기교가 아닌 묵묵한 고심의 소산으로 여겨졌
기 때문일 것이다. 그렇다면 한 글자 한 글자 꾹꾹 눌러 써가며 그녀가 진
실로 고민하고 있는 것은 무엇일까? 어떤 마음의 작용이 이렇듯 단정한
소설들을 지어내게 했을까? 인간 하성란이 궁금해지는 지점이다. 카메라
렌즈를 거둬낸 그녀의 맨눈 너머에서 우리는 무엇을 볼 수 있을까? 이러
한 사적인 호기심으로부터 이 글은 시작된다. 그녀의 근작 단편 두 편을
읽어본다.

2

하성란 소설의 서사 미학은 이즈음 '시간'과 '기억'에 대한 몰두로 나아가고 있는 듯하다. 시간이란 무엇인가. 자신이 만들어낸 자식들을 집어삼키는 크로노스처럼 시간은 저 자신이 낳은 모든 것들을 파괴하고 소멸시켜버린다. 인간은 이러한 시간의 운명 속에서 태어나고 살고 죽는다. 탄생과 소멸을 목표로 하는 시간의 위력에 맞서 영원히 살 수 있는 것은 아무것도 없다. 영원은 회귀의 형식을 통해서만 가능해진다. 가까스로 시간의 운명을 거스르는 것이 바로 '기억'인 것이다. 그러나 기억은 사후적인 재구성이니만치 압축과 왜곡이 불가피하다. 매끈한 인과로 기억되는 과거일수록 그것은 진실과 멀어진 것일 가능성이 더 크다.

그렇다면 잃어버린 시간을 복원하는 기억의 서사가 진실과 한 발짝 더 가까워지려면, 순간순간의 기억들을 억지로 꿰어 맞출 것이 아니라 오히려 그것들을 여기저기 흩뿌려놓는 방식을 취해야 하는 것은 아닐까. 하성란 소설에서 과거를 대하는 방식이 바로 이런 것이다. 그녀는 과거의 이야기를 잘 정돈해서 들려주기보다는 현재의 시점과 적절히 섞어가며 문득문득 과거의 어느 시점으로 되돌아가 그 광경을 보여주는 방식을 택하고 있다. 비유컨대 「순천엔 왜 간 걸까, 그녀는」(『문학수첩』 2008년 가을호)에 묘사되었던 전복된 트럭에서 굴러떨어진 사과들처럼, 하성란 소설에서 과거의 기억들은 곳곳에서 제각각의 방향으로 빙글빙글 돌고 있다. 사과를 집으려는 한 손이 다른 이의 한 손과 사과 위에서 만나듯, 하성란이 펼쳐놓은 과거의 잔상들 속에서 우리는 어느 순간 서로 만나기도 한다. 그녀의 소설에는 "시간의 과일"이라는 사과의 향기가 진동하고 있다.

「알파의 시간」(『문학과사회』 2008년 봄호)은 교직을 그만두고 사업을 벌이다 실패한 아버지와 그 짐을 고스란히 떠맡은 엄마의 지난 시절을 회상하는 딸의 이야기이다. 1년 반 전쯤 화장실에서 미끄러져 엉치뼈가 부서진 엄마는 "크리스마스 트리의 점등 장식처럼"(115쪽) 기억이 오락가락한 상태로 침대에서 말년을 보내고 있다. 그런 엄마에게 결코 꺼지지 않는 기억이 있으니 그것은 바로 아시안게임 개최로 인해 온 나라가 부채춤 매스게임처럼 달뜬 분위기에 넘실거리던 1986년 그때의 기억이다. 어떤 일이 있었는가. 집을 잃었고, 남편이 사라졌고, 자식 넷을 건사하기 위해 처음으로 음식 장사에 나섰고, 수시로 찾아오는 빚쟁이들에게 시달렸다. 그 와중에 엄마는 가게에 얼음을 대주던 "어름집" 사내와 정분이 났다. 시장 바닥에서 엄마의 머리카락을 휘어잡아 흔든 것은 빚쟁이들이 아니라 "어름집" 여자와 그녀가 대동한 시장 여자들이었다. 엄마는 시장에서 쫓겨났다. 당장의 생계는 어떻게 해결했으며 그 치욕의 시간들을 엄마는 어떻게 견뎌냈을까. 가슴을 쿵쿵 치며 "여기로 알아달라구우, 여기루"(115쪽)라고 울부짖는 침대 위 엄마의 모습 속에서, 지난 시절 엄마의 고통은 '나'에게 머리로만 전달될 뿐이다.

인간의 기억 중 그 수명이 가장 긴 것은 예상할 수 없었기 때문에 미처 감정적 대응조차 준비할 수 없었던 뜻밖의 불행에 대한 것일 게다. 적절히 대응할 수 없었다는 자책이 그 기억을 끊임없이 귀환하도록 만드는 것인지도 모른다. 그렇다면 "어름집" 사내와의 치정으로 치욕스러운 수모를 겪었던 1986년 그때의 기억이 엄마를 웃게도 했다 울게도 했다 하며 끝끝내 사라지지 않는 것은 자연스러운 결말이다. 겹겹의 불행이 한꺼번에 닥쳐왔다는 억울함과 피할 수 있었던 불행이었다는 자책이 뒤섞여 그날의 기억은 엄마를 쉽사리 놓아주지 않는 것이다. 아니, 어쩌면 엄마가 족발 장사에 나섰던 "그해 봄에서 여름까지의 오 개월이 내게는 발 하나짜리 돼지의 공포였지만 엄마에게는 붉고 푸르던 고명의 시절"(127쪽)이었던 때문인지도 모른다. 가장 가까이서 엄마를 지켜본 나조차도 결코 머리로밖에 이해할 수 없는 엄마의 마음의 정체는 과연 무엇일까. 「알파의 시간」은 타인의 마음자리에 가닿는 것이나 자신의 과거에 가닿는 것 모두 애초에 완벽한 만남이 불가능한 타자의 영역을 더듬는 것과 같다는, 그리고 그 만남은 미래의 시간 속에서나 가능하다는 오래된 진리를 말하는 소설인 듯하다. 엄마의 고통을 가슴으로 알기 위해서도, 시장 바닥에서 몰매를 맞던 엄마와 두 눈이 마주쳤던 나 자신의 충격을 다독이기 위해서도, 나름의 '알파의 시간'은 필요한 것이다.

'알파의 시간'이란 생트 빅투아르 산의 대리석 향기를 그려내고자 했던 세잔이 산 앞에서 그것을 마주한 채로 풍경이 자신에게 다가오기를 기다렸던 그 시간, 그처럼 "세잔이 시대보다도 앞질러 달렸던 바로 그만큼의 시간"을 의미한다고 이 소설은 쓰고 있다. '알파의 시간'은 말하자면 가외의 시간인 셈인데 그것은 이중의 의미로 이해될 수 있겠다. 타자의 영역에 가닿기 위해서는 이해의 한도를 넘어서려는 공감의 노력이 요청된다는 것, 더불어 그러한 만남은 오랜 기다림 후의 순간적 일치를 통해서만 가능하다는 것이 바로 그것이다. 각기 나름의 인고의 시간을 보내고 난 후에라야 "그냥 딱 보니 알아졌다"(129쪽)라고 말할 수 있는 기적적인 순간이 도래할 것이라고 하성란은 말하고 있는 것이 아닐까. 열 글자로 압축된 전보로는 물론, 화려한 만연체의 수사도 전달될 수 없는 그 "간질간질한"(「그 여름의 수사(修辭)」, 『한국문학』 2007년 가을호) 타인의 마음자리에 가 닿기 위해, 스스로 기꺼이 타인의 영역에 스며들기 위해, 이즈음의 하성란은 나름의 '알파의 시간'을 보내고 있는 듯하다. 카메라의 눈이 되어 눈앞의 대상을 묘사하던 작법을 버리고 희미한 기억 속 장면들을 더듬어 그것들을 포착해내기에 주력하는 하성란은 타자가 나를 응시하게 될, 내가 타자의 영역에 기적처럼 속하게 될 순간을 고대하고 있는 것이다.

3

「알파의 시간」은 타자의 영역에 어떻게 도달할 것인가라는 인간의 오랜 난제를 부모라는 가장 가까운 타인을 대상으로 풀어본 소설이라고 할 수 있다. 부모를 알고자 하는 마음은 물론 자신의 기원에 대한 궁금증과도 맞닿아 있다. 결코 되돌아갈 수 없는 시간의 영역에 속한다는 점에서 나의 과거 역시 나에게는 타자의 세계라 할 수 있을 텐데, 나의 과거를 알고자 하는 마음은 '나는 누구일까'라는 질문과 통해 있기도 하다. 「순천엔 왜 간 걸까, 그녀는」은 타인이 아닌 또다른 타자, 즉 자기 자신의 과거에 대해 묻고 있는 소설이라 할 수 있다.

'그녀'는 과연 누구일까. 밴을 타고 지방의 한 국립대학으로 향하고 있는 '여자'는 "떠오를 듯 떠오를 듯 좀처럼 잡히지 않는 하나의 이미지로 골머리를 앓는 중"(198쪽)이다. 13년째 콤비 개그를 하고 있는 '홍'과 '장미', 이들은 밴을 타고 전국 각지를 돌아다니며 그 안에서 먹고 자고 사랑도 나누는 연예인 커플이다. 이 커플은 지금 연기에 있어서도 사랑에 있어서도 일종의 매너리즘에 빠져 있다. 여자는 홍이 더이상 자신에게 영감을 주지 않는다고 생각하고, 홍 역시 자신들의 웃음에 페이소스가 빠져버렸다고 느끼고 있다. 그 무렵 홍과 장미는 인터넷에 뜬 사진 한 장을 보게 된다. "누구일까요?"라는 제목의 사진에는 "순천 시내 나이키 사거리에서 딱 마주친 장미님"(201쪽)이라는 설명이 달려 있다. 타인의 시선에 무방비로 노출되어 자기 자신이 보기에도 낯설어 보이는 여자의 사진과, 여자가 맡았던 우스꽝스러운 배역을 캡쳐한 사진이 나란히 붙어 있다. 순천 시내에서 찍힌 이 사진의 주인공은 '장미'일까, 아닐까.

그 사진의 주인공은 16년 전, 대입 시험을 앞두고 인신매매단에게 납치되어 이제껏 외딴섬의 다방과 미군기지 주변의 클럽을 전전해온 '루시'다. 물론 '루시'의 본명은 '장미'다. 지방 대학의 축제 장소로 향하던 중 자신의 밴 앞에 끼어든 봉고를 보고 16년 전 봉고차에 납치당할 뻔했던 순간을 떠올리고 있는 그 장미 말이다. 얼마 전 개그 도중 자신도 모르게 홍의 손등을 칼로 내리찍었던 그 장미 말이다. 그러니까 홍과 함께 13년째 커플 개그를 하고 있는 '장미'와 16년 전 인신매매단에게 납치되어 이제껏 '루시'라는 이름으로 살아온 '장미'는 동명이인이 아닌 동일인물이다. 한 여자가 같은 시간을 다른 공간에서 살았다. 어떻게 된 것일까.

이 소설에서는 이처럼 16년 전을 기점으로 하여 두 개의 갈라지는 삶이 그려진다. 봉고차를 탈 뻔했던 "섬쩍지근한"(209쪽) 기억을 떠올리는 '장미'의 삶과, 봉고차를 타버리고 다시는 집에 돌아오지 못한 '장미'의 삶이 그것이다. 16년 전 그날 과연 장미는 봉고차를 탄 것인가, 타지 않은 것인가. 자칫 봉고차를 탈 뻔했던 장미의 삶이 환상일까, 봉고차를 타버리고 다시는 집에 돌아오지 못한 루시의 삶이 환상일까. 그런데 이 중 어느 쪽이 실제이고 어느 쪽이 환상인지를 가르는 일이 별로 중요해 보이지는 않는다. 왜일까.

작가는 이 두 가지 삶을 겹쳐놓음으로써 무엇을 말하려 했던 것일까. 사소한 순간으로부터 시작되는 엄청난 불행이라는 삶의 부조리를 보여주려 한 것일까. 그러니까 자신의 의지와는 상관없이 일순간 나락으로 빠져버릴 수도 있는 인간 삶의 위태로운 진상을 보여주려 한 것일까. 이 소설에서 느껴지는 비애가 정확히 이러한 통찰로부터 비롯된다고 할 수는 없다. 봉고차를 타지 않은 '장미'의 삶과 봉고차를 타버린 '루시'의 삶이 어쩐지 완벽하게 대조를 이루지 않는다는 점이 이 소설을 오히려 섬뜩하게 만든다. 말하자면 우스꽝스럽게 분장하거나 진하게 화장한 웃음 띤 얼굴 뒤에 지독한 비애를 감추고 있다는 점에서 '루시'의 삶이나 '장미'의 삶은 별다를 바 없이 느껴진다는 것이다. '루시'의 삶이 급작스러운 파국 이후의 세계였으며, '장미'의 삶이 서서히 파국으로 치닫는 세계였다는 점이 다를 뿐이다. 이 도플갱어의 이야기는 한순간의 갈림길 이후 완벽하게 행, 불행으로 갈린 두 가지 인생을 그려냄으로써 한번 지나온 길은 결코 돌이킬 수 없다는 인간의 숙명적 조건을 아프게 그려내는 흔한 이야기들과는 성격을 달리한다. 그보다는 오히려, 어느 길로 향하든 결국은 파국으로 귀결될 수밖에 없는 생에 대한 비극적 인식을 담아내는 소설이라고 읽는 것이 더 적절하다.

물론 이러한 이해가 가능하기는 하지만 여전히 충분치는 않다. 앞서 이 소설은 '나는 누구일까?'라는 질문에 관한 소설이라고 했었다. "본인조차도 생경할 만큼 낯선 모습"이 포착된 자신의 자신을 보며 '장미'가 "이 여잔 누구야?"(200쪽)라고 되묻고 있는 장면을 상기해보자. 이 장면에서 우리가 알 수 있는 것은, 우리는 자신이 거쳐온 과거의 모든 순간들을 결코 알 수는 없다는 것, 즉 자신이 생생하게 기억하고 있는 과거를 통해서만 현재의 내가 구성되는 것은 아니라는 점이다. '홍장미' 커플이 수년째 해오고 있는 코너인 '어젯밤 내가 먹은 것'이 어제의 나를, 지금의 나를 완벽하게 설명할 수 없듯이 말이다. 이 소설은 과거의 어느 한 지점으로 거슬러올라가 그 이후의 다양한 삶의 가능성을 탐색해보는 소설이기도 하며, 내가 실제로 경험한 것뿐만 아니라 내가 경험할 뻔했던 수많은 모든 길이 현재의 나를 구성한다는 다소 초현실적인 메시지를 전달하려는 소설인 듯도 하다. 타인을 이해하기 위한 '알파의 시간'을 고안했던 하성란은 이제 과거의 나라는 또다른 타자를 이해하기 위해 분신되기의 방법을 고안하고 있는 것이다.

장미의 잃어버린 기억 속에 루시가 있고 루시의 잃어버린 기억 속에 장미가 있다. 우리는 잃어버린 기억 속에서만 자신의 과거와 진정으로 소통할 수 있다. 우리가 갔던 길이나 가지 않았던 길은 모두 우리의 기억 안에 신비롭게 얽혀 있다. 그 모든 기억을 호출하여 들여다볼 수 있을 때 우리는 진정 자신이 누구인지를 알 수 있을 것이다. 이 소설은 이런 전언을 들려주는 듯하다. 시간의 힘에 맞서면서 자신이 간 길과 가지 않은 길을 모두 기억하려고자 애쓰는 자는 바로 소설가가 아닌가. 소설가는 인생의 수많은 갈림길 위에서 타인의 여러 가지 삶을 들여다보고 기록하는 자, 사라진 시간 속에서 사라진 모든 삶들을 기억하고자 고심하는 자이다. 타인에 관한 것이든 나에 관한 것이든 자신이 결코 알 수 없는 타자의 영역을 끊임없이 들여다보고 그것을 내 안에 품고자 진실로 고민하는 것은 소설가의 의무이다. 하성란은 자신의 의무를 묵묵히 수행하고 있는 믿음직스러운 작가라 할 만하다.

(『문학수첩』 2008년 가을호)

우리가 선택한 고통
— 박민규의 『더블』 읽기

1

박민규의 신작 소설집 『더블』(창비, 2010)에는 모두 열여덟 편의 단편이 실려 있다. 박민규의 지난 5년간의 발자취가 담긴 두 권의 소설집에서 우리는 무협소설의 코믹한 패러디나 작정하고 쓴 SF도 만나고, 게임이나 영화가 소설로 옮겨진 듯한 장면도 목도하며, 오늘날의 빈곤한 현실에 대한 알레고리나 삶과 죽음에 관한 쓸쓸한 이야기와도 접한다. 게다가 이처럼 다양한 분위기의 소설들은 시기적 구분과도 무관하게 5년간 동시다발적으로 씌어졌다. 관심이나 태도의 변화를 발견했다 말하기가 무색하게 박민규는 그간 여러 개의 마스크를 번갈아 쓰며 온갖 이야기를 만들어냈던 것이다. 그러니 박민규가 써낸 다채로운 이야기들의 기원으로 거슬러 올라간다면 그저 그가 소설가라는 당연한 사실만이 남는 것은 아닌지 모르겠다. 박민규의 소설에서 우리는 대개 심각한 사유의 고통보다도 읽는 재미를 얻는다 말할 수 있기 때문이다. 『더블』은 박민규가 쓴 두 권의 소설이다. 무슨 말이 더 필요할까.

비평가로서 박민규를 읽는 일이 마냥 즐겁지만은 않다는 볼멘소리를 조금 해보고 싶기는 하다. 기원전 17000년의 과거로부터 29세기의 미래에까지 이르는, 혹은 2만 미터의 심해로부터 우주 밖의 또다른 우주에까지 이르는 광대한 스케일을 두고 하는 말만은 아니다. 박민규의 작품 목록이 하나씩 늘어갈 때마다 그에 관한 입장과 해석들은 조금 엉뚱해질 가능성이 큰데, 이는 평론가의 미천한 상상력과 엇나간 해석이 부끄러워지는 장면이라기보다는 오히려 평론의 무용함이 일깨워지는 장면이 아닐 수 없다. 왜냐, 누구나 어렵지 않게 즐길 수 있다는 것이 박민규 소설의 가장 큰 매력이기도 하기 때문이다. 그의 소설은 심해를 파고들든 우주로 날아가든 대체로 이곳의 빈곤한 삶에 대해 말하고 있으며 박민규 특유의 지구와 우주의 조합이 사실 우리에게 예상 밖의 자각이나 심각한 사유의 고통을 안겨주지는 않는다. 때로는 해석이 사족이 되고 장황한 의미 부여가 피곤한 거짓말이 될 정도로 그의 소설은 그저 재밌게 잘 읽히는, 유쾌하기도 짠하기도 한 읽을거리이다.

물론 모두가 박민규를 읽을 필요는 없을 것이다. 가진 것이라고는 넘쳐나는 욕망과 만성적 낭패감뿐인 우리들은 진통을 위해서라면 더 즐거운 무언가를, 각성을 위해서라면 더 진지한 무언가를 찾으면 된다. 박민규의 종횡무진 상상력에 왠지 모를 기시감이 느껴지는 누군가는 탐독하던 다른 장르로 돌아가면 그뿐이다. 지구의 모든 해악은 냉장고에 넣으면 되고(「카스테라」, 『카스테라』, 문학동네, 2005) 차가 안 팔리면 화성에 가서 세일즈를 하면 된다는(「딜도가 우리 가정을 지켜줬어요」) 식의 간편한 한마디가 도무지 의심스러운 누군가는 다른 곳에서 실질적 대안을 구하면 될 일이다. 이처럼 모두가 박민규를 읽을 필요는 없겠지만 그럼에도 불구하고 21세기의 첫 10년간 그가 우리 문단에 부려놓은 일은 누구라도 인정하지 않을 수 없다. 문단문학과 장르문학의 경계에 대해서나, 전 지구적 자본주의의 비극에 대처하는 방식에 대해서나, 그가 자신도 모르게 해놓은 일들은 분명 우리 문단에 중요한 화두를 던졌기 때문이다. 그가 한 일이 우리 모두에게 얼마나 보람된 것이었는지는 잘 모르겠지만 '문학의 종언' 운운하는 말들에 기죽고 그래서 오히려 자족적으로 되어갔던 문단에 생산적 활력을 불어넣고 성찰의 기회를 제공했다는 점에서 2000년대 우리 문단은 박민규에게 적지 않은 빚을 졌다 하겠다.

2

그간의 박민규 소설에서 독자들은 소소한 재미와 함께 예기치 못한 감동마저 얻었다. 맞대응이 불가능한 이 세계에 가장 덜 굴욕적인 방식으로 적응할 수 있는 방법을 그가 알려주었기 때문이다. 작가의 유쾌한 상상에 의해 작중인물들은 자신이 발디딘 세계를 제법 살 만한 곳으로 뒤바꿔보는 호사를 누렸는데, 고통의 세계를 횡단하는 이 같은 박민규 식 유머와 '편집증적 서사'에 대해 김영찬은 "개인용 쾌락을 통한 자기배려 의식"[1]이라는 적극적인 평가를 내렸고 이 같은 독법은 많은 공감을 얻었다. 현실의 비참함을 간편하게 "외계인의 습격"(「코리언 스텐더즈」, 『카스테라』) 탓으로 돌린 망상적 사유와, 우주적 시선으로 지구의 불행을 보잘것없는 것으로 만들어버린 숭고한 유머가 버무려진 박민규 식 '편집증적 서사'가, 먹고사는 일만으로도 고달픈 현실의 초라한 인간들에게 얼마나 통쾌한 보상이 되었는지는 물론 알 수 없다. 세계를 단순화했다는 비판이나 소설 속 전능한 사유에 비례해 "부정적 현실의 전능함"이 더욱 공고해지지 않겠냐는 우려[2]가 없지 않았던 것도 그 때문이다.

상찬이든 우려든 우리가 박민규의 소설을 읽을 때 유독 엄격한 잣대를 들이댄 것은 아닌지 한번 생각해볼 필요는 있다. 그러나 한 편의 소설이 이 세계를 구원할 어떤 실천적인 전망을 보여주기를 기대하는 것은 이미

---

1) 김영찬, 「개복치 우주(소설)론과 일인용 너구리 소설 사용법」, 『비평극장의 유령들』, 창비, 2006, 145쪽
2) 차미령, 「환상은 어떻게 현실을 넘어서는가」, 『창작과비평』 2006년 여름호, 268쪽

지난 세기의 독법인지도 모른다. 박민규의 소설은 우주만이 살 길이라는 맹목적인 믿음을 설파하고자 의도한 적도 없을뿐더러, 현실을 살아가는 우리가 박민규의 자유로운 사유나 숭고한 유머에 동참하며 기적 같은 구원을 바란 것도 아니다. 박민규는 그저 이런저런 상상력을 발휘하며 결국에는 구원이 시급히 요청되는 세계를 보여주었을 뿐이다. 내비게이션을 달고 화성을 오가는 자동차 세일즈맨을 등장시키든, "중국 중원을 떨게 했던 동방 四룡(龍)"과 인기 걸그룹 '소녀시대'를 함께 등장시키든, 혹은 우리의 머리 위에 UFO 같은 아스피린을 띄우든, 박민규가 보여준 것은 "우리는 혹시 서민도 아니고 빈민... 그런 거 아닐까?"라는 누군가의 절망이고, "부패를 못 막으면 발효라도 시켜야 할 거 아닌가"라는 다른 누군가의 자조이며, "대응할 수 없을 때 인류는 적응한다"는 우리 모두의 체념뿐인지도 모른다. 「딜도가 우리 가정을 지켜줬어요」나 「龍龍龍龍」, 그리고 「아스피린」 같은 소설이 재미를 곁들여 말한 것은 바로 이런 것이다.

이 세계에 대한 당신만의 비책을 밝히라는 식의 경직된 태도로 박민규의 소설을 읽는다면 그것은 작가에게나 독자에게나 답답한 일이 아닐 수 없다. 특히 독자의 입장을 고려한다면 『더블』의 열여덟 편 소설을 다 읽고 나서도 우리의 일상이 크게 달라질 일은 없기 때문이다. 그래서일까. 오로지 죽음만이 생의 유일한 사건으로 남은 노년의 일상을 다룬 「누런 강 배 한 척」이나 「낮잠」, 또는 시한부 선고를 받은 남자의 남은 삶을 그린 「근처」는 이번 소설집에서 유독 정이 가는 작품들이다. 놀랄 만한 통찰이나 획기적인 전망을 애써 기대하지 않고도 그저 공감하며 읽을 수 있기 때문이다. 부패와 빈곤이 만연한 우리 시대의 일반적 문제가 아닌 삶과 죽음이라는 인간의 보편적 질문과 마주했다는 점에서, 박민규의 세계인식이 그 어느 때보다도 추상적이고도 염세적으로 드러난 작품들이라 생각할 수도 있다. 그러나 작가의 시선을 따라가다보면 인물들의 내면을 섬세히 들여다보려는 작은 배려들이 엿보이며, "그 어떤 죽음도 비루한 일상(日常)일 뿐"(「낮잠」)이라는 비관적 목소리의 배면으로는 "삶도 죽음도 간단하고 식상하다"(「근처」)라는 간명한 문장으로는 도저히 해결될 수 없는 질긴 일상의 힘이 도드라지기까지 한다. 먹고 자고 배설하기를 반복하는 육체를 지닌 인간의 일상 말이다.

　「누런 강 배 한 척」을 보자. 30년을 근속한 회사에서 퇴직한 뒤 치매에 걸린 아내와 단둘이 살아가는 60세의 남자가 있다. 누구보다 열심히 살았다고 할 수는 없어도 가족의 생계를 책임지며 "다행히도, 살아왔다 할 수 있는 인생"을 살았다. 그런 그가 더는 살고 싶지 않다는 생각을 하게 된다. "이제 인생에 대해 아무것도 궁금하지 않은데, 이런 하루하루를 보내며 30년을 살아야 한다는 것"이 견딜 수 없다는 것이다. 사실 모든 인간은 죽음의 순간보다도 죽음만을 기다려야 하는 시간들을 훨씬 더 두려워하지 않는가. 그래서 남자는 죽기로 결심하고 아내와 함께 여행을 떠난다. 모아온 수면제를 꺼내려는 찰나 호텔 방의 벨이 울리고 "부부 마사지"를 한다는 마사지사가 '잘못' 도착한다. 마사지사는 그의 아내에게 성적 서비스가 아닌 "평범한 안마"를 해주지만 잠들어 있던 아내는 "아…" 하고 낮은 신음을 토한다. 수십 년 만에 들어보는 아내의 신음 앞에서 남자의 마음은 "역력히" 어지럽다. 죽음에 이르는 삶에 관한 쓸쓸한 이야기로 내내 적막한 분위기를 유지하다 결국 이 같은 반전으로 울지도 웃지도 못할 난감함을 유발하고야 마는 이 소설은 역시나 박민규스러운 작품이다. 「누런 강 배 한 척」은 죽음만을 앞에 둔 비관적 상황에서도 얄궂게 지속되는 일상의 힘을 보여주는 듯하다. 어떤 노부부는 죽기로 결심한 그 호텔에서 또다른 누군가는 결혼식을 올리고 있는 평범한 장면도 아이러니하다.

　청아한 얼굴로 "별 헤는 밤"을 낭송하던 첫사랑과 요양원에서 재회한 육십대 남자가 여자 앞에서 소변을 지린 자신에게 절망하고 치매 걸린 그녀에게서 풍겨오는 대변 냄새에 또 한번 절망하는 「낮잠」의 마지막 장면도 그렇거니와, 우리 모두는 죽음에 이르는 삶을 살아내고 있기에 고단하고도 허망하다는 이야기를 하는 듯한 박민규의 어떤 소설들은 실상 먹고 사는 일로 추해질 수밖에 없는 인간 삶의 비애를 적고 있다. 그러니 이 지구에 단단히 발 묶여 죽음만을 생각하는 인물들을 등장시키는 몇몇 소설들을 읽었다고 해서, 그의 세계인식이 점차 절망적으로 되어간다 확신할 필요는 없다. 그는 삶과 죽음에 관한 인간의 실존 문제를 심각히 탐구하고 있다기보다는 육체의 한계를 벗어날 수 없는 인간의 생존 문제를 여전히 지적하고 있기 때문이다. 「별」과 「아치」 같은 소설이 노골적으로 말하는 것도 우리의 불안한 생존에 관한 것이다.

인간이란 무엇이고 삶이란 무엇인가라는 거창한 질문은 육체의 한계를 벗어나서야 비로소 진지하게 탐구될 수 있는 것인지도 모른다. 그러한 사실을 일러주는 소설은 「깊」이다. 이 소설에서 해저 2만 미터의 "심연의 유혹"을 향해 두려움 없이 직행하는 이들은 "인간이기보다는 디퍼", 즉 대체 체액으로 이루어진 새로운 종이다. 인간의 노역을 기계가 대신하고 자살이 합법화되었으며 "인류의 60퍼센트가 과학과 공학을, 나머지 30퍼센트가 철학을 전공하는" 서기 2483년의 새로운 개체 말이다. 누군가는 "심연의 유혹"에 충실한 디퍼(deeper)들에게서 죽음을 향한 인간의 근원적 충동과 더불어 염세적인 작가의식을 읽어내고 싶을지 모른다. 그러나 서기 2011년 지금 여기의 인간들은 대체로 죽지 못해 살거나 먹고살 수 없어 죽기까지 한다는 점을 상기하자. 불행인지 다행인지 모르겠지만 인간의 육체를 이미 벗어던진 디퍼가 아닌 이상 지구 위 인간들에게는 "심연의 유혹"에 관한 사치스러운 고뇌가 쉽게 허락될 수 없다. 정확히 말하자면 먹고사는 일을 초월해 실존을 고민할 수 있는 선택받은 극소수의 인간들이 있는 반면 대다수는 그럴 여유가 없다. 「깊」은 이러한 사실을 환기하는 소설로도 기능한다. 이처럼 박민규의 염세적 소설들은 그 비관의 기원을 인간의 보편적 죽음에 두기보다는 여기의 특수한 삶에 둔다. 여전히, 문제는 고달픈 육체인 것이다. 무릎이 꺾이는 가부장의 고통이 결코 비유일 수 없었던 기원전 17000년으로부터(「슬(膝)」) 지금에 이르기까지 그 사실은 변함이 없다. 영생을 바라고 냉동인간이 되기로 결심한 인간들이 결국 냉동고기로 전락해버리는 29세기에도(「굿모닝 존 웨인」) 어쩌면 이같은 일상의 힘과 약육강식의 원리는 변하지 않을지 모른다.

3

『더블』에서 여성 인물들이 주인공이 되는 경우는 거의 없다. 조연으로 등장하는 그녀들은 보호가 필요한 치매 노인이거나, 딸도로 남편을 좌절시키는 부인, 혹은 "그런데 오빠, 그런데 오빠"라고 새처럼 지저귀며 순진한 남자를 회생불능의 신용불량자로 만들어버리는 악녀다(「별」). 혹은 새로운 종의 인간을 창조하려는 "어머니 인류"(「킾」)이거나. 여성 인물들에 관해서라면 박민규의 상상력은 조금 뻔한 편이다. 세계의 고통에 직접 연루되지 않은 듯 무심한 태도로 "아…" 하는 신음을 내뱉거나 순진한 얼굴로 웃고 있는 할머니들, 그리고 연약한 남성들에서 콧소리를 일삼는 그녀들이 남성적 세계의 관념성을 깨뜨리는 '부인(否認)의 메커니즘'[3]을 작동시킨다 할 수도 있겠지만, 오히려 작가가 여성들의 내밀한 삶에 무심한 편이라 보는 것이 타당할 듯도 싶다. "세기를 대표하는 추녀"를 등장시킨 근작 장편『죽은 왕녀를 위한 파반느』(예담, 2009)가 독자들의 이런 아쉬움을 어느 정도 달래고 있기는 하지만 말이다.

「양을 만든 그분께서 당신을 만드셨을까」에서부터 「끝까지 이럴래?」 「루디」에 이르는 근작 단편들은 아예 남성 짝패들을 투 톱으로 내세운다. 작중인물들이 외부 세계를 박해의 구조로 확신하고 있다는 점에서 이 작품들은 박민규 식 편집증적 서사가 부정적인 방식으로 강화된 경우라 할 수 있다. 어딘가에서 잠이 들었다가 탑처럼 솟은 12미터의 망루 위에서

---

3) 신수정, 「뒤죽박죽, 얼렁뚱땅, 장애물 넘어서기」, 『카스테라』 해설, 문학동네, 2005, 320쪽.

깨어난 「양을 만든 그분께서 당신을 만드셨을까」의 "고"와 "도"는 극한의 상황에 처한 피해자들이다. 그들은 자고 일어나면 어김없이 채워져 있는 음식을 소비하며 사이렌 소리와 함께 매일 반복되는 총격에 맞선다. 자신들이 왜 이 같은 상황에 처하게 되었는지, 그리고 총을 쏘는 자들이 누구인지도 알 수 없는 고와 도는 두려움에 떨며 서로를 향해 "내가 미치지 않았다고 말해줘"라고 중얼거린다. 「고도를 기다리며」의 두 주인공처럼 부조리한 대화들을 주고받으며 말이다. 도를 죽인 고가 마침내 망루를 내려와 발견한 것은 총을 들고 있는 적들이 아닌 그저 "메에" 하는 한 무리의 양떼뿐이다. 피해망상의 심리구조에 대한 알레고리처럼 읽히는 이 소설은 "참기 위해서는, 그 모두가 꿈이란 믿음이 필요했다"라는 말만이 가능한 우리 시대의 비정함을 극도로 추상한 작품이다. 그런데 우리는 정말 이 세계의 피해자일까. 과연 우리의 박해자, 즉 우리를 희생양으로 만든 것은 누구일까.

혜성과의 충돌로 인한 지구 종말일을 하루 앞두고 마주앉아 술을 나누는 「끝까지 이럴래?」의 "애덤스"와 "창"의 서사도 유사하게 읽힌다. 혜성으로 인한 지구 종말은 인류가 손쓸 수 없는 재앙에 가깝다. 그러나 "세상은 이미 돌이킬 수 없는 곳으로 변해 있었다"라고 묘사되는 종말 직전의 지구의 모습은, 그러니까 "대규모의 파산자들"에 의해 쑥대밭이 되어버린 지구의 모습은 현실의 우리가 당면한 위기를 정확하게 반영하며 인류재앙의 인위적 기원을 분명히 환기한다. 층간소음을 호소하던 애덤스가 결국 층간소음의 유발자였다는 결말과 더불어, 「끝까지 이럴래?」는 전 지구적 인류의 재앙 앞에서 피해자임을 확신하고 절망하는 우리들의 인식구조가 어쩌면 정말 망상에 가까운 것일 수도 있다는 사실을 지적하는 듯도 하다. 편집증적 사유의 자기배려는 책임회피와 동전의 양면일 수 있다는 사실을 기억하라고 부추기는 듯도 하다.

그런 점에서 끔찍한 악한 "루디"와 조우한 "보그먼"의 불행이 우연이 아닌 필연일지 모른다는 「루디」의 결말은 의미심장하다. 금융회사의 부사장인 보그먼과 그 회사에서 12년간 용역 청소부로 일한 루디는 뉴욕에서라면 얼굴 한번 마주할 일 없는 철저히 다른 계층의 인물들이지만 인간의 손이 쉽게 미치지 않는 "알래스카의 팍스 하이웨이"에서라면 사정이 다르다. 상징적 구조의 보호를 받지 못하는 그곳에서 보그먼은 순식간에 한쪽 귀를 날리고 루디의 명령에 한 무대기 똥을 싸놓으며 극한의 고통과 수치를 겪는다. 총 한 자루가 모든 것을 지배하는 곳에서 루디는 보그먼에게 자신이 경험했던 "선택받은 고통"을 돌려주고 있는 셈이다. 「루디」는 우리가 겪는 고통들이 신의 선택이 아닌 인간의 선택 탓이라는 사실을 경악할 만한 사태를 통해 극명하게 보여준다는 점에서 박민규의 근작 중 특히 주목할 만한 작품이다. 이해할 수 없는 자신의 불행 앞에서 누구나 꿈쩍하지 않는 구조를 탓하지만 그러한 구조를 만든 것이 결국 우리 인간이라는 사실, 그러니 스스로 해결책을 찾지 않는 한 우리는 언제까지나 무시무시한 "루디와 함께"해야 한다는 것, 이것이 바로 「루디」의 전언이다.

우리의 박해자는 또다른 우리(double)일 뿐이다. 죽음이라는 숙명적 비극이나 누군가의 황당한 불행을 주로 다루는 박민규의 『더블』은 부정적 현실의 전능함을 강조하면서 불가피한 낙담을 강요할 수도 있다. 그러나 곰곰 생각해보면 『더블』은 인류의 비극에는 인간적 원인이 있음을, 결국 문제는 우리의 이기적 욕심일지 모른다는 그 식상한 사실을 전혀 식상하지 않은 방식으로 일러주는 듯하다. 물론 이 같은 메시지와 무관하게 이 두 권의 책은 충분히 즐길 만하지만, '선택받은 고통'을 '선택한 고통'으로 뒤바꿔 생각할 능력을 누군가 얻기까지 했다면 『더블』은 두 배로 보람된 일을 한 것이 아닐까 생각해본다.

(『창작과비평』 2011년 봄호)

무엇을 할 것인가
— 김연수론

1

안정적이던 누군가의 삶이 일순간 무장해제되어버리는 때가 있다. 건조하게 흘러가던 일상 속에서 예기치 못한 계기로 말미암아 한순간 격앙된 감정이 불거져 나오는 경우를 생각해볼 수 있다. 조금 거창하게 말해보면, 이제까지의 전 생애가 그야말로 하찮은 것이라 여겨지리만치 치명적인 사건이 일어나는 경우도 생각해볼 수 있다. 가령, 김연수의 아름다운 단편 중 하나인 「쉽게 끝나지 않을 것 같은, 농담」(『나는 유령작가입니다』, 창비, 2005)에서 1년 만에 우연히 만난 전남편과 하염없이 길거리를 걷던 삼십대 초반의 여자가 갑자기 주저앉아 눈물을 쏟아내는 감각적인 장면을 떠올려보자. 장편 『밤은 노래한다』(문학과지성사, 2008)에서 평소와 다름없이 시작된 어느 날 아침, 갑작스레 자살한 애인의 편지를 전달받은 한 남자를 떠올려볼 수도 있다. 평범한 인간이라면 대개는 이 같은 순간적 위기가 삶 전체를 뒤바꿔놓을 만한 결정적 사건으로 확대되지 않기를 바랄 것이다. 별탈 없이 위기가 봉합되기를 바랄 것이다. 터져 나온 눈물의 의미를 외면하면서, 애인의 죽음이라는 끔찍한 사건을 잘 극복하고 평온한 일상으로 얼른 복귀하기를 은연중 바라면서. 그래야 살 수 있기 때문이다. 감출 것은 감추고 묻어둘 것은 묻어두어야. 그것이 진실에 가까운 것이라면 더더욱.

위기에 대처하는 자세나 그것을 처리하는 능력에 관해서라면, 김연수의 인물들은 때때로 평균의 인간을 넘어선다. 그들은 한마디로 말해 관성을 거스르는 일에 몰두하고 있다고 할 수 있다. 관성을 따른다는 것은 용기 없음과도 같은 말이며 때로는 비겁함이라는 말로도 이해된다. 김연수의 인물들은 불운이라고밖에는 달리 설명되기 힘든 사건 앞에서, 그것이 왜 자신을 찾아왔는가에 대해 끈질기게 캐묻고 결국 자기 자신으로부터 문제의 원인을 이끌어내고자 한다는 점에서, 자기합리화라는 관성을 거스르는 용기 있는 자들이다. 그래서 이들은 때때로 살기 힘든 지경에 이르곤 한다. 짧은 유서만을 남겨둔 채 투신자살한 여자친구를 이해하고자 낭가파르바트로 떠난 남자도(「다시 한달을 가서 설산을 넘으면」, 『나는 유령작가입니다』), 자신이 저지른 일을 정당화할 방법을 찾고자 도서관에서 10년 동안 책만 읽다가 결국 익사(溺死)의 길을 택하고 만 물고문 담당 전직 형사도(「내겐 휴가가 필요해」, 『세계의 끝 여자친구』, 문학동네, 2009), 평균의 인간이라면 엄두조차 내기 힘든 일을 실천하고 있는 자들이다. 김연수의 어떤 인물들은 굉장히 집요하고 독한 데가 있다.

당해보지도 않고 섣불리 단정할 수는 없겠지만, 위기의 순간에 당도한 김연수의 인물들이 이처럼 지독하리만치 윤리적인 태도를 취하는 것은, 독자에게 다소 낯설게 느껴질 법도 하다. 현실적 지평으로부터 일탈하는 일이 거의 일어나지 않음에도 불구하고 김연수의 소설이 다소 비현실적으로 느껴지기도 하는 것은 바로 인물들의 이 같은 지독함 탓이다. 따라서 김연수 소설의 성패는 독자가 그 인물들에게 얼마만큼 공감하고 매료될 수 있는가에 따라 좌우된다고까지 말할 수 있다. 이제까지의 작품들이 증명했듯 결과는 성공적인 듯하다. 우리가 김연수의 인물들에게 이질감을 느끼기 이전에 격한 공감을 표할 수 있는 것은, 이들의 행위가 이념이라는 허상으로부터 의지적으로 관철된 것이 아니라 오히려 사랑이라는 "실낱같지만 확실한 그 무엇"(『네가 누구든 얼마나 외롭든』, 문학동네, 2008, 38쪽)으로부터 자연스럽게 촉발된 것이기 때문이다. 그의 인물들은 현실적으로 도저히 불가능해 보이는 일을 무서운 의지로 실천해 보이는 지독한 사람들이기보다는, 대체로 사랑을 위해서라면 어쩔 수 없이 무엇이든 할 수밖에 없는 순수한 사람들이다. '너무 일찍 사라지는 여자' '매개자로서의 여자'라는 반복되는 설정이 조금 불편할 수도 있지만, 김연수에게 연애가 단 한 번도 장식적 요소였던 적은 없다는 점, 그리고 그 불가능한 사랑 안에 타자를 향한 바른 윤리가 담겨 있다는 점을 상기한다면, 불편함이 심각해지지는 않는다.

그렇다면 현실의 우리들이 과연 이들과 무엇이 다르단 말인가. 죽은 애인이 공산주의자이며 스파이였다는 사실을 알게 된 직후 자신의 삶을 180도 바꾸어버린 1930년대 만주의 조선인 청년 김해연은 우리의 불행한 역사로부터 호출된 특별한 인물이기 이전에, 사랑하는 사람의 온기가 그리운 현실의 우리와 크게 다를 바 없는 평균의 인간일 뿐인지도 모른다. 이정희가 김해연에게 보낸 처음이자 마지막 편지에 씌어져 있듯, 김연수의 세계에서 "사랑이라는 게 (……) 봄의 언덕에 나란히 앉아 있을 수 있는 것이라면, 죽음이라는 건 이제 더이상 그렇게 할 수 없다는 뜻"(『밤은 노래한다』)일 뿐이라면, 일상의 평범한 인간들도 (조금 과장하자면) 수시로 생사를 넘나든다.

그처럼 생사를 넘나드는 인간들에게, 사랑하는 사람과 봄의 언덕에 나란히 앉아 있을 수 있는 삶의 '낙'을 영원히 누리기 위해서라면, 그 사랑을 소중히 지키기 위해 최선의 노력을 다해야 한다고 우리를 채근하는 것이 바로 김연수 소설의 정치적 함의인지도 모른다. 역사가 개인을, 현재가 과거를, 재현이 진실을, 결국 우리가 서로를 얼마나 훼손하고 있는가에 대해 '냉소적 회의'를 드러내는 것이 아니라, 그의 말마따나 세계에 대한 끊임없는 '감정적 개입'(작가 인터뷰 「타자를 향한 집요한 편애의 기록」, 『작가세계』 2007년 여름호)을 요구하는 것이 김연수 소설의 목적일 수 있다는 것이다.

　김연수가 그리고 있는 것은 결국 평균의 인간이다. 평범한 인물들을 세상에서 가장 특별한 인물들로 뒤바꾸어놓는 것이 김연수의 장기이기기는 하다. 그리고 그 장기가 때로 오해를 사기도 한다. 문제는 연애다. 혹자는 김연수 소설의 서사를 추동하는 남녀 간 짧은 연애가 지극히 감상적이고 낭만적이라고 불만을 토로하기도 한다. 그가 자신의 인물들에게 과도한 특권을 부여하는 듯 보인다는 것이다. 그도 그럴 것이, 가령 「달로 간 코미디언」(『세계의 끝 여자친구』)에서처럼 행복한 연애의 순간을 "활짝 핀 벚꽃나무 아래에서 되려 슬퍼지는 그런 마음"으로 표현할 수 있는 사람은 현실에서 얼마 되지 않을 것이다. 병으로 죽어가는 한 시인이 사랑하는 사람에게 다 못 한 고백을 한 그루의 나무 밑에 편지로 써서 묻어놓은 경우는 또 어떤가(「세계의 끝 여자친구」, 『세계의 끝 여자친구』).

　이 같은 김연수 식 낭만적 사랑이 어쩐지 못마땅한 독자는 작가의 의도로부터 가장 먼 곳에 있는 것이 아닐까. 그처럼 낭만적이고 감상적인 분위기 속에 자신들의 인물들을 집어넣은 것은, 그리고 그 순간만큼은 이들이 전혀 외롭지 않게끔 완벽한 충일감을 느끼도록 해둔 것은, 평범한 우리 인간들이 이처럼 사적이고 내밀한 감정 속에서나마 세상에서 가장 특별한 인간이 될 수 있으며, 또 그렇게 되어야 한다는 것을 보여주고자 한 작가의 의도는 아니었을까. 보잘것없는 한 인간을 유일무이한 존재로 만들어주는 것, 그것은 물론 사랑의 힘이다. 그리고 그러한 사랑의 힘을 묘사하는 데 주력하는 것은 세상에 대한 '감정적 개입'을 선언한 소설가가 취할 수 있는 가장 현실적인 방법일 것이다.

2

김연수의 근작 단편들이 노골적으로 '소통'의 문제에 주목하는 것은 그래서 자연스럽다. 김연수의 소설에서 연인들은 대체로 쉴 새 없이 떠든다. 만주 용정의 영국더기 언덕에 나란히 앉은 이정희와 김해연도, 1991년의 긴박한 분신정국 속에서 토요일마다 휴가처럼 연애를 즐기는 정민과 '나'도, 마치 이야기가 끝나면 사랑도 끝나고 말 것이라는 강박에 시달리는 사람들처럼 이야기를 멈추지 않는다. 그런데 사실, 사랑하는 사람끼리의 이야기라면 소통의 어려움이라는 것이 그리 크게 문제될 것은 없다. 자신의 모든 촉수가 오로지 세상의 유일한 '너'에게로만 향하고 있는 연인들끼리 통하지 못할 게 뭐가 있겠는가. 물론 연인들 사이의 이 축복과도 같은 하나됨은 그 유효기간이 짧을 뿐만 아니라, 대부분 오해로 구축된 환상에 불과한 것이긴 하다. 이즈음의 소설에서 김연수가 집중하는 것은 '언어'라는 불완전한 도구마저 온전히 허락되지 않은 사람들 간에도 충만한 대화가 가능하다는 사실을 증명해 보이는 일이다. 서로 다른 언어를 사용하는 외국인들끼리도, 도저히 말로 전달될 수 없는 고통에 관한 것도, 현실적으로 더이상의 만남이 불가능한 상황에서도, 가까스로 공감이 가능하다는 것을, 아니 오히려 이러한 핸디캡이 더 완전한 이해를 가능토록 한다는 것을 김연수는 애써 말하고 있다. "마지막까지 이해하려는 사람들보다 아예 처음부터 오해한 사람들이 되레 잘된다는 소리"(「산책하는 이들의 다섯 가지 즐거움」, 『자음과모음』 2008년 가을호)를 하려는 것인지도 모르겠다.

완벽한 이해란 애초에 언어를 초과한 곳에서 이루어질 수 있다. 말할 수 없는 곳에서 우리는 볼 수 있고, 볼 수 없는 곳에서 우리는 들을 수 있다. 레이먼드 카버의 「대성당」의 김연수 버전인 「모두에게 복된 새해」(『세계의 끝 여자친구』)에서, 영어로 말하는 한국인 '혜진'과, 한국말로 말하는 인도인 '사트리브 싱'은 "말하자면 친구" 사이이다. 쉽사리 대화가 이루어질 리 없는 관계이지만 혜진의 외국인 친구인 이 인도 청년은 남편인

'나'보다도 아내 혜진의 마음을 더 정확히 꿰뚫고 있다. '나' 역시 이 인도 청년과의 "형편없는" 대화 속에서 마침내 아내의 마음자리에 가 닿고 있다. 「대성당」에서처럼 여기서도 그림이 매개가 된다. 인도 청년이 그려준 숲과 아이와 코끼리 그림을 경유하면서 이들 사이에 '외로움', 아니 '쓸쓸함'이라는 감정의 연대가 형성된다. 말로 표현할 수 없다 한들 "그게 무슨 상관이겠는가." 불안한 음정으로 형편없는 소리를 내던 피아노가 조율되듯 짐작할 수 없는 말들 사이에 이미지를 매개로 흩어졌던 감정들이 차분히 한곳에 모인다. 바로 '고독'이라는 감정이다.

「케이케이의 이름을 불러봤어」(『세계의 끝 여자친구』)의 상황도 크게 다르지 않다. 자신이 사랑했던 (그러나 지금은 죽고 없는) 젊은 연인 '케이케이'의 고국을 방문한 미국인 여성 작가 '나'와, 그의 통역을 담당한 '혜미'는 사실상 계속 어긋난다. 혜미의 영어가 짧은 탓이 아니다. '내'가 확인하고 싶었던 것이 무엇인지 혜미가 애초에 알 수 없었기 때문이다. 자신의 가장 아름다운 얼굴을 되비쳐주던 케이케이의 눈동자, 그리고 살아 있음을 절실히 느끼게 해주었던 그의 젖은 몸, 케이케이는 죽었지만 그 눈동자와 젖은 몸이 완전히 사라져 없어진 게 아니라는 것을 확인하고 싶은 '나'는, 그의 눈동자가 보았다던 하늘과 구름, 그리고 그의 젖은 몸이 헤엄쳤다던 작은 냇물을 보기 위해 태평양을 건너온 것이다. 비록 자신이 상상했던 하늘과 구름과 냇물을 보지는 못하지만, 소중한 사람을 잃은 고통이 어떤 것인지를 서로 나누면서 '나'는 비로소 혜미와 대화하게 된다. 죽어가던 아이의 고통스러운 울음을 이해할 수 없어 미안했던 혜미 이야기를 들으면서 말이다. '왜' 슬픈지가 아니라 '어떻게' 슬픈지를 서로 짐작하게 되면서 말이다.

소통을 위해 충분히 유리한 상황에 놓여 있다고 할 수 없는 이러한 인물들이 결국 서로 통했다고 느끼기 시작하는 것은 유사한 경험을 떠올리게 되면서부터이다. 감정의 교류와 고통의 연대에 있어 언어가 별무소용이라는 김연수의 증명은 타당하지만, 이 인물들이 여전히 자신의 경험으로부터 미루어 짐작함으로써만 타인의 고통에 접근하고 있는 것은 소통의 한계를 재증명하는 것일 수 있다. 그러나 '내'가 완벽하게 '너'가 되어서 '너'를 이해했다고 말하는 것은 분명 위선이다. 인간은 별수 없이 자신을 경유해서만 상대를 아주 조금 이해할 수 있을 뿐이다. 「케이케이의 이름을 불러봤어」에서 "케이케이가 죽었다는 사실을 알면서부터 저는 딴생각을 하느라 당신의 말을 자꾸만 놓쳤던 거예요"라는 혜미의 고백이 그어떤 말보다도 진실되게 느껴지는 것은 이러한 이유 때문이다.

김연수가 우리에게 보여주고자 하는 것은 소통이 시작되는 순간이지 그것이 완성되는 지점은 아닐 것이다. 소통의 완성이란 전적으로 미래의 일이기 때문이기도 하다. 이제야 비로소 충분히 공감했다며 서로 부둥켜안고 눈물을 흘리는 것이 아니라, 각자 자신만의 공간으로 조용히 침잠하는 인물들을 보여주면서 위의 소설들이 마무리되는 것은 그래서 상징적이다. 더불어 윤리적이다. 그 의미심장한 엔딩을 우리는 「달로 간 코미디언」에서도 본다. 광활한 사막의 한가운데서 빛을 향해 걸어가고 있는 시력을 잃어가는 코미디언, 아버지의 고독을 이해하고자 사막을 향해 달려가고 있는 그의 딸, 점자 도서관에 앉아 사막에서 보내온 침묵의 소리를 듣고 있는 맹인 관장과 눈 감은 '나', 이들은 각각 무엇을 보고 있는 것일까. 어떤 말을 해본들 그건 다 거짓말일 것이다. "거기에는 나 혼자뿐이었다"라는 이 소설의 마지막 문장만이 진실이다. 사막의 끝없는 침묵 속에서 볼 수 있는 것은 오로지 나 자신의 '고독'이다. 그렇다. 우리가 완벽하게 이해할 수 있는 타인의 고통이란 오로지 고독뿐인 것이다.

「산책하는 이들의 다섯 가지 즐거움」에서처럼, 코끼리의 앞발이 가슴을 짓누르는 느낌을 상상해보라고 한들 그게 아무리 실제적인 것이라 할지라도 자신이 느끼는 고통은 누군가에게 온전히 전달될 수 없다. 우리가 확실히 알 수 있는 것이라고는 "우리는 한 번도 공동의 기억 속에 들어가지 못할 것"[1]이라는 사실, 따라서 우리는 누구나 고독하다는 사실일지도 모른다. 이처럼 우리는 서로가 서로에게 타인이다. 그래서 우리 모두는 끔찍하리만치 고독하다. 그러나 고독이라는 감정만큼은 (그것이 어떤 말로도·표현될 수는 없을지언정) 최소한 모두가 공유하는 고통이라는 점에서, 비로소 그 고독으로부터 소통의 통로가 열리게 된다. "어쩌면 모든 사람들의 내부에는 그의 코끼리와 같은 것들이 하나씩 존재하고 있기 때문에 사람들은 혼자 산책하는 일을 두려워하는 것인지도 몰랐다"(「산책하는 이들의 다섯 가지 즐거움」)라고 김연수는 적고 있다. 자신만의 고독 속에 충분히 담가졌다 나온 사람, 그래서 우리가 서로에게 완벽히 이해될 수 있다는 오만을 버린 사람은, 그제야 비로소 누군가와의 산책이 주는 진정한 즐거움을 누릴 수 있다.

김연수가 즐겨 그리는 어둠 속의 둥근 빛은 나의 고독과 너의 고독이 만나 일구어낸 따뜻한 사랑의 상징일 것이다. 그리고 지금으로부터 일 년 전 각자의 '코끼리'에 불을 켠 채로 함께 산책하던 이들이 만들어낸 거대한 촛불 시위의 행렬도 사랑의 현현일 것이다. 과연, 김연수는 고독 속에서의 기다림이 무언인지를 아는 작가다. 그 작가가 써내려간 사랑 이야기를 감상적인 것으로만 치부할 수 있을까.

3

진행중인 연애가 스스로를 세상에서 가장 특별한 존재로 만들어주지 않는다면, 그 불행한 깨달음이 자기연민의 소산이 아니라 진정 진실이라면, 그 연애가 군이 지속될 필요는 없을 것이다. 아니 어떤 이유로도 지속되어서는 안 된다. 김연수의 신작 단편 「당신들 모두 서른 살이 됐을 때」(『세계의 끝 여자친구』)의 '내'가 서른 살 생일을 얼마 안 남겨두고 남자친

1) 모리스 블랑쇼, 『기다림 망각』, 박준상 옮김, 그린비, 2009, 60쪽.

구에게 결별을 선언한 것, 그리고 서른 살 생일날의 근사한 여행을 위해 함께 모아둔 돈을 깔끔하게 포기해버리고 만 것, 그리고 정작 생일날 당일에 난생처음 만난 재일동포 육촌동생 부부의 서울 관광 가이드나 해주고 있는 것, 이것이 모두 실패한 연애의 증거라고 해도 틀린 말은 아니다. 이 여자가 회상하기로, 대학 시절 광고 동아리에서 만난 '나'와 '종현'은 "그 시절 (……) 아무것도 아니었지만, 바로 그 이유로 (……) 세상 모든 사람인 양 행동할 수 있었"던 아름다운 연인이었다. 그러나 연애는 시들해졌고, 영화감독을 꿈꾸던 종현은 새로운 인생을 찾겠다며 어이없게도 택시 운전수가 되었다. 슬프도록 충만했던 사랑에 모든 것을 걸었던 한 남자가 그 사랑이 파탄 난 지점에서 새로운 인간으로 태어나도록 했던 김연수의 소설이 다소 버거웠던 독자라면, 이번 작품에서 그려지고 있는 서른 살 여자의 지지부진한 일상과 심심한 사랑이 조금은 편안하게 느껴질 수도 있겠다. 이 여자의 사랑은 목숨 걸 정도로까지 대단하지 않다. 단지 "미국의 엘리자베스타운 같은 곳에서 남자친구와 함께 서른번째 생일을 맞이하는 일 정도"를 소망하는 평범한 것이다. 게다가 그마저도 이루어지지 않았으니 참으로 싱겁기까지 하다.

그러나 여기서 끝낼 김연수는 아니다. "지나고 보니 그건 전혀 소박한 소원이 아니었다. (……) 굳이 남은 소망을 찾는다면, 서른 살 생일이 되어 이제 내가 바라는 건 진외가의 육촌과 함께 있는 동안만은 회사에서 나를 긴급하게 찾지 않기를 바라는, 뭐 그 정도? 하하핫"이라는 이 여자의 허탈한 웃음은, 작품의 마지막 부분에서 인용되고 있는 어떤 편지의 한 구절과 대비되면서 뜨거운 눈물로 전환된다. "아빠, 나는 아빠가 보고 싶어. 지금은 이 마음 하나뿐이야. 아빠가 너무 보고 싶어. 꿈속에서라도 한 번 나와줘. 나는 아빠를 힘껏 끌어안고 놔주지 않을 거야. 떠나지 못하게 절대 놔주지 않을 거야. 그리고 아빠한테 말할 거야. '아버지 사랑합니다'라고"로 끝나는 편지 말이다. 2009년 1월의 어느 날 새벽, 용산의 한 건물 옥상에서 아버지를 잃은 소년이 쓴 편지이다.

　누군가에게 소박한 것이 다른 누군가에게는 대단한 일이 될 수도 있다. 누군가에게 당연한 것이 다른 누군가에게는 꿈에서나 바랄 수 있는 절실한 것이 되기도 한다. 누군가 허탈한 웃음을 짓고 있을 때 다른 누군가는 뜨거운 눈물을 쏟고 있을지도 모른다. 모두가 같은 것을 누릴 수는 없겠지만, 서울의 시간이 자꾸만 거꾸로 가는 듯한 느낌이 드는 이즈음, 이 같은 부조리를 재차 확인하는 것이 우리 모두에게, 특히 '그들'에게 처참한 고통이 아닐 수 없다. "용산구 쪽을 내려다보는 두 남녀에게 오늘이 내 생일이라고 말했다"라며 시작되는 이 소설은, 그러니까 서른 살 생일날 육촌 동생 부부와 남산 타워 꼭대기에서 맥주를 마시다가 1년 전 헤어졌던 남자친구에게 연락해 그가 운전하는 택시를 타고 귀가하는 내용이 전부인 이 소설은, 용산에 관한 소설이 아닐 수 없다. 서른 살 생일을 맞은 한 평범한 여자가 용산의 '그들'에 대해 뜨거운 눈물 한 방울을 흘릴 수 있다는 것을, 꼭 그래야만 한다는 것을 자연스럽게 보여주고 있기 때문이다. 종현의 택시를 타고 귀가하던 '나'는 바하의 칸타타 〈양들은 평화롭게 풀을 뜯고〉를 들으며 눈물을 흘린다. 그리고 다음과 같은 것들을 이야기한다.

　그 아름다움 목소리가 어떻게 내 영혼에 생긴 상처를 어루만졌는지, 그 아리아를 들으며 멀리 보이던 도시의 불빛들이 아름답다고 생각하던 순간, 어떻게 갑자기 지난 일 년 동안의 외로움이 물밀듯이 내게 밀려왔는지, 이별의 기억이 얼마나 오랫동안 내 안에 머물러 있었는지, 그 아리아가 끝날 때까지, 그리고 그 아리아가 끝나고 난 뒤에도 얼마나 오랫동안 내가 얼굴로 불어오는 바람을 고스란히 맞았는지에 대해서. 그리고 그렇게 바람을 맞으며 내가 떠올린, 그날 새벽의 타오르던 붉은 불꽃과 시커멓게 피어나던 검은 연기와 아래에서 솟구치는 하얀 물줄기들에 대해서, 그로부터 얼마 지나지 않아 우연히 읽게 된 편지의 구절들에 대해서.

'나'의 눈물이 오로지 그들의 슬픔에 바쳐지고 있다고 할 수는 없다. 묻어두었던 이별의 상처가 갑자기 몰려와 감정이 격해졌고, 그래서 자연스럽게 "그날 새벽"의 불꽃과 연기 속에서 그들이 느꼈을 외로움을 떠올리게 된 것이다. 지금 그녀의 눈물은 그 외로움들이 마주쳐 터져나온 눈물인 것이다. 우리는 누구나 저마다의 눈물을 지니고 있으며 그 눈물은 쉽게 소통될 수 없다. 그럼에도 불구하고, "이렇게 거대한 도시에 사는 한, 평생 하루에 한 번씩 택시를 탄다고 해도 우리는 죽을 때까지 같은 택시를 탈 수 없는데, 그런데도 때로 우리는 원래 만나기로 한 것처럼 누군가를 만나고 또 사랑에 빠"지기도 하며, 고통을 나누기도 한다. 순수한 확률의 세계에서는 불가능한 일이 인간의 세계에선 종종 기적처럼 일어나기도 하는 것이다. 같은 승객을 두 번 태우는 우연이 가능하다는 것을 증명하고자 했던 '이종현 씨'의 "희망 프로젝트"는 결국 승리한 셈이다. "그 날 새벽" 종현의 택시가 우연히 용산을 지나치고 있었다는 것, 그리고 종현의 택시가 생중계해준 그날의 그 불꽃을 '내'가 우연히 보게 되었다는 것, 그래서 지금 '내'가 '나의 외로움'과 '그들의 외로움'이 범벅된 뜨거운 눈물을 흘릴 수 있다는 것, 이것은 "극한의 절망"과 "멍청한 확신"의 세계에서라면 절대 일어날 수 없는 고통의 희미한 마주침인 것이다. '용산'의 그들에게 우리가 보여주어야 할 것은, 타인의 고통이 절대 이해될 수 없다는 절망과 체념을 넘어서는, 사랑의 마음이다. 김연수는 그것을 강조하고 있다.

우연도, 기적도 일어날 수 있다. 그로 인해 우리는 결국 "그 무엇도 아닌 존재에서 이 세상 그 누구라도 될 수 있"다. 타인의 고통은 소통되기 힘들고 완벽한 사랑은 불가능하다는 진부한 명제를 재차 확인시키는 일이 이제 더이상 김연수 소설의 전부는 될 수 없다. 「당신들 모두 서른 살이 됐을 때」의 서른 살 여자처럼, 김연수는 "불안한 건 참을 수 있어도 진부한 건 도저히 못 참"는 작가가 아닌가. 희망을 기대하는 것이 기적 같은 우연을 바라는 것처럼 불가능한 일로 여겨지는 각박한 세상이지만, 서로의 내밀한 비밀을 나눌 수 있는 사람들 사이에서 사랑이 지속되는 한 기적은 일어날 수 있으며 더불어 희망도 꿈꿀 수 있다고 김연수는 말하고 있는 듯하다. 보잘것없는 우리를 세상에서 가장 특별한 존재로 만드는 우연은 결국 필연이 되어야만 하며 사랑이 그것을 할 수 있다고 "우리 둘 사이에 온기가 남아 있는 동안 이 세상은 이해하지 못할 바가 하나도 없는 참으로 무해한 공간이었다"(「달로 간 코미디언」)라고 회상하는 김연수의 연인들이 말해주고 있다.

4

김연수의 소설은 지금 당장 당신들의 사랑하는 사람에게로 달려가라고 우리를 부추기는 것만 같다. 더불어 사랑하는 사람에게 달려가는 것이 영원히 불가능해진 사람들에 대해서, 떠난 사람과 남겨진 사람들에 대해서 진심 어린 애도를 멈추지 말라고도 요구하는 것 같다. 너무 소박한 감상일까. 그러나 김연수의 소설을 통해서 거창한 이야기가 결국 한 인간의 소박한 진심을 심하게 훼손시킬 수도 있다는 통찰을 반복적으로 확인해온 독자라면, 자신의 유일한 단 사람을 그리워하게 되는 이토록 사소한 반응이 어쩌면 그의 소설에 대한 가장 적절한 반응일 수 있다는 생각을 해볼 수 있을 것이다.

재미로 작품을 쓰는 것이 아닌 이상, 밥벌이의 소재를 현실로부터 무상으로 제공받는 작가는 현실을 향해 무언가를 되돌려줄 의무가 있다. 우리의 과거와 현재로부터 소설의 소재를 제공받는 김연수가 우리에게 되돌려주고 있는 것은, 과거와도 현재와도 다른 희망찬 미래를 꿈꿀 용기 같은 것이라 생각된다. 김연수의 소설을 읽는 우리는, 누군가의 살 냄새가, '나'와 '너' 사이를 감도는 따뜻한 온기가, 그리고 '우리'들의 행복한 웃음이 그리워진다. 그리고 이러한 것들을 절대 포기할 수 없는 한 나와 너는 우리의 웃음을 빼앗아가는 세상을 넋 놓고 바라보고만 있을 것 같지는 않다는 확신을 하게 된다. 그렇다면 김연수 소설은 꽤 중요한 일을 하고 있는 셈이다. 반드시 해야 하지만 참으로 어려운 세상의 모든 위대한 일들은 자신의 유일한 단 한 사람을 위해 시도되는 경우가 많지 않은가. 김연수의 소설은 그 일을 하게끔 한다.

점점 살기 힘든 세상이 되어가고 있다. 더불어 문학이 무엇을 할 수 있을 것인가라는 공격적인 질문에 대한 회의적인 답변들이 우리를 씁쓸하게 하고 있다. 문학의 정치라는 것, 그러니까 문학의 사회적 역할이라는 것은 그리 거창한 것이 아닐지 모른다. 나에게 소중한 무언가가 있다면 그것을 지켜내고자 필사적으로 노력해야 한다는 것, 그리고 내 것이 소중한 만큼 다른 사람의 것 역시 똑같이 소중하다는 사실을 역시나 필사적으로 기억해야 한다는 것, 이러한 명제를 잊지 않게끔 하는 것이 문학의 변치 않는 사회적 책무일지도 모른다. 문학의 힘이 갈수록 미약해지는 듯 보이는 때일수록 이러한 자명한 전제를 확인하는 일이 중요해진다. 오늘날 문학에서 희망을 볼 수 있다면 그것은, 결코 우리들의 '낙'을 빼앗기지 말자는 결심과 타인의 '낙'을 빼앗지도 말자는 다짐을 강조하는 소설이 여전히 씌어지고 있기 때문이리라.

김연수 신작 소설의 배경이기도 한 남산 타워에는 수많은 자물쇠가 있다. 각각의 자물쇠에는 함께 있으면서도 서로가 그리운 사람들의 이름이 나란히 적혀 있다. 남산 타워가 사라지지 않는 한, 자물쇠가 풀리지 않는 한, 아니 소중한 사람의 이름을 적어넣던 그날의 기억이 각자의 마음속에 한 줄기 빛으로 남아 있는 한, 언제든 세상의 기적은 일어날 수 있다. 그렇게 믿고만 싶다. 그러니 우리 모두 진실로 "사랑이라는 걸 한번 해보"(『밤은 노래한다』)자.

(『문학수첩』 2009년 여름호)

〈보유〉

짧은 인사를 여기 남긴 채
― 김연수의 『7번국도 Revisited』 읽기

　　지나간 청춘 시절은 누구에게나 각별하다. 까닭 모를 슬픔과 더없는 아픔에 너덜너덜해져버린 마음으로 지나온 시간들이라 할지라도 다시 못 올 청춘 시절은 누구에게나 애틋하게 기억되곤 한다. 그리고 나만의 그 특별한 시간들이 다른 누군가의 청춘 시절과 견주어 유별난 게 아니었다는 사실을 깨닫는 나이가 되면, 즉 무덤덤하게 그 시절을 떠올릴 수 있는 나이가 되면, 우리는 비로소 어른이 되었다 할 것이다. 그러니까 어른이 된다는 것은 두 번의 상실을 경험하는 일이다. 혼돈과 방황이 성가신 것이 되고 더불어 옛 기억들을 각별하게 떠올릴 능력조차 잃게 되면 우리는 진짜 어른이 된다. 이렇게 우리는 삶이라는 긴긴 시간을 통과하며 특별했던 자신이 평범한 어른으로 전락하는 경험을 하게 된다. 이토록 가혹한 시간의 흐름을 그 누가 피해갈 수 있을까.

　　김연수에게 각별한 시절은 언제일까. 작가의 마음 깊은 곳에 새겨진 인생 그래프를 확인할 길은 없지만, 그간 김연수는 여러 작품을 통해 1991년을 각별한 한 해로 암시한 바 있다. 『네가 누구든 얼마나 외롭든』이 바로 그 시절을 외롭게 통과한 이들에 대한 거대한 애도의 소설이었음도 우리는 기억한다. 1991년 한 해 동안 이십대 여러 청춘의 목숨이 봄날의 흩날리는 꽃잎처럼 사라져갔다. 그리고 그 사실은 봄이 겨울을, 여름이 봄을 잊듯 아주 자연스럽게 잊혔다. 생사의 갈림도, 우리를 둘러싼 이 세계의 거대한 변화도, 그 모든 것들이 우연으로밖에는 설명될 수 없었던 그 시절의 혼돈을 김연수는 수많은 사람들의 생생한 이야기로 풀어냈다. 그 불안의 시절을 거쳐 김연수는 우연들이 겹쳐 필연이 된다는 삶의 철학을 얻었다. 더불어 우연이라는 운명 속에 내던져진 외로운 인간들은 끊임없이 말을 주고받으며 서로의 고통에 관여해야 할 필요가 있다는 삶의 지혜 또한 얻었다. 김연수의 소설이 이제껏 우리에게 알려준 것은 바로 이토록 서늘한 삶의 철학에 관한 것, 그리고 그것을 돌파할 따뜻한 삶의 지혜였던 셈이다.

『나는 유령작가입니다』이후 거의 완성형에 이른 작가의식을 보여준 김연수가 자신의 초기작『7번국도』(문학동네, 1997)를 13년 만에 다시 썼다. 『네가 누구든 얼마나 외롭든』보다 정확히 10년 앞서 씌어진 『7번국도』는 무엇을 했던가. 김연수 소설의 한 축이 자신의 청춘 시절에 대한, 정확히 말해 1991년에 대한 애도와 관련된다고 할 때『7번국도』는 그 시작을 알리는 소설이었다 해도 과언이 아니다. "1991년 5월 재현이와 청계천에 가투를 나왔다가, 서연"이라는 메모가 적힌 비틀스의 LP판을 중심으로, 각자 나름의 극복할 수 없는 삶의 허무와 상실로부터 자유롭지 못한 이십대 초중반 인물들의 이야기가 파편적 형태로 펼쳐져 있는『7번국도』는 이른바 어떤 '과정중'의 소설로 우리에게 각인되어 있다. "우리가 매순간 단절되는 찰나를 살지 못하고 인과관계의 연속 속에 살게 되었다는 것, 그리고 그러한 연속적인 시간의 흐름 속에 살게 되었다는 것. 바로 그러한 운명 속에 이미 삶이 지루함이냐, 폭력이냐는 결정되어 있었던 것이다"(70쪽)라는 통찰과는 별개로, '길'이라는 테마는 물론이거니와 소설 안에 들끓는 에너지만으로도 스물일곱의 김연수가 쓴 13년 전의 『7번국도』는 그 시절의 인간 김연수를 증명하고 있는 소설이라 할 만하다. 『7번국도』로부터 시작한 1991년에 대한 애도 작업은 『네가 누구든 얼마나 외롭든』이라는 육중한 장편에까지 이르렀고, 여러 텍스트를 자유롭게 직조하는 그만의 스타일도 『7번국도』 이후 만개했다.

『7번국도 Revisited』(문학동네, 2010)에서 달라진 것은 무엇일까. 사라진 첫사랑 '서연'을 잊지 못해 방황하는 '재현', 삶이 지루한 '나', 그리고 태생부터 외로웠던 '세희'는 그대로 등장한다. 이들이 조우하게 된 계기라든지 재현과 나의 '7번국도'로의 여행이라는 설정도 다르지 않다. 작중 인물인 '나'와 실제 작가 김연수가 오버랩되는 새로운 결말은 독자를 위한 작은 선물처럼 훈훈하게 느껴지기는 하지만, 이것이 개작(改作)의 결정적 성과로 여겨질 정도는 아니다. 김연수는 원본의 기본 골격을 그대로 둔 채 부분적으로 미묘한 수정을 가했다. 가장 상징적인 수정의 사례는 바로 서연이 재현에게 남긴 LP판의 메모에서 찾아진다. 2010년 버전의 『7번국도 Revisited』에서 서연은 재현에게 "*1991년 5월 콜럼버스보다 위대한 발견을 위해서…… J&S*"라는 메모를 남기고 있다. 이런 식으로 작가는 다시 쓴 소설에서 '1991년'이라는 시공간으로부터 시대적 맥락을 가능한 삭제하려고 시도한 듯하다. 그래서일까. 새로 읽은 『7번국도 Revisited』에는 좀더 보편적인 청춘의 모습이 드러나 있는 것이 사실이다. 그런데 보편적인 청춘의 모습을 재현하는 일은 과연 가능한 것일까.

가령, "돌아가고 싶다고 말을 하기에는 청춘이 너무 아까웠고, 새로운 인생을 원하기에는 용기가 부족했다. 아깝고 부족하고, 아깝고 부족하고, 그렇게 해가 뜨고 해가 졌다"(40쪽)라는 서술은 청춘의 보편적 속성을 재현한 것이라 할 수 있다. 물론 이러한 통찰은 사후적으로만 씌어질 수 있다. 청춘의 시간, 그 한복판에서 나의 시간과 너의 시간이 온전히 같을 수 없는 것이다. 그 순간 우리는 모두 특별한 경험을 하고 있는 특별한 사람들이기 때문이다. 나의 경험과 너의 경험이 공통의 말로 묶이는 것은 오로지 그 순간을 지나쳐온 이후의 각색을 통해서만 가능하다. 다시 씌어진 『7번국도 Revisited』에서 재현과 '나'는 여전히 "가고자 해도 갈 길이 없는 진퇴양난의 시절을 보내고 있"(40쪽)지만, 13년 전보다는 어쩐지 좀더 여유로워진 듯하다. 인물들의 과격한 대화들이 다소 유머러스하게 변해 있다는 점도 그러하거니와, 이전의 소설에서는 거의 볼 수 없었던 '청춘'이라는 단어가 새로 쓴 작품에서 군데군데 발견된다는 점에서도 『7번국도 Revisited』는 보편적 청춘 소설을 지향한다는 느낌이다. 이십대 청춘의 어색한 심각함이 포즈처럼 도드라졌던 『7번국도』가 자연스러운 여유마저 품어 안은 청춘의 후일담으로 변모할 수 있었던 것은 오로지 13년이라는 시간 덕분일 것이다. 그렇다면 원본과 비교해 어쩐지 어른이 쓴 청춘 소설처럼 읽히는 『7번국도 Revisited』는 작가 김연수가 자신의 청춘을 재방문하며 비로소 그 시절에 안녕을 고하는 소설이라고 읽힐 수 있다.

『운명론자 자크』를 쓴 디드로는 '다시 쓰기'가 과거의 모든 것을 완전히 사라지게 할 것을 우려하며 "이미 쓰인 것을 감히 다시 쓰려는 모든 자들"에게 저주의 말을 퍼부은 적이 있다. 그 말을 쿤데라가 『소설의 기술』에서 인용하기도 했다. 김연수의 다시 쓰기가 지난 시절을 지우기 위한 것이 아니라는 사실을 모르지 않으나, 그럼에도 불구하고 나는 저 청춘 시절을 고쳐 써야 할 필요를 느낀 작가의 결심에 어쩐지 서운한 마음이 든다. 군더더기 없이 매끄럽게 정돈된 『7번국도 Revisited』는 청춘을 바라보는 여유와 더불어 시대를 초월한 어떤 보편성마저 획득하게 된 것이 사실이지만, 그런 이유로 다시 씌어진 『7번국도 Revisited』에서는 청춘의 육성보다는 어른의 목소리가 더 뚜렷하게 들리는 듯하기 때문이다. 지나간 시간을 지금의 관점에서 다시 쓰는 것, 그것은 디드로의 말처럼 이미 씌어진 것을 사라지게 하는 행위가 될 수도 있다. 그 시절 그 순간들은 그저 그대로 아련히 그곳에 두는 것이 정당하지 않을까.

이제 어른이 되어버린 자가 지나간 자신의 청춘을 새로 고쳐 쓰는 일은 어쩌면 그 시절에 대한 배반이 될지 모른다. 이미 멀어진 연인들이 이별을 확정짓기 위해 다시 만나는 일처럼 새삼스럽기도 하고 잔인한 작업일 수도 있다. 그런데 과연 그렇기만 할까. 이 이별의 확정 작업은 자신의 청춘 시절을 더이상 절절한 마음으로 기억하지 못할 근미래의 자신에 대한 최소한의 방어로서 이해될 수는 없을까. 그러니까 김연수는 언젠가는 이십대의 자신을 무덤덤하게 떠올리게 될 스스로를 거절하기 위해 미리 자신의 청춘 시절에 형식적인 이별을 고해버린 것은 아닐까. 사랑이 식어가는 것이 두려워 아예 그 사랑을 끝장내버리기로 결심한 마음 약한 연인들처럼 말이다. 그러니 우리는 『7번국도 Revisited』, 그 각색된 청춘을 인간 김연수가 자신의 청춘 시절에 건넨 공식적인 짧은 인사 정도로 이해하며 서운한 마음을 달래야겠다. 짧은 인사를 이렇게 남기고 그는 비공식적으로 그 옛날의 청춘 시절을 오랫동안 애절하게 기억하고 싶었던 것인지도 모르니까. 『7번국도』를 재출간하자는 출판사의 제안에 고쳐 쓰기를 결심했다는 김연수는 13년 전의 『7번국도』를 이렇게 혼자만의 각별한 소설로 만들어버렸다. 독자에게 『7번국도 Revisited』라는 세련된 청춘 소설을 선사하고 그는 『7번국도』의 원본, 즉 생생한 청춘의 기록을 오로지 자기만의 것으로 가져가버린 셈이다.

(『문학웹진 뿔』 2011년 봄)

'유령'작가의 진실
— 김연수론

삶은 살아가는 것이지, 이야기하는 게 아니거든.
— 「뿌넝숴(不能說)」(『나는 유령작가입니다』) 중에서

1. 형식에서 정서로, 혹은 인식에서 믿음으로

김연수는 똑똑하고 성실한 작가다. 이것은 물론 그의 작품이 증명해주는 바다. 이미 첫 장편 『7번국도』의 하이퍼텍스트적 글쓰기에서 그것이 예고되었고, 『꾿빠이, 이상』(문학동네, 2001)에서는 그의 '좌뇌'가 승한 글쓰기가 과도하다 싶을 만치 절정을 이뤘으며, 『나는 유령작가입니다』에서는 논픽션적 자료의 편집으로 픽션을 제작하는 방식의 글쓰기[1]가 일가를 이뤘다고 할 만하다. 새로운 소재와 생생한 묘사라는 '발로 뛰는' 글쓰기가 유행하는 가운데, 김연수는 그 나름 '읽고 쓰는' 글쓰기의 장을 적극적으로 열고 있다고나 할까? 예컨대, 「공야장 도서관 음모 사건」(『스무 살』, 문학동네, 2000)의 보르헤스 식 모티프에서 「연애인 것을 깨닫자마자」(『나는 유령작가입니다』)에 나오는 경성제대 이어철 박사의 〈냉수를 마셔라〉라는 자료에 이르기까지, 또 휘트먼의 시에서 한시에 이르기까지 그의 레퍼런스는 실로 화려하다. 때문에 그의 작품은 비록 대중적이지 않을지는 몰

---

1) 이에 대해서는, 김연수, 심진경, 류보선의 좌담(「작가-되기, 혹은 사라진 매개자 찾기」, 『문학동네』 2005년 가을호)을 참고.

라도 읽을 만하다. 읽을 만하다는 것은 그 자료적 풍부함과 형식적 공들임이 해석의 욕망을 자극한다는 말이다. 비슷한 시기에 등단한 김영하나 백민석이 '이런 이야기를 할 수도 있다'라는 소재적 새로움을 문단에 던져줄 때, 김연수는 '이런 식으로도 이야기할 수 있다'라는 형식적 새로움을 마련해주고 있다. 그는 자칭 "현학적인 문학근본주의자"인 것이다.

더불어 김연수는 시대적 상처와 유관한 작가이기도 하다. 첫 단편집 『스무 살』의 「구국의 꽃, 성승경」에서 투신하는 학생 운동가라든지, 『내가 아직 아이였을 때』(문학동네, 2002)의 「첫사랑」에서 수배자의 고백이라든지, 「그 상처가 칼날의 생김새를 닮듯」의 배경이 되는 광주항쟁과 지역감정의 문제라든지, 이처럼 1980년대적 상황과 사회적 투쟁의 상처는 89학번 김연수에 의해 소설 안으로 계속해서 호출된다. "세대의식과 소설가적 자의식을 맞세우며 자신의 소설적 지평을 지속적으로 갱신했다"는 평가는 그래서 나온 것이다.

물론 김연수가 등단했던 1990년도는 집단보다는 개인이 문단의 화두였다. 한편에서는 윤대녕, 신경숙이 '나'를 돌아보며 내면으로 침잠할 때, 다른 한편에서는 김영하가 그 '나'를 파괴하겠다며 나르시스트의 '거울'을 부수고 있었고, 백민석의 주인공들이 엽기적인 행각을 서슴치 않았으며, 여러 문화적 코드들이 혼종된 작품들도 마구 쏟아져 나왔다. 억눌렸(렀)던 개인의 욕망이 불거져 나오기 시작했고, 왜곡된 방식으로 사회의 모순된 구조가 드러났으며, 그 와중에 대사회적인 투쟁이나 고민은 이미 유행 지난 옷가지처럼 옷장 깊숙이 처박힌 애물단지가 되어버렸다. 그래도 김연수의 주인공들은, 학생운동의 과잉 진압으로 죽은 '성승경'의 동생 '승진'이 죽은 누나의 원피스를 입고 유령처럼 밤거리를 헤매듯, 그 유행 지난 옷가지들을 자꾸 꺼내서 입어보았다. 그는 자칭 "80년대에 가까운 작가"이기도 한 것이다.

그렇지만 그 옷은 역시 유행에 걸맞지 않는 터라, 더불어 이 부채의식이라 할 만한 것에 짓눌려 있기에 작가의 상상력의 궤적이 너무나 크고 그의 지적 발랄함이 너무나 경쾌한지라 "김연수에게 문학적 글쓰기는, 자신의 진실을 고통스럽게 토로하는 것보다는 상상력을 통해 세계를 재구성하는 쪽에 훨씬 더 가까이 있다"[2]라는 지적이 폭넓은 공감을 얻기도 했다. 김연수 식 예의 그 경쾌한 글쓰기는 『사랑이라니, 선영아』(작가정신, 2003)라는 재치 있는 연애소설에서 그 빛을 발하고, 결국 『나는 유령작가입니다』에서 편집자, 주석가, 번역가로서 그의 재구성 능력이 우연과 필연, 진실과 거짓에 관한 통찰까지 얻음으로써 한층 업그레이드된다.

이렇게 본다면 김연수에게 1980년대적 상황 혹은 세대 감각, 그리고 그의 작품들을 관통하고 있는 다소 우울한 정서의 문제는 작가가 초지일관하고 있는 형식적 구성력에의 관심, 또 그에 값하는 작가의 능력에 의해 묻혀버리게 된다. 따라서 『내가 아직 아이였을 때』에서 징후적으로 등장하는 시대적 배경들과 그 소설집 전체를 관통하는 고독과 비애의 정서는 "이 소설만큼은 연필로 쓰기로 결심했다"라는 작가의 고백과 함께, 김연수의 작품 목록에서 특이한 것으로서만 간주될 위험을 안고 있는 것이다. 이 작품집의 독특함 혹은 이질성에 대한 평가는 뒤이어 나온 『나는 유령작가입니다』의 형식적 강렬함에서 더 힘을 얻고 있는 듯하다. 그런데 최근 장편 연재를 시작한 「모두인 동시에 하나인」(『문학동네』 2005년 겨울호. 이후 『네가 누구든 얼마나 외롭든』으로 출간되었다)에서 김연수는 다시 1980년대적 상황을 배경으로 끌고 오면서 전후 한국 현대사를 거론하고, 그러면서 인간의 문제에 집중하고 있어서 흥미롭다. 그렇다면 김연수는 어디로 가려는 것일까? 이쯤 되면, 김연수의 '변전'(김형중), '기획력'(심진경), 혹은 '문턱 넘기'(김연수)는 여전히 한쪽에는 세대의식, 한쪽에는 작가의식을 놓고 그 양극 사이를 진동하고 있다고 보아도 무방하지 않

---

2) 서영채, 「유토피아 없이 사는 법」, 『문학동네』 2002년 봄호, 328쪽.

을까? 그렇다면, 아니 그럼에도 불구하고 김연수 소설에서 '모두인 동시에 하나인' 것은 무엇일까? 이 글은 이러한 질문에서 시작한다.

여기서 생각해보아야 할 것. 김연수는 애초에 인간에 대한 관심이 지대한 작가라는 것이다. 그가 유지해왔고 벌써 정점에 도달한 듯 보이는 포스트모던적 글쓰기나 불가지론적인 사고에는 세계에 대한 냉철한 인식의 차원을 넘어서는 그 무엇이 있다. 그의 세계인식이 "그러므로 진실은 없다"는 냉소나 허무주의가 되지 않고, "진실은 어디에 있는가"라는 질문으로 곧바로 이어지는 것도 바로 인간에 대한 끝없는 관심 때문일 텐데, 그것은 어떤 '정서'의 집약을 통해 스며 나오기도 하고, '의지' 혹은 '믿음'으로 실천되기도 한다. "아프지 말아라, 너무 아파하지 말아라"[3]라는 식의 위로와 "나도 어디 버틸 수 있을 때까지 버텨보기로 했다"[4]라는 의지 같은 것들이 김연수를 해체적 허무주의자라는 평가로부터 지켜낸다. 그런데 정작 중요한 것은 그 한복판에 항상 '언어'에 대한 고민이 놓인다는 점이다. 소설집의 제목에 '작가'라는 말을 대놓고 쓸 만큼, 또 작가가 주인공으로 등장하는 작품 목록이 다수에 해당할 만큼 그에게 언어의 운용은 중요하다. 김연수 소설의 인물들이 흔히 무엇을 쓰거나 말하거나 읽고 있다는 사실도 그 증거가 된다. 따라서 우리는 그의 언어 수행 행위를 바탕으로 해서, 김연수만의 진정성과 고민의 내용을 발견할 수 있을 것이다. 가령 다음과 같은 질문들에 답하는 과정으로 이 글은 씌어진다. 그의 형식적 기발함과 재치와 성실성에 묻혀버린 김연수의 진정성은 무엇이고, 그가 멈추지 않는 질문은 무엇인가? 그리고 그는 그 질문을 지금껏 어떻게, 어디까지 해결했나?

---

3) 「노란 연등 드높이 내걸고」, 『내가 아직 아이였을 때』, 194쪽. 이하 본문에서 이 책을 인용할 경우 (1: 페이지수)로 표시함.

4) 「쉽게 끝나지 않을 것 같은, 농담」, 『나는 유령작가입니다』, 28쪽. 이하 본문에서 이 책을 인용할 경우 (2: 페이지수)로 표시함.

2. 기억으로 말할 수 없는 것, 말로 기억할 수 없는 것—『내가 아직 아이였을 때』

작가가 그렇듯 『나는 유령작가입니다』의 인물들은 끊임없이 말하거나 쓴다.[5] 「쉽게 끝나지 않을 것 같은, 농담」의 '나'는 스스로는 인식하지 못한 채 혼잣말을 계속하고, 그의 이혼한 아내는 꿈꾼 것을 이야기하기 좋아하는 사람이다. 「뿌넝숴」와 「이렇게 한낮 속에 서 있다」의 화자는 아예 독자에게 이야기를 들려주고 있다. 한편 「거짓된 마음의 역사」는 일방적인 편지 형식이며, 「다시 한달을 가서 설산을 넘으면」의 '그'는 세상과 단절된 채, 여자친구의 자살 원인을 알기 위해 소설을 쓴다. 유서에 자신에 대한 단 한 줄의 언급도 남겨놓지 않은 여자친구에게 자신의 존재는 도대체 무엇이었고, 그녀가 자신을 사랑하기는 한 것일까라는 처절한 질문에 답하기 위해, 그는 '너'의 흔적을 그리고 '우리'의 흔적을 더듬는다.

문제는, 그들의 이야기는 여전히 혼잣말이며, "사랑한다고 해서 한 인간의 꿈속까지 들어가는 것은 불가능"하다는 것이며, "삶은 살아가는 것이지 이야기하는 게 아니"라는 것이며, 편지에는 답장이 없다는 것이며, 소설 속의 인과관계 안에서는 어떤 진실도 발견되지 않는다는 것이다. 이처럼 그들의 언어는 장애를 지니고 있다. 말은 할수록 전달되는 것이 아니라, 오히려 「그것은 새였을까, 네즈미」에서처럼 단어 몇 개로밖에 소통할 수 없는 말하기가 더 단호하고 정확하게 들릴 수 있다. 그렇다면 결국 계속해서 말을 하고 글을 쓴다는 것은 허무한 일인가. 그래도, 여하튼, 침묵은 비겁하다. 그래서 인물들은 말해질 수 없는 것을 또 말하고 쓴다. 전작 『내가 아직 아이였을 때』의 인물들도 그랬다. 그렇지만 그들은 타인과 소통할 수 없음에 대해서는 무신경하다. 아니 그 점에 대해서는 일부러

---

5) 김병익이 지적했듯, 『나는 유령작가입니다』의 작품들은 이제 무엇에 대해 쓰기 시작하겠다는 말을 먼저 밝히는 것으로 서두를 뗀다(김병익, 「말해질 수 없는 삶을 위하여」, 『나는 유령작가입니다』 해설).

외면하고 있다고 말하는 편이 정확할 것이다. 왜일까?

「첫사랑」의 '나'는 수배중이다. 자수할 시간이 임박한 상황에서 '내'가 마지막으로 하는 일은 첫사랑 '정인'에게 편지를 쓰는 일이다. 그 편지 내용이란 건 거창할 게 없다. 삶의 기로에 서 있는 사람에게 역설적으로 아주 사소한 기억들이 떠올려지듯 '나'는 어린 시절의 몇 가지 사건을 떠올리고 그에 대해 고해성사를 해나간다. 자신의 관심이 무시당하자 정인의 뺨을 때린 일, 혜지 누나에게 화풀이 하듯 "남의 잔에 술이나 따르는 더러운 주제에 무슨 훈계"(1: 114)냐며 결코 씻을 수 없는 상처를 준 일 등을 얘기한다. 그런 고백의 사이사이에 "판문점 도끼만행사건" "데프콘 발동" "직선제 개헌"과 같은 정치적 사건들을 무심히 끼워넣는다. 그런데 그 편지는 단지 자신의 지난날을 정리하고 "아름다운 것을 보고 망쳐버리는 동물은 사람뿐"(1: 114)이라는 뒤늦은 뉘우침을 고백하기 위한 것이었을까? 보다 중요한 것은 내가 "누군가에게 이런 얘기를 남겨야만 한다는 초조한 마음"(1: 98)에 사로잡혀 편지를 쓰고 있다는 사실이며, 따라서 특별히 그 대상이 '정인'이어야 할 것도 없다는 점이다. 정인의 주소는 짐정리를 하다 우연히 발견되었고, 정인에 대한 기억도 따라서 우연히 떠올려졌을 뿐이다. 결국 고백을 들어줘야 할 그 '누군가'는 바로 자기 자신이다. 그는 지난날의 기억을 되짚어가며 스스로를 용서하고 위로하는 과정이 필요했을 뿐이다. "너를 다치게 하지도 않으면서 너를 놓치지도 않는 방법을"(1: 105) 연구하던 어린 시절의 '나'는 이제 나를 다치게 하지도 않으면서 너를 놓치지도 않는 방법이 바로 자기 안에 머물기라는 사실을 아는 것이다.

까닭 없는 슬픔과 한없는 기쁨과 막연한 불안감이 하늘을 떠도는 먼지 알갱이처럼 내 안에서 서로 섞여서 하나의 거대한 원으로 바뀌는 동안, 조금씩 둥근 원이 태양 속으로 밀려들기 시작했지. 눈물 방울처럼 검은 유리판에 새겨진 그 아름다운 노란빛. 언젠가 보았던 너의, 또 혜지 누나의 눈물 맺힌 눈동자처럼 한쪽 부분부터 흔들리는 그 둥근 빛. 그러나 결코 부서지거나 망가지지 않을 그 소중한 동그라미. 무한히 수축됐다가 다시 온 우주로 퍼져나가는 그 노란 물결. (1: 118)

이 소설집 전체를 관통하는 이미지를 둥근 노란 빛이라고 할 수 있을 텐데, 그 이미지는 특히 일식을 보는 장면에서 두드러진다. 아버지를 따라나간 시위에서 처음 본 '펄럭거리는 노란 빛', 어린 시절 나를 사로잡았던 그 노란 빛, '나'는 그게 꿈이었고, '사랑'이었다고 정의 내리고 이제 일식을 보면서 자기 자신을 용서한다. 그렇지만 검은 유리판을 통해서만 볼 수 있고, 태양에 의해 완벽하게 가려진 그 노란 빛은 꿈도 사랑도 아니다. 어쩌면 꿈과 사랑이라는 이름으로 실재(the Real)를 가리고 있는 환상일지도 모른다. 어둠 속에서 예쁘던 반딧불이 실은 끔찍한 벌레에 다름아니었듯 말이다. 이렇게 '나'는 '사랑'이라는 이름으로 내 안에서 사랑하고 내 안에서 꿈꾸고 그렇게 자신을 스스로 용서하고 있는 것이다.

「하늘의 끝, 땅의 귀퉁이」의 '게이코'는 어떤가. 이 소설에서도 편지는 중요한 모티프다. '태식'과 '김씨'가 크리스마스 날 케익 판 돈을 갖고 사라진 게이코를 찾으러 가는 데는, 케이코가 받았던 펜팔 편지가 중요한 단서가 된다. 케이코의 아버지는 월남 가서 실종됐고, 엄마는 자살을 했고, 따라서 그녀는 '천애고아'나 다름이 없다. 그래서 '엄마'라는 단어 대신 '모친'이라는 단어를 쓰는, "하루에 열 마디 이상을 하지 않"고 "말한다고 해도 더듬기 일쑤"(1: 29)인 '게이코/경자'는 '서유진'이라는 이름으로 '수잔'에게 펜팔 편지를 쓴다. 답장도 받으며 게이코는 얼굴도 모르는 그 누군가와 서로 소통하는 듯 보이지만, 그 답장은 '게이코/경자'에게 온 것이 아니라 게이코가 만들어낸 또다른 나인 '유진'에게 온 것일 뿐이다. 그런데 그녀가 편지에 털어놓는 이야기란, "펜팔 가이드"의 예문대로, 자신은 다니지 않는 학교 얘기, 자신은 가본 적 없는 캠핑 얘기일 뿐이다. 학교와 캠핑, 날씨에 대한 안부를 묻는 것 등이 게이코 또래가 누려야 할 삶의 전형이어야 하는 것이다. 말더듬이 게이코는 지구의 반대편에 있는 '수잔'에게일지라도 자신이 그런 삶과는 거리가 먼 빵집에서 일하는 말더듬이 고아라는 것을 이야기할 리 없다. 아니 어쩌면 언어의 장벽 때문에 자기의 이야기를 완벽하게 할 수 없다는 이유로 수잔을 대화 상대로 택했는지도 모를 일이다. 그녀가 말을 더듬는다는 것도 말하기 싫다는 무의식적인 의지의 표명일 수 있듯이 말이다.

그렇다면 게이코는 왜 편지를 쓸까. 그 편지 역시 「첫사랑」의 편지처럼 타인에게 자신을 이해받기 위한 것이라고 볼 수는 없다. 그녀는 빵집에서 여전히 빵처럼 둥근 그 노란 빛 아래서 편지를 쓰면서, 그렇게 자기를 원하는 방식대로 꾸며내고 있는 게 아닐까? 그러나 그런 식으로라면 그녀가 빵집 창문에 다 못 쓰고 간 'New Year'는 결코 오지 않을 것이다. 편지를 쓰지만 여전히 자기 안에 머물러 있듯, 게이코의 행방의 단서가 되었던 편지는 당연하게도, 그녀가 간 곳을 정확히 알려주지 않는다.

이처럼 『내가 아직 아이였을 때』의 인물들에게 쓰는 행위는 적극적으로 소통하지 않으려는 행위이며, 결국 상처를 견디는 방식이다. 그들은 상처를 치유하는 과정에 있기 때문에 그 과정에서 또다른 상처가 될 만한 것들을 차단한다. 단지 각자의 기억을 더듬고 각자의 이야기를 할 뿐이다. 이처럼 그들의 쓰기/말하기/읽기는 자기 충족적이다.

「리기다소나무 숲에 갔다가」의 삼촌과 도라꾸 아저씨가 끊임없이 '만담'을 하는 것도 '나'의 궁금증에 답하기 위한 것이 아니라, 자기 치유의 과정에 가깝다. 카페 여자와 딴살림을 차렸다가 그 이루어질 수 없는 사랑과 자살 소동으로 시내를 떠들썩하게 했던 삼촌은 내 "인간 연구"의 대상이다. 나는 왜 "인간 연구"에 골몰할까? 대학 1학년 때 분신 장면을 목격한 나는 "죽을 게 뻔한 길인 줄 알면서 걸어갈 수밖에 없는 심정"(1:

151)이 무엇일까라는 숭고한 질문에 대해 생각하고, 그런 질문은 삼촌에게 어울리지 않다고 생각하지만, 여하튼 삼촌에게 "물망초 여자 진짜로 사랑했습니까?"(1: 162)라는 질문을 던진다. 즉 내 질문에 대한 답은 애초에 삼촌으로부터 나올 수 없다. 삼촌 역시 '나'에게 답하고 있다는 자의식 없이 그저 자신의 이야기를 주저리주저리 떠든다. 그들 사이에는 질문과 답의 형식이 있기는 하지만 진정한 소통은 없다.

삼촌은 넋두리를 늘어놓듯 자신의 로맨스를 말하기 시작하고, 도라꾸 아저씨는 옆에서 "하이고, 조카 듣는데 창피하지도 않나? 뭔 사설이 그래 기나?"(1: 170)라는 식의 추임새를 넣어준다. 가히 '만담' 수준이지만, 혼잣말에 가깝다. 이 '만담' 속에서 나는 삼촌을 이해했고, 삼촌은 공감을 얻었을까? 이해는 앎에서 오는 것만은 아니다. 앎이 이해와 치유의 첫 걸음일 수는 있지만, 그것만으로는 턱없이 부족하다. 하지만 이해받는 것과 이해하는 것이 다 무슨 소용일까? 삼촌은 이런 생각을 하고 있는지도 모른다. 이미 그 길은 가지 않은 길이고, 여전히 삼촌은 '리기다소나무 숲' 안에서만, 혹은 자신 안에서만, 지난날 부르던 로버트 프로스트의 〈더 로드 낫 테이큰〉을 읊조리는 수밖에 없는 것을.

삼촌과 도라꾸 아저씨가 만담을 하는 동안, 「노란 연등 드높이 내걸고」의 '봉우'는 그야말로 시답지 않은 '농담'을 만들어내고 있다.

전국낙서문학회 지역지부에서 '나대로'라는 필명으로 활동하는 봉우에게 삶이란 '만반의 준비는? 5천. 평생동지는? 12월 22일' 따위의 말장난으로만 파악할 수 있는 것에 불과했다. 방위 근무를 마치고 돌아와서는 주간지의 독자페이지에 이런저런 낙서를 지어서 투고하는 일에 열을 올리면서 봉우에게 삶은 더더욱 우스꽝스러워지기 시작했다. 봉우가 만든 최고의 낙서는 바로 '인생이란? 픽션에 불과하다'였다. 어두운 산길을 걸어가는 자신의 망상이 빚어낸 허상과 직면하니 그야말로 인생은 픽션에 불과하다는

생각이 들었다. (1 : 192)

뱃속에서 죽은 아이를 위해, 자신의 상처를 달래기 위해 절에 들어가 아이의 배냇저고리를 만드는 '예정'은 "시답지 않은 주간지에 아무 짝에나 소용없는 낙서 따위나 투고하는"(1 : 197) 봉우에게 세상을 모르는 '멍청이' '어릿광대'라고 소리친다. 봉우는 그야말로 상처와 대면하는 것이 두려워 '나대로' 그 상처를 외면하고 살았던 것이며, 그 외면의 방식이 바로 '낙서질'이었던 것이다. "아기가 죽으면서 봉우의 마음속에서도 뭔가가 죽어나갔"고 "그 자리가 아프지 않을 수 없었"지만 봉우는 낙서질을 통해 아픔으로부터 자신을 방어하고 있었다. 그러나 피하는 일이 상책일 수는 없다. 예기치 못하는 순간 자기를 보호하던 그 '노란 빛'은 꺼져버릴 수도 있고, '리기다소나무 숲'에서 넋두리만 늘어놓을 수도 없는 노릇이다. 봉우 역시 "자기만은 어두운 산길에 혼자 버려지는 일이 없을 것이라고 믿었"(1 : 198)지만 산에서 길을 잃고 처음으로 두려움을 느낀다. 프로이트식으로 말한다면 봉우의 그 두려움은 세상과 단절된 느낌이고, 스스로 통제할 수 없는 상황에 대한 불쾌 감정으로서의 불안[6]에 다름아닐 텐데, 그 불안은 '나대로'의 낙서라는 증상을 극복하고 상처와 맞설 때 비로소 해결될 수 있다. 예정이 자기 안의 '노란 빛'을 밖으로 드높이 내걸듯, 혹은 게이코가 빵집을 나와 어디론가 첫걸음을 내딛듯 말이다. 그렇게 했을 때 "노란 꽃잎 가장자리가 흐려지면서 노란색과 초록색과 진회색이 서로 경계도 없이 뒤엉켜"버리듯, "꼭꼭 막아둔 마음의 가장자리도 그렇게 풀리"(1 : 181)게 된다. 이제 자기 밖으로 나와 그렇게 풀린 '노란 빛'은 「첫사랑」에서와 달리, '사랑'도 될 수 있고, '꿈'도 될 수 있고 뭐든 될 수 있다. 최소한 그럴 가능성은 있다. 이처럼 증상과의 타협에서, 증상에의 만족에서

---

6) 불안과 증상에 대한 논의는, 지그문트 프로이트, 「억압, 증상, 그리고 불안」, 『정신병리학의 문제들』, 열린책들, 2003 참조.

나오는 첫걸음이 도달해야 하는 것은 결국에 "병에 걸리는 원인을 제거하"는 일이며, 이것이 "인간들이 할 수 있는 최대한의 대비책"(1: 229)이다. 그 원인을 밝히는 일이 어떤 위험을 동반하든 그 알 수 없는 세계 속으로 들어가보는 일이 필요하고, 그것이 비로소 윤리적인 행위인 것이다.

그렇다면 이제 그들의 상처, 그 병의 원인은 무엇일까라는 질문이 도출된다. 상처는 분명 어떤 '좌절'에서 기인할 텐데, 일단 우리는 각각의 서사 속에 끼워져 있는 시대적 배경들을 통해 그 상처가 밖으로부터 투사된 것이라고 생각할 수 있다. 그러한 경향이 가장 두드러지는 작품은 「그 상처가 칼날의 생김새를 닮듯」이며, 이 작품은 일가족의 이야기라는 점에서도 특이하다. 물론 여기에서도 쓰기와 말하기에 값하는 '읽기'를 통한 상처 치유의 행위가 지속된다. 전라도 출신 아버지가 시대에 무기력했던 자신을 용서하고 그 시대 자체를 용서하는 방식은 바로 '신문 스크랩'이다. 그리고 '내'가 그 초라한 아버지에게 다가가는 방식도 아버지의 그 신문 스크랩을 '읽기'이다.

오렌지빛 가로등 불빛에 기대 나는 한 장 한 장 넘겨가며, 천천히, 붙여놓은 기사를 읽었다. (······)

다 읽은 뒤에 처음부터 다시 읽었다. 글자와 글자 사이, 문단과 문단 사이, 생각과 생각 사이를 읽었다. 아무리 읽어도 나는 알 수가 없었다. 아버지는 그 여름 내내 도서관 한쪽에 앉아서 도대체 무엇을 읽었던 것일까? 누구를 용서했던 것일까? 파도와 파도 사이, 바람과 바람 사이, 달빛과 달빛 사이 이런저런 생각이 오갔다. (1: 65~66)

주목할 점은 이 작품에서만큼은 읽기의 방식이 자족적이고 자위적인 행위에 그치지 않고 소통을 위한 매개가 된다는 점이다. 물론 아버지는 여전히 자기 안에 머문 채로 그 상처를 짓누르고 있지만, 그 '신문 스크랩'은 '나'로 하여금 초라한 자신의 아버지에게 다가가려는 욕망을 불러일으킨다. 아버지의 신문 스크랩을 아무리 읽어도 그 아버지의 마음에 가 닿을 수는 없지만 여하튼 나는 "고작 딸이 집을 나갔다고 눈물을 흘리는"(1: 66) 아버지를 조금은 이해할 듯하고, 아버지에게 묻고 싶은 게 생기고, 전화를 하기로 마음먹는 것이다.

『내가 아직 아이였을 때』에서 전적으로 회상에 의존한 작품은 「뉴욕제과점」이라는 자전소설밖에 없다고 작가가 밝혔듯, 우리는 이 소설집을 단순히 회상 형식을 통해 잃어버린 과거의 기억을 더듬는 '추억의 보고서' 또는 '반성의 기록'[7]으로 읽을 수 없다. 그 속에는 분명, '언어'에 대한 작가의 관심과 통찰이 의식적으로든 무의식적으로든 스며 있기 때문이다. 그렇다고 해서 작가가 '언어'의 불가능성, 즉 언어 자체로는 어떤 진실에도 가 닿을 수 없고, 소통은 애초에 불가능하다는 해묵은 해체적 사고를 재확인하고 있는 것은 아니리라. 가라타니 고진에 따르면, 언어와 비극은 반복될 수 없는 일회성의 성격을 지녔다는 점에서, 즉 구조로 회수될 수 없는 다수성과 사건성이라는 점에서 서로 관련된다. 비극적 인식이란 바로 그러한 언어 안에 놓인 인간 조건을 발견하는 일이며, 이처럼 다시는 반복할 수 없다는 언어에 의한 고통은 인간이 결코 '아이로 되돌아갈 수 없다'는 마르크스의 비유로 확인된다.[8] 그런데 고진은 '아이'가 단지 비유가 아니며, 아이는 이미 어른 이상으로 인생을 알고 있는 존재, 어떤 순수한 비애와 부조리감을 깨닫고 있는 존재라고 말한다. 이런 논의에 기댄다면 『내가 아직 아이였을 때』의 전 편을 감도는 슬픔과 비애의 정서는 충만했던 어린 시절의 기억, 혹은 잃어버린 기억에 기인하는 것이 아니라, 애초에 반복될 수 없는 '기억', 반복될 수 없는 '언어'적 조건과 관련된다고

---

7) 정선태, 「빵집 불빛에 기대 연필로 그린 기억의 풍경화」, 『내가 아직 아이였을 때』 해설, 문학동네, 2003, 295쪽.

8) 가라타니 고진, 『언어와 비극』, 조영일 옮김, 도서출판b, 2004, 65~86쪽 참조.

말할 수 있을 것이다.

김연수는 "기억이나 회상을 기본적으로 불신"하며 "글쓰는 순간만의 진실"[9]을 믿는다고 말했다. 애초에 우리가 '기억'해낼 것은 없고 '언어'로 표현해야 할 것도 없고, 믿을 수 있는 것은 순간순간의 진실일 뿐이라는 말인 듯싶다. 그 일회적인 언어에 의존하여 쓰고 말하고 읽음으로써 자신의 상처 안에 거주하는 방식으로는 상처가 완벽히 치유될 수 없다는 사실을 작가는 말해주고 있다. 이는 "삶은 살아가는 것이지, 이야기하는 것이 아니"(2: 61)라는 『나는 유령작가입니다』의 세계를 예고하고 있는 것이다.

3. 말해질 수 없는 것을 넘어서는 몇 가지 방식―『나는 유령작가입니다』

그렇다면 다시 최근작 「모두인 동시에 하나인」으로 돌아가보자. 이 소설에서 화자인 '나'의 할아버지는 죽기 전 두 개의 글을 쓰고, 하나의 글만 남겨둔다. 남겨둔 글은 "世上萬事 一場春夢 돌아보매 無常ᄒ구나"로 시작되는 203행의 대서사시로서, "자신의 의지와는 무관하게 태평양전쟁, 한국전쟁, 4 · 19, 5 · 16 등 한국 현대사의 최중심지를 관통해온" 한 남자의 생애를 담은 것이다. 물론 겉으로 드러난 그 한 남자의 생애는 또래의 다른 남자의 생애와 크게 다르지 않아, 그 서사시는 한 인간의 내밀한 역사를 다룬 것이라기보다는 시대의 역사를 다룬 시라고 봄이 정확하다. 할아버지는 그 역사를 증명하는 '한 남자'일 뿐인 것이다. "할아버지의 또다른 글은 누구도 읽어보지 못했다." 할아버지는 죽기 전 자신과 관련된 모든 것을 불태우면서 그 다른 글 역시 태워버렸다. 그 글에는 서사시에서 볼 수 없는 다른 것이 들어 있을 테고, 그것은 인간의 가장 사적인 영역에 속하는 것일 테니 다른 사람은 엿볼 수 없는 게 당연하다고 '나'는 생각한다.

---

9) 김연수 외 좌담, 앞의 글, 81쪽.

4·4조의 정형적인 형식처럼 그 서사시가 어떤 일관되고 형식적인 구조에 속하는 추상화된 개인의 삶을 보여주고 있는 것이라면, 불태워진 할아버지의 그 비망록은 여전히 '언어'로써도 '기억'으로써도 도달할 수 없는 개개인의 진실을 의미한다. "한 개인의 진실이란 깊은 밤, 잠자리에 누워 아무도 몰래 끼적이는 비망록에나 겨우 씌어질 뿐이고", "서로 살을 비비며 살아가는 부부라고 하더라도 옆에 누운 사람의 비망록을 들여다보지는 못하는 것이니" 할아버지의 그 두 글 사이의 거리는 엄연한 것이고, 「다시 한달을 가서 설산을 넘으면」에서 인과관계의 구조로 엮어진 '그'의 소설이 현실(reality)과도, 실재(the Real)와도 멀어진 거리와 같다.

실재와 구성화된 그것 사이의 거리는 「쉽게 끝나지 않을 것 같은, 농담」에서 지도에서 비워진 행로로 상징된다. 일 년 전 이혼한 아내와 우연히 재회한 '나'는 아내를 따라 인사동 거리를 걷는다. 아니 함께 걸었다기보다는 아내를 따라 걸었던 것인데, 그 '길'은 한 개인의 진실로 들어가기 위한 끝없는 여정을 뜻한다. 꿈 얘기를 좋아하는 아내는 애초에 그런 소통의 의지를 지니고 있었지만, 꿈 따위는 잠에서 깬 다음 바로 잊어버리는 사람이었던 '나'는 그런 아내의 의지조차도 간파하지 못했던 것이다. 깨달음은 언제나 사후적으로 찾아오는 것이라, 그는 이제 그 아내의 진실, 아니 그녀와 자신의 진실을 알아보기 위해 지적도를 사고 그날을 행로를 그려본다. 하지만 기억의 행로는 언제나 불완전한 것이고, 지형도가 아닌 '지적도'일지라도 그것은 실재의 '유사물(le semblant)'일 뿐이므로, 그 유사물 속에서는 모방된 진실만을 볼 수 있을 뿐이다. 바디우에 따르면 진리는 언제나 특수한 상황의 진리[10]이다. 하나로 이어진 선 안에서는 그 다양한 상황의 진리들은 모두 지워져 있을 수밖에 없다.

---

10) 슬라보예 지젝, 「진리의 정치, 혹은 성 바울의 독자로서의 알랭 바디우」, 『까다로운 주체』, 이성민 옮김, 도서출판b, 2005, 208~218쪽 참고.

서로 연결될 수 없음에도 그어지는 그 많은 선들은 다 무슨 의미일까? 역사의 인과관계가, 혹은 지나간 일들의 진실이 도중에 사소하고 우연적이고 꾸불꾸불한 과정을 과감하게 생략하고 단숨에 긋는, 그런 선과 같은 것이라면, 우리가 그날 걸어간 복잡하고 우연에 가까운 행로의 의미는 무엇일까?(2: 19)

따라서 '나'의 생각이 미치는 지점은 모든 삶의 행로는 우연이고, 그 안에서 진리는 발견될 수 없고, 나의 불행도 그저 불운일 수 있다는 것이다. 그러나 '나'는 삶의 우연성을 인식하는 데서 멈추지 않고, 그 우연에 가까운 행로의 의미를 따져 묻는다. 그러고는 결국엔, "오랜 시간이 흐르고 하면 지금의 우연한 일들도 모두 필연이 된다"는 정답을 얻어낸다. "우리가 만난 것도, 헤어진 것도, 그날 길 잃은 아이들처럼 골목길을 한없이 걸어 다녔던 일들도 필연이 된다"(2: 28)것이다. 물론 그게 거대한 '농담'일 수는 있지만 자신에게 일어난 우연을 필연으로 받아들인다는 점에서 '나'는 윤리적 행위의 첫 발을 내딛고 있다고 볼 수 있다.

바디우는 '사건에의 충실성'이라는 말로 윤리를 설명한다.[11] 그가 정의하는 '사건'이란 인식 범위 밖에서 발생하며, '공식적' 상황이 '억압'했던 것을 가시적이게 만드는, 언제나 어떤 특수한 상황의 진리이다. 따라서 사건에의 충실성이란 사건의 견지에서 '인식'의 영역을 횡단하고, 그 속으로 개입하고, 사건의 기호를 찾는 지속적 노력을 가리킨다.[12] 지젝의 해석에 따르면, 이러한 바디우의 논의는 "범역적 우연성이라는 조건 속에서 (보편적) 진리의 소생"을 문제 삼는다는 점에서, 실재 사물과의 모든 열정적 조우가 환영일 뿐이라는 해체주의적 사고와 대립된다. 요컨대, 후근대

---

11) 알랭 바디우, 『윤리학―악에 대한 의식에 관한 에세이』, 이종영 옮김, 동문선, 2001 참조.

12) 이하 한 단락의 내용은 슬라보예 지젝의 앞의 글을 참조하여 정리한 것임.

적 해체주의자들이 비관주의의 한계 내에 머물러 있을 때, 바디우는 "기적은 실로 일어난다"는 전적으로 정당한 사유를 보여주고 있다는 것이다. 영원성과 불멸성에 대한 이와 같은 바디우의 추구는 물론 개별적인 상황, 다양성의 상황의 전제로 하는 열린 개념이다.

다소 길게 인용된 바디우의 논의를 참조하면, 「쉽게 끝나지 않을 것 같은, 농담」에서 결국 내가 삶의 모든 길은 우연이고 진실은 알 수 없다는 회의주의에 빠지지 않고, "결코 질문을 멈추지 않을 작정이었다. 나도 어디 버틸 수 있을 때까지 한번 버텨보기로 했으니까"라고 결심하는 것은, '진리'를 위한 행위이자 '사건에의 충실성'을 담지한 것이라고 볼 수도 있다. '나'는 자기 안에 머무는 회피나, 삶은 우연에 불과하다는 회의에 빠지지 않고 한 개인의 진실, 혹은 삶의 진실에 가 닿으려는 '행위(act)'를 시작하고 있으며 그에 대한 '의지'를 보여주고 있다. 그 태도는 분명, 자기 안의 둥근 노란 빛에 의지하여 자폐적으로 말하고, 쓰고, 읽던 『내가 아직 아이였을 때』 속 인물들의 태도와는 차별되는 모습이다. 그런 점에서 본다면 「다시 한달을 가서 설산을 넘으면」에서 '그'가 쓴 소설의 첫 문장이 "패배는 내 안에서 온다. 여기에 패배는 없다"(2: 116)라는 점은 의미심장하다. 그들은 패배주의자가 아니라, 고투하고 있는 인물들임에 분명하다.

그 고투의 방식을 몇 가지 단계로 분류해보자. 첫번째는 「쉽게 끝나지 않을 것 같은, 농담」에서와 같이 진실이 무엇인지 알기 위해 끝없이 질문하고 소통에의 의지를 표명하는 방식이다. 「그것은 새였을까, 네즈미」에서 세영과 네즈미가 지도를 보고 찾아간 길이 잘못된 길이었지만, 세영이 "돌아갈 수 없어, 네즈미. 우린 계속 가야 해"(2: 49)라고 말하는 것도 이 첫번째 방식 안에서 설명된다. 잘못 들어선 길이 "공로가 아니라 사유지"라는 것도 상징적이다. 구조화되지 않은 상황의 진리, 혹은 개개인의 사적인 비망록을 들여다보는 일을 멈추지 않겠다는 의미인 것이다.

두번째는 '말'이 아닌 '몸'으로 다가가는 방식이다. 「뿌넝숴」를 한번 보자. 지평리 전투에 투입되었던 중공군 '나'는 들판을 가득 메운 매화꽃잎들처럼 지평리를 가득 메우고 있던 전사자들 틈에서 한 조선인 여성 구호원에게 구조된다. 그들을 실어 나르던 트럭이 전복되고 그 둘은 외딴 농가에 고립된다. 날짜가 어떻게 가는 줄도 모르고, 먹을 것도 없고, 죽음을 지척에 둔 상황에서 그들은 무엇을 할 수 있었을까? 그들이 한 일은 두 가지이다. 몸을 섞거나 시를 읊거나.

지금도 잊혀지지 않아. 그때의 일은. 살아 있다는 건 그토록 부끄럽고도 황홀하고도, 무엇보다도 아픈 일이더군. 아프다는 게. 소리를 지를 수 있다는 게. 눈물을 흘릴 수 있다는 게 그 순간만큼 기뻤던 적이 없었어. 그래서 아파서 견딜 수가 없었는데도 계속하라고 채근할 수밖에 없었던 거야. 우리는 쉬지 않고 몸을 섞었어. 죽음이 지척이었으니까. (2: 71)

그들은 살아 있음을 확인하기 위해, 죽음과도 같은 아픔을 느끼면서 몸을 섞는다. 이 장면은 그야말로 '고통 속의 향유(jouissance)'를 보여주는 대목이라 할 만하고 그 향유의 끝장을 보는 '죽음충동'을 보여준다고 할 만하다. 그들은 그렇게 "몇 번이나 해가 뜨고 저물었는지, 몇 번이나 달이 둥글어졌다가 다시 여위어졌는지"(2: 75)도 모른 채, 수색대가 왔다가 그들이 죽었다고 생각하고 그냥 돌아가는 것을 "죽어서 그 광경을 지켜보고 있는 것인지, 아니면 의식만 살아서 지켜보고 있는지"(2: 75)도 모른 채 죽음과 삶의 경계를 넘나든다. 결국 '그녀'는 죽고 '나'는 살아남는다. 살아남은 '나'는 이제 점쟁이가 되어 자신의 이야기를 하고 있는 것이다.
'나'는 라캉이 '죽음충동'과 관련하여 '두 죽음 사이의 영역'[13]이라고 말

---

13) 슬라보예 지젝, 앞의 책, 251~265쪽.

한 곳에 있는 것이 아닌가. 라캉에 따르면 그곳은 상징적인 것과 실재적인 것 사이의 영역으로서 존재의 질서 너머에 있는 유령적 환영의 영역이다. 그곳은 '죽음 너머의 삶'이 갑작스레 출현한 장소이고, 상징화되지 않는 '불가분의 잔여'이기 때문에 기괴하고 공포스럽다. 예컨대, 그 형상은 운명을 이행한 이후의 오이디푸스, 즉 '과도하게 인간적'이고 '더이상 인간이 아닌' 자, 어떤 인간적 법칙들이나 고려 사항에도 묶여지지 않는 존재에서 찾을 수 있다. '그녀'의 피를 천 그램이나 수혈받고 죽음의 경계를 넘은 '나'는 이 '산 죽은-파괴 불가능한' 유령적 대상과도 같다. 운명을 보아버린 '나'는 이제, "도저히 말로 설명할 수 없는 이야기" "세상에서 믿기 어려운 얘기"(2: 77) 속에 진실이 있다는 것을 온몸으로 보여주는 '산 죽은' 존재인 것이다.

이와 같은 두번째 방식, 온몸으로 인간을 사랑하는 방식이 성공적이라면 그 순간 상징적 질서로 편입되는 어떠한 언어도 소용 없게 된다. 그렇다고 그 방식이 성공했는가. 그 둘이 함께 '몸'을 통해 '유사-죽음'을 경험했더라도, 여하튼 현재 '그녀'와 '나' 사이에는 역설적으로 '죽음'이라는 경계가 놓여 있지 않은가? 여기서 굳이 라캉의 '성관계는 없다'는 공식을 끌어올 필요는 없을 것이다. 그렇다면 세번째로 취할 수 있는 방식은 무엇일까? 그것은 타인의 행위를 아예 그대로 반복하는 것이다. 설령 그게 죽음일지라도. 그것은 소통에의 의지를 드디어 '실천'으로 관철하는 일이며, 반복될 수 없는 언어의 한계, 기억의 한계, 몸의 한계를 극복하는 일이 될 수도 있다. 「그것은 새였을까, 네즈미」의 세영이 5년 동안 한결같이 사랑했던 남편에게 자신이 절대로 이해 못 하는 다른 삶이 있었다는 사실을 알고 그것을 이해하는, 아니 극복하는 방식이 바로 그것이다. 어떤 식이냐 하면, 가장 가까운 사람을 배신하는 사람의 기분이 어떤 것인지 알기 위해 언니의 동거남, '네즈미'와 섹스를 하는 방식이다. 네즈미에게 "다른 사람의 모든 것을 이해하려"고 드는 세영의 방식이 "무모한 열정"으로 보이지만, 세영의 그 무모한 열정은 끝장까지 간다. 자동차 사고로 남편이 죽어가는 상황에서 두 시간 동안 울기만 했던 세영, 그렇게 다른 삶이 있었던 남편의 죽음을 방조했던, 아니 어떤 행동(action)도 하지 않음으로써 적극적으로 행위(act)했던 세영은 결국 '자살'한다.[14]

세영의 방식이 극단적이고 무모하다면, 「다시 한달을 가서 설산을 넘으면」의 '그'는 어떠한가. 이 작품에는 소통 불가능성과 그 불가능을 넘어서는 시도와 그 결론이 모두 담겨 있다. 그것은 "사랑의 모든 국면을 다 경험"함으로써, "심지어 죽음까지"도 경험으로써만 가능한 결론이다. 여자친구가 마지막으로 읽은 『왕오천축국전』을 읽고 나서도, '소설' 쓰기를 통해서도 애인을 이해할 수 없었던 '그'가 할 수 있는 일은 두 가지다. 첫째, 그녀와 자신의 삶에, "어떤 진실도, 상상도, 이해도 없는"(2: 151) 가장 합당한 주석을 달며, 그저 "짐작을 하며" "그 사이를 원래 그대로 틈으로 남겨두고 살아가는 일"(2: 143)이거나, 둘째, "지도에서 비워진" 그곳으로 직접 가보는 일이다. '그'는 두번째 방법을 선택한다. 그것이 "서로를 속이는 것도, 속는 것도 없는" "인간에게 누구나 있는 어두운 구멍"(2: 43)을 들여다보는 유일한 방법인 것이다. 그것은 『내가 아직 아이였을 때』의 인물들이 '아직 가지 않은 길'이고, 의지의 방식을 택한 「쉽게 끝나지 않을 것 같은, 농담」의 '나'가 결국 가야 하는 길이고, 「뿌넝숴」의 '나'가 덜/더 가버린 길이다. 당연히, '그'가 낭가파르바트 정상을 향해 가는 것은, 이처럼 몸으로도 언어로도 이해 불가능한 그녀를 이해하는, 아니 자신의 진실을 이해하는 마지막 방법이다.

---

14) 정신분석은 행동과 행위를 분리한다. 행위는 그것의 담지자(행위자)를 근본적으로 변형시킨다는 점에서 행동과 다르다. 행위 이후에 나는 '전과 동일하지 않다'. 행위 속에서 주체는 무화되고 뒤이어 다시 태어난다는 점에서, 라캉은 '자살'을 모든 ('성공적') 행위의 전형으로 파악한다. 알렌카 주판치치, 『실재의 윤리』, 이성민 옮김, 도서출판b, 2004, 133~134쪽.

그는 자신과 함께 걸어가는 검은 그림자의 친구와 농담을 주고받으며 껄껄거린다. 여기인가? 아니, 저기. 조금 더. 어디? 저기. 바로 저기. 다시 한달을 가서 설산을 넘으면. 바로 저기. 문장이 끝나는 곳에서 나타나는 모든 꿈들의 케른, 더이상 이해하지 못할 바가 없는 수정의 니르바나, 이로써 모든 여행이 끝나는 세계의 끝. (2: 154)

그곳을 설명할 수 있는 말은 많다. 현실과 꿈이 뒤섞인 공간, 육체의 한계를 넘어선 공간, 어떤 논리도 거부하는 공간, 죽음을 통해서만 도달할 수 있는 공간 등등. 그러나 어떤 말도 소용없을지 모른다. 그곳은 가보지 않고서는 도저히 알 수 없는 공간이기 때문이다. 그 '실재'와 대면하기 위해서 필요한 것은 현실의 힘으로는 도저히 상상도 할 수 없는 용기이다. 그 길을 가는 '그'에게는, 그가 고등학교 시절부터 노트를 사면 항상 옮겨 적던 "결국 우리에게 필요한 것은 오직 용기다. 아주 기이하고도 독특하고 불가해한 것들을 마주할 용기"(2: 111)라는 릴케의 문장이 떠올랐을 것이다. 용기는 아무에게나 주어지는 것은 아니지만, 삶의 진실에 도달하고자 하는 자에게 그 용기를 갖는 일은 의무이다. 낭가파르바트 등반은 원정대장이 역설한 바대로 "분명히 의의가 아니라 임무"(2: 117)인 것이다. "그 꿈이 제아무리 압도적이라고 해도 원정대는 낭가파르트를 '정복'해야만 했다"(2: 117). 불가능한 것을 자신의 의무로 받아들인다는 점에서, 오로지 의무 때문에 행위한다는 점에서 '그'는 분명 윤리적 주체[15]이다.

4. 진실은 어디에, "대뇌와 성기 사이"[16] 그 어디쯤

'유령작가'라는 말에 대해 말들이 많았다. 김연수는 그 의미가 '대필작

---

15) '의무'와 윤리적 행위의 관계에 대해서는, 앞의 책, 5장 참고.
16) 김연수, 「모두인 동시에 하나인」, 『문학동네』 2005년 겨울호, 158쪽.

가'쯤이 된다고 말했고, 대부분의 논자들은 그 안에서 작가적 자의식을 찾아냈다. '유령'이라는 말에 방점을 찍어보면 어떨까? 이 글을 마무리하면서 김연수의 최근 두 소설집을 이렇게 정리하고 싶다. 죽음을 넘어선 그 어떤 영역을 살펴보고 '유령'이 되어버린 작가가, '아직' 언어와 기억의 한계를 넘어서지 못하고 '아이'에 머물고 있는 상처받은 자들에게 다음과 같은 말을 한다고 말이다. "아프면 그 아픔을 고스란히 다 느끼라고. 아픈데도 아프지 않다고 말하는 것은 거짓말이다. 왜 그런 거짓말을 하는가 하면 죽기 싫어서다. 그래서 눈물은 조롱거리가 되고 아픔은 비난받고 두려움은 무시되며 믿음은 당연하다고 여긴다"(2: 127). 우울은 도덕적 쇠약함이며, 죄라고 라캉이 말했던가? 「다시 한달을 가서 설산을 넘으면」의 '그'가 위와 같은 말에 의지하여 낭가파르바트로 갔듯이 우리도 각자가 넘어야 할 산 하나쯤은 마음속에 있을 것이고, 그 산을 넘기 위한 '용기'를 지녀야 한다. 그것의 우리의 '의무'이다.

그렇지만 '죽음'이 윤리적 행위의 전형이라면, 그 죽음을 통해서만 우리는 타자의 진실, 나의 진실을 발견할 수 있는 것이라면, 그렇다면 현실의 우리는 어떻게 살아야 하는가? 김연수는 이런 질문을 던져준다. 현실에서 이해는 필연적으로 오해가 되고, 살 비비는 부부 사이에서조차 서로의 마음속 비망록을 들여다보는 일이 불가능하다면 해결은 한 가지다. "대뇌와 성기 사이" 그 어디쯤에 있을 '마음'으로 진실을 그저 믿는 것이다. 김연수의 세계인식과 작가의식은 이제 '인간'에 대한 관심으로 모아지고 있는 듯 보인다. 결국 "모든 사람은 단 한 사람"이라는 보르헤스의 말을 인용하면서 말이다.[17] 그 사람(들)의 이야기를 이제 어떻게 들려줄지 「모두인 동시에 하나인」의 장편 연재가 기대된다.

(2006년 서울신문 신춘문예 평론 부문 당선작)

---

17) 앞의 책, 121쪽.

유서(遺書), 비워내는 글쓰기
— 김태용의 『포주 이야기』 읽기

중얼거림의 끝에서 보고 싶다, 보고 싶다,를 연발했다.

—「포주 이야기」

유서는 죽음 이후에 효력을 발생하는 것이다. 유서의 효력이 발생될 때 그 글은 이미 그것을 쓴 자와는 무관한 것이 되어버린다. 죽음 이후 나와 무관하게 진행될 세계에 대해 무슨 할 말이 있기에 사람들은 죽기 직전 펜을 드는 것일까. 죽음을 앞둔 사람의 입장에서 유서는 유언을 남기기 위한 목적 때문이 아니라, 어쩌면 쓴다는 행위 자체의 의미 때문에 씌어 진다고 말할 수 있을지도 모른다. 김태용의 「포주 이야기」는 쓰기 자체를 목적으로 하는 유서 쓰기의 행위에 대해 말한다. "나는 포주였다"라는 문장으로 시작되는 유서를 쓰고 있는 독거노인 이병춘은 "이것은 오로지 나를 위한 글이 될 것이"(11쪽)라고 말한다. 사회봉사 학점을 이수하기 위해 찾아오는 여대생 "아이" 말고는 그를 찾는 사람이 아무도 없으니 그의 유서가 오로지 그 자신만을 위한 글이 될 것임은 분명하지만, 이 소설이 말하는 유서 쓰기의 의미는 그렇게 간단하지 않다.

김태용은 포주의 입을 빌려 "모든 글은 유서가 아닌가"(32쪽)라고까지 말해본다. 글이라고 하는 것이 인간의 육체보다 더 오래 살아남는다는 자명한 사실로 인해 모든 글은 유서가 된다고 말할 수도 있을 테지만, 김태용은 좀더 특별한 유서에 대해 말하는 듯하다. 유서의 유(遺)라는 한자가 '전하다'라는 뜻 이외에 '잃다' 혹은 '버리다'라는 뜻을 지니고 있다는 점을 참고해보면 어떨까. 결론부터 말하자면 김태용이 말하는 '유서 쓰기'의 글쓰기는 무언가를 남기는 행위가 아니라 무언가를 비워내는 행위로서의 글쓰기이다. 그렇다면 무엇을 비워내는가. 그리고 왜 비워내야만 하는가.

「포주 이야기」에서 강조하는 것이 포주로서의 지난 삶에 관한 이병춘의 뼈아픈 회고는 아니다. "나는 포주였다"라는 문장이 여러 번 반복되면서 그의 지난 삶이 복기되고 있기는 하지만, 이 소설에서 주목을 끄는 대목은 "나는 포주였다. 다음 문장은 떠오르지 않는다. 벌써 몇 달째 이러고 있다"(11쪽)라는 부분이다. 여기서 도드라지는 것은 그가 씌어지지 않는 유서를 쓰는 행위를 멈출 수 없다는 사실이다. 문맹이었던 그는 여대생 아이의 가르침을 통해 언어의 세계로 들어서며 "언어의 포주"가 된 듯 환희를 느끼지만 그 환희는 곧 "언어의 포로"(19쪽)가 되어버렸다는 절망으로 바뀐다. "평생 글을 멀리하고 더러운 몸뚱이를 굴리며 육체의 삶을 살았던" 자신이 "한순간 글이라는 달콤한 유혹에 넘어가버렸다"(13쪽)며 글을 배운 것을 후회한다. 왜일까. 그는 글을 배우면서 "나는 포주였다"라는 문장으로 시작하는 무언가를 쓰고 싶은 욕망에 사로잡혔을 것이고 그 욕망은 당연히 자신의 어리석은 지난 삶을 돌아보도록 했기 때문이다. 이병춘은 첫 문장으로부터 거의 진전이 없음에도 불구하고, 자신의 지난 삶을 기억해내야 하는 그 괴로운 유서 쓰기를 멈출 수 없다. 왜 멈출 수 없을까. 유서 쓰기는 지난날의 기억을 떠올리게 하는 고통스러운 행위만은 아니기 때문이다. "완벽한 기억의 복원으로서의 글쓰기"(27쪽)가 애초에 불가능하다는 사실로부터, 이병춘의 유서 쓰기는 오히려 지난 기억을 휘발시키는 행위로 전도된다.

기억을 불러내어 글을 쓸수록 기억에서 멀어지는 것만 같다. 지난 시절은 모두 거짓이라고 증명하기 위해 최대한 사실에 가까운 기억을 불러내야만 한다. 기억을 지우기 위해선 우선 기억을 해야만 하는 것이다. 기억하는 것을 글로 옮기는 그 찰나의 시간 동안 기억들은 휘발되거나 뒤엉켜버린다. (26~27쪽)

재현 불가능성이라는 언어의 치명적 한계를 극복하기 위한 유일한 방법은 다시 쓰기이다. 우리는 이제까지 김태용의 언어 실험을 이 같은 다시 쓰기, 혹은 멈춤 없는 쓰기라는 관점에서 생각해보곤 했다. 『포주 이야기』에서 김태용은 오히려 재현 불가능성이라는 언어의 한계를 토대로 재현하지 않는 글쓰기에 대한 멈출 수 없는 충동을 말한다. 이병춘은 기억을 복원하기 위해 쓰고 있는 것이 아니라, 기억을 복원하지 않기 위해 쓰고 있는지도 모른다. "포주에 대한 기억을 지우기 위해 포주라는 단어를 끊임없이 써야만 하는 것이 내 유서의 운명이다"(34쪽)라고 이병춘은 말한다. 유서가 애초에 이런 것이 아닐까. 죽기 전에 씌어지는 비망록은 무언가를 남기려는 행위가 아니라 자신의 지난 삶을 글쓰기를 통해 휘발시키려는 행위인지도 모른다. 기억하고 싶지 않은 과거를 지니고 있는 자의 유서 쓰기, 정확히 말해 씌어지지 않는 유서 쓰기라는 행위를 통해, 김태용은 기억을 흘려보내는, 즉 기억을 무화(無化)시키는 글쓰기에 대해 말해보고 있다. 물론 이런 식의 글쓰기로부터 역설적으로 언어의 재현 불가능성이라는 불행한 운명이 강조되기도 하지만, 이 소설에서는 쓰기라는 행위 자체의 의미가 재현이라는 일반적 목적과는 무관하게 부각된다.

비워내는 글쓰기는 무엇을 비워내는가. 김태용의 『포주 이야기』(문학과지성사, 2012)에 비현실적인 장면들이 빈번히 노출된다는 사실은 이와 관련하여 음미될 필요가 있다. 소설에서 비현실적인 장면들이 묘사될 때 그것을 상상이나 꿈, 혹은 환각으로 짐작하는 것은 당연할 텐데, 『포주 이야기』가 조금 특별한 것은 '상상을 했다' '꿈을 꾸었다'라는 식으로 그 장면들의 출처를 숨김없이 제시하고 있다는 점이다. 아침에 회사로 출근을 했다가 외근을 나가는 길에 갑작스러운 수해를 만나 여관에 갇히게 되는 한 남자의 이야기가 그려지는「물의 무덤」에서는 남자의 상상과 꿈과 환각이 수시로 이야기 속으로 삽입된다. 엘리베이터에서 만난 "영이엄마"의 목에 난 붉은 반점을 보며 그녀의 목을 빼는 상상을 하거나, 회사의 비상구에서 자신과 내연 관계에 있는 "추자영"이 다른 남자와 격렬하게 키스를 하는 장면을 환각처럼 목격하거나, 누군가의 무덤이 등장하는 지난밤의 꿈을 복기하는 등, 남자의 하루는 온통 상상과 꿈과 환각으로 채워져 있다. "검은 말"이 등장하는 환각은 작품 곳곳에 수시로 출몰한다.「웅덩이」는 소설 전체가 환각처럼 그려진다. 제대를 한 달 남긴 위생병과 대대장의 부인이 부대 옆 숲속의 웅덩이 앞에서 정사를 나누고 있다. 고열에 시달리던 밤 환각을 보았다던 그녀는 그와의 정사와 더불어 "환각이 현실이 되"(113쪽)고 있다 말하는데, 어느 순간 그녀는 검은 웅덩이로 변해버리면서 그녀 스스로 그의 환각이 되어버린다.

김태용 소설에서 이 같은 상상과 꿈, 그리고 환각은 무엇을 의미할까. 김태환은 이 소설집의 해설에서 김태용이 그리는 환각의 장면들에서 반복되는 모티프들, 즉 자신의 배설물을 먹거나 자신의 죽음을 마주하는 장면들을 섬세히 검토하면서, "자아의 한계를 이탈하고 그 한계 너머의 세계를 끌어안으려는 열망의 극단적 표현"(「죽음의 글쓰기」, 258쪽)이라고 해석했다. 그리고 김태용이 소설 곳곳에서 배설적 언어를 구사하는 것은 "자아 동일성의 경계를 파괴하는 글쓰기"(259쪽)에 대한 비유가 된다고 설명했다. 이 같은 설득력 있는 해석을 참조하며, 우리는 김태용 식 글쓰기를 촉발하는 보다 근원적인 감정에 대해서도 말해볼 수 있을 것 같다. 눈에 보이는 장면들이 실제로 눈앞에 존재하는 세계보다 훨씬 클 때, 마음속에, 혹은 머릿속에 수많은 장면들을 품게 될 때, 그 사람을 우리는 외로운 사람이라고 불러야 할 것이다. 자신이 축조한 세계로부터 벗어나지 못하는 망상의 주체가 그렇듯 말이다. 김태용 소설이 노골적으로 그리는 저 숱한 상상, 꿈, 환각 속에는 어쩐지 외로움의 정서가 짙게 배어 있는 듯하다. 그는 이 외로움을 해소하기 위해 쓰고 있는 것이 아닐까.

온몸이 마비된 채 누워 있지만 "여전히 생각할 수 있는 인간"(131쪽)인 '나'의 독백으로 이루어진 「머리 없이 허리 없이」에는 내면이 비대해진 자의 고독한 정서가 은연중 흘러나온다. 온몸을 움직일 수 없으며 의사표현도 할 수 없지만 정신만을 또렷하게 살아 있는 '나'는 아이였을 때 실종됐던 아들과 조우하고 있다. "영복" 혹은 "스미스"라는 이름의 아들을 앞에 두고 '나'는 "나의 엄마"와 "너의 엄마"에 대해, 그리고 아버지들의 유일한 유품인 놋쇠 숟가락에 대해 말한다. '나의 엄마'는 한국전쟁 당시 "중공군과 붙어먹은 여편네"(143쪽)라는 소문에 시달렸다. '나의 아버지'는 소문 속에서 "오쟁이 진 남자"(142쪽)였고 엄마에게 난폭하게 굴었다. 공원에서 아들과 공놀이를 하던 '나'는 공을 쫓아간 아이를 찾지 않았고 그렇게 아이가 실종되도록 두었다. 그 시각 '나의 아내'는 동창생을 만난다고 거짓말을 한 채 다른 남자를 만나고 있었다. '나' 역시 "오쟁이 진 남자"였던 셈이다.

"오쟁이 진 남자"들은 어떤 장면을 상상하기를 피할 수 없었을 것이며, 그 피할 수 없는 상상과 더불어 엄청난 굴욕과 수치를 느꼈을 것이다. 자신의 배설물조차 스스로 처리할 수 없는 상태로 누워 "내 육체의 마비는 헛된 상상으로 앞당겨졌을 것"(144~145쪽)이라고 말하는 '나'도, 정신의 삶이 가져다주는 고통으로부터 자유롭지 못하다. 쥐가 사람의 귀를 갉아먹는 그로테스크한 장면이라든지 신체가 훼손된 자들이 등장하는 징그러운 꿈에 대한 강박적 충동을 자주 드러내면서 이 소설은 육체적 불쾌로부터 비롯된 정신의 고통 또한 강조한다. "오쟁이 진 남자"의 고통스러운 상상, 그리고 온몸이 마비된 자의 강박적 상념들과 더불어 이 소설이 말하려 하는 것은 정신이 비대해진 자의 고독일지 모른다. "환의"를 입은 자의 상념과 환각으로 이루어진 「허리」라는 소설에서 강조되는 것도 이와 다르지 않다. 그리고 이 두 편의 소설에서 김태용은 '이야기를 해야 한다'는 사실을 반복해 말한다.

김태용 소설의 기본 정조를 이제 고독이라 해야 할까. 이 고독의 다른 이름은 정신적 삶의 고통일 것이다. "고통이 이야기의 본질이다"(232쪽)라고 말하는 김태용의 소설들은 어쩌면 정신의 삶이 비대해진 자의 고독한 중얼거림이라고 해야 할지 모른다. 『포주 이야기』가 상상과 꿈, 그리고 환각을 자주 노출시키는 이유는 그것들을 쓰기를 통해 휘발시키는 것이 애초에 김태용 식 글쓰기의 목적일 수 있기 때문이다. "속을 다 비워내야지. 의식의 끈이 모조리 풀릴 때까지"(121쪽)라며 마치 배설하듯 (실제로 배설하며) 말을 토해놓는 「웅덩이」의 위생병이 이 같은 김태용 식 글쓰기의 상황을 몸소 재연하고 있다. 정신이 비대해진 삶의 고통과 고독은 이처럼 휘발되는 글쓰기를 필요로 한다. 글쓰기를 통해 정신적 삶이 더 강화되는 것이 아니라, 오히려 육체적 삶과 정신적 삶이 균형을 되찾게 된다.

이 같은 글쓰기를, 무한정 '다시'를 외치며 언어의 불가능성을 극복하려는 행위로 단순히 이해할 수는 없다. 이 글쓰기는 소통에의 의지를 드러내는 일상적 글쓰기의 목적과도 거리를 둔다. 하지만 정신적 삶의 '고독'으로부터 시작되는 김태용 식 휘발의 글쓰기도 결국 언어를 통해 어딘가에 닿으려 하는 글쓰기의 근본적 열망과 무관하지 않을 것이다. 다시 「포주 이야기」로 돌아가보자. 씌어지지 않는 유서 쓰기를 멈출 수 없었던 이병춘은 사실 자신에게 글을 알려주고 떠나버린 "아이"를 하염없이 기다리고 있다. "모든 기억들이 아편 연기처럼 공기 중으로 휘발되"(34쪽)는 사이, 그에게는 "보고 싶은 사람이 있냐는, 아이의 말이 문득 떠오른다"(34쪽). 포주였던 독거노인 이병춘은 글을 배움으로써 지난 삶을 전부 휘발시키는 방법을 배웠고 그렇게 글쓰기를 통해 스스로를 무화(無化)

시키는 과정에서 문득 외로움이라는 것을 알게 된 것이다. 고독한 자들이 끊임없이 쓰게 되는 것인지, 끊임없이 쓰는 행위가 고독을 불러오는 것인지, 김태용의 소설을 읽다보면 그 경계가 흐릿해지는 것을 느끼게 된다. 글쓰기와 고독은 그저 한몸인 것일까.

(『자음과모음』 2012년 여름호)

더 말하기 위한 말하기가 되려면
— 김태용의 『숨김없이, 남김없이』 읽기

"그대들은 오독을 하고 말 것이다"라고, 첫번째 소설집(『풀밭 위의 돼지』, 문학과지성사, 2007)을 세상에 내놓으며 김태용은 말했다. 마음대로들 즐기시라는 호기로운 말이었을지도 모르겠으나, 세상의 몰이해에 대한 작가의 선제공격 혹은 그것을 가장한 방어처럼 들리기도 했다. 저 명령 같은 예언을 알리바이 삼아, 물론 우리는 여러 가지 오독의 결과를 내놓았다. 비평가들은 그의 어그러진 소설을 납득할 수 있는 모양새로 재구성해보기 위해 무던히도 애를 썼지만, 소설 속 인물들의 어떤 심리, 그러니까 아버지가 자식을 부정하고 자식이 아버지를 부정하는 몰인정과 패륜을 참조하면서 김태용 식 글쓰기의 의도를 추측하는 정도에서 만족해야 했다. 비평이 호기심 어린 눈으로 그의 소설을 읽어가며 합의한 것은, '그는 왜 쓰는가'에 관한 것이다. 합의된 내용은 이런 것이다. 그는 소설을 소설 안에, 언어를 언어 안에, 더불어 사물을 사물 안에 가두는 폭력에 맞서기 위해 쓴다는 것. 그의 패륜과 더불어, 소설은 기존의 장르로부터 해방되고, 기표는 한 가지 의미로부터 풀려났으며, 사물은 고정된 쓰임으로부터 벗어나게 되었다는 것. 그래서 우리는, 농구공을 농구공으로 볼 수 없게 되었고 고양이를 돼지라 불러야 했으며, 의자에 대해 심각해져야 했고 소설에 대해 숙고하게 되었다는 것. 열렬한 지지는 물론 반대도 있었지만, 김태용의 글쓰기, 이른바 그의 지워지는 이야기〔이를 소설(掃說)이라 칭해보면 어떨까!〕는 이제 하나의 사건이 되었다. 김태용이 2000년대 문단의 흥미로운 헤프닝이 아니라 진정한 사건이었음을 제대로 증명한 그의 첫 장편이 나왔다. 모름지기 리뷰란 책의 내용을 소개하는 것으로 시작해야 하겠지만, 『숨김없이, 남김없이』에 관해서라면 도저히 불가능하다고 시인해야 할 듯하다. 따라서 이 글은 책을 읽으려는 사람이 아니라, 이미 읽은 사람들에게만 유효한 글이 될지도 모르겠다. 이 짧은 리뷰에서는 이미 독서를 마친 누군가와 김태용 식 글쓰기에 대한 충격을 공유하는 일 정도가 가능하겠다.

『숨김없이, 남김없이』(자음과모음, 2010)는 글쓰기에 대한 거대한 은유이자 선언이며, 한편 "무어라 명명할 수 없는 노동이자 놀이"(249쪽)이다. "과거를 기억하지만 기억하고 싶지 않은 남자"(18쪽)인 '그'는 노트를 찢기 위해 글을 쓰고, "마지막으로 한 번 더"(138쪽) 이야기를 하고 싶다는 헛된 욕망이 "재앙과 불행"(139쪽)을 가져올 것임을 아는 '뭐'는 그렇지만 그 욕망을 실행하고, 말을 배우지 못한 채 태어난 또다른 '뭐'는 '주둥이'(개)에게 자기 식의 이야기를 들려주며 '돌쌓기'의 노동을 지속한다. 인간다운 자연스러운 서사에 대한 기대가 처참히 깨어지는 이 책에서, 서로 연결되지 않을 것 같은 인물들과 공간들, 그리고 사물들은 오로지 '멈출 수 없는 글쓰기', 혹은 '지우기 위한 글쓰기'라는 테마를 위해 공존하고 있다. 그리고 선언 같은 말들이 여기저기 출몰한다. "우리에게 이름을 부여하지 마라. (……) 소용없다. 소용없다. 모든 것이. (……) 우리의 삶은 시작도 끝도 없는 서사의 쪼가리다. 쪼가리의 쪼가리다. 더 이상 쪼가리가 될 수 없는 최후의 쪼가리다. 우리는 한 문장으로 요약되지 못한다"(15~16쪽)라는. 대부분의 소설, 적어도 우리가 평범한 의미로 소설이라고 부를 수 있는 이야기에서라면, 이처럼 은유를 활용하거나 직접 선언을 하는 방식을 통해서만, 고정된 언어에 대한 불신이 표출될 수 있을 것이다. 그러나 김태용은 거기서 멈추지 않는다. 비슷한 듯 다른 여러 인물들을 겹쳐놓고, 시간을 휘어지게 만들고, 사물을 통해 공간을 해체하며 서사를 파괴하는 것에서 더 나아가, 문장을 조각내고 단어를 해체하고 언어를 그저 소리나 모양으로 돌려놓는 방식을 취함으로써 글쓰기의 끝장을 실험한다. 김태용에게 언어란 그저 기하학적 형태이기도 하며, 쪼개지고 구멍나고 흘러내리는 '몸'이기도 한 것이다. 단적인 예를 제시하기도 불가능한 김태용의 이토록 무지막지한 실험은, 그저 "노동이자 놀이"라고밖에 표현할 수가 없다. 즐겁지만 고통스러운 노동인 동시에 고통스럽지만 즐거운 놀이가 아니었다면, 저 방대한 분량의 실험을 완수하는 일이 어떻게 가능할 수 있었을까. 같은 이유로, 이 책을 읽는 일 역시 즐겁고도 고된 일이었다고 말해야 할 것 같다.

『숨김없이, 남김없이』는 "더. 더 말하기. 더라고 말해지기. 어떻게든 더"라고 시작해서 "도저히 더 못한다고 말해지기"로 끝나는 베케트의 이상한 소설 『가장 나쁜 쪽으로Worstword Ho』를 연상시킨다. 그 소설에 상세한 주석을 단 바디우에 따르면(「존재, 실존, 사유: 산문과 개념」, 『비미학』, 이학사, 2010), 저 마지막 문장 "도저히 더 못한다고 말해지기"는 '더(encore)'의 한 변형에 불과하다. 결국 베케트의 소설은 '더'로 시작해서 '더'로 끝나는, 즉 '계속 말하기'를 주장하는 소설인 것이다. 말하기는 언제나 잘못 말하기이지만, 말해진 것과 일치되는 말하기는 결국 말하기를 없애버린다. 그래서 우리는 잘못 말하기를 지속해야 한다. 이것은 베케트의 테제이자 바디우의 테제이다. 바디우가 정리하기로, '잘못 말하기'의 명령이 지속되는 『가장 나쁜 쪽으로』는, 말해진 것과는 무관하게 스스로의 규제하에서만 실행되는 '말하기'의 자기 긍정을 증명하는 소설이다. '숨김없이, 남김없이' 잘못 말하고 또 말하는 김태용의 소설도 어쩌면 "이제. 더는. 더 이상. 충분히. 할 만큼. 했다고. 말하지. 않겠다"(232쪽)라는 한 문장을 끊임없이 반복하기 위해 씌어진 소설일지도 모르겠다.

그런데 이제는 '김태용 식'이라는 말도 가능할 것 같은 이러한 실험이, 그러니까 다른 무엇을 위한 수단으로 전이되지 않는 (아니, 전이될 수 없는) 이토록 자유롭고도 독립적인 파괴의 실험이, 과연 허무를 피해갈 수 있을까. 수많은 문장의 소용돌이 속에서 유독, "무어라 명명할 수 없는 노동이자 놀이의 시간이 끝나자 허무와 비애가 몰려왔다"(249쪽)라는 문장이 기억에 남는 것은 왜일까. 김태용은 그 '허무와 비애' 때문에 이 같은 '소리 없는 아우성'을 멈출 수 없었던 것일까. 그렇다면, 우리는 그에게 무엇을 돌려줄 수 있을까.

(『문학동네』 2010년 가을호)

4부

/

최초의

감정

최초의 감정

— 유희경론

> 근원적인 모든 것은 다시 시작한다.
>
> — 모리스 블랑쇼

'불행한 서정'의 행복한 귀환

'서정'이라는 말로부터 시작해보자. 이 용어는 복수의 용법을 지닌다. 우선, 장르론의 관점에서 서사 장르와 대비되는 '시'의 영역을 가리킬 때 이 용어가 쓰인다. 둘째, 시적 주체와 외부 세계와의 관계 양상을 가리킬 때, 특히 주체가 세계로 나아가는 '투사'의 작용과는 반대로 세계가 주체로 수렴되는 '동화'의 작용을 설명하기 위해 '서정'이라는 용어가 사용된다. 셋째, 시적 정황으로부터 환기되는 감정적 측면에 주목하는 용어로도 이 말이 쓰인다. 감정이라는 것이 애초에 명명 불가능한 느낌의 집합이므로 '서정'이라는 말이 어떤 빛깔의 감정과 관계하는지 명확히 규정하기는 힘들다. 다만 '서정'이라는 용어에서는 세계와의 불화(不和)를 적극적으로 드러내는 사나운 감정보다는 세계와 표나게 다투지는 않으려는 순한 감정이 더 많이 환기된다고 말할 수 있을 뿐이다.

이미 어느 정도 폐기된 첫번째 의미를 차치하고 두번째와 세번째 의미를 종합하여, 흔히 우리는 외부 세계를 동원하여 주체의 착한 감정을 드러내는 시를 '서정'의 영역에 포함시킨다. 그리고 이 계열의 시는 감정의 진정성 혹은 표현의 적실성과는 다소 무관하게 세계의 불가해성에 대해 무지하거나 무심한 비윤리적인 시로 폄하되기까지 한다. 타자성, 윤리, 정치 등의 키워드가 중요한 화두가 되었던 2000년대 시단에서 우리는 이같은 '비윤리적 서정'의 영역을 가로지르는 '신서정' 혹은 '다른 서정'의 폭발력에 특히 주목했다. 세계를 자신의 휘하에 놓으려는 인자한 군주로 분한 시적 주체는 홀대받았고, 세계와 대결하는 천방지축 악동들이 난무하는 시적 무대의 현장성 자체가 환대받았다.

그런데 세계에 군림하는 시적 주체를 맹비난하는 과정에서 타자에 대한 윤리적 자의식이나 언어에 대한 실험적 자의식이 강화된 주체만을 한껏 추앙하다보니, 시의 정서적 측면에 반응하는 우리의 촉수가 은연중 무뎌진 것도 사실이다. 한 편의 시는 여러 가지 관점에서 읽힐 수 있다. 시적 주체가 외부 세계와 즐겁게 만나는가 불편하게 만나는가를 토대로 시적 주체, 나아가 시인의 세계관을 판가름하며 읽는 차가운 독법이 있을 수 있다. 혹은 그것이 즐거움이든 불편함이든 한 편의 시가 환기하는 감정에 푹 빠져보는 뜨거운 독법도 있을 수 있다. 이 두 가지 태도만 놓고 보았을 때 무엇이 윗길인지, 그리고 이 둘이 분리될 수 있는지 잘은 모르겠지만 분명한 것은 누구라도 일차적으로는 시가 뿜어내는 감정에 반응하지 않을 수는 없다는 사실이다. 그럼에도 불구하고 그간의 우리는 이 자연스러운 반응에 조금 무심한 채 차가운 독법에만 몰두한 듯도 싶다.

유희경의 첫 시집을 읽는 자리에서 이처럼 먼 길을 수고롭게 돌아가는 이유는 그의 시를 읽는 보람에 대해, 다시 말해 그의 시가 일깨운 낯익은 낯선 감정에 대해 말하고 싶기 때문이다. 유희경의 시에는 최근의 젊은 시가 즐겨온 그 흔한 유머도, 집요한 말놀이도, 별스러운 이미지도 등장하지 않는다. 무정한 태도로 언어 실험에 골몰하는 것도, 다채로운 감각의 향연을 전시하려는 것도, 유희경의 작업과는 다소 무관하다. 유희경의 시는 익숙한 언어로 익숙한 감정을 묘사하는 세련하는 모노톤의 시에 가깝다. 그가 편애하는 감정은 한마디로 말해 슬픔인데, 그 슬픔에서는 담담한 결의 마저 느껴진다. "비극에는 용기가 필요하다"(「한편」)고 힘주어 말해보기 도 하는 유희경의 잠언투 문장들은 2000년대 시단의 맥락과 맞닿으며 묘한 울림을 자아내기도 한다. 첫 시집을 세상에 내놓는 유희경의 패기는 세상의 모든 슬픔을 껴안겠다는 치기보다는 이처럼 자신의 보잘것없는 슬픔을 드러내놓기를 망설이지 않겠다는 용기와 관련되는 것이다.

유희경의 어떤 시에서 기형도를 떠올리는 독자도 적지 않거니와 『오늘 아침 단어』(문학과지성사, 2011)에 실린 60여 편의 시를 읽으며 우리는 그가 2000년대적 감각보다는 1990년대적 감성과 어울린다는 사실을 확인하게 된다. 2000년대의 감각적이고도 윤리적인 시가 홀대해온 감정의 영역에 충실하려는 듯 보인다는 것. "왼쪽 가슴 5cm 위에서도 비는 태어난다"(「다시, 지워지는 地圖」)라고 적고 있는 유희경의 시를 읽다보면 마음이 무겁게 가라앉는 듯한 느낌이 드는데, 신기한 일은 그 무거운 마음이 설렘으로 전환되기까지 한다는 사실이다. 오랜만에 감성을 자극하는 시를 본격적으로 만나게 되었다는 반가움 때문일까. 무겁게 가라앉아 설레는 이 마음이 유희경 시가 우리에게 되돌려준 시 읽기의 보람을 증명한다.

우리는 이른바 '서정의 귀환'을 목도하고 있는 것이 아닌가. 오해를 피하기 위해 권혁웅의 개념을 빌려 유희경의 시를 '불행한 서정시'[1]라 고쳐 부르자. 그는 주체의 정념이 도드라지는 시를 서정시로 한정해 부르자고, 그중 주체와 세계가 한몸 되어 '정합적이고 합목적적이 된 시'를 '행복한 서정시'로, 주체와 세계가 엇갈리며 '비정합적이고 변증법적이 된 시'를 '불행한 서정시'로 부르자고 제안한 바 있다. 이러한 제안은, 세계의 자아화라는 폭력적 동화의 방식을 동원하지도 않으면서 동시에 감정적인 영역에 무심하지도 않은 시가 지속적으로 씌어왔다는 사실을 강조하기 위

---

1) 권혁웅, 『시론』, 문학동네, 2010, 132~162쪽 참조.

한 것이겠다. 이러한 구분을 참조하자면 '비극의 용기'를 말하는 유희경
의 시는 2000년대의 젊은 시들 중에서 '불행한 서정'의 영역을 적극적으
로 개척하는 대표주자로 인정될 만하다.

주체와 세계의 접촉면이 어떤 모양을 띠는가에 주목하여 서정의 윤리
성에만 집중할 경우, 그것은 결국 서정의 불행을 초래하게 된다. 유희경
의 '불행한 서정시'는 접촉면의 모양뿐 아니라 접촉의 열기에도 집중하도
록 만든다. 그 열기를 온몸으로 느낄 때 우리는 "행복한 시 읽기"의 체험
을 돌려받을 수 있을 것이다. 어서, 읽자.

소년의 눈물, 그리고 '아버지라는 기호'

소년은 울고 있었다
누구도 들어보지 못한 소리로
눈물은 떨어지고 있었다

(……)

물은 물속을 걸어 들어가
점점 깊어져갔다 먼눈으로
그저 투명하고 비리게 흘렀다

막 번지던 것들, 울음을 꺼내려고
온 적 없는 한때를 뒤지고 있었다
은빛인 은빛이어야 하는 흔들림

(……)

울음 그친 소년이 비를 건드렸을 때

방울방울 흐린 것들이었다

소년은 물속에 오래오래 있었다

—「소년」 부분

내내 눈물을 뚝뚝 흘리다가 아예 눈물 속에 들어앉아버린 소년이 있다. 「소년」이라는 시이다. 전문(全文)을 인용하지는 않았지만 이 시에는 "눈물들 고이고", 고인 눈물이 "흔들리더니 물결이 일"고, 결국 "후드득 쏟아져 선홍빛 비가 되"어 흐르는 장면이 그려진다. 눈물이 방울방울 고여 찰랑대다가 마침내 주르륵 흘러내리는 장면이 섬세하게 그려지는 이 조용한 시에서 우리는 먹먹한 슬픔을 느낀다. 천천히 흐르는 저 눈물은 원인이 알려지지 않았기에 더 슬프다. 소년이 왜 우는지 알 수 없다는 점에서, 그리고 그 눈물이 소란스러운 눈물이 아니라 그렁그렁 맺혔다가 소리 없이 쏟아지는 눈물이라는 점에서, 소년의 눈물을 바라보는 우리에게도 한 줄기 슬픔이 각인되는 것이다. "나는 물속에 앉아 있었다"라고 말하는 「深情」에서도 그렇거니와 유희경은 소리 없는 눈물이 넘쳐흘러 온 세상이 눈물이 되어버린 듯한 이미지를 자주 그린다. 그의 시에서 소년과 눈물은 혼연일체다. 이토록 조용한 눈물 속 세상으로부터 유희경의 시가 시작된다.

또다른 소년의 이야기를 읽어보자. 희미한 울음소리를 듣기 시작하는 '소년 이반'의 이야기이다. 자신의 울음소리가 들리기 시작하면서 이반에게는 힘없이 부석거리는 어머니의 모습도 동생의 슬픈 뒷모습도 보이기 시작한다. 눈물 속에 들어앉은 것으로도 모자라 "울음이 매달린" 귀까지 달게 된 이 바보 같은 소년에게는 무슨 일이 있었던 것일까.

아침 일찍 일어난 이반에게 부엌은 바람 없는 대나무 숲처럼 고요했다

아버지, 두고 간 얼굴을 주웠을 때 그것은 떨어뜨린 면도칼처럼 차가웠다

날이 저물고 있었다 이반은 귀를 발견했다 늦은 밤 놀이터 구석진 벤치에 앉아 귀를 기울였다 자기 울음소리를 끝없이 듣고 있었다

매일 아침, 울음이 매달린 이반의 귀는 출근하는 동생 등에서 소리를 들었다 무언가 반짝이는 것이 반짝이는 듯한

이반은 수염을 깎았다 어머니는 너른 억새 숲이 되었고 이반은 그 발밑에서 늪이 되었다 그것 말고는 부석거리는 어머니를 설명할 길이 없었다

시간이 지날수록 귀에는 낡고 흔한 울음이, 알 수 없는 애를 쓰며 매달려 있었다 이반은 그러한 자신의 귀가 한없이 자랑스러워

　　　　　　　　　　　　　　　　　　　　　—「소년 이반」 전문

이반은 놀이터 벤치에 홀로 앉아 "자기 울음소리를 끝없이 듣고 있"는 소년이다. 변함없이 되풀이되는 일상 속에서 표정 없는 동생의 등을 바라보다가도 문득 눈물이 핑 도는("동생 등에서 소리를 들었다 무언가 반짝이는 것이 반짝이는 듯한") 슬픈 소년이 바로 이반이다. 어머니는 억새풀처럼 희미하게 메말라(울다 지쳐 눈물이 말라버린 걸까) 휘청거리고, 어머니를 바라보는 이반은 여전히 눈물로 축축하다. 이반이 바라보는 세상은 왜 이다지도 눈물범벅일까. "출근하는 동생"을 두었으며 "수염을 깎"는 나이인 이반은 이미 어린 '소년'은 아닐 텐데, 왜 '울음이 매달린 귀'를 달고 슬퍼할까. 아마도 "아버지" 때문일 것이다. 문득 떠오르는 아버지의 얼굴, 혹은 온기 없는 차가운 그의 사진, 그렇게 그가 "두고 간 얼굴"이 이반에게 '울음이 매달린 귀'를 달아주었을 것이다. 이 "아버지란 기호"(「지

워지는 地圖」)는 유희경의 시가 그리는 먹먹한 슬픔의 한 기원이다. 아버지가 부재한 일상의 풍경이 자아내는 형용할 수 없는 슬픔과 그러한 슬픔이 사후적으로 투영되어 탄생한 울고 있는 소년의 이미지는, 유희경의 시가 우리에게 정서적으로 강렬한 인상을 남기는 주요한 이유 중 하나라 할 수 있다.

누군가와 이별한 슬픔이 더할 수 없는 아픔이 되는 경우는 언제일까. 그의 부재에도 불구하고 변함없이 굴러가는 일상을 발견할 때도 그렇지만, 가까운 미래의 이별에 대해 무지한 채로 일상을 흘려보낸 과거의 내가 무심코 떠오를 때 슬픔은 참을 수 없는 것이 된다. 지금은 떠나고 없는 사람이 아직 곁에 있었으며 그 사람의 떠남을 상상조차 할 수 없었던 과거의 한순간이 떠오를 때, 우리는 자책과 후회라는 말로도 충분히 설명되지 않는 복잡한 감정에 사로잡힌다. 심지어 분노마저 느끼게 된다. 가령, 다음과 같은 장면을 그리고 있는 시인의 마음이 그런 것이 아닐까.

(……) 아버지란 기호에선 캐치볼이 떠오르지만,

어느새 나와 아버지 사이 넓게 자리 잡은 이만 헥타르쯤의 운동장 이따금, 몰래 알약 반 개 같은 씨앗을 심지만 자라는 것은, 없다

방금 불어온 바람을 등지고 어리고 슬픈 내가 공을 주우러 뛰어간다 당신은 누구인가 이 글러브는 누구의 가죽이고 날아가는 것을 보면 왜 소리를 지르고 싶어지는가
    —「지워지는 地圖」 부분

유희경 시의 한 구절을 빌려 말하자면 "없어진 나날보다/ 있었던 나날이 더 슬프다"(「텅빈 액자」). 그러니 인용한 시의 '나'에게도 더이상 아버

지와 함께 할 수 없다는 사실보다 어쩌면 그와 함께 했던 옛날의 기억이 더 아플 것이다. 그래서 아버지와 캐치볼을 하던 회상 속 한 장면에서 공을 줍기 위해 뛰어가고 있는 '나'는 마냥 즐거운 소년이 될 수 없다. "어리고 슬픈" 소년일 수밖에 없다. 그 소년은 날아가는 것을 보며 소리를 지르고 싶은 충동적인 분노마저 느낀다. 시인의 회상에 등장하는 저 소년의 슬픔과 분노는 지금의 상실을 고려하지 않고서는, 즉 "부석거리는 어머니"와 등으로 울고 있는 동생이 있는 어두운 방 혹은 어두운 거실의 풍경을 염두에 두지 않고서는 설명이 불가능하다. 유희경의 시에 등장하는 소년들에게는 이처럼 근미래의 상실과 슬픔이 투영되어 있다. 때문에 그 소년들은 행복할 수 없는 운명에 처해 있다. 가까운 미래에 체험하게 될 믿기 힘든 상실 때문에, 더불어 그 사실에 대한 무지의 책임으로, 회상 속 소년들은 슬퍼야만 한다. 유희경이 자신의 분신과도 같은 소년들을 눈물 안에 가둔 것은 바로 이러한 이유 때문일 것이다.

미래로부터 출발한 상실의 체험이 기입되어 있기 때문에 이 소년들은 이미 어른이다. 그러므로 유희경의 소년들이 이유를 알 수 없는 슬픔으로 자신을 소진시키는 연약한 존재에 머물지 않고 어떤 결의를 다지는 의젓한 모습을 보일 때, 그것은 전혀 어색하지가 않다. 이제, 앞서 읽었던 「소년」과 「소년 이반」이라는 시에서 우리가 빠뜨리고 넘어간 부분을 챙겨 읽어보자. 소년이 눈물 속에 들어앉아 바라본 세상은 어떤 빛을 띠고 있을까. 유희경은 "은빛이어야" 한다고 말한다. "은빛인 은빛이어야 하는"이라며 두 번을 강조해 말한다. 회색빛의 슬픔을 은빛으로 바꿔 부르는 이 다짐을 기억해두자. 더불어 울음이 달린 자신의 귀를 "한없이 자랑스러워"하는 소년 이반의 여유로운 반어도 놓치지 말자.

자신만의 슬픔 속으로 한없이 침잠하든 그 슬픔을 어루만지려는 어떤 결의를 드러내든, 중요한 사실은 유희경의 어떤 시는 이처럼 고유한 상실의 체험을 주저 없이 드러내놓는다는 점이다. 그렇다면 유희경은 자신이 의도했든 그렇지 않든 시를 쓰는 과정을 통해 일종의 '승화'를 체험하고 있는지도 모른다. 개인적인 슬픔의 승화를 도모하는 시 쓰기를 그 자신이 얼마나 의미 있는 작업으로 생각하는지 알 수 없지만, 그 과정의 진정성이 우리에게 진솔하게 전달되고 있는 것만은 분명하다. 2000년대의 한국 시단에서는 '앓는 나'를 고백하는 '승화로서의 시'보다 '앓는 시대'를 선언하는 '증상으로서의 시'들이 우세종으로 지지받았다. 이 같은 맥락을 고려한다면 자신의 고유한 상실감을 개봉 엽서처럼 드러내는 유희경의 시 쓰기는 다정하면서도 용감한 작업으로 여겨질 수밖에 없다. 자신의 슬픔을 따뜻하게 돌봐줄 소박한 손짓이 절실한 시대에 놓여 있는 우리로서는 이러한 작업이 반갑기도 한 것이다.

> 부드럽게 안아주었다
> 안겨 있는 나를 보았다
> 하얗게 빛이 났다
>
> —「꿈속에서」부분

누군가의 품에 "안겨 있는 나"가 등장하는 꿈속의 한 장면, 그리고 그때 느껴지던 부드럽고 환한 촉감, 유희경 시에는 밀도 높은 슬픔과 함께 이처럼 명도 높은 온기도 존재한다. 이 시집의 첫번째 시에 새겨져 있는 이 같은 '은빛'의 문장(門帳)들은 '당신'의 부재로 인해 신음하는 우리의 외로운 밤을 먹먹한 빛으로 밝히려 한다. 이제, 또다른 '당신'을 만나러 갈 차례다.

'나는 사랑하고 당신은 말이 없다'

우리는 앞에서 유희경의 시를 '불행한 서정시'로 단정했다. 의심할 여지없이 불행한 서정의 정수는 불가능한 사랑이다. 이제 유희경의 연애시

를 읽으며 우리의 단정이 성급한 것이 아니었음을 확인하자. 『오늘 아침
단어』의 가편(佳篇)에 해당하는 시들은 주로 불가능한 사랑에 관해 이야
기한다.

　　둘이서 마주 앉아, 잘못 배달된 도시락처럼 말없이, 서로의 눈썹을 향하
여 손가락을, 이마를, 흐트러져 뚜렷해지지 않는 그림자를, 나란히 놓아둔
채 <u>흐르는</u>

　　우리는 빗방울만큼 떨어져 있다 오른뺨에 왼손을 대고 싶어져 마음은 무
럭무럭 자라난다 둘이 앉아 있는 사정이 창문에 어려 있다 떠올라 가라앉
지 않는, 生前의 감정 이런 일은 헐거운 장갑 같아서 나는 사랑하고 당신은
말이 없다

　　더 갈 수 없는 오늘을 편하게 생각해본 적 없다 손끝으로 당신을 둘러싼
것들만 더듬는다 말을 하기 직전의 입술은 다룰 줄 모르는 악기 같은 것 마
주 앉은 당신에게 풀려나간, 돌아오지 않는 고요를 쥐여 주고 싶어서

　　불가능한 거리는 아무 말도 하지 않는다 당신이 뒤를 돌아볼 때까지 그
뒤를 뒤에서 볼 때까지
　　　　　　　　　　　　　　　　　—「내일, 내일」 전문(강조는 인용자, 이하 동일)

　　"우리"는 만났고, 마주앉았고, 아무런 말도 하지 않았고, 그리고 결국
뒤돌아 각자의 길을 갔다. 헤어진 연인이 오랜만에 재회했다가 서로 등을
보인 채 헤어지는 모습을 롱테이크의 줌아웃으로 보여주는 영화 〈봄날은
간다〉의 엔딩 장면이 떠오르는 시다. 시작조차 못 한 사랑인지, 이제 막
끝을 본 사랑인지 알 수 없지만, 아무튼 확실한 것은 저 둘에게 "우리"라

는 이름의 "내일"이 쉽지 않을 것이라는 사실이다. "잘못 배달된 도시락" 처럼 어색하게 마주한 "오늘"과 유사한 "내일"들이 반복될지는 몰라도 "오늘"과 다른 행복한 "내일"이 있을지는 미지수다. 왜냐, "나는 사랑하고 당신은 말이 없"기 때문이다.

이 시집을 통틀어 가장 인상적인 문장이 바로 여기에 있다. "나는 사랑하고 당신은 말이 없다." 사실 이 문장은 의미론적 비문에 가깝다. 두 개의 문장이 어색하게 연결되어 있기 때문이다. 자연스러운 연결은 '나는 당신을 사랑하는데 당신은 아무런 말이 없다', 혹은 '나는 당신을 사랑한다고 말하지만 당신에게선 아무런 대답이 없다' 정도일 텐데, 시인이 일부러 쓴 어색한 문장을 이렇게 억지로 고쳐보면 이 시는 '나'와 '당신' 사이의 불가능한 사랑을 증명하는 시가 된다. 내가 준 사랑을 되돌려주지 않는 당신에 대한 애타는 마음을 애절하게 표현한 시가 된다. 당신 마음이 내 맘 같지 않으니 '나'는 당신을 쓰다듬고 싶은 마음을 꾹꾹 눌러 참으며 허공에 손짓을 해볼 뿐이다. 내 사랑을 당신에게 강요하지 않고 '나'에 대한 당신의 침묵을 기꺼이 수용한다는 점에서 이 시의 화자는 사랑할 자격이 충분하기는 하다.

그런데 저 인상적 문장이 의미론적 비문이 아니라면? '나'는 누구를 사랑하는가. '나'는 그저 사랑을 할 뿐이 아닌가. 사랑은 애초에 내가 준 바로 그것을 상대에게 되돌려 받을 수는 없다는 어긋남을 전제로 한다. "사랑하는 사람은 사랑받지 못한다."[2] 이것은 사랑에 관한 불변의 진리다. 즉 이루어질 수 없는 어떤 사랑이 있는 것이 아니라 모든 사랑이 애초에 "헐거운" 것이라고 해야 맞다. 바디우의 표현을 빌리자면 사랑은 둘이 하나가 되는 것이 아니라 '둘이 등장하는 무대'[3]가 지속되는 것이므로. 따라

2) 알렝 핑켈크로트, 『사랑의 지혜』, 권유현 옮김, 동문선, 1998, 49쪽.
3) 알랭 바디우, 『사랑 예찬』, 조재룡 옮김, 길, 2010.

서 "나는 사랑하고 당신은 말이 없다"는 이 문장은 자연스럽다. '나의 사랑'과 '당신의 침묵'은 애초에 동시적인 것이다. 그렇다면 「내일, 내일」은 어떤 불가능한 사랑을 증언하는 시가 아니라 사랑의 보편적 불가능성에 애달파 하는 시로 읽힐 수 있다. "빗방울만큼 떨어져 있"는 저 둘은 어쩌면 실제로 열렬히 사랑하는 사이일 수 있다. 그럼에도 불구하고 "불가능한 거리"를 인정하는, 그 "헐거운" 감정을 "生前의 감정"이라고밖에 달리 표현할 길이 없다는 것을 아는, 진정 사랑하는 사람들일지도 모른다. 사랑의 불가능성을 알면서도, 아니 알기 때문에 '나'는 "나는 사랑하고 당신은 말이 없다"라고 적어보는 것이다. 아마 '당신' 역시 '나'와 똑같은 문장을 어딘가에 적고 있을지 모른다. "나는 사랑하고 당신은 말이 없다"라고.

핑켈크로트는 프루스트의 『잃어버린 시간을 찾아서』에 아름다운 주석을 달며 다음과 같은 의미심장한 문장을 적었다. "이 세상 전체가 하나의 감옥으로 변한다고 해도, 사랑받는 얼굴은 이 세상에 속해 있지 않다. 지속적이고, 철저하고, 물샐 틈 없는 감시를 당해도, 얼굴은 사로잡힘으로부터 도망갈 수 있는 눈을 가지고 있다"[4]라고. 사실, 이 말은 비유가 아니다. 우리는 어느 누구라도 사랑하는 사람의 얼굴을 온전히 떠올릴 수 없다. 사랑하는 사람의 얼굴에 관해서라면 우리는 모두 형편없는 예술가이고 말 못 하는 아기가 된다. 사랑하는 사람은 언제나 침묵 속에서 '빠져나가는 것'으로 존재하기 때문이다. 사랑받는 사람은 "부재자", 그리고 사랑하는 사람은 어김없이 "부재자의 인질"[5]인 것. 이러한 공식 역시 불가능한 사랑으로부터 도출된다. "버스가 기울 때마다 비스듬히 어깨에 닿곤 하는 기척을 이처럼 사랑해도 될는지"라는 사랑스러운 문장과, "아무리 애를 써봐도 아득한 오후만 떠오르고 이름의 주인은 생각나지 않는다"라

---

4) 알렝 핑켈크로트, 앞의 책, 58쪽.
5) 같은 책, 70쪽.

는 아련한 문장이 공존하는 「珉」은, 이 같은 사랑의 공식을 아름다운 풍경 속에 드러낸다.

　"부재자의 인질"이 되어버린 누군가의 마음을 묘사하는 애틋한 연애시 한 편을 더 읽어보자. 「심었다던 작약」이다.

　　네가 심었다던 작약이 밤을 타고 굼실거리며 피어나, 그게 언제 피는 꽃인지도 모르면서 이제 여름이라 생각하고, 네게 마당이 있는지 없는지도 모르면서 그게 아니면, 화분에다 심었는지 그 화분이 어떻게 허연빛을 떨어뜨리는지 아는 것도 없으면서 네가 심은 작약이 어둠을 끌고 와 발아래서 머리 쪽으로 다시 코로 숨으로 번지며 입에서 피어나고, 둥근 것들은 왜 그리 환한지 그게 아니면 지금을 어떻게 설명해야 하는지 가르쳐주지도 않으면서, 봄은 이렇게 지나고 다시 여름이구나 몸을 벽에 붙여보는 것이다 그러니 작약이라니 나는 그게 어떻게 생긴 꽃인지도 모르고 나도 아니고 너는 더구나 아닌 그 식물의 이름이 둥그렇게 떠올라 나는 네가 심었다는 그것이 몹시 궁금하고 또 그런 작약이 마냥 지겨운 건 무슨 까닭인지 심고 두 손을 소리 내어 털었을 네가, 그 꽃이, 심었다던 작약이 징그럽게 피어
　　　　　　　　　　　　　　　　　　　　　　—「심었다던 작약」 전문

　'너'는 '나'에게 작약을 심었다고 말했고 그 말을 들은 '나'의 밤은 온통 작약이다. 너는 그것을 마당에 심었을까, 화분에 심었을까. 그것은 언제 피는 꽃일까, 어떤 모양으로 피어나는 꽃일까. '나'의 온 밤은 네가 심었다던 작약과 작약을 심었다던 '너'에 대한 상상으로 분주하다. 작약을 심은 '너'에 대한 생각은 "머리쪽으로 다시 코로 숨으로 번지며 입에서 피어"난다. 상상만으로도 '나'의 온몸이 '너'에게 반응하고 있는 것이다. 그런데 이 시의 화자는 자꾸만 모른다는 말을 반복한다. 결정적으로 "네가 심었다는 그것이 몹시 궁금하"다고 말한다. 그런데 '나'는 정말 작약이 궁

금한 것일까. 오금이 저리도록 무척이나 궁금한 것은 '네가 심었다는 작약'이 아니라 분명 작약을 심은 '너'일 것이다. '나'는 온통 네 생각뿐인 내 마음을 어떻게 설명해야 할지, 혹은 네 마음도 내 마음과 같을지 궁금해서 안절부절못하고 있다. 그런데 너를 향해 이렇게나 부풀어오른 이 마음이 '나'는 왜 지겹게 느껴지기도 하는 것일까? "네가 심었다는 그것이 몹시 궁금하고 또 그런 작약이 마냥 지겨운 건 무슨 까닭인지"라는 아리송한 표현은 어떻게 이해되어야 할까? '너'에 대한 상상만으로도 벅찬 마음과 상상만으로는 허기진 두 마음 사이에서 갈팡질팡하는 '나'의 심사를 드러낸 것이 아닐까. 사랑을 해본 사람이라면 누구나 알 만한 어지러운 마음을 말이다.

이 예쁜 시를 계속 읽다보면 '작약'이라는 꽃 이름이 부사어로 바뀌는 듯한 신기한 경험을 하게 된다. 사랑하는 사람에 대한 두근거리는 마음이 몽글몽글 피어나는 느낌을 묘사하는 말처럼 들리는 것이다. '나'는 온 밤내내 작약 작약, '너'를 생각하고 있다. 이제 유희경의 단어 사전에서 '작약'은 부재하는 '너'를 향해 무럭무럭 열심히도 자라는 감정, 그 형용 불가능한 감정을 표현하는 최초의 단어로 등재될 수도 있다.

사랑하는 사람의 마음은 태업도 파업도 모른다. 쉼 없는 다가섬이 사랑의 시작이다. 그런데 문제는 그 다가섬이 둘 사이의 거리를, 기다림의 시간을 결코 줄여주지는 않는다는 사실이다. 애초에 '나'와 '당신'은 "불가능한 거리"를 사이에 두고 있기 때문이다. 내가 한 발짝 다가선다고 해서 당신과 나 사이의 거리가 정확히 한 발짝 좁혀지는 것이 아니다. 내가 당신을 기다려야 하는 시간이 내가 당신에게 다가간 시간만큼 줄어드는 것도 아니다. 둘이 등장하는 사랑의 무대에서 다가가기와 기다리기는 어느 한쪽이 다른 한쪽을 대신할 수 없다. 양자택일도 불가능하다. 사랑하는 사람에게는 다가가고 싶은 마음도, 기다릴 수밖에 없는 처지도, 대책이 없기 때문이다. 오래전 "기다려본 적이 있는 사람은 안다"라며 이 대책 없는 마음을 시로 적었던 이가 황지우다. 그리고 황지우의 「너를 기다리는 동안」
이 좀더 비장한 형태로 재탄생한 것이 유희경의 「너가 오면」이다.

　　그렇게, 네가 있구나 하면 나는 빨래를 털어 널고 담배를 피우다 말고 이
불 구석구석을 살펴본 그대로 나는 앉아 있고 종일 기우는 해를 따라서 조
금씩 고개를 틀고 틀다가 가만히 귀를 기울여 오는 방향으로 발꿈치를 들
기도 하고 두 팔을 살짝 들었다가 놓는 너가 아니 너와 비슷한 모양으로라
도 오면 나는 펼쳤다가 내려놓는 형편없는 독서 그때 나는 어떤 손짓으로
어떻게 웃어야 슬퍼야 가장 예쁠까 생각하고 그렇게 나, 나, 나를 나비 날
개처럼 접어놓는 너 너 너의 짓들 너머로 어깨가 쏟아질 듯 멈춰놓는 모습
그래도 아니 그대로, 멈춰서 멈추길 멈췄으면 다시처럼 떠올려 무수히 많
은 다시 다시와 같이 나를 놓고 앉아 있었으면 나는 눕히고 누웠으면 그렇
게 가만히 엿보고 만지고 아무것도 없는 세계의 밋밋한 한 곳을 가리키듯
막막함이 그려져 손으로 따라 걸어 들어가면 그대로 너를 걸어갈 수 있을
것만 같아서 조금 알 수 있을 것 같아서 숨이 타오름이 재가 된 질식이 딱
딱하게 그저 딱딱하게만 느껴지는 그건 너가 아니고 기실, 나는 네 눈 뒤에
서 있어서 도저히 보이질 않는 너라는 미로를 폭우 쏟아져 내리는 오후처
럼 기다려 이를 깨물고 하얗게 질릴 때까지 꽉 물고 어떻게든 그러므로, 너
로부터 기어이 너가 오고
—「너가 오면」 전문

　　사랑하는 사람은 사랑받는 ‘당신’을 향해 다가가면서 동시에 그를 기다
린다. 「심었던 작약」의 ‘나’에게는 다가가려는 마음의 성분이, 「너가 오
면」의 ‘나’에게는 기다리려는 마음의 성분이 더 많다. 그래서 앞의 시에
서는 천진한 행복이 느껴지는 반면, 뒤의 시에서는 결연한 의지마저 느
껴진다. 「너가 오면」의 ‘나’는 ‘너’를 기다리는 일이 “세계의 밋밋한 한 곳

을 가리키듯 막막함"이 느껴지는 일이라 말한다. 그럼에도 불구하고 "이를 깨물고 하얗게 질릴 때까지" 견뎌, 결국 "너로부터 기어이 너가 오"는 장면을 보리라 다짐한다. 이 같은 '나'의 다짐을 읽어내는 일은 중요하지만 「너가 오면」의 핵심은 이게 다가 아니다. 어그러진 통사 구조가 휴지(休止)도 없이 이어지는 가운데, '너'를 기다리던 '나'의 설렌 기대가 결국 폭우 같은 눈물을 참아내는 슬픈 오기로 변하는 그 불편한 과정 자체를 지켜보는 일이 더 의미 있다. '너'를 반기는 손짓과 표정을 연습하며 "발꿈치를 들기도 하"며 설렌 마음으로 '너'를 기다리던 '나'는, 그러니까 "너와 비슷한 모양"만 보아도 들뜨고 손에 잡은 책도 제대로 읽지 못하던 '나'는, 어느새 기다림의 막막함에 지쳐 하얗게 질린 표정의 내가 되어 있다. "어떻게 웃어야 슬퍼야 가장 예쁠까"를 고민할 수도 없이 굳어버린 표정의 내가 되어버린 것이다. 「너가 오면」은 거대한 한 문장 안에 '너를 기다리는 동안'의 기쁨과 슬픔, 기대와 실망, 행복과 절망을 이렇게 다 담아놓았다.

다가가다 문득 지겨워지는 마음, 기다리다 결국 슬퍼지는 마음, 유희경은 이러한 미묘한 심리 변화를 적확하게 포착해낸다. 이런 마음을 모르는 사람은 저런 시를 쓸 수가 없다. 유희경의 연애시가 애잔한 아름다움을 품게 될 때, 그것은 표현의 기민함보다는 감정의 섬세함으로 설명되어야 한다.

핑켈크로트를 다시 한번 인용하자. 타인의 얼굴에 쉼없이 다가서면서도 그 얼굴을 절대 흡수할 수 없는 불가능을 가리켜 그는 "멋진 무력감"이라고 표현했다. 그 무력감은 왜 멋진가. 이러한 무력감이 없다면 "삶은 (……) 자기를 떠나 자기를 향해 가는 단조로운 여행에 불과할 것"[6]이기 때문이라고 그는 말한다. 희미한 당신, 말없는 당신, 한없이 기다리고 기

---

6) 같은 책, 26쪽.

다릴 수밖에 없는 당신을 경유하여 유희경은 어디로 가고 있는가. 어떤 '나'를 만들고 있는가.

내 죽음을 과정(假定)하는 시간

유희경의 시가 한편에서 불가해한 타자성의 체현으로서 달콤 쌉싸래한 사랑을 이야기할 때, 다른 한편에서 그의 시는 어떤 "假定의 시간"을 형용하기 위해 애쓰고 있다. 그것은 어떤 시간인가. 전적으로 미래에 속한 죽음의 시간이다. 유희경의 시에서 죽음은 일상적 상실감, 슬픔, 고독을 설명하기 위해 동원되는 위태로운 단어가 아니다. 유희경 시에 나타난 죽음에 대한 편애는 청춘의 상투적 의장이기를 거절한다. 블랑쇼처럼 말하자면 그는 낮의 입장에서 죽음을 욕망하지 않는다. 오히려 밤의 입장에서 죽음의 고독을 탐색하는 편이다. 그런데 미래의 사건으로서의 죽음은 유희경의 시에서 시 쓰기에 대한 사유로 이어질 때가 있다. 죽음에 대한 가정이, 어쩌면, 유희경의 뮤즈다.

한낮의 태양이 가득했다 산책이 시작되었다 너는 저음의 걸음을 이끌고 그곳까지 걸어갔을 것이다 고개 숙인 잎사귀들 중 하나가 너를 향해 떨어졌을 것이다 너는 진심으로 목이 말랐을 것이다 노래처럼, 너는 잘못되었다 아무도 없었으므로 단정할 수는 없지만 그곳은 네가 찾아갈 곳이 아니었을 것이다 (……) 그때 너는 어떤 생각을 했던 것일까 사막, 이라고 적을 수밖에 없는 깊은 밤의 처지를 생각했을 수도 있다 거리의 대부분이 자취를 감췄을 때도 너는 걷고 있었다고 확신한다 어떤 영혼도 버틸 수 없는 사람은 대개 그러하다 묻을 것이 남아 있지 않은 사람은 그런 법이다 그날 밤은 떠올리지 않는 것이 더 좋았을 것이다 낮장의 시간들이 날려 오고 손끝의 힘이 풀려나갈 때 오후의 개가 너를 따라온다 (……) 세상이 검게 변하는 순간에 아무것도 없고 너만 있고 멀리 오후의 개가 짖은 소리 정말 버리고 떠난 것일까 지금도 확신할 수 없다 너는 언덕을 따라 내려갔고 잠시 뒤를 돌아보는 척했지만 그뿐 그 뒤로 영영 돌아오지 않았을지도 모른다 신발 한 짝을 물고 돌아온 개가 한 마리 있었지만, 그 개가 오후의 개였는지 그보다는 좀더 검은 개였는지 그것도 알 수 없다 지금은 그저 假定의 시간 (⋯⋯)
　　　　　　　　　　　　　　　　　　　—「낱장의 시간들」 부분

　일어날 가능성이 아주 희박해서 상상조차 하기 힘든 상황을 묘사할 때 가정법 미래라는 시제가 쓰인다. 바로 저 자신의 죽음을 가정해 말할 때처럼 말이다. '만약 내가 죽는다면'이라는 표현은 가정법 미래의 용법을 설명할 때 언제나 동원되는 상투구이다. 「낱장의 시간들」은 이처럼 일어날 가능성이 희박한 미래의 사건인 자신의 죽음을 묘사하는 시로 읽힌다. 현재의 '내'가 미래의 시간에 속한 '나'를 '너'라는 2인칭으로 칭하며 따라가보고 있는 것이다. '너'라 불리는 누군가의 불투명한 과거 행적을 상상해보는 시가 아니라, 바로 '나' 자신의 미래를 가정해보는 시로서 「낱장의 시간들」이 읽히는 이유는 "영영 돌아오지 않았을지도 모른다"라는 미래로 열린 구절 때문이다. "네가 찾아갈 곳이 아니었을" 곳을 향해 한 발씩 내딛는 '너'는 마치 죽으러 가는 사람처럼 보이는데, '죽음의 언덕'을 따라 내려가는 듯한 '너'의 산책이 만약 과거의 일이라면, 현재의 관점에서 '너'는 돌아왔거나 돌아오지 않았거나 둘 중 하나여야 한다. 그러나 시적 주체는 "돌아오지 않았을지도 모른다"라며 '너'에 대한 추측을 이어나간다. '너'의 산책에서는 한 걸음 한 걸음의 과정으로서 '낱장의 시간들'만이 도드라질 뿐 그 산책은 미래의 특정한 시점에서 완료되지 못한 채로 있다. '낱장의 시간들'이 모여 하나의 사건을 만들지 않는 것이다.
　「낱장의 시간들」에서 시적 주체는 '너'의 열린 죽음, 즉 자신의 무한한 죽음을 가정해본다. 내가 '너(=죽음)'라는 타자가 되는 순간, 아니 타자가 되기를 실패하는 순간, 그 순간으로부터 유희경의 어떤 시는 시작되기도 지속되기도 한다. 그의 시는 타인의 죽음으로 인한 고통 속에 무력하게 침잠하여 홀로 슬픔을 되내기만 하는 것이 아니라, 말없는 '당신'과 '나'의 죽음이라는 절대적 타자성에 대한 탐색으로 나아가기까지 한다.

그런데 「낱장의 시간들」에서 가정해보는 저 상황은 왠지 익숙하다. "노래처럼, 너는 잘못되었다" "그곳은 네가 찾아갈 곳이 아니었을 것이다" "뒤를 돌아보는 척했지만 그뿐" 등의 구절을 통해 자연스럽게 환기되듯, 「낱장의 시간들」은 에우리디케를 찾아 명계로 내려간 오르페우스의 이야기를 변주한 시이다. 블랑쇼는 『문학의 공간』에서 "글을 쓰는 것은 오르페우스의 시선과 함께 시작한다"[7]라고 쓰며 에우리디케를 돌아보는 오르페우스의 시선을 '영감'과 연결시킨다. 그 시선은 초조함을 넘어 무심함에 이른 시선이며, 이러한 순간을 맞이하기 위해 오르페우스는 이미 예술의 권능을 필요로 하였다는 말을 덧붙인다. 이로부터 "글을 쓰기 위해서는 이미 글을 써야 한다"라는 명제를 도출한다. 글쓰기의 움직임에 의해 열린 공간으로 나아갈 수 있는 순간에 이르러서야 비로소 글을 쓸 수 있다는 것이다. 그렇다면 우리도 블랑쇼를 참조하며 「낱장의 시간들」에 나타난 '너'의 산책, 즉 미래로 무한히 열린 '나'의 죽음을 시 쓰기의 경험에 대한 것으로 확장시켜볼 수 있지 않을까.

검은 옷의 사람들 밀려 나온다. 볼펜을 쥔 손으로 나는 무력하다. 순간들 박히는 이 거룩함. 점점 어두워지는 손끝으로 더듬는 글자들, 날아오르네. 어둠은 깊어가고 우리가 밤이라고 읽는 것들이 빛나갈 때. 어디로 갔는지. 그러므로 이제 누구도 믿지 않는다.

거기 가장 불행한 표정이여. 여기는 네가 실패한 것들로 가득하구나. 나

---

7) 모리스 블랑쇼, 『문학의 공간』, 이달승 옮김, 그린비, 2011, 258쪽.

는 구겨진 종이처럼 점점 더 비좁아지고. 책상 위로 몰려나온 그들이 사라진 지는 이미 오래. 그러니 불운은 얼마나 가볍고 단단한지. 지금은 내가 나를 우는 시간. 손이 손을 만지고 눈이 눈을 만지고, 가슴과 등이 스스로 안아버리려는 그때.

─「금요일」 전문

　미래를 향해 열린 체험으로서의 시 쓰기 과정을 보여주는 또다른 시가 「금요일」이다. '나'는 볼펜을 쥐고 손끝으로 글자들을 더듬고 있다. "검은 옷의 사람들 밀려 나온다." 검은 옷의 사람들은 종이 위를 가득 채운 글자들일까. '나'는 아마도 무언가를 써내려가고 있는 중일 것이다. 밤이 점점 깊어가고 "검은 옷의 사람들"과 함께 '나'의 밤은 빛나고 있다. 그것은 행복한 체험일지도 모른다. 2연을 보자. 이제 '나'는 "가장 불행한 표정"을 짓고 있는 사람이 되어 있다. "여기는 네가 실패한 것들로 가득하구나"라는 문장은 '나'의 독백에 가깝다. 내 앞에 놓인 종이를 바라보며 '나'는 탄식하고 중얼거리는 것이다. 그렇다고 해서 이 시를 실패한 시 쓰기의 경험 내지는 무력한 시인의 고뇌를 드러내는 시로 한정해 읽을 필요는 없다.

　사실 이 시는 무언가를 적고 있는 내가 아니라 무언가를 읽고 있는 내가 등장하는 시이기도 하다. 어떻게 읽어도 "검은 옷의 사람들"을 마주한 '나'의 절대적 무력함과 고독은 변하지 않는다. "검은 옷의 사람들"이 무슨 이야기를 들려주는가와는 별개로 그 침묵의 공간과 홀로 마주하고 있다는 사실만으로도 '나'는 무섭고 외롭다. '내가 나를 울고', "손이 손을 만지고 눈이 눈을 만"져도 '나'는 온몸으로 고독하다. "지금은 그저 假定의 시간"이라는 「낱장의 시간들」의 한 구절과, "지금은 내가 나를 우는 시간"이라는 「금요일」의 한 구절이 공명하며, 이 두 편의 시는 유사한 상황을 묘사하는 시가 된다. 그것은 바로 거대한 고독의 체험이다. 미래의 사

건으로서 '나'의 죽음은 단지 '나'만의 사라짐이 아니라 모두의 사라짐이
라는 점에서 거대한 고독이다. 키냐르가 말했듯 "고체 상태의 침묵"[8]인
글자를 마주한 채 "내가 나를 우는 시간"이 진행되는 밤도 거대한 고독
그 자체다.

　동년배 시인 기형도의 갑작스러운 죽음을 추모하는 자리에서 이문재
는 이렇게 적었었다. "살아 있는 모든 시인은 적어도 둘 이상의 삶을 산다
고 나는 믿는다. 그리고 그중 적어도 하나 이상은 죽은 시인의 삶이다. 그
러니 우리가 쓰는 시 가운데 일부는 추모시이다"[9]라고. "추모시를 써보지
않았다면, 아직 시인이 아니다"라고 덧붙이기도 했다. 어떤 점에서 유희
경의 많은 시는 추모시에 가깝다. 그는 아버지가 없는 풍경의 침묵 속에
서, 부재하는 '당신'의 침묵 속에서, 검은 글자들의 침묵 속에서, 나아가
내가 사라진 미래의 침묵을 가정하며, 고독하게 추모시를 쓰고 있다. 그
침묵과 아득함과 고독의 총체는 "K"라 불리는 어떤 것이다.

　창가에 서 있던 사람은 K다. 그는 나와 눈이 마주쳤음에도, 물러서거나
　시선을 피할 생각이 없어 보였다. 창밖에는 바람이 앞에서 뒤로, 쓰러질 것
　처럼 불고 있었다.

　　(……)

　K는 꿈을 꾸고 있는 것이고 그건 내가 K를 생각하는 태도이기도 하다.
　상상할 수 있는 모든 반응의 바깥에 서 있는 것. 나를 데려간, 가장 가벼운
　무게의, 자리. 그는 수천의 나비가 만들어낸 사람이다. 그러므로. 여전히 날
　개다. 날개들 쌓여 달아오르는 열이다. K가 사라진 자리에 온도만 남아, 타
　오른다. 그때 불타버린 K는 다시, 그 자리에 설 수 없이. 흔들리는 K는 K가

---

8) 파스칼 키냐르, 『옛날에 대하여』, 송의경 옮김, 문학과지성사, 2010, 48쪽.

9) 이문재, 「기형도에서 중얼거리다」, 박해현 외 편, 『정거장에서의 충고』, 문학과지성사,
2009, 128쪽.

아닌 바로 그 K가

—「K」 부분

「K」의 첫 연과 마지막 연이다. K는 누구일까. '나'와 눈이 마주친 자이고, "달아오르는 열"과 함께 불타고, 사라지고, 그 자리에 온도를 남기며 흔들리는 자이다. "상상할 수 있는 모든 반응의 바깥에 서 있는" 어떤 것이다. 모호하면서도 분명한 느낌이다. 날갯짓이고, 열이고, 온도다. 그렇게 '나'에게로 쏟아져오는 K는 무엇인가. 세상의 모든 죽은 시인들, 혹은 죽을 시인들이라고 말하는 것만으로는 부족하다. 어쨌든 "수천의 나비가 만들어낸 사람"이자 "나를 미치게 만든다"는 바로 그 K가 유희경의 시를 추동하는 것만은 분명해 보인다. "나와 눈이 마주쳤음에도, 물러서거나 시선을 피할 생각이 없어 보"이는 K는 내가 외면해버릴 수 있는 상대가 아니다. "그저, 막막하게 귀를 기울인 것은 나임이 분명하다"(「벌거벗은 두 사람의 대화」). 그렇다면 K는 어떤 불가피함이다. 이러한 불가피함과 대면하며 유희경은 시를 쓰고 있다.

'생전(生前)의 감정'

이렇게 슬프고 먹먹하고 설레고 안타깝고 외롭고 결연한 밤을 돌고 돌아 유희경은 어디에 왔는가. 아직 읽고 싶고 또 읽어야 할 시들이 많지만 우리의 시 읽기가 일단 여기서 멈추어야 한다면 적당한 장소는 『오늘 아침 단어』의 마지막 시인 「면목동」이어야 할 것이다.

아내는 반 홉 소주에 취했다 남편은 내내 토하는 아내를 업고 대문을 나서다 뒤를 돌아보았다 일없이 얌전히 놓인 세간의 고요

아내가 왜 울었는지 남편은 알 수 없었다 어쩌면 영영 알 수 없을지도 모

른다 달라지는 것은 없으니까 남편은 미끄러지는 아내를 추스르며 빈 병이
되었다

아내는 몰래 깨어 제 무게를 참고 있었다 이 온도가 남편의 것인지 밤의
것인지 모르겠어 이렇게 깜깜한 밤이 또 있을까 눈을 깜빡이다가 도로 잠
들고

별이 떠 있었다 유월 바람이 불었다 지난 시간들, 구름이 되어 흘러갔다
가로등이 깜빡이고 누가 노래를 불렀다 그들을 뺀 나머지 것들이 조금 움
직여 개가 짖었다

그때 그게 전부 나였다 거기에 내가 있었다는 것을 모르는 건 남편과 아
내뿐이었다 마음에 피가 돌기 시작했다 이야기는 이렇게 시작되었다
—「면목동」 전문

"어쩌면 한 번도 가보지 못한 本迹"(「11월 4일」)에서의 이야기, 내가 태
어나기 이전, 아니 생겨나기도 이전의 젊은 아버지와 어머니의 이야기이
다. 반 홉 소주에 취해 울던 아내의 심정을 알 리 없는 남편은 아내 곁에
빈 병처럼 놓여 있고, 깜깜한 밤 홀로 깨어난 아내는 "남편의 것인지 밤
의 것인지"도 모를, 온기인지 한기인지도 모를 온도 속에서 눈을 깜빡인
다. 서로가 서로에게서 미끄러지는 듯한 이토록 서늘한 감정을 어떻게 설
명할 수 있을까. 이 무력감에서 모든 것이 시작된다. 아버지가 아직 아버
지가 아니고 어머니도 아직 어머니가 아니던, 그저 서로의 남편과 아내이
던 어떤 밤의 고요하고도 서늘한 풍경을 떠올리며 '나'는 "마음에 피가 돌
기 시작"하는 것을 느낀다. 미래의 시간이든 과거의 시간이든, 자신이 부
재한 풍경으로부터 "生前의 감정"을 추출하는 것으로 유희경의 "이야기

는 그렇게 시작되었다" 할 수 있다. "내가 없는 시간"(「속으로 내리는」) 속의 감정, 그럼에도 불구하고 "그게 전부 나였다"라는 말로밖에 달리 형용될 수 없는 감정으로부터, 그는 가까스로 한 단어 한 단어 길어 올리고 있는 것이다. 시작되지 않은 과거와 끝나지 않은 미래라는 황야의 시간을 떠돌며 그가 매일 아침 생각해보는 한 단어, 그것은 어쩌면 '시'일지도 모른다.

앞에서 우리는 『오늘 아침 단어』로부터 '불행한 서정'의 행복한 귀환을 목도하게 될 것이라 말했다. 소년의 눈물과 청년의 사랑에서 배어나오는 슬픔, 고독, 자책, 안타까움, 벅참, 절망 등의 감정에 쉽게 공감하게 되리라 예상했고, 더불어 시 읽기의 다른 보람마저 느낄 수 있게 되리라 믿었다. 그런데 이렇게 먼 길을 돌아와 다시 생각해보니 우리에게 남은 것은 오직 "서툰 감정"(「나는 당신보다 아름답다」)뿐인 듯하다. 아직 시작되지 않은 탄생과 아직 완료되지 않은 죽음을 넘나들며 "生前의 감정"을 펼쳐 보이는 그의 시를 읽으며 우리는 최초의 감정이라는 말로밖에는 달리 설명할 길이 없는 무수한 정념들과 마주한 것이다. 결국 『오늘 아침 단어』는 우리를 공감의 달인이 아닌 서툰 초심자로 만들어버렸다. 하지만 바로 그런 이유로 유희경의 첫 시집은 우리에게 시 읽기의 보람을 알려주는 벅찬 시집이 되는 것이다.

(유희경, 『오늘 아침 단어』 해설, 문학과지성사, 2011)

청혼(請魂)하는 남자
―심보선론

우리는 사랑을 나눌 때 서로의 영혼을 동그란 돌처럼 가지고 논다
―심보선, 「새」

입 맞출 수 없는 당신

대학 시절, 하이데거 세미나에서 한나 아렌트를 처음 만나 그녀와 평생의 우정을 나누었던 한스 요나스는 아렌트의 장례식에서 그녀를 "우정의 천재"로 회상한다. 아마도 이 의미심장한 명명은 아렌트와 나누었던 요나스 자신의 사적 친밀감만을 염두에 둔 말은 아니었을 것이다. 여자, 유대인, 망명자라는 삼중의 '국외자(pariah)'로서의 삶을 산 아렌트는 어떻게 "우정의 천재"가 될 수 있었을까. 방대한 분량의 아렌트 평전을 집필한 엘리자베스 영-브륄은 "세계 사랑을 위하여"라는 부제를 붙인 그 책에서 요나스의 말을 인용하며 "우정을 삶의 중심으로"[1] 여겼던 아렌트의 삶을 충실히 복원해내고자 애쓴다. 제자 영-브륄의 눈에 비친 아렌트는 눈앞에 있는, 혹은 눈앞에 없는 수많은 동료들과의 우정 속에서 자신의 사유를 확장시키고 세계에 대한 책임을 고민하며 결국 자기 삶을 완성해나간 인물이라 할 수 있다. 어떤 우정이 있었을까. 스승 하이데거와의 사랑, 야

---

1) 엘레자베스 영-브륄, 『한나 아렌트 전기―세계 사랑을 위하여』, 홍원표 옮김, 인간사랑, 2007, 28쪽.

스퍼스와 나눈 지적인 우정, 남편 블뤼허에 대한 믿음의 사랑은 물론이거
니와, 그녀는 유대인과 망명자들을 비롯한 많은 국외자들과도 친밀한 우
정의 연대를 맺었다. 뿐만 아니라, 이미 죽고 세상에 없는 철학자들과의
진지한 대화도 그녀의 삶과 사유를 확장하는 소중한 한 축이 되었다. '사
랑'의 개념을 숙고하게 만든 아우구스티누스는 물론, '정신적 삶'의 중요
한 요소로서 인간의 '판단' 능력을 고심하게 만든 칸트도 그녀에게는 속
깊은 우정의 상대였다. "우정의 천재" 아렌트는 말하고 읽고 쓰며 우정을
실천하고 정치를 사유하고 사랑을 완성한 철학자였다.

환원 불가능한 개별자들의 복수적 삶으로 이루어진 이 세계 속에서 '인
간의 조건'과 관련하여 '정치적인 것(the politics)'의 본질을 숙고한 아렌
트에게 우정과 사랑은 어떤 의미를 지닌 것이었을까. 아렌트가 지녔던 우
정의 능력과 사랑의 능력으로 '세계 사랑'을 추구하는 그녀의 정치철학이
탄생했다는 영-브륄의 해석은 아렌트의 삶과 철학을 관통하는 단순 명쾌
하면서도 본질적인 지적이 된다. 그녀의 삶과 철학이 우리에게 확인시켜
주었듯, 개별적 존재들이 자신의 내재성을 돌파하여 완전무결한 공동의
삶을 완성하기 위해서는 우정과 사랑의 능력이 필수적이다. 모두가 "우정
의 천재" "사랑의 천재"가 되어야만 인간다운 삶이 비로소 가능해지는 것
이다.

심보선의 시를 읽는 자리에서 이처럼 아렌트를 길게 언급하는 것은 인
간, 우정, 사랑, 정치, 영혼, 세계 등, 심보선의 시와 아렌트의 사유가 공
유하는 단어들 간의 소박한 연상 작용 탓이기도 하지만, 결정적인 이유는
그의 두번째 시집 『눈앞에 없는 사람』(문학과지성사, 2011)에 실려 있는
「H.A.에게 보내는 편지」라는 시 때문이다.

당신이 쓴 글을 우연히 보았습니다. 나로 하여금 단번에 당신을 사랑하
게 만든 그 매혹적인 글을. 영혼에 관한 글이었던가요? 세상의 모든 글은

영혼에 관한 글이라고 믿습니다. 당신과 나는 도서관이나 서점에서 우연히 마주친 적이 있었지요. 그러나 우리 둘이 가장 가까웠을 때도 우리의 그림자는 겹쳐본 적이 없었지요. 지금 우리 사이의 거리는 지금까지 우리 사이에 놓였던 거리 중에 가장 멉니다. 이곳은 하늘의 별빛이 사람의 눈빛을 닭 모이처럼 쿡쿡 쪼아 먹는 땅이라는 기이한 이름을 가진 이국의 도시입니다. 이 가난한 나라의 아침도 여느 곳과 다름없이 하나의 위대함을 이룩한답니다. 정오까지 태양을 하늘의 가장 높은 곳에 올려놓기. 당신 영혼의 아침은 가장 높은 곳에 무엇을 올려놓으셨나요? (……) 불가능한 일에 대해 묵상하는 것이 저의 취미랍니다. 이제 제가 왜 당신에게 편지를 쓰고 있는지 아시겠습니까? 당신은 오래전에 죽었으니까요. 당신의 육신은 흔적 없이 사라져 우리 사이에는 혼혈아도 고양이도 베고니아도 태어날 수 없습니다. 우리가 입을 맞출 수 없다는 사실을 축복이라 믿어야 하나요? 지금 나는 당신이 담배를 물고 있는 흑백사진 한 장을 바라보며 담배 한 대를 물어봅니다. 탁자 위로 낯선 향유 냄새를 끝없이 피워 올리는 촛불로 담뱃불을 붙이고 나면 나는 그 불로 마지막 문장 하나를 남긴 이 편지도 태울 것입니다. 그것이 이 편지가 그대에게 도달할 수 있는 유일한 길이라고 믿으니까요.

— 「H.A.에게 보내는 편지」 부분

심보선을 단번에 매혹시킨 "당신"은 누구일까. 「어느 여류 작가에게 보내는 편지」라는 제목으로 발표되었던 이 시는 시집에 묶이며 그 여류 작가의 이니셜을 친절히 공개하는 쪽을 택했다. "담배를 물고 있는 흑백사진 한 장"이라는 결정적인 구절에서 우리는 아렌트를 떠올렸거니와 "H.A."라는 이니셜로 어느 정도 심증을 굳힐 수 있었다. 실제로 아렌트의 매혹적인 글이 심보선에게 이 시를 쓰게 했는지 알 수 없지만 사실 "H.A."라는 이니셜의 주인공은 "영혼에 관한 글"을 쓴 누구여도 상관없다. 아니, "세상의 모든 글은 영혼에 관한 글이라고 믿습니다"라는 그의 고백을 참고하자면 이 편지의 수신자는 "세상의 모든 글" 자체라 해도 좋다. 그는 지금 "세상의 모든 글"에게 보내는 연서를 쓰고 있는 것이다. 그런데 편지의 내용은 "매혹적인 글"에 대한 찬사와는 무관하다. "불가능한 일에 대해 묵상하는 것이 저의 취미랍니다"라는 그의 말처럼 편지를 쓰는 그는 흑백사진 속의 "당신"과 함께할 수 없는 일에 대해서만 생각해보고 있다. 오래전에 죽어버린 "당신"과 '나'는 "입맞춤"을 할 수 없다. "혼혈아도 고양이도 베고니아도" 태어나게 할 수가 없다. 접촉조차 불가능한 당신과 나 사이에는 희뿌연 담배연기가 무거운 장막처럼 드리워져 있다. "영혼에 관한 글"을 사이에 두었음에도 불구하고 "당신"과 "나"는 이토록 무력하다. 아침의 태양이 정오가 되어 "하늘의 가장 높은 곳"에 올라가는 자연스러운 현상과도 이들은 무관하다.

이 시에서 "영혼에 관한 글"이라는 구절을 문학의 메타포로 읽으며 우리는 무용(無用)한 문학에 관한 오래된 의견을 떠올려볼 수도 있다. "영혼에 관한 글"은 그 글을 읽은 '나'로 하여금 단번에 사랑을 느끼게 하지만, 결코 그 이상의 것을 할 수는 없다. 그러나 단순히 이 같은 무력감을 지적하려는 것이 이 '편지-시 쓰기'의 궁극적 목적은 아닌 듯하다. 그렇다고 해서 심보선이 문학(글)을 쓸모로부터 분리시켜 현실에서 "가장 높은" 진공의 성좌에 올려놓으려는 목적을 지닌 것도 아닌 듯하다. 오히려 그는 문학(글)을 경유해 어떤 '불가능의 위대함'을 말하려는 것 같다. 어떤 불가능일까. 소통의 불가능이라고 해야 할까, 사랑의 불가능이라고 해야 할까, 공동체의 불가능이라고 해야 할까. 아니면 "눈앞에 없는 사람"을 마주한 채로 살아가는 인간의 고독한 실존 자체라 해야 할까.

'나'를 매혹시킨 "당신"과의 입맞춤이 가능했다면, 입맞춤을 나누며 "혼혈아도 고양이도 베고니아도" 태어나는 듯한 즐거움을 누릴 수 있었다면, 태양을 가장 높은 곳에 올려놓을 수 있을 것만 같은 충만한 희열마저 느껴졌다면, 그래서 내 안에 기입된 서늘한 한 줄기 공허가 사라지는 것처럼 느껴졌다면, 저 '편지-시 쓰기'는 과연 필요했을까. 이른바 "당신" 과 '내'가 하나가 되는 내밀한 '내적 체험'(바타유)이 가능했다면, 죽음이 아닌 삶 속에서 그 체험이 쉼 없이 지속될 수 있었다면, 과연 우정이 소중하고 사랑이 애틋했을까. 아니, 우정이 가능하고 사랑이 가능했을까. 아닐 것이다. 그렇다면 "우리가 입을 맞출 수 없다는 사실을 축복이라 믿어야 하나요?"라는 시인의 말에 우리는 고개를 끄덕여주어야 할 것 같다. 심보선이 흑백사진의 그녀에게 결코 도달되지 않을 편지를 쓰는 이유는 결국 아무 것도 나누지 않는 '나'와 '당신'의 관계, 그 공허한 사랑의 가능과 불가능을 현시하기 위해서였는지 모르기 때문이다.

입맞춤조차 나눌 수 없는 사랑을 축복이라 여기며 소진(燒盡)됨으로써만 "당신"에게 도달될 수 있는 편지를 쓰고 태우는 시인의 이 같은 무용한 행위는, "불가능의 시선에만 능력으로 보이는 능력. 능력으로서 긍정되는 불가능"[2]으로서의 글쓰기를 논한 블랑쇼를 환기시킨다. 심보선이 "우정의 천재"를 바라보며 그녀와 함께 나누고 싶었던 것은 "세계 사랑"의 이론적 완성이 아니라 사랑을 가능하게 하는 사랑의 불가능, 소통을 가능하게 하는 글쓰기의 불가능이라고 해야 한다. 심보선의 두번째 시집에는 이 같은 가능과 불가능들이 얼굴을 맞대고 있다. 그 사이에서 시인은 때로는 장난스럽게 또 때로는 진지하게 "영혼을 길어 올리는 손잡이"가 될 만한 "중요한 질문 하나"(「나의 친애하는 단어들에게」)에 골몰한다. 그는 지금 답하는 남자가 아니라 묻는 남자가 되어 있다. 그의 청혼을 수락한다면 우리는 "하나의 영혼을 넘쳐／ 다른 영혼으로"(「거기 나지막한 돌 하나라도 있다면」) 흘러가는 신비한 체험을 그와 함께 누릴 수 있을지 모른다.

---

2) 모리스 블랑쇼, 『문학의 공간』, 이달승 옮김, 그린비, 2011, 292쪽.

청혼하는 남자

　바타유를 참조하며 블랑쇼와 함께 '공동체'에 대한 우정의 대화를 나눈 장-뤽 낭시는[3] '공동-내-존재(être-en-commun)'로서의 인간, 즉 타자와 목적 없는 나눔을 나누고 함께 있음 자체를 나누는 보이지 않는 관계 속의 인간을 조명하며 이로부터 정치적 사유를 이끌어낸다. '무엇'을 나눈다는 목적 없이 그저 함께 있음 자체가 목적이 되는 공동체, 자신의 고유한 내재성에 만족하는 것이 아니라 서로가 자신의 '바깥'으로부터 출발해 타자를 향하는 미완성의 공동체. 이러한 공동체를 가리켜 낭시는 "무위의 공동체"로, 블랑쇼는 "밝힐 수 없는 공동체"로 명명했다. 이 같은 공동체의 대표적인 사례로 바타유는 "연인들의 공동체"를 지목했다. 생산과 축적보다는 소비와 소진 가운데 연합을 이루는 사랑의 공동체는 '공동-내-존재'로서의 인간을 가시화한다. 둘만의 내밀하고 사적인 사랑 안에서 아무것도 생겨나지 않지만 그럼에도 불구하고 그 느슨한 결합을 지속할 수밖에 없는 강력한 사랑의 공동체는 '함께 있음'이라는 것의 의미를 부각시킨다. 우리는 왜 함께할 수밖에 없는가.

　심보선 식으로 말하자면 "'나'라는 말"(「'나'라는 말」)의 공허와 고독 때문일 것이다. "'나'라는 말"이 "당신의 온몸을 한 바퀴 돈 후/ 당신의 입을 통해 '너'라는 말로 내게 되돌려질 때"의 떨림 때문이기도 할 것이다. "아주 보잘것없는 존재로부터 시작"(「인중을 긁적거리며」)해서 "생각보다 조금 위대한 사람"(「좋은 일들」)이 되기 위해서일지도. 블랑쇼 식으로 말하면 "내가 가장 두려워하는 죽음"(「인중을 긁적거리며」)을 잊기 위해서인지도. "이별은 다른 별에서 온 전언"(「잃어버린 선물」)이라고 말하는 심보선은 끊임없이 누군가와 함께이기를 소망한다. 그래서일까. 그는 호

---

3) 이하 한 단락의 내용은 다음 책을 두루 참고해 적었다. 모리스 블랑쇼/장-뤽 낭시, 『밝힐 수 없는 공동체/마주한 공동체』, 박준상 옮김, 문학과지성사, 2010; 장-뤽 낭시, 『무위의 공동체』, 박준상 옮김, 인간사랑, 2010.

시탐탐 청혼의 기회를 엿본다. 아무 데서나 무릎을 꿇고 손을 내밀 태세다. "최선을 다해 최대한 많은 영혼을"(「거기 나지막한 돌 하나라도 있다면」) 데려오기 위해, 나의 "영혼을 여기저기 흩뿌"(「영혼은 나무와 나무 사이에」)리기 위해, 그 영혼들을 길어올려 "한 개의 기념비적 미래"(「심장은 미래를 탄생시킨다」)를 탄생시키기 위해, 그는 구애의 시를 쓴다. 자신이 내민 손을 상대가 바로 잡아주리라 확신하는 청혼은 진짜 청혼이 아니다. 청혼은 함부로 결혼(結魂)을 전제하지 않는다. 실패의 두려움 속에서 기대하고 꿈꿀 뿐이다. 심보선이 만드는 '연인들의 공동체'에는 이처럼 불가능을 전제한 채 내민 손들이 분주하다.

우리는 사랑을 나눈다.
무엇을 원하는지도 모른 채.
아주 밝거나 아주 어두운 대기에 둘러싸인 채.

(……)

사랑해. 나는 너에게 연달아 세 번 고백할 수도 있다.
깔깔깔. 그때 웃음소리들은 낙석처럼 너의 표정으로부터 굴러떨어질 수도 있다.
방금 내 얼굴을 스치고 지나간 미풍 한 줄기.
잠시 후 그것은 네 얼굴을 전혀 다른 손길로 쓰다듬을 수도 있다.

우리는 만났다. 우리는 여러 번 만났다.
우리는 그보다 더 여러 번 사랑을 나눴다.
지극히 평범한 감정과 초라한 욕망으로 이루어진 사랑을.

(······)

우리는 사랑을 나눌 때 서로의 영혼을 동그란 돌처럼 가지고 논다.

하지만 어떻게 그럴 수 있지?

정작 자기 자신의 영혼에는 그토록 진저리치면서.

사랑이 끝나면, 끝나면 너의 손은 흠뻑 젖을 것이다.

방금 태어난 한 줌의 영혼도 깃들지 않은 아기의 살결처럼.

나는 너의 손을 움켜잡는다. 나는 느낀다.

너의 손이 내 손안에서 조금씩 야위어가는 것을.

마치 우리가 한 번도 키우지 않았던 그 자그마한 새처럼.

너는 날아갈 것이다.

날아가지 마.

너는 날아갈 것이다.

—「새」 부분

　"우리는 여러 번 만났"고, "그보다 더 여러 번 사랑을 나눴다." 그게 전부다. 심보선이 만들어낸 '연인들의 공동체'에서 주인공들은 "무엇을 원하는지도 모른 채," 그저 "서로의 영혼을 동그란 돌처럼 가지고 논다"는 기분으로 무용한 행위를 반복하고 있다. 바로 사랑을 나누는 일이다. 하지만, 입맞춤이 서로의 피부를 뚫고 들어가지 못하듯 "사랑해"라는 고백 역시 "깔깔깔"거리는 웃음소리 사이로 "굴러떨어질" 뿐이다. 마주한 얼굴 사이의 "미풍 한 줄기"는 이들의 얼굴을 "전혀 다른 손길로 쓰다듬"는다. 이렇게 '우리'라는 이름의 '나'와 '너'는 너무 멀다. 여러 번 만나 만날 때마다 여러 번 사랑을 나누었음에도 불구하고 저들에게 남은 것은 별로 없는 듯하다. "사랑해"라는 말도 입맞춤도 저들의 사랑을 증명하지 못한다. 심보선이 만들어낸 사랑의 공간은 충만한 기쁨으로 물든 행복한 공간이 아니다. "아주 밝거나 아주 어두"워 오히려 언제나 흐릿한 공간이다. 손에 잡히지 않는 꿈속 한 장면처럼 아련하고 금방이라도 날아가버릴 한 마리 새가 등장하는 풍경처럼 불안한 곳이다. 이처럼 스산한 풍경 속에서 "우리"는 목적 없는 사랑의 행위를 반복한다.

헤어져서 이제 만날 수 없는 연인보다 만났지만 한 번도 만난 것 같지 않은 연인이 더 슬프다. 어쩌면, 이별한 연인보다 이별하지 않은 연인이 더 슬플 것이다. 「새」가 만들어내는 슬픈 풍경 속에는 한 번도 만난 것 같지 않은 연인, 맞잡은 손이 자꾸 야위어가는 연인, 그리고 그 손을 놓쳐버릴 것 같은 연인이 등장한다. 그렇다고 이 시가 "지극히 평범한 감정과 초라한 욕망으로 이루어진 사랑"을 폄하하는 것은 아니다. 단순히 사랑의 불가능을 증명하고 있는 것도 아니다. 「새」는 오히려 '사랑의 무구함'을 말하는 시로 읽힌다. 하나의 영혼이 다른 영혼으로 순식간에 건너가는 일, 아니 정확하게 말하자면 겹겹의 주름으로 못생겨진 각자의 영혼을 소유한 "우리"가 어느 순간 "한 줌의 영혼도 깃들지 않은 아기"가 되어버리는 일, 그것은 사랑의 공동체 안에서만 겨우 가능하다고 이 시는 말하는 듯하다. 저 연인들은 "무엇을 원하는지도 모른 채" 여러 번 사랑을 나누면서 서로의 영혼을 "동그란 돌처럼" 무구한 것으로 만들어버린다. "어떻게 그럴 수 있"을까? 사랑은 목적 없는 행위이기 때문이다. 사랑을 나누는 것은 타인의 영혼에 침투하여 그것을 돌보겠다는 불가능한 목표를 설정하지 않고, 서로의 영혼이 "동그란 돌처럼" 무구한 상태가 되는 것을 그저 지켜보는 가능한 결과를 초래한다. 비록 "사랑이 끝나면" 서로의 영혼을 만지던 "흠뻑 젖"은 "손"은 금세 야위어가겠지만, 저들은 습관처럼 야윈 손을 또 내밀 수밖에 없으며 "날아갈 것"같은 상대의 손을 움켜쥘 수밖에 없다. 「새」는 이 같은 사랑의 무용함, 사랑의 무구함, 사랑의 불가피함을 그린다.

"우리는 사랑을 나눌 때 서로의 영혼을 동그란 돌처럼 가지고 논다"라는 말은 내가 상대의 무구한 영혼을 관대하게 껴안는다는 말이 아니라, 오히려 자신의 무구한 영혼을 상대에게 거리낌 없이 노출시킨다는 말이다. 우리가 체험을 통해 알고 있듯 사랑을 나눈다는 것은 상대의 안으로 들어가는 것이 아니라 자신의 안으로부터 나오는 것이다. 상대방을 내 안으로 품는 행위가 아니라 나를 나의 바깥에 위치시키는 행위, 나를 상대에게 노출시키는 행위다. 낭시가 하이데거의 탈자태(extase)를 전유해 외존(exposition)이라는 개념으로 설명하고자 한 것은 바로 이 같은 '함께 있음'이다. 이러한 탈자태, 혹은 외존은 아무것도 목적하지 않는 '연인들의 공동체'로부터 부각된다. 그렇다면 심보선의 청혼 역시 상대에게 자신을 전면적으로 내놓는 사랑의 행위라고 해야 하지 않을까. 그의 손은 수락을 확신하고 당당히 내미는 손이 아니라, 주저하는 사이 자기도 모르게 불쑥 내밀어져 있는 손이다. 주름진 영혼의 오만 혹은 망설임을 무구한 영혼의 겸손과 의지로 감화시키는 행위이다. "목욕을 막 끝낸 여자의 어깨 위에 맺힌 물방울들"을 "남자가 용기를 내 닦아주려"(「매혹」)는 장면에서처럼 그의 청혼은 타자의 영혼을 함부로 침범하지 않는다. 섬세한 결단과 담담한 용기만을 내보인다.

매혹 이후
한 사람의 눈빛은 눈앞에 없는 이에게 영원히 빚진 것이다

그러니 그는 평생에 가장 깊은 주의를 기울이며
"하얀 돌 위에 검은 돌"을 올려놓듯이
사랑과 비밀을 포개놓을 수밖에

나는 어렴풋이 기억한다

목욕을 막 끝낸 여자의 어깨 위에 맺힌 물방울들

남자가 용기를 내 닦아주려 하자

더 작고 더 많은 구슬로 흩어지던 그것들

커튼 사이로 흘러들던 한 줄기 미명과

입술 사이에 물려 있던 한 조각 어둠

그런데

한 눈동자 안에 시작과 끝이 모두 있었던가?

———「매혹」 부분

　　그러나 자신의 영혼을 담보로 하는 청혼은 불행히도 서로의 영혼을 하나로 만드는 결혼으로 쉽게 귀결되지 않는다. 모든 연인들은 청혼과 결혼 사이에서 자신들이 "한 번도 키우지 않았던 (……) 자그마한 새"(「새」)가 날아가버리는 이상한 무력감과 마주하기도 한다. 그 무력감은 불가능한 사랑과 관련된 것이기도 하고 사랑의 환멸과 관련된 것이기도 하다. 「매혹」이라는 아름다운 시에 그가 썼듯 "매혹"은 "사랑하는 두 사람" 사이에 ""잊지 마"라고 속삭이는 천사"가 있어 가능하지만 "매혹"을 유지하고 청혼을 계속하는 것은 오로지 인간의 능력을 필요로 한다. "매혹 이후"에는 "한 사람"의 고독과 슬픔밖에 없다. 천사의 배려로 가능했던 매혹이 흔적도 없이 사라진 이후, "한 사람"은 "눈앞에 없는 이"의 기억을 "한 눈동자 안에" 모두 담고 망각과 대결해야 한다. 여자의 어깨 위에서 흐르던 물방울이 "한 줄기 미명"과 함께 "더 많은 구슬로 흩어지던" 그 눈부신 순간의 기억을 "매혹"의 부재와 대결해 지켜내야 하는 것이다. 천사와 함께 "두 사람"이 하던 일을 "한 사람"의 인간이 홀로 해내는 것, 이것이 바로 청혼하는 남자가 스스로에게 짐 지운 평생의 과업이라 해도 좋다. 청혼을 결혼으로 완성하기 위해서는, 즉 하나의 영혼이 다른 영혼으로 흘러가도록 하기 위해서는 "가장 깊은 주의를" 기울여 "사랑과 비밀을 포개 놓"는 성실한 노력을 지속해야 한다고 심보선은 말한다. 그러나 그 노력이 유난스러움을 동반하는 것은 아니다. 그것은 "슬픔의 옆자리"(「매혹」)에 앉은 인간에게 당연한 일일 뿐이다.

무구한 영혼과 무용한 행위로 이루어진 '연인들의 공동체'에서 심보선은 고독을 넘어서려는 인간의 무의식적 노력을 발견한다. '한 사람'이 다른 '한 사람'에게로 목적 없이 다가가는 것, 결국 '두 사람'이 하나가 돼버리는 것이 아니라 여전히 둘인 채로 함께 남는 것, 하지만 이전과는 다른 '두 사람'이 되어 있는 것, 그것은 사랑의 분명한 시작이고 어쩌면 정치의 희미한 시작이다. 이 같은 메시지를 전하는 심보선의 매혹적인 서정시를 읽는 일은 머리가 하는 일이 아니라 마음과 몸이 하는 일이기도 하다.

죽음을 나누는 우정

사랑과 우정의 차이는 무엇일까. 사랑은 서로가 갖고 있지 않은 것을 주고받는 행위이다. 스피노자를 따라 정신분석이 정의한 사랑을 참조하면, 사랑하는 사람은 사랑받는 사람이 지니고 있지 않은 것을 사랑하며, 사랑받는 사람이 자신이 가지지 않은 것을 사랑하는 사람에게 되돌려 줌으로써 스스로 사랑하는 사람의 위치를 떠맡을 때, 숭고한 사랑이 발생한다. "진정한 의미에서의 사랑을 낳는 것은 바로, 사랑하는 자인 타자가 내 안에서 보는 것과 사랑받는 자인 내가 나 자신에 관해 상상하는 것 사이의 근본적인 불일치인 것이다."[4] 내가 타인에게 분명히 무언가를 주었고 그렇기 때문에 똑같이 무언가를 되돌려 받아야겠다고 생각한다면 그것은 이미 숭고한 사랑과 거리가 멀다. 속된 교환일 뿐이다.

그렇다면 우정이란 무엇일까. 흔히 우리는 사랑은 배타적이고 우정은

---

4) 미란 보조비치, 「첫 눈에 앞서」, 『암흑지점』, 이성민 옮김, 도서출판b, 2004, 64쪽.

관대하다고 믿는다. 친밀함의 강도에 있어 우정보다 한 길 위인 사랑은 그래서 불가능과 가능에 더 민감하다. 통속적으로 생각해보면 사랑에는 강력한 시작과 완벽한 끝이 가능한 반면, 우정은 시작도 끝도 미미하다. 그런데 사랑도 우정도 모두 우연으로 시작된다는 점에서는 같은 기원을 공유한다. 한 사람과 다른 한 사람의 조우 자체가 우연인 것이다. 지금 우리 곁에 있는 누군가는 사랑의 상대이건 우정의 상대이건 모두 운명의 상대라고 해야 한다. 중요한 것은 사랑의 상대를 운명의 상대로 만들 때 거기에는 어떤 행복한 오해가 개입하지만, 우정의 상대가 운명의 상대가 될 때에는 우연한 만남을 지속하려는 책임만이 개입한다는 점이다. 어쩌다 보니 시작된 사랑은 환멸과 함께 금세 사라지지만 우정은 마음대로 끝내기가 힘들다. 대개의 사랑은 지속할 이유가 없어 끝나지만, 대개의 우정은 끝낼 이유가 없어 지속된다. 사랑은 "천사"가 시작한 일이기에 "천사"가 사라지면 힘을 잃지만 "천사"의 속삭임과 무관한 우정은 인간의 의지로 지속된다. 매혹이 사라진 이후 사랑을 지속하는 일이 우정의 의리와 닮아 있는 것도 그런 이유 때문이다. 그렇다면 심보선에게 우정은 어떤 것일까.

> 태어난 이래 나는 줄곧 잊고 있었다.
> 뱃사람의 울음, 이방인의 탄식,
> 내가 나인 이유, 내가 그들에게 이끌리는 이유,
> 무엇보다 내가 그녀를 사랑하는 이유,
> (……)
> 태어난 이래 나는 줄곧
> 어쩌다 보니,로 시작해서 어쩌다 보니,로 이어지는
> 보잘것없는 인생을 살았다. 그러나
> 어떻게 하면 깨달을 수 있을까?

태어날 때 나는 이미 망각에 한 번 굴복한 채 태어났다는
사실을, 영혼 위에 생긴 주름이
자신의 늙음이 아니라 타인의 슬픔 탓이라는
사실을, 가끔 인중이 간지러운 것은
천사가 차가운 손가락을 입술로부터 거두기 때문이라는
사실을, 모든 삶에는 원인과 결과가 있고
태어난 이상 그 강철 같은 법칙들과
죽을 때까지 싸워야 한다는 사실을.

나는 어쩌다 보니 살게 된 것이 아니다.
나는 어쩌다 보니 쓰게 된 것이 아니다.
나는 어쩌다 보니 사랑하게 된 것이 아니다.
이 사실을 나는 홀로 깨달을 수 없다.
언제나 누군가와 함께……

—「인중을 긁적거리며」 부분

「인중을 긁적거리며」라는 시의 말미에 붙인 설명을 참조하자면 인중은
아기가 태어나기 직전, 모든 것을 "망각"하도록 해주는 천사들의 배려다.
"모든 전생에 들었던/ 뱃사람의 울음과 이방인의 탄식일랑" 잊으라고 말
해주는 천사들의 속삭임이다. 심보선은 『탈무드』를 인용하며, 천사들이
"쉿, 하고 내 입술을 지그시 눌렀"던 것이 인중이 되었다고 말한다. 「매
혹」과 이 시를 같이 읽어보면, 우리가 매혹적인 사랑의 상대를 만나게 되
는 것도, 타인의 울음과 탄식을 전생의 일처럼 까맣게 잊게 되는 것도, 모
두 "천사"와 관련된 행운이라 할 수 있다. 인간의 세상에서 이 같은 행복
한 바보가 되는 일은 말처럼 그렇게 쉽지 않다. 심보선은 "태어날 때 나
는 망각에 한 번 굴복한 채 태어났다"고 말한다. 이토록 행복한 망각에 왜

"굴복"이라는 표현을 썼을까. "언제나 누군가와 함께" 살고 있는 인간에게 기억은 의무이기 때문이 아닐까. 타인의 슬픔을 망각하게 도와주는 것은 천사의 능력이지만, 눈앞에 없는 그 사람들의 슬픔을 지금-여기로 호출하는 것은 인간이 해야 할 일이다. 시인의 말을 빌리면 인간은 "어쩌다 보니 살게 된 것이 아니"기 때문이다.

탄생도 죽음도 스스로 선택할 수 없는 모든 인간은 어쩌면 어쩌다보니 살게 된 것이 맞는지도 모른다. 태어나고 살다 죽는다는 사실에서만큼은 모든 인간이 평등하게 유한한 존재다. 살아간다는 것은 죽음으로 접근해가는 일이며, 결국 죽음이라는 절대 타자 앞에서 나 자신의 동일성이 아닌 우리 모두의 익명적 실존을 확인하는 일이다. 우리는 "언제나 누군가와 함께" 죽게 되어 있다. 물론 이 사실은 잘 잊힌다. 전생에 들었던 "뱃사람의 울음과 이방인의 탄식"을 망각하고 태어난 우리는 우리의 생이 누군가에게 잊힐 전생이라는 사실도 살면서 잊는다. 「인중을 긁적거리며」는 내가 잊은 전생과 내가 잊힐 후생을 생각하는 시이다. 더불어 "타인의 슬픔"을 생각하는 시이다. 누구나가 "내가 누구인지 모르는 죽음"으로 다가고 있다면, "어쩌다 보니,로 시작해서 어쩌다 보니,로 이어지는" 인생은 더더욱 용납될 수 없다. 누구나가 익명의 죽음을 기다린다는 사실로부터 우리가 깨달아야 할 것은, 타인의 죽음이 나에게 주는 위안이 아니라 타인의 슬픈 삶이 나에게 주는 불편함이어야 한다. 죽음 앞에 선 '공동-내-존재'로서의 평등한 인간에게 누군가의 "불타는 구조로 이루어"(「집」)진 집과 누군가의 "값비싼 자동차들의 광택"(「거기 나지막한 돌 하나라도 있다면」)의 대비는 어떻게 설명될 수 있을까. 저주받은 삶과 그렇지 않은 삶은 어떻게 이해될 수 있을까. 이 설명할 수 없는 "강철같은 법칙들과/ 죽을 때까지 싸워야 한다는 사실을" 시인은 영감처럼 떠올린다. "추락하는 나의 친구들"과 "내가 사랑하는 여인과 함께"(「인중을 긁적거리며」) 말이다.

심보선에게 우정이란 거창하게 말해 죽음을 함께 나누는 것이고 죽음 앞의 평등 속에서 삶의 불평등을 생각하게 하는 것이다. 결정적으로는 자신의 안락한 삶을 불편하게 만드는 것이다. 그것은 위대한 우정일까. 죽음을 나누는 우정이라면 그것은 이 삶에서 아무것도 나누지 않는 무용한 우정이라고 해야 할지 모른다. 심보선은 이 같은 무용한 우정의 위대함을 "텅 빈 우정"이라고 명명한다.

당신이 텅 빈 공기와 다름없다는 사실.
나는 말하지 않을 것입니다.
대신 당신의 손으로 쓰게 할 것입니다.
당신은 자신의 투명한 손이 무한정 떨리는 것을
견뎌야 할 것입니다.

나는 주사위를 던지듯
당신을 향해 미소를 짓습니다.
나는 주사위를 던지듯
당신을 향해 발걸음을 옮깁니다.

그 우연에 대하여
먼 훗날 더 먼 훗날을 문득 떠올리게 될 것처럼
나는 대체로 무관심하답니다.
　　　　　　　　　　　　　　　　　　　　—「텅 빈 우정」 부분

"나"는 지금 "당신"에게 무언의 요구를 하고 있는 것이 아니다. "당신의 손으로 쓰게 할 것입니다"라는 작정을 드러내는 것이 아니라, "당신"으로부터 "나"에게 당도한 무언의 요구에 따라 떨리는 손으로 시를 쓰고 있을 뿐이다. "당신"으로부터 내게 온 요구를 마치 내가 "당신"에게 보내는 요구처럼 쓰고 있는 것, 이것은 "나"와 "당신"이 "텅 빈 우정"를 나누고 있다는 확신으로부터 가능해진다. 무엇을 나누는지도, 서로가 서로에게 무엇을 말하게 하는지도 확실치 않지만, 내가 당신에게, 그리고 당신이 나에게 연루되어 있다는 사실만큼은 분명하다. 그것이 "텅 빈 우정"의 정체다.

왜 서정시의 축복은 포기될 수 없는가

우리는 이제껏 심보선의 선의에 충분히 공감하는 마음으로 그의 시를 읽었다. "선행과 상관없는 동행/ 그런 것을 언제까지고 반복해보고 싶다" (「외국인들」)는 그의 선의 말이다. 그는 '연인들의 공동체'로부터 함께 있음의 의미를 깨달은 시인이고, "무수한 질문을 던지지만 제대로 된 답 하나 구하지 못하는 자들"(「집」)의 편에 서고자 하는 시인이며, 결국 "최선을 다해 최대한 많은 영혼을"(「거기 나지막한 돌 하나라도 있다면」) 세상에 흩뿌리려는 소망을 가진 시인이다. 우리는 심보선의 문장에 충분히 매혹되었고, 그의 슬픔에 충분히 공감하였으며, 그의 결심에 충분히 감화되었다. 조금 지루한 표현이 될지 모르지만 심보선의 시는 아름답고 올바른, 미적이고 정치적인 서정시라 할 수 있을 것이다.

게다가 그는 사회적 소수자들과 완벽한 공감을 성취해내기 힘든 "중산층 이성애자 시인"(「사랑은 나의 약점」)으로서의 자신의 태생적 한계까지 자백해버리고 마는 시인이다. 자신의 약점을 스스로 고백하는 일이 의도치 않게 어떤 전시적 효과를 가져올지 모른다는 위험도 감수한 채 자신을 노출하는 시인이다. "성실한 시인이자 선량한 시민"(「사랑은 나의 약점」) 으로서의 자신의 사회적 역할을 삐딱한 시선으로 논평할 줄도 아는 자기-성찰적 시인이기도 하다. 그뿐인가. 심보선은 하나의 영혼을 다른 영혼과 포개놓으려는 자신의 "손가락의 삶-쓰기"(「인중을 긁적거리며」)가 결국

"쓸모를 모르겠는 완구(玩具)"(「나무로 된 고요함」)가 될지 모른다고 인정하는 시인이기도 하다. 타인의 삶을 바라보는 그의 시선은 언제나 진지하고자 하나, 자신의 삶(=쓰기)을 바라보는 그의 시선에는 과도한 무게가 실려 있지 않다. 그는 시 안에서 최선을 다하고자 하나, 삶 속에 놓인 시가 언제나 최선일 수 없다는 사실도 잘 알고 있는 것이다.

> 나는 언제가 당신에게
> 지극히 평범하고 직설적인 말로
> 말하자면 전혀 시적이지 않은
> 기껏해야 두 문장 정도로 이루어진 말로 청혼을 할 생각이다.
> 나는 안다. 전혀 시적이지 않은 그 두 문장이
> 내 인생의 행복과 불행을 결정지을 것이다.
>
> ──「사랑은 나의 약점」 부분

「사랑은 나의 약점」은 심보선의 두번째 시집에 에필로그처럼 붙어 있는 시이다. 인용하지 않은 앞부분에서 심보선은 사랑하는 여자가 읽어준 어떤 시에 대해 말한다. 어느 동성애 운동가가 쓴 "강렬하고 아름답고 신비로운 시"는 자신에게 질투의 고통마저 유발했다고 그는 말한다. "진실된 목소리에 귀 기울일 줄 아는/ 한 명의 유순한 독자"가 되어버린 그에게 시를 다 읽어준 그녀는 이런 말을 한다. "나를 사랑하는 것, 그것이 당신의 유일한 약점이군요"라고. "당신이 동성애자였다면/ 이렇게 좋은 시를 쓸 수 있었을 텐데"라는 그녀의 "위트 섞인 선의"로부터 시인은 "날카로운 메시지"를 읽어낸다. "중산층 이성애자 시인"이라는 자신의 태생적 한계를 말이다. 시인은 이처럼 자신의 약점도 한계도 잘 알고 있다. 인용한 부분에서 보듯 심보선은 "전혀 시적이지 않은 (……) 문장"이 결국 우리 인생의 "행복과 불행을 결정지을 것"이라는 사실도 잘 알고 있다. 심보선에게 시는 강렬하고 신비로운 것이지만 유일한 것은 아니다. "선물을 준비하듯/ 탄약을 장전하듯"(「찬란하지 않는 돌」) 씌어지는 그의 시는 강력한 무기이기보다는 오히려 "신비로운" 선물에 가깝다고 해야 할 것이다. 그렇다면 이제, 『눈앞에 없는 사람』이라는 진실된 시집을 한 권 읽은 우리는 아름답고 올바른 서정시를 읽는 일의 의미에 대해 생각해보아야 한다. 「사랑은 나의 약점」이 우리에게 던진 질문은 "본질적 한계"를 지닌 시인에 관한 것이 아니라 "본질적 한계"를 지닌 '서정시'에 관한 것일지도 모른다.

심보선은 우리 시대 가장 실천적인 시인 중 한 명이라 해도 좋다. 실천적 시민으로서의 그를 염두에 둔 말이기는 하지만 시인으로서의 심보선에게만 집중해보아도, 그는 미학적 실천이 정치적 실천으로 거뜬히 이어져오기를 기대하며 미학적 실험에만 몰두하는 세련된 아방가르드와는 거리가 멀다. 시민으로서의 그는 세계와 불화하지만 시인으로서의 그는 언어와 심각하게 불화하지 않는다. 물론 이 둘이 언제나 동시발생이어야 하는 것은 아니다. 심보선의 첫번째 시집 『슬픔이 없는 십오 초』(문학과지성사, 2007)에는 '선언이 불가능해진 시대'(바디우)에 "노선을 잃"(「미망 Bus」)고 방황하는 "고독한 아크로바트"(「구름과 안개의 곡예사」)로서의 환멸과 자조와 유머가 가득했다. 지독한 상실감을 토로하는 그의 시에서 '슬픔의 연대'를 향한 희미한 갈망이 읽히기도 했는데[5] 그 연대를 향한 심보선의 떨리는 손짓은 두번째 시집에 이르러 훨씬 더 확고해졌다고 할 수 있다.

"나는 이제 나를 고백하는 일에 보다 절제하련다"(「좋은 일들」)라고 선언하는 심보선의 두번째 시집에서, 우리는 모든 것이 빠져나가버린 이후의 환멸과 자조보다는 이제 막 우리의 공허를 채우기 시작하는 찰랑거

---

5) 이에 대해서는 이 책의 2부에 실린 「멜랑콜리 솔리다리테」에서 다루고 있다.

리는 우정과 사랑을 목도한다. 메말라가는 영혼보다는 무구해지는 영혼
이, 더이상 잃을 것이 없는 자의 무거운 발걸음보다는 '추락하는 친구'들
의 거친 손을 잡으며 서로의 영혼을 지키려는 신중한 손짓들이 이 시집에
가득하다. '미망(迷妄) Bus'(「미망 Bus」) 안에서 목적 없이 흔들리던 그는
지금 '희망 버스'로 옮겨 타 우정과 사랑을 배우고 실천하는 중이다. 자신
의 "본질적인 한계"를 잊지 않은 채 자신의 청혼이 선행이 아닌 동행임을
강조하는 심보선의 이 같은 아름답고도 올바른 시를 읽으며, 우리는 다
음과 같은 고민을 멈추지는 말아야 할 것이다. '무구한 사랑'과 '텅 빈 우
정'을 촉구하는 아름다운 서정시를 읽고 쓰는 일의 충만함은 시인과 독자
뿐 아니라 세상 전부를 아름답게 할 수 있을까. 이것은 심보선의 시에 매
혹되며 충만해지는 우리가, 아니 서정시의 축복을 포기할 수 없는 우리가
그와 맞잡은 손을 놓지 않은 채 마지막까지 고민해야 할 질문이다.

(『문학과사회』 2011년 가을호)

애무의 윤리
— 강정론

나는 민감한 물질로 만들어진 덩어리이다.
내게는 살갗이 없다.
—롤랑 바르트, 『사랑의 단상』

애무를 넘어

진정 사랑하는 사람과의 접촉에는 고민도 순서도 있을 리 없다. 애인의
부드러운 살갗에 매혹되고 혀의 촉감에 넋 나간 사람이 다음 순간의 손놀
림이나 자세 따위를 걱정할 틈이 있겠는가. 생각하고 준비할 겨를도 없
이 순간순간의 느낌에 몰두하며 사랑하는 이의 몸을 더듬고 또 더듬을 뿐
이다. 애무는 최종의 완벽한 만족을 위해 거쳐야 할 단계는 아니다. 애무
는 그 자체로 목적이다. 사랑하는 대상을 결코 자기 수중에 거머쥘 수 없
다는 사실을 은연중 감지했지만 쉽사리 그 불가능을 수용할 수 없는 자의
절절한 몸짓이다.

끊임없이 그저 상대를 더듬을 뿐인 이러한 애무는 그래서 윤리적이다.
그것은 전적인 이타성에 대한 체험이며[1] 목적 없는 행위이기 때문이다.
사랑하는 이와의 접촉을 일종의 유희로 누리고자 한다면 서로에 대한 배
려 속에서 좀더 효과적인 접촉의 방식을 고안할 수 있겠지만, 이때 우리

---

1) 서동욱, 「애무의 글쓰기」, 『일상의 모험』, 민음사, 2005.

는 서로가 서로에게 욕망의 대상으로 전락하고 소외된다. 우리가 말하는 애무란 수단으로서의 전희와도 다르며, 상대의 몸에 편승하여 자기 만족을 구하는 유희와도 다르다. 애무의 진심은 멈출 수 없다는 행위의 속성 그 자체로부터 찾아야 한다.

강정의 『키스』(문학과지성사, 2008)를 애무에 관한 시라고 할 수 있다면, 이는 그가 보여주는 애무의 윤리적 성격 때문이다. 그런데 강정이 보여주는 애무의 윤리는 좀더 철저하다. 세계를 향한 강정의 구애 속에는 만남의 불가능성에 대한 건조한 통찰과, 그럼에도 불구하고 여전히 그 만남을 희구하며 들끓는 신열에 제 몸 가누지 못하는 고통과, 그리고 기어이 불가능을 돌파해버리는 나름의 전략이 공존한다. 당연하게도 불가능을 가능으로 뒤바꾸려는 강정의 시도는 '이물'을 배태하고 '흉물'을 내보인다. 가능성을 의심하거나 흉한 결과가 두려운 자가 무엇을 할 수 있겠는가. 그러나 강정은 세상에 못 할 일이 뭐 있겠냐는 자신감과 기어코 그 안 될 일을 해보이고 마는 능력을 함께 지녔다. 우리가 알고 있는 강정은 "인간이 뱉어낸 찌꺼기들과 (……) 몸 밖으로 빠져나온 상처의 분비물들에"(「카메라, 키메라」) 순정이 동하는 자이며 안 될 일만 골라 하는 나쁜 취향의 소유자인 것이다.

안 되는 일을 하겠다고 나서는 것이 치기나 객기로 그치지 않고, 진정으로 제 자신의 능력을 갱신하고 고양시키는 숭고한 행위가 되려면, 그것은 납 덩어리 창 앞에서도 불 뿜기를 멈추지 않는 희대의 흉물 키메라의 맹목을 닮아야 할 것이다. 자신이 내뿜는 불이 납을 녹여 결국 그것이 자신의 죽음을 결과한다 할지라도, 내 마음의 불씨를 불꽃으로 발산하려는 용기를 지닐 때, 인간은 그 어떤 못 할 일도 해낼 수 있다. 사자 머리 강정의 세번째 시집 『키스』는 도처에서 이 같은 키메라의 불꽃을 내뿜고 있다.

『처형극장』(문학과지성사, 1996)의 강렬함을 기억하는 독자라면, 『키스』라는 세련되고도 선정적인 제목의 시집 앞에서 당혹감을 느낄지도 모른다. 그러나 서른을 훌쩍 넘겨 마흔을 바라보는 강정이, "나는 나는 여기에서 곱게곱게 미쳐 죽을 거랍니다"(「處刑劇場」)라고 외쳤던 스무 살의 독기를 "즐거워 죽을 수 있도록"(「노래」)이라는 말랑말랑한 연애 감정과 뒤바꾸었다고 보는 것은 곤란하다.『키스』의 강정은『처형극장』의 분방한 에너지를 그러모아 숙성시켜 애무의 순간에 몰두하고 있다. 강정은 단지 상대의 매끄러운 살결을 어루만지는 유희를 즐기고 있기보다는 고도의 집중력을 발휘하여 살갗 밑 감춰진 주름(plis)들을 더듬고 그녀의 모공 하나하나를 제 몸속에 점묘하면서, 마침내 살갗을 파헤치고 들어가 그녀의 돌기와 점액을 확인할 순간을 고대하고 있다. "사랑이란 인간의 뒤집어진 피부 안쪽을 들쑤셔/ 피와 살을 나눠 먹는 일"(「하나뿐인 음식」,『들려주려니 말이라 했지만』, 문학동네, 2005)이라고 말했던 시인의 '키스'는 그녀의 부재를 견디기 위한 무한한 접촉의 행위라기보다는, 그녀의 존재를 확인하기 위한 순간적 접촉의 행위인 셈이다. 피부 안쪽을 서로에게 내맡기는 키스는 이토록 내밀하고 강렬하다.『키스』는 서로의 살갗을 더듬는 애무의 윤리를 넘어선 곳에 있다.

당신과 마주한 슬픔

불가능한 사랑에 관한 통찰을 군이 강정의 시에서 재차 확인할 필요는 없겠지만, 사랑에 관한 명민한 비관론자라면 "어찌해도 당신은 내게 속아 넘어갈 뿐./ 대체로 내가 당신을 사랑한다는 사실을 용서하지 마시오"(「자멸의 사랑」)라는 수수께끼 같은 체념조의 한마디 말을 흘려 넘기기가 쉽지는 않다. 「사실, 사랑은…」에서 보여주고 있는, 거짓과 진심과 연기에 관한 몇 겹의 역설을 기억하면서 말이다. 불가능한 사랑이라는 전언을 확인하고 싶다면 이 두 편의 시를 음미하는 것만으로도 충분할 듯하다.

사실, '연애의 연기술'이나 '달콤한 위선'을 가볍게 긍정하는 것이 강정에게 쉬운 일은 아니다. 앞으로 우리가 읽게 될 강정 식 사랑의 방식을 이해하려면, 오히려 "세상의 모든 배후는 맨얼굴의 창녀처럼/ 슬프게 역력하다"(「사실, 사랑은…」)라든가, "나는 인간의 정념 바깥으로 나갈 수 있을까"(「낯선 짐승의 시간」)라는 시인의 진심 어린 고백들을 새겨두는 것이 좋겠다. 사랑에 관한 한 강정은 "최대한 궁상맞고"(「몸 안의 음악」) 심하게 감상적이라는 점에서 오히려 외설적이다. 그는 욕망의 변증법 위에서 환유적 반복의 놀이를 즐기는 '돈주앙 식' 사랑보다는 진정한 대상을 향해 무한 접근을 시도하는 '사드 식' 사랑을 선호한다고 할 수도 있을 것 같다.[2]

　사랑을 표현하고 확인하는 일은 표정과 언어라는 기호를 지닌 인간에게 결코 수월한 일이 아니다. 실은 가장 어렵고도 괴로운 일이다. 기호놀이로서의 사랑에 관한 적실한 통찰들을 보여주는 롤랑 바르트의 『사랑의 단상』에는 고뇌, 고행, 우수, 연민, 울음, 자살 같은 불행의 어휘들이 즐비하다. 오죽하면 바르트는 사랑하는 사람을 예술가에 비유했겠는가. 사랑하는 사람에게 세계는 이미지 그 자체이며 그것을 해독하는 일은 언제나 난해하고 고통스럽다. "사랑의 영역에서 가장 생생한 아픔은 아는 것에서보다, 보는 것에서 더 많이 오"(『사랑의 단상』)는 것이다. 사랑에 빠져 있는 사람은 보이는 대로 믿기 때문에, 혹은 보이는 것을 믿을 수 없기 때문에 괴롭다. 그들에게는 "보이는 것들은 다 보이지 않는 것들이 된다/ 부를 수 없는 것들이 어느덧 새 이름을 얻는다."(「아픔」)

　　우스운 일이지만,
　　나는 카메라 한 대로 모든 시간을 포획하려는 꿈을 아직 버리지 못한다
　　당신의 얼굴을 담으려다가
　　두 개의 망막을 거쳐 내 심장에 가설된 집에는

---

2) 이에 대해서는, 알렌카 주판치치, 『실재의 윤리』, 이성민 옮김, 도서출판b, 2004, 168쪽.

당신이 떠난 자리만 휑뎅그렁 살아 있는 나보다
더 크고 살갑다
대개 과장법이 잘 통하는 나의 카메라는
사람 여자의 몸에 공룡 머리를 얹은 모습으로
당신을 기억한다.
당신은 내 기억보다 훨씬 먼 시간의 지층 아래
흙과 나무의 처소로
봄마다 아름답게 환생하지만

—「카메라, 키메라」 부분

『키스』의 제2부 '카메라, 키메라'의 몇 편의 시들은 '그녀'라는 대상을 이미지로 포획하려는 일에 대한 숙명적인 실패의 기록이라고 할 수 있다. 「카메라, 키메라」가 대표적이다. '당신'은 '나'의 망막 안에 절대 포획되지 않는다. 오히려 '당신'은 '나'의 심장 속에 빈자리로 남는다. '당신'은 "떠난 자리"를 통해서만 각인되는 대상이다. '당신'의 존재는 '당신'의 부재를 통해서만 확인되는 것이다. "방금 새가 떠난 자리를 보면 새가 더 분명하"(「日沒」)듯이 말이다. '나'는 부재로서만 존재하고, 왜곡을 통해서만 나타나는 '당신'을 사랑하고 있다. 그러니 '카메라'라는 도구로는 가짜 '당신'만 볼 수 있을 뿐, 진짜 '당신'을 만나는 일은 꿈처럼 허황되다. '나'는 '당신'이 없는 곳에서만 존재하고, '당신'은 내가 없는 "먼 시간의 지층 아래"에 존재하기 때문이다. 우리는 "서로에게 영원한 未知로 남"(「고등어 연인」)는다. 강정은 이런 이야기를 하고 있다.

같이 고등어 살을 발라 먹던 여자가 살짝 웃던 날이었다
입술에 묻은 고등어 기름이 낡은 암자의 처마처럼 햇빛을 받고 있었다
사진기를 들이대며

자꾸 웃어 보이라던 여자가 이내 눈물을 흘렸다

배 속에 삼킨 고등어가 알이라도 까는지

물컹물컹 낯선 감정들이 몸 안에 물길을 내고 있었다

여자는 입술을 핥던 혀로 내 얼굴을 핥았다

땀인지 눈물인지 모를 물기가 심장에 넘쳐흘렀다

여자는 일그러진 내 얼굴을 향해 연신 셔터를 눌렀다

시간이라는 평상에 톡톡 금이 가고 있었다

—「고등어 연인」 부분

　연인이 밥상을 마주하고 앉아 고등어를 발라 먹고 있는 광경이 한 편의 슬픈 시가 되었다. 두 연인의 얼굴과 심장은 물기로 가득하다. 함께 고등어를 발라 먹는 더없이 다정한 풍경 안에서 왜 이들은 "긴 슬픔을 우려" 내고 있는 것일까. 특별한 이유는 없다. 그저 서로가 마주하고 있다는 사실 그 자체로부터 '슬픔'이라는 "물컹물컹 낯선 감정"들이 생겨난다. 영원히 만날 수 없는 사랑의 불가능성은, 함께 마주하고 있는 이토록 일상적인 순간 속에서 오히려 전면화된다는 사실을 시인은 보여주고 있다.

　'나'를 향해 연신 사진기를 들이대는 '여자'는 눈으로 '나'를 애무하고 있는 것이다. 영원이라는 아이온의 시간으로 존재하는 '당신'을 잡아보기 위해, '여자'는 '당신'이라는 흐름 속에 크로노스적인 균열을 내보려고 한다. 그렇게 '당신'의 "피톨"들을 하나하나 모아서라도 '당신'이라는 전체를 만져보고 싶은 것이다. 현행적인(the actual) '당신'을 거슬러 잠재적인 (the virtual) '당신'을 만나려고 하는 것이다. 강정의 '카메라'는 '당신'을 제멋대로 재구성하려는 폭력적인 수단이 될 수는 없다. 오히려 그의 '카메라'는 붙잡을 수 없이 도망가는 '당신'의 파편이나마, 순간 속에 존재하는 '당신'이나마 제 손 안에 쥐어보고자 하는 애타는 애무의 손길이다. 그러니 셔터를 누르는 손은 쉽게 멈출 수가 없다. '당신'의 파편, '당신'의 순간을 포착하려는 자신의 손길이 그저 허공을 향한 헛손질이 아니라는 것을 그는 믿어 의심치 않는다.

당신의 풍경 너머

사르트르의 말대로 우리는 '당신'과 마주칠 뿐 '당신'을 재구성할 수는 없다. 그렇다면 '당신'과 마주한 슬픔으로부터 해방되는 방법은 무엇일까. 영원한 미지의 '당신'을 슬픔 없이 만나는 방법은 무엇일까. '당신'이라는 기호로부터 눈 돌리는 것, 카메라의 애무 너머로 가보는 것, 그래서 맹목(盲目)적으로 사랑하는 것, 방법은 그것뿐이 아닐까. 그런데 '당신'과 접촉할 수 있는 유일한 수단을 버리고, 멈출 수 없는 애무를 멈추고서 당신과 곧장 뒤섞이는 일이 과연 가능할까. 강정은 그처럼 허황된 일을 하겠다고 나선다. 일단은 '당신'이라는 존재를 왜곡시킨 '눈'과 '말'이라는 도구를 버리는 일이 급선무다.

「영화」라는 시를 보자. 부재로서만 존재하는 당신을 만나기 위한 첫번째 관문에서 그가 기꺼이 감내하는 것은 "가위질"이다. 그것은 '마술사 부부'가 아이의 "고추를 잘라/ 옷장 깊숙이 숨겨"(「마술사의 아이」)둔 것 같은 최초의 '거세'가 아니라, 거세의 거세, 즉 결여의 결여를 위한 가위질이다. "내 혀가 잘리고,/ 망막의 푸른 통로가 잘리"는 가위질 말이다. '당신'이라는 타자를 이미지와 언어라는 기호로 구획하고 폭력적으로 재구성해버린 최초의 거세를 파기함으로써 그는 '당신'과 꿈처럼 만나는 일을 실행하고자 한다.

그 가위질을 담당하고 있는 '여자'가 바로 "시인의 누이"이자 시인의 "모태"라는 점도 의미심장하다. 과연, 이 시의 '가위질'은 이오카스테의 황금 브로치와 맞먹을 만하다. 가위질을 끝낸 여자는 시인에게 *당신은 착한 사람이에요*라고 말하고 있다. "붕대를 동여맨 시인"은 이른바 이미지와 환상을 거스르고 진짜 '당신'과 대면할 태세를 갖춘 '흉물'이다. 이

착한 흉물은 거세를 극복하고 진짜 사랑을 완성할 우리 시대의 오이디푸스다. 어쩐지, 「영화」는 영화 〈올드보이〉의 충격적인 장면들을 환기하는 면이 없지 않다. 자신의 딸과 동침했다는 사실을 알게 되고 자기 혀를 잘라버린 주인공이 마지막 장면에서 얼마나 온순한 표정으로 앉아 있었는지를 기억해보자.

강정은 이미지와 언어의 숙명적 실패를 외면하기 위해 눈 돌린 자가 아니라, 기꺼이 눈을 버린 자다. 눈을 버린 그는 '너의 냄새'라는 "친밀도 높은 인분의 기척"을 좇는 "낯선 짐승의 시간"(「낯선 짐승의 시간」)을 산다. '당신'을 제멋대로 재구성할 수 없는 그는 '냄새'에 의존하여 '당신'의 흔적을 따라나서는 진짜 '첫사랑'(「암소와의 첫사랑」)을 시작하는 것이다. "눈먼 코끼리"와 "스스로 혀를 삼"킨 '뱀'이(「밤의 동물원」) 그와 동행한다. 그 착한 짐승들의 첫사랑을 보여주기 위해 강정은 다음과 같은 시를 썼다.

벽에 걸린 그림 속에 둥글게 휜 다리가 있고 그 위를 걷다가 문득 우산을 펼쳐드는 사내 하나 반대편 벽 깊숙이 향해 있는 숲길을 되짚어 사내에게로 다가오는 여자 하나 바라보는 시간이 오래될수록 사람은 마치 길 위에 길게 드러누운 죽은 나무 같고 부러진 등걸 주위에 핀 버섯들이 사람처럼 보일 때 우리는 오래 떠들던 입을 다물고 혀끝에서 소리 없이 지워진 단어들을 식도 깊숙이 감추며 진짜 서로가 생각하고 있던 것들에 대해 동공을 텅 비운 채 사심 없는 짐승처럼 열어 보이는 것이었다

—「오래된 그림이 있는 텅 빈 식탁」 부분

벽에 걸린 그림을 보고 있는 두 사람이 있다. 그 그림 속에는 둥근 다리가 있고 그 위에 '사내'와 '여자'가 있다. 이들은 서로에게 가고 있는 중이다. 그러나 그림 속 정지된 장면을 오래 바라보고 있으면, 마치 걷고 있는

두 남녀가 "죽은 나무" 같고, 오히려 이들을 둘러싼 "버섯"들이 사람처럼 움직이는 듯 보이기도 한다. 눈앞에 놓인 풍경 속에는 서로를 향해 다가가고 있는 두 사람이 박제화되어 있지만, 그 그림이 보이는 것과는 달리 우리의 시선 밑에서 다른 움직임으로 활성화될지도 모를 일이다.[3]

그 "오래된 그림"은 실제 '우리'가 보고 있는 그림일 수도, 아니면 현실의 '우리'를 프레임 안에 넣어본 것일 수도 있다. 그것이 무엇을 포착한 것이든 간에, 일시 정지된 화면이 어떤 정답도 말해주지 않는다는 것을 느끼는 순간, 즉 우리가 '헛것'을 보고 있었다는 것을 깨닫는 순간, 그때야 비로소 우리는 "진짜 서로가 생각하고 있던 것들에 대해" 사심 없이 열어 보이면서 '첫사랑'을 시작할 수 있게 된다고 강정은 말한다. 혀끝의 단어를 감추고 "동공을 텅 비운 채"로 말이다. 눈과 혀가 만들어내는 기호를 버리는 것, 그것이 '당신'이라는 풍경 앞에서 끊임없이 미끄러지기만 할 수 없었던 그가 고안해낸 사랑의 방식이다. 그는 그렇게 '당신'이라는 풍경을 파고들 준비를 하고 있다. "더 이상 시야에서 수평 아래의 풍경들에 대한 내밀한 추측을 포기하리라"라고 비장하게 선언하는 「풍경 속의 비명」 역시 풍경 너머의 "생 안에 감춰진 다른 순간들"을 만지려는 그의 바람을 담고 있다. 강정의 시는 정지된 풍경 너머를 더듬어보고자 하는 "앳되고 착한 짐승"(「오래된 그림이 있는 텅 빈 식탁」)의 마음으로 씌어진다. 그 풍경 너머에는 무엇이 있을까.

우리는 민감한 물질

강정은 '당신' 앞에서 눈먼 자이다. 그는 '당신'이라는 풍경을 장악할 수 없다. "당신의 살을 더듬는 내 눈에 초점이 없다"(「불탄 방―네가 없는 사진」)고 그는 쓰고 있다. 아니 오히려 강정은 '당신' 앞에서 아무 생각 없

---

3) 시인은 한 산문에서 한 장의 사진을 놓고 이러한 체험을 설명해보기도 했다. 강정, 「'안으로의 여행'에 관한」, 『문학·판』 2005년 겨울호.

는 피사체가 되려고 하기도 한다(「나비 떼가 떠 있는 방」). 시선을 교환하며 마주하는 한 '당신'을 거머쥐는 일에 필시 실패하리란 것을 그는 잘 알고 있다. 멀쩡한 눈을 가지고도, 아니 멀쩡한 눈을 가졌다면, '당신'과 영원한 절름발이로 남을 뿐이라는 사실을 그는 슬프게 인지하고 있다. 우리의 눈과 혀가 응고시킨 사물 너머에는 결국 아무것도 없다고 말하려는 것일까. 그러니까 우리가 마주하는 이 모든 풍경들이 일시적인 텅 빈 구조물에 불과하다고 생각하고 있는 것일까.

그렇다면, 이제 동공을 텅 비워버린 그 앞에 '당신'은 무엇으로 존재할수 있는가. 눈먼 강정은 누구와 키스하고 누구를 애무하고 있는 것일까. 그는 눈에 담을 수 없는 '당신'이 명백한 '물질'이라고 말하고 있다. 눈뜨고도 보이지 않던 '당신'이 눈감아버리자 명백한 물질로 체감되기 시작했다는 것을 우리는 어떻게 이해할 수 있을까. 강정은 '마술사'인가, 거짓말쟁이인가. 아니면 정말 "인류의 조상을 임신한"(「번개를 깨물고」) 외계인인가. 아무튼 마술사, 거짓말쟁이, 외계인 강정은 "얼굴을 잃고 몸 전체로동굴이 돼버린 여자"(「한낮, 정사는 푸르러」)라는 '물질'과 키스하기 시작한다.

그녀라는 존재는 내 파인더에 밀집된 검붉은 돌기와 미끈한 점액 말고이 세상에 없다
나는 없는 그녀의 유일한 물증을 고물고물 씹으며
땀과 피를 섞어 그녀의 밀도 높은 毛孔을 점묘한다
온몸을 쥐어짜 그녀라는 거짓말을 토하는 셈이다

(......)

여자의 몸을 빌려 그녀라 불리지만,

그녀 안에 결박된 나는 남성도 여성도 아닐 것이므로

우리의 사랑은 눈뜬 현세 안에서 영원한 종말의 극점을 마주한다

내 심장은 그녀라는 응고된 피로 영원히 멎지 않는다

늘 걷던 거리가 전혀 다른 시간대에 편승해 사물들의 얼굴을 바꾸는 동안

그녀는 또 만인을 향해 큰 유방을 출렁거린다

내 카메라에 담기는 풍경들이 태곳적의 연체동물처럼 축 늘어진 시간을
인화한다

입을 맞추니 온몸이 풍경 속으로 쭉 빨려든다

내가 아는 해탈의 한 방식이다

                       —「그녀라는 커다란 숨구멍, 혹은 시선의 감옥」 부분

"여자의 몸을 빌려 그녀"라 불리는 '나'의 키스 상대는 "입술이 기억하
는 어느 깊고 축축한 허공"(같은 시)이다. 그녀라는 '축축한 허공'은 "없
는 그녀", 즉 대상의 부재를 드러내기 위해 선택된 상징만은 아니다. 당신
이 부재한다면, 당신이 허공이라면, 지금 내 앞에서 이토록 생생하게 나
를 결박하고 있는 이 감각은 무엇이란 말인가. '나'에게 그녀라는 허공은
곧 '무(無)'가 아니라, 손에 잡힐 듯 말듯 가까스로, 아니 분명한 감촉으로
'나'와 만나고 있는 생생하게 현존하는 어떤 물질이다.

'그녀'는 "파인더에 밀집된 검붉은 돌기와 미끈한 점액", 그리고 "밀도
높은 毛孔"일 뿐, 그것들이 모여 이루는 어떤 특정한 형태의 대상은 아니
다. '나'의 '키스'는 바로 "없는 그녀의 유일한 물증"인 그녀의 돌기와 점
액을 "고물고물 씹"는 일이다. 그녀의 얼굴을 확인하며 그녀의 입술을 스
치는 것이 아니라, 살갗을 파고들어 그녀의 돌기와 점액을 씹으면서 그
녀를 확인하고 있다. 그때의 감촉이 바로 그녀다. 여기서 강정은 '그녀'라
는 객관적 물질성만을 인정하고 있는 것도, "고물고물 씹"는 느낌이라는
자신의 주관적 경험만을 강조하고 있는 것도 아니다. "없는 그녀의 유일

한 물증"이라는 역설이 보여주듯 강정은 '그녀'라는 실체적 현존도, 내가 그것을 씹고 있는 순간의 감각도 모두 인정할 수밖에 없다. 세계가 물질로 이루어져 있다는 유물론의 극단적 형태가 세계가 오로지 '무'일 뿐이며 세계는 어떤 구조의 결과일 뿐이라는 결론에 이른다면, 강정은 극단적인 유물론자라 할 수는 없다는 것이다. 강정의 그녀는 풍경 너머에 있는 초월적 존재이기도, 지금 현재 나와 밀착하고 있는 실재적 존재이기도 하다. 그는 "축축한 허공"의 그녀 안에서 관념론과 유물론 사이를 오간다. 그녀와 사랑하기 위해서는 어쨌거나 서로를 '결박'하는 일이 필요하다.

눈 없는 벙어리인 그는 '그녀'와 어떻게 결박될 수 있을까. 의외로 쉽다. 그녀는 이미 내 안에 있다. 무슨 말일까. 그녀가 돌기와 점액과 모공이라면 그녀는 '나'의 피부 안에 감싸여 있는 나의 돌기와 점액과 모공과 다를 게 없다. 그렇다면 그녀는 '나'의 외부에 있는 것이 아니라 이미 "내 살 속에 담겨 있"(같은 시)다고 해야 한다. 강정이 수시로 스스로를 임신한 사내로 인지한 것도 결국 그녀라는 타자를 이미 제 안에 품고 있었다는 사실 때문이었나보다. '나'와 '그녀'는 애초에 살갗이 없는 '민감한 물질'로 이루어진 하나의 덩어리이다. '그녀'는 내 안에, '나' 역시 "그녀 안에 결박되"어 있다. 피부라는 껍질이 그 한 덩어리의 물질을 함부로 구획지어놓았을 뿐, '나'와 '그녀'는 뫼비우스의 띠처럼 안팎의 구분이 없는 하나의 전체인 셈이다. 그렇다면, '그녀'와 만나기 위해서는 세계와 나를 가로지르고 있는 나의 살갗을 벗겨내기만 하면 될 일이다. 물론 그게 말처럼 간단한 일은 아니다.

"눈뜬 현세"에서 그런 사랑은 "영원한 종말의 극점"과 유사한 경험이자 "해탈의 한 방식"으로, "전혀 다른 시간대"에 존재하는 것으로 이해되기 때문이다. 이른바 바타유가 말하는 죽음에 가까운 에로스라는 내적 체험이 바로 그런 것이다. 강정은 바타유의 내적 체험을 이처럼 생생한 물질적 체험으로 그려내고 있다. 서로의 살갗을 파헤치고 상대의 점액과 돌기를 곱씹는 그 '키스'는 아마도 "관 뚜껑을 닫는 맛"(「키스」)과 유사하리라. 그런 "사랑은 이 生 다음에!"(「영화」)나 가능할지도 모른다. 현생에서 "관 뚜껑을 닫는 맛"의 사랑을 달성하고자 한다면, 오히려 "관 뚜껑을 미는 힘"(이성복, 「어느 흐린 날의 기록」, 『그 여름의 끝』, 문학과지성사, 1990)을 지녀야 하는 것은 아닐까. 피부라는 상징으로 이미 생매장된 '당신'이라는 물질과 만나고, '당신'과 '나'의 진짜 첫사랑을 시작하기 위해서, 그럼으로써 사랑이라는 불가능을 되살리기 위해서는 말이다. 펄펄 뛰는 심장과 뜨거운 뇌수와 "몸 밖으로 뛰쳐나가려는 늙은 神의 마지막 꼬리"(「번개를 깨물고」)까지도 가두고 있는 피부라는 상징을 벗겨내기 위해서는 말이다. "내게 사랑이란 뜨거운 어떤 것을 감춘 채 차갑게 굳어 있는 얼음을 만지는 행위이다"(강정, 앞의 글)라는 시인의 고백은 이러한 지점에서 이해될 듯도 하다.

살갗을 벗겨낸 민감한 물질이 된 시인은 이제 고양이도 되었다가, 물고기나 새도 되었다가, 티브이를 흐르는 전류도 되었다가, 자유자재로 확장된다. 그것은 상상이 아니다. 견고한 피부를 지닌 우리는 쉽게 이해할 수 없는 실제 상황이다. 그의 몸을 이루는 돌기와 점액과 모공 들이, 아니 그의 "마음에서 산란한 최소한의 물질"(「티브이 시저caesar」)들이 그저 재배열된 상태라고 짐짓 이해해볼 수는 있겠다. 시간의 틈을 쪼개고 쪼개서 어느 순간 '나'의 돌기 하나와 '당신'의 돌기 하나가 만났을 때, 그때 우리는 충분히 사랑할 수 있다고 강정은 말하고 싶은 게 아닐까. 그가 열렬히 구애하고 있는 상대는 '당신'의 얼굴이나 '당신'의 이름, '당신'의 매끄러운 살갗이 아닌 바로 '당신'의 작은 돌기 하나다. 시인은 그렇게 당신의 피톨 하나하나를 점묘할 준비가 되어 있는 어린 에로스, 발기한 아이, 민감한 물질이다.

너는 문을 닫고 키스한다 문은 작지만 문 안의 세상은 넓다 너의 문 안으

로 들어간 나는 너의 심장을 만지고 내 혀가 닿은 문 안의 세상은 뱀의 노
정처럼 굴곡진 그림들을 낳는다 내가 인류의 다음 체형에 대해 숙고하는
동안 비는 점점 푸른빛과 노란빛을 섞는다 나무들이 숨은 눈을 뜨는 장면
은 오래전에 읽었던 동화가 현실화되는 순간이다

—「키스」 부분

강정의 날카로운 '키스'는 '너'의 표면을 어루만지는 데 그치지 않고,
"너의 문"을 열고 들어가 '너'의 심장을 애무하고 문 안의 굴곡진 주름들
을 펼쳐놓는다. 문은 이른바 우리의 살갗이고 우리의 눈이고 우리의 말이
고, 너와 나의 경계이다. 결국 '너의 문'은 '나의 문'이다. 그 문을 여는 순
간, '나'는 세상과 한 덩어리가 된다. 강정이라는 발기한 우주는 '키스'로
폭발하여 축축한 허공과 만나 하나의 전체가 되기를 희망한다. 그 날카
로운 키스를 나누는 '너'와 '나'는 미립자이고 전부이다. 이들이 키스하는
순간, 푸른빛과 노란빛이 섞인 비가 내리고 나무들이 눈을 뜨는 동화가
실현된다. 이것은 결코 '환상'이 아니다. 이들의 '키스'가 "약물중독과 무
관한"(같은 시) 생생한 경험인 것처럼 말이다. 이렇게 말하고 있는 시인은
마술사도 거짓말쟁이도 외계인도 아닌, 명백하게 실존하고 있는 바로 우
리다.

당신과 나의 날카로운 키스

강정은 타자와 만나는 새로운 윤리를 전파하는 하나의 물질이라고 할
수 있지 않을까. 우리는 타자를 자기 나름대로 재구성할 수도 없지만, 그
렇다고 해서 타자 앞에서 미끄러지고 있을 수만도 없다는 것이 그만의 '키
스'의 윤리이다. 시집 『키스』에서 강정은 표면을 맴도는 애무를 넘어 결국
에는 그 표면을 찢고 들어가 당신과 뒤섞여 하나의 물질로 용해되는 방식
을 고안해보고 있다. 그 모든 것이 '키스'로부터 시작된다. 그의 혀는 말

하기 위해 있는 것이 아니다. 그녀의 입술을 스치기 위해 있는 것도 아니다. 오로지 그녀의 살갗을 찢고 씹고 급기야 그녀를 씹어 먹어 '나'라는 물질과 동화시키기 위해 존재한다. 그녀와의 그 지독한 '키스'가 "잘 뒤섞여 반죽된 어떤/ 사생아 같은 걸 낳"(「밤의 확장」)게 될지언정, 시인은 두려움 없이 그 사랑을 실천하고자 하는 '착한 짐승'이라고 자신을 일컫는다.

강정의 『키스』를 애무에 관한, 아니 애무를 넘어서는 것에 관한 시라고 했지만, 기실 강정의 시 쓰기 역시 그의 '날카로운 키스'를 닮았다. 목적도 순서도 없는 영원한 더듬기가 애무라고 한다면, 강정의 시는 애무하는 시다. 시를 쓸 때 그는 전체 구도를 염두에 두고 첫 구절을 시작하거나, 앞 뒤 구절을 생각하며 단어 하나하나를 고심해서 고르는 제작자는 아니다. 제작된 애무는 어쩐지 민망하다. 그는 그저 쓰기 위해 쓰고 시작도 끝도 없이 쓴다. 그래서 자간 사이 행간 사이에 곧 폭발할 것 같은 에너지가 흥건하다. 강정은 메마른 언어도 하나의 축축한 물질이 될 수 있다고 믿고 있는 게 아닐까. 그는 언어의 문을 열고 언어의 외부와 내부를 용해시키려는 시도를 하고 있는 것은 아닐까. 강정의 『키스』는 그야말로 팽창되어 폭발하기 직전의 하나의 덩어리이다. 동공을 비우고 견고한 살갗을 벗어던진 채로 행간을 넘나들 때, 강정의 『키스』는 '당신'과 함께 우연히, 완벽한 전체를 이루게 될 것이다.

여전히 견고한 살갗을 지닌 독자는 이 시집을 더듬고 또 더듬어보리라. 영원히 가 닿을 수 없을 것만 같은 '착한 짐승'의 마음자리에 접근해보기 위해 그의 시 앞에서 쉬지 않고 셔터를 눌러 대리라. 강정이라는 물질은 너무도 생생하게 우리를 둘러싸고 있는데 말이다. 우리의 단단한 외피를 벗어던지기만 하면 되는데 말이다.

(강정, 『키스』 해설, 문학과지성사, 2008)

세상의 모든 이야기를 읽고 쓰다
— 권혁웅론

1

보르헤스는 단편집 『끝없이 두 갈래로 갈라지는 길들이 있는 정원』 (1941)에 붙인 서문에서 "방대한 양의 책을 쓴다는 것은 쓸데없이 힘만 낭비하는 정신나간 짓"[1]이라고 말한 적이 있다. 왜냐, 단 몇 분의 시간을 들여 완벽하게 말로 표현할 수 있는 어떤 생각을 몇 백 페이지로 길게 늘여 쓰는 것은 어리석은 낭비이며, 게다가 이미 세상의 수많은 책들이 우리가 말하려는 모든 생각들을 거의 다 말해놓았기 때문이라는 것이다. 그렇다면 어떻게 해야 할까. 책 속에 파묻혀 서서히 시력을 잃어갔던 독서가답게, 보르헤스가 제안한 방법은 바로 주석 달기의 글쓰기이다. 세르반테스의 『돈키호테』를 패러디한 버틀러처럼 기존의 책들에 코멘트를 붙이는 글쓰기를 통해 불필요한 낭비를 줄여보자는 것이다. 『불한당들의 세계사』가 그 일을 하고 있는데, 물론 보르헤스는 여기서 한 걸음 더 나아가 실존하지 않는 상상의 책 위에 주석을 다는 글쓰기까지 시도한다. 무능력

---

1) 보르헤스, 『픽션들』, 황병하 옮김, 민음사, 1994, 16쪽.

해 보이고 게을러 보일 수도 있겠지만, 상상의 책을 활용하는 '가짜 주석'의 글쓰기가 사실 더 그럴듯하지 않느냐고 그는 덧붙여 묻는다. 「알모따심에로의 접근」처럼 전혀 존재하지 않는 책을 상정하고 쓰는 이야기는 이른바 몇 배의 상상력을 필요로 하기에 무능력해 보일 리도 게을러 보일리도 없음은 물론이다.

브라질 작가 루이스 페르난도 베리사무가 보르헤스를 등장시켜 쓴 『보르헤스와 불멸의 오랑우탄』(웅진지식하우스, 2007)이라는 추리소설의 한 구절을 인용하며 권혁웅이 써내려간 「불멸의 오랑우탄」이라는 시를 읽으며 떠올려보게 된 이 같은 보르헤스의 글쓰기 방식은, 아닌 게 아니라 권혁웅의 시작법과도 무관하지 않다. 1970, 80년대의 대중문화 아이콘을 즐겁게 활용하여 유년의 불우한 기억을 해학적으로 되밟아나간 『마징가 계보학』(창비, 2005)을 시초로, '상상동물' 시리즈(『그 얼굴에 입술을 대다』, 민음사, 2007)에서처럼 동서고금의 신화를 참조하며 인간 삶에 대한 예리한 통찰을 익살맞게 풀어내고 있는 근간의 연작 시편들에 이르기까지, 그는 기존의 텍스트를 활용하며 거기에 나름의 주석을 덧붙이는 스타일을 즐겨왔다. 그럼 점에서 시인 권혁웅이 뛰어난 비평가이기도 하다는 사실은 공교롭지 않을 수가 없는데, 좋은 경우든 나쁜 경우든 모든 비평은 원(原)텍스트라는 도구 없이 저 홀로 날것의 목소리를 낼 수는 없기 때문이다. 그렇다면 비평가 권혁웅이 주로 이상하고 못나 보이는 작품들 안에서 나름 귀엽고 예쁜 면을 발견해주려 애써왔다는 점을 상기하며, 그의 주석 달기 글쓰기의 의도를 생각해볼 수도 있지 않을까. 어디에든 한마디 말을 덧붙여야 직성이 풀리는 까다로운 성미 때문이 아니라, 우리가 하고 싶은 거의 모든 말들을 세상의 수많은 텍스트가 이미 다 해놓았다는 겸손한 깨달음이, 또 그렇기 때문에 굳이 똑같은 일을 어리석게 반복할 필요는 없다는 명쾌한 자신감이 권혁웅 시의 원천이 된 것은 아닐지.

'다시 쓰기' 작업의 성공 여부를 가늠하는 핵심 요건은 원텍스트와 곁

텍스트(paratext) 간의 긴장 관계, 그리고 그 맥락을 정확히 읽어내는 눈 밝은 독자의 존재이다. 난해한 용어와 화려한 미사여구를 동원하여 멋들어지게 써낸 비평이 때로 비웃음을 사기도 하는 것은 아마도 그러한 글이 저 긴장 관계를 무시하고 오로지 스스로에게 들린(憑) 채로만 씌어졌기 때문인지도 모른다. 권혁웅의 글들은 세상의 수많은 텍스트들에 대해, 오로지 자신만의 각별한 주석을 쉽고 투명하고 재미있는 방식으로 붙여놓는다. 누구나가 동의하는 비평가 권혁웅의 출중함을 이 자리에서 또 한번 확인하는 것은 지루한 일이 아닐 수 없지만, 그것은 시인 권혁웅의 특장(特長)과도 무관하지 않기에 반복해서 말해도 나쁘지는 않을 것이다. 그의 주석달기 시 쓰기에서는 세상의 수많은 텍스트에 대한 방대한 관심을 자랑하거나 전에 없는 새로운 시를 내놓고자 하는 권혁웅의 억지스러운 자만심을 찾을 수는 없다. 그는 한 번도 텍스트 위에 군림하려 한 적이 없다. 그는 언제나 여유로운 표정으로 '곁'에 있다. '나'의 우울한 기억이라는 텍스트를 덜 아프게 복원하기 위해, 그리고 '당신'의 얼굴이라는 요령부득의 텍스트를 성심껏 읽어내기 위해, 결국 '우리'의 신산한 삶이라는 텍스트를 최대한 기껍게 살아내기 위해, 그는 온 세상의 텍스트를 읽고 또 읽는다. 이제, 그의 레퍼런스를 들여다보자.

2

권혁웅의 두번째 시집인 『마징가 계보학』에는 우리의 가난했던 1980년대가 '마징가' '스파이더맨' '독수리 오형제' '슈퍼맨' '원더우먼' '선데이 서울' '애마부인' 등의 B급 대중문화와 함께 복원되어 있다. 꼬마 혁웅과 소년 혁웅, 그리고 청년 혁웅은 슈퍼히어로로 만화에 열광하거나, 『선데이 서울』의 비키니 미녀와 애마부인에게 매혹당하며 그 척박한 시절을 견뎌왔을 것이다. 약전(略傳), 약사(略史), 역사 등의 제목을 달고 있는 『마징가 계보학』의 많은 시들은 조각조각 펼쳐져 있는 과거의 기억을 나름의 방식으로 편집하여 재구한 시인 자신의 유년기의 기록이자, 우리 모두의 과거사라 할 수 있다. 모두가 공유한 고유명의 기표들을 나열하며 개인의 서사를 시대의 서사로 확장시켰다는 점과 더불어 이 시집의 중요한 특징으로 지적될 만한 것은 권혁웅의 주석달기가 내장하고 있는 웃음의 기능에 관한 것이다. 가령 표제작 「마징가 계보학」에는 힘자랑이 유일한 제 자랑이었던 그 시절의 못난 남자들과, 그 자랑을 못 참고 집 나간 여자들의 이야기가 '마징가 Z' '그레이트 마징가' '짱가' '그랜다이저' 등과 짝을 이뤄 등장하고 있다. 시인이 쓰고 있는 그 시절 우리의 이야기는 하나같이 비극적이고 끔찍하지만 권혁웅은 자신의 기억 속에서 그러한 이야기들과 가장 멀리 떨어져 있을 법한 유쾌 · 상쾌 · 통쾌한 장면들을 거기에 이어 붙여 울다가 웃고 웃다가 울게 되는 애잔한 후일담을 만들어내고 있는 것이다.

자아의 비참함을 초자아의 여유으로 위무하는 것이 유머의 메커니즘이라고 했다. 그렇다면 권혁웅의 『마징가 계보학』은 이제는 조금 여유로워진 중년의 권혁웅이 불우했던 소년 혁웅에게, 그리고 가진 것 없이 순진하기만 했던 지난 시절의 우리 모두에게 보내는 관대한 주석이라고 볼 수 있을 것이다. 그러니까 이것은 성공한 주석의 사례이다. 그런데 이 재미난 마징가 이야기가 과연 지난 시절에 대한 '즐거운 안녕'이기만 할까. 유머란 비극적 상황을 별 대수롭지 않은 상황으로 치환하여 견뎌내려는 주체의 능력을 보여주는 것이기도 하지만, 결국 거짓말과 연기를 통해서만 감내할 수 있는 끔찍한 비극이 있다는 것을 재차 증명하는 것이기도 하지 않은가. 그렇다면 가령 다음과 같은 시는 어떻게 읽어야 할까.

내가 동도극장을 처음 본 건 중학교 1학년 때였습니다 두번째 독재자의 대통령 취임 기념우표를 사러 새벽길을 가는데, 머리가 떨어져나간 시체가 소복을 입은 채 <u>으스스하게</u> 서 있는 거였습니다 「목 없는 미녀」란 프로였죠 귀신은 우체국 앞까지 쫓아왔다가 날이 밝아서야 돌아갔습니다 지금 생각해보면 이상하죠 얼굴이 없었는데 미녀인 건 어떻게 알았으며 소복을 입었는데 몸매는 또 어떻게 보았을까요?

　나중에야 그게 세상 끝으로 밀려난 사람들의 운명이란 걸 알았습니다 어슴프레 서 있긴 한데 도무지 얼굴은 보이지 않는 이들 말이죠 동도극장이 꼭 그랬습니다 내가 철이 들 무렵 동도극장은 어디론가 가버렸습니다 내가 연소자 관람불가를 넘어설 때까지 기다리지 못한 거지요 나는 지금 어디든 갈 수 있지만 동도극장엔 갈 수가 없습니다 그래서 나는 아직 세상 끝까지 가보지 못했답니다

　　　　　　　　　　　　　　　　　—「세상의 끝」(『마징가 계보학』) 부분

　"동도극장을 아십니까?"라고 시작하는 위 시는 "오랜 독재자가 말년을 보낼 즈음에 삼선동과 동소문동 어디쯤"에 실제 있었던 '동도극장'에 대한 시인의 사적 기억을 적고 있다. 그에게 동도극장이란 「목 없는 미녀」라는 에로틱 스릴러 영화의 포스터로 각인되어 있는 곳이다. 「목 없는 미녀」도 동도극장도 이제와 돌이켜 생각해보면 조악하기 짝이 없는 추억의 산물일 뿐이지만, 당시 "연소자"였던 '나'에게는 형들과 누나들의 데이트 장소였던 그곳이 "세상의 끝"처럼 아득하게만 느껴졌다. 그러나 이 시는 "연소자"로서의 '내'가 기대했던 "세상의 끝"의 신비와, 성인으로서의 '내'가 깨달은 그 끝의 누추함 사이의 쓸쓸한 낙차를 대비시켜놓는 것만으로 마무리되지는 않는다. 소년 혁웅이 "연소자"의 딱지를 떼기도 전에 이미 사라진 동도극장은 성인이 된 권혁웅에게 여전히 "관람불가"의 금지된 공간으로 남아 있다. 그러나 누추한 곳으로 전락하기 이전에 사라졌다고 해서 동도극장이 마냥 아름다운 곳으로만 기억되겠는가. "세상의 끝"처럼 신비로웠던 동도극장이 정말 세상 끝으로 밀려나버림으로써 결국 '나'의 기억 속에 영원히 도달 불가능한 공간으로 남게 되었다는 역설

("나는 지금 어디든 갈 수 있지만 동도극장엔 갈 수가 없습니다")은 몇 겹의 쓸쓸함으로 다가온다. 사라진 동도극장은 "세상 끝으로 밀려난 사람들의 운명"과 닮았기 때문이다.

『마징가 계보학』의 「시인의 말」에서 권혁웅은 "나는 주름―사람들의 동선(動線)이 그어놓은―을 잔뜩 품은 어떤 장소에 관해서, 끊임없이 현재로 소환되는 사람들에 관해서, 겹으로 된 삶에 관해서 말하고 싶었다"라고 써놓았다. 이 말과 관련하여 우리는 「세상의 끝」을 『마징가 계보학』이라는 시집 전체에 붙이는 시인의 해제로 읽어봐도 좋을 것이다. 권혁웅의 유머러스한 주석 달기 시 쓰기가 진정 하고자 하는 일은, "어슴프레 서 있긴 한데 도무지 얼굴은 보이지 않는 이들"의 내밀한 삶의 흔적을, 다시 말해 '목 없는 미녀'나 가면을 뒤집어쓴 가짜 얼굴로, 결국은 "투명인간"(「투명인간」)으로만 살아온 저들의 맨얼굴을, 세심하게 더듬고 따뜻하게 보듬는 일이라고 해야 하지 않을까. 자신의 불우한 기억에 재미난 이미지를 덧씌워 과거로부터 몸 가볍게 탈출하고자 하는 게 아니라, 거꾸로 "세상 끝으로 밀려난 사람들"에게로 "끝까지 가보지 못했"다고 자백하며 그 거리를 아쉬워하는 것이 『마징가 계보학』의 진짜 목소리가 아닐까.

그렇다면 권혁웅의 관심이 '나의 기억'이라는 텍스트로부터 '당신의 얼굴'이라는 텍스트로 옮겨가게 된 것도, 『그 얼굴에 입술을 대다』와 같은 연애 시집이 나오게 된 것도 자연스러운 일이라 할 수 있다. '당신의 얼굴'에도 제멋대로의 주석을 달아볼 수 있겠지만, 그것은 당신에 대한 절대적 무지를 견디기 위한 차선책일 뿐이기에 재미보다는 어쩐지 서글픔을 더 많이 불러일으킨다는 사실을 말하는 것이 권혁웅의 연애시가 하는 일이다. 『그 얼굴에 입술을 대다』는 바로 그 안타까움과 고통의 기록이다.

이 돌은 오래 신음해 왔으나 내 듣지 못한 것은
입도 코도 없이 그저 앙다문 표정이었기 때문이다

숨어 있던 치설(齒舌)로 나직이 중얼거린 까닭이다

제 몸에 회문(回文)을 새겨 좌우도 높낮이도 없이

던져졌기 때문이다 지그시 누르는 손바닥 아래

음절도 음보도 없이 펄떡이는 영탄이라니, 대체

누구를 위해 돌은 제 얼굴을 지워가며 우는 것일까

　　　　　　—「울다—심장2」(『그 얼굴에 입술을 대다』) 전문

　얼굴이란 무엇인가. 들뢰즈와 가타리를 따라, 얼굴을 "생명 없는 백색 표면들, 빛나는 검은 구멍들, 공허와 권태를 지닌 거대한 판(gros plan)"[2]이라고 정의해보자. 얼굴은 말하고 생각하고 느끼는 주체의 외부를 둘러싼 표피가 아니라, 주체화를 필요로 하는 거대한 잉여이다. 내 앞에 있는 당신은 천의 얼굴을 지녔다. 그것은 차라리 하나의 거대한 풍경이다. 그러니 당신이라는 풍경 앞에서 서로 이해하고 심지어 사랑을 주고받는 일을 꿈꾼다면, 백전백패의 고통을 각오해야 한다. 내가 보는 것은 당신인 듯 당신이 아니며, 내가 듣는 것도 당신의 목소리인 듯 그것이 아닐 것이기 때문이다. 그 심란함에 대한 고백이 『그 얼굴에 입술을 대다』의 도처에 있다. 그러니 이 시집은 서글픈 연애시집에 가깝다. 위 시에서는 어떨까. 제목은 "울다"이고 부제는 "심장"이며 묘사되고 있는 것은 표정 없이 신음하는 '돌'이다. "앙다문 표정"으로 신음하며 "제 얼굴을 지워가며 우는" 돌은, 마주본 채 굳어버린 얼굴들일까, 그러다가 울어버린 심장들일까. 사랑이 그런 것이다. 손바닥으로 제 가슴을 지그시 눌러보아도 진정되지 않는 벅찬 설렘, 혹은 손바닥에 얼굴을 묻고 흐느끼는 눈물의 고통("손바닥 아래/ 음절도 음보도 없이 펄떡이는 영탄"), 바로 그 사이에서 사정없이 펄떡이는 것이 바로 사랑이다. 그 설렘과 고통이 하나가 되어 우리를

────────────

2) 들뢰즈 · 가타리, 『천 개의 고원』, 김재인 옮김, 새물결, 2001, 327쪽.

당신이라는 물음표 앞으로 쉼 없이 데려간다. "천착하고 또 천착"(「우물의 깊이─입술 4」)하는 일만 남았다고 권혁웅은 말한다. 실패를 무릅쓰고 당신의 얼굴에 천착하는 일을 가리켜, 사랑에 빠진 것이라 말해도 좋고 타자 앞에서의 윤리를 실천하는 것이라 말해도 좋다. 혹은 '바보들의 이야기'라고 말해도 좋다. 물음표투성이인 '당신의 얼굴'을 향해 진심의 손짓을 보내는 일, 그것은 상상의 텍스트에 가짜 주석을 다는 보르헤스의 작업보다 덜 그럴듯해 보일지언정 훨씬 더 값진 일로 보이기는 한다.

> 당신을 만지지 않아서 내가 노래하는 건 아니죠
> 내 입술이 만들어내는 소리의 동심원들이
> 당신을 만나 내게로 돌아오고 있어요
> 들숨과 날숨 사이, 거기 그렇게 당신이 있어요
> ─「당신을 만지지 않아서 내가 노래하는 건 아니죠」
> (『마징가 계보학』) 부분

결국 그가 시를 쓰는 이유는 "당신을 만지지 않아서"가 아니다. 권혁웅은 온전히 만질 수 없는 당신을 마음대로 상상하기 위해 당신에 대해 쓰는 것이 아니다. 그에게 시 쓰기란 안을 수 없는 당신을 그저 상상하는 일이 아니라, 당신 얼굴의 주름 하나하나를 만지고 더듬는 일이다. 이것은 비유가 아닌 사실이다. '당신'은 분명 시인에게 각별한 누군가일 수 있지만, 대개는 세상의 모든 텍스트이기 때문이다.

3

'나'의 이야기와 '당신'의 이야기를 했으니, 그렇다면 이제 '우리'의 이야기를 할 차례이다. 권혁웅의 최근 시는 주석달기의 시 쓰기를 그야말로 전면적으로 내세우고 있는데, 이는 형식의 측면에서뿐만 아니라 내용의 측면에서도 유효한 설명이 된다. 최근 그의 서지 목록을 가득 채우고 있는 것은 우리 삶의 '통속적인' 이야기들이다. '드라마' 연작이나 '소문들' 연작에서 보듯, 이즈음의 권혁웅은 주변의 평범한 삶이 빚어내는 그렇고 그런 보통 이야기에 관심을 두고 있다. 그래서일까. 모든 인물들은 고유의 이름이 아닌 성씨로 불리거나('드라마' 연작) 별자리나 띠별로 분류되며('오늘의 운세' 연작), 그들의 행태는 동물의 습성과 비교된다(「외전 십이지(外傳 十二支)」, 『소문들』, 문학과지성사, 2008).[3] 특정한 공간의 특정한 누군가에 대한 이야기가 아닌, 우리 모두의 삶에 관한 이야기로 원텍스트가 확장된 만큼, 권혁웅의 주석은 훨씬 발랄하고 가벼워졌다. 「소문들—유파(流波)」가 전형적인 경우이다.

2. 초징(楚澄)

초나라에서 유래한 청류파로 이름난 문사들이 많이 났으나 최근에는 세를 불리는 과정에서 교언영색을 일삼아 위명을 제법 잃었다 문필을 업으로 삼아 향교와 서당을 장악했는데 이런 배움터를 초등학교라 한다 학문에 뜻을 둔 자는 이들에게서 배움을 시작하는 것이 불문율이다 이들에게 찍혀 뜻을 꺾은 문사가 부지기수다 악플[惡筆]이라 부르는 암기를 쓰는데, 이를 맞으면 오장육부가 뒤틀리고 칠공에서 피를 쏟는다고 알려져 있다.
　(……)

5. 파파(婆跛)

평소에 노파나 절뚝발이로 위장한다고 해서 이 이름이 붙었다 철저히 이

---

3) 3절에서 다루는 모든 시는 『소문들』에 실려 있다. 이후 이 시집에 수록된 시는 본문에 제목만 밝힌다.

익만을 좇는 전문 살수 집단으로 만금을 주면 임금도 암살한다고 알려져 있다 이들이 펼치는 천라지망을 파파라(婆跛羅)라 하고 파파라에 걸려든 경우를 일러 파파라치(婆跛羅致)라 한다 한번 파파의 표적이 되면 집에서도 길에서도 마음을 놓을 수 없다 청운답보라 불리는 경공의 대가들이어서 어디든 잠입과 매복이 가능하기 때문이다

  6. 중마(狆魔)

  중원 제일의 미녀 집단이 미수(美嫂)인데, 이들이 혼인을 통해서 미색을 잃고 삼 갑자의 내공을 얻으면 미세수(美世嫂)가 되고, 육 갑자를 얻으면 중마가 된다 중마가 되기 위해서는 달리는 버스 통로에서 막춤이라 불리는 고난도의 무예를 시전해야 한다 십 갑자에 이른 으뜸 중마를 아중마(雅狆魔)라 하며 중원에서 당해낼 자가 없다 이들의 비밀결사 모임이 계다 계에서는 돼지를 잡아 제사를 지내는데 이 돼지를 계돈이라 한다
  (……)

  8. 성어(聲漁)

  뭇사람들을 강시로 만드는 공전절후한 무공을 소유한 유파다 이들은 사람들의 이배혈에 1촌이 채 못 되는 얇은 침을 찔러 넣는데, 이 침을 수편(手鞭) 혹은 핸드폰이라 부른다 수편에 맞으면 이들의 전음입밀에 지배되어 꼼짝없이 놀아나게 된다 목소리 하나로 사람을 낚시질한다고 하여, 스스로도 사람을 낚는 어부라 칭한다 이들의 궁이 남해나 설산에 있어 이들을 벽안의 고수로 보는 이들이 있지만 실제로는 중원인들이다
                                        ―「소문들―유파(流波)」 부분
길게 인용했지만 사실 별다른 해설을 필요로 하지 않는, 그 자체로 재

있게 즐길 만한 시이다. "중원에 위명을 날리는 (……) 새로운 9파 1방"에 대해 기록해두겠다는 설명과 함께 "공중(恐衆)" "초징(楚澄)" "기독(氣毒)" "덕후(德候)" "파파(婆跛)" "중마(狆魔)" "용역(龍妢)" "성어(聲漁)" "사군(思君)" "고세(高世)"라는 9개의 단어에 대해 짧은 정의를 내린다. 인용한 부분만을 보자면, "초징"은 초등학생의 준말인 '초딩'을, "파파"는 유명인의 사생활 사진을 노리는 파파라치(paparazzi)를, "중마"는 아줌마를, "성어"는 전화금융사기 수법인 보이스 피싱(Voice Phishing)을 가리킨다. 이 시의 재미는 물론 예컨대 '미수(美嫂)/miss'와 '미세수(美世嫂)/Mrs.'에서처럼 한자어와 영어를 넘나드는 동음이의어의 말놀이(pun)로부터 오거니와, 특정 집단의 통속적 행태를 무협의 진지한 어법으로 설명하는 그 낙차로부터도 큰 웃음이 유발된다. 진지한 표정으로 농담을 건네는 사람을 앞에 두고 보는 듯하다고나 할까. 인터넷에 '악플' 달기에 열중하는 초등학생에 관한 이야기나, '제3의 성(性)'이라 불리는 아줌마들의 안하무인 행태에 관한 이야기는 일상의 우리들도 즐겨 다루는 농담의 소재가 아닌가. 그렇다면 「소문들—유파(流波)」라는 시로부터 우리가 얻는 것은 인간의 상투적 삶에 대한 새로운 발견의 즐거움이기보다는 전적으로 형식적인 재미라고 해야 할 것이다. 소위 말하는 '막장 드라마'의 문법을 무협의 용어로 풀어내는 「소오강호—드라마 7」의 시작(詩作) 원리도 정확하게 위에 인용된 시와 일치하거니와, 상투와 통속에 관심을 두는 권혁웅의 최근작들은 "삶은 곤고하고 소문은 무성하도다"(「외전 십이지(外傳 十二支)」)라는 익숙한 깨달음보다도 오히려 말의 즐거움에 빠져 있다고 보는 편이 옳을 듯하다.

뻔하고 뻔한 '드라마'와 여기저기 무성한 그렇고 그런 '소문들'을 재료 삼아 수다(數多)한 말놀이로써 한바탕 수다를 떠는 권혁웅의 최근작들은, 인간의 삶이란 저 통속의 윤회 속에 있다는 사실과 더불어, 새로울 것 전혀 없는 그 삶에 대해서도 인간은 말을 멈출 수 없다는 사실을 증명하고 있다. 그렇다면 이제 우리가 마지막으로 물어야 할 것은 당연하게도 멈출 수 없는 말의 기원에 관한 것이다.

등잔 밑이 어두운 게 노안인데요, 어머니는 마루 불을 아끼려고 밤 열 시가 통성기도 시간입니다 그것은 하도 많이 들었어도 도무지 모르겠는 방언인데요, 케쎄라 마이테라 키테라 바이쎄라…… 경음과 격음 들을 무진장 실어 나르는 게 이번엔 하느님께 아마 좀 따질 게 있나 봅니다 한국에서는 제일 큰 고치가 아닐까 싶어요 어머니, 웅크렸다가 허리를 펴면서 날마다 거듭나는데요, 그전에 직계와 방계를 아울러 긴 사설을 엮습니다 분가한 자식들은 혈압 약을 먹고요, 마흔이 넘은 막내아들만 옆방에서 책을 읽다가 눈살을 찌푸리는데요, 그건 다른 게 아니라 등잔 밑이 어두워서거든요 하늘 길을 바라보는 어머니를 하도 많이 닮아서거든요 그다음에야 격양가 소리가 이어집니다 아으 위 증즐가 태평성대……를 부르는 코는 참 크고 장해요 아직 어머니를 땅에 붙잡아두는 등잔 밑 부스럭거림이 아니라면 또 그건 무엇이겠습니까

—「노모 2」 전문

밤마다 하늘을 향해 따지듯 노래하고 이야기하는 "노안"의 "노모"는 어쩐지 손에서 책을 놓을 수 없어 맹인이 되어간 보르헤스의 형상과도 닮았다. 보르헤스는 읽을 것이 너무나 많았지만 노모는 할 말이 너무나 많았던 듯하다. 어쩌면 시인은 "경음과 격음 들을 무진장 실어 나르는" "도무지 모르겠는 방언" 같은 노모의 "통성기도"로부터 말놀이를 배우고, "직계와 방계를 아울러 긴 사설을 엮"는 노모의 이야기로부터 세상의 숱한 텍스트에 대한 관심을 물려받았는지도 모르겠다. 혹은 제 가슴을 치고 땅을 치며 "태평성대"를 노래하는 노모의 아이러니한 "격양가(擊壤歌)"로부터 반어의 묘미를 익혔는지도. 나의 기억, 당신의 얼굴, 그리고 우리

의 삶이라는 무진장한 레퍼런스를 동원한 권혁웅의 주석달기 시 쓰기는 "어머니를 하도 많이 닮아서" 가능했던 것이 아닌가. 권혁웅 시의 모태(母胎)에 관해서라면 「나무인간 2」라는 시를 함께 참조해도 좋다.

방금 골목길을 돌아 나온 목피(木皮)를 보았다 유모차에 폐지를 싣고 가는 저 할머니, 나무가 되어가는 손으로 나무아기를 거두신다 칭얼대던 2009년생 경향신문이 금세 얌전해진다 나무족(族)들의 하루가 시작이다
—「나무인간 2」 부분

사람들이 버리고 간 폐지들을 곱게 펴서 데리고 가는 할머니는 말 그대로 세상의 모든 이야기를 품어 안은 거대한 나무다. 버려진 이야기들은 할머니에 의해 구원받고 할머니 역시 그 이야기들을 먹고산다. 제 안에서 아우성치는 이야기들을 어르고 달래며 한평생 살아온 우리의 어머니들이 세계의 주인이자 우주의 중심이 아니라면 무엇일까. 「나무인간 2」는 세계수가 되어버린 노모들에 대해 이야기하는 시이다. 보르헤스는 세상의 모든 이야기가 이미 책 속에 다 있다고 했지만, 권혁웅이라면 그 모든 이야기들이 노모에게 있다고 할 만하다. 베케트는 이 세상의 모든 글쓰기가 실패의 기록이므로 쓰기를 멈출 수 없다고 했지만, 권혁웅이라면 "어머니를 하도 많이 닮아서" 쓴다고 농담처럼 말할 법도 하다. 세간(世間)의 이야기에 즐겁게 귀 기울이는 출중(出衆)한 비평가이자 시인인 그는 잘 자란 아들이기도 한가보다. 그렇다면, '어머니의 말'을 갖고 놀며 자란 아들은 또 어떤 가계를 만들게 될까. '나'의 이야기도, '당신'의 이야기도, 그리고 '우리'의 이야기도 애지중지 아끼는 그이므로, 그가 그릴 미래의 이야기에 대해서도 우리는 한껏 기대를 걸어보지 않을 수 없다.

(『현대시학』 2010년 8월호)

그 남자의 미완성 바이오그래피
─ 허연론

 정확한 인식은 대상의 파괴를 전제한다. 시간을 예로 들어보자. 우리는
파괴된 시간, 즉 과거만을 인식의 대상으로 삼을 수 있다. 반면, 현재는 감
각적 경험의 대상일 뿐 그것이 우리에게 완벽하게 인식되는 것은 어려운
일이다. 우리는 과거는 알며 현재는 느낀다. 과거를 느끼는 것은 오로지 기
억을 통해서이며 현재를 명확히 아는 것은 불가능하다. 그렇다면 현재적
경험을 앎의 대상으로 무리 없이 치환할 수 있다고 믿는 사람들, 다시 말해
'지금-여기'의 삶에 대해 이런저런 해석을 붙일 수 있는 사람들은, 현재를
말소시키고 나아가 미래까지 파괴하는 자들이라고 할 수 있지 않을까. 이
지독한 허무주의자들은 살아도 죽은 인간이 아닐까. 날것의 현재를 "비정
한 삶의 주기"(「더러운 주기(週期)」)[1] 안에 가두고, 미래에 대한 가능성을
스스로 박탈했기 때문이다.
 10여 년 만에 두번째 시집을 세상에 내놓은 허연의 시에는 과거에 대한
회상이나 미래에 대한 전망보다는, 현재의 삶에 대한 '해석'들이 가득하

---

 1) 허연, 『나쁜 소년이 서 있다』, 민음사, 2008. 이후 이 시집에 수록된 시는 본문에 제목만
밝힌다.

다. 잦은 회상은 현재에 대한 불만의 표지이며, 반대로 전망은 만족의 표지일 것이다. 자꾸 뒤를 돌아본다는 것은 앞길이 꽉 막힌 절망의 현재를 지나고 있음을, 수시로 앞날을 그려보는 것은 장밋빛 미래를 예측할 수 있을 만치 행복한 현재를 살고 있음을 증명하는 것이다. 이 같은 회상도 전망도, 불쾌를 줄이고 쾌를 늘려 현재를 살만한 곳으로 만들어보려는 자기만족의 행위에 다름아닙니다. 그렇다면 현재의 삶을 호오의 대상으로 삼기보다 그것에 대한 주석달기에 몰두하는 허연의 현재는 과연 어떤 빛깔일까. 자기 삶을 진행형의 것으로 느끼며 서툴게 비평(critic)하기보다, 이미 동결된 것으로 인식하고 담담히 해설(commentary)하고 있는 자의 삶은 어떤 것일까. 이를테면, 왜 그에게 "세상은 빙하시대"(「슬픈 빙하시대 1」)인 것이며, 그는 왜 현재를 "진행형의 상스러움"(「살은 굳었고 나는 상스럽다」)으로 치부하는 것일까. 삶의 한복판에 서 있는 그는 왜 "안에 있는 자는 이미 밖에 있던 자다"(「안에 있는 자는 이미 밖에 있던 자다」)라고 체념하듯 말하는 것일까. 정리하자. 도대체 그는 왜 스스로 자기 삶의 제3자가 되려고 하는 것일까.

물론, 환멸 때문일 것이다. 그는 지금, '기대가 없으면 실망도 없다'라는 자기방어의 단순한 원칙을 실천해 보이는 듯하다. 헤엄치기를 잊은 수족관 안의 도미를 보고 "아픈 표정 하나 없이 도미는 하루 종일 삶의 방점을 찍고 있었다"(「도미」)라고 말할 때, 이 도미의 무표정은 그대로 허연의 것이다. "보고 싶다는 열망은 얼마나 또 굴욕인가"(「난분분하다」)라는 깨달음은 그에게 "아무도 미워하지 않는 자의 눈"(「도미」)을 주었다. 이 눈은 물론 아무도 보고 싶어 하지 않(겠다)는 눈이다. 허연이 "세상 아무것도 바꾸지 못하고 밥이나 먹고 살기로 작정한 날부터 벽 보는 게 편안하다"(「면벽」)라고 무덤덤하게 말하게 되기까지, "이제부터는 쓸쓸할 줄 뻔히 알고 살아야 한다"(「일요일」)라고 뼈아프게 말하게 되기까지, 그에게 대체 무슨 일이 있었던 것일까. 세월이 흘렀을 뿐일 텐데, 그가 그 세월과

쉽게 어울리지 못했다는 것, 그게 문제였던 것 같다. 그는 지금 "죄와 어울리는 나이"(「슬픈 빙하시대 2」)이지만 그게 영 불편하고, "혁명이나 사랑이 쎗나락 까먹는 소리로 들려야 할 나이"(「통증」)인데 그게 못내 섭섭한, 그렇지만 별수 없이 "형 좀 추한 거 아시죠"(「간밤에 추하다는 말을 들었다」)라는 말을 듣기도 하는, 나쁜 어른도 착한 소년도 아닌, '나쁜 소년'으로 나이 먹고 있는 것이다.

　허연은 자신이 서 있는 위치를 잘 알고 있다. 앞으로의 삶이 어떻게 흘러가리라는 것도 잘 안다. 그는 자신의 과거와 현재와 미래를 관통하며 자기 자신조차 예외일 수 없는 "비정한 삶의 주기"(「더러운 주기(綢期)」)를 확인하고 있다. 자기 삶의 제3자가 되어 아무런 과장도 거짓도 허락하지 않은 채 조금은 쓸쓸한 자서전을 미리 써보고 있는 듯도 하다. 너무 빨리 써버린 자서전을 펼쳐 보며 "원래 일어나기로 되어 있던 일"(「커피를 쏟다」)을 확인하는 것으로 남은 세월을 다 보내려는 것일까. 이런 생각을 하면 우리는 많이 슬프고 어쩐지 섭섭해진다. 허연의 자서전은 그만의 것일 리 없기 때문이다. 그래서 이런 의문을 품고만 싶어진다. 그는 불가능의 불가능에 대해서는 너무 잘 알지만, 혹시 가능의 가능에 대해서는 덜 알고 있는 것이 아닐까 하는. 우리는 "늘 작년 이맘때쯤처럼 사는"(「면벽」) 것이 아니라 우리에겐 오늘과 다른 내일이 오기도 한다는 사실을 그가 일부러 외면하는 것은 아닌가 하는. 당연히, 내일은 오늘보다 덜 아플 수도 더 아플 수도 있다. 그런 가능성을 애써 모르고자 하는 듯 보이는 허연은 아마도 덜 아프기로 작정한 것이리라. 삶에 대한 그의 허무한 단정들은 미래의 절망에 대한 일종의 예방접종 같은 것이리라. 그렇다면 이제 우리는 이런 의심도 품어볼 수 있다. 그는 정말 절망의 끝을 본 것일까.

*

허연의 신작시 다섯 편을 읽었다.[2] 여전히 그는 '후회'를 '몰락'을, 그리고 '지독한 삶'을 이야기한다. 「역류성 식도염」 같은 시에서 그가 혼자 밥 먹는 일의 '처량함'에 대해 말할 때, 우리는 "먹어야 사는 저주"라는 그의 말에 충분히 동감하게 된다. 세상사 모든 일이 다 먹고 살자고 하는 일일 텐데 밥 먹는 일에 대해 그가 느낄 수 있는 것이라고는 맛도 포만감도 아닌 "울컥하는" 답답함뿐이다. 분명 우리도 그런 적이 있다.

어떤 처량함이 있다. 혼자 밥을 먹을 때, 식도를 타고 내려가는 밥 알갱이들이 한 알 한 알 조개탄처럼 느껴질 때가 있다. 자꾸 집중하다보면 손이 움직이고, 입이 열리고, 밥 알갱이들이 어두컴컴한 통로로 쏟아져 들어가는 일이 마치 석탄을 파내서 트럭에 싣는 일 같기도 하고, 불구덩이 위에 뿌리는 일 같기도 하다. 이 동작을 반복하다 울컥하는 순간이 있다. 밥을 퍼 넣는 손이 피가 돌지 않는 포클레인처럼 보이는 너무나 슬픈 순간이 있다.

—「역류성 식도염」 부분

혼자 밥 먹는 일이 그렇긴 하다. "혼자 밥을 먹을 때"[3] 처량한 기분이 드는 것은 대개는 타인의 시선 때문이다. 혼자 밥 먹는 내가 어떻게 보일까라고 생각하게 되면, 그때부터 밥을 입에 가져가는 동작도 그것을 씹어 삼키는 동작도 전부 어색해진다. 밥 먹는 일이 이른바 고역이 되는 것이다. "손이 움직이고, 입이 열리고, 밥 알갱이들이 어두컴컴한 통로로 쏟아져 들어가는" 반복적 동작 하나 하나를 의식하게 되고, "밥 알갱이들이 한 알 한 알 조개탄처럼 느껴지"게 된다. 배고파서 어쩔 수 없이 조개

---

2) 『시작』 2009년 가을호에 실린 이 시들은 이후 허연의 세번째 시집 『내가 원하는 천사』(문학과지성사, 2012)에 수록되었다. 이 글에서는 처음 발표된 시를 따른다.

3) 해당 구절은 이 시가 시집에 실리며 삭제되었다.

탄을 씹는 형국이다. 그건 저주나 다름없다. 인용하지 않은 부분에서 허연은 "먹어야 사는 저주는 사실 생의 어느 순간에서든 동일하다"고 적고 있다. 일상의 순간을 예리하게 포착하여 그것을 적실하게 묘사하고 그로부터 삶에 대한 깊은 통찰을 이끌어내는 것이 허연 시의 익숙한 패턴이라 할 때, 이 시는 전형적이다. 『나쁜 소년이 서 있다』를 읽은 독자라면 이 시의 결론도 무리 없이 예측해낼 수 있을 것이다. 우리 삶이 너무나도 지독하다는 깨달음 말이다.

우리는 앞서 허연이 현재의 삶에 대해 제3자가 되어 있음을, 나아가 미래의 삶마저 종결형으로 인식하고 있음을 확인했다. 그리고 그러한 인식이 미래의 절망에 대한 자기방어일 것이라 추측도 해보았다. 그렇다면 '역류성 식도염'은 일종의 부작용 같은 게 아닐까. 삶이 지독히도 지리멸렬한 것이라 단정하고는 있지만, 그리고 앞으로도 쭉 그러하리라 예상하고는 있지만, 알지만 그럼에도 불구하고, 울컥하고 무언가 자꾸 얹히는 게 있다는 것. 그래서 내내 참 슬프다는 것. 이 '역류성 식도염'은 허연의 허무가 미완성이라는 것을 증명하고 있다. 그렇다면 그는 아직 "갈 데까지 간" 것은 아니다.

끊을 건 이제 연락밖에 없다.

어느 중환자실에서 오히려 더 빛났었던
문틈으로 삐져 들어왔던 그 한 줄기 빛처럼
사라져가는 것을 비추는 온정을
나는 찬양한 적이 있었다.

하지만 이제
그 빛이 너무나 차가운 살기였다는 걸 알겠다.

이미 늦어버린 것들에게
문틈으로 삐져 들어온 빛은 살기다.

갈 데까지 간 것들에게 한 줄기 빛은 조롱이다
소음 울리며 사라지는
놓쳐버린 막차의 뒤태를 바라보는 일만큼이나
허망한 조롱이다.

문득 이미 늦어버린 것들로 가득한
갈 데까지 간 영화가 보고 싶었다
　　　　　　　—「갈 데까지 간」 전문(시집에서 「사선의 빛」으로 제목 수정)

　맞다. "이미 늦어버린 것들로 가득한"데 섣불리 희망을 말한다면, 그
건 "조롱"이 되기 십다. 그러나 이렇게 물을 수는 있다. 진행중인 삶을 두
고 "갈 데까지 간" 것이라고 확정짓는 게 과연 가당한 일이냐고. 꼭 그래
야만 하느냐고. 완벽한 파국은 비극에서나 가능하다. 현실의 우리는 대체
로 '비극적'으로 살지만, 진짜 '비극'을 살기는 쉽지 않다. 단지 비극적 삶
일 뿐인데 그것을 완전히 끝장난 비극으로 간주하고 서둘러 정리해버린
다면, 그 허무는 미래의 절망뿐 아니라 미래의 기쁨까지 앗아가는 것은
아닌지 모르겠다. 담담하고도 진솔한 어조로 씌어진 허연의 시들은 독자
의 공감과 수긍을 쉽게 얻지만, 그가 간혹 위에서처럼 "알겠다"라고 말하
며 다른 가능성들을 배척할 때, 나는 그것이 어쩐지 아쉽다. 그가 본 것이
절망의 진짜 끝이 아니라, 끝이라고 생각되는 과정 중의 한 점일지도 모
르기 때문이다. 지금 이 순간을 지나 우리 삶의 그래프가 하향선을 그리
게 될지 상향선을 그리게 될지 우리는 그것을 결코 알 수 없다. 경향이라
는 게 있기는 하지만 예외가 없는 것도 아니니까. 낙관보다는 비관이 속

편한 시절이지만, 기울기 제로의 그래프를 택한 시인을 의심해보고도 싶어지는 것이다. 또 묻자. 그는 정말 절망의 끝을 본 것일까.

말장난같이 들릴 수도 있겠지만, "갈 데까지 간" 사람은 어쩌면 다른 데는 가보지 못한 사람일 수도 있다. 방향을 틀면 갈 길은 많다. 한쪽 끝에서 다른 쪽을 돌아보기가 쉬운 일은 아니지만, 시인도 말했듯 "서 있는 자리가 바뀌지 않는 이상/ 죽어도 구원은 없"(「경계선의 나무들」, 『나쁜 소년이 서 있다』)을 테니, 우리는 죽을 힘을 다해 방향을 틀어볼 필요는 있다. 물론 '불행 끝, 행복 시작'이라는 완벽한 구원은 없을 것이다. 그럼에도 불구하고 한 번쯤은, 사방이 꽉 막힌 미로를 어디로든 갈 수 있는 방사형 도로로 착각해보는 것도 좋겠다. 극단은 서로 통한다고 하지 않았던가. "다 무너져버린 콘크리트 더미 사이에서 고양이들이 짝짓기를 하"(「몰락의 아름다움」)고 있는 처연하고 아름다운 장면에 주목한 허연은 이제 비로소 제 삶의 당사자가 돼보려 하는 것은 아닌지 모르겠다. 허연이 보여준 지독한 허무가 결국 다른 가능성을 배태하는 '눈부신 몰락'을 말하기 위한 것이었음을 어렴풋하게나마 느낄 수 있는 한에서, 우리는 이 남자의 허무를 진정 사랑할 수 있다.

*

현재의 삶은 물론이거니와 미래의 삶마저 파괴해버릴 수 없는 자는, 지금의 삶에 대해 쉽게 진단내리지 않는다. 그것이 절망 쪽으로 기운 것이라면 더더욱. 하늘이 무너져내렸을 때조차 어딘가엔 솟아날 구멍이 있다고 믿는 것이 현실의 인간 아닌가. 사실, 자신의 남은 삶에 대해 절망하기란 말처럼 그리 쉬운 일은 아니다. 희망에의 기대가 "허망한 조롱"이라 판단되더라도 기꺼이 체념할 수 있는 사람은 거의 없다. 상황 종료라는 판단과 그에 대한 인정 사이에는 언제나 시차(時差)가 존재한다. 그렇다면, 자기 삶의 제3자가 되어 허연이 달아놓은 이토록 비관적인 주석들을 우리는 반만 믿어도 좋지 않을까. "끊을 건 이제 연락밖에 없다"는 그의 언급을 의심해보아야 마땅하지 않을까. 미래에 대한 기대가 완전히 끊긴 것은 아닐 테니까 말이다. 허연의 이토록 진솔한 시들을 조금 의심해보아도 좋다는 것, 이건 미래를 완전히 저버리기는 힘든 독자가 내놓을 수 있는 충분히 정당한 의견일 것이다. 허연의 시는 너무 일찍 써진 절망의 자서전이라고, 희망을 담아 말하겠다. 허연의 이 미완성 자서전은 절망의 진짜 끝을 보기 전까지는, 무한 개정(改正)되어야 한다. 이 남자의 현재를, 아니 우리의 미래를 서둘러 포기해버리는 일이 없도록 말이다.

(『시작』 2009년 가을호)

김혜순과 시'하기'

1. 시인의 나라

김혜순은 대명사다. 누군가의 말마따나 그녀는 '김혜순 공화국'의 대표
이다.[1] '김혜순 공화국'은 때로는 '여성'의 나라나 '고통'의 나라로, 때로
는 '이미지'의 나라나 '소리'의 나라로 불리기도 한다. 그녀는 '여성이 글
을 쓴다는 것'에 대한 철저한 자의식을 바탕으로 시를 써온 시인 중 한명
이다. 물론 이때의 '여성'이란 생물학적 여성을 초과하는 의미로서의 '여
성'이며 우리 삶의 모든 표충적 서사를 새빨간 거짓으로 증명할 수 있는
심층적 부재의 다른 이름이다. 김혜순의 여성적 글쓰기에 언제나 실존적
'고통'의 그림자가 드리워져 있었다는 사실에는, 그녀가 사회적 약자로서
의 여성 시인이라는 점만으로는 충분히 설명되지 않는 다충적 의미망이
존재한다. 그녀는 현실적 논리나 일상적 재현을 고통스럽게 거부하는 '여
성적 자리'에서 시를 쓴다. 그 자리에는 무엇이 있는가. 바로 '몸'이 있다.
그녀는 자신의 몸으로부터 끊임없이 사방으로 방사되는 소리와 파동에 귀

---

1) 이광호, 「나, 그녀, 당신, 그리고 첫」, 『당신의 첫』 해설, 문학과지성사, 2008, 155쪽.

기울이며 시를 써온 시인이기도 하다. 몸으로부터 출발한 파동을 언어로 표현하기 위해 그녀는 여러 가지 다양한 이미지들을 폭발적으로 동원하였다. 무너짐을 목표로 하는 이미지들을 토대로 견고하게 구축되기보다 아름답게 흩어지기를 꿈꾸는 시를 써온 것이다. 그녀의 말마따나 김혜순의 시는 "완전하게 불완전한 건축물을 짓는 것"[2]과도 같았으니, 그렇다면 이제 우리는 '김혜순 공화국'을 '시 공화국'이라는 말로 달리 부를 수도 있을 것이다. 애초에 무언가의 불충분한 껍데기 이름인 언어를 갖고 무언가에 가 닿고자 애쓰는 것이 바로 시의 일이 아니고 무엇일까. 그렇다면 '시 공화국'에서 몰두해야 하는 일은 언어를 통해 이미지를 만들고 부수는 일을 무한히 반복하는 것, 바로 그것이 아니고 무엇일까. 김혜순이 30여 년간 해온 일이 바로 그것이다. 그러므로 이광호가 말한 '김혜순 공화국'은 '시 공화국'의 다른 말이 되어야 마땅하며, '김혜순 시학'은 그저 '시학'이라 불려도 좋겠다. 이 글은 '김혜순 공화국'의 현재진행형 역사를 탐색하는 것을 목표로 한다. 공화국의 수도에는 타오르는 이미지들이 있다.

2. "타락한 미메시스들에게 가하는 일침"[3]

미학적 측면에서 접근해볼 때, '김혜순 시학'이 우리에게 지속적으로 강조해온 것은 돌발적인 이미지들의 중첩을 통한 재현의 해체, 그리고 해체를 통한 새로운 구축이라 할 수 있다. 김혜순 스스로 "이미지의 동시 발현을 통해 어떤 도형을 순간적으로 그려보는 것"[4]을 선호한다고 반복해 말해왔으며, 이러한 그녀의 취향을 정확히 파악한 이인성은 "이미지야말

---

2) 김혜순·문태준·조강석 좌담, 「한국 전통 서정시의 안과 밖의 넘나듦에 대하여」, 『자음과모음』 2009년 가을호, 93쪽.

3) 김혜순, 『여성이 글을 쓴다는 것』, 문학동네, 2002, 231쪽.

4) 김혜순 외, 앞의 좌담, 97쪽.

로 이 시인의 실존 그 자체"5)라고 말하기도 했거니와, 김혜순의 시가 우리에게 준 것에서 단 하나를 골라야 한다면 이러한 언급들에 기대지 않고도 우리는 주저 없이 '이미지'를 꼽게 될 것이다. '담배 피우는 시체'(「담배 피우는 시체」, 『또 다른 별에서』, 문학과지성사, 1981)라는 강렬한 이미지와 함께 시 쓰기를 시작한 김혜순은, 새로운 이미지를 고안하고 그것들을 한 편의 시 안에 동시다발적으로 풀어놓는 일에 온 신경을 기울였다. 그녀의 시가 강렬하게 풍기는 '고통'의 정념과는 별개로, 그리고 '여성적 미학'이라는 평가와도 별개로, 독자는 김혜순의 독특한 이미지 자체를 즐겨왔다고 해도 틀린 말은 아니다. 그런데 이러한 이미지가 시인의 재치나 기교, 기발한 상상력을 증명하는 데에 머물지 않고 그녀의 '실존 그 자체'를 설명하는 것으로까지 격상될 수 있었다면, 그것은 그녀의 이미지들이 무척 자유로운 형태로 배열되어 있었기 때문일 것이다.

단 하나의 기발한 이미지는 어느 순간 시인에게 저절로 찾아올 수 있다. 그런데 그 결정적인 이미지가 또다른 기발한 이미지들을 불러 모으게 하려면 시인에게는 위반의 의지와 해체의 능력이 요청된다. 김춘수는 '이미지를 위한 이미지', 즉 아무런 대상도 주체도 상정하지 않은 '무의미'의 순수한 이미지가 자연스러운 '방심 상태'로부터 온다고 했지만, 사실 어떠한 이미지 연쇄가 분명한 대상을 재현하지 않고자 하려면 힘겨운 해체의 의지가 필요하다. 하나의 중심을 향해 모이는 것에 익숙해진 이미지들을 해체시키고 더불어 논리적 연상 체계 안에서 서로를 이끌어주는 이미지들을 마구 흩어놓으려면 강력한 '이별의 능력'을 작동시켜야 하는 것이다. 특히나 질서 정연하고 일목요연한 이미지들에 생리적인 거부감마저 느낀다는 김혜순에게라면, 이러한 능력에는 "음험한, 질환적 의지"6)마저

---

5) 이인성, 「'그녀, 요나'의 붉은 상상」, 『한 잔의 붉은 거울』 해설, 문학과지성사, 2004, 130쪽.

6) 김혜순·서동욱 대담, 「몸 속의 물을 깨워내기」, 『문학동네』 2004년 가을호, 113쪽.

작동하고 있을 것이 분명하다. 그녀의 등단작을 다시 읽어보자.

어디서 접시 깨어지는 소리를 들었다.
언제나 그 소리가 들렸다.
옆에서 죽은 여자의 전신이 망가진 기계처럼 흩어졌다.
꺼어먼 뼈 사이로 검은 독충들이 기어 나왔다.

내가 한 마리 독충을 들고 웃는다.
혹은 말을 걸어보고 싶다.
〈내 진술은 여기서부터 더듬기 시작〉
바, 방에는 검은 독충들이 더, 듬, 으, 며 흩어지고

어리고 섬짓한 금을 긋는다.
내가 죽은 여자의 입술을 주워서 담배를 물려준다.
그러다가 이내 뺏아가고 다시 물려준다.
불이 우는 것 같다. 어디서 복숭아 냄새가 난다.

시(詩)속에 사닥다리라는 말을 넣고 싶다.
사닥다리를 든 내가 계단에서 서성거린다.
창문이 열리고 흰 스카프를 쓴 죽은 여자의 얼굴이 걸려 있다.
아, 아직도 접시 깨어지는 소리가 들린다.
—「담배 피우는 시체」 전문

1979년 『문학과사회』에 발표된 김혜순의 등단작이다. "접시 깨어지
는 소리"라는 청각적 이미지로부터 시작하는 「담배 피우는 시체」는 무엇
을 재현하고 있는지 알아채기가 쉽지 않은 시이다. 특정한 대상을 환기

하지 않는 방식으로 언어의 재현 불가능성을 드러내는 방식은 최근의 시에서 무척 흔한데, 그런 점에서 30여 년 전에 씌어진 김혜순의 등단작은 2000년대의 등단작이라 해도 전혀 촌스럽게 느껴지지 않는다. 이 시에 대해서는 세 가지 독법이 가능할 것이다. 첫째, 파편적인 이미지를 그 자체로 즐기는 방식이다. 접시 깨어지는 소리, 죽은 여자의 조각난 시체, 그 뼈 사이로 기어 나오는 검은 독충, 담배를 피우는 그 여자의 입술, 그리고 복숭아 냄새와 여전히 접시 깨지는 소리 등 어둡고도 섬뜩한 이미지들이 중첩된 이 시를 읽는 우리는, '담배 피우는 시체'라는 결정적인 이미지를 즐기는 것만으로도 이 시의 존재 가치가 충분하다는 것을 알 만한 세련된 독자들인 것이다. 둘째, 파편적인 이미지들을 재구성하여 어떤 이야기를 만들어보는 방식이다. "접시 깨어지는 소리"로부터 어떤 '불화'가 연상된다. 시체마저 훼손된 여성과 그녀에게 담배를 물려주며 휴식을 제공하는 '나'의 모습에서는 여성적 실존의 양상이 환기된다. 이때 죽은 여자와 나 사이에는 강한 유대가 형성되기도 한다. 결국 '접시 깨어지는 소리'나 '조각난 시체'라는 이미지와 더불어, 이 시는 여성의 허약한 실존을 드러낸 여성주의 시라 읽힐 수 있는 것이다.

마지막으로, 다층적 목소리에 주목하는 방식이다. 등장인물을 살펴보자. 일단 '죽은 여자'가 등장한다. 그리고 그 죽은 여자의 조각난 시체에서 기어 나온 독충을 들고 웃음 짓는 일인칭 화자가 등장한다. '나'는 "바, 방에는 검은 독충들이 더, 듬, 으, 며 흩어지고 등장한다"라고 더듬거리며 말하고 있다. 여기서 끝이 아니다. '내' 앞에 펼쳐진 비현실적인 이미지들을 '나'에게 부여한 또다른 화자도 등장하는 것이다. 바로 "시(詩) 속에 사닥다리라는 말을 넣고 싶다"라고 말하는 화자 즉, 시를 쓰고 있는 주체이다. 사실, 이 세 명의 인물은 모두 동일인일 수도 있지만, 즉 모든 것이 시인의 공상일 수 있지만, 이 시는 한 편의 시 안에 여러 인물을 동시에 노출시킴으로써 일종의 환상적 시공간을 만들어낸다. 「담배 피우는 시체」는 환상적이고 섬뜩한 이미지를 제출했다는 점에서 뿐만 아니라 단성적 목소리의 신화가 해체되는 장면을 기발하게 보여주고 있다는 점에서도 '김혜순 시학'의 시작으로서 손색이 없는 작품이다. 2000년대 시의 특징으로 많이 논해졌던, 이를테면 다양한 가면을 쓴 여러 목소리들이 한꺼번에 등장하는 진기한 장면들은 '김혜순 시학'을 밑거름 삼았던 것이라 할 수 있다.

앞서 '환상'이라는 용어를 썼거니와, 시적 환상의 기본은 시간적 배경과 공간적 배경을 비현실적으로 세팅하여 이를 바탕으로 시적 공간을 끝없이 확장하는 것이다. 그런데 문학에서 '환상'이라는 용어가 사용될 때, 이 말은 단순히 비현실적인 이미지를 뜻하는 말로 쓰이지는 않는다. 실현 불가능한 무의식적 욕망이 성취되는 장면을 일컫는 말로 쓰이기도 하며, 동시에 현실을 위협하는 진짜 욕망으로부터 주체를 보호하는 거짓 욕망을 뜻하는 말로도 쓰인다. 환상은 소원 성취의 장이자, 진짜 소원을 은폐하는 장이기도 한 것이다. 정신분석적 통찰과 더불어 문학에서 환상이라는 용어는 초현실적인 이미지의 나열이라는 단순한 의미를 넘어 주체의 심리적 실재를 드러내는 이미지 체계라는 의미로 확장되었다. 진술보다 이미지가 승하고 더군다나 그 이미지들이 각각 독자 노선을 취하는 작품에서 '환상'을 논할 때는, 이제 그것이 누구의 어떤 심리적 현실을 환기하는지에 대해 섬세히 살필 필요가 생긴 것이다.

그렇다면 김혜순 시의 환상적 공간은 시인의 심리적 현실과 어떤 관련을 맺고 있을까. 주지하듯 김혜순의 환상적 이미지들은 주로 '고통'의 정념을 드러내는 데 몰두한다. 그런데 그녀는 단순히 '고통받는 나'를 보여주고 있는 것만은 아니다. 정과리가 적절히 지적했듯 김혜순은 '고통의 연출자이자 연기자'[7]가 되어 있다. 자발적으로 자신을 고통 속에 밀어넣

---

7) 정과리, 「망가진 이중 나선」, 『불쌍한 사랑 기계』 해설, 문학과지성사, 1997, 136쪽.

음으로써 독자가 고통을 구경하는 데 그치지 않고 그 고통에 동참하기를 요청하는 시를 쓰고 있다는 것이다. 이런 경우 환상적 장면은 시인의 심리적 실재를 드러내기 위해 적극적으로 '설정'된 것이라 해야 한다.

갑자기 내 방 안에 희디흰 말 한 마리 들어오면 어쩌나 말이 방 안을 꽉 채워 들어앉으면 어쩌나 말이 그 큰 눈동자 안에 나를 집어넣고 꺼내놓지 않으면 어쩌나 백마 안으로 환한 기차가 한 대 들어오고 기차에서 어두운 사람들이 내린다 해가 지고 어스름 폐가의 문이 열리면서 찢어진 블라우스를 움켜쥐고 시커먼 그녀가 뛰어나오고 별이 마구 그녀의 발목에 걸린다 잠깐만 기다려 해놓고 빈집에 들어가 농약을 마시고 뛰어나온 그녀는 뛰어가면서 몸속으로 들어온 백마를 토하려 나무를 붙들지만 한번 들어온 말은 나가지 않는다 말의 갈기가 목울대를 간지르는지 울지도 못하고 딸꾹질만 한다 말이 몸속에서 나가지 않으면 어쩌나 그 희디흰 말이 몸속에 새긴 길들을 움켜쥐고 밤새도록 기차 한 대 못 들어오게 하면 어쩌나 농약이 성대를 태워버려 지금껏 말 한마디 못 하고 백마 한 마리 품고 견디는 그녀에게 물으러 가야 하나 어쩌나 여기는 내 방인데 나갈 수도 들어올 수도 없게스리 말 한 마리 우두커니 서 있으니 어쩌나

—「백마」(『불쌍한 사랑 기계』) 전문

이 시에서 강하게 풍겨 나오는 정서는 '불안'과 '답답함'이다. 그 불안은 "갑자기 내 방 안에 희디흰 말 한 마리 들어오면 어쩌나"라는 공상으로부터 시작된다. 이어지는 공상 속에서 '백마'는 종횡무진이다. 먼저, 백마 안의 풍경을 보자. 백마 안으로 들어온 기차에서 어두운 사람들이 내린다. 그들이 내린 곳에는 폐가가 있다. 폐가 안에서 찢어진 블라우스를 움켜쥐고 나온 '훼손된' 그녀는, 빈집으로 들어가 음독자살을 시도한다. 여기까지가 '내'가 백마로부터 환기한 '백마 안'의 풍경이다. 그런데 이

제 백마는 농약을 마신 그녀의 몸속에 있다. 농약으로 타들어가는 목, 그리고 그녀의 말 못 할 억울함과 답답함은 그녀의 몸속으로 들어간 백마로 비유된다. 몸속에 "희디흰 말"을 품고 있다는 것은 말 그대로, 제대로 말할 수 없음을 이미지화한 것이 된다. 그리고 '그녀'의 말 못 할 사정은 이제 '나'에게 전이된다. 마치 악몽과 함께 가위눌린 듯, 말 못 하는 벙어리처럼 옴짝달싹할 수 없는 상태를 김혜순은 '백마'에 대한 공상으로 표현한다.

김혜순은 이 시가 실제로 '백마'라는 곳에서 음독한 친구에 대한 기억을 토대로 쓴 시라고 밝혔다. "친구가 음독한 밤의 심리적 정황과 같은 야외의 정황을 내 방 안에서 나이트메어로 마주하게 된 것"[8]이라고 고백했다. 이때 '나'의 악몽은 몸속에서 소용돌이치는 말들을 제대로 토해놓지 못하면 어쩌나 하는 시인의 불안과 관련된다. 이런 식으로 「백마」는 시적 화자의 심리적 정황을 드러내기 위해 환상적 이미지와 말놀이가 활용되는 장면을 보여준다. 여러 가지 이미지들은 비교적 자유로운 연상 체계 속에서 움직이는데, 이들은 사실성 여부와는 무관하게 '불안'이라는 시적 화자의 심리적 정황을 드러내기 위해서만 동원되고 있는 것이다. 이러한 이미지들이 좀더 실감나게 구축되면 「lady phantom」(『당신의 첫』)에서처럼 시적 화자의 불안과 죄의식에 관한 환상적 서사가 형성되기도 한다.

김혜순의 초기작에서부터 나타나기 시작한, 이른바 '이미지의 나열을 통한 환상적 장면의 직조'는 "타락한 미메시스들에게 가하는 일침"이자 "네모지고 딱딱한 현실에 구멍을 뚫는"[9] 유희가 되기도 한다. 그러나 이것은 분명 즐거운 유희는 아니다. 김혜순이 한 편의 시 속에서 여러 가지 비현실적인 이미지들을 끌어오는 것은, 제 몸의 어둠 속에서 소용돌이치

---

8) 김혜순·서동욱, 앞의 좌담, 110쪽.
9) 김혜순, 앞의 책, 229쪽.

는 수많은 '나'의 목소리를 환한 곳으로 이끌어내기 위한 불가피한 설정이기도 하다. 김혜순 시는 이처럼 '환상'이라고 하는 것을 시에 적극적으로 도입한 중요한 사례 중 하나다. 우리가 『날으는 고슴도치 아가씨』(열림원, 2005)의 김민정에게서 보아온 환상적 몸, 『음악처럼 스캔들처럼』(문학과지성사, 2008)의 이민하에게서 발견한 환상적 유희에는 김혜순이라는 선례가 있다.

3. 환상적 몸으로 시 쓰기―김혜순과 김민정

환상적 서사가 가능하기 위해서는 비현실적인 시·공간과 비현실적인 몸이 필요하다. 이 두 조건 중 하나만이라도 충족된다면 평범한 사건도 환상의 외피를 얻을 수 있다. 이장욱이 "이 화자는 무언가를 넘어서 있다"[10]라고 평했던 김민정 시의 잔혹한 장면들도 이런 경우다. 김민정의 시는 비속어와 구어를 거리낌 없이 부려놓아 우리를 당황스럽게 만들기도 했지만, 그녀의 첫번째 시집 『날으는 고슴도치 아가씨』가 준 놀라움은 현실적 시공간 속에서 인물들을 자유롭게 분해하고 변형시켰다는 점에서 찾아야 한다. 김민정 시의 해체적 전략은 말 그대로 '몸'을 해체하여 '신체 없는 기관'을 만들어보는 것으로부터 시작된다. 이것은 하나의 주체가 다양한 가면을 바꿔 쓰면서 다성적 목소리를 만들어내는 것과는 또다른 해체적 전략이다.

너를 위해 두 눈알을 뽑는다 속 빈 바구니를 들고 눈 내리는 거리로 나선 눈알 팔이 소년이 오늘부터 너였으니까 눈알 사세요 눈알 사세요 눈알을 팔러 다니는 동안 눈알 팔이 소년은 뻥 뚫린 내 안구 속에 감시용 카메라를 설치해 둔다 눈꺼풀이 깜빡일 때마다 찰칵찰칵 나는 필름을 씹어 삼킨다

10) 이장욱, 「그 여자의 악몽」, 『날으는 고슴도치 아가씨』 해설, 165쪽.

코드 뽑힌 냉장고 안은 쉴새없이 게워져 나오는 네 사진들로 썩어간다

(······)

수거한 자선냄비 속에서 구세군은 두 개의 눈송이를 발견한다 혀끝으로 살살 핥아보아도 침 한 방울 흘리지 않는 눈송이, 끌어안고 있으면 꽁꽁 더 얼어붙는 눈송이, 어항 속에 던져 넣자 두 줄기 빛으로 번져나가는 두 개의 눈송이가 알 밴 금붕어들의 산란을 돕느라 땀을 뻘뻘 흘린다 올해도 어김없이 산타클로스가 된 구세군이 두 개의 눈송이를 자루에 담고 영락고아원을 방문한다 눈을 뜨기가 무섭게 양말 속에 손을 넣은 아이는 두 눈송이를 고무줄로 엮어 요요를 만든다 아이의 손에서 요요는 나날이 자란다 어제는 고아원을 들었다 놓더니 오늘은 지구를 감았다 푼다 눈 내리는 거리로 다시 나선 눈알 팔이 소년이 텅 빈 바구니를 들고 아이의 눈알을 구걸한다 아이의 요요가 눈알 팔이 소년의 뒤통수를 단번에 뻐개놓는다 눈알 팔이 소년의 뻥 뚫린 눈두덩에 가 박히는 요요 아이가 천천히 요요를 감아들였을 때 눈알 팔이 소년은 계란말이처럼 아이의 품 안으로 말려든다 눈알 팔이 소년이 눈꺼풀을 깜빡거리자 찰칵찰칵 요요 안에 배터리 켠 감시용 카메라가 작동을 시작한다

　　　　　　　　　—「눈 내리는 거리에 눈알 파는 소년들이 들끓었다」 부분

눈알 팔이 소년의 이야기를 읽어보자. 소년을 위해 '나'는 눈알을 뽑았다. 소년은 나의 안구에 "감시용 카메라"를 설치해주었다. 인용하지 않은 두 연에서는, 눈알 팔이 소년이 눈알을 "어떻게 하면 잘 팔 수 있을까"에 대해 고민하다 결국 "자선냄비 속에 눈먼 내 두 눈알을 모두 버리고 도망친다"는 내용이 서술된다. 인용한 마지막 연에서는 자선냄비로부터 결국 고아원으로 옮겨와 "요요"가 된 눈알의 이야기가 펼쳐진다. 아이의 손

에서 요요가 된 두 눈알의 움직임에 따라, 지구는 감겼다 풀리기도 하고 고아원은 들어올려졌다 내려놓이기도 한다. 이처럼 비현실적인 이미지가 가능한 것은 모두 요요가 된 눈알 덕택이다. 기괴하고도 환상적 이미지들은 흔히 의식적인 인식의 전환이나 기발한 상상력의 동원을 통해 마련된다고 여겨지기 쉽지만, 김민정은 그야말로 보는 '눈'을 자유롭게 다른 사물로 만들어버림으로써 새로운 이미지들을 자동적으로 도출해낸다. 조강석이 이를 두고 "모핑(morphing)"[11] 기법이라 명명하기도 했거니와 김민정의 시에서 해체와 접합을 반복하는 '환상적 몸'은 환상적 이미지의 산출을 위한 전제조건이 된다. 멀쩡한 몸을 자르거나 붙이거나 튀기고 끓이는 김민정 시의 잔혹한 풍경들은 분명 시적 화자의 어떤 심리적 정황을 드러내기 위한 불가피한 선택이겠지만, 그보다 먼저 다양한 이미지들을 만들어내기 위한 방법론 자체를 형상화한 것이라 볼 수도 있다.

이는 김혜순이 「너와 함께 쓴 시」(『나의 우파니샤드, 서울』, 문학과지성사, 1994)나 「내가 모든 등장인물인 그런 소설 1」(『불쌍한 사랑 기계』)에서 다른 시공간 속에 놓인 많은 나를 내 안으로 품어오는 겹침의 전략을 쓰는 것과는 조금 다른 방식이다. 가령, 김민정의 「나는야 폴짝」에서도 김혜순의 저 두 시에서처럼 다른 시공간 속의 다른 '나'들이 출현하고 있는데, "폴짝"이라는 구령과 함께 나타나는 이들은 "썰면 썰수록 풍성해지는 양배추처럼 도마 위로 넘쳐나"지만 이 수많은 '나'들이 모여 거대한 '나'를 만들어낼 것 같은 기미는 느껴지지 않는다. 김혜순은 하나의 몸 안에서 수많은 다른 기미들이 출렁이는 것을 이미지의 중첩을 통해 드러내고자 하는 반면, 김민정은 그저 몸을 자르고 해체하고 복제하며 제 몸 밖에 이

---

11) 조강석, 「말하라 그대들이 본 것이 무엇인가를」, 『아포리아의 별자리들』, 문예중앙, 2008. 그에 따르면, 김민정의 "무단횡단하는 이미지들은 우리가 내장하고 있는 해독의 계열을 가볍게 무시하고 있지만 시집 전체는 세계와 접촉하는 감각이 일러주는 새로운 계열의 날이미지들을 파생시키고 있다."(33쪽)

미지를 쌓아간다. 김혜순의 이미지들은 자기 몸을 중심으로 밖으로 점점 확대되어가는 동심원을 그리지만, 김민정의 이미지들은 "핑 퐁 핑 퐁 탁구대 중앙 네트를 오가는 수많은 눈알들"(「눈 내리는 거리에 눈알 파는 소년들이 들끓었다」)처럼 그저 이리로 저리로 왔다갔다할 뿐이다.

4. 환상적 유희로 시 쓰기—김혜순과 이민하

기괴한 이미지를 운용하는 방식에 있어서나 그러한 이미지 다발에서 감지되는 어떤 정념에 관해서나, 2000년대의 시인들 중 가장 김혜순스러운 시인을 꼽자면 아마도 이민하가 될 것이다. 정과리가 김혜순의 시를 대상으로 언급한 '고통의 연출과 연기'라는 명명은 이민하의 시를 관통하는 설명으로도 충분하다. 이민하의 시에는 눈물 한 방울 흘리지 않고 스스로에게 위해를 가하는 인물들이 등장한다. 신체를 절단하고 피를 흘리는 잔혹한 이미지들은 김민정의 시에서도 이민하의 시에도 흥건하지만, 김민정에게서는 이 잔혹한 이미지들이 끔찍한 정념을 산출하지 않는 반면 "사과 껍질을 피가 나도록 혀에 문지른다"(「칼의 꽃」)는 식으로 예리하게 통각을 자극하는 이민하의 이미지들은 제법 실감이 난다고까지 할 수 있다. 물론 이민하의 이미지들에서도 예리한 통증만이 전경화될 뿐 고통의 정념을 쉽게 드러내지는 않는다. 그야말로 이민하는 무표정의 얼굴로 무정한 폭력의 세계를 그리고 있는 것이다.

이민하의 두번째 시집 『음악처럼 스캔들처럼』에는 동음이의어를 활용한 다양한 말놀이가 두드러질 뿐만 아니라, 「가위놀이」 「계단놀이」 「가면놀이」 「관객놀이」 등 아예 '놀이'를 전면에 내세운 시들이 여러 편 씌어 있다. 이민하의 '놀이'는 주로 고통이 상연되는 장인바, 이때 피학적 주체의 감정은 철저히 은폐되어 있다.

모자를 벗다가 핑킹가위로 앞머리를 자릅니다 책을 읽다가도 거울 앞으로 달려갑니다 두 눈을 할퀴는 앞머리를 자릅니다 잠을 자면서도 꿈을 할퀴는 앞머리를 자릅니다 휴지통에 싹둑 화단에 싹둑 일요일엔 거울을 삽니다 협탁 위에 변기 위에 거울을 매답니다 서랍 속에 거울 속에도 거울을 매답니다 망치가 망가지면 다리를 잘라 종횡무진 두들깁니다 쿵쿵 쾅쾅 옆집에서 달려옵니다 이봐요 똑똑 건물을 무너뜨릴 작정인가요 유리거울 청동거울 손거울 백미러를 모조리 가져갑니다 꿈속의 잠망경까지 빼앗긴 나는 깜깜하게 가위에 눌립니다 벽에 남겨진 흉측한 못들을 호시탐탐 빼냅니다 모자를 쓰다가 생각난 듯 못을 빼냅니다 책을 꽂다가도 벽에 매달려 못을 빼냅니다 잠옷을 입다가도 물구나무서서 지하의 못들을 빼냅니다 앞머리가 다시 이마를 지우고 두 눈을 후빕니다 붉은 혈루가 창턱을 타고 골목을 적십니다 달빛 아래 폴카를 추던 사람들이 달려옵니다 그대여 싹둑 눈을 감아요 싹둑 눈을 떠요 싹둑 나풀나풀 찢어진 눈을 깜박거리며 나는 화단에 발을 묻고 전지가위로 앞머리를 자릅니다 아침을 꾸역꾸역 입에 넣다가도 딱딱하게 굳은 배꼽을 만지다가도 우두커니 양철가위로 앞머리를 자릅니다 꿈꾸는 밤마다 가위에 눌리지 않으려고 불철주야 이마를 가위에 눌리며 싹둑싹둑 거울 없이 거울도 없이 나풀나풀 앞머리 없이 앞머리도 없이

―「가위놀이」 전문

모자를 벗다가도 책을 읽다가도 거울 앞으로 달려가 앞머리를 자르는 '나', 머리를 자르지 않으면 가위에 눌리기까지 하는 '나', 거울을 매달기 위해 다리까지 잘라 못질을 하는 '나', "거울도 없이" 불철주야 앞머리를 자르는 '나', 이쯤 되면 '나'의 머리 자르기는 '놀이'가 아니라 고통스럽지만 멈출 수 없는 강박적 반복 행위에 가깝다. 프로이트가 고통스러운 전쟁의 꿈을 지속해서 꾸는 병사의 예를 통해 설명했듯, 반복 강박이란 자신이 제대로 대처하지 못했던 과거의 상황을 사후적으로 장악하고자 하는 불가능한 시도에 불과하다. '나'를 이토록 강박적인 '가위놀이'로 내몬

지난 과오란 무엇일까. 여기서 그것을 분명히 알아챌 방법은 없다. 다만 이민하 시의 '놀이'들이 대체로 고통스러운 강박 속에서 행해진다는 점을 상기하며, 그녀의 피학적 '놀이'가 결국 놀이의 주체를 어떤 파국으로부터 지키는 행위에로까지 육박하는 것이라고 추측해볼 수 있을 뿐이다. 이민하의 시는 대체로 고통의 무대만을 보여줄 뿐 그 무대 뒤의 상황에 대해서는 침묵한다. 지속되는 고통스러운 장면을 통해 독자 역시 그 고통의 장면에 동참하게끔 하는 효과를 발휘하기는 하지만 그녀는 자기 얘기를 풀어놓아 공감을 요청하지는 않는다. 이처럼 고통을 연출하고 연기하는 이민하의 '놀이'는 단순한 유희일 수가 없다. 그것은 차라리 실존과 관련된다. "유희가 바로 존재 망각의 시간 속에서 '순간'적으로 나를 건져낸다"[12]라고 말한 김혜순의 언급과 관련하여 이민하 식 '놀이'의 의미도 재음미될 필요가 있다.

우리 문단에서 김혜순은 여성으로서의 실존을 진술의 차원이 아닌 시적 발화나 시적 형식의 차원에서 성공적으로 형상화한 최초의 사례로 읽힌다. 김혜순 시가 실험한 형식적 측면의 새로움이 '여성시'라는 좁은 프레임에 갇혀 제대로 빛을 보지 못한 적도 있었으나, 김혜순은 대체로 우리 시의 발화법을 새롭게 확장시킨 장본인으로 인정받아왔다. 우리가 김민정이나 이민하의 시를 '여자의 발화'로 한정해 읽기보다는 좀더 근본적인 차원에서 그녀들의 시작법을 검토할 수 있었던 것은, '여성적 발화'의 범위를 폭넓게 확장시킨 김혜순 덕분이다. 그녀로 인해 후배 여성 시인들은 '여성'이라는 꼬리표를 떼고 비로소 그저 시인이 될 수 있었던 것인지도 모른다. 물론 "아름다운 것은 어려운 것"[13]이라는 시인의 말처럼 이러한 시들이 추구한 난해한 아름다움은 독자를 거절한 자족적인 시 쓰기의

---

12) 김혜순, 앞의 책, 229쪽.
13) 김혜순 외, 앞의 좌담, 112쪽.

사례로 읽히기도 했다. 그러나 이 같은 진정성으로부터 진정 새로운 발화가 실험되고 그로 인해 시를 쓰고 읽는 스펙트럼이 넓어질 수 있다는 것도 부인할 수 없는 사실이다. 그 중심엔 언제나 김혜순이 있었다. 처음부터 홀로 '젊었던' 김혜순은 이제야 비로소 제 또래의 젊은 시인들을 여럿 만난 듯하다. 그녀의 시를 탐독하며 시란 "완전하게 불완전한 건축물을 짓는 것"이라는 사실을 깨쳐온 1970~80년대생 젊은 시인들 말이다. 그들과 더불어 '김혜순 공화국'은 여전히 진행중이다.

5. 시인은 늙지 않는다

어떤 시인의 시가 시인의 생물학적 나이와 더불어 더욱 안온해지며 깊어지는 것이 의미 있는 일인지, 아니면 시인의 생물학적 나이와 무관하게 자기 시의 젊음을 매번 갱신하는 것이 의미 있는 일인지, 즉 인간적으로 성숙해가는 시와 미학적으로 진화해가는 시 중 어느 쪽을 더 진실된 변화를 보여주는 것이라 할 수 있을지, 우리는 쉽게 판단할 수 없다. 다만 전자의 경우가 인간적으로는 자연스러운 일인지 모르겠으나 미학적으로는 변절에 가깝다는 것을 지적해볼 수는 있겠다. 우리는 전자의 경우에서 느끼게 되는 왠지 모를 안타까움을 후자의 경우에서 느끼게 되는 경외심으로 보상받곤 한다. 한국 문단의 길지 않은 시사를 되돌아볼 때, 30년 넘도록 시를 써오며 한결같이 미적 긴장을 유지해온 시인들은 많지 않다. 김혜순은 그 흔치 않은 경우에 속한다. 김혜순은 태생적으로 세련된 여자다. 앞으로 그녀는 어쩔 수 없이 한 살 한 살 나이 들어가겠지만 애초에 그녀가 지닌 세련된 취향은 자신의 시가 현재에 안주하는 것을 절대 용납하지 않을 것이다. 우리에게 김혜순이 있었다. 미래의 시사(詩史)는 한국 시단의 '미래파 계보'의 첫 구절을 이렇게 시작할지도 모르겠다.

(『시와반시』 2010년 겨울호)

'母/國/語'를 품고, 해체하고, 창조하는 시인
— 김승희론

1. 어떤 '여성' 되기

우리는 글을 쓰면서 여성이 되거나 동물이 되거나 심지어는 지각 불가능한 미립자가 되기도 한다고 들뢰즈는 말한 바 있다.[1] 이는 현상을 설명하는 말이 아니라 일종의 당위를 요청하는 말일 텐데, 다시 말해 이 생성의 철학자에게 좋은 글쓰기란 어떤 여성, 어떤 동물, 어떤 분자에 이르는 과정과도 같다는 것이다. 심지어 주체가 여성일 때조차도 글쓰기 과정을 통해 그녀가 여성으로 생성되어야만 한다는 조건을 포함하는 이 말의 의미는, 결국 글쓰기란 모방이나 동일화 등의 형식화를 단호히 거부하고 불명확하고 예측 불가능한 어떤 것을 새로이 생성해내는 변화의 과정을 뜻한다고 정리될 수 있겠다.

여성의 글쓰기와 여성적 글쓰기가 구분되는 것은 당연하다. 따라서 글쓰는 주체가 생물학적 여성일 경우, 만약 거기에서 생성으로서의 어떤 '여성'(혹은 '동물' 혹은 '분자')을 읽어내려 한다면 독자에게는 매우 섬세

---

1) 질 들뢰즈, 「문학은 두더지의 죽음과 더불어 시작된다」, 박성창 옮김, 『세계의 문학』 2000년 봄호.

한 독해가 요청된다. 쓰는 주체가 타자로서의 여성이라는 이유만으로 그녀의 작업이 전적으로 생성의 과정일 수는 없으며, "유목을 위하여" 혹은 "떠도는 환유"에서처럼 포스트모던의 유행어들이 정직하게 노출되어 있다는 이유만으로 그(녀)의 시를 '탈주의 시'라고 명명할 수도 없기 때문이다. 그렇다면 생물학적 여성이자, 이 같은 제목의 연작시들을 제출했던 김승희의 경우는 어떠한가. 1973년 등단 이후 결코 짧지 않은 창작기간 동안[2], 대체로 "늑대와 함께 달리는 여인"(정효구), "동물성의 수사학"(김미현), "남성 중심사회에서 상실한 '야성'을 복원하는 여성성"(유성호) 등의 수식어로 문단에 각인되어왔고, 때로는 "내 몸속에 한 마리 짐승을 기르고 있는 것 같았다"(『왼손을 위한 협주곡』의 '자서')라며 주체할 길 없는 내면을 고백하기도 했던 시인 김승희는 과연 어떤 '동물'(혹은 '여성' 혹은 '분자')이 되었던 것일까. 그녀의 시에서 '생성'은 어떻게 확보되는 것일까.

김승희의 여덟번째 시집의 제목을 상기해보는 것으로부터 시작해보자. 바로 "냄비는 둥둥"이다. 표제작이 된 시를 본격적으로 읽기 전에 제목의 의미를 유추해보면 어떨까. 일단 '둥둥'은 무언가가 떠다니는 상태일 테니, 그 두 음절에서 우리는 일종의 낭만적 동경과 동시에 실상 아무 데도 정주할 곳이 없다는 허무의 상태를 음미해볼 수 있다. 동경과 허무라는 아이러니한 상황에 처해 있는 주체는 통사 구조상 바로 '냄비'일 텐데, '냄비'는 범박하게 말해 여성적 일상의 메타포라고 할 수 있다. 예상컨대,

---

2) 김승희는 모두 아홉 권의 시집 [『태양미사』(고려원, 1979), 『왼손을 위한 협주곡』(문학사상사, 1983), 『미완성을 위한 연가』(나남, 1987), 『달걀 속의 生』(문학사상사, 1989), 『어떻게 밖으로 나갈까』(세계사, 1991), 『세상에서 가장 무거운 싸움』(세계사, 1995), 『빗자루를 타고 달리는 웃음』(민음사, 2000), 『냄비는 둥둥』(창비, 2006), 『희망이 외롭다』(문학동네, 2012)]과 한 권의 소설집(『산타페로 가는 사람』, 창작과비평사, 1997), 한 권의 장편소설(『왼쪽 날개가 약간 무거운 새』, 열림원, 1999)을 출간했다. 이 글에서 김승희의 작품을 인용할 경우 출처는 본문에 밝힌다.

김승희는 저 발랄한 두 어절만으로도 새 시집의 기본적인 방향을 어느 정도 그려주고 있는 것이리라. 물론 시집을 다 읽고 난 우리는 그것이 '신자유주의'라는 거대한 관념적 환상의 세계와, 그 세계 안에 편안히 귀속되지 못한 온갖 '하위 주체(subaltern)'들이 맞닥뜨리는 일상적 고통 사이의 균열을 경쾌하게 지적한 것이라는 점을 알고 있기는 하다. 그 균열은 다시 말해 관념으로서의 자유와 실제로서의 자유 사이의 버성김이다. 신자유주의라는 "대형 타자기"는 "모든 사람을 타자로 타자기로, 지각하는 노예로 만들며"(「대형 가라사대」, 『냄비는 둥둥』) 우리를 난타하고 달려간다고 김승희는 쓰고 있지 않은가.

이처럼 김승희의 시는 줄곧 오른손보다는 "왼손을 위한 협주곡"이었고, 완성보다는 "미완성을 위한 연가"였으며, '안에 잘 머무르기'를 탐구하기보다는 "어떻게 밖으로 나갈까"를 고민하는 것이었으니, 그에게 시종일관 타자 혹은 소수의 목소리가 절대적이었음은 재론의 여지가 없다. 이는 소설에서도 별반 다르지 않은데, 칼럼 혹은 에세이에 가깝다고 할 만치 작가의 의견과 주장이 노골적으로 표출되는 김승희의 사변적 소설들에서는 타자로서의 자신을 극명하게 인지(감지)하는 장면이 자주 연출된다. 그런데 그 타자로서의 '나'는 종종 "90년대적 문화의 기회주의"와 의도적 거리를 두는 "통과제의의 지진아"(「회색고래 바다여행」, 『산타페로 가는 사람』, 108쪽)로서 묘사되는바, 이처럼 김승희에게 타자로서의 자기인식은 역설적으로 어떤 순결의식을 확보해주는 지표가 되기도 한다. 그것은 심지어 엘리트 여성의 지적 우월감으로까지 보일 소지도 분명 있다. 그렇다면 우리는 김승희가 그려내는 '왼손' '미완성' '밖'의 사유가 어떤 생성을 만들 수 있는지 보다 냉정하게 읽어볼 필요가 있다.

엘리트 여성 시인 김승희의 자기인식은 그가 소설에서 즐겨 다루는 미국 체류 경험의 이야기들 속에서 한층 도드라진다. 교환교수 시절의 자연인 김승희를 롤 모델로 한 이 일련의 소설들(「산타페로 가는 사람」「아나바스 스캔댄스」「13월의 이야기」『왼쪽 날개가 약간 무거운 새』)은 미국이라는 거대 국가에서 그야말로 제3세계 여성 지식인으로서 살아가는 것에 대한 성찰들을 담고 있다고 할 수 있을 텐데, 우리는 여기서 이 타자로서의 '나'에 대한 인식이 주로 '언어'와 더불어 발생한다는 사실에 주목해야 한다. 가령, 다음과 같은 장면이다.

> "이상하게도 시를 쓸 때면 저는 꼭 한국말을 찾게 돼요. 그런데 소설을 쓸 때는 영어로 막 편하게 나오거든요. 시가 더 어머니에 가까운 것이어서 그런지…… 시를 쓸 때면 거문고처럼 몸이 막 울려요. 그런데 소설은 일종의 사회적 분노, 그런 머리에서 나오는 것으로 씌어지기 때문인지 두번째 언어, 즉 영어, 어려서 몸과 무의식으로 배운 말이 아니고 성장한 뒤 이성으로 배웠던 말이 나오는 거예요. 헤겔이 말했던가요. 언어는 살아 있는 정신의 일차적 표현이기 때문에 모국어를 떠나면 벌써 그 정신은 변조물이 되고 만다고. 그런 것 같아요."
>
> —「13월의 이야기」, 『산타페로 가는 사람』, 214쪽

모국어는 '이성'으로 학습한 말이 아니라, "몸과 무의식으로" 저절로 습득한 말이다. 말이란 것이 필연적으로 지니고 있는 전달의 한계는 외국어 앞에 선 모국어에서는 철저히 무화된다. 말할 수 없음 앞에서 말할 수 있음을 보장해주는 모국어는 너무나도 편안한 것이 된다. 이러한 모국어의 자유로움은 영어 역시 자유자재로 구사할 수 있는 이민 1.5세대에게도 별반 다르게 느껴지지 않는다. 김승희가 이 바이링구얼 작가의 입을 빌려 말하고 있는 것은 무의식과 몸의 울림은 가공되지 않은 '어머니의 말'을 통해서만이 터져 나올 수 있다는 사실이다.

앞으로 전개되는 내용들은 바로 이 '모국어'를 다루는 김승희의 시에 관한 것이다. 그것은 어머니로서의 여성으로 대변되는 하위 주체의 어떤

분출들, 국가로 대변되는 사회적 상징의 어떤 억압들, 아직 말로서 분절되지 않은 소리로서의 어떤 생성들에 관한 것이다. 다시 말해, '母/國/語'에 관한 것이다. 당겨 말해, 김승희는 어머니의 말과 국가의 말, 즉 자연의 말과 인공의 말 사이를 부드럽게 탈주하는 "말의 거품들이 입 위에 잔뜩 묻어 끈적끈적했던 것"(『왼쪽 날개가 약간 무거운 새』, 84쪽)에 대해 쓰고 있는 시인이라고 규정할 수 있을 것이다. "으르렁 말과 가르릉 말 사이 나의 시는 딸꾹거린다"(「딸꾹질」, 『어떻게 밖으로 나갈 것인가』)라는 구절은 김승희를 설명하는 결정적 한마디가 아닐 수 없다.

다시 한번 들뢰즈를 인용하자. 위대한 작가는 그가 표현하는 언어가 비록 모국어일지라도 그 언어 속에서 항상 이방인이 된다.[3] 그는 언어를 울부짖게 하고 더듬거리게 하고 속삭이게 하는 사람이기 때문이다. 이제 김승희가 울부짖고 더듬거리고 속삭이는 그 소리를 확인해보자.

2. "울고 찢기고 흐느끼며 발광하는 여인들이여"

'막다른 골목'과 '뚫린 골목' 사이를 질주했던 이상(李箱) 전공자답게 김승희는 주로 안/밖, 닫힘/열림, 문/벽, 상승/하강 등의 대립에 몰두한다. "평생이 징역같다"(「사바」, 『달걀 속의 生』)고 말할 때, 그 대립의 길항에서 긍정되는 것은 당연히 후자들이겠지만, '길항'이라고 했거니와 수인(囚人)은 때로 결박을 원하기도 하므로 그 둘 사이의 긴장은 팽팽하다. "난다는 것은 아주 특별한 결박 속에서만/ 가능하"고 그래서 "압력은 부력(浮力)"(「아프락사스 4」, 『달걀 속의 生』)이 되기 때문이라는 네거티브한 방식의 용인이지만, 여하튼 "연립주택"에 "층층시하로 포개져 누워"(「연립주택」, 『미완성을 위한 연가』) 있는 시인은 "달걀 속의 生"도 충분히 가

<hr>

3) 질 들뢰즈, 「더듬거리며 말하는 자, 작가」, 앞의 책, 101쪽.

치가 있다고 말하곤 한다.

이 '막다른 골목', 즉 도저히 어쩔 수 없는 유폐의 공간에서 시인이 취하는 태도는 대체로 두 가지다. 침묵 혹은 울부짖음. 그런데 후자에 비해 전자는 포기에 가깝다. 벽과 바닥은 열림과 상승을 배태할 것이므로 일단 그것을 긍정하겠다고는 하지만, 고통과 상처 끝에 희망이 올 것이라는 인내의 태도는 턱없는 몽상이 될 수도 있다. 언젠가는 알을 깨고 나와 '아프락사스'를 향해 갈 것이라는 지연된 희망은 결국 희망의 포기와도 같은 것이다. 때문에 다음과 같은 위험이 생겨난다.

> 벽과 함께 사는 동안/ 늘 절망의 실천뿐이었다고는 말할 수 없어./ 그때는 희망이란 것이/ 비밀리에 실천되고 있었던 거야// 면벽과 벽과 벽들……그 모든 벽들이 지나고 나면/ 새벽이 올 줄 알았어./ 늘 그렇게 그냥 믿었어./ 벽과 함께 살다보니/ 믿음도 습관이 되더군/ 그런데 오늘 아침/ 벽과 벽과……모든 벽들이 끝나고/ 갑자기 나타난 것은 새벽이 아니라/ 절벽이었어./ 벽이 기르고 있던 것은 새벽이 아니라/ 절벽이었어./ 벽이 기르고 있던 것은 새벽이 아니라/ 절벽인 것을/ 우린 오늘 아침 너무 늦은 시각에야/ 비로소 알게 되었다면// 오, 주여./ 어젯밤의 꿈과 내일 아침의 꿈을/ 다시 이어/ 우리에게 벽에 대한 꿈을 계속 꾸게 하소서./ 벽과 함께 살던 시절/ 그립습니다.
>
> —「벽과 함께」(『달걀 속의 生』) 부분

벽 안에서 삶의 수감자는 희망을 꿈꾼다. 꿈꾸는 것은 쉬운 일이지만, 꿈꾸기만 하는 자에게 꿈은 언제나 그저 꿈일 뿐이다. 몽상가는 당면한 고통을 둔감하게 받아들이게 되고 실천의지도 쉽게 상실하게 된다. 그리하여, 적극적으로 벽을 뚫지 않은 이 맹목적 낙관주의자는 새벽이 아니라 절벽이 오더라도 그것을 패배적으로 받아들일 수밖에 없다. 아니, 벽을 뚫지 않으면 결코 새벽은 오지 않는다고 위의 시는 경고한다. 개혁은 강자들이 약해짐으로써 이루어지는 것이 아니라 언제나 약자들이 강해짐으로써 이루어진다는 것을 우리는 마르크스의 가르침을 통해, 더불어 역사상의 그 숱한 혁명들을 통해 확인하지 않았던가. 따라서 벽에 못질이라도 하겠다는 의지가 없는 자에게 새벽을 꿈꾸기란 허무한 기다림에 불과하고, 간혹 새벽이 오더라도 그것은 공소할 뿐이다. 「내가 없는 한국 문학사」(『달걀 속의 生』)에서 김승희는 "우향좌, 좌향우 같은 어중간한" 자세로 미학적 싸움조차 감행하지 못했던(않았던) 시인 김승희 자신을 "여류 쥐벼룩"이라는 말로 비판(합리화)하고 있는데, 위의 시도 그런 맥락에서 함께 읽힌다. "벽과 함께 살던 시절"이 진정 그리운 것은 아닐 것이다. 이 시는 자신을 포함하여 약함을 강함으로 바꾸지 않는 자들에게 보내는 쓴소리로 읽힌다.

이러한 침묵의 한편에는 '울부짖음'이 있다. 울다 지친 자가 침묵하는 것이겠지만 '울부짖음'이 완벽히 멈출 수는 없다. 그런데 "몸속의 괴물이 뛰쳐나오려는 광인의 노래"(「魔의 말을 찾아서」, 『왼손을 위한 협주곡』)라고 표현했던 그 '울부짖음'을 김승희가 어머니에게 배운 모국어로부터 이끌어낸다는 사실은 흥미롭다. 모국어란 인간이 울음과 더불어 처음으로 배운 말이 아니던가. 그러므로 처음 배운 모국어는 말 못하던 시절의 울음과 등가이며, 결국 날것으로서의 우리, '야성'으로서의 김승희의 목소리에 닿아 있다고 할 수 있다. 그 '울부짖음'의 모국어를 통해 '벽'을 교란시키고자 하는 것이 김승희의 시적 전략인 셈이다.

가스를 틀어놓은 오븐에 머리를 처박았던 시인 실비아 플라스의 유명한 자살 장면을 연상케 하는 「유서를 쓰며」라는 시에서 죽음의 순간에 당도한 시적 주체는 모국어, 즉 어머니의 말을 생각해내고 비로소 가스가 가득 차 있는 방의 창문을 연다.

이제야 생각납니다./ 기역—니은—디귿!— 하고/ 어머님께 매를 맞으면서/ 처음 글씨를 배웠던 일이,/ 첫애를 낳을 때의/ 그 무시무시한 고통과/ 현란을 극한 사랑의 고마움이,// 번개처럼 일어나/ 창문을 열어봅니다./ 달빛이 初雪처럼 흘러내립니다./ 나의 해골을 집어 들고/ 달빛을 한 바가지 가득 떠서 마십니다./ 고해를 하고 성찬을 받은 것처럼/ 목숨이 더없이 맑아진 것 같습니다

　　　　　　　　　　　—「유서를 쓰며」(『왼손을 위한 협주곡』) 부분

어머니와 모국어의 기억이, 그리고 출산의 고통에 대한 기억이 그녀를 죽음에서 구원하고 있다는 사실은 실로 상징적이다. 사방이 벽으로 둘러싸여 있고 "문틈을 샅샅이 레이스로 봉"하기까지 한 공간에서 살아남는 방법이, 형이상학적이고 논리적인 말로써 앞으로의 희망에 대해 유창하게 떠드는 방식은 아니라는 것을 말하고 있는 것이 아닐까. '막다른 골목'을 빠져나가기 위한 방법으로서의 침묵은 힘이 없고, 이성의 말도 역시 허약하다. 위의 시들이 씌어진 1980년대의 한복판이라는 상황을 생각해 본다면 더욱 그렇다. 그래서 김승희는 그 선언과 침묵 사이, '울부짖음으로서의 어머니의 말'을 떠올리고 있는 것이다. 이 울부짖음은 소극적으로 선택된 것이 아니다. 김승희에게 그 분절되지 않은 소리의 덩어리는 침묵처럼 비겁하지도, 선언처럼 공허하지도 않은 최선의 방책으로 적극적으로 발화된 것이다. 죽음 앞에서 "번개처럼 일어난" '실비아/김승희'는 "첫애를 낳을 때의 그 무시무시한 고통"과 함께 "기역—니은—디귿!"을 말해본다. 이 어머니의 말, 아니 어머니의 소리는 경직된 재현의 체계를 뒤흔들어 막힌 공간에서 우리를 "신생아로 태어나"게 해줄 가능성이 있다는 것이다. 이제, 김승희를 따라 우리도 어머니의 말을 다시 배워야 한다.

어머니가 말이 없으면/ 나는 무서워집니다/ 어머니는 우울한 것 같습니다/ 무섭게 불행한 것 같습니다// 말이 없는 어머니보다는/ 잔소리를 하는 어머니가 더 좋습니다/ 싫은 소리를 하더라도/ 몇 마디 말을 하는 어머니가/ 덜 우울한 것 같아서/ 어머니— 하고 치마폭을 붙잡고/ 달려가 어리광을 부리고 싶어집니다.// 그러나 제일 좋은 것은/ 등꽃나무 아래 평상을 내놓고 앉아/ 어머니가 완두콩을 까면서/ 느릿느릿 노래를 부르실 때입니다 (……) 나는 어머니의 막혀버린 노래가/ 어느 날, 지진처럼, 발광하지 않을까—/ 겁이 납니다/ 어머니의 얼굴은 점점 슬픔의 얼굴처럼/ 굳어갑니다.

> —「배꼽을 위한 연가 2」(『왼손을 위한 협주곡』) 부분

어머니의 말 없음을 걱정하며 "말이 없는 어머니"보다는 "잔소리를 하는 어머니", "잔소리를 하는 어머니"보다는 "느릿느릿 노래"를 부르는 어머니가 더 좋다고 말하는 화자의 시선은, 앞서 살핀 침묵의 위험성을 경고하는 화자의 태도와 동일시된다. 말 없음은 절망을 인정하는 것일 뿐만 아니라 간혹 미쳐 돌아버릴 수도 있는 상태를 만들기도 한다는 것을 화자는 알고 있다. 「배꼽을 위한 연가」 연작은 이처럼 말하는 어머니, 노래하는 어머니에 대해 이야기한다.

그런데 소리로써 환기되는 어머니에 대한 기억에서 김승희가 적극적으로 불러내고자 하는 것은 부드러운 양수로 둘러싸인 행복하고도 조용한 자궁 안의 느낌은 아니다. 기억되어야 할 것은 어머니의 살을 찢고 터져나오며 우리가 "스스로 눈을 뜨"(「배꼽을 위한 연가 5」, 『왼손을 위한 협주곡』)던 그 순간이다. 비유컨대, 김승희의 시는 캄캄한 자궁으로 회귀하여 말없이 눈 감고 편안하게 침묵하자고 권유하지 않고, 울고 발버둥치며 그곳을 뛰쳐나오자고 선동한다. 아무런 대가 없이 당연하게도 나를 잘 먹여주는 탯줄을 끊고 나와 배고프다고 아프다고 소리치자는 것이다. 나를 묶

어두는 것이라면 그것이 나의 '모체'일지언정 "엄마는 제도"(「제도」, 『세상에서 가장 무거운 싸움』)라는 것이다.

말하지 않는 엄마, 나를 묶는 엄마, 그것 역시 제도다. 우리는 이러한 제도, 김승희의 표현을 빌리자면 "당연의 세계"와 "물론의 세계"(『세상에서 가장 무거운 싸움』의 자서)로부터 "솟구쳐 오르기"를 해야 한다. "무기력, 망각, 순응의 유전자"들이 만들어낸 그 세계에서 말이다. 이제 김승희가 생성해내려고 하는 '어떤 여성/동물/분자'가 전적으로 어머니로서의 여성, 여성으로서의 어머니의 세계라고만 할 수도 없다. 그것은 '분출'의 욕망을 드러내는 '여성/동물/분자'이다. 그들의 욕망은 "미끄러지는 말" (「솟구쳐 오르기 · 4—동굴 벗어나기」), "그르렁그르렁 가래끓는 소리"(「솟구쳐 오르기 · 8—나는 웃는다」), "황무(荒蕪)의 말"(「말씀과 말」, 『빗자루를 타고 달리는 웃음』) 등 국어에서 튕겨져나온 모어로써만 발설될 수 있다. 김승희에게 자연으로서의 '어머니'는 목적이기보다는 수단에 가깝다.

이 울부짖음으로서의 어머니의 말은 이처럼 안과 밖, 닫힘과 열림, 문과 벽이라는 철저한 대립의 공간 속에서 솟구쳐 튀어나온다. 그 말은 제대로 분절되지 않은 소리의 덩어리라고 했거니와 때로는 딸꾹질, 또 때로는 기침의 형태를 띤다.

> 으르렁 말과 가르릉 말 사이/ 나의 시는 딸꾹거린다./ 이 딸꾹질로 세상을 어떻게 해볼 수/ 있으리라고는 생각지 않지만/ 이 고통의, 딸꾹질,/ 이 생리의, 참을 수 없는 딸꾹질이/ 보다 정직하다는 것을 난 느끼고 있다./ 딸꾹 딸꾹/ 그것은 병든 뻐꾸기의 실패한 노래/ 같지만./ 이 딸꾹질로, 난 다만, 홀로 완결되어/ 가려는 이 시대의 문장이 홀로 완결되는 것을/ 잠시 방해할 수는 있다는 생각이다.// 딸꾹 딸꾹,/ 그것은 병든 뻐꾸기의 실패한 노래가 아니라/ 딸꾹 딸꾹,/ 이 시대의 뻐꾸기는 그렇게 운다.
> ─「딸꾹질」(『어떻게 밖으로 나갈 것인가』) 부분

김승희가 긍정하는 '모국어'는 생리적인 말이고 무의식의 말이고 그래서 정직한 말이다. 동시에 김승희가 부정하는 '모국어'는 이성의 말이고 제도의 말이고 완결된 말이고 그래서 거짓된 말이다. 자유의지로 선택할 수도, 거부할 수도 없는 체제를 상징하는 말이다. 김승희의 딸꾹질, 기침, 울음은 지배적인 재현의 체계 안에서는 쉽게 번역되지 않는 타자들의 말이다. 이렇게 모국어와 모국어 사이에서 김승희는 "참을 수 없는 딸꾹질"을 내뱉으며 진동한다. 이 같은 형태로 대립을 사는 것이 『냄비는 둥둥』이전의 세계다.

이처럼 그녀가 "낳—고—말—테—다"라고 외치는 생생한 말, 아니 아직은 말이 되지 못한 소리들에 대한 천착은 김승희의 첫 시집 『태양미사』에서부터 유지되어온 바다. 첫 시집 가득 채우고 있는 "아이들의 푸르고 생생한 말(馬)" "빨리 달리는 태양의 말" "고갱의 푸른 말"은 그야말로 원시적이고 생리적인 김승희 식의 모국어인 "魔의 말"의 전형이다.

김승희의 딸꾹거림에 물론 한계는 있다. 그것이 세상을 "잠시 방해할 수는 있"을 뿐, "세상을 어떻게 해볼" 만한 힘이 없을지도 모른다는 우려가 일단 가능하다. 더 나아가 김승희가 소리치며 미친 듯이 발광(發光)하는 것은 바로 벽 앞이니, 일단 그 벽의 견고함을 검토할 필요가 있을 것이다. 김승희의 울부짖음이 징징거림이나 불평 불만으로 들리지 않으려면 그 벽의 강력함에 대해 의심의 여지가 없어야 할 텐데, 시인 김승희 개인이 처한 현실이 과연 그러한가에 대해서 쉽게 수긍할 수 없는 사람도 있을 것이다. 벽은 과연 외부의 압력인가, 내부의 나약함인가. 엘리트 여성의 시가 처한 태생적 한계에서 김승희의 시도 자유롭지 못하니, 우리는 김승희가 그것을 어떻게 인식하고 어떻게 극복하고 있는지 살펴야 할 것이다. 이제 『냄비는 둥둥』을 읽어보자.

3. "날 잡지 마, 난 흘러갈 거야"

김승희가 가벼워졌다고 한다. 경박함이라기보다는 경쾌함이라는 말이 적합할 김승희의 가벼움은 『빗자루를 타고 달리는 웃음』에서부터 시작되어 『냄비는 둥둥』에까지 지속되고 있다. "인간육체의 자연에 반대되"게 "나와야 될 데는 들어가고 들어가야 될 데는 나온 것 같"(「(匣) 브래지어, 1994년 7월 9일」, 『산타페로 가는 사람』)은 한복 안에 불편하게 갇혀 있던 여성들은 이제 상승중이거나 추락중이거나 여하튼 공중에서 부유하고 있다. 이전의 경향들과 비교하자면 문과 벽의 수평적 대립은 다소 흐려지고, 김승희의 그녀들은 그 대립을 넘어 '구름'처럼, '빨래'처럼 가볍게 공중으로 떠올라 있다고 말할 수 있겠다. 집 나간 조카 소녀는 "속옷만 입은 저 하얀 풍선"(「산타첼로」)이 되어 거리를 배회하고, "110층에서 떨어지는 여자"는 연인에게 사랑고백을 하며, 김승희는 그런 그녀들에게 "이만 총총, 봐, 봐, 어서 날아보라고"(「푸른 색 2」) 외친다. "구름 위에 걸린 빨랫줄을 걷는 심정으로"(「빨랫줄 위의 산책」) 시인은 그렇게 "파세라, 날 잡지 마"(「파세라(passera)」)라는 노래를 부르고 있는 것이다. 더이상 그녀들은 울부짖지 않는다.

시대가 변했고 그녀들은 자유를 얻은 걸일까. 결코 그렇지 않다. "돈이 돈을 끌어당"(「신자유주의」)기는 신자유주의 시대에서 자유는 그저 "질주하는 자유로"(「결혼식 차와 장례식 차」)에서나 존중되는 것이라고, 아니 자유로에서조차 "자유는 이렇게도 많이 밀리고 있다"(「호텔 자유로」)고 김승희는 말하고 있다. 그것이 제국주의이든 신자유주의이든지 간에 예전에는 말할 수 없었던 '벽'의 실체에 대해 고발을 감행하는 시인을 보며, 이제는 완결된 문장으로 억압의 실체를 말할 수 있는 자유로운 시대가 도래한 것이 아니겠냐며 위안을 삼는 독자도 있으리라. 그렇지만 모두가 알고 있듯 말할 수 있음이란 피억압자의 숨통을 조금 트여주는 것일 뿐, 실상은 더 많은 억압을 위한 미끼가 된다. 이전에는 말할 수 없어도 확연히 느끼던 그 벽들을, 이제는 말할 수 있을지라도 대체로는 잊고 있다는 것, 이처럼 여전히 벽은 존재하지만 그 억압의 방식이 더 간교해졌다는 것이 변했다면 변한 것이다. 우리는 아직도 "실려갈 수밖에 없는 삶"(「호텔 자유로」)을 살고 있다. 답답하다고 말할 수 있게 되었으므로 자유로워졌다고 생각하는 것은 어리석다. 이 신자유주의시대에 우리는 어떤 식으로 현혹되고 있는가.

> 뜨겁게 달군 도자기 팬 위에 지글지글 아이스크림을/ 구워내는 핫플레이트나/ 모락모락 김을 뿜는 뜨거운 초콜릿 위에 만년설이 곁들여진 핫팟 아이스크림,/ 브랜디에 담가 술맛이 진한 블랙체리를/ 살짝 얹은 술맛의 아이스크림,/ 공기와 닿는 순간 단숨에 녹기 시작하는,/ 뜨거우며 차가우며 어딘가로 무리지어 사라진 벚꽃들의 환영(幻影)// (……) 아무튼 테이크아웃은 안 된다고 하여/ 그 통유리창 외벽 안쪽에 앉아/ 그렇게 꿈결인 듯 혀로 핥아먹었었다./ 혀에 맛있는 허무// 에버랜드는 테이크아웃이 안 된다고 하여/ 문을 닫고 나오면 아무것도 잡을 수 없는,/ 아 무아 아 무아 아무 아 무아 아무 아 무아 아무 아!/ 방향도 없고 안팎도 없고/ 시작도 끝도 없이/ 에버랜드~ 네버랜드~ 네버랜드~ 에버랜드~/ 에버랜드~ 네버랜드~ 네버랜드~ 에버랜드~/ 나, 거기, 가본 적이 있다. 에버랜드
> ——「에버랜드에서 네버랜드로」 부분

'에버랜드'에는 우리를 달콤하게 마비시키는 갖가지 아이스크림이 있다. 그리고 '자유이용권'만 구입한다면 '골라 먹는 자유'도 분명 보장될 것이다. 그렇다면 우리는 자유로운가. 문제는 '꿈과 모험이 가득한 축제의 나라'에서 허용되는 그 '골라 먹는 자유'가 우리 일상의 밥상으로까지 연결되지 않는다는 것이다. 그곳은 이용권이 있는 사람들만이 갈 수 있는 곳이기도 하지만 "테이크아웃"이 안 된다는 것도 문제다. '에버랜드'는

결코 실현된 적도 실현될 수도 없는 그저 꿈의 나라일 뿐이다. 그러므로 우리에게 얼마나 많은 자유가 있느냐고 말하는 것은 그저 자기 위안에 불과하다. 자유는, 자유롭다고 말하는 그 순간의 자유이므로 우리의 입에서 발화된 그 소리가 공중에 흩어지는 시간보다도 더 빠르게 사라지고 만다. "공기와 닿는 순간 단숨에 녹기 시작하는" 아이스크림처럼 말이다. 달콤하게 우리를 취하게 만드는 "술맛의 아이스크림"은 그렇게 빨리 사라진다. "에버랜드는 네버랜드", 이것은 바로 '신자유주의' 시대의 허상을 지적하는 김승희의 차가워진 목소리다.

더군다나 그 일시적인 자유에나마 취해볼 수조차 없는 사람들도 있다는 것을 우리가 왜 모르겠는가. 잠시나마 누리게 되는 그 향연의 주최자들이 "(여자와 아이들을 제외하고 오천명을 그렇게 먹이셨다)/ (오늘도 그렇게 하셨다)"(「향연, 잔치국수」)라고 시인은 쓰고 있다. 그래서 김승희는 그 허망한 자유에서조차 소외된 약자들의 모습을 직시하라고 말한다. "피기도 전에 공습 탄환에 스러진/ 카불 소녀의 녹슨 녹두빛 눈동자"(「호텔 자유로」)를 똑바로 바라보라고, "효순과 미선"(「나는 그렇게 들었다」)의 얼룩진 운동화도 살펴보라고, 이제는 "난자의 아름다운 우아함이라고는 전혀 사라진……" "미스터 엄마"(「미스터 엄마」)들의 "종군기자와도 같은" 고단한 하루도 생각해보라고 타이른다.

강력한 마취제에 취해 환상의 세계에 살고 있는 우리가 심하게 울부짖을 이유는 없겠지만, 고통받는 사람들은 분명 존재한다. 그렇지만 마취된 우리는 타자들의 고통과 신음 소리에 귀 기울이지 않는다. 텔레비전 속 일상의 모습으로 타인의 고통들을 무심하게 흘려보내는 우리의 모습을 김승희는 다음과 같이 그려낸다.

비 내리는 텔레비전 화면을 쳐다보며/ 묵묵히 밥을 먹는다/ 다리 하나 부러진 개다리밥상/ 아무도 그에 대해 말을 하지 않는다/ 냄비 밑바닥만

우두커니 들여다본다/ 냄비 안에 시래깃국, 푸르른 논과 논두렁들,/ 쌀이
무엇인지 아니? 신의 이빨이란다./ 인간이 배가 고파 헤맬 때 신이 이빨을
뽑아/ 빈 논에 던져 자란 것이란다./ 경련하는 밥상, 엄마의 말이 그 경련
을 지그시 누르고 있는/ 조용한 밥상의 시간,/ 비 내리는 저녁 장마,/ 냄비
는 둥둥

—「냄비는 둥둥」 부분

한 가족의 저녁식사 모습이다. "비 내리는 텔레비전 화면" 속에서는 아
르헨티나의 비명 소리, 한숨 소리 들이 들려오고 있다. "실업자, 극빈자",
"사망자와 부상자들"의 소리다. 텔레비전 화면을 통해 보이는 그 광경은
바로 우리 자신의 모습임에도 불구하고 철저히 대상화되어 있다. 아니 그
고통의 소리는 이미 너무 일상적인 것이 되어버려서 거기에는 일말의 해
결의지도 없어 보인다. 심지어 그 텔레비전 앞에서 밥을 먹는 가족들은
농민의 피와 땀과 눈물이 빚어낸 '쌀'이 빈 논에 던져진 "신의 이빨"이라
는 대화를 주고받는다. 그러면서 묵묵히 자기 밥을 먹는다. 엄마는 묵묵
히 경련을 누른다. 그 어떤 '딸꾹질'이나 '기침'도 터져 나오지 않는다.

안팎의 구도가 사라지고 가시적인 적이 사라진 이 시점에서 이처럼 김
승희는 더이상 야성의 목소리를 간직하지 않는다. 억압과 부자유의 상황
을 망각하고 신자유주의에 세뇌당한 상황에서 야성의 '울부짖음'은 어
쩐지 민망하기조차 할 것이다. 그래서 김승희가 택한 것은 '야성의 목소
리를 내자'고 말하는 방식이 아니라, 직접 그것을 행하는 방식이다. 기침
하는 엄마, 딸꾹질하는 엄마 들을 등장시키는 것이 아니라, 김승희가 시
를 통해 직접 기침하고, 딸꾹질한다. 그것은 제도화된 '언어'가 의미화되
는 형식들을 해체하는 방식이다. 시집 해설에서 정리됐던 '파자 놀이'가
그것인데, '별'에서 ㄹ을 삭제해 '벼'를 만든다든지(「별」), '산'에서 ㄴ과
ㅏ를 차례로 삭제해 산이 움직이는 모습을 "ㅅ……ㅅ……ㅅ……ㅅ……"

(「저 산을 옮겨야겠다」)으로 형상화한다든지, '사랑'은 '사람'에서 ㅁ을 깎아 ㅇ을 만드는 것처럼 "아리 아리게 쓰리 쓰리게"(「사랑은 ㅇ을 타고」) 아픈 일이라고 말한다든지, 주로 음소들의 변화로 새로운 의미를 만들어내는 식이다. 이처럼 가장 최소 단위로까지 말을 분해시켜놓는다는 점에서, 김승희에게는 의미를 전달하는 분절된 말에 대한 근본적인 부정의 태도가 줄곧 유지되고 있음이 확인된다. 지칠 대로 목 놓아 울부짖든 딸꾹질하든 경쾌하게 해체하든, 논리적인 말을 부정하는 태도는 언제나 동일하다.

1990년대 초에 행해졌던 일련의 해체적 시도들이 시라는 장르의 전통적 문법을 다시 쓰고 있다면 김승희는 기표와 기의의 결합을 문제 삼는 차원을 넘어 하나의 음절이 성립되는 방식조차 거부하고 있다. 이처럼 언어 자체의 부정을 통해 지배적 재현의 논리를 뒤흔드는 태도는 훨씬 더 파괴적이고 근본적이라고 할 수 있다. "조립된 것은 반드시 멸하게 마련이"(「나는 반죽중」)니 이렇게 문법적인 외양을 버린 말은 이제 어떤 형태로도 '생성'이 가능하다. 그 자모들과 함께 김승희 역시 생성중이다. "반죽중이다."

이처럼 야성의 목소리를 경쾌한 해체적 시도로 전환시킨 것에 대해 김승희 자신은 "위기를 과장하지 않으면서/ 위기를 미학화하는 사업"(「빨랫줄 위의 산책」)이라고 규정한다. 그렇다면 고통이 줄었다는 말인가. 울부짖음에 지쳤다는 말인가. 아니면 이제 어느 정도 이 생을 가볍게 긍정하게 되었다는 말인가. 결코 아니다. 그것이 "몽환의 무지개"에 불과할지언정 연필심으로 "자기 손금을 파서" 희망을 심는 일을 계속 하겠다는 말일 것이다("이 반달리즘 자본의 세월 속에서/ 못 먹고 못 입고 지지리 궁상인 극빈의 연필심처럼/ 앙상하게 마른 시인이라는 동물이/ 자기 손금을 파서 우물을 내고 그 위에 빨랫줄 같은/ 한그루 몽환의 무지개를 심으면서"). 그 "만만치 않은 우주적 함량을 지"닌 시 쓰기를 멈추지 않겠다는 말일 것이다. 그리고 더불어 김승희는 말한다. 이러한 글쓰기는 "참회"도 "고백"도 아닌 그저 "불안의 자선전"(「나는 반죽중」)일 뿐이라고.

4. "그(녀)가 타자의 자리를 점유한다고 말하는 것은 신선하지 못하다"[4)]?

김승희는 울부짖고 탈주했으며 이제 생성중이다. 그 기저에는 '母/國/語'가 있다. 그녀는 세상의 모든 엄마들과 모든 딸들을 품고, 모든 제도와 상징들을 해체하고, 모든 말들을 창조하려고 한다. 그녀가 그럴 수밖에 없는 이유는 그녀가 처한 현실이 고통이고 벽이고 고루한 것이기 때문이며, 기존의 언어로는 그 고통들을 전달할 수 없기 때문이다. "당연의 세계"와 "물론의 세계"를 눈뜨고 볼 수 없기 때문이고, '제국주의'와 '신자유주의'의 세계를 그냥 눈감아버릴 수도 없기 때문이다. 요컨대 그녀는 이 세계의 '타자'이기 때문이다. 아니, 엄밀히 말한다면 타자의 목소리로 말하고 있기 때문이다.

그런데 가령 우리가 김승희의 시에서, 원고 독촉 때문에 시달리며 힘들어하는 시인의 모습을 접할 때나, 제국주의 비판을 위해 온갖 세계 초일류 브랜드를 호출해오는 시인을 접할 때나(「제국주의가 간다」, 『빗자루를 타고 달리는 웃음』), "아르헨티나 부에노스아이레스쯤 가서/ 옷가게를 하거나 그 가게 뒷골목 같은 데서/ 야채가게나 세탁소를 하며 살 수 있을 것 같다."(「세상의 모든 재들」, 『냄비는 둥둥』)라고 호기롭게 말하는 시인을 접할 때, 우리는 그녀가 진정 '타자'인가 의심해보지 않을 수 없다. 그녀는 여하튼 변두리에서 '옷가게'나 '세탁소' '야채가게'를 하는 하층 여성은 아니며 대학이라는 제도 안에 안착하여 시를 쓰는 엘리트 여성이 아닌가.

스피박의 '하위 주체'라는 용어는 다양한 상황에서 유연하게 적용될 수 있다는 점에서 긍정적으로 취해진 용어이지만, 그 용어가 때로는 권리를

---

4) 데리다의 『글라』(가야트리 스피박, 『교육기계 안의 바깥에서』, 태혜숙 옮김, 갈무리, 2006, 319쪽에서 재인용).

박탈당한 하층 여성들은 물론 중·상류층 엘리트 여성들까지 포함하는 개념으로 확장될 수 있다는 위험을 지녔다는 점은 널리 지적되어온 바다. 이러한 지적과 함께 우리는 김승희의 시적 발화들을 '하위 주체'의 그것 이라고 명명할 수 있을지에 대해 고민해야 한다. 다시 말해 "그녀가 타자 의 자리를 점유한다고 말하는 것은 신선하지 못"할 수도 있다는 것이다. 물론 그녀가 엘리트 여성이라는 이유만으로 그녀의 말을 무조건 의심하 는 것은, 마치 생물학적 남성은 결코 진정한 페미니스트가 될 수 없다는 말처럼 폭력적일 수도 있다. 이처럼 말하고 쓰는 사람, 듣고 읽는 사람 양 자에게는 모두 세심함과 엄밀함이 요청되지만, 그럼에도 불구하고 의심 을 해결해야 하는 당사자는 결국 '말하고 쓰는 사람'이다. 따라서 그 당사 자는 더 섬세하고 솔직하게 말하거나 써야 할 의무가 있다.

엘리트 여성 김승희가 '하위 주체로서' 말할 수 없다면 그녀는 어떻게 '하위 주체 대신' 말할 수 있을까. 스피박은 푸코나 들뢰즈라는 최고의 지 성인들을 '부재하는 비재현가(nonrepresenter)'라는 말로 비판했다. 힘을 박탈당한 집단을 재현할 때 지식인으로서의 자신들의 역할을 삭제하는 위험에 처하지 않아야 한다는 것인데 김승희도 그러한 이러한 비판에서 자유롭지 못할 수 있다. 이런 비판으로부터 그녀의 진정성은 어떻게 지켜 지는가.

"비판적 자기고백"(최동호), "탈식민적 발상이나 여성주의적 시상"에 서 밀도 높은 시를 창작해왔다는 평가(유성호)들은, 그동안 김승희의 시 적 작업들이 섬세하게 말하기와 솔직하게 말하기를 충실히 충족시켰음을 증명해주는 것이라고 할 수 있다. 때로 언뜻언뜻 비쳐지는 지적 우월감이 라는 자기 순결주의에도 불구하고 우리가 이러한 평가들을 긍정할 수 있 다면, 그것은 김승희의 시가 어떤 가능성을 내장하고 있기 때문이다. 그 것은 바로 그녀가 언제나 '말하기'에 대해 고민하고 있다는 점이다. 무엇 인가를 재현하거나 표현하기에 앞서 그녀가 언제나 주저하고 더듬거리며 기존의 언어체계나 상징체계의 무용함을 절실히 깨닫고 있다는 점은, 김승희가 피해자로서 고발하기, 가해자로서 고백하기, 대변자로서 전달하기의 어려움 앞에서 고투하고 있다는 것에 대한 방증이 된다. 그러므로 우리 역시 그녀의 시를 쉽게 재단할 수는 없다.

억압당하는 피해자로서 자신의 체험을 과장하지 않은 채로 담담하게 힘주어 말하기, 억압하는 권력자 혹은 가해자로서 자신의 잘못을 합리화하지 않은 채 진실되게 고백하기, 내가 대신 말함으로써 타인의 소소한 고통들을 일반화시킬 위험에 처하지 않도록 효과적으로 대변하기란 얼마나 어려운 일인가. 김승희가 제대로 말하지 못하고 때로는 울부짖거나, 딸꾹거리거나, 기침하거나, 더듬거리는 것은 외부의 압력 때문일 수도 있지만, 보다 근본적인 원인은 그녀가 잘 말하기의 어려움을 인식하고 있다는 것에 있다. 그러므로 우리는 그녀의 진정성을 믿을 수밖에 없다.

잘 말하기는 힘들지만 그럼에도 불구하고 말해야 한다면, 자신이 "여류 쥐벼룩"일지언정 "언어가 나의 아멘"이며 "멈출 줄 모르는 아멘을!" (「내가 없는 한국 문학사」) 외치고 싶다면, 방법은 한 가지다. 그것은 계속 말해보는 것이다. "말 못하는 자의 혀는 스스로 달려나갈 수밖에 없다" (「넝쿨장미」, 『냄비는 둥둥』). 이제 "딸은 엄마의 소설이다. 대부분 엄마들의 소설은 멜로드라마다. 딸들은 그러나 엄마의 소설을 살아줄 의무가 있다"(「아나바스 스카덴스」, 『산타페로 가는 사람』)라는 김승희 소설 속의 한 구절을 변형시켜서 마무리해보자. 김승희의 시는 힘 없는 자들의 말이다. 대부분 그들의 목소리는 허공에서 사라진다. 김승희는 그러나 그들의 목소리를 발화시켜줄, 서식(inhabit)해줄 의무가 있다. 그러므로 '분홍신'의 시인이여, 계속 말하자. 그것이 "불안의 자서전"에 불과할지라도. 아멘!

(『열린시학』 2006년 겨울호)

문학동네 평론집
만짐의 시간
ⓒ 조연정 2013

초판인쇄 2013년 6월 20일
초판발행 2013년 6월 25일

지은이 조연정
펴낸이 강병선
책임편집 김필균 | 편집 김민정 강윤정 김형균 유성원
디자인 김마리 유현아
마케팅 신정민 서유경 정소영 강병주 | 온라인마케팅 김희숙 김상만 이원주 한수진
제작 서동관 김애진 김동욱 임현식 | 제작처 영신사

펴낸곳 (주)문학동네
출판등록 1993년 10월 22일 제406-2003-000045호
주소 413-120 경기도 파주시 회동길 210
전자우편 editor@munhak.com | 대표전화 031) 955-8888 | 팩스 031) 955-8855
문의전화 031) 955-8890(마케팅) 031) 955-2679(편집)
문학동네카페 http://cafe.naver.com/mhdn

ISBN 978-89-546-2193-9 03810

* 이 도서의 국립중앙도서관 출판시도서목록(CIP)은
 e-CIP 홈페이지(http://www.nl.go.kr/cip.php)에서 이용하실 수 있습니다.
 (CIP 제어번호 : CIP2013009937)
* 이 책은 2009년도 서울문화재단 문학창작활성화 지원금을 수혜했습니다.

www.munhak.com